郁达夫
小说全集

上

郁达夫　著

SPM 南方传媒
广东人民出版社
·广州·

图书在版编目（CIP）数据

郁达夫小说全集. 上 / 郁达夫著. —广州：广东人民出版社，2023.7

ISBN 978-7-218-16072-6

Ⅰ. ①郁… Ⅱ. ①郁… Ⅲ. ①小说集—中国—现代 Ⅳ. ①I246

中国版本图书馆CIP数据核字（2022）第178311号

YU DAFU XIAOSHUO QUANJI

郁达夫小说全集

郁达夫 著

出 版 人：肖风华

责任编辑：李幼萍

责任技编：吴彦斌 周星奎

出版发行：广东人民出版社

地 址：广州市越秀区大沙头四马路10号（邮政编码：510199）

电 话：（020）85716809（总编室）

传 真：（020）83289585

网 址：http://www.gdpph.com

印 刷：北京通州皇家印刷厂

开 本：880毫米 × 1230毫米 1/32

总 印 张：27.5 总 字 数：665千

版 次：2023年7月第1版

印 次：2023年7月第1次印刷

定 价：128.00元（全二册）

如发现印装质量问题，影响阅读，请与出版社（020-87712513）联系调换。

售书热线：（020）87717307

郁达夫（1896—1945）

中国现代作家，浪漫主义的代表人物。
在20世纪20年代的小说创作领域中，
是与鲁迅“双峰并峙”的文学大家。

《沉沦》，上海泰东图书局初版，1921 年

中国现代文学史上的第一部白话短篇小说集

青年时期的郁达夫

郁达夫与创造社成员

从左至右：王独清、郭沫若、郁达夫、成仿吾

郁达夫与鲁迅

前排左二为郁达夫，左三为鲁迅

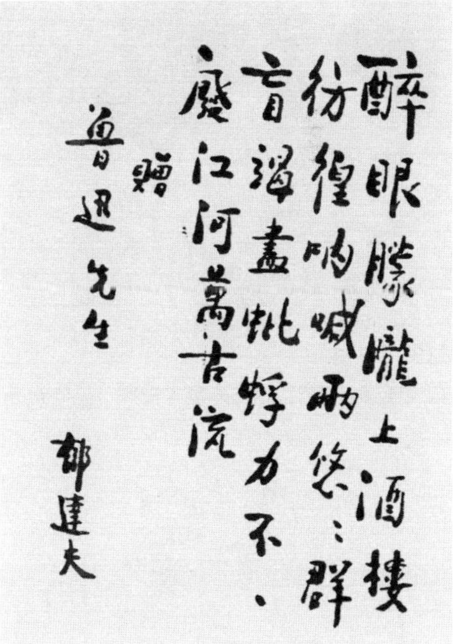

郁达夫手迹

赠鲁迅先生

郁氏三兄弟

从左至右：郁达夫、郁华（曼陀）、郁养吾

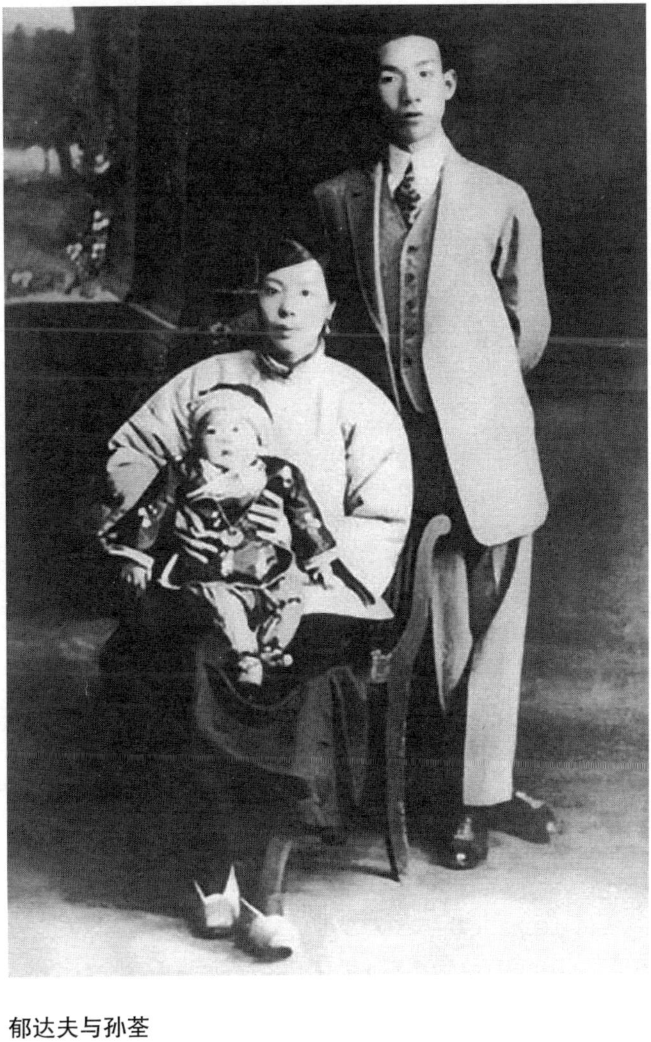

郁达夫与孙荃

郁达夫与王映霞

郁达夫（摄于 1940 年）

“郁心匪石真颜色，达士多情亦丈夫。”

1896 年 12 月 7 日，郁达夫出生于浙江富阳一个破落的书香之家。他幼年时丧父，青年时期随兄长负箧东瀛。在近十年的留学生涯中，郁达夫先后入学东京第一高等学校预科、名古屋第八高等学校（现名古屋大学）医学部和东京帝国大学（现东京大学）经济学部。留学期间，他还阅读了大量外国小说，精通英语、日语、德语、俄语等多种语言。也正是在这一时期，郁达夫开始了他的小说创作。

1921 年，对郁达夫来说是十分重要的一年。这一年，他与同为留日学生的郭沫若、成仿吾、张资平、郑伯奇组建文学团体“创造社”，开始积极活跃在当时的文坛。同年 10 月，他的短篇小说集《沉沦》在上海出版。这是中国现代文学史上第一部白话短篇小说集，受到了众多五四青年的追捧。

1922 年之后，郁达正式回到中国，开始了一段四处漂泊的生活。出任北大讲师，南下武昌、广州任教，创办刊物，发表文章，以文字为生……这一时期的郁达夫深切体会到了当时中国社会的现实。虽然依旧是抒发自己的苦闷，但同时他也看见了受工厂剥削的女工，看见了最底层的人力车夫，并与他们深深共情。

1927 年，郁达夫遇见了王映霞，并在日记中写下“我的心又被她搅乱了”。他们二人的相遇、结合与分手，一直都是十分轰动。

也许只是巧合，也许有更深刻的关联，与王映霞在一起之后，郁达夫的创作有了鲜明的改变，之前的颓唐、伤感和郁闷，转变为潇洒、寓情和净化。

郁达夫的一生，正如他自己所言，“不仅是作家，更是个战士”。1938 年，郁达夫应新加坡《星洲日报》邀请，前往新加坡参加抗日宣传工作。在船上他写下了《岁朝新语》，坚信“中国决不会亡，抗战到底，一定胜利”。在担任《星洲日报》主笔期间，他还同时编写四五种刊物，发表许多支援抗日和分析国内外政治、军事形势的政论、杂文和文艺杂论。

郁达夫的死亡在很长一段时间里都是一桩迷案。1945 年 8 月 29 日，日本宣告无条件投降的半个月后，郁达夫消失在南洋的一个小市镇上。直到多年之后，人们才知道，郁达夫早在 1945 年 9 月 17 日就被日本宪兵于苏门答腊丛林中杀害，时年 49 岁。

目录

银灰色的死①

上

雪后的东京，比平时更添了几分生气。从富士山顶吹下来的微风，总凉不了满都男女的白热的心肠。一千九百二十年前，在伯利恒的天空游动的那颗明星出现的日期又快到了。街街巷巷的店铺，都装饰得同新郎新妇一样，竭力的想多吸收几个顾客，好添些年终的利泽。这正是贫儿富主，一样多忙的时候。这也是逐客离人，无穷伤感的时候。

在上野不忍池的近边，在一群乱杂的住屋的中间，有一间楼房，立在澄明的冬天的空气里。这一家人家，在这年终忙碌的时候，好像也没有什么生气似的，楼上的门窗，还紧紧的闭在那里。金黄的日球，离开了上野的丛林，已经高挂在海青色的天体中间，悠悠的在那里笑人间的多事了。

太阳的光线，从那紧闭的门缝中间，斜射到他的枕上的时候，他那一双同胡桃似的眼睛，就睁开了。他大约已经有二十四五岁的年纪。在黑漆漆的房内的光线里，他的脸色更加觉得灰白，从他面上左右高出的颧骨，同眼下的深深的眼窝看来，他却是一个清瘦的人。

① 本篇原载于一九二一年七月七日至九日、十一日至十三日《时事新报》副刊《学灯》。——本书脚注除特别说明外均为编者注

他开了半只眼睛，看看桌上的钟，长短针正重叠在X字的上面。开了口，打了一个呵欠，他并不知道他自家是一个大悲剧的主人公，又仍旧嘶嘶的睡着了。半醒半觉的睡了一忽，听着间壁的挂钟打了十一点之后，他才跳出被来。胡乱地穿好了衣服，跑下了楼，洗了手面，他就套上了一双破皮鞋，跑出外面去了。

他近来的生活状态，比从前大有不同的地方。自从十月底到如今，两个月的中间，他总每是昼夜颠倒的要到各处酒馆里去喝酒。东京的酒馆，当炉的大约都是十七八岁的少妇。他虽然知道她们是想骗他的金钱，所以肯同他闹，同他玩的，然而一到了太阳西下的时候，他总不能在家里好好的住着。有时候他想改过这恶习惯来，故意到图书馆里去取他平时所爱读的书来看，然而到了上灯的时候，他的耳朵里，忽然会有各种悲凉的小曲儿的歌声听见起来；他的鼻孔里，也会有脂粉，香油，油沸鱼肉，香烟醇酒的混合的香味到来；他的书的字里行间，忽然会跳出一个红白的脸色来。一双迷人的眼睛，一点一点的扩大起来。同蔷薇花苞似的嘴唇，渐渐儿的开放起来，两颗笑靥，也看得出来了。洋磁似的一排牙齿，也看得出来了。他把眼睛一闭，他的面前，就有许多妙年的妇女坐在红灯的影里，微微的在那里笑着。也有斜视他的，也有点头的，也有把上下的衣服脱下来的，也有把雪样嫩的纤手伸给他的。到了那个时候，他总会不知不觉的跟了那只纤手跑去，同做梦的一样，走了出来。等到他的怀里有温软的肉体坐着的时候，他才知道他是已经不在图书馆内了。

昨天晚上，他也在这样的一家酒馆里坐到半夜过后一点钟的时候，才走出来，那时候他的神志已经不清了，在路上跌来跌去的走了一会，看看四周并不能看见一个人影，万户千门，都寂寂的闭在那里，只有一行参差不齐的门灯，黄黄的在街上投射出了几处朦胧的黑影。街心的两条电车的路线，在那里放磷火似的青光。他立住了足，靠着了大学的铁栏杆，仰起头来就看见了那十三夜的明月，同银盆似的浮在淡青色的空中。他再定睛向四面一看，才知道清静的电车线路上，电柱上，电线上，歪歪斜斜的人家的屋顶上，都洒满了同霜也似的月光。他觉得自家一个人孤冷得很，好像同遇着了风浪后的船夫，一个人在北极的雪世界里漂泊着的样子。背靠着了铁栏杆，他尽在那里看月亮。看了一会，他那一双衰弱得同老犬似的眼睛里，忽然滚下了两颗眼泪来。去年夏天，他结婚的时候的景象，同走马灯一样，旋转到他的眼前来了。

三面都是高低的山岭，一面宽广的空中，好像有江水的气味蒸发过来的样子。立在山中的平原里，向这空空荡荡的方面一望，人们便能生出一种灵异的感觉来，知道这天空的底下，就是江水了。在山坡的煞尾的地方，在平原的起头的区中，有几点人家，沿了一条同曲线似的青溪，散在疏林蔓草的中间。在一个多情多梦的夏天的深更里，因为天气热得很，他同他新婚的夫人，睡了一会，又从床上爬了起来，到朝溪的窗口去纳凉去。灯火已经吹灭了，月光从窗里射了进来。在藤椅上坐下之后，他看见月光射在他夫人的脸上。定睛一看，他觉得她的脸色，同大理白石的雕刻没有半点分别。看了一会，他心里害怕起来，就不知不觉的伸出了右手，摸上她的面上去。

"怎么你的面上会这样凉的？"

"轻些儿吧，快三更了，人家已经睡着在那里，别惊醒了他们。"

"我问你，唉，怎么你的面上会一点儿血色都没有的呢？"

"所以我总是要早死的呀！"

听了她这一句话，他觉得眼睛里一霎时的热了起来。不知是什么缘故，他就忽然伸了两手，把她紧紧的抱住了。他的嘴唇贴上她的面上的时候，他觉得她的眼睛里，也有两条同山泉似的眼泪在流下来。他们两人肉贴肉的泣了许久，他觉得胸中渐渐儿的舒爽起来了，望望窗外，远近都洒满了皎洁的月光。抬头看看天，苍苍的天空里，有一条薄薄的云影，浮漾在那里。

“你看那天河。……”

“大约河边的那颗小小的星儿，就是我的星宿了。”

“什么星呀？”

“织女星。”

说到这里，他们就停着不说下去了。两人默默地坐了一会，他尽眼看着那一颗小小的星，低声的对她说：

“我明年未必能回来，恐怕你要比那织女星更苦咧。”

他靠住了大学的铁栏杆，呆呆的尽在那里对了月光追想这些过去的情节。一想到最后的那一句话，他的眼泪便连连续续的流了下来，他的眼睛里，忽然看得见一条溪水来了。那一口朝溪的小窗，也映到了他的眼睛里来，沿窗摆着的一张漆的桌子，也映到了他的眼睛里来。桌上的一张半明不灭的洋灯，灯下坐着的一个二十岁前后的女子，那女子的苍白的脸色，一双迷人的大眼，小小的嘴唇的曲线，灰白的嘴唇，都映到了他的眼睛里来。他再也支持不住了，摇了一摇头，便自言自语的说：

“她死了，她是死了，十月二十八日那一个电报，总是真的。十一月初四的那一封信，总也是真的，可怜她吐血吐到气绝的时候，还在那里叫我的名字。”

一边流泪，一边他就站起来走，他的酒已经醒了，所以他觉得冷起来。到了这深更半夜，他也不愿意再回到他那同地狱似的家里去。他原来是寄寓在他的朋友的家里的，他住的楼上，也没有火钵，也没有生气，只有几本旧书，横摊在黄灰色的电灯光里等他，他愈想愈不愿意回去了，所以他就慢慢地走上上野的火车站去。原来日本火车站上的人是通宵不睡的，待车室里，有火炉生在那里，他上火车站去，就是想去烤火去的。

一直走到了火车站，清冷的路上并没有一个人同他遇见，进了车站，他在空空寂寂的长廊上，只看见两排电灯，在那里黄黄的放光。卖票房里，坐着二三个女事务员，在那里打呵欠。进了二等待车室，半醒半睡的坐了两个钟头，他看看火炉里的火也快完了。远远的有机关车的车轮声传来。车站里也来了几个穿制服的人在那里跑来跑去的跑，等了一会，从东北来的火车到了。车站上忽然热闹了起来，下车的旅客的脚步声同种种的呼唤声，混作了一处，传到他的耳膜上来，跟了一群旅客，他也走出火车站来了。出了车站，他仰起头来一看，只见苍色圆形的天空里，有无数星辰，在那里微动，从北方忽然来了一阵凉风，他觉得有点冷得难耐的样子。月亮已经下山了。街上有几个早起的工人，拉了车慢慢的在那里行走，各店家的门灯，都像倦了似的还在那里放光。走到上野公园的西边的时候，他忽然长叹了一声。朦胧的灯影里，息息索索的飞了几张黄叶下来，四边的枯树都好像活了起来的样子，他不觉打了一个冷噤，就默默的站住了。静静儿的听了一会，他觉得四边并没有动静，只有那辘辘的车轮声，同在梦里似的很远很远，断断续续的仍在传到他的耳朵里来，他才知道刚才的不过是几张落叶的声音。他走过观月桥的时候，只见池的彼岸一排不夜的楼台都沉在酣睡的中间。两行灯火，好像在那里嘲笑他的样子，他到家睡下的时候，东方已经灰白起来了。

中

这一天又是一天初冬好天气，午前十一点钟的时候，他急急忙忙的洗了手面，套上了一双破皮鞋，就跑出到外面来。

在蓝苍的天盖下，在和软的阳光里，无头无脑的走了一个钟头的样子，他才觉得饥饿起来了。身边摸摸看，他的皮包里，还有五元余钱剩在那里。半月前头，他看看身边的物件，都已卖完了，所以不得不把他亡妻的一个金刚石的戒指，当入当铺。他的亡妻的最后的这纪念物，只值了一百六十元钱，用不上半个月，如今也只有五元钱存在了。

“亡妻呀亡妻，你饶了我吧！”

他凄凉了一阵，羞愧了一阵，终究还不得不想到他目下的紧急的事情上去。他的肚里尽管在那里叽哩咕噜的响。他算算看这五元余钱，断不能在上等的酒馆里去吃得醉饱，所以他就决意想到他无钱的时候常去的那一家酒馆里去。

那一家酒家，开设在植物园的近边，主人是一个五十光景的寡妇，当炉的就是这老寡妇的女儿，名叫静儿。静儿今年已经是二十岁了。容貌也只平常，但是她那一双同秋水似的眼睛，同白色人种似的高鼻，不知是什么理由，使得见过她一面的人，总忘她不了。并且静儿的性质和善得非常，对什么人总是一视同仁，装着笑脸的。她们那里，因为客人不多，所以并没有厨子。静儿的母亲，从前也在西洋菜馆里当过炉的，因此她颇晓得些调味的妙诀。他从前身边没有钱的时候，大抵总跑上静儿家里去的，一则因为静儿待他周到得很，二则因为他去惯了，静儿的母亲也信用他，无论多少，总肯替他挂账的。他酒醉的时候，每对静儿说他的亡妻是怎么好，怎么好，怎么被他母亲虐待，怎么的染了肺病，死的时候，怎么的盼望他。说到伤心的地方，他每流下泪来，静儿有时候也肯陪他哭的。他在静儿家里进出，虽然还不上两个月，然而静儿待他，竟好像同待几年前的老友一样了。静儿有时候有不快活的事情，也都告诉他的。据静儿说，无论男人女人，有秘密的事情，或者有伤心的事情的时候，总要有一个朋友，互相劝慰的能够讲讲才好。他同静儿，大约就是一对能互相劝慰的朋友了。

半月前头，他也不知道从什么地方听来的，只听说静儿“要嫁人去了”。他因为不愿意直接把这话来问静儿，所以他只是默默的在那里察静儿的行状。因为心里有了这一条疑心，所以他觉得静儿待他的态度，比从前总有些不同的地方。有一天将夜的时候，他正在静儿家坐着喝酒，忽然来了一个三十来岁的男人。静儿见了这男人，就丢下了他，去同那男人去说话去。静儿走开了，所以他只能同静儿的母亲去说些无关紧要的闲话。然而他一边说话，一边却在那里注意静儿和那男人的举动。等了半点多钟，静儿还尽在那里同那男人说笑，他等得不耐烦起来，就同伤弓的野兽一般，匆匆的走了。自从那一天起，到如今却有半个月的光景，他还没有上静儿家里去过。同静儿绝交之后，他喝酒更加厉害，想他亡妻的心思，也比从前更加沉痛了。

“能互相劝慰的知心好友，我现在上哪里去找得出这样的一个朋友呢！”

近来他于追悼亡妻之后，总要想到这一段结论上去。有时候他的亡妻的面貌，竟会同静儿的混到一处来。同静儿绝交之后，他觉得更加哀伤更加孤寂了。

他身边摸摸看，皮包里的钱只有五元余了。他就想把这事作了口实，跑上静儿的家里去。一边这样想，一边他又想起《坦好直》（*Tannhäuser*）[①] 里边的“盍县罢哈”（Wolfram von Eschenbach）[②] 来。

“千古的诗人盍县罢哈呀！我佩服你的大量。我佩服你真能用

① 瓦格纳音乐剧《唐豪瑟》。

② 沃尔夫拉姆·封·埃申巴赫（1170—1220），德国诗人。

高洁的心情来爱‘爱利查陪脱’。”

想到这里，他就唱了两句《坦好直》里边的唱句：

Dort ist sie； —— nahe dich ihr ungestört!

So flieht für dieses Leben

Mir jeder Hoffnung schein!

(*Wagner's Tannhäeuser*)

（你且去她的裙边，去算清了你们的相思旧债！）

（可怜我一生孤冷！你看那镜里的名花，又成了泡影！）

念了几遍，他就自言自语的说：

“我可以去的，可以上她家里去的，古人能够这样的爱她的情人，我难道不能这样的爱静儿么？”

看他的样子，好像是对了人家在那里辩护他目下的行为似的，其实除了他自家的良心以外，却并没有人在那里责备他。

迟迟的走到静儿家里的时候，她们母女两个，还刚才起来。静儿见了他，对他微微的笑了一脸，就问他说：

“你怎么这许久不上我们家里来？”

他心里想说：

“你且问问你自家看吧！”

但是见了静儿的那一副柔和的笑容，他什么也说不出来了，所以他只回答说：“我因为近来忙得非常。”

静儿的母亲听了他这一句话之后，就佯嗔佯怒的问他说：

“忙得非常？静儿的男人说近来你倒还时常上他家里去喝酒去的呢。”

静儿听了她母亲的话，好像有些难以为情的样子，所以叫她母亲说：

“妈妈！”

他看了这些情节，就追问静儿的母亲说：

“静儿的男人是谁呀？”

“大学前面的那一家酒馆的主人，你还不知道么？”

他就回转头来对静儿说：

“你们的婚期是什么时候？恭喜你，希望你早早生一个儿子，我们还要来吃喜酒哩。”

静儿对他呆看了一忽，好像要哭出来的样子。停了一会，静儿问他说：“你喝酒么？”

他听她的声音，好像是在那里颤动似的。他也忽然觉得凄凉起来，一味悲酸，仿佛像晕船的人的呕吐，从肚里挤上了心来。他觉得一句话也说不出口了，只能把头点了几点，表明他是想喝酒的意思。他对静儿看了一眼，静儿也对他看了一眼，两人的视线，同电光似的闪发了一下，静儿就三脚两步的跑出外面去替他买下酒的菜去了。

静儿回来了之后，她的母亲就到厨下去做菜去，菜还没有好，酒已经热了。静儿就照常的坐在他面前，替他斟酒，然而他总不敢抬起头来看静儿一眼，静儿也不敢仰起头来看他。静儿也不言语，他也只默默的在那里喝酒。两人呆呆的坐了一会，静儿的母亲从厨下叫静儿说：

“菜做好了，你拿了去吧！”

静儿听了这话，却兀的仍是不动。他不知不觉的偷看了一眼，静儿是在落眼泪了。

他胡乱的喝了几杯酒，吃了几盘菜，就歪歪斜斜的走了出来。

外边街上，人声嘈杂得很。穿过了一条街，他就走到了一条清净的路上，走了几步，走上一处朝西的长坡的时候，看着太阳已经打斜了。远远的回转头来一看，植物园内的树林的梢头，都染成了一片绛黄的颜色，他也不知是什么缘故，对了西边地平线上溶在太阳光里的远山，和远近的人家的屋瓦上的残阳，都起了一种惜别的心情。呆呆的看了一会，他就回转了身，背负了夕阳的残照，向东的走上长坡去了。

同在梦里一样，昏昏的走进了大学的正门之后，他忽听见有人叫他说：

“Y 君，你上哪里去！年底你住在东京么？”

他仰起头来一看，原来是他的一个同学。新剪的头发，穿了一套新做的洋服，手里拿了一只旅行的藤箧，他大约是预备回家去过年的。他对他同学一看，就作了笑容，慌慌忙忙的回答说：

“是的，我什么地方都不去，你回家去过年么？”

“对了，我是回家去的。”

“你看见你情人的时候，请你替我问问安吧。”

“可以的，她恐怕也在那里想你咧。”

“别取笑了，愿你平安回去，再会再会。”

“再会再会，哈……”

他的同学走开之后，他一个人冷冷清清的在薄暮的大学园中，呆呆的立了许多时候，好像是疯了似的。呆了一会，他又慢慢的向前走去，一边却在自言自语的说：

“他们都回家去了。他们都是有家庭的人。Oh! Home! Sweet home!”①

他无头无脑的走到了家里，上了楼，在电灯底下坐了一会，他

① 英文：哦！家！甜蜜的家！

那昏乱的脑髓，把刚才在静儿家里听见过的话又重新想了出来：

“不错不错，静儿的婚期，就在新年的正月里了。”

他想了一会，就站了起来，把几本旧书，捆作一包，不慌不忙的把那一包旧书拿到了学校前边的一家旧书铺里。办了一个天大的交涉，把几个大天才的思想，仅仅换了九元余钱，还有一本英文的诗文集，因为旧书铺的主人，还价还得太贱了，所以他仍旧留着，没有卖去。

得了九元余钱，他心里虽然在那里替那些著书的天才抱不平，然而一边却满足得很。因为有了这九元余钱，他就可以谋一晚的醉饱，并且他的最大的目的，也能达得到了——就是用几元钱去买些礼物送给静儿的这一件事情。

从旧书铺走出来的时候，街上已经是黄昏的世界了，在一家卖给女子用的装饰品的店里，买了些丽绷（ribbon①）的犀簪同两瓶紫罗兰的香水，他就一直跑回到了静儿的家里。

静儿不在家，她的母亲只有一个人在那里烤火，见他又进来了，静儿的母亲好像有些嫌恶他的样子，所以就问他说：

“怎么你又来了？”

“静儿上哪里去了？”

“去洗澡去了。”

听了这话，他就走近她的身边去，把怀里藏着的那些丽绷香水拿了出来，并且对她说：

“这一些儿微物，请你替我送给静儿，就算作了我送给她的嫁礼吧。”

静儿的母亲见了那些礼物，就满脸装起笑容来说：

“多谢多谢，静儿回来的时候，我再叫她来道谢吧。”

---

① 英文：意为缎带。

他看看天色已经晚了，就叫静儿的母亲再去替他烫一瓶酒，做几盘菜来，他喝酒正喝到第二瓶的时候，静儿回来了。静儿见他又坐在那里喝酒，不觉呆了一呆，就向他说：

"啊，你又……"

静儿到厨下去转了一转，同她的母亲说了几句话，就回到他这里来。他以为她是来道谢的，然而关于刚才的礼物的话，她却一句也不说，呆呆的坐在他的面前，尽一杯一杯的只在那里替他斟酒。到后来他拼命的叫她取酒的时候，静儿就红了两眼，对他说：

"你不喝了吧，喝了这许多酒，难道还不够么？"

他听了这话，更加痛饮起来了。他心里的悲哀的情调，正不知从哪里说起才好，他一边好像是对了静儿已经复了仇，一边好像也是在那里哀悼自家的样子。

在静儿的床上醉卧了许久，到了半夜后二点钟的时候，他才踉踉跄跄的跑出静儿的家来。街上岑寂得很，远近都洒满了银灰色的月光，四边并无半点动静，除了一声两声的幽幽犬吠声之外，这广大的世界，好像是已经死绝了的样子。跌来跌去的走了一会，他又忽然遇着了一个卖酒食的夜店。他摸摸身边看，袋里还有四五张五角钱的钞票剩在那里。在夜店里他又重新饮了一个尽量。一霎时他觉得大地高天，和四周的房屋，都在那里旋转的样子。倒前冲后的走了两个钟头，他只见他的面前现出了一块大大的空地来。月光的凉影，同各种物体的黑影，混作了一团，映到了他的眼里。

"此地大约已经是女子医学专门学校了吧。"

这样的想了一想，神志清了一清，他的脑里，又起了痉挛，他又不是现在的他了。几天前的一场情景，又同电影似的，飞到了他的眼前。

天上飞满暗灰色的寒云，北风紧得很，在落叶萧萧的树影里，他站在上野公园的精养轩的门口，在那里接客。这一天是他们同乡开会欢迎 W 氏的日期，在人来人往之中，他忽然看见一个十七八岁的女子，穿了女子医学专门学校的制服，不忙不迫的走来赴会。他起初见她面的时候，不觉呆了一呆。等那女子走近他身边的时候，他才同梦里醒转来的人一样，慌慌忙忙走上前去，对她说：

“你把帽子外套脱下来交给我吧。”

两个钟头之后，欢迎会散了。那时候差不多已经有五点钟的光景。出口的地方，取帽子外套的人，挤得厉害。他走下楼来的时候，见那女子还没穿外套，呆呆的立在门口，所以他就走上去问她说：

“你的外套去取了没有？”

“还没有。”

“你把那铜牌交给我，我替你去取吧。”

“谢谢。”

在苍茫的夜色中，他见了她那一副细白的牙齿，觉得心里爽快得非常。把她的外套帽子取来了之后，他就跑过后面去，替她把外套穿上了。她回转头来看了他一眼，就急急的从门口走了出去。他追上了一步，放大了眼睛看了一忽，她那细长的影子，就在黑暗的中间消失了。

想到这里，他觉得她那纤软的身体似乎刚在他面前擦过的样子。

“请你等一等吧！”

这样的叫了一声，上前冲了几步，他那又瘦又长的身体，就横倒在地上了。

月亮打斜了。女子医学校前的空地上，又增了一个黑影，四边静寂得很。银灰色的月光，洒满了那一块空地，把世界的物体都净化了。

下

十二月二十六日的早晨，太阳依旧由东方升了起来，太阳的光线，射到牛込区役所前的揭示场的时候，有一个区役所老仆，拿了一张告示，正在贴上揭示场的板去。那一张告示说：

行路病者，年龄约可二十四五之男子一名，身长五尺五寸，貌瘦；色枯黄，颧骨颇高，发长数寸，乱披额上，此外更无特征。

衣黑色哔叽旧洋服一袭。衣袋中有 Ernest Dowson's *Poems and Prose*[①] 一册，五角钞票一张，白绫手帕一方，女人物也，上有 S.S. 等略字。身边遗留有黑色软帽一顶，脚穿黄色浅皮鞋，左右各已破损了。

病为脑溢血。本月二十六日午前九时，在牛込若松町女子医学专门学校前之空地上发见，距死时约可四小时。固不知死者姓名住址，故为代付火葬。

牛込区役所示

一九二〇年作

① 英国诗人欧内斯特·道生（1867—1900）著的《诗歌散文集》。

附记

The reader must bear in mind that this is an imaginary tale after all, the author can not be responsible to its reality. One word, however, must be mentioned here that he owes much obligation to R. L. Stevenson's *A Lodging for the Night* and the life of Ernest Dowson for the plan of this unambitious story.[1]

---

① 以上英文附记大意为：读者须知，这只是一则虚构的故事，作者毕竟不能对其真实性负责。然而必须在此提及的是，这篇毫无野心的小说之构思，很多都源自罗伯特·路易斯·史蒂文森的《宿夜》与欧内斯特·道生的生平。

沉　沦[1]

一

他近来觉得孤冷得可怜。

他的早熟的性情，竟把他挤到与世人绝不相容的境地去，世人与他的中间介在的那一道屏障，愈筑愈高了。

天气一天一天的清凉起来，他的学校开学之后，已经快半个月了。那一天正是九月的二十二日。

晴天一碧，万里无云，终古常新的皎日，依旧在她的轨道上，一程一程的在那里行走。从南方吹来的微风，同醒酒的琼浆一般，带着一种香气，一阵阵的拂上面来。在黄苍未熟的稻田中间，在弯曲同白线似的乡间的官道上面，他一个人手里捧了本六寸长的Wordsworth[2]的诗集，尽在那里缓缓的独步。在这大平原内，四面并无人影；不知从何处飞来的一声两声的远吠声，悠悠扬扬的传到他耳膜上来。他眼睛离开了书，同做梦似的向有犬吠声的地方看去，但看见了一丛杂树，几处人家，同鱼鳞似的屋瓦上，有一层薄薄的蜃气楼，同轻纱似的，在那里飘荡。“Oh, you serene gossamer!

---

① 本篇最初收录于一九二一年十月十五日上海泰东图书局出版的小说集《沉沦》。

② 华兹华斯（1770—1850），英国诗人。

You beautiful gossamer!"[①]

这样的叫了一声，他的眼睛里就涌出了两行清泪来，他自己也不知道是什么缘故。

呆呆的看了好久，他忽然觉得背上有一阵紫色的气息吹来，息索的一响，道旁的一枝小草，竟把他的梦境打破了，他回转头来一看，那枝小草还是颠摇不已，一阵带着紫罗兰气息的和风，温微微的喷到他那苍白的脸上来。在这清和的早秋的世界里，在这澄清透明的以太（Ether）[②]中，他的身体觉得同陶醉似的酥软起来。他好像是睡在慈母怀里的样子。他好像是梦到了桃花源里的样子。他好像是在南欧的海岸，躺在情人膝上，在那里贪午睡的样子。

他看看四边，觉得周围的草木，都在那里对他微笑。看看苍空，觉得悠久无穷的大自然，微微的在那里点头。一动也不动的向天看了一会，他觉得天空中，有一群小天神，背上插着了翅膀，肩上挂着了弓箭，在那里跳舞。他觉得乐极了。便不知不觉开了口，自言自语的说：

"这里就是你的避难所。世间的一般庸人都在那里妒忌你，轻笑你，愚弄你；只有这大自然，这终古常新的苍空皎日，这晚夏的微风，这初秋的清气，还是你的朋友，还是你的慈母，还是你的情人，你也不必再到世上去与那些轻薄的男女共处去，你就在这大自然的怀里，这纯朴的乡间终老了罢。"

这样的说了一遍，他觉得自家可怜起来，好像有万千哀怨，横亘在胸中，一口说不出来的样子。含了一双清泪，他的眼睛又看到他手里的书上去。

---

① 英文：哦，你这安详的薄纱！你这优美的薄纱！

② 英文：苍穹，苍天。

Behold her, single in the field,
You solitary Highland lass!
Reaping and singing by herself;
Stop here, or gently pass!
Alone she cuts, and binds the grain,
And sings a melancholy strain;
Oh, listen! for the vale profound,
Is overflowing with the sound.

看了这一节之后，他又忽然翻过一张来，脱头脱脑的看到那第三节去。

Will no one tell me what she sings?
Perhaps the plaintive numbers flow
For old, unhappy, far-off things,
And battle long ago:
Or is it some more humble lay,
Familiar matter of today?
Some natural sorrow, loss, or pain,
That has been and may be again!

这也是他近来的一种习惯，看书的时候，并没有次序的。几百页的大书，更可不必说了，就是几十页的小册子，如爱美生的《自然论》(Emerson's *On Nature*)[①]，沙罗的《逍遥游》(Thoreau's

① 即爱默生的《论自然》

Excursions)[①]之类，也没有完完全全从头至尾的读完一篇过。当他起初翻开一册书来看的时候，读了四行五行或一页二页，他每被那一本书感动，恨不得要一口气把那一本书吞下肚子里去的样子，到读了三页四页之后，他又生起一种怜惜的心来，他心里似乎说：

"像这样的奇书，不应该一口气就把它念完，要留着细细儿的咀嚼才好。一下子就念完了之后，我的热望也就不得不消灭，那时候我就没有好望，没有梦想了，怎么使得呢？"

他的脑里虽然有这样的想头，其实他的心里早有一些儿厌倦起来，到了这时候，他总把那本书收过一边，不再看下去。过几天或者过几个钟头之后，他又用了满腔的热忱，同初读那一本书的时候一样的，去读另外的书去；几日前或者几点钟前那样的感动他的那一本书，就不得不被他遗忘了。

放大了声音把渭迟渥斯[②]的那两节诗读了一遍之后，他忽然想把这一首诗用中国文翻译出来。

《孤寂的高原刈稻者》

他想想看，*The Solitary Highland Reaper* 诗题只有如此的译法。

你看那个女孩儿，她只一个人在田里，
你看那边的那个高原的女孩儿，她只一个人冷清清地！
她一边刈稻，一边在那儿唱着不已；
她忽儿停了，忽儿又过去了，轻盈体态，风光细腻！
她一个人，刈了，又重把稻儿捆起，

① 即梭罗的《远足》
② 即华兹华斯。

她唱的山歌，颇有些儿悲凉的情味；
听呀听呀！这幽谷深深，
全充满了她的歌唱的清音。

有人能说否，她唱的究竟是什么？
或者她那万千的痴话，
是唱的前代的哀歌，
或者是前朝的战事，千兵万马；
或者是些坊间的俗曲，
便是目前的家常闲说？
或者是些天然的哀怨，必然的丧苦，自然的悲楚，
这些事虽是过去的回思，将来想亦必有人指诉。

他一口气译了出来之后，忽又觉得无聊起来，便自嘲自骂的说：

“这算是什么东西呀，岂不同教会里的赞美歌一样的乏味么？英国诗是英国诗，中国诗是中国诗，又何必译来对去呢！”

这样的说了一句，他不知不觉便微微儿的笑起来。向四边一看，太阳已经打斜了；大平原的彼岸，西边的地平线上，有一座高山，浮在那里，饱受了一天残照，山的周围酝酿成一层朦朦胧胧的岚气，反射出一种紫不紫红不红的颜色来。

他正在那里出神呆看的时候，喀的咳嗽了一声，他的背后忽然来了一个农夫。回头一看，他就把他脸上的笑容改装成一副忧郁的面色，好像他的笑容是怕被人看见的样子。

二

他的忧郁症愈闹愈甚了。

他觉得学校里的教科书，味同嚼蜡，毫无半点生趣。天气清朗的时候，他每捧了一本爱读的文学书，跑到人迹罕至的山腰水畔，去贪那孤寂的深味去。在万籁俱寂的瞬间，在水天相映的地方，他看看草木虫鱼，看看白云碧落，便觉得自家是一个孤高傲世的贤人，一个超然独立的隐者。有时在山中遇着一个农夫，他便把自己当作了 Zarathustra[①]，把 Zarathustra 所说的话，也在心里对那农夫讲了。他的 megalomania[②] 也同他的 hypochondria[③] 成了正比例，一天一天的增加起来。在这样的时候，也难怪他不愿意上学校去，去作那同机械一样的工夫去。他竟有接连四五天不上学校去听讲的时候。

有时候他到学校里去，他每觉得众人都在那里凝视他的样子。他避来避去想避他的同学，然而无论到了什么地方，他的同学的眼光，总好像怀了恶意，射在他的背脊上面。

上课的时候，他虽然坐在全班学生的中间，然而总觉得孤独得很；在稠人广众之中感得的这种孤独，倒比一个人在冷清的地方，感得的那种孤独还更难受。看看他的同学，一个个都是兴高采烈的在那里听先生的讲义，只有他一个人身体虽然坐在讲堂里头，心思却同飞云逝电一般，在那里作无边无际的空想。

好容易下课的钟声响了！先生退去之后，他的同学说笑的说笑，谈天的谈天，个个都同春来的燕雀似的，在那里作乐；只有他一个人锁了愁眉，舌根好像被千钧的巨石锤住的样子，兀的不作一

---

① 查拉图斯特拉，尼采著作《查拉图斯特拉如是说》中的主人公。
② 英文：夸大妄想症。
③ 英文：忧郁症。

声。他也很希望他的同学来对他讲些闲话，然而他的同学却都自家管自家的去寻欢作乐去，一见了他那一副愁容，没有一个不抱头奔散的，因此他愈加怨他的同学了。

“他们都是日本人，他们都是我的仇敌，我总有一天来复仇，我总要复他们的仇。”

一到了悲愤的时候，他总这样的想的，然而到了安静之后，他又不得不嘲骂自家说：

“他们都是日本人，他们对你当然是没有同情的，因为你想得他们的同情，所以你怨他们，这岂不是你自家的错误么？”

他的同学中的好事者，有时候也有人来向他说笑的，他心里虽然非常感激，想同那一个人谈几句知心的话，然而口中总说不出什么话来；所以有几个解他的意的人，也不得不同他疏远了。

他的同学日本人在那里欢笑的时候，他总疑他们是在那里笑他，他就一霎时的红起脸来。他们在那里谈天的时候，若有偶然看他一眼的人，他又忽然红起脸来，以为他们是在那里讲他。他同他同学中间的距离，一天一天的远背起来，他的同学都以为他是爱孤独的人，所以谁也不敢来近他的身。

有一天放课之后，他挟了书包回到他的旅馆里来，有三个日本学生系同他同路的。将要到他寄寓的旅馆的时候，前面忽然来了两个穿红裙的女学生。在这一区市外的地方，从没有女学生看见的，所以他一见了这两个女子，呼吸就紧缩起来。他们四个人同那两个女子擦过的时候，他的三个日本人的同学都问她们说：

“你们上哪儿去？”

那两个女学生就作起娇声来回答说：

“不知道！”

“不知道！”

那三个日本学生都高声笑起来，好像是很得意的样子；只有他一个人似乎是他自家同她们讲了话似的，害了羞，匆匆跑回旅馆里来。进了他自家的房，把书包用力的向席上一丢，他就在席上躺下了。他的胸前还在那里乱跳，用了一只手枕着头，一只手按着胸口，他便自嘲自骂的说：

"You coward fellow, you are too coward! ①

"你既然怕羞，何以又要后悔？

"既要后悔，何以当时你又没有那样的胆量，不同她们去讲一句话？

"Oh, coward, coward!" ②

说到这里，他忽然想起刚才那两个女学生的眼波来了。

那两双活泼泼的眼睛！

那两双眼睛里，确有惊喜的意思含在里头。然而再仔细想了一想，他又忽然叫起来说：

"呆人呆人！她们虽有意思，与你有什么相干？她们所送的秋波，不是单送给那三个日本人的么？唉！唉！她们已经知道了，已经知道我是支那人了，否则她们何以不来看我一眼呢！复仇复仇，我总要复她们的仇。"

说到这里，他那火热的颊上忽然滚了几颗冰冷的眼泪下来。他是伤心到极点了。这一天晚上，他记的日记说：

> 我何苦要到日本来，我何苦要求学问。既然到了日本，那自然不得不被他们日本人轻侮的。中国呀中国！你怎么不富强起来，我不能再隐忍过去了。

---

① 英文：你这个懦夫，你太怯懦了！

② 英文：唉，懦夫！懦夫！

故乡岂不有明媚的山河，故乡岂不有如花的美女？我何苦要到这东海的岛国里来！

到日本来倒也罢了，我何苦又要进这该死的高等学校。他们留了五个月学回去的人，岂不在那里享荣华安乐么？这五六年的岁月，教我怎么能挨得过去。受尽了千辛万苦，积了十数年的学识，我回国去，难道定能比他们来胡闹的留学生更强么？

人生百岁，年少的时候，只有七八年的光景，这最纯最美的七八年，我就不得不在这无情的岛国里虚度过去，可怜我今年已经是二十一了。

槁木的二十一岁！

死灰的二十一岁！

我真还不如变了矿物质的好，我大约没有开花的日子了。

知识我也不要，名誉我也不要，我只要一个安慰我体谅我的"心"。一副白热的心肠！从这一副心肠里生出来的同情！从同情而来的爱情！

我所要求的就是爱情！

若有一个美人，能理解我的苦楚，她要我死，我也肯的。

若有一个妇人，无论她是美是丑，能真心真意的爱我，我也愿意为她死的。

我所要求的就是异性的爱情！

苍天呀苍天，我并不要知识，我并不要名誉，我也不要那些无用的金钱，你若能赐我一个伊甸园内的"伊扶"[1]，使她的肉体与心灵，全归我有，我就心满意足了。

---

① 即夏娃。

三

他的故乡，是富春江上的一个小市，去杭州水程不过八九十里。这一条江水，发源安徽，贯流全浙，江形曲折，风景常新，唐朝有一个诗人赞这条江水说“一川如画”。他十四岁的时候，请了一位先生写了这四个字，贴在他的书斋里，因为他的书斋的小窗，是朝着江面的。虽则这书斋结构不大，然而风雨晦明，春秋朝夕的风景，也还抵得过滕王高阁。在这小小的书斋里过了十几个春秋，他才跟了他的哥哥到日本来留学。

他三岁的时候就丧了父亲，那时候他家里困苦得不堪。好容易他长兄在日本W大学卒了业，回到北京，考了一个进士，分发在法部当差，不上两年，武昌的革命起来了。那时候他已在县立小学堂卒了业，正在那里换来换去的换中学堂。他家里的人都怪他无恒性，说他的心思太活；然而依他自己讲来，他以为他一个人同别的学生不同，不能按部就班的同他们同在一处求学的。所以他进了K府中学之后，不上半年又忽然转了H府中学来；在H府中学住了三个月，革命就起来了。H府中学停学之后，他依旧只能回到那小小的书斋里来。第二年的春天，正是他十七岁的时候，他就进了H大学的预科。这大学是在杭州城外，本来是美国长老会捐钱创办的，所以学校里浸润了一种专制的弊风，学生的自由，几乎被压缩得同针眼儿一般的小。礼拜三的晚上有什么祈祷会，礼拜日非但不准出去游玩，并且在家里看别的书也不准的，除了唱赞美诗祈祷之外，只许看新旧约书。每天早晨从九点钟到九点二十分，定要去做礼拜，不去做礼拜，就要扣分数记过。他虽然非常爱那学校近旁的山水景物，然而他的心里，总有些反抗的意思，因为他是一个爱自由的人，对那些迷信的管束，怎么也不甘心服从。住不上半年，那大学里的厨子，托了校长的势，竟打起学生来。学生中间有几个不服的，便去告诉校长，校长反说学生不是。他看看这些情形，实在是太无道理了，就立刻去告了退，仍复回家，到那小小的书斋里去，那时候已经是六月初了。

在家里住了三个多月，秋风吹到富春江上，两岸的绿树，就快凋落的时候，他又坐了帆船，下富春江，上杭州去。却好那时候石牌楼的W中学正在那里招插班生，他进去见了校长M氏，把他的经历说给了M氏夫妻听，M氏就许他插入最高的班里去。这W中学原来也是一个教会学校，校长M氏，也是一个糊涂的美国宣教师；他看看这学校的内容倒比H大学不如了。与一位很卑鄙的教务长——原来这一位先生就是H大学的卒业生——闹了一场，第二年的春天，他就出来了。出了W中学，他看看杭州的学校，都不能如他的意，所以他就打算不再进别的学校去。

正是这个时候，他的长兄也在北京被人排斥了。原来他的长兄为人正直得很，在部里办事，铁面无私，并且比一般部内的人物又多了一些学识，所以部内上下，都忌惮他。有一天某次长的私人来问他要一个位置，他执意不肯，因此次长就同他闹起意见来，过了几天他就辞了部里的职，改到司法界去做司法官去了。他的二兄那时候正在绍兴军队里作军官，这一位二兄军人习气颇深，挥金如土，专喜结交侠少。他们弟兄三人，到这时候都不能如意之所为，所以那一小市镇里的闲人都说他们的风水破了。

他回家之后，便镇日镇夜的蛰居在他那小小的书斋里。他父祖及他长兄所藏的书籍，就作了他的良师益友。他的日记上面，一天一天的记起诗来。有时候他也用了华丽的文章做起小说来，小说里就把他自己当作了一个多情的勇士，把他邻近的一家寡妇的两个女儿，当作了贵族的苗裔，把他故乡的风物，全编作了田园的情景；

有兴的时候，他还把他自家的小说，用单纯的外国文翻译起来；他的幻想，愈演愈大了，他的忧郁病的根苗，大概也就在这时候培养成功的。

在家里住了半年，到了七月中旬，他接到他长兄的来信说：

> 院内近有派予赴日本考察司法事务之意，予已许院长以东行，大约此事不日可见命令。渡日之先，拟返里小住。三弟居家，断非上策，此次当偕伊赴日本也。

他接到了这一封信之后，心中日日盼他长兄南来，到了九月下旬，他的兄嫂才自北京到家。住了一月，他就同他的长兄长嫂同到日本去了。

到了日本之后，他的 dreams of the romantic age[①] 尚未醒悟，模模糊糊的过了半载，他就考入了东京第一高等学校。这正是他十九岁的秋天。

第一高等学校将开学的时候，他的长兄接到了院长的命令，要他回去。他的长兄就把他寄托在一家日本人的家里，几天之后，他的长兄长嫂和他的新生的侄女儿就回国去了。

东京的第一高等学校里有一班预备班，是为中国学生特设的。在这预科里预备一年，卒业之后，才能入各地高等学校的正科，与日本学生同学。他考入预科的时候，本来填的是文科，后来将在预科卒业的时候，他的长兄定要他改到医科去，他当时亦没有什么主见，就听了他长兄的话把文科改了。

预科卒业之后，他听说N市的高等学校是最新的，并且N市是日本产美人的地方，所以他就要求到N市的高等学校去。

---

① 英文：浪漫时代的梦幻。

四

他的二十岁的八月二十九日的晚上，他一个人从东京的中央车站乘了夜行车到N市去。

那一天大约刚是旧历的初三四的样子，同天鹅绒似的又蓝又紫的天空里，洒满了一天星斗。半痕新月，斜挂在西天角上，却似仙女的蛾眉，未加翠黛的样子。他一个人靠着了三等车的车窗，默默的在那里数窗外人家的灯火。火车在暗黑的夜气中间，一程一程地进去，那大都市的星星灯火，也一点一点的朦胧起来，他的胸中忽然生了万千哀感，他的眼睛里就忽然觉得热起来了。

“Sentimental, too sentimental! ”①

这样的叫一声，把眼睛揩了一下，他反而自家笑起自家来。

“你也没有情人留在东京，你也没有弟兄知己住在东京，你的眼泪究竟是为谁洒的呀！或者是对于你过去的生活的伤感，或者是对你二年间的生活的余情，然而你平时不是说不爱东京的么？

“唉，一年人住岂无情。

“黄莺住久浑相识，欲别频啼四五声！”

胡思乱想的寻思了一会，他又忽然想到初次赴新大陆去的清教徒的身上去。

“那些十字架下的流人，离开他故乡海岸的时候，大约也是悲壮淋漓，同我一样的。”

火车过了横滨，他的感情方才渐渐儿的平静起来。呆呆的坐了一忽，他就取了一张明信片出来，垫在海涅（Heine）的诗集上，用铅笔写了一首诗寄他东京的朋友。

---

① 英文：伤感，太伤感了！

峨眉月上柳梢初，又向天涯别故居。
四壁旗亭争赌酒，六街灯火远随车。
乱离年少无多泪，行李家贫只旧书。
后夜芦根秋水长，凭君南浦觅双鱼。

在朦胧的电灯光里，静悄悄的坐了一会，他又把海涅的诗集翻开来看了。

Lebet wohl, ihr glatten Säle,
Glatte Herren, glatte Frauen!
Auf die Berge will ich steigen,
Lachend auf euch niederschauen!

Heine's *Harzreise*

浮薄的尘寰，无情的男女，
　　你看那隐隐的青山，我欲乘风飞去；
且住且住，
　　我将从那绝顶的高峰，笑看你终归何处。

单调的轮声，一声声连连续续的飞到他的耳膜上来，不上三十分钟他竟被这催眠的车轮声引诱到梦幻的仙境里去了。

早晨五点钟的时候，天空渐渐儿的明亮起来。在车窗里向外一望，他只见一线青天还被夜色包住在那里。探头出去一看，一层薄雾，笼罩着一幅天然的画图，他心里想了一想：

“原来今天又是清秋的好天气，我的福分真可算不薄了。”

过了一个钟头，火车就到了N市的停车场。

下了火车，在车站上遇见了个日本学生；他看看那学生的制帽上也有两条白线，便知道他也是高等学校的学生。他走上前去，对那学生脱了一脱帽，问他说：

“第X高等学校是在什么地方？”

那学生回答说：

“我们一路去吧。”

他就跟了那学生跑出火车站来，在火车站的前头，乘了电车。

时光还早得很，N市的店家都还未曾起来。他同那日本学生坐了电车，经过了几条冷清的街巷，就在鹤舞公园前面下了车。他问那日本学生说：

“学校还远得很么？”

“还有二里多路。”

穿过了公园，走到稻田中间的细路上的时候，他看看太阳已经起来了，稻上的露滴，还同明珠似的挂在那里。前面有一丛树林，树林荫里，疏疏落落的看得见几椽农舍。有两三条烟囱筒子，突出在农舍的上面，隐隐约约的浮在清晨的空气里。一缕两缕的青烟，同炉香似的在那里浮动，他知道农家已在那里炊早饭了。

到学校近边的一家旅馆去一问，他一礼拜前头寄出的几件行李，早已经到在那里。原来那一家人家是住过中国留学生的，所以主人待他也很殷勤。在那一家旅馆里住下了之后，他觉得前途好像有许多欢乐在那里等他的样子。

他的前途的希望，在第一天的晚上，就不得不被目前的实情嘲弄了。原来他的故里，也是一个小小的市镇。到了东京之后，在人山人海的中间，他虽然时常觉得孤独，然而东京的都市生活，同他幼时的习惯尚无十分龃龉的地方。如今到了这N市的乡下之后，他的旅馆，是一家孤立的人家，四面并无邻舍，左首门外便是一条如发的大道，前后都是稻田，西面是一方池水，并且因为学校还没有开课，别的学生还没有到来，这一家宽旷的旅馆里，只住了他一个客人。白天倒还可以支吾过去，一到了晚上，他开窗一望，四面都是沉沉的黑影，并且因N市的附近是一大平原，所以望眼连天，四面并无遮障之处，远远里有一点灯火，明灭无常，森然有些鬼气。天花板里，又有许多虫鼠，息栗索落的在那里争食。窗外有几株梧桐，微风动叶，飒飒的响得不已，因为他住在二层楼上，所以梧桐的叶战声，近在他的耳边。他觉得害怕起来，几乎要哭出来了。他对于都市的怀乡病（nostalgia）从未有比那一晚更甚的。

学校开了课，他朋友也渐渐儿的多起来。感受性非常强烈的他的性情，也同天空大地丛林野水融和了。不上半年，他竟变成了一个大自然的宠儿，一刻也离不了那天然的野趣了。

他的学校是在N市外，刚才说过N市的附近是一大平原，所以四边的地平线，界限广大得很。那时候日本的工业还没有十分发达，人口也还没有增加得同目下一样，所以他的学校的近边，还多是丛林空地，小阜低岗。除了几家与学生做买卖的文房具店及菜馆之外，附近并没有居民。荒野的中间，只有几家为学生设的旅馆，同晓天的星影似的，散缀在麦田瓜地的中央。晚饭毕后，披了黑呢的缦斗（le manteau）[①]，拿了爱读的书，在迟迟不落的夕照中间，散步逍遥，是非常快乐的。他的田园趣味，大约也是在这 idyllic wanderings[②] 的中间养成的。

在生活竞争不十分猛烈，逍遥自在，同中古时代一样的时候，在风气纯良，不与市井小人同处，清闲雅淡的地方，过日子正如做

---

① 即斗篷。

② 英文：田园诗般的漫游。

梦一般。他到了N市之后，转瞬之间，已经有半载多了。

熏风日夜的吹来，草色渐渐儿的绿起来，旅馆近旁麦田里的麦穗，也一寸一寸的长起来了。草木虫鱼都化育起来，他的从始祖传来的苦闷也一日一日的增长起来，他每天早晨，在被窝里犯的罪恶，也一次一次的加起来了。

他本来是一个非常爱高尚爱洁净的人，然而一到了这邪念发生的时候，他的智力也无用了，他的良心也麻痹了，他从小服膺的“身体发肤不敢毁伤”的圣训，也不能顾全了。他犯了罪之后，每深自痛悔，切齿的说，下次总不再犯了，然而到了第二天的那个时候，种种幻想，又活泼泼的到他的眼前来。他平时所看见的“伊扶”的遗类，都赤裸裸的来引诱他。中年以后的妇人的形体，在他的脑里，比处女更有挑拨他情动的地方。他苦闷一场，恶斗一场，终究不得不做她们的俘虏。这样的一次成了两次，两次之后，就成了习惯了。他犯罪之后，每到图书馆里去翻出医书来看，医书上都千篇一律的说，于身体最有害的就是这一种犯罪。从此之后，他的恐惧心也一天一天的增加起来。有一天他不知道从什么地方得来的消息，好像是一本书上说，俄国近代文学的创设者Gogol[①]也犯这一宗病，他到死竟没有改过来，他想到了Gogol，心里就宽了一宽，因为这《死了的灵魂》[②]的著者，也是同他一样的。然而这不过自家对自家的宽慰而已，他的胸里，总有一种非常的忧虑存在那里。

因为他是非常爱洁净的，所以他每天总要去洗澡一次，因为他是非常爱惜身体的，所以他每天总要去吃几个生鸡子和牛乳；然而他去洗澡或吃牛乳鸡子的时候，他总觉得惭愧得很，因为这都是他的犯罪的证据。

---

① 果戈理（1809—1852）。

② 即《死魂灵》。

他觉得身体一天一天的衰弱起来，记忆力也一天一天的减退了。他又渐渐儿的生了一种怕见人面的心思，见了妇人女子的时候，他觉得更加难受。学校的教科书，也渐渐的嫌恶起来，法国自然派的小说，和中国那几本有名的诲淫小说，他念了又念，几乎记熟了。

有时候他忽然做出一首好诗来，他自家便喜欢得非常，以为他的脑力还没有破坏。那时候他每对着自家起誓说：

“我的脑力还可以使得，还能做得出这样的诗，我以后决不再犯罪了。过去的事实是没法，我以后总不再犯罪了。若从此自新，我的脑力，还是很可以的。”

然而一到了紧迫的时候，他的誓言又忘了。

每礼拜四五，或每月的二十六七的时候，他索性尽意的贪起欢来。他的心里想，自下礼拜一或下月初一起，我总不犯罪了。有时候正合到礼拜六或月底的晚上，去剃头洗澡去，以为这就是改过自新的记号，然而过几天他又不得不吃鸡子和牛乳了。

他的自责心同恐惧心，竟一日也不使他安闲，他的忧郁症也从此厉害起来了。这样的状态继续了一二个月，他的学校里就放了暑假，暑假的两个月内，他受的苦闷，更甚于平时；到了学校开课的时候，他的两颊的颧骨更高起来，他的青灰色的眼窝更大起来，他的一双灵活的瞳人，变了同死鱼眼睛一样了。

五

秋天又到了。浩浩的苍空，一天一天的高起来。他的旅馆旁边的稻田，都带起黄金色来。朝夕的凉风，同刀也似的刺到人的心骨里去，大约秋冬的佳日，来也不远了。

一礼拜前的有一天午后，他拿了一本 Wordsworth 的诗集，在田塍路上逍遥漫步了半天。从那一天以后，他的循环性的忧郁症，尚未离他的身过。前几天在路上遇着的那两个女学生，常在他的脑里，不使他安静，想起那一天的事情，他还是一个人要红起脸来。

他近来无论上什么地方去，总觉得有坐立难安的样子。他上学校去的时候，觉得他的日本同学都似在那里排斥他。他的几个中国同学，也许久不去寻访了，因为去寻访了回来，他心里反觉得空虚。因为他的几个中国同学，怎么也不能理解他的心理。他去寻访的时候，总想得些同情回来的，然而到了那里，谈了几句以后，他又不得不自悔寻访错了。有时候和朋友讲得投机，他就任了一时的热意，把他的内外的生活都对朋友讲了出来，然而到了归途，他又自悔失言，心里的责备，倒反比不去访友的时候更加厉害。他的几个中国朋友，因此都说他是染了神经病了。他听了这话之后，对了那几个中国同学，也同对日本学生一样，起了一种复仇的心。他同他的几个中国同学，一日一日的疏远起来。嗣后虽在路上，或在学校里遇见的时候，他同那几个中国同学，也不点头招呼。中国留学生开会的时候，他当然是不去出席的。因此他同他的几个同胞，竟宛然成了两家仇敌。

他的中国同学的里边，也有一个很奇怪的人，因为他自家的结婚有些道德上的罪恶，所以他专喜讲人家的丑事，以掩己之不善，说他是神经病，也是这一位同学说的。

他交游离绝之后，孤冷得几乎到将死的地步，幸而他住的旅馆里，还有一个主人的女儿，可以牵引他的心，否则他真只能自杀了。他旅馆的主人的女儿，今年正是十七岁，长方的脸儿，眼睛大得很，笑起来的时候，面上有两颗笑靥，嘴里有一颗金牙看得出来，因为她自家觉得她自家的笑容是非常可爱，所以她平时常在那里弄笑。

他心里虽然非常爱她，然而她送饭来或来替他铺被的时候，他总装出一种兀不可犯的样子来。他心里虽想对她讲几句话，然而一见了她，他总不能开口。她进他房里来的时候，他的呼吸竟急促到吐气不出的地步。他在她的面前实在是受苦不起了，所以近来她进他的房里来的时候，他每不得不跑出房外去。然而他思慕她的心情，却一天一天的浓厚起来。有一天礼拜六的晚上，旅馆里的学生，都上N市去行乐去了。他因为经济困难，所以吃了晚饭，上西面池上去走了一回，就回到旅舍里来枯坐。

回家来坐了一会，他觉得那空旷的二层楼上，只有他一个人在家。静悄悄的坐了半晌，坐得不耐烦起来的时候，他又想跑出外面去。然而要跑出外面去，不得不由主人的房门口经过，因为主人和他女儿的房，就在大门的边上。他记得刚才进来的时候，主人和他的女儿正在那里吃饭。他一想到经过她面前的时候的苦楚，就把跑出外面去的心思丢了。

拿出了一本G. Gissing[①]的小说来读了三四页之后，静寂的空气里，忽然传了几声沙沙的泼水声音过来。他静静儿的听了一听，呼吸又一霎时的急了起来，面色也涨红了。迟疑了一会，他就轻轻的开了房门，拖鞋也不拖，幽手幽脚的走下扶梯去。轻轻的开了便所的门，他尽兀自的站在便所的玻璃窗口偷看。原来他旅馆里的浴室，就在便所的间壁，从便所的玻璃窗看去，浴室里的动静了了可见。他起初以为看一看就可以走的，然而到了一看之后，他竟同被钉子钉住的一样，动也不能动了。

那一双雪样的乳峰！

那一双肥白的大腿！

---

① 吉辛（1857—1903），英国小说家。

这全身的曲线！

呼气也不呼，仔仔细细的看了一会，他面上的筋肉，都发起痉挛来了。愈看愈颤得厉害，他那发颤的前额部竟同玻璃窗冲击了一下。被蒸气包住的那赤裸裸的“伊扶”便发了娇声问说：

“是谁呀？……”

他一声也不响，急忙跳出了便所，就三脚两步的跑上楼上去了。

他跑到了房里，面上同火烧的一样，口也干渴了。一边他自家打自家的嘴巴，一边就把他的被窝拿出来睡了。他在被窝里翻来覆去，总睡不着，便立起了两耳，听起楼下的动静来。他听听泼水的声音也息了，浴室的门开了之后，他听见她的脚步声好像是走上楼来的样子。用被包着了头，他心里的耳朵明明告诉他说：

“她已经立在门外了。”

他觉得全身的血液，都在往上奔注的样子。心里怕得非常，羞得非常，也喜欢得非常。然而若有人问他，他无论如何，总不肯承认说，这时候他是喜欢的。

他屏住了气息，尖着了两耳听了一会，觉得门外并无动静，又故意咳嗽了一声，门外亦无声响。他正在那里疑惑的时候，忽听见她的声音，在楼下同她的父亲在那里说话。他手里捏了一把冷汗，拚命想听出她的话来，然而无论如何总听不清楚。停了一会，她的父亲高声笑了起来，他把被蒙头的一罩，咬紧了牙齿说：

“她告诉了他了！她告诉了他了！”

这一天的晚上他一睡也不曾睡着。第二天的早晨，天亮的时候，他就惊心吊胆的走下楼来。洗了手面，刷了牙，趁主人和他的女儿还没有起来之先，他就同逃也似的出了那个旅馆，跑到外面来。

官道上的沙尘，染了朝露，还未曾干着。太阳已经起来了。他不问皂白，便一直的往东走去，远远有一个农夫，拖了一车野菜慢慢的走来。那农夫同他擦过的时候，忽然对他说：

“你早啊！”

他倒惊了一跳，那清瘦的脸上，又起了一层红潮，胸前又乱跳起来，他心里想：

“难道这农夫也知道了么？”

无头无脑的跑了好久，他回转头来看看他的学校，已经远得很了，举头看看，太阳也升高了。他摸摸表看，那银饼大的表，也不在身边。从太阳的角度看起来，大约已经是九点钟前后的样子。他虽然觉得饥饿得很，然而无论如何，总不愿意再回到那旅馆里去，同主人和他的女儿相见。想去买些零食充一充饥，然而他摸摸自家的袋看，袋里只剩了一角二分钱在那里。他到一家乡下的杂货店内，尽那一角二分钱，买了些零碎的食物，想去寻一处无人看见的地方去吃。走到了一处两路交叉的十字路口，他朝南一望，只见与他的去路横交的那一条自北趋南的路上，行人稀少得很。那一条路是向南斜低下去的，两面更有高壁在那里，他知道这路是从一条小山中开辟出来的。他刚才走来的那条大道，便是这山的岭脊，十字路当作了中心，与岭脊上的那条大道相交的横路，是两边低斜下去的。在十字路口迟疑了一会，他就取了那一条向南斜下的路走去。走尽了两面的高壁，他的去路就穿入大平原去，直通到彼岸的市内。平原的彼岸有一簇深林，划在碧空的心里，他心里想：

“这大约就是A神宫了。”

他走尽了两面的高壁，向左手斜面上一望，见沿高壁的那山面上有一道女墙，围住着几间茅舍，茅舍的门上悬着了“香雪海”三字的一方匾额。他离开了正路，走上几步，到那女墙的门前，顺手的向门一推，那两扇柴门竟自开了。他就随随便便的踏了进去。门内有一条曲径，自门口通过了斜面，直达到山上去的。曲径的两旁，有许多老苍的梅树种在那里，他知道这就是梅林了。顺了那一条曲径，往北的从斜面上走到山顶的时候，一片同图画似的平地，展开在他的眼前。这园自从山脚上起，跨有朝南的半山斜面，同顶上的一块平地，布置得非常幽雅。

山顶平地的西面是千仞的绝壁，与隔岸的绝壁相对峙，两壁的中间，便是他刚走过的那一条自北趋南的通路。背临着了那绝壁，有一间楼屋，几间平屋造在那里。因为这几间屋，门窗都闭在那里，他所以知道这定是为梅花开日卖酒食用的。楼屋的前面，有一块草地，草地中间，有几方白石，围成了一个花园，圈子里，卧着一枝老梅，那草地的南尽头，山顶的平正要向南斜下去的地方，有一块石碑立在那里，系记这梅林的历史的。他在碑前的草地上坐下之后，就把买来的零食拿出来吃了。

吃了之后，他兀兀的在草地上坐了一会。四面并无人声，远远的树枝上，时有一声两声的鸟鸣声飞来。他仰起头来看看澄清的碧落，同那皎洁的日轮，觉得四面的树枝房屋，小草飞禽，都一样的在和平的太阳光里，受大自然的化育。他那昨天晚上的犯罪的记忆，正同远海的帆影一般，不知消失到哪里去了。

这梅林的平地上和斜面上，叉来叉去的曲径很多。他站起来走来走去的走了一会，方晓得斜面上梅树的中间，更有一间平屋造在那里。从这一间房屋往东的走去几步，有眼古井，埋在松叶堆中。他摇摇井上的唧筒看，呷呷的响了几声，却抽不起水来。他心里想：

“这园大约只有梅花开的时候，开放一下，平时总没有人住的。”

到这时他又自言自语的说：

“既然空在这里，我何妨去向园主人去借住借住。”

想定了主意，他就跑下山来，打算去寻园主人去。他将走到门口的时候，却好遇见了一个五十来岁的农夫走进园来。他对那农夫道歉之后，就问他说：

"这园是谁的，你可知道？"

"这园是我经管的。"

"你住在什么地方的？"

"我住在路的那面。"

一边这样的说，一边那农民指着通路西边的一间小屋给他看。他向西一看，果然在西边的高壁尽头的地方，有一间小屋在那里。他点了点头，又问说：

"你可以把园内的那间楼屋租给我住住么？"

"可是可以的，你只一个人么？"

"我只一个人。"

"那你可不必搬来的。"

"这是什么缘故呢？"

"你们学校里的学生，已经有几次搬来过了，大约都因为冷静不过，住不上十天，就搬走的。"

"我可同别人不同，你但能租给我，我是不怕冷静的。"

"这样岂有不租的道理，你想什么时候搬来？"

"就是今天午后罢。"

"可以的，可以的。"

"请你替我扫一扫干净，免得搬来之后着忙。"

"可以可以。再会！"

"再会！"

六

搬进了山上梅园之后，他的忧郁症（hypochondria）又变起形状来了。

他同他的北京的长兄，为了一些儿细事，竟生起龃龉来。他发了一封长长的信，寄到北京，同他的长兄绝了交。

那一封信发出之后，他呆呆的在楼前草地上想了许多时候。他自家想想看，他便是世界上最不幸的人了。其实这一次的决裂，是发始于他的。同室操戈，事更甚于他姓之相争，自此之后，他恨他的长兄竟同蛇蝎一样，他被他人欺侮的时候，每把他长兄拿出来作比：

“自家的弟兄，尚且如此，何况他人呢！”

他每达到这一个结论的时候，必尽把他长兄待他苛刻的事情，细细回想出来。把各种过去的事迹，列举出来之后，就把他长兄判决是一个恶人，他自家是一个善人。他又把自家的好处列举出来，把他所受的苦处，夸大的细数起来。他证明得自家是一个世界上最苦的人的时候，他的眼泪就同瀑布似的流下来。他在那里哭的时候，空中好像有一种柔和的声音在对他说：

“啊呀，哭的是你么？那真是冤屈了你了。像你这样的善人，受世人的那样的虐待，这可真是冤屈了你了。罢了罢了，这也是天命，你别再哭了，怕伤害了你的身体！”

他心里一听到这一种声音，就舒畅起来。他觉得悲苦的中间，也有无穷的甘味在那里。

他因为想复他长兄的仇，所以就把所学的医科丢弃了，改入文科里去，他的意思，以为医科是他长兄要他改的，仍旧改回文科，就是对他长兄宣战的一种明示。并且他由医科改入文科，在高等学校须迟卒业一年。他心里想，迟卒业一年，就是早死一岁，你若因此迟了一年，就到死可以对你长兄含一种敌意。因为他恐怕一二年之后，他们兄弟两人的感情，仍旧要和好起来；所以这一次的转科，便是帮他永久敌视他长兄的一个手段。

气候渐渐儿的寒冷起来，他搬上山来之后，已经有一个月了，几日来天气阴郁，灰色的层云，天天挂在空中。寒冷的北风吹来的时候，梅林的树叶，每息索息索的飞掉下来。

初搬来的时候，他卖了些旧书，买了许多烩饭的器具，自家烧了一个月饭，因为天冷了，他也懒得烧了。他每天的伙食，就一切包给了山脚下的园丁家包办，所以他近来只同退院的闲僧一样，除了怨人骂己之外，更没有别的事情了。

有一天早晨，他侵早的起来，把朝东的窗门开了之后，他看见前面的地平线上有几缕红云，在那里浮荡。东天半角，反照出一种银红的灰色。因为昨天下了一天微雨，所以他看了这清新的旭日，比平日更添了几分欢喜。他走到山的斜面上，从那古井里汲了水，洗了手面之后，觉得满身的气力，一霎时都回复了转来的样子。他便跑上楼去，拿了一本黄仲则的诗集下来，一边高声朗读，一边尽在那梅林的曲径里，跑来跑去的跑圈子。不多一会，太阳起来了。

从他住的山顶向南方看去，眼下看得出一大平原。平原里的稻田，都尚未收割起。金黄的谷色，以绀碧的天空作了背景，反映着一天太阳的晨光，那风景正同看密来（Millet）[①] 的田园清画一般。他觉得自家好像已经变了几千年前的原始基督教徒的样子，对了这自然的默示，他不觉笑起自家的气量狭小起来。

“饶赦了！饶赦了！你们世人得罪于我的地方，我都饶赦了你们罢，来，你们来，都来同我讲和罢！”

手里拿着了那一本诗集，眼里浮着了两泓清泪，正对了那平原

① 米勒（1814—1875），法国画家。

的秋色，呆呆的立在那里想这些事情的时候，他忽听见他的近边，有两人在那里低声的说：

“今晚上你一定要来的哩！”

这分明是男子的声音。

“我是非常想来的，但是恐怕……”

他听了这娇滴滴的女子的声音之后，好像是被电气贯穿了的样子，觉得自家的血液循环都停止了。原来他的身边有一丛长大的苇草生在那里，他立在苇草的右面，那一对男女，大约是在苇草的左面，所以他们两个还不晓得隔着苇草，有人站在那里。那男人又说：

“你心真好，请你今晚来吧，我们到如今还没在被窝里睡过觉。”

“……”

他忽然听见两人的嘴唇，咂咂的好像在那里吮吸的样子。他同偷了食的野狗一样，就惊心吊胆的把身子屈倒去听了。

“你去死罢，你去死罢，你怎么会下流到这样的地步！”

他心里虽然如此的在那里痛骂自己，然而他那一双尖着的耳朵，却一言半语也不愿意遗漏，用了全副精神在那里听着。

地上的落叶索息索息的响了一下。

解衣带的声音。

男人嘶嘶的吐了几口气。

舌尖吮吸的声音。

女人半轻半重，断断续续的说：

“你！……你！……你快……快 × × 罢。……别……别……别被人……被人看见了。”

他的面色，一霎时的变了灰色了。他的眼睛同火也似的红了起来。他的上颚骨同下颚骨呷呷的发起颤来。他再也站不住了。他想跑开去，但是他的两只脚，总不听他的话。他苦闷了一场，听听两人出去了之后，就同落水的猫狗一样，回到楼上房里去，拿出被窝来睡了。

七

他饭也不吃，一直在被窝里睡到午后四点钟的时候才起来。那时候夕阳洒满了远近。平原的彼岸的树林里，有一带苍烟，悠悠扬扬的笼罩在那里。他踉踉跄跄的走下了山，上了那一条自北趋南的大道，穿过了那平原，无头无绪的尽是向南的走去。走尽了平原，他已经到了A神宫前的电车停留处了。那时候恰好从南面有一乘电车到来，他不知不觉就跳了上去，既不知道他究竟为什么要乘电车，也不知道这电车是往什么地方去的。

走了十五六分钟，电车停了，运车的教他换车，他就换了一乘车。走了二三十分钟，电车又停了，他听见说是终点了，他就走了下来。他的前面就是筑港了。

前面一片汪洋的大海，横在午后的太阳光里，在那里微笑。超海而南有一发青山，隐隐的浮在透明的空气里，西边是一脉长堤，直驰到海湾的心里去。堤外有一处灯台，同巨人似的立在那里。几艘空船和几只舢板，轻轻的在系着的地方浮荡。海中近岸的地方，有许多浮标，饱受了斜阳，红红的浮在那里。远处风来，带着几句单调的话声，既听不清楚是什么话，也不知道是从哪里来的。

他在岸边上走来走去走了一会，忽听见那一边传过了一阵击磬的声来。他跑过去一看，原来是为唤渡船而发的。他立了一会，看有一只小火轮从对岸过来了。跟着了一个四五十岁的工人，他也进了那只小火轮去坐下了。

渡到东岸之后，上前走了几步，他看见靠岸有一家大庄子在那里。大门开得很大，庭内的假山花草，布置得楚楚可爱。他不问是非，就踱了进去。走不上几步，他忽听得前面家中有女人的娇声叫他说：

“请进来吓！”

他不觉惊了一下，就呆呆的站住了。他心里想：

“这大约就是卖酒食的人家，但是我听见说，这样的地方，总有妓女在那里的。”

一想到这里，他的精神就抖擞起来，好像是一桶冷水浇上身来的样子。他的面色立时变了。要想进去又不能进去，要想出来又不得出来；可怜他那同兔儿似的小胆，同猿猴似的淫心，竟把他陷到一个大大的难境里去了。

“进来吓！请进来吓！”里面又娇滴滴的叫了起来，带着笑声。

“可恶东西，你们竟敢欺我胆小么？”

这样的怒了一下，他的面色更同火也似的烧了起来。咬紧了牙齿，把脚在地上轻轻的蹬了一蹬，他就捏了两个拳头，向前进去，好像是对了那几个年轻的侍女宣战的样子。但是他那青一阵红一阵的面色，和他的面上的微微儿在那里振动的筋肉，总隐藏不过。他走到那几个侍女的面前的时候，几乎要同小孩似的哭出来了。

“请上来！”

“请上来！”

他硬了头皮，跟了一个十七八岁的侍女走上楼去，那时候他的精神已经有些镇静下来了。走了几步，经过一条暗暗的夹道的时候，一阵恼人的花粉香气，同日本女人特有的一种肉的香味，和头发上的香油气息合作了一处，扑上他的鼻孔来。他立刻觉得头晕起来，眼睛里看见了几颗火星，向后边跌也似的退了一步。他再定睛一看，只见他的前面黑暗暗的中间，有一长圆形的女人的粉面，堆着了微笑，在那里问他说：

“你！你还是上靠海的地方呢，还是怎样？”

他觉得女人口里吐出来的气息，也热和和的喷上他的面来。他不知不觉把这气息深深的吸了一口。他的意识，感觉到他这行为的时候，他的面色又立刻红了起来。他不得已只能含含糊糊的答应她说：

“上靠海的房间里去。”

进了一间靠海的小房间，那侍女便问他要什么菜。他就回答说：

“随便拿几样来罢。”

“酒要不要？”

“要的。”

那侍女出去之后，他就站起来推开了纸窗，从外边放了一阵空气进来。因为房里的空气沉浊得很，他刚才在夹道中闻过的那一阵女人的香味，还剩在那里，他实在是被这一阵气味压迫不过了。

一湾大海，静静的浮在他的面前。外边好像是起了微风的样子，一片一片的海浪，受了阳光的返照，同金鱼的鱼鳞似的，在那里微动。他立在窗前看了一会，低声的吟了一句诗出来：

“夕阳红上海边楼。”

他向西一望，见太阳离西南的地平线只有一丈多高了。呆呆的看了一会，他的心想怎么也离不开刚才的那个侍女。她的口里的头上的面上的和身体上的那一种香味，怎么也不容他的心思去想别的东西。他才知道他想吟诗的心是假的，想女人的肉体的心是真的了。

停了一会，那侍女把酒菜搬了进来，跪坐在他的面前，亲亲热热的替他上酒。他心里想仔仔细细的看她一看，把他的心里的苦闷都告诉了她，然而他的眼睛怎么也不敢平视她一眼，他的舌根怎么也不能摇动一摇动。他不过同哑子一样，偷看看她那搁在膝上一双纤嫩的白手，同衣缝里露出来的一条粉红的围裙角。

原来日本的妇人都不穿裤子，身上贴肉只围着一条短短的围裙。外边就是一件长袖的衣服，衣服上也没有钮扣，腰里只缚着一条一尺多宽的带子，后面结着一个方结。她们走路的时候，前面的衣服每一步一步的掀开来，所以红色的围裙，同肥白的腿肉，每能偷看。这是日本女子特别的美处；他在路上遇见女子的时候，注意的就是这些地方。他切齿的痛骂自己，畜生！狗贼！卑怯的人！也便是这个时候。

他看了那侍女的围裙角，心头便乱跳起来。愈想同她说话，他愈觉得讲不出话来。大约那侍女是看得不耐烦起来了，便轻轻的问他说：

"你府上是什么地方？"

一听了这一句话，他那清瘦苍白的面上，又起了一层红色；含含糊糊的回答了一声，他呐呐的总说不出清晰的回话来。可怜他又站在断头台上了。

原来日本人轻视中国人，同我们轻视猪狗一样。日本人都叫中国人作"支那人"，这"支那人"三字，在日本，比我们骂人的"贱贼"还更难听，如今在一个如花的少女前头，他不得不自认说"我是支那人"了。

"中国呀中国，你怎么不强大起来！"

他全身发起抖来，他的眼泪又快滚下来了。

那侍女看他发颤发得厉害，就想让他一个人在那里喝酒，好教他把精神安镇安镇，所以对他说：

“酒就快没有了，我再去拿一瓶来吧。”

停了一会，他听得那侍女的脚步声又走上楼来。他以为她是上他这里来的，所以就把衣服整了一整，姿势改了一改。但是他被她欺骗了。她原来是领了两三个另外的客人，上间壁的那一间房间里去的。那两三个客人都在那里对那侍女取笑，那侍女也娇滴滴的说：

“别胡闹了，间壁还有客人在那里。”

他听了就立刻发起怒来。他心里骂他们说：

“狗才！俗物！你们都敢来欺侮我么？复仇复仇，我总要复你们的仇。世间哪里有真心的女子！那侍女的负心东西，你竟敢把我丢了么？罢了罢了，我再也不爱女人了，我再也不爱女人了。我就爱我的祖国，我就把我的祖国当作了情人罢。”

他马上就想跑回去发愤用功。但是他的心里，却很羡慕那间壁的几个俗物。他的心里，还有一处地方在那里盼望那个侍女再回到他这里来。

他按住了怒，默默的喝干了几杯酒，觉得身上热起来。打开了窗门，他看太阳就快要下山去了。又连饮了几杯，他觉得他面前的海景都朦胧起来。西面堤外的灯台的黑影，长大了许多。一层茫茫的薄雾，把海天融混作了一处。在这一层混沌不明的薄纱影里，西方的将落不落的太阳，好像在那里惜别的样子。他看了一会，不知道是什么缘故，只觉得好笑。呵呵的笑了一回，他用手擦擦自家那火热的双颊，便自言自语的说：

“醉了醉了！”

那侍女果然进来了。见他红了脸，立在窗口在那里痴笑，便问他说：

“窗开了这样大，你不冷的么？”

"不冷不冷，这样好的落照，谁舍得不看呢？"

"你真是一个诗人呀！酒拿来了。"

"诗人！我本来是一个诗人。你去把纸笔拿了来，我马上写首诗给你看看。"

那侍女出去了之后，他自家觉得奇怪起来。他心里想：

"我怎么会变了这样大胆的？"

痛饮了几杯新拿来的热酒，他更觉得快活起来，又禁不得呵呵笑了一阵。他听见间壁房间里的那几个俗物，高声的唱起日本歌来，他也放大了嗓子唱着说：

醉拍阑干酒意寒，江湖寥落又冬残。
剧怜鹦鹉中州骨，未拜长沙太傅官。
一饭千金图报易，几人五噫出关难。
茫茫烟水回头望，也为神州泪暗弹。

高声的念了几遍，他就在席上醉倒了。

八

一醉醒来，他看看自家睡在一条红绸的被里，被上有一种奇怪的香气。这一间房间也不很大，但已不是白天的那一间房间了。房中挂着一盏十烛光的电灯，枕头边上摆着了一壶茶，两只杯子。他倒了二三杯茶，喝了之后，就踉踉跄跄的走到房外去。他开了门，却好白天的那侍女也跑过来了。她问他说：

"你！你醒了么？"

他点了一点头，笑微微的回答说：

"醒了。便所是在什么地方的？"

"我领你去吧。"

他就跟了她去。他走过日间的那条夹道的时候，电灯点得明亮得很。远近有许多歌唱的声音，三弦的声音，大笑的声音传到他耳朵里来。白天的情节，他都想出来了。一想到酒醉之后，他对那侍女说的那些话的时候，他觉得面上又发起烧来。

从厕所回到房里之后，他问那侍女说：

"这被是你的么？"

侍女笑着说：

"是的。"

"现在是什么时候了？"

"大约是八点四五十分的样子。"

"你去开了账来罢！"

"是。"

他付清了账，又拿了一张纸币给那侍女，他的手不觉微颤起来。那侍女说：

"我是不要的。"

他知道她是嫌少了。他的面色又涨红了，袋里摸来摸去，只有一张纸币了，他就拿了出来给她说：

"你别嫌少了，请你收了罢。"

他的手震动得更加厉害，他的话声也颤动起来了。那侍女对他看了一眼，就低声的说：

"谢谢！"

他一直的跑下了楼，套上了皮鞋，就走到外面来。

外面冷得非常，这一天大约是旧历的初八九的样子。半轮寒月，高挂在天空的左半边。淡青的圆形天盖里，也有几点疏星，散在那里。

他在海边上走了一回，看看远岸的渔灯，同鬼火似的在那里招引他。细浪中间，映着了银色的月光，好像是山鬼的眼波，在那里开闭的样子。不知是什么道理，他忽想跳入海里去死了。

他摸摸身边看，乘电车的钱也没有了。想想白天的事情看，他又不得不痛骂自己。

“我怎么会走上那样的地方去的？我已经变了一个最下等的人了。悔也无及，悔也无及。我就在这里死了吧。我所求的爱情，大约是求不到的了。没有爱情的生涯，岂不同死灰一样么？唉，这干燥的生涯，这干燥的生涯，世上的人又都在那里仇视我，欺侮我，连我自家的亲弟兄，自家的手足，都在那里排挤我到这世界外去。我将何以为生，我又何必生存在这多苦的世界里呢！”

想到这里，他的眼泪就连连续续的滴了下来。他那灰白的面色，竟同死人没有分别了。他也不举起手来揩揩眼泪，月光射到他的面上，两条泪线，倒变了叶上的朝露一样放起光来。他回转头来看看他自家的又瘦又长的影子，就觉得心痛起来。

“可怜你这清影，跟了我二十一年，如今这大海就是你的葬身地了，我的身子，虽然被人家欺辱，我可不该累你也瘦弱到这步田地的。影子呀影子，你饶了我罢！”

他向西面一看，那灯台的光，一霎变了红一霎变了绿的在那里尽它的本职。那绿的光射到海面上的时候，海面就现出一条淡青的路来。再向西天一看，他只见西方青苍苍的天底下，有一颗明星，在那里摇动。

“那一颗摇摇不定的明星的底下，就是我的故国。也就是我的生地。我在那一颗星的底下，也曾送过十八个秋冬，我的乡土啊，我如今再也不能见你的面了。”

他一边走着，一边尽在那里自伤自悼的想这些伤心的哀话。走了一会，再向那西方的明星看了一眼，他的眼泪便同骤雨似的落下来了。他觉得四边的景物，都模糊起来。把眼泪揩了一下，立住了脚，长叹了一声，他便断断续续的说：

“祖国呀祖国！我的死是你害我的！

“你快富起来！强起来吧！

“你还有许多儿女在那里受苦呢！”

一九二一年五月九日改作

胃 病[1]

人到了中年，就有许多哀感生出来。中年人到了病里，又有许多悲苦，横空的堆上心来。我这几天来愁闷极了，中国的国事，糟得同乱麻一样，中国人的心里，都不能不抱一种哀想。前几天我的家里又来了一封信，我新娶的女人，为了一些儿细事，竟被我母亲逼出了家，逃到工场去作女工去了。像这样没有趣味的生涯，谁愿意再挨忍过去？数日前的痛饮，实有难诉的苦衷在那儿，我到现在才知道信陵君的用心苦了。

连接的痛饮了几场，胸中觉得渐渐儿隐痛起来。五月二十八日，吃过午膳之后，腹中忽然一阵一阵的发起剧痛来。到了午后三时，体热竟增到了四十一度。四年前发肠窒扶斯的时候，病症正同现在一样，我以为肠窒扶斯又发作了。肠窒扶斯的再发是死症，我觉得我的面同死神的面已经贴着了。死也没有什么可怕，只是我新娶的女人未免太苦一点儿。伊是我的一个牺牲（其实是过渡时代的一个牺牲），可怜伊空待了我二十三年，如今又不得不做寡妇了！我知道伊是一个旧思想家，我死之后，伊定不肯改嫁的，我死之后，教伊怎样过活呢？想到这里，我也觉得有些凄凉。

---

① 本篇原载于一九二一年上海《民国日报·平民》周刊第七十四至七十七期，原题为《友情与胃病》，一九二七年收入《达夫全集》第二卷《鸡肋集》时，改题为《胃病》。

我也是一个梦想家，我也是一个可怜的悲喜剧者，我头朝着了天花板，脑里想出了许多可怜的光景来。遗言也写了；朋友对我的嘱别，我对朋友的苦语也讲了；我所有的旧书都一本一本的分送给我的朋友；我的英国朋友，到我床前来的时候，我就把 Max Beerbohm[①] 的 *The Happy Hypocrite*（《幸福的伪善者》），送给了他，我看他看了这书名，面上好像有些过不下去的样子，因为他是一个牧师；最后的一场光景，就是青会馆内替我设的一场追悼大会。我的许多朋友，虽然平日在那里说我的坏话，暗中在那里设法害我的人，到了这个时候，也装起一副愁苦的容貌来，说：

"某君是怎么好怎么好的一个人，他同我有怎么怎么的交情，待人怎么怎么的宽和，学问怎么怎么的深博……他正是一个大天才……"

啊啊，你这位先生，你平时能少骂我几句就好了！

想到这里我竟把我的病忘了，我反想起世情的浮薄来。唉！人心不古，我想到了最后的这一场光景，就不得不学贾长沙的放声长叹：

"世人呀世人！你们究竟是在那里做戏呢，还是怎么？"

午后四点钟的时候，热度有高无退，我心里也害怕起来，就托同客寓的同学 S 君和 W 君打电话到各处医院去问讯。各处医院都回答说：

"今天是礼拜六，不看病了。明天是礼拜日，也不看病的。"

S 君和 W 君着了急，又问他们说：

"若患急病便怎么？难道你们竟坐视他病死不成？"

"那也没有法子的，病人若在今明两天之内危笃起来，只能由他死的。你可知道我们病院的规则同国家的法律一样，说礼拜六的

① 麦克斯·毕尔博姆（1872—1956），英国作家。

午后和礼拜日不诊病，无论人要死要活，总是不诊病的，谁教他不择个日子生病呢？”

“……”

S君和W君想和他辩驳的时候，他却早把电话器挂上走了。

唉，这就是医生的声气！

无论病人要死要活，说到不诊病，总是不诊病的！

到了晚上，我的热才凉退下去，有几个学医的朋友，都来看我，我觉得感谢得很。病在客中，若没有朋友来和我谈谈，教我如何堪此寂寞哟！

晚上又睡不着，开了两眼，对了黄黄的电灯光，我想出了许多事迹来。听打了十二点钟，得才微微的入睡。

第二天早晨一早醒来，太阳的光线，已经射进我的房里来了。我的房间是在三层楼上的，所以一开眼，我就能知道天气的晴雨。春天也已经剩了不多几日了，像这样的佳日，我却不能出去游玩，天呀天呀，你待我何以这样的酷烈！

开了眼想了一会，我觉得终究不能好好的安睡，我就打定了主意，起到床外来了。开了北窗一望，一片晴天，同秋天的苍空一样，看得人喜欢起来。下楼去洗面的时候，我觉得头昏得很，好像是从棺材里刚才出来的样子，这大约是一天不食什么东西的缘故。

午前九点钟的时候，同学的Y君来邀我到郊外去散步，我很愿意和他同去，但是同寓的W君，却不许我去，我也只得罢了。他们出去了之后，我觉得冷寂得不堪，就跑上教会堂去，因为今天是礼拜日。

十二点钟我才回到客寓里来，饭也不吃，就拿出被窝来睡了。睡到了晚上，什么也不想吃，体热也不增加起来，我以为病已经好了。

这才是我这一次胃病的 prologue（序曲）呀！

睡到了九点钟，我觉得有些饥饿起来，一边我想太不食烟火食，恐怕于身体有大损害；所以我就跑到中国菜馆里去吃馄饨去，因为我想猪肉是有益于身体的。

我的病因就在这里了！

五月三十日的早晨，天上也没有太阳出来，黄梅时节特有的一层灰色的湿云，竟把青天遮盖尽了。

我早晨起来，胸中就觉得有些难受，头痛隐隐的发作起来，走路的时候好像是头重脚轻的样子，我知道有些危险了。早饭的时候，我要了两瓶牛乳，虽然不想吃，然而因为身体亏损不起，所以就勉强吞了下去。

九点钟敲过了。我胸口里愈加觉得难受，就请同寓的 W 君同我到神田的 K 病院去诊病。在诊察室外等了两个钟头，主任医生 K 博士才来诊病。K 博士也不能确定说我是什么病，但是他说：

"你进病院来吧，今天午后恐怕体热要增高起来。"

我在那里诊病的时候，W 君却在那里做梦。

我们初进病院的时候，看见有一个十九岁的女子也在那里候诊。伊好像是知道 K 博士的身价似的，手里拿了一本《宝石的梦》，尽在那里贪读。我和 W 君一见了伊的分开的头发，发后的八字形的丽绷，不淡不浓的粉饰，水晶似的一双瞳神，就被伊迷住了。挂了号，写完了名姓，我们就老了面皮，挨到伊的身边去坐下来。W 君的那一双同狂犬似的眼光，尽管一阵一阵的向伊发射。等了一个钟头，我已经有些不耐烦了，因为 K 博士还没有来，我的胸口却一刻一刻的痛起来。我打算再等十五分钟，若是 K 博士还是不来，我就想走了。

W 君向窗外一望，忽然嗤的笑了一声，就拼命的推我，教我向窗外望去。我听了 W 君的话，向窗外一望，只见对面的人家楼上，有一个廿一二岁的女子脱去了衣服，赤裸裸的坐在窗口梳妆。伊那肥胖的肉体上，射着了一层淡黄色的太阳光线，我知道一处灰色的湿云，被太阳穿破了。我看了一眼，也不得不笑起来，就对 W 君说：

“伊大约是在那里试日光浴。”

我们间壁的那一个贪《宝石的梦》的女子，也已经看见了，听了我这句话，就对我们笑起来。不多一会，看护妇就叫我进去，我就去受诊了。

过了一个钟头，我出了诊察室，回到 W 君处来的时候，看见 W 君的面色，有些红热的样子。我对他说：

“我不得不进病院了！”

W 君支吾了几句，却很有些不安的表情。我正在那里惊异的时候，那一个《宝石的梦》的女子，就走了过来对 W 君弯了一弯腰，走下楼去了，因为胃肠病的诊察室是在楼上的。

六月的初一，我进病院的第三天，我的病势减退了。大小便的时候，我已经能站立起来，可是还不想吃什么东西。

和看护妇讲话，也觉没得趣得很，我就拿出 William Ernest Henley[①] 的诗集来读。亨利也是一个薄命的诗人，一八七三——一八七五年间，他的有名的诗集《在病院内》（*In Hospital*）著成之后，他找来找去连一个出版的书坊也找不着。好容易出版之后，又招了许多批评家的冷嘲热骂。唉，文人的悲剧，谁不曾演过。年轻的 Keats[②] 呀！多情的白衣郎 Byron 呀！可怜的 Chatterton 呀！

---

① 威廉·埃内斯特·亨利（1849—1903），英国诗人。

② 此处及下文分别为诗人济慈、拜伦、查特顿、亚历山大·史密斯、柯克·怀特、莱奥帕尔迪。

Alexander Smith！ Kirke White！ Leopardi！你们的同云雀似的生命，都伤在那些文学政治家的手里的呀！

我和亨利的第一次接触，是在高等学校时代。那时候我正在热心研究彭思（Burns）[①]的诗。我所有的彭思的诗集（*Poetical Works of Robert Burns*）就是这一位亨利先生印行的。我读了他的卷头的彭思评传，就知道他是一个有同情有识见的批评家。后来在旧书铺里买了他的诗集，开卷就是他那有名的《病院内杂感》。平时我也不是常去读它的，四年前患了肠窒扶斯，进病院住了一个多月，在病院的雪白的床上，重新把他的 *In Hospital* 翻开来一读，我才感得他的叙情叙景的切实。我一边翻开亨利的诗集来读，一边就把过去的种种事情想了出来。他的诗的第一首说：

入院的患者

清晨的雾露，还在石头铺砌的街上流荡着；
北方的夏天的空气凉冷得很；
看呀，那一天灰色的，清静的，旧的病院！
在这一个病院里"生"和"死"如亲友一般在那里做买卖！
在那冷寂宽阔的空间，在那荒凉的阴气里，
有一个小小的奇怪的孩儿（在那里走）——伊的容貌也好像是很老的人，也好像是很幼的人——
伊有只小小的手膊是用木片夹裹着悬挂在胸前，
伊在我的前头，走上候诊室里去。
我跛行在伊的后边，我的勇气已经消灭了。
那头发灰白的老兵的门房挥手教我进去，
我就爬了进去，但是我的勇气还没有回复；

① 即罗伯特·彭斯（1759—1796），苏格兰诗人。

一种悲凉的虚无的空气，

好像是在这些石头和铁的廊庑扶梯的中间流动着。

这冷酷的，荒凉无饰的，洁净的地方——一半儿是的工场一半儿是的牢监。

我最爱他集里的《解放》和《亡灵》两首。《亡灵》里面有司梯文生（Robert Louis Stevenson）[①]的容貌形容在那里。

看了五六十分钟，我觉得疲倦起来，就睡着了。到了晚上，我才吃了一块面包和一瓶牛乳。W君又来看我，我和他谈了几分钟，他就去了。

初二的午前十一点钟的时候，W君红了脸跳进我的病室来看我。起初我和他讲话，他尽在那里看窗外的梧桐，后来我问他说：

"今天是第四天了，你往外来患者的诊察室里去寻过没有？"

他尽是吞吞吐吐的在那里出神。连接的吸了几支香烟之后，他忽然对我说：

"我想自杀倒好！"

"为什么呢？"

"那一个女子真可以使人想死！"

"你又遇着了么？"

"今天不是第四天了么？我一早起来就跑上候诊室的外面去候着。不上一点多钟，伊果然来了。伊起初假装不看见我的样子。后来伊去挂了号出来的时候，我就挨上前去和伊行礼。伊那粉白的脸色立时红了起来。对我笑了一脸，伊就来同我坐着。我们讲了许多的话，伊把伊的家庭的细事，都对我讲了。后来伊又拿出一本书来看。我伸手出去要伊那一本书看的时候，伊把书收了，执意的不给

① 即罗伯特·路易斯·史蒂文森（1850—1894），英国小说家。

我看，后来伊却好好儿的递给了我，你猜那一本是什么书？是《爱情和死》呀！你看伊多热烈。唉，真了不得，真了不得。我和伊讲了些文学上的话，伊好像是怕我们大学生学问深博的样子，却不愿意同我讲学问上的话。唉，那一种软和和的声音是讲不出来的！伊今天穿的衣服更美丽了。那一种香气，那一种香气。啊呀，我真在这里做梦呀！我们讲了两个钟头的话，却只同五分钟一样，要是有一位菩萨，能把我们在一块儿的时间延长延长，那我就死了也甘心的。我第一次见了伊之后，每日就坐立不安，老是好像丢弃了一件紧要的物件似的。在学校里听讲时，先生的声气不知怎么的会变成了伊那一种温软的喉音的。笔记上讲义一句也抄不成，却写了许多《宝石的梦》……《宝石的梦》……《宝石的梦》，画了许多圈圈。昨天晚上正想坐下来写一封长长儿的信，藏在身边，预备今天见伊的时候给伊的。可恶我的朋友来了，混了我半夜，我又好恨又好笑，昨天晚上，一晚没有睡。我想了许多空想想，到我的爱情成功的时候。伊散了伊那漆黑的头发，披了一件白绫的睡服，伏在我的怀里啼泣。我又想到我失败的时候，伊哭红了两眼对我说：

"'我虽然爱你，你却是一个将亡的国民！你去吧，不必再来嬲我了。'

"我想到这里就不得不痛哭起来。一晚不睡，我今天五点钟就起来了。我在那里等着的时候，我只怕伊不来。但我的预觉，却告诉我伊一定是来的，这就是 lover's presentiment[①] 呀！我见伊的时候，胸中突突的跳跃起来，呼吸也紧起来了。伊要去的时候，我问伊再来不来了？伊说：

"'这就是我们的最后的会见了。你也永远不要想起我来吧！'

① 英文：情人的预感。

"啊哟，我听了伊这一句话，真想哭出来了。伊出去之后，我就马上跟了出去，但是伊不知已经上哪里去了。我就马上赶上御茶之水的电车车站，买了票进去，在月台上寻了许多时候，又不见伊的影子。我跑出来又寻了三十分钟，终究寻伊不出来。我怕在这里做梦吧。"

我听了他这一篇monologue[①]，也非常的替他伤感。可怜他也是一个伤心人，一个独思托叶斯克（Dostoyevsky）[②]的小说中的主人翁。我知道他这一次的love affair[③]也是不能成功的。

但是我却不得不大他的胆，不得不作他的后援。我问他说：

"你知道伊现在上不上什么学校去？"

"不错不错，伊说伊现在在一桥的音乐学校里学声乐。"

"那就对了，你且下一些死功夫，天天跑上那学校近边等伊吧，等伊一个礼拜，总有遇着伊的机会。"

"但是难得很。啊！伊最后的那一句话，伊最后的那一句话！"

说到这里，W君的眼睛有些红起来了。我怕他感情骤变，要放声哭出来，所以就教看护妇煮起红茶来吃。到了十二点钟的时候，我请他吃饭，他说：

"我哪里能吃得下去，我胸前也是同你一样，觉得饱满得很。"

我看他真的好像要自杀的样子。没头没脑的坐了一忽，他说要去，我怕他生出事来，执意的留他，他却挟了一个书包一直的跑出去了。我对看护妇说：

"C君，我的这一位同学，因为情事不成，怕要自杀，下次来的时候，请你和他谈谈，散散他的心。"

---

① 英文：长篇独白。
② 即陀思妥耶夫斯基。
③ 英文：恋爱事件。

C 看护妇本来是一个单纯的人，听了我的话，反而放声大笑起来。我觉得我的感情被伊伤害了，所以不得不发起怒来，这一天直到了晚上，我才同伊开口讲话。因为伊太唐突了，我为 W 君着实抱些不平。

六月初五，我的病差不多已经痊愈了，午前十二点钟，吃了三块面包，一瓶牛乳。吃完了中饭，我起床在病室里走了几步。正在走的时候我的预科的同学 K 君来了。K 君本来住在日本极西的 F 地方学医的，因为性不近医，近来一步一步的走入文学的圈子里去了，他这一回来是为商量发行一种纯文艺杂志来的。我同他有六七年不见面了。他开进门来第一句就问：

“你还认得我么？”

“怎么会不认得，可是清瘦得多了。”

“你也老了许多，我们在预科的时候，你还是一个小孩子咧！”

“可不是么！”

K 君没有来之先，我心里有许多话想和他说的，一见了面，却什么话也说不出来。我记得唐人的诗说：

“十年别泪知多少，不道相逢泪更多。”

久别重逢，我怕什么人都有这样的感慨。这一位 K 君也和我一样，受了专制结婚的害，现在正在十字架下受苦。我看看他那意气消沉的面貌，和他那古色苍然的衣帽，觉得一篇人生的悲剧，活泼泼地写在那里。社会呀！道德呀！资本家呀！我们少年人都被你们压死了。我的眼泪想滴下来，但是又怕被 K 君笑我无英雄的胆略，所以只能隐忍过去。因为怕挨忍不住，我所以话也不敢讲一句。过了十几分钟，我的感情平复起来，K 君也好像有些镇静下来了，我们才谈起我们将来的希望目的来。K 君新自上海来的，一讲到上海的新闻杂志界的情形，便摇头叹气的说：

“再不要提起！上海的文氓文丐，懂什么文学！近来什么小报，《礼拜六》《游戏世界》等等又大抬头起来，他们的滥调笔墨中都充溢着竹（麻雀牌）云烟（大烟）气。其他一些谈新文学的人，把文学团体来作工具，好和政治团体相接近，文坛上的生存竞争非常险恶，他们那党同伐异，倾轧嫉妒的卑劣心理，比从前的政客们还要厉害，简直是些 hysteria[①] 的患者！还有些讲哲学的人也是妙不可言。德文的字母也不认识的，竟在那里大声疾呼的什么 Kant（康德），Nietzsche（尼采），übermensch（超人），etc（等）etc（等）。法文的“巴黎”两字也写不出来的先生，在那里批评什么柏格森的哲学，你仔细想想，著作者的原著还没有读过的人，究竟能不能下一笔批评的？”

“但是我国的鉴赏力，和这些文学的流氓和政治家，恐怕如鲍郎郭郎，正好相配。我们的杂志，若是立论太高，恐怕要成孤立。”

“先驱者哪一个不是孤独的人？我们且尽我们的力量去做吧。”

K 君刚自火车上跳下来的，昨晚一晚不睡，所以我劝他暂且休息一下。那一天晚上我们又讲了许多将来的话，我觉得我的病立刻地减轻了。

因为讲话讲得太多了，我觉得倦起来，K 君也就在我病室前的一间日本式的房内睡了。我的看护妇 C 君和一个外来的看护妇，也是和他在一块儿。

第二天初六的早晨，我六点钟就起了床。

走来走去的走了几步，觉得爽快得很。洗面的时候，向镜台一照，我觉得我的血肉都消失尽了。眼窝上又加了一层黑圈，两边的颧骨愈加高起来，颧骨的底下，新生了两个黑孔出来。

“瘦极了！瘦极了！”

---

① 英文：歇斯底里症。

正在那里伤神的时候，K 君走了出来。我们就又讲起种种文艺上的话来。

吃过了早膳，我们一同到病院近旁的俄国教堂尼哥拉衣堂去散步。登上钟楼的绝顶的时候，我对 C 君说：

“我们两人就在这里跳下去寻个情死吧。明天报上怕又要登载出来呢！”

尼哥拉衣堂的钟楼足有三百尺高，东京的全市，一望无余。浅草的“十二阶”看过去同小孩的玩物一样。西南的地平线，觉得同大海的海面接着的光景。守钟楼的人说：

“今天因为天气不好，所以看不见海岸的帆樯。天气清朗的时候，东京湾里的船舶，一一可以数得出来。”

靖国神社的华表，也看得清清楚楚。街上的电车同小动物一样，不声不响的在那里行走。对面圣堂顶上的十字架，金光灿烂，光耀得很。管钟楼的人说：

“那金十字架高五尺广三尺七寸八分。钟八个一千二百贯。大的一个六百贯。扶梯九十五层，每层十七级。壁厚五尺。”

我看了一忽，想到覃侬节奥[①]的《死的胜利》（D’Annunzio’s *Triumph des Todes*）的情景上去。所以对 C 看护妇说：

“我们就跳下去寻个情死吧！”

但 C 看护妇哪里能理解我的意思，所以我站在三百尺的钟楼上，又伤起我的孤独来了。

“我是一个孤独的人。一个人从母胎里生下来，仍复不得不一个人回到泥土里。我的旅途上的同伴，终竟是寻不着的了。”

我正呆呆的站在那里的时候，K 君走过来对我说：

---

① 即邓南遮（1863—1938），意大利诗人、小说家、戏剧家。

“平地上没有什么风，到高的地方来，风就刮得这么大，我们下去吧，你病人别受了凉。”

我回头来对K君一望，觉得他的面色是非常率真的样子。我觉得一种朋友的热情，忽然感染到我的心里来，我又想哭出来了。

下了钟楼，我想从尼哥拉衣堂的正门出去，K君又说：

“绕正门出去路远得很，你病人不应该走那么远的路，我们还是从后门出去的好。”

出了尼哥拉衣堂，我们就回病室去坐了一会。

C看护妇说：

“你们多年不见的老友千里来会，怎么不留一个纪念去拍一张照相？”

我也赞成了伊的意见，便和K君C看护妇同另外的一个外来的看护妇去拍了一张照相。那时候，已经是十二点钟了。吃过午膳后，K君定要回去，我留他不住。送K君出去之后，天空忽然阴黑起来。回到了病室里，我觉得冷静得很。C看护妇也说：

“K君走了之后，这一间病室里好像闯入了一块冰块来的样子。”

我呆呆的睡了一忽，总觉得孤冷得可怜。坐起来朝窗外一望，看见一层浓厚灰色的雨云，渐渐儿的飞近我的头上来。我坐了一忽，也觉得没趣，就把K君带来的一本英人喀本塔[①]著的《惠特曼访问记》（Edward Carpenter’s *Days with Walt Whitman*）拿出来读了。千八百八十四年的记事将读完的时候，窗外萧萧索索地下起雨来。我对C看护妇说：

“C呀！外边下起雨来了，K君的火车不知到什么地方了？我

① 爱德华·卡彭特（1844—1929），英国诗人、作家。

明天就想出病院去，不晓得 K 博士能不能准我退院？”

十年六月十四日脱稿

附记

这一篇东西，起初打算做成一篇病中随感录的，后来做做像起小说来了，所以就改成了一篇短篇小说。我进病院的时候，同学 W 君、S 君、M 君为我尽力不少。K 君自九州来和我在病院里住了两日。我这一篇东西就奉献了这四位同学，作了我这一次入院的纪念吧。

南　迁[1]

一、南方

你若把日本的地图展开来一看，东京湾的东南，能看得见一条葫芦形的半岛，浮在浩渺无边的太平洋里，这便是有名的安房半岛！

安房半岛，虽然没有地中海内的长靴岛的风光明媚，然而成层的海浪，蔚蓝的天色，柔和的空气，平软的低峦，海岸的渔网，和村落的居民，也很具有南欧海岸的性质，能使旅客忘记他是身在异乡。若用英文来说，便是一个 hospitable, inviting dream-land of the romantic age（中世浪漫时代的，乡风纯朴，山水秀丽的梦境）了。

东南的斜面沿着了太平洋，从铫子到大原，成一半月弯，正可当作葫芦的下面的狭处看。铫了是葫芦下层的最大的圆周上的一点，大原是葫芦的第二层膨胀处的圆周上的一点。葫芦的顶点一直的向西曲了。就成了一个大半岛里边的小半岛，地名西岬村。西岬村的顶点便是洲崎，朝西的横界在太平洋和东京湾的中间，洲崎以东是太平洋，洲崎以北是东京湾，洲崎遥遥与伊豆半岛，相摸湾相对；安房半岛的住民每以它为界线，称洲崎以东沿着太平洋一带为外房，洲崎以北沿着东京湾的一带为内房。原来的半岛的住民通称

---

① 本篇最初收录于一九二一年十月十五日上海泰东图书局出版的小说集《沉沦》。

半岛为房州，所以内房外房，便是内房洲外房洲的缩写。房州半岛的葫芦形的底面，连着东京，所以现在火车，从东京两国桥驿出发，内房能直达到馆山，外房能达到胜浦。

二、出京

一千九百二十年的春天，二月初旬的有一天的午后，东京上野精养轩的楼上朝公园的小客室里，有两个异乡人在那里吃茶果。一个是五十岁上下的西洋人，头顶已有一块秃了。皮肤带着浅黄的黑色，高高的鹰嘴鼻的左右，深深洼在肉里的两只眼睛，放出一种钝韧的光来。瞳神的黄黑色，大约就是他的血统的证明，他那五尺五寸的肉体中间，或者也许有姊泊西（Gypsy）[①]的血液混在里头，或者也许有东方人的血液混在里头的，但是生他的母亲，可确是一位爱尔兰的美妇人。他穿的是一套半旧的灰黑色的哔叽的洋服，戴着一条圆领，圆领底下就连接着一件黑的小紧身，大约是代 Waist-Coat（腰褂）的。一个是二十四五岁的青年，身体也有五尺五寸多高，我们一见就能知道他是中国人，因为他那清瘦的面貌，和纤长的身体，是在日本人中间寻不出来的。他穿着一套藤青色的哔叽的大学制服，头发约有一寸多深，因为蓬蓬直立在他那短短的脸面的上头，所以反映出一层忧郁的形容在他面上。他和那西洋人对坐在一张小小的桌上，他的左手，和那西洋人的右手是靠着朝公园的玻璃窗的。他们讲的是英国话，声气很幽，有一种梅兰刻烈（melancholy）[②]的余韵，与窗外的午后的阳光，和头上的万里的春空，却成了一个有趣的对照，若把他们的择要翻译出来，就是：

① 即吉普赛。
② 英文：忧郁。

“你的脸色，近来更难看了。我劝你去转换转换空气，到乡下去静养几个礼拜。”西洋人。

“脸色不好么？转地疗养，也是很好的，但是一则因为我懒得行动，二则一个人到乡下去也寂寞得很，所以虽然寒冷得非常，我也不想到东京以外的地方去。”青年。

说到这里，窗外吹过一阵夹沙夹石的风来，玻璃窗振动了一下，响了一下，风就过去了。

“房州你去过没有？”西洋人。

“我没有去过。”青年。

“那一个地方才好呢！是突出在太平洋里的一个半岛，受了太平洋的暖流，外房的空气是非常和暖的，同东京大约要差十度的温度，这个时候，你若到太平洋岸去一看，怕还有些女人，赤裸裸的跳在海里捉鱼呢！一带山村水郭，风景又是很好的，你不是很喜欢我们英国的田园风景的么？你上房州去就对了。”

“你去过了么？”

“我是常去的，我有一个女朋友住在房州，她也是英国人，她的男人死了，只一个人住在海边上。她的房子宽大得很，造在沙岸树林的中间；她又是一个热心的基督教徒，你若要去，我可以替你介绍的，她非常欢喜中国人，因为她和她的男人从前也在中国做过医生的。”

“那么就请你介绍介绍，出去游行一次，或者我的生活的行程，能改变得过来也未可知。”

另外还有许多闲话，也不必去提及。

到了四点的时候，窗外的钟声响了。青年按了电铃，叫侍者进来，拿了一张五元的纸币给他。青年站起来要走的时候看看那西洋人还兀的不动，青年便催说：“我们去吧！”

那西洋人便张圆了眼睛问他说：

“找头呢？”

“多的也没有几个钱，就给了他们茶房罢了。”

“茶房总不至要五块钱的。你把找头拿来捐在教会的传道捐里多好啊！”

“罢了，罢了，多的也不过一块多钱。”

那西洋人还不肯走，青年就一个人走出房门来，西洋人一边还在那里轻轻的絮说，看见青年走了，也只能跟了走出房门，下楼，上大门口去。在大门口取了外套，帽子，走出门外的时候，残冬的日影，已经落在西天的地平线上，满城的房屋，都沉在薄暮的光线里了。

夜阴一刻一刻的张起她的翼膀来，那西洋人和青年在公园的大佛前面，缓步了一忽，远近的人家都点上电灯了。从上野公园的高台上向四面望去，只见同纱囊里的萤火虫一样，高下人家的灯火，在那晚烟里放异彩。远远的风来，带着市井的嘈杂的声音。电车的车轮声传近到他们两人耳边的时候，他们才知道现在是回家去的时刻了。急急的走了一下，他们已经走到了公园前大街上的电车停车处，却好向西的有一乘电车到来，他们两人就用了死力，挤了上去，因为这是工场休工的时候，劳动者大家都要乘了电车，回到他们的小小的住屋里去，所以车上挤得不堪。

青年被挤在电车的后面，几乎吐气都吐不出来。电车开车的时候，上野的报时的钟声又响了。听了这如怨如诉的薄暮的钟声，他的心思又忽然消沉起来：

“这些可怜的有血肉的机械，他们家里或许也有妻子的。他们的衣不暖食不饱的小孩子有什么罪恶，一生出地上，就不得不同他们的父母，受这世界上的折磨，或者在猪圈似的贫民窟的门口有同饿鬼似的小孩儿，在那里等候他们的父亲回来。这些同饿犬似的小孩儿，长到八九岁的时候，就不得不去作小机械去。渐渐长大了，成了一个工人，他们又不得不同他们的父祖曾祖一样，将自家的血液，去补充铁木的机械的不足去。吃尽了千辛万苦，从幼到长，从生到死，他们的生活没有半点变更。唉，这人生究竟有什么趣味，劳动者吓劳动者，你们何苦要生存在世上？这多是有权势的人的坏处，可恶的这有权势的人，可恶的这有权势的阶级，总要使他们斩草除根的消灭尽了才好。”

他想到这里，就自家嘲笑起自家来：

“呵呵，你也被日本人的社会主义感染了。你要救日本的劳动者，你何不先去救救你自家的同胞呢？在军人和官僚的政治的底下，你的同胞所受的苦楚，难道比日本的劳动者更轻么？日本的劳动者，虽然没有财产，然而他们的生命总是安全的。你的同胞，乡下的农夫，若因纳捐输粟的事情，有一点违背，就不得不被军人来虐杀了。从前做大盗，现在做军官的人，进京出京的时候，若说乡下人不知道，在他们的专车停着的地方走过，就不得不被长枪短刀来斫死了。大盗的军阀的什么武装自动车，在街上冲死了百姓，还说百姓不好，对于死人的家庭，还要他们赔罪罚钱。你同胞的妻女，若有美的，就不得不被军人来奸辱了。日本的劳动者到了日暮回家的时候，也许有他的妻女来安慰他的，那时候他的一天的苦楚，便能忘在脑后，但是你的同胞如何？不问是不是你的结发妻小，若那些军长师长委员长县长等类要她去作一房等八、九的小妾，你能拒绝么？有诉讼事件的时候，你若送裁判官的钱，送了比你的对争者少一点，或是在上级衙门里没有一个亲戚朋友，虽然受了冤屈，你难道能分诉得明白么？……”

想到这里的时候，青年的眼睛里，就酸软起来。他若不是被挤在这一群劳动者的中间，怕他的感情就要发起作用来，却好车到了本乡三丁目，他就推推让让的跟了几个劳动者下了电车。立在电车外边的日暮的大道上，寻来寻去的寻了一会，他才看见那西洋人的秃头，背朝着了他，坐在电车中间的椅上。他走到电车的中央的地方，垫起了脚，从外面向电车的玻璃窗推了几下，那秃头的西洋人才回转头来，看见他立在车外的凉风里，那西洋人就从电车里面放下车窗来说：

“你到了么？今天可是对你不起。多谢多谢。身体要保养些。我……”

“再会再会，我已经到了。介绍信请你不要忘记了……”

话没有说完，电车已经开了。

三、浮萍

二月廿三日的午后二点半钟，房州半岛的北条火车站上的第四次自东京来的火车到了，这小小的乡下的火车站上，忽然热闹了一阵。客人也不多，七零八落的几个乘客，在收票的地方出去之后，火车站上仍复冷清起来。火车站的前面停着一乘合乘的马车，接了几个下车的客人，留了几声哀寂的喇叭声在午后的澄明的空气里，促起了一阵灰土，就在泥尘的乡下的天然的大路上，朝着太阳向西的地方开出去了。

留在火车站上呆呆的站着的只剩了一位清瘦的青年，便是三礼拜前和一个西洋宣教师在东京上野精养轩吃茶果的那一位大学生。他是伊尹的后裔，你们若把东京帝国大学的一览翻出来一看，在文科大学的学生名录里，头一个就能见他的名姓籍贯：

伊人，中华留学生，大正八年入学。

伊人自从十八岁到日本之后一直到去年夏天止，从没有回国去过。他的家庭里只有他的祖母是爱他的。伊人的母亲，因为他的父亲死得太早，所以竟变成了一个半男半女的性格，他自小的时候她就不知爱他，所以他渐渐的变成了一个厌世忧郁的人。到了日本之后，他的性格竟愈趋愈怪了，一年四季，绝不与人往来，只一个人默默的坐在寓室里沉思默想。他所读的都是那些在人生的战场上战败了的人的书，所以他所最敬爱的就是略名 B. V. 的 James Thomson, H. Heine, Leopardi, Ernest Dowson[①] 那些人。他下了火车，向行李房去取出的一只帆布包，里边藏着的，大约也就是这几位先生的诗文集和传记等类。他因为去年夏天被一个日本妇人欺骗了一场，所以精神身体，都变得同落水鸡一样。晚上梦醒的时候，身上每发冷汗，食欲不进，近来竟有一天不吃什么东西的时候。因为怕同去年那一个妇人遇见，他连午膳夜膳后的散步也不去了。他身体一天一天的瘦弱下去，他的面貌也一天一天的变起颜色来了。到房州的路程是在平坦的田畴中间，辟了一条小小的铁路，铁路的两旁，不是一边海一边山，便是一边枯树一边荒地。在红尘软舞的东京，失望伤心到极点的神经过敏的青年的最初的感觉，自然是觉得轻快得非常。伊人下车之后看了四边的松树和丛林，有几缕薄云飞着的青天，宽广的空地里浮荡着的阳光和车站前面的店里清清冷冷坐在账桌前的几个纯朴的商人，就觉得是自家已经到了十八世纪的乡下的样子。亚力山大·斯密司著的《村落的文章》里的 *Dreamthorp* (by Alexander Smith)[②] 好像是被移到了这东海的小岛上

① 诗人詹姆斯·汤姆逊、海涅、莱奥帕尔迪、欧内斯特·道生。
② 亚历山大·史密斯著的《梦想的村落》。

的东南角上来了。

伊人取了行李，问了一声说：

“这里有一位西洋的妇女，你们知道不知道的？”

行李房里的人都说：

“是C夫人么？这近边谁都知道她的，你但对车夫讲她的名字就对了。”

伊人抱了他的一个帆布包坐在人力车上，在枯树的影里，摇摇不定的走上C夫人的家里去的时候，他心里又生了一种疑惑：

“C夫人不晓得究竟是怎么的一个人，她不知道是不是同E某一样，也是非常节省鄙吝的。”

可怜他自小就受了社会的虐待，到了今日，还不敢信这尘世里有一个善人。所以他与人相遇的时候，总不忘记警戒，因为他被世人欺得太甚了。在一条有田园野趣的村路上弯弯曲曲的跑了三十分钟，树林里露出了一个木造的西洋馆的屋顶来。车夫指着了那一角屋顶说：

“这就是C夫人的住屋！”

车到了这洋房的近边，伊人看见有一圈小小的灌木沿了那洋房的庭园，生在那里，上面剪得虽然不齐，但是这一道灌木的围墙，比铁栅瓦墙究竟风雅，他小的时候在洋画里看见过的那阿凤河上的斯曲拉突的莎士比亚的古宅，又重新想了出来。开了那由几根木棒做的一道玲珑的小门进去，便是住宅的周围的庭园，园中有几处常青草，也变了颜色，躺在午后的微弱的太阳光里。小门的右边便是一眼古井，那只吊桶，一高一低的悬在井上的木架上。从门口一直向前沿了石砌的路进去，再进一道短小的竹篱，就是C夫人的住房，伊人因为不便直接的到C夫人的住房里，所以就吩咐车夫拿了一封E某的介绍书往厨房门去投去。厨房门须由石砌的正路叉往右去几步，人若立在灌木围住的门口，也可以看见这厨房门的。庭园中，井架上，红色的木板的洋房壁上都洒满了一层白色无力的午后的太阳光线，四边空空寂寂，并无一个生物看见，只有几只半大的雌雄鸡，呆呆的立在井旁，在那里惊看伊人和他的车夫。

车夫在厨房门口叫了许久，不见有人出来。伊人立在庭园外的木栅门口，听车夫的呼唤声反响在寂静的空气里，觉得声大得很。约略等了五分钟的样子，伊人听见背后忽然有脚步响，回转头来一看，看见一个五十来岁的日本老妇人，蓬着了头红着了脸走上伊人这边来。她见了伊人便行了一个礼，并且说：

“你是东京来的伊先生么？我们东家天天在这里盼望你来呢！请你等一等，我就去请东家出来。”

这样的说了几句，她就慢慢的挨过了伊人的身前，跑上厨房门口去了。在厨房门口站着的车夫把伊人带来的介绍信交给了她。她就跑进去了。不多一忽，她就同一个五十五六的西洋妇人从竹篱那面出来，伊人抢上去与那西洋妇人握手之后，她就请伊人到她的住房内去，一边却吩咐那日本女人说：

“把伊先生的行李搬上楼上的外边的室里去！”

她一边与伊人说话，一边在那里预备红茶。谈了三十分钟，红茶也吃完了，伊人就到楼上的一间小房里去整理行李去。把行李整理了一半，那日本妇人上楼来对伊人说：

“伊先生！现在是祈祷的时候了！请先生下来到祈祷室里来罢。”

伊人下来到祈祷室里，见有两个日本的男学生和三个女学生已经先在那里了。夫人替伊人介绍过之后对伊人说：

“我们每天从午后三点到四点必聚在一处唱诗祈祷的。祈祷的时候就打那一个钟作记号。（说着她就用手向檐下指了一指。）今天因为我到外面去了不在家，所以迟了两个钟头，因此就没有打钟。”

伊人向四围看了一眼，见第一个男学生头发长得很，同狮子一样的披在额上，戴着一双极近的钢丝眼镜，嘴唇上的一圈胡须长得很黑，大约已经有二十六七岁的样子。第二个男学生是一个二十岁前后的青年，也戴一双平光的银丝眼镜，一张圆形的粗黑脸，嘴唇向上的。两个人都是穿的日本的青花便服，所以一见就晓得他们是学生。女学生伊人不便观察，所以只对了一个坐在他对面的年纪十六七岁的人，看了几眼，依他的一瞬间的观察看来，这一个十六七岁的女学生要算是最好的了，因为三人都是平常的相貌，依理而论，却够不上水平线。只有这一个女学生的长方面上有一双笑靥，所以她笑的时候，却有许多可爱的地方。读了一节圣经，唱了两首诗，祈祷了一回，会就散了。伊人问那两个男学生说：

"你们住在近边么？"

那长发的近视眼的人，恭恭敬敬的抢着回答说：

"是的，我们就住在这后面的。"

那年轻的学生对伊人笑着说：

"你的日本话讲得好得很，起初我们以为你只能讲英国话，不能讲日本话的。"

C 夫人接着说：

"伊先生的英国话却比日本话讲得好，但是他的日本话要比我的日本话好得多呢！"

伊人红了脸说：

"C 夫人！你未免过誉了。这几位女朋友是住在什么地方的？"

C 夫人说：

"她们都住在前面的小屋里，也是同你一样来养病的。"

这样的说着，C 夫人又对那几个女学生说：

"伊先生的学问是非常有根底的，礼拜天我们要请他说教给我们听哩！”

再会再会的声音，从各人的口中说了出来。来会的人都散去了。夜色已同死神一样，不声不响地把屋中的空间占领了。伊人别了C夫人仍回到他楼上的房里来，在灰暗的日暮的光里，整理了一下，电灯来了。

六点四十分的时候，那日本妇人来请伊人吃夜饭去，吃了夜饭，谈了三十分钟，伊人就上楼去睡了。

四、亲和力

第二天早晨，伊人被窗外的鸟雀声唤醒，起来的时候，鲜红的日光已射满了沙岸上的树林，他开了朝南的窗，看看四围的空地丛林，都披了一层健全的阳光，横躺在无穷的苍空底下。他远远的看见北条车站上，有一乘机关车在那里哼烟，机关车的后面，连接着几辆客车货车，他知道上东京去的第一次车快开了。太阳光被车烟在半空中遮住，他看见车烟带着一层红黑的灰色，车站的马口铁的屋顶上，横斜的映出一层黑影来。从车站起，两条小小的轨道渐渐的阔大起来在他的眼下不远的地方通过，他觉得磨光的铁轨上，隐隐地反映着同蓝色的天鹅绒一样的天空，他看看四边，觉得广大的天空，远近的人家，树林，空地，铁道，村路都饱受了日光，含着了生气，好像在那里微笑的样子，他就深深地吸了一口清新的空气，觉得自家的肠腑里也有些生气回转起来，含了微笑，他轻轻的对自家说：

“春到人间了，啊，Frühling ist gekommen![①]”

呆呆的站了好久，他才拿了牙刷牙粉肥皂手巾走下楼来到厨下去洗面去。那红眼的日本妇人见了他，就大声地说：

---

① 德文：春到人间了！

"你昨天晚上睡得好不好？我们的东家出去传道去了，九点半钟的圣经班她是定能回来的。"

洗完了面，回到楼上坐了一忽，那日本妇人就送了一杯红茶和两块面包和白糖来。伊人吃完之后，看看C夫人还没有回来，就跑出去散步去。从那一道木棒编成的小门里出去，沿了昨天来的那条村路向东的走了几步，他看见一家草舍的回廊上，有两个青年在那里享太阳，发议论。他看看好像是昨天见过的两个学生，所以就走了进去。两个青年见他进来，就恭恭敬敬的拿出垫子来，叫他坐了。那近视长发的青年，因为太恭敬过度了，反要使人发起笑来。伊人坐定之后，那长发的近视眼就含了微笑，对他呆了一呆，嘴唇动了几动，伊人知道他想说话了，所以就对他说：

"你说今天的天气好不好？"

"Es, Es, beri gud, beri gud, and how longu hab you been in Japan?"①

（是，是，好得很，好得很，你住在日本多久了？）

那一位近视眼，突然说出了几句日本式的英国话来，伊人看看他那忽尖忽圆的嘴唇的变化，听听他那舌根底下好像含一块石子的发音，就想笑出来，但是因为是初次见面，又不便放声高笑，所以只得笑了一笑，回答他说：

"About eight years, quite a long time, isn't it?"

（差不多八年了，已经长得很呢，是不是？）

还有那一位二十岁前后的青年看了那近视眼说英文的样子，就笑了起来，一边却直直爽爽的对他说：

"不说了罢，你那不通的英文，还不如不说的好，哈哈。"

---

① 此处为作者模仿日本青年的英语口音，下同。

那近视眼听了伊人的回话，又说：

“Do you undastand my Ingulish?”

（你懂得我讲的英文么？）

“Yes, of course, I do, but...”

（那当然是懂的，但是……）

伊人还没有说完，他又抢着说：

“Alright, alright, leto us speaku Ingulish heea after.”

（很好很好，以后我们就讲英文罢。）

那年轻的青年说：

“伊先生，你别再和他歪缠了，我们向海边上去走走罢。”

伊人就赞成了，那年轻的青年便从回廊上跳了下来，同小丑一样的故意把衣服整了一整，把身体向左右前后摇了一摇，对了那近视眼恭恭敬敬的行了一礼，说：

“Gudo-bye! Mista K. Gudo-bye!”

伊人忍不住的笑了起来，那近视眼的K也说：

“Gudo-bye, Mista B. Gudo-bye, Mista Yi.”

走过了那草舍的院子，踏了松树的长影，出去二三步就是沙滩了。清静的海岸上并无人影，洒满了和煦的阳光。海水反射着太阳光线，好像在那里微笑的样子。沙上有几行行人的足迹，印在那里。远远的向东望去，有几处村落，有几间渔舍浮在空中，一层透明清洁的空气，包在那些树林屋脊的上面。西边湾里有一处小市，浮在海上，市内的人家，错错落落的排列在那里，人家的背后，有一带小山，小山的背后，便是无穷的碧落。市外的湾口有几艘帆船停泊着，那几艘船的帆樯，却能形容出一种港市的感觉来。年轻的B说：

“那就是馆山，你看湾外不是有两个小岛同青螺一样的浮在那里么？一个是鹰岛，一个是冲岛。”

伊人向 B 所说的方向一看，在薄薄的海气里，果然有两个小岛浮在那里，伊人看那小岛的时候，忽然注意到小岛的背景的天空里去。他从地平线上一点一点的抬头起来，看看天空，觉得蓝苍色的天体，好像要溶化了的样子，他就不知不觉的说：

“唉，这碧海青天！”

B 也仰起头来看天，一边对伊人说：

“伊先生！看了这青淡的天空，你们还以为有一位上帝，在这天空里坐着的么？若说上帝在那里坐着，怕在这样晴朗的时候，要跌下地来呢！”

伊人回答说：

“怎么不跌下来？你不曾看过弗兰斯著的 *Thais*（泰衣斯）么？那绝食断欲的圣者，就是为了泰衣斯的肉体的缘故，从天上跌下来的吓。”

“不错不错，那一位近视眼的神经病先生，也是很妙的。他说他要去进神学校去，每天到了半夜三更就放大了嗓子，叫起上帝来。

“‘主吓，唉，主吓，神吓，耶稣吓！’

“像这样的乱叫起来，到了第二天，去问他昨夜怎么了？他却一声也不响，把手摇几摇，嘴歪几歪。再过一天去问他，他就说：

“‘昨天我是一天不言语的，因为这也是一种修行，一礼拜之内我有两天是断言的。不讲话的，无论如何，在这两天之内，总不开嘴的。’

“有的时候他赤足赤身的跑上雨天里去立在那里，我叫他，他默默地不应，到了晚上他却喀喀的咳嗽起来，你看这样寒冷的天气，赤了身到雨天里去，哪有不伤风的道理？到了这二天，我问他究竟为什么要上雨天里去，他说这也是一种修行。有一天晚上因为他叫‘主吓！神吓！’叫得太厉害了，我在梦里头被他叫醒，在被里听听，我也害怕起来。以为有强盗来了，所以我就起来，披了衣服，上他那一间房里去看他，从房门的缝里一瞧，我就不得不笑起来。你猜怎么着，他老先生把衣服脱了精光，把头顶倒在地下，两只脚靠了墙壁跷在上面，闭了眼睛，作了一副苦闷难受的脸色，尽在那里瞎叫：

“‘主吓，神吓，天吓，上帝吓！’

“第二天我去问，他却一句话也不答，我知道这又是他的断绝言语的日子，所以就不去问他了。”

B形容近视眼K的时候，同戏院的小丑一样，做脚做手的做得非常出神，伊人听一句笑一阵，笑得不了。到后来伊人问B说：

“K何苦要这样呢！”

“他说他因为要预备进神学校去，但是依我看来，他还是去进疯狂病院的好。”

伊人又笑了起来。他们两人的健全的笑声，反响在寂静的海岸的空气里，更觉得这一天的天气的清新可爱了。他们两个人的影子，和两双皮鞋的足迹在海边的软沙上印来印去的走了一回，忽听见晴空里传了一阵清朗的钟声过来，他们知道圣经班的时候到了，所以就走上C夫人的家里去。

到C夫人家里的时候，那近视眼的K，和三个女学生已经围住了C夫人坐在那里了，K见了伊人和B来的时候，就跳起来放大了嗓子用了英文叫着说：

“Hulleo, where hab you been?”

（喂！你们上哪儿去了？）

三个女学生和C夫人都笑了起来，昨天伊人注意观察过的那个女学生的一排白白的牙齿，和她那面上的一双笑靥，愈加使她可爱了。伊人一边笑着，一边在那里偷看她。各人坐下来，伊人又占了昨天的那位置，和那女学生对面地坐着。唱了一首赞美诗，各人就轮读起圣经来。轮到那女学生读的时候，伊人便注意看她那小嘴，她脸上自然而然的起了一层红潮。她读完之后，伊人还呆呆的在那里看她嘴上的曲线，她抬起头来的时候，她的视线同伊人的视线冲混了。她立时涨红了脸，把头低了下去。伊人也觉得难堪，就把视线集注到他手里的圣经上去。这些微妙的感情流露的地方，在座的人恐怕一个人也没有知道。圣经班完了，各人都要散回家去，近视眼的 K，又用了英文对伊人说：

"Mista Yi, leto us take a walk."

（伊先生，我们去散步罢。）

伊人还没有回答之先，他又对那坐在伊人对面的女学生说：

"Miss O, you will join us, would'nt you?"

（O 女士，你也同我们去罢？）

那女学生原来姓 O，她听了这话，就立时红了脸，穿了鞋，跑回去了。

C 夫人对伊人说：

"今天天气好得很，你向海边上去散散步也很好的。"

K 听了这话，就叫起来说：

"Es, es, alright, alright."

（不错不错，是的是的。）

伊人不好推却，只得同 K 和 B 三人同向海边上去。走了一回，伊人便说走乏了要回家来。K 拉住了他说：

"Leto us pray!"

（让我们来祷告罢！）

说着 K 就跪了下去，伊人被他惊了一跳，不得已也只能把双膝曲了。B 却一动也不动地站在那里看。K 又叫了许多主吓神吓上帝吓。叫了一忽，站起来说：

“Gud-bye Gud-bye!”

（再会再会！）

一边说，一边就回转身来大踏步的走开了，伊人摸不出头绪来，一边用手打着膝上的沙泥，一边对 B 说：

“是怎么一回事，他难道发怒了么？”

B 说：

“什么发怒，这便是他的神经病吓！”

说着，B 又学了 K 的样子，跪下地去，上帝吓，主吓，神吓的叫了起来。伊人又禁不住的笑了。远远地忽有唱赞美诗的声音传到他们的耳边上来。B 说：

“你瞧什么发怒不发怒，这就是他唱的赞美诗吓。”

伊人问 B 是不是基督教徒。B 说：

“我并不是基督教徒，因为 K 定要我去听圣经，所以我才去。其实我也想信一种宗教，因为我的为人太轻薄了，所以想得一种信仰，可以自重自重。”

伊人和他说了些宗教上的话，又各把自己的学籍说了。原来 B 是东京高等商业学校的学生，去年年底染了流行性感冒，到房州来是为病后的保养来的。说到后来，伊人问他说：

“B 君，我住在 C 夫人家里，觉得不自由得很，你那里的主人，还肯把空着的那一间房借给我么？”

“肯的肯的，我回去就同主人去说去，你今天午后就搬过来罢。那一位 C 夫人是有名的吝啬家，你若在她那里住久了，怕要招怪呢！”

又在海边走了一回，他们看看自家的影子渐渐儿的短起来了，快到十二点的时候，伊人就别了 B，回到 C 夫人的家里来。

吃午膳的时候。伊人对 C 夫人把要搬往后面的 K、B 同住去的话说了，C 夫人也并不挽留，吃完了午膳，伊人就搬往后面的别室里去了。

把行李书籍整顿了一整顿，看看时候已经不早了，伊人便一个人到海边上去散步去。一片汪洋的碧海，竟平坦得同镜面一样。日光打斜了，光线射在松树的梢上，作成了几处阴影。午后的海岸，风景又同午前的不同。伊人静悄悄的看了一回，觉得四边的风景怎么也形容不出来。他想把午前的风景比作患肺病的纯洁的处女，午后的风景比作成熟期以后的嫁过人的丰肥的妇人。然而仔细一想，又觉得比得太俗了。他站着看一忽，又俯了头走一忽，一条初春的海岸上，只有他一个人和他的清瘦的影子在那里动着。他向西的朝着了太阳走了一回，看看自家已经走得远了，就想回转身来走回家去，低头一看，忽看见他的脚底下的沙上有一条新印的女人的脚印印在那里。他前前后后的打量了一回，知道这脚印的主人必在这近边的树林里。并没有什么目的，他就跟了那一条脚步印朝南的走向岸上的松树林里去。走不上三十步路，他看见树影里的枯草上有一条毡毯，几本书和妇人杂志等摊在那里。因为枯草长得很，所以他在海水的边上竟看不出来，他知道这定是属于那脚印的主人的，但是这脚印的主人不知上哪里去了。呆呆的站了一忽，正想走转来的时候，他忽见树林里来了一个妇人，他的好奇心又把他的脚缚住了，等那妇人走近来的时候，他不觉红起脸来，胸前的跳跃怎么也按不下去，所以他只能勉强把视线放低了，眼看了地面，他就回了那妇人一个礼，因为那时候，她已经走到他的面前来了，她原来就是那姓 O 的女学生。他好像是自家的卑陋的心情已经被看破了的样子，红了脸对她赔罪说：

“对不起得很，我一个人闯到你的休息的地方来。”

“不……不要……”

看她也好像是没有什么懊恼的样子，便大着胆问她说：

“你府上也是东京么？”

“学校是在东京的上野……但是……家乡是足利。”

“你同C夫人是一向认识的么？”

“不是的……是到这里来之后认识的。……”

“同K君呢？”

“那一个人……那一个是糊涂虫！”

“今天早晨他邀你出去散步，是他对我的好意，实在唐突得很，你不要见怪了，我就在这里替他赔一罪罢。”

伊人对她行了一个礼，她倒反觉难以为情起来，就对伊人说：

“说什么话，我……我……又不在这里怨他。”

“我也走得乏了，你可以让我在你的毡毯上坐一坐么？”

“请，请坐！”

伊人坐下之后，她尽在那里站着，伊人就也站了起来说：

“我可失礼了，你站在那里，我倒反而坐起来。”

“不是这样的，不是这样的，我因为坐得太久，所以不愿意再坐了。”

“这样我们再去走一忽罢。”

“怕被人家看见了。”

“海边上清静得很，一个人也没有。”

她好像是无可无不可的样子。伊人就在前头走了，她也慢慢的跟了来。太阳已经快斜到三十度的角度了，他和她沿了海边向西的走去，背后拖着了两个纤长的影子。东天的碧落里，已经有几片红云，在那里报将晚的时刻，一片白白的月亮也出来了。默默地走了三五分钟，伊人回转头来问她说：

“你也是这病么？”

一边说着一边就把自家的左手向左右肩的锁骨穴指了一下，她笑了一笑便低下头去，他觉得她的笑里有无限的悲凉的情意含在那里。默默的又走了几步，他觉得被沉默压迫不过了，又对她说：

“我并没有什么症候，但是晚上每有虚汗出来，身体一天一天地清瘦下去，一礼拜前，我上大学病院去求诊的时候，医生教我休学一年，回家去静养，但是我想以后只有一年三个月了，怎么也不愿意再迟一年，所以今年暑假前我还想回东京去考试呢！”

“若能注意一点，大约总没有什么妨碍的。”

“我也是这么的想，毕业之后，还想上南欧去养病去呢！”

“罗马的古墟原是好的，但是由我们病人看来，还是爱衣奥宁海岸的小岛好呀！”

“你学的是不是声乐？”

“不是的，我学的是钢琴，但是声乐也学的。”

“那么请你唱一个小曲儿罢。”

“今天嗓子不好。”

“我唐突了，请你恕我。”

“你又要多心了，我因为嗓子不好，所以不能唱高音。”

“并不是会场上，音的高低，又何必去问它呢！”

“但是这样被人强求的时候，反而唱不出来的。”

“不错不错，我们都是爱自然的人，不唱也罢了。”

“走了太远了，我们回去罢。”

“你走乏了么？”

“乏倒没有，但是草堆里还有几本书在那里，怕被人看见了不好。”

"但是我可不曾看你的书。"

"你怎么会这样多心的，我又何尝说你看过来！"

"唉，这疑心病就是我半生的哀史的证明呀！"

"什么哀史？"

伊人就把自小被人虐待，到了今日还不曾感得一些热情过的事情说了。两人背后的清影，一步一步的拖长起来，天空的四周，渐渐儿的带起紫色来了。残冬的余势，在这薄暮的时候，还能感觉得出来，从海上吹来的微风，透了两人的冬服，刺入他和她的火热的心里去。伊人向海上一看，见西北角的天空里一座倒擎的心样的雪山，带着了浓蓝的颜色，在和软的晚霞里作会心的微笑，伊人不觉高声的叫着说：

"你看那富士！"

这样的叫了一声，他不知不觉的伸出了五个指头去寻她那只同玉丝似的手去，他的双眼却同在梦里似的，还悬在富士山的顶上。几个柔软的指头和他那冰冷的手指遇着的时候，他不觉惊了一下，伸转了手，回头来一看，却好她也正在那里转过她的视线来。两人看了一眼，默默地就各把头低去了。站了一忽，伊人就改换了声音，光明正大的对她说：

"你怕走倦了罢，天也快晚了，我们回转去罢。"

"就回转去罢，可惜我们背后不能看太阳落山的光景。"

伊人向西天一看，太阳已经快落山去了。回转了身，两人并着的走了几步，她说：

"影子真长！"

"这就是太阳落山的光景呀！"

海风又吹过一阵来，岸边起了微波，同飞散了的金箔似的，浪影闪映出几条光线来。

“你觉得凉么，我把我的外套借给你好么？”

“不凉……女人披了男人的外套，像什么样子呀！”

又默默的走了几步，他看看远岸已经有一层晚霞起来了。他和K、B住的地方的岸上树林里，有几点黑影，围了一堆红红的野火坐在那里。

“那一边的小孩儿又在那里生火了。”

“这正是一幅画呀！我好像唱得出歌来的样子：

“Kennst du das Land, wo die Zitronen blühn.
Im dunkeln Laub die Gold-Orangen glühn,
Ein sanfter Wind vom blauen Himmel weht,
Die Myrte still und hoch der Lorbeer steht? ①

“底下的是重复句，怕唱不好了！

“Kennst du es wohl?
Dahin! Dahin
Möcht' ich mit dir, o mein Geliebter, ziehn!”

她那悲凉微颤的喉音，在薄暮的海边的空气里悠悠扬扬的浮荡着，他只觉得一层紫色的薄膜把他的五官都包住了。

“Kennst du das Haus? Auf Säulen ruht sein Dach,
Es glänzt der Saal, es schimmert das Gemach,

① 此处及下文为歌德《迷娘的歌》原文，作者译文在本篇篇末。

Und Marmorbilder stehn und sehn mich an:
Was hat man dir, du armes Kind, getan?"

四边的空气一刻一刻的浓厚起来。海面上的凉风又掠过了他的那火热的双颊，吹到她的头发上去。他听了那一句歌，忽然想起了去年夏天欺骗他的那一个轻薄的妇人的事情来。

"你这可怜的孩子呀，他们欺负了你么，唉！"

他自家好像是变了迷娘（Mignon），无依无靠的一个人站在异乡的日暮的海边上的样子，用了悲凉的声调在那里幽幽唱曲的好像是从细浪里涌出来的宁妇（Nymph）魅妹（Mermaid）。他忽然觉得Sentimental起来，两颗同珍珠似的眼泪滚下他的颊际来了。

"Kennst du es wohl?
Dahin! Dahin
Möcht ich mit dir, o mein Beschützer, ziehn.

Kennst du den Berg und seinen Wolkensteg?
Das Maultier sucht im Nebel seinen Weg,
In Höhlen wohnt der Drachen alte Brut;
Es stürzt der Fels und über ihn die Flut,
Kennst du ihn wohl?
Dahin! Dahin
Geht unser Weg! o Vater, laß uns ziehn!"

她唱到了这一句，重复的唱了两遍。她那尾声悠扬同游丝似的哀寂的清音，与太阳的残照，都在薄暮的空气里消散了。西天的落日正挂在远远的地平线上，反射出一天红软的浮云，长空高冷，带起银蓝颜色来，平波如镜的海面，也加了一层橙黄的色彩，与四围的紫色溶作了一团。她对他看了一眼，默默的走了几步，就对他说：

“你确是一个 Sentimentalist①！”

他的感情脆弱的地方，怕被她看破，就故意的笑着说：

“说什么话，这一个时期我早已经过去了。”

但是他颊上的两颗眼泪，还未曾干落，圆圆的泪珠里，也反映着一条缩小的日暮的海岸。走到她放毡毯书籍的地方，暮色已经从松树枝上走下来，空中悬着的半规上弦的月亮，渐渐儿的放起光来了。

“再会再会！”

“再会……再……会！”

五、月光

伊人回到他住的地方，看见 B 一个人呆呆的坐在廊下看那从松树林里透过来的黝暗的海岸。听了伊人的脚步声，就回转头来叫他说：

“伊君！你上什么地方去了，我们今天唱诗的时候只有四个人。你也不去，两个好看的女学生也不来，只有我和 K 君和一位最难看的女学生，C 夫人在那里问你呢！”

“对不起得很，我因为上馆山去散步去了，所以赶不及回来。你已经吃过晚饭了么？”

---

① 英文：感伤主义者。

"吃过了。浴汤也好了，主人在那里等你洗澡。"

洗了澡，吃了晚饭，伊人就在电灯底下记了一篇长篇的日记。把迷娘（Mignon）的歌也记了进去，她说的话也记了进去，日暮的海岸的风景，悲凉的情调，他的眼泪，她的纤手，富士山的微笑，海浪的波纹，沙上的足迹，这一天午后他所看见听见感得的地方都记了进去。写了两个多钟头，他愈写愈加觉得有趣，写好之后，读了又读，改了又改，又费去了一个钟头，这海岸的村落的人家，都已沉沉的酣睡尽了。寒冷静寂的屋内的空气压在他的头上肩上身上，他回头看看屋里，只有壁上的他那扩大的影子在那里动着，除了屋顶上一声两声的鼠斗声之外，更无别的音响振动着空气。火钵里的火也消了，坐在屋里，觉得难受，他便轻轻的开了门，拖了草履，走下院子里去，初八九的上弦的半月，已经斜在西天，快落山去了。踏了松树的影子，披了一身灰白的月光，他又穿过了松林，走到海边上去。寂静的海边上的风景，比白天更加了一味凄惨洁净的情调。在将落未落的月光里，踏来踏去的走了一回，他走上白天他和她走过的地方去。差不多走到了时候，他就站住了脚，曲了身去看白天他两人的沙滩上的足迹去。同寻梦的人一样，他寻了半天总寻不出两人的足印来。站起来又向西的走了一忽，伏倒去一寻，他自家的橡皮革履的足迹寻出来了。他的足迹的后边一步一步跟上去的她的足迹也寻了出来。他的胸前觉得似有跳跃的样子，圣经里的两节话忽然被他想出来了。

But I say unto you, that whosoever look the woman to lust after her hath committed adultery with her already in his heart.

And if thy right eye offend thee, pluck it out, and cast it from thee; for it is profitable for thee that one of thy members should perish, and not that thy whole body should be cast into hell.

Matthew 5.28—29[①]

伊人虽已经与妇人接触过几次，然而在这时候，他觉得他的身体又回到童贞未破的时候去了的一样，他对O的心，觉得真是纯洁高尚，并无半点邪念的样子，想到了这两节圣经，他的心里又起冲突来了。他站起来闭了眼睛，默默的想了回。他想叫上帝来帮助他，可是他的哲学的理智性怎么也不许他祈祷，闭了眼睛，立了四五分钟，摇了一摇头，叹了一口气，他仍复走了回来。他一边走一边把头转向南面的树林，在深深的探视。那边并无灯火看得出来，只有一层朦胧的月光，罩在树林的上面，一块树林的黑影，教人想到神秘的事迹上去。他看了一回，自家对自家说：

"她定住在这树林的里边，不知她睡没有睡，她也许在那里看月光的。唉，可怜我的一生。可怜我的长失败的生涯！"

月亮又低了一段，光线更灰白起来，海面上好像有一只船在那里横驶的样子，他看了一眼，灰白的光里，只见一只怪兽似的一个黑影在海上微动，他忽觉得害怕起来，一阵凉风又横海的掠上他的颜面，他打了一个冷噤，就俯了首三脚两步的走回家来了。睡了之后，他觉得有女人的声音在门外叫他的样子！仔细听了一听，这确是唱迷娘的歌的声音。他就跑出来跟了她上海边上去。月亮正要落山的样子，西天尽变了红黑的颜色。他向四边一看，觉得海水树林沙滩也都变了红黑色了。他对她一看，见她脸色被四边的红黑色反映起来，竟苍白得同死人一样。他想和她说话，但是总想不出什么

① 出自《圣经·新约·马太福音》：只是我告诉你们，凡看见妇女就动淫念的，这人心里已经与她犯奸淫了。若是你的右眼叫你跌倒，就剜出来丢掉，宁可失去百体中的一体，不叫全身丢在地狱里。

话来。她也只含了两眼清泪，在那里默默的看他。两人在沉默的中间，动也不动的看了一忽，她就回转身向树林里走去。他马上追了过去，但是到树林的口头的时候，他忽然遇着了去年夏天欺骗他的那个淫妇，含着了微笑，从树林里走了出来。啊的叫了一声，他就想跑回到家里来，但是他的两脚，怎么也不能跑，苦闷了一回，他的梦才醒了。身上又发了一身冷汗，那一晚他再也不能睡了。去年夏天的事情，他又回想了出来。去年夏天他的身体还强健得很，在高等学校卒了业，正打算进大学去，他的前途还有许多希望在那里。我们更换一个高一级的学校或改迁一个好一点的地方的时候感得的那一种希望心和好奇心，也在他的胸中酝酿。那时候他的经济状态，也比现在宽裕，家里汇来的五百元钱，还有一大半存在银行里，他从他的高等学校的 N 市，迁到了东京，在芝区的赤仓旅馆住了一个礼拜，有一天早晨在报上看见了一处招租的广告。因为广告上出租的地方近在第一高等学校的前面，所以去大学也不甚远。他坐了电车，到那个地方去一看，是一家中流人家。姓 N 的主人是一个五六十岁的强壮的老人，身体伟巨得很，相貌虽然狞恶，然而应对却非常恭敬。出租的是楼上的两间房子，伊人上楼去一看，觉得房间也还清洁，正坐下去，同那老主人在那里讲话的时候，扶梯上走上了一个二十三四的优雅的妇人来。手里拿了一盆茶果，走到伊人的面前就恭恭敬敬跪下去对伊人行了一个礼。伊人对她看了一眼，她就含了微笑，对伊人丢了一个眼色。伊人倒反觉得害起羞来。她还是平平常常的好像得了胜利似的下楼去了。伊人说定了房间，就走下楼来，出门的时候，她又跪在门口，含了微笑在那里送他。他虽然不能仔仔细细的观察，然而就他一眼所及的地方看来，刚才的那个妇人，确是一个美人。小小的身材，长圆的脸儿，一头丛多的黑色的头发，坠在她的娇白的额上。一双眼睛活得很，也大得很，伊人一路回到他的旅馆里去，在电车上就作了许多空想。

“名誉我也有了，从九月起我便是帝国大学的学生了。金钱我也可以支持一年，现在还有二百八十余元的积贮在那里。第三个条件就是女人了。Ah, money, love and fame! [①]”

他想到这里，不觉露了一脸微笑，电车里坐在他对面的一个中年的妇人，好像在那里看他的样子，他就在洋服袋里拿出一册当时新出版的日本的小说《一妇人》（*Aru Onnan*）来看了。

第二天早晨，他一早就从赤仓旅馆搬到本乡的 N 的家里去。因为时候还早得很，昨天看见的那个妇人还没有梳头，粗衣乱发的她的容姿，比梳妆后的样子还更可爱，他一见了她就红了脸，一句话也讲不出来。她只含着了微笑，帮他在那里整理从旅馆里搬来的物件。一只书箱重得很，伊人一个人搬不动，她就跑过来帮伊人搬上楼去。搬上扶梯的时候，伊人退了一步，却好冲在她的怀里，她便轻轻地把伊人抱住了说：

“危险呀！要没有我在这里，怕你要滚下去了。”

伊人觉得一层女人的电力，微微的传到他的身体上去。他的自制力已经没有了，好像在冬天寒冷的时候，突然进了热雾腾腾的浴室里去的样子，伊人只昏昏的说：

“危险危险！多谢多谢！对不起对不起！……”

伊人急忙走开了之后，她还在那里笑着，看了伊人的恼羞的样子，她就问他说：

“你怕羞么！你怕羞我就下楼去！”

伊人正想回话的时候，她却转了身走下楼去了。

夏天的暑热，一天一天的增加起来，伊人的神经衰弱也一天一

---

① 英文：啊，金钱，爱情和名誉！

天的重起来了。伊人在N家里住了两个礼拜，家里的情形，也都被他知道了。N老人便是那妇人的义父，那妇人名叫M，是N老人的朋友的亲生女，M有一个男人，是入赘的，现在乡下的中学校里做先生，所以不住在家里的。

那妇人天天梳洗的时候，总把上身的衣服脱得精光，把她的乳头胸口露出来。伊人起来洗面的时候每天总不得不受她的露体的诱惑，因此他的脑病更不得不一天重似一天起来。

有一天午后，伊人正在那里贪午睡，M一个人不声不响的走上扶梯钻到他的帐子里来。她一进帐子伊人就醒了。伊人对她笑了一笑，她也对伊人笑着并且轻轻的说：

“底下一个人都不在那里。”

伊人从盖在身上的毛毯里伸出了一只手来，她就靠住了伊人的手把身体横下来转进毛毯里去。

第二日她和她的父亲要伊人带上镰仓去洗海水澡。伊人因为不喜欢海水浴，所以就说：

“海水浴俗得很，我们还不如上箱根温泉去罢。”

过了两天，伊人和M及M的父亲，从东京出发到箱根去了。在宫下的奈良屋旅馆住下的第二天，M定要伊人和她上芦湖去，N老人因为家里丢不下，就在那一天的中饭后回东京去了。

吃了中饭，送N老人上了车，伊人就同她上芦湖去。倒行的上山路缓缓的走不上一个钟头，她就不能走了。好容易到了芦湖，伊人和她又投到纪国屋旅馆去住了。换了衣服，洗了汗水，吃了两杯冰淇淋，觉得元气恢复起来，闭了纸窗，她又同伊人睡下了。

过了一点多钟太阳沉西的时候，伊人又和她去洗澡去。吃了夜饭，坐了二三十分钟，楼上还很热闹的时候，M就把电灯熄了。

第二天天气热得很，伊人和她又在芦湖住了一天，第三天的午后，他们才回到东京来。

伊人和M，回到本乡的家里的门口的时候，N老人就迎出来说：

“M儿！W君从病院里出来了！”

“啊！这……病好了么，完全好了么！”

M的面上露出了一种非常欢喜的样子来，伊人以为W是她的亲戚，所以也不惊异，走上家里去之后，他看见在她的房里坐着一个三十来岁的男子。这男子的身体雄伟得很，脸上带着一脸酒肉气，见伊人进来，就和伊人叙起礼来。N老人就对伊人说：

“这一位就是W君，在我们家里住了两年了。今年已经在文科大学卒业。你的名氏他也知道的，因为他学的是汉文，所以在杂志上他已经读过你的诗的。”

M一面对W说话，一面就把衣服脱下来，拿了一块手巾把身上的汗揩了，揩完之后，把手巾递给伊人说：

“你也揩一揩罢！”

伊人觉得不好看，就勉强的把面上的汗揩了。伊人与W虽是初次见面，但总觉得不能与他合伴。不晓是什么理由，伊人总觉得W是他的仇敌。说了几句闲话，伊人上楼去拿了手巾肥皂，就出去洗澡去了。洗了澡回来，伊人在门口听见M在那里说笑，好像是喜欢得了不得的样子。伊人进去之后，M就对他说：

“今天晚上W先生请我们吃鸡，因为他病好了，今天是他出病院的纪念日。”

M又说W因为害肾脏病，到病院去住了两个月，今天才出病院的。伊人含糊的答应了几句，就上楼去了。这一天的晚上，伊人又害了不眠症，开了眼睛，竟一睡也睡不着。到十二点钟的时候，他听见楼底下的 M 的房门轻轻儿的开了，一步一步的 M 的脚步声走上她的间壁的 W 的房里去。叽哩咕噜的讲了几句之后，M 特有的那一种呜呜的喘声出来了，伊人正好像被泼了一身冷水，他的心脏的鼓动也停止了，他的脑里的血液也凝住了。他的耳朵同大耳似的直竖了起来，楼下的一举一动他都好像看得出来的样子，W 的肥胖的肉体，M 的半开半闭的眼睛，散在枕上的她的头发，她的嘴唇和舌尖，她的那一种粉和汗的混和的香气，下体的颤动……他想到这里，已经不能耐了。愈想睡愈睡不着。楼下息息索索的声响，更不止的从楼板上传到他的耳膜上来。他又不敢作声，身体又不敢动一动。他胸中的苦闷和后悔的心思，一时同暴风似的起来，两条冰冷的眼泪从眼角上流到耳朵根前，从耳朵根前滴到枕上去了。

天将亮的时候 M 才幽脚幽手的回到她自己的房里去，伊人听了一忽，觉得楼底下的声音息了。翻来覆去的翻了几个身，才睡着了。睡不上一点多钟，他又醒了。下楼去洗面的时候，M 和 W 都还睡在那里，只有 N 老人从院子对面的一间小屋里（原来老人是睡在这间小屋里的）走了下来，擦擦眼睛对伊人说：

"你早啊！"

伊人答应了一声，匆匆洗完了脸，就套上了皮鞋，跑出外面去。他的脑里正乱得同蜂巢一样，不晓得怎么才好。他乱的走了一阵，却走到了春日町的电车交换的十字路口了。不问清白，他跳上了一乘电车就乘在那里，糊糊涂涂的换了几次车，电车到了目黑的终点了。太阳已经高得很，在田塍路上穿来穿去的走了十几分钟，他觉得头上晒得痛起来，用手向头上一摸，才知道出来的时候，他不曾把帽子带来。向身上脚下一看，他自家也觉得好笑起来。身上只穿了一件白绸的寝衣，赤了脚穿了一双白皮的靴子。他觉得羞极了，要想回去，又不能回去，走来走去的走了一回，他就在一块树荫的草地上坐下了。把身边的钱包取出来一看，包里还有三张五元的钞票和二三元零钱在那里，幸喜银行的账簿也夹在钱包里面，翻开来一看，只有百二十元钱存在了。他静静的坐了一忽，想了一下，忽把一月前头住过的赤仓旅馆想了出来。他就站起来走，穿过了几条村路，寻到一间人力车夫的家里坐了一乘人力车，便一直的奔上赤仓旅馆去。在车上的幌帘里，他想想一月前头看了房子回来在电车上想的空想，不知不觉的就滴了两颗大眼泪下来。

"名誉，金钱，妇女，我如今有一点什么？什么也没有，什么也没有。我……我只有我这一个将死的身体。"

到了赤仓旅馆，旅馆里的听差的看了他的样子，都对他笑了起来：

"伊先生！你被强盗抢劫了么？"

伊人一句话也回答不出，就走上账桌去写了一张字条，对听差的说：

"你拿了这一张字条，上本乡 ×× 町 ××× 号地的 N 家去把我的东西搬了来。"

伊人默默的上一间空房间里去坐了一忽，种种伤心的事情，都同春潮似的涌上心来。他愈想愈恨，差不多想自家寻死了，两条眼泪连连续续的滴下他的腮来。

过了两个钟头之后，听差的人回来说：

"伊先生你也未免太好事了。那一个女人说你欺负了她，如今就要想远遁了。她怎么也不肯把你的东西交给我搬来。她说还有要紧的事情和你亲说，要你自家去一次。一个三十来岁的同牛也似的男人说你太无礼了。因为他出言不逊，所以我同他闹了一场，那一只牛大概是她的男人罢？"

"她另外还说什么？"

“她说的话多得很呢！她说你太卑怯了，并不像一个男子汉！那是她看了你的字条的时候说的。”

“是这样的么，对不起得很，要你空跑了一次。”

一边这样的说，一边伊人就拿了两张钞票，塞在那听差的手里。听差的要出去的时候，伊人又叫他回来，要他去拿了几张信纸信封和笔砚来。笔砚信纸拿来了之后，伊人就写了一封长长的信给M。

第三天的午前十时，横滨出发的春日丸轮船的二等舱板上，伊人呆呆的立在那里。他站在铁栏旁边，一瞬也不转的在那里看渐渐儿小下去的陆地。轮船出了东京湾，他还呆呆的立在那里，然而陆地早已看不明白了，因为船离开横滨港的时候，他的眼睛就模糊起来，他的眼睑毛上的同珍珠似的水球，还有几颗没有干着，所以他不能下舱去与别的客人接谈。

对面正屋里的挂钟敲了二下，伊人的枕上又滴了几滴眼泪下来，那一天午后的事情，箱根旅馆里的事情，从箱根回来那一天晚上的事情，他都记得清清楚楚，同昨天的事情一样。立在横滨港口春日丸船上的时候的懊恼又在他的胸里活了转来，那时候尝过的苦味他又不得不再尝一次。把头摇了一摇，翻了一转身，他就轻轻的说：

“O呀O，你是我的天使，你还该来救救我。”

伊人又把白天她在海边上唱的迷娘的歌想了出来：

“你这可怜的孩子吓，他们欺负了你了么？唉！”

“Was hat man dir, du armes Kind, getan?”

伊人流了一阵眼泪，心地渐渐儿的和平起来，对面正屋里的挂钟敲三点的时候，他已经嘶嘶的睡着了。

六、崖上

伊人醒来的时候已经是九点多了。窗外好像在那里下雨，檐漏的滴声传到被里睡着的伊人的耳朵里来。开了眼又睡了一刻钟的样子，他起来了。开门一看，一层蒙蒙的微雨，把房屋树林海岸遮得同水墨画一样。伊人洗完了脸，拿出一本乔其墨亚的小说来，靠了火钵读了几页，早膳来了。吃了早膳，停了三四十分钟，K 和 B 来说闲话，伊人问他们今天有没有圣经班，他们说没有，圣经班只有礼拜二礼拜五的两天有的。伊人一心想和 O 见面，所以很愿意早一刻上 C 夫人的家里去，听了他们的话，他也觉得有些失望的地方，B 和 K 说到中饭的时候，各回自家的房里去了。

吃了中饭，伊人看了一篇乔其墨亚（George Moore）的《往事记》（*Memoirs of My Dead Life*）[①]，那钟声又当当的响了起来。伊人就跑也似的走到 C 夫人的家里去。K 和 B 也来了，两个女学生也来了，只有 O 不来，伊人胸中硗硗落落地总平静不下去。一分钟过去了，五分钟过去了，O 终究没有来。赞美诗也唱了，祈祷也完了，大家都快散去了，伊人想问她们一声，然而终究不能开口。两个女学生临去的时候，K 倒问她们说：

“O 君怎么今天又不来？”

一个年轻一点的女学生回答说：

“她今天身上又有热了。”

伊人本来在那里作种种的空想的，一听了这话，就好像是被宣告了死刑的样子，他的身上的血管一时都觉得胀破了。他穿了鞋子，急急的跟了那两个女学生出来。等到无人看见的时候，他就追

① 即爱尔兰作家乔治·莫尔（1852—1933）所著的《我的死了的生活的回忆》。

上去问那两个女学生说：

“对不起得很，O君是住在什么地方的，你们可以领我去看看她么？”

两个女学生尽在前头走路，不留心他是跟在她们后边的，被他这样的一问就好像惊了似的回转身来看他。

“啊！你怎么雨伞都没有带来，我们也是上O君那里去的，就请同去罢！”

两个女学生就拿了一把伞借给了他，她们两个就合用了一把向前走去。在如烟似雾的微雨里走了一二十分钟，他们三人就走到了一间新造的平房门口，门上挂着一块O的名牌，一扇小小的门，却与那一间小小的屋相称。三人开门进去之后，就有一个老婆子迎出来说：

“请进来！这样的下雨，你们还来看她，真真是对不起得很了。”

伊人跟了她们进去，先在客室里坐下，那老婆子捧出茶来的时候，指着伊人对两个女学生问说：

“这一位是……”

这样的说了，她就对伊人行起礼来。两个女学生也一边说一边在那里赔礼。

“这一位是东京来的。C夫人的朋友，也是基督教徒。……”

伊人也说：

“我姓伊，初次见面，以后还请照顾照顾。……”

初见的礼完了，那老婆子就领伊人和两个女学生到O的卧室里去。O的卧室就在客室的间壁，伊人进去一看，见O红着了脸，睡在红花的绉布被里，枕边上有一本书摊在那里。脚后摆着一个火钵，火钵边上有一个坐的蒲团，这大约是那老婆子坐的地方。火钵上的铁瓶里，有一瓶沸的开水，在那里发水蒸气，所以室内温暖得很。伊人一进这卧房，就闻得一阵香水和粉的香气，这大约是处女的闺房特有的气息。老婆子领他们进去之后，把火钵移上前来，又从客室里拿了三个坐的蒲团来，请他们坐了。伊人进这病室之后，就感觉到一种悲哀的预感，好像有人在他的耳朵根前告诉说：

"可怜这一位年轻的女孩，已经没有希望了。你何苦又要来看她，使她多一层烦扰。"

一见了她那被体热蒸红的清瘦的脸儿，和她那柔和悲寂的微笑，伊人更觉得难受，他红了眼，好久不能说话，只听她们三人轻轻地在那里说：

"啊！这样的下雨，你们还来看我，真对不起得很呀。"（O的话）

"哪里的话，我们横竖在家也没有事的。"（第一个女学生）

"C夫人来过了么？"（第二个女学生）

"C夫人还没有来过，这一点小病又何必去惊动她，你们可以不必和她说的。"

"但是我们已经告诉她了。"

"伊先生听了我们的话，才知道你是不好。"

"啊！真对你们不起，这样的来看我，但是我怕明天就能起来的。"

伊人觉得O的视线，同他自家的一样，也在那里闪避。所以伊人只是俯了首，在那里听她们说闲话，后来那年纪最小的女学生对伊人说：

"伊先生！你回去的时候，可以去对C夫人说一声，说O君的病并不厉害。"

伊人诚诚恳恳的举起视线来对O看了一眼，就马上把头低下去说：

“虽然是小病，但是也要保养……”

说到这里，他觉得说不下去了。

三人坐了一忽，说了许多闲话，就站起来走。

“请你保重些！”

“保养保养！”

“小心些……！”

“多谢多谢，对你们不起！”

伊人临走的时候，又深深的对O看了一眼，O的一双眼睛，也在他的面上迟疑了一回。他们三人就回来了。

礼拜日天晴了，天气和暖了许多。吃了早饭，伊人就与K和B，从太阳光里躺着的村路上走到北条市内的礼拜堂去做礼拜。雨后的乡村，满目都是清新的风景。一条沙泥和硅石结成的村路，被雨洗得干干净净在那里反射太阳的光线。道旁的枯树，以青苍的天体作为背景，挺着枝干，她像有一种新生的气力储蓄在那里的样子，大约发芽的时期也不远了。空地上的枯树投射下来的影子，同苍老的南画的粉本一样。伊人同K和B，说了几句话，看看近视眼的K，好像有不喜欢的样子形容在面上，所以他就也不再说下去了。

到了礼拜堂里，一位三十来岁的，身材短小，脸上有一簇络腮短胡子的牧师迎了出来。这牧师和伊人是初次见面，谈了几句话之后，伊人就觉得他也是一个沉静无言的好人。牧师也是近视眼，也戴着一双钢丝边的眼镜，说话的时候，语音是非常沉郁的。唱诗说教完了之后，是自由说教的时刻了。近视眼的K，就跳上坛上去说：

“我们东洋人不行不行。我们东洋人的信仰全是假的，有几个人大约因为想学几句外国话，或想与女教友交际交际才去信教的。

所以我们东洋人是不行的。我们若要信教，要同原始基督教徒一样的去信才好。也不必讲外国话，也不必同女教友交际的。”

伊人觉得立时红起脸来，K 的这几句话，分明是在那里攻击他的。第一何以不说“日本人”要说“东洋人”？在座的人除了伊人之外还有谁不是日本人呢？讲外国话，与女教友交际，这是伊人的近事。K 的演说完了之后，大家起来祈祷，祈祷毕，礼拜就完了。伊人心里只是不解，何以 K 要反对他到这一个地步。来做礼拜的人，除了 C 夫人和那两个女学生之外，都是些北条市内的住民，所以 K 的演说也许大家是不能理会的，伊人想到了这里，心里就得了几分安易。众人还没有散去之先，伊人就拉了 B 的手，匆匆的走出教会来了。走尽了北条的热闹的街道，在车站前面要向东折的时候，伊人对 B 说：

“B 君，我要问你几句话，我们一直的去，穿过了车站，走上海岸去罢。”

穿过了车站走到海边的时候，伊人问说：

“B 君，刚才 K 君讲的话，你可知道是指谁说的？”

“那是指你说的。”

“K 何以要这样的攻击我呢？”

“你要晓得 K 的心里是在那里想 O 的。你前天同她上馆山去，昨天上她家去看她的事情，都被他知道了。他还在 C 夫人的面前说你呢！”

伊人听了这话，默默的不语，但是他面上的一种难过的样子，却是在那里说明他的心理的状态。他走了一段，又问 B 说：

“你对这事情的意见如何，你说我不应该同 O 君交际的么？”

“这话我也难说，但是依我的良心而说，我是对 K 君表同情的。”

伊人和 B 又默默的走了一段，伊人自家对自家说：

"唉！我又来作卢亭（Roudine）[1]了。"

日光射在海岸上，沙中的硅石同金刚石似的放了几点白光。一层蓝色透明的海水的细浪，就打在他们的脚下。伊人俯了首走了一段，仰起来看看苍空，觉得一种悲凉孤冷的情怀，充满了他的胸里，他读过的卢骚著的《孤独者之散步》里边的情味，同潮也似的涌到他的脑里来，他对B说：

"快十二点钟了，我们快一点回去罢。"

七、南行

礼拜天的晚上，北条市内的教会里，又有祈祷会，祈祷毕后，牧师请伊人上坛去说话。伊人拣了一句《山上垂诫》里边的话作他的演题：

"Blessed are the poor in spirit; for theirs is the Kingdom of Heaven."（*Matthew* 5.3）

"'心贫者福矣，天国为其国也。'

"说到这一个'心'字，英文译作Spirit，德文译作Geist，法文是Esprit，大约总是作'精神'讲的。精神上受苦的人是有福的，因为耶稣所受的苦，也是精神上的苦。说到这'贫'字，我想是有二种意思，第一就是我们平常所说的贫苦的'贫'，就是由物质上的苦而及于精神上的意思。第二就是孤苦的意思，这完全是精神上的苦处。依我看来。耶稣的说话里，这两种意思都是包含在内的。托尔斯泰说，山上的说教，就是耶稣教的中心要点。耶稣教义，是不外乎山上的垂诫，后世的各神学家的争论，都是牵强附会，离开正

① 即罗亭，为屠格涅夫小说《罗亭》的主人公，是19世纪俄国文学中典型的"多余人""零余者"形象。

道的邪说，那些枝枝叶叶，都是掩藏耶稣的真意的议论，并不是显彰耶稣的道理的烛炬。我看托尔斯泰信仰论里的这几句话是很有价值的。耶稣教义，其实已经是被耶稣在山上说尽了。若说耶稣教义尽于山上的说教，那么我敢说山上的说教尽于这‘心贫者福矣’的一句话。因为‘心贫者福矣’是山上说教的大纲，耶稣默默的走上山去，心里在那里想的，就是一句可以总括他的意思的话。他看看群众都跟了他来，在山上坐下之后，开口就把他所想说的话纲领说了：

“‘心贫者福矣，天国为其国也。’

“底下的一篇说教，就是这一个纲领的说明演绎。马太福音，想是诸君都研究过的，所以底下我也不要说下去。我现在想把我对于这一句纲领的话，究竟有什么感想，这一句话的证明，究竟在什么地方能寻得出来的话，说给诸君听听，可以供诸君作一个参考。我们的精神上的苦处，有一部分是从物质上的不满足而来的。比如游俄（Hugo）的《哀史》（*Les Miserables*）[①] 里的主人公详乏儿详（Jean Valjean）[②] 的偷盗，是由于物质上的贫苦而来的行动，后来他受的苦闷，就成了精神上的苦恼了。更有一部分经济学者，从唯物论上立脚，想把一切厌世的思想的原因，都归到物质上的不满足的身上去。他们说要是萧本浩（Schopenhauer）[③]，若有一个理想的情人，他的哲学《意志与表象的世界》（*Die Welt als Wille und Vorstellung*）就没有了。这未免是极端之论，但是也有半面真理在那里。所以物质上的不满足，可以酿成精神上的愁苦的。耶稣的话，‘心贫者福矣’，就是教我们应该耐贫苦，不要去贪物质上的满

① 即法国作家维克多·雨果所著的《悲惨世界》。

② 即《悲惨世界》中的主人公冉·阿让。

③ 即叔本华。

足。基督教的一个大长处，就是教人尊重清贫，不要去贪受世上的富贵。圣经上有一处说，有钱的人非要把钱丢了，不能进天国，因为天国的门是非常窄的。亚西其的圣人弗兰西斯（St. Francis of Assisi），就是一个尊贫轻富的榜样。他丢弃了父祖的家财，甘与清贫去作伴，依他自家说来，是与穷苦结了婚，这一件事有何等的毅力！在法庭上脱下衣服还他父亲的时候，谁能不被他感动！这是由物质上的贫苦而酿成精神上的贫苦的说话。耶稣教我们轻富尊贫，就是想救我们精神上的这一层苦楚。由此看来，耶稣教毕竟是贫苦人的宗教，所以耶稣教与目下的暴富者，无良心的有权力者不能两立的。我们现在更要讲到纯粹的精神上的贫苦上去。纯粹的精神上的贫苦的人，就是下文所说的有悲哀的人，心肠慈善的人，对正义如饥如渴的人，以及爱和平，施恩惠，为正义的缘故受逼迫的人。这些人在我们东洋就是所谓有德的人，古人说‘德不孤，必有邻’，现在却是反对的了。为和平的缘故，劝人息战的人，反而要去坐监牢去。为正义的缘故，替劳动者抱不平的人，反而要去作囚人服苦役去。对于国家的无理的法律制度反抗的人，要被火来烧杀。我们读欧洲史读到清教徒的被虐杀，路得的被当时德国君主迫害的时候，谁能不发起怒来。这些甘受社会的虐待，愿意为民众作牺牲的人，都是精神上觉得贫苦的人吓！所以耶稣说：‘心贫者福矣，大国为其国也。’最后还有一种精神上贫苦的人，就是有纯洁的心的人。这一种人抱了纯洁的精神，想来爱人爱物，但是因为社会的因习，国民的惯俗，国际的偏见的缘故，就不能完全作成耶稣的爱，在这一种人的精神上，不得不感受一种无穷的贫苦。另外还有一种人，与纯洁的心的主人相类的，就是肉体上有了疾病，虽然知道神的意思是如何，耶稣的爱是如何，然而总不能去做的一种人。这一种人在精神上是最苦，在世界上亦是最多。凡对现在的唯物的浮薄的世界不能满足，而对将来的欢喜的世界的希望不能达到的一种世纪末（Fin de siecle）的病弱的理想家，都可算是这一类的精神上贫苦的人。他们在堕落的现世虽然不能得一点同情与安慰，然而将来的极乐国定是属于他们的。”

伊人在北条市的那个小教会的坛上，在同淡水似的煤气灯光的底下说这些话的时候，他那一双水汪汪的眼光尽在一处凝视，我们若跟了他的视线看去，就能看出一张苍白的长圆的脸儿来。这就是O呀！

O昨天睡了一天，今天又睡了大半日，到午后三点钟的时候，才从被里起来，看看热度不高，她的母亲也由她去了。O起床洗了手脸，正想出去散步的时候，她的朋友那两个女学生来了。

“请进来，我正想出去看你们呢！”（O的话）

“你病好了么？”（第一个女学生）

“起来也不要紧的么？”（第二个女学生）

“这样恼人的好天气，谁愿意睡着不起来呀！”

“晚上能出去么？”

“听说伊先生今晚在教会里说教。”

“你们从哪里得来的消息？”

“是C夫人说的。”

“刚才唱赞美诗的时候说的。”

“我应该早一点起来，也到C夫人家去唱赞美诗的。”

在O的家里有了这会话之后，过了三个钟头，三个女学生就在北条市的小教会里听伊人的演讲了。

伊人平平稳稳的说完了之后，听了几声鼓掌的声音，就从讲坛上走了下来。听的人都站了起来，有几个人来同伊人握手攀谈，伊人心里虽然非常想跑上O的身边去问她的病状，然而看见有几个青年来和他说话，不得已只能在火炉旁边坐下了。说了十五分钟闲话，听讲的人都去了，女学生也去了，O 也去了，只有 K 与 B，和牧师还在那里。看看伊人和几个青年说完了话之后，B 就光着了两只眼睛，问伊人说：

“你说的轻富尊贫，是与现在的经济社会不合的，若说个个人都不讲究致富的方法，国家不就要贫弱了么？我们还要读什么书，商人还要做什么买卖？你所讲的与你们捣乱的中国，或者相合也未可知，与日本帝国的国体完全是反对的。什么社会主义呀，无政府主义呀，那些东西是我所最恨的。你讲的简直是煽动无政府主义、社会主义的话，我是大反对的。”

K 也擎了两手叫着说：

“Es, es, alright, alright, Mista B, yare, yare！”

（不错不错，赞成赞成，B 君讲下去讲下去！）

和伊人谈话的几个青年里边的一个年轻的人忽站了起来对 B 说：

“你这位先生大约总是一位资本家里的食客。我们工人劳动者的受苦，全是因为了你们资本家的缘故吓！资本家就是因为有了几个臭钱，便那样的作威作福的凶恶起来，要是大家没有钱，倒不是好么？”

“你这黄口的小孩，晓得什么东西！”

“放你的屁！你在有钱的大老官那里拍拍马屁，倒要骂起人来！……”

B 和那个青年差不多要打起来了，伊人独自一个就悄悄的走到外面来。北条街上的商家，都已经睡了，一条静寂的长街上，洒满了寒冷的月光，从北面吹来的凉风，夹了沙石，打到伊人的面上来。伊人打了几个冷噤，默默的走回家去。走到北条火车站前，折向东去的时候，对面忽来了几个微醉的劳动者，幽幽的唱着了乡下的小曲儿过去了。劳动者和伊人的距离渐渐儿的远起来，他们的歌声也渐渐儿幽了下去，在这春寒料峭的月下，在这深夜静寂的海岸渔村的市上，那尾声微颤的劳动者的歌音，真是哀婉可怜。伊人一边默默的走去，俯首看着他在树影里出没的影子，一边听着那劳动者的凄切的悲凉的俗曲的歌声，忽然觉得鼻子里酸了起来，O 对他讲的一句话，他又想出来了：

“你确是一个生的闷脱列斯脱[①]！”

伊人到家的时候，已经是十一点钟光景，房里火钵内的炭火早已消去了。午后五点钟的时候从海上吹来的一阵北风，把内房州一带的空气吹得冰冷，他写好了日记，正在改读的时候，忽然打了两个喷嚏。衣服也不换，他就和衣的睡了。

第二天醒来的时候，伊人觉得头痛得非常，鼻孔里吹出来的两条火热的鼻息，难受得很。房主人的女儿拿火来的时候，他问她要了一壶开水，他的喉音也变了。

“伊先生，你感冒了风寒了。身上热不热？”

伊人把检温计放到腋下去一测，体热高到了三十八度六分。他讲话也不愿意讲，只是沉沉的睡在那里。房主人来看了他两次。午后三点半钟的时候，C 夫人也来看他的病了，他对她道一声谢，就不再说话了。晚上 C 夫人拿药来给他的时候，他听 C 夫人说：

“O 也伤了风，体热高得很，大家正在那里替她忧愁。”

礼拜二的早晨，就是伊人伤风后的第二天，他觉得更加难受，看看体热已经增加到三十九度二分了，C 夫人替他去叫了医生来一看，医生果然说：

“怕要变成肺炎，还不如使他入病院的好。”

---

① 生的闷脱列斯脱，即前文 sentimentalist 的音译。

午后四点钟的时候在夕阳的残照里，有一乘寝台车，从北条的八幡海岸走上北条市的北条病院去。

这一天的晚上，北条病院的楼上朝南的二号室里，幽暗的电灯光的底下，坐着了一个五十岁前后的秃头的西洋人和C夫人在那里幽幽的谈议，病室里的空气紧迫得很。铁床上白色的被褥里，有一个清瘦的青年睡在那里。若把他那瘦骨棱棱的脸上的两点被体热蒸烧出来的红影和口头的同微虫似的气息拿去了，我们定不能辨别他究竟是一个蜡人呢或是真正的肉体。这青年便是伊人。

一九二一年七月二十七日

附：迷娘的歌

［德］歌德 著
郁达夫 译

那柠檬正开的南乡，你可知道？
金黄的橙子，在绿叶的阴中光耀，
柔软的微风，吹落自苍空昊昊，
长春松静，月桂枝高，
那多情的南国，你可知道？
我的亲爱的情人，你去也，我亦愿去南方，与你终老！

你可知道，那柱上的屋梁，那南方的楼阁？
金光灿烂的华堂，光彩耀人的幽屋。
大理白石的人儿，立在那边瞧我，
“可怜的女孩儿呀！你可是受了他人的欺辱？”
你可知道，那南方的楼阁？
我的恩人，你去也，我亦愿去南方，与你同宿！

你可知道，那云里的高山，山中的曲径？
山间的驴子在云雾的中间前进，
深渊里，有蛟龙的族类，在那里潜隐，
险峻的危岩，岩上的飞泉千仞，
你可知道那云里的高山，山中的曲径？
我的爹爹，我愿一路的与你驰骋！

茫茫夜[1]

一

一天星光灿烂的秋天的朝上，大约时间总在十二点钟以后了，静寂的黄浦滩上，一个行人也没有。街灯的灰白的光线，散射在苍茫的夜色里，烘出了几处电杆和建筑物的黑影来。道旁尚有二三乘人力车停在那里，但是车夫好像已经睡着了，所以并没有什么动静。黄浦江中停着的船上，时有一声船板和货物相击的声音传来，和远远不知从何处来的汽车车轮声合在一起，更加形容得这初秋深夜的黄浦滩上的寂寞。在这沉默的夜色中，南京路口滩上忽然闪出了几个纤长的黑影来，他们好像是自家恐惧自家的脚步声的样子，走路走得很慢。他们的话声亦不很高，但是在这沉寂的空气中，他们的足音和话声，已经觉得很响了。

“于君，你现在觉得怎么样？你的酒完全醒了么？我只怕你上船之后，又要吐起来。”

讲这一句话的，是一个十九岁前后的纤弱的青年，他的面貌清秀得很。他那柔美的眼睛，和他那不大不小的嘴唇，有使人不得不爱他的魔力。他的身体好像是不十分强，所以在微笑的时候，他的苍白的脸上，也脱不了一味悲寂的形容。他讲的虽然是北方的普通

① 本篇原载于一九二二年三月十五日《创造季刊》第一卷第一期。

话，但是他那幽徐的喉音，和婉转的声调，竟使听话的人，辨不出南音北音来。被他叫作“于君”的，是一个二十五六岁的青年，大约是因为酒喝多了，颊上有一层红潮，同蔷薇似的罩在那里。眼睛里红红浮着的，不知是眼泪呢还是醉意，总之他的眉间，仔细看起来，却有些隐忧含着，他的勉强装出来的欢笑，正是在那里形容他的愁苦。他比刚才讲话的那青年，身材更高，穿着一套藤青的哔叽洋服，与刚才讲话的那青年的鱼白大衫，却成了一个巧妙的对称。他的面貌无俗气，但亦无特别可取的地方。在一副平正的面上，加上一双比较细小的眼睛，和一个粗大的鼻子，就是他的肖像了。由他那二寸宽的旧式的硬领和红格的领结看来，我们可以知道他是一个富有趣味的人。他听了青年的话，就把头向右转了一半，朝着了那青年，一边伸出右手来把青年的左手捏住，一边笑着回答说：

“谢谢，迟生，我酒已经醒了。今晚真对你们不起，要你们到了这深夜来送我上船。”

讲到这里，他就回转头来看跟在背后的两个年纪大约二十七八的青年，从这两个青年的洋服年龄面貌推想起来，他们定是姓于的青年修学时代的同学。两个中的一个年长一点的人听了姓于的青年的话，就抢上一步说：

“质夫，客气话可以不必说了。可是有一件要紧的事情，我还没有问你，你的钱够用了么？”

姓于的青年听了，就放了捏着的迟生的手，用右手指着迟生回答说：

“吴君借给我的二十元，还没有动着，大约总够用了，谢谢你。”

他们四个人——于质夫、吴迟生在前，后面跟着二个于质夫的同学，是刚从于质夫的寓里出来，上长江轮船去的。

横过了电车路沿了滩外的冷清的步道走了二十分钟，他们已经走到招商局的轮船码头了。江里停着的几只轮船，前后都有几点黄黄的电灯点在那里。从黑暗的堆栈外的码头走上了船，招了一个在那里假睡的茶房，开了舱里的房门，在第四号官舱里坐了一会，于质夫就对吴迟生和另外的两个同学说：

“夜深了，你们可先请回去，诸君送我的好意，我已经谢不胜谢了。”

吴迟生也对另外的两个人说：

“那么你们请先回去，我就替你们做代表罢。”

于质夫又拍了迟生的肩说：

“你也请回去了罢。使你一个人回去，我更放心不下。”

迟生笑着回答说：

“我有什么要紧，只是他们两位，明天还要上公司去的，不可太睡迟了。”

质夫也接着对他的两位同学说：

“那么请你们两位先回去，我就留吴君在这儿谈罢。”

送他的两个同学上岸之后，于质夫就拉了迟生的手回到舱里来。原来今晚开的这只轮船，已经旧了，并且船身太大，所以航行颇慢。因此乘此船的乘客少得很。于质夫的第四号官舱，虽有两个舱位，单只住了他一个人。他拉了吴迟生的手进到舱里，把房门关上之后，忽觉得有一种神秘的感觉，同电流似的，在他的脑里经过了。在电灯下他的肩下坐定的迟生，也觉得有一种不可思议的感情发生，尽俯着首默默地坐在那里。质夫看着迟生的同蜡人似的脸色，感情竟压止不住了，就站起来紧紧的捏住了他的两手，面对面的对他幽幽的说：

“迟生，你同我去罢，你同我上 A 地去罢。”

这话还没有说出之先，质夫正在那里想：

“二十一岁的青年诗人兰勃（Arthur Rimbaud）[①]。一八七二年的佛尔兰（Paul Verlaine）[②]。白儿其国的田园风景。两个人的纯洁的爱。……”

这些不近人情的空想，竟变了一句话，表现了出来。质夫的心里实在想邀迟生和他同到A地去住几时，一则可以安慰他自家的寂寞，一则可以看守迟生的病体。迟生听了质夫的话，呆呆的对质夫看了一忽，好像心里有两个主意，在那里战争，一霎时解决不下的样子。质夫看了他这一副形容，更加觉得有一种热情，涌上他的心来，便不知不觉的逼进一步说：

“迟生你不必细想了，就答应了我罢。我们就同乘了这一只船去。”

听了这话，迟生反恢复了平时的态度，便含着了他固有的微笑说：

“质夫，我们后会的日期正长得很，何必如此呢？我希望你到了A地之后，能把你日常的生活，和心里的变化，详详细细写信来通报我，我也可以一样的写信给你，这岂不和同住在一块一样么？”

“话原是这样说，但是我只怕两人不见面的时候，感情就要疏冷下去。到了那时候我对你和你对我的目下的热情，就不得不被第三者夺去了。”

“要是这样，我们两个便算不得真朋友。人之相知，贵相知心，你难道还不能了解我的心么？”

听了这话，看看他那一双水盈盈的瞳仁，质夫忽然觉得感情激动起来，便把头低下去，搁在他的肩上说：

---

① 兰波（1854—1891），法国诗人。

② 魏尔伦（1844—1896），法国诗人。

“你说什么话，要是我不能了解你，那我就不劝你同我去了。”

讲到这里，他的语声同小孩悲咽时候似的发起颤来了。他就停着不再说下去，一边却把他的眼睛，伏在迟生的肩上。迟生觉得有两道同热水似的热气浸透了他的鱼白大衫和蓝绸夹袄，传到他的肩上去。迟生也觉得忍不住了，轻轻的举起手来，在面上揩了一下，只呆呆的坐在那里看那十烛光的电灯。这夜里的空气，觉得沉静得同在坟墓里一样。舱外舷上忽有几声水手呼唤声和起重机滚船索的声音传来，质夫知道船快开了，他想马上站起来送迟生上岸去，但是心里又觉得这悲哀的甘味是不可多得的，无论如何总想多尝一忽。照原样的头靠在迟生的肩上，一动也不动的坐了几分钟，质夫听见房门外有人在那里敲门。他抬起头来问了一声是谁，门外的人便应声说：

“船快开了。送客的先生请上岸去罢。”

迟生听了，就慢慢的站了起来，质夫也默默的不作一声跟在迟生的后面，同他走上岸去。在灰黑的电灯光下同游水似的走到船侧的跳板上的时候，迟生忽然站住了。质夫抢上了一步，又把迟生的手紧紧的捏住，迟生脸上起了两处红晕，幽幽扬扬的说：

“质夫，我终究觉得对你不起，不能陪你在船上安慰你的长途的寂寞……”

“你不要替我担心思了，请你自家保重些。你上北京去的时候，千万请你写信来通知我。”

质夫一定要上岸来送迟生到码头外的路上。迟生怎么也不肯，质夫只能站在船侧，张大了两眼，看迟生回去。迟生转过了码头的堆栈，影子就小了下去，成了一点白点，向北在街灯光里出没了几次。那白点渐渐远了，更小了下去，过了六七分钟，站在船舷上的质夫就看不见迟生了。

质夫呆呆的在船舷上站了一会，深深的呼了一口空气，仰起头来看见了几颗明星在深蓝的天空里摇动，胸中忽然觉得悲哀起来。这种悲哀的感觉，就是质夫自身也不能解说，他自幼在日本留学，习惯了漂泊的生活，生离死别的情景，不知身尝了几多，照理论来，这一次与相交未久的吴迟生的离别，当然是没有什么悲伤的，但是他看看黄浦江上的夜景，看看一点一点小下去的吴迟生的瘦弱的影子，觉得将亡未亡的中国，将灭未灭的人类，茫茫的长夜，耿耿的秋星，都是伤心的种子。在这茫然不可捉摸的思想中间，他觉得他自家的黑暗的前程和吴迟生的纤弱的病体，更有使他泪落的地方。在船舷的灰色的空气中站了一会，他就慢慢的走到舱里去了。

二

长江轮船里的生活，虽然没有同海洋中间那么单调，然而与陆地隔绝后的心境，到底比平时平静。况且开船的第二天，天又降下了一天黄雾，长江两岸的风景，如烟如梦的带起伤惨的颜色来。在这悲哀的背景里，质夫把他过去几个月的生活，同手卷中的画幅一般回想出来了。

三月前头住在东京病院里的光景，出病院后和那少妇的关系，和污泥一样的他的性欲生活，向善的焦躁与贪恶的苦闷，逃往盐原温泉前后的心境，归国的决心。想到最后这一幕，他的忧郁的面上，忽然露出一痕微笑来，眼看着了江上午后的风景，背靠着了甲板上的栏杆，他便自言自语的说：

“泡影呀，昙花呀，我的新生活呀！唉！唉！”

这也是质夫的一种迷信，当他决计想把从来的腐败生活改善的时候，必要搬一次家，买几本新书或是旅行一次。半月前头，他动身回国的时候，也下了一次绝大的决心。他心里想：

“我这一次回国之后，必要把旧时的恶习改革得干干净净。戒烟戒酒戒女色。自家的品性上，也要加一段锻炼，使我的朋友全要惊异说我是与前相反了。……”

到了上海之后，他的生活仍旧是与从前一样，烟酒非但不戒下，并且更加加深了。女色虽然还没有去接近，但是他的性欲，不过变了一个方向，依旧在那里伸张。想到了这一个结果，他就觉得从前的决心，反成了一段讽刺，所以不觉叹气微笑起来。叹声还没有发完，他忽听见人在他的左肩下问他说：

“Was Seufzen Sie, Monsieur？”

（你为什么要发叹声？）

转过头来一看，原来这船的船长含了微笑，站在他的边上好久了，他因为尽在那里想过去的事情，所以没有觉得。这船长本来是丹麦人，在德国的留背克住过几年，所以德文讲得很好。质夫今天早晨在甲板上已经同他讲过话，因此这身材矮小的船长也把质夫当作了朋友。他们两人讲了些闲话，质夫就回到自己的舱里来了。

吃过了晚饭，在官舱的起坐室里看了一回书，他的思想又回到过去的生活上去，这一回的回想，却集中在吴迟生一个人的身上。原来质夫这一次回国来，本来是为转换生活状态而来，但是他正想动身的时候，接着了一封他的同学邝海如的信说：

> 我住在上海觉得苦得很。中国的空气是同癞病院的空气一样，渐渐的使人腐烂下去。我不能再住在中国了。你若要回来，就请你来替了我的职，到此地来暂且当几个月编辑罢。万一你不愿意住在上海，那么A省的法政专门学校要聘你去做教员去。

所以他一到上海，就住在他同学在那里当编辑的T书局的编辑所里。有一天晚上，他同邝海如在外边吃了晚饭回来的时候，在编辑所里遇着了一个瘦弱的青年，他听了这青年的同音乐似的话声，就觉得被他迷住了。这青年就是吴迟生呀！过了几天，他的同学邝海如要回到日本去，他和吴迟生及另外几个人在汇山码头送邝海如的行，船开之后，他同吴迟生就同坐了电车，回到编辑所来。他看看吴迟生的苍白的脸色和他的纤弱的身体，便问他说：

“吴君，你身体好不好？”

吴迟生不动神色的回答说：

“我是有病的，我害的是肺病。”

质夫听了这话，就不觉张大了眼睛惊异起来。因为有肺病的人，大概都不肯说自家的病的，但是吴迟生对了才遇见过两次的新友，竟如旧交一般的把自家的秘密病都讲了。质夫看了迟生的这种态度，心里就非常爱他，所以就劝他说：

“你若害这病，那么我劝你跟我上日本去养病去。”

他讲到这里，就把乔其慕亚[①]的一篇诗想了出来，他的幻想一霎时的发展开来了。

“日本的郊外杂树丛生的地方，离东京不远，坐高架电车不过四五十分钟可达的地方，我愿和你两个人去租一间草舍儿来住。草舍的前后，要有青青的草地，草地的周围，要有一条小小的清溪。清溪里要有几尾游鱼。晚春时节，我好和你拿了锄耜，把花儿向草地里去种。在蔚蓝的天盖下，在和暖的熏风里，我与你躺在柔软的草上，好把那西洋的小曲儿来朗诵。初秋晚夏的时候，在将落未落的夕照中间，我好和你缓步逍遥，把落叶儿来数。冬天的早晨你未

---

① 即乔治·莫尔（1852—1933），爱尔兰诗人

起来，我便替你做早饭，我不起来，你也好把早饭先做。我礼拜六的午后从学校里回来，你好到冷静的小车站上来候我。我和你去买些牛豚香片，便可作一夜的清谈，谈到礼拜的日中。书店里若有外国的新书到来，我和你省几日油盐，可去买一本新书来消那无聊的夜永。……”

质夫坐在电车上一边作这些空想，一边便不知不觉的把迟生的手捏住了。他捏捏迟生的柔软的小手，心里又起了一种别样的幻想。面上红了一红，把头摇了一摇，他就对迟生问起无关紧要的话来：

“你的故乡是在什么地方？”

“我的故乡是直隶乡下，但是现在住在苏州了。”

“你还有兄弟姊妹没有？”

“有是有的，但是全死了。”

“你住在上海干什么？”

“我因为北京天气太冷，所以休了学，打算在上海过冬。并且这里朋友比较得多一点，所以觉得住在上海比北京更好些。”

这样的问答了几句，电车已经到了大马路外滩了。换了静安寺路的电车在跑马厅尽头处下车之后，质夫就邀迟生到编辑所里来闲谈。从此以后，他们两人的交际，便渐渐儿的亲密起来了。

质夫的意思以为大地间的情爱，除了男女的真真的恋爱外，以友情为最美。他在日本飘流了十来年，从未曾得着一次满足的恋爱，所以这一次遇见了吴迟生，觉得他的一腔不可发泄的热情，得了一个可以自由灌注的目标，说起来虽是他平生的一大快事，但是亦是他半生沦落未曾遇着一个真心女人的哀史的证明。有一天晴朗的晚上，迟生到编辑所来和他谈到夜半，质夫忽然想去洗澡去。邀了迟生和另外的两个朋友出编辑所走到马路上的时候，质夫觉得空气冷凉得很。他便问迟生说：

“你冷么？你若是怕冷，就钻到我的外套里来。”

迟生听了，在苍白的街灯光里，对质夫看了一眼，就把他那纤弱的身体倒在质夫的怀里。质夫觉得有一种不可名状的快感，从迟生的肉体传到他的身上去。

他们出浴堂已经是十二点钟了。走到三岔路口，要和迟生分手的时候，质夫觉得怎么也不能放迟生一个人回去，所以他就把迟生的手捏住说：

“你不要回去了，今天同我们上编辑所去睡罢。”

迟生也像有迟疑不忍回去的样子，质夫就用了强力把他拖来了。那一天晚上他们谈到午前五点钟才睡着。过了两天，A 地就有电报来催，要质夫上 A 地的法政专门学校去当教员。

三

质夫登船后第三天的午前三点钟的时候，船到了 A 地。在昏黑的轮船码头上，质夫辨不出方向来，但看见有几颗淡淡的明星印在清冷的长江波影里。离开了码头上的嘈杂的群众，跟了一个法政专门学校里托好在那里招待他的人上岸之后，他觉得晚秋的凉气，已经到了这长江北岸的省城了。在码头近旁一家同十八世纪的英国乡下的旅舍似的旅馆里住下之后，他心里觉得孤寂得很。他本来是在大都会里生活惯的人，在这夜静更深的时候，到了这一处不热闹的客舍内，从微明的洋灯影里，看看这客室里的粗略的陈设，心里当然是要惊惶的。一个招待他的酣睡未醒的人，对他说了几句话，从他的房里出去之后，他真觉得是闯入了龙王的水牢里的样子，他的脸上不觉有两颗珠泪滚下来了。

“要是迟生在这里，那我就不会这样的寂寞了。啊，迟生，这时候怕你正在电灯底下微微的笑着，在那里做好梦呢！”

在床上横靠了一忽，质夫看见格子窗一格一格的亮了起来，远远的鸡鸣声也听得见了。过了一会，有一部运载货物的单轮车，从窗外推过了，这车轮的仆独仆独的响声，好像是在那里报告天晴的样子。

侵旦，旅馆里有些动静的时候，从学校里差来接他的人也来了。把行李交给了他，质夫就坐了一乘人力车上学校里去。沿了长江，过了一条店家还未起来的冷清的小街，质夫的人力车就折向北去。车并着了一道城外的沟渠，在一条长堤上慢慢前进的时候，他就觉得元气恢复起来了。看看东边，以浓蓝的天空作了背景的一座白色的宝塔，把半规初出的太阳遮在那里。西边是一道古城，城外环绕着长沟，远近只有些起伏重叠的低岗和几排鹅黄疏淡的杨柳点缀在那里。他抬起头来远远见了几家如装在盆景假山上似的草舍。看看城墙上孤立在那里的一排电杆和电线，又看看远处的地平线和一湾苍茫无际的碧落，觉得在这自然的怀抱里，他的将来的成就定然是不少的。不晓是什么原因，不知不觉他竟起了一种感谢的心情。过了一忽，他忽然自言自语的说：

“这谦虚的情！这谦虚的情！就是宗教的起源呀！淮尔特（Wilde）[1]呀，佛尔兰（Verlaine）呀！你们从狱里叫出来的‘要谦虚’（Be humble）的意思我能了解了。”

车到了学校里，他就通名刺进去。跟了门房，转了几个弯，到了一处门上挂着“教务长”牌的房前的时候，他心里觉得不安得很。进了这房他看见一位三十上下的清瘦的教务长迎了出来。这教务长

① 即王尔德（1854—1900），英国诗人、作家。

戴着一副不深的老式近视眼镜，口角上有两丛微微的胡须黑影，讲一句话，眼睛必开闭几次。质夫因为是初次见面，所以应对非常留意，格外的拘谨。讲了几句寻常套话之后，他就领质夫上正厅上去吃早饭。在早膳席上，他为质夫介绍了一番。质夫对了这些新见的同事，胸中感到一种异常的压迫，他一个人心里想：

“新媳妇初见姑嫂的时候，她的心理应该同我一样的。唉，在山泉水清，出山泉水浊，我还不如什么事也不干，一个人回到家里去贪懒的好。”

吃了早膳，把行李房屋整顿了一下，姓倪的那教务长就把功课时间表拿了过来。却好那一天是礼拜，质夫就预备第二日去上课。倪教务长把编讲义上课的情形讲了一遍之后，便轻轻的对质夫说：

“现在我们校里正是五风十雨的时候，上课时候的讲义，请你用全副精神来对付。礼拜三用的讲义，是要今天发才赶得及，请你快些预备罢。”

他出去停了两个钟头，又跑上质夫那边来，那时候质夫已有一页讲义编好了。倪教务长拿起这页讲义来看的时候，神经过敏而且又是自尊心颇强的质夫，觉得被他侮辱了。但是一边心里又在那里恐惧，这种复杂的心理状态，怕没有就过事的人是不能了解的。他看了讲义之后，也不说好，也不说不好，但是质夫的纤细的神经却告诉质夫说：

“可以了，可以了，他已经满足了。”

恐惧的心思去了之后，质夫的自尊心又长了一倍，被侮辱的心思比从前也加一倍抬起头来，但是一种自然的势力，把这自尊心压了下去，教他忍受了。这教他忍受的心思，大约就是卑鄙的行为的原动力，若再长进几级，就不得不变成奴隶性质。现在社会上的许多成功者，多因为有这奴隶性质，才能成功，质夫初次的小成功，大约也是靠他这时候的这点奴隶性质而来的。

这一天晚上质夫上床的时候，却有两种矛盾的思想，在他的胸中来往。一种是恐惧的心思，就是怕学生不能赞成他。一种是喜悦的心思，就是觉得自家是专门学校的教授了。正在那里想的时候，他觉得有一个人钻进他的被来，他闭着眼睛，伸手去一摸，却是吴迟生。他和吴迟生颠颠倒倒的讲了许多话。到了第二天的早晨，斋夫进房来替他倒洗面水，他被斋夫惊醒的时候，才知道是一场好梦，他醒来的时候，两只手还紧紧的抱住在那里。

第二次上课钟打后，质夫跟了倪教务长去上课去。倪教务长先替他向学生介绍了几句，出课堂门去了，质夫就踏上讲坛去讲。这一天因为没有讲义稿子，所以他只空说了两点钟。正在那里讲的时候，质夫觉得有一种想博人欢心的虚伪的态度和言语，从他的面上口里流露出来。他心里一边在那里鄙笑自家，一边却怎么也禁不住这一种态度和这一种言语。大约这一种心理和前节所说的忍受的心理就是构成奴隶性质的基础罢？

好容易破题儿的第一天过去了。到了晚上九点钟的时候，倪教务长的苍黄的脸上浮着了一脸微笑，跑上质夫房里来。质夫匆忙站起来让他坐下之后，倪教务长便用了日本话，笑嘻嘻的对质夫说：

“你成功了。你今大大成功，你所教的几班，都来要求加钟点了。”

质夫心里虽然非常喜欢，但是面上却只装着一种漠不相关的样子。倪教务长到了这时候，也没有什么隐瞒了，便把学校里的内情全讲了出来。

“我们学校里，因为陆校长今年夏天同军阀李星狼麦连邑打了一架，并反对违法议员和驱逐李麦的走狗韩省长的原因，没有一天不被军阀所仇视。现在李麦和那些议员出了三千元钱，买收了几个学生，想在学校里捣乱。所以你没有到的几天，我们是一夕数惊，在这里防备的。今年下半年新聘了几个先生，又是招怪，都不能得学生的好感。所以要是你再受他们学生的攻击，那我们在教课上就站不住了。一个学校中，若聘的教员，不能得学生的好感，教课上不能铜墙铁壁的站住，风潮起来的时候，那你还有什么法子？现在好了，你总站得住了，我也大可以放心了。呵呵呵呵（底下又用了一句日本话），你成功了呀！”

质夫听了这些话，因为不晓得这A省的情形，所以也不十分明了，但是倪教务长对质夫是很满足的一件事情，质夫明明在他的言语态度上可以看得出来。从此质夫当初所怀着的那一种对学生对教务长的恐惧心，便一天一天的减少下去了。

四

学校内外浮荡着的暗云，一层一层的紧迫起来。本来是神经质的倪教务长和态度从容的陆校长常常在那里作密谈。质夫因为不谙那学校的情形，所以也没有什么惧怕，尽在那里干他自家一个人的事。

初到学校后二三天的紧张的精神，渐渐的弛缓下去的时候，质夫的许久不抬头的性欲又露起头角来了。因为时间与空间的关系，吴迟生的印象一天一天在他的脑海里消失下去。于是代此而兴，支配他的全体精神的欲情，便分成了二个方向起起作用来。一种是纯一的爱情，集中在他的一个年轻的学生身上。一种是间断偶发的冲动。这种冲动发作的时候，他竟完全成了无理性的野兽，非要到城里街上，和学校附近的乡间的贫民窟里去乱跑乱跳走一次，偷看几个女性，不能把他的性欲的冲动压制下去。有一天晚上，正是这冲动发作的时候，倪教务长不声不响的走进他的房里来忠告他说：

“质夫，你今天晚上不要跑出去。我们得着了一个消息，说是几个被李麦买取了的学生，预备今晚起事，我们教职员还是住在一处，不要出去的好。”

质夫在房里电灯下坐着，守了一个钟头，觉得苦极了。他对学校的风潮，还未曾经验过，所以并没有什么害怕，并且因为他到这学校不久，缠绕在这学校周围的空气，不能明白，所以更无危惧的心思。他听了倪教务长的话之后，只觉得有一种看热闹的好奇心起来，并没有别的观念。同西洋小孩在圣诞节的晚上盼望圣诞老人到来的样子，他反而一刻一刻的盼望这捣乱事件快些出现。等了一个钟头，学校里仍没有什么动静，他的好奇心，竟被他原有的冲动的发作压倒了。他从座位里站了起来，在房里走了几圈，又坐了一忽，又站起来走了几圈，觉得他的兽性，终究压不下去。换了一套中国衣服，他便悄悄的从大门走了出去。浓蓝的天影里，有几颗游星，在那里开闭。学校附近的郊外的路上黑得可怕。幸亏这一条路是沿着城墙沟渠的，所以黑暗中的城墙的轮廓和黑沉沉的城池的影子，还当作了他的行路的目标。他同瞎子似的在不平的路上跌了几脚，踏了几次空，走到北门城门外的时候，忽然想起城门是快要闭了。若或进城去，他在城里又无熟人，又没有法子弄得到一张出城券，事情是不容易解决的。所以在城门外迟疑了一会，他就回转了脚，一直沿了向北的那一条乡下的官道跑去。跑了一段，他跑到一处狭的街上了。他以为这样的城外市镇里，必有那些奇形怪状的最下流的妇人住着，他的冲动的目的物，正是这一流妇人。但是他在黄昏的小市上，跑来跑去跑了许多时候，终究寻不出一个妇人来。有时候虽有一二个蓬头的女子走过，却是人家的未成年的使婢。他在街上走了一会，又穿到漆黑的侧巷里去走了一会，终究不能达到他的目的。在一条无人通过的漆黑的侧巷里站着，他仰起头来看看幽远的天空，便轻轻的叹着说：

“我在外国苦了这许多年数，如今到中国来还要吃这样的苦。唉！我何苦呢，可怜我一生还未曾得着女人的爱惜过。啊，恋爱呀，你若可以学识来换的，我情愿将我所有的知识，完全交出来，与你换一个有血有泪的拥抱。啊。恋爱呀，我恨你是不能糊涂了事的。我恨你是不能以资格地位名誉来换的。我要灭这一层烦恼，我只有自杀……”

讲到了这里，他的面上忽然滚下了两粒粗泪来。他觉得站在这里，终究不是长久之计，就又同饿犬似的走上街来了。垂头丧气的正想回到校里来的时候，他忽然看见一家小小的卖香烟洋货的店里，有一个二十五六的女人坐在灰黄的电灯下，对了账簿算盘在那里结账。他远远的站在街上看了一忽，走来走去的走了几次，便不声不响的踱进了店去。那女人见他进去，就丢下了账目来问他：

“要买什么东西？”

先买了几封香烟，他便对那女人呆呆的看了一眼。由他这时候的眼光看来，这女人的容貌却是商家所罕有的。其实她也只是一个平常的女人，不过身材生得小，所以俏得很，衣服穿得还时髦，所以觉得有些动人的地方。他如饿犬似的贪看了一二分钟，便问她说：

“你有针卖没有？”

“是缝衣服的针么？”

“是的，但是我要一个用熟的针，最好请你卖一个新针给我之后，将拿新针与你用熟的针交换一下。”

那妇人便笑着回答说：

“你是拿去煮在药里的么？”

他便含糊的答应说：

“是的是的，你怎么知道？”

“我们乡下的仙方里，老有这些玩意儿的。”

“不错不错，这针倒还容易办得到，还有一件物事，可真是难办。”

“是什么呢？”

“是妇人们用的旧手帕，我一个人住在这里，又无朋友，所以这物事是怎么也求不到的，我已经决定不再去求了。”

“这样的也可以的么？”

一边说，一边那妇人从她的口袋里拿了一块洋布的旧手帕出来。质夫一见，觉得胸前就乱跳起来，便涨红了脸说：

“你若肯让给我，我情愿买一块顶好的手帕来和你换。”

“那请你拿去就对了，何必换呢。”

“谢谢，谢谢，真真是感激不尽了。”

质夫得了她的用旧的针和手帕，就跌来碰去的奔跑回家。路上有一阵凉冷的西风，吹上他的微红的脸来，那时候他觉得爽快极了。

回到了校内，他看看还是未曾熄灯。幽幽的回到房里，闩上了房门，他马上把骗来的那用旧的针和手帕从怀里取了出来。在桌前椅子上坐下，他就把那两件宝物掩在自家的口鼻上，深深地闻了一回香气。他又忽然注意到了桌上立在那里的那一面镜子，心里就马上想把现在的他的动作一一的照到镜子里去。取了镜子，把他自家的痴态看了一忽，他觉得这用旧的针子，还没有用得适当。呆呆的对镜子看了一二分钟。他就狠命的把针子向颊上刺了一针。本来为了兴奋的缘故，变得一块红一块白的面上，忽然滚出了一滴同玛瑙珠似的血来。他用那手帕揩了之后，看见镜子里的面上又滚了一颗圆润的血珠出来。对着了镜子里的面上的血珠，看看手帕上的猩红的血迹，闻闻那旧手帕和针子的香味，想想那手帕的主人公的态度，他觉得一种快感，把他的全身都浸遍了。

不多一忽，电灯熄了，他因为怕他现在所享受的快感，要被打断，所以动也不动的坐在黑暗的房里，还在那里贪尝那变态的快味。打更的人打到他的窗下的时候，他才同从梦里头醒来的人一样，抱着了那针子和手帕摸上他的床上去就寝。

五

清秋的好天气一天一天的连续过去，A 地的自然景物，与质夫生起情感来了的学生对质夫的感情，也一天一天的浓厚起来，吃过晚饭之后，在学校近傍的菱湖公园里，与一群他所爱的青年学生，看看夕阳返照在残荷枝上的暮景，谈谈异国的流风遗韵，确是平生的一大快事。质夫觉得这一般知识欲很旺的青年，都成了他的亲爱的兄弟了。

有一天也是秋高气爽的晴朗的早晨，质夫与雀鸟同时起了床。盥洗之后，便含了一支伽利克，缓缓的走到菱湖公园去散步去。东天角上，太阳刚才启程，银红的天色渐渐的向西薄了下去，成了一种淡青的颜色。远近的泥田里，还有许多荷花的枯干同鱼栅似的立在那里。远远的山坡上，有几只白色的山羊同神话里的风景似的在那里吃枯草。他从学校近旁的山坡上，一直沿了一条向北的田塍细路走了过去，看看四周的田园清景，想想他目下所处的境遇，质夫觉得从前在东京的海岸酒楼上，对着了夕阳发的那些牢骚，不知消失到什么地方去了。

“我也可以满足了，照目下的状态能够持续得一二十年，那我的精神，怕更要发达呢。”

穿过了一条红桥，在一个空亭里立了一会，他就走到公园中心的那条柳荫路上去。回到学校之后，他又接着了一封从上海来的信，说他著的一部小说集已经快出版了。

这一天午后他觉得精神非常爽快，所以上课的时候竟多讲了十分钟，他看看学生的面色，也都好像是很满足的样子。正要下课堂的时候，他忽听见前面寄宿舍和事务室的中间的通路上，有一阵摇铃的声音和学生喧闹的声音传了过来。他下了课堂，拿了书本跑过去一看，只见一群学生围着了一个青脸的学生在那里吵闹。那青脸的学生，面上带着一味杀气。他的颊下的一条刀伤痕更形容得他的狞恶。一群围住他的学生都摩拳擦掌的要打他。质夫看了一会，不晓得是怎么一回事，正在疑惑的时候，看见他的同乡教体操的王先生，从包围在那里的学生丛中，辟开了一条路，挤到那被包围的青脸学生面前，不问皂白，把那学生一把拖了到教员的议事厅上去。一边质夫又看见他的同事的监学唐伯名温温和和的对一群激愤的学生说：

“你们不必动气，好好儿的回到自修室去罢，对于江杰的捣乱，我们自有办法在这里。”

一半学生回自修室去了，一半学生跟在那青脸的学生后面叫着说：

“打！打！”

“打！打死他。不要脸的。受了李麦的金钱，你难道想卖同学么？”

质夫跟了这一群学生，跑到议事厅上，见他的同事都立在那里。同事中的最年长者，戴着一副墨眼镜，头上有一块秃的许明先，见了那青脸的学生，就对他说：

“你是一个好好的人，家里又还可以，何苦要干这些事呢？开除你的是学校的规则，并不是校长。钱是用得完的，你们年轻的人还是名誉要紧。李麦能利用你来捣乱学校，也定能利用别人来杀你的，你何苦去干这些事呢？”

许明先还没有说完，门外站着的学生都叫着说：

“打！”

“李麦的走狗！”

“不要脸的，摇一摇铃三十块钱，你这买卖真好啊。”

“打打！”

许明先听了门外学生的叫唤，便出来对学生说：

“你们看我面上，不要打他，只要他能悔过就对了。”

许明先一边说一边就招那青脸的学生——名叫江杰——出来，对众谢罪。谢罪之后，许明先就护送他出门外，命令他以后不准再来，江杰就垂头丧气的走了。

江杰走后，质夫从学生和同事的口头听来，才知道这江杰本来也是校内的学生，因为闹事的缘故，在去年开除的。现在他得了李麦的钱，以要求复学为名，想来捣乱，与校内八九个得钱的学生约好，用摇铃作记号，预备一齐闹起来的。质夫听了心里反觉得好笑，以为像这样的闹事，便闹死也没有什么。

过了三四天，也是一天晴朗的早晨十点钟的时候，质夫正在预备上课，忽然听见几个学生大声哄号起来。质夫出来一看，见议事厅上有八九个长大的学生，吃得酒醉醺醺，头向了天，带着了笑容，在那里哄号。不过一二分钟，教职员全体和许多学生都向议事厅走来。那八九个学生中间的一个最长的人便高声的对众人说：

“我们几个人是来搬校长的行李的。他是一个过激党，我们不愿意受过激党的教育。”

八九个中的一个矮小的人也对众人说：

“我们既然做了这事，就是不怕死的。若有人来拦阻我们，那要对他不起。”

说到这里，他在马褂袖里，拿了一把八寸长的刀出来。质夫看着门外站在那里的学生，起初同蜂巢里的雄蜂一样，还有些喃喃呐呐的声音，后来看了那矮小的人的小刀，就大家静了下去。质夫心里有点不平，想出来讲几句话，但是被他的同乡教体操的王先生拖住了。王先生对他说：

“事情到了这样，我与你站出去也压不下来了。我们都是外省人，何苦去与他们为难呢？他们本省的学生，尚且在那里旁观。”

那八九个学生一霎时就打到议事厅间壁的校长房里去，恰好这时候校长还不在家，他们就把校长的铺盖捆好了。因为那一个拿刀的人在门口守着。所以另外的人一个也不敢进到校长房里去拦阻他们。那八九个学生同做新戏似的笑了一声，最后跟着了那个拿刀的矮子，抬了校长的被褥，就慢慢的走出门去了。等他们走了之后，倪教务长和几个教员都指挥其余的学生，不要紊乱秩序，依旧去上课去。上了两个钟头课，吃午膳的时候，教职员全体主张停课一二天以观大势。午后质夫得了这闲空时间，倒落得自在，便跑上西门外的大观亭去玩去了。

大观亭的前面是汪洋的江水。江中靠右的地方，有几个沙渚浮在那里。阳光射在江水的微波上，映出了几条反射的光线来。洲渚上的苇草，也有头白了的，也有作青黄色的，远远望去，同一片平沙一样。后面有一方湖水，映着了青天，静静的躺在太阳的光里。沿着湖水有几处小山，有几处黄墙的寺院。看了这后面的风景，质夫忽然想起在洋画上看见过的瑞士四林湖的山水来了。一个人逛到傍晚的时候，看了西天日落的景色，他就回到学校里来。一进校门，遇着了几个从里面出来的学生，质夫觉得那几个学生的微笑的目光，都好像在那里哀怜他的样子。他胸里感着一种不快的情怀，觉得是回到了不该回的地方来了。

吃过了晚饭，他的同事都锁着了眉头，议论起那八九个学生搬校长铺盖时候的情形和解决的方法来。质夫脱离了这议论的团体，私下约了他的同乡教体操的王亦安，到菱湖公园去散步去。太阳刚才下山，西天还有半天金赤的余霞留在那里。天盖的四周，也染了这余霞的返照，映出一种紫红的颜色来。天心里有大半规月亮白洋洋地挂着，还没有放光。田塍路的角里和枯荷枝的脚上，都有些薄暮的影子看得出来了。质夫和亦安一边走一边谈，亦安把这次风潮的原因细细的讲给了质夫听：

“这一次风潮的历史，说起来也长得很。但是它的原因，却伏在今年六月里，当李星狼麦连邑杀学生蒋可奇的时候。那时候陆校长讲的几句话是的确厉害的。因为议员和军阀杀了蒋可奇，所以学生联合会有澄清选举反对非法议员的举动。因为有了这举动，所以不得不驱逐李麦的走狗想来召集议员的省长韩上成。因这几次政治运动的结果，军阀和议员的怨恨，都结在陆校长一人的身上。这一次议员和军阀想趁新省长来的时候，再开始活动，所以首先不得不去他们的劲敌陆校长。我听见说这几个学生从议员处得了二百元钱一个人。其余守中立的学生，也有得着十元十五元的。他们军阀和议员，连警察厅都买通了的，我听见说，今天北门站岗的巡警一个人还得着二元贿赂呢。此外还有想夺这校长做的一派人，和同陆校长倪教务长有反感的一派人也加在内，你说这风潮的原因复杂不复杂？”

穿过了公园西北面的空亭，走上园中大路的时候，质夫邀亦安上东面水田里的纯阳阁里去。

夜阴一刻一刻的深了起来，月亮也渐渐的放起光来了。天空里从银红到紫蓝，从紫蓝到淡青的变了好几次颜色。他们进纯阳阁的时候，屋内已经漆黑了。从黑暗中摸上了楼。他们看见有一盏菜油灯点在上首的桌上。从这一粒微光中照出来的红漆的佛座，和桌上的供物，及两壁的幡对之类，都带着些神秘的形容。亦安向四周看了一看，对质夫说：

“纯阳祖师的签是非常灵的，我们各人求一张罢。”

质夫同意了，得了一张三十八签中吉。

他们下楼，走到公园中间那条大路的时候，星月的光辉，已经把道旁的杨柳影子印在地上了。

闹事之后，学校里停了两天课。到了礼拜六的下午，教职员又开了一次大会，决定下礼拜一暂且开始上课一礼拜，若说官厅没有适当的处置，再行停课。正是这一天的晚上八点钟的时候，质夫刚在房里看他的从外国寄来的报，忽听见议事厅前后，又有哄号的声音传了过来。他跑出去一看，只见有五六个穿农夫衣服，相貌狞恶的人，跟了前次的八九个学生，在那里乱跳乱叫。当质夫跑近他们身边的时候，八九个人中最长的那学生就对质夫拱拱手说：

“对不起，对不起，请老师不要惊慌，我们此次来，不过是为搬教务长和监学的行李来的。”

质夫也着了急，问他们说：

“你们何必这样呢？”

“实在是对老师不起！”

那一个最长的学生还没有说完，质夫看见有一个农夫似的人跑到那学生身边说：

“先生，两个行李已经搬出去了，另外还有没有？”

那学生却回答说：

“没有了，你们去罢。”

这样的下了一个命令，他又回转来对质夫拱了一拱手说：

“我们实在也是出于不得已，只有请老师原谅原谅。”

又拱了拱手，他就走出去了。

这一天晚上行李被他们搬去的倪教务长和唐监学二人都不在校内。闹了这一场之后，校内同暴风过后的海上一样，反而静了下去。王亦安和质夫同几个同病相怜的教员，合在一处谈议此后的处置。质夫主张马上就把行李搬出校外，以后绝对的不再来了。王亦安光着眼睛对质夫说：

“不能不能，你和希圣怎么也不能现在搬出去。他们学生对希圣和你的感情最好。现在他们中立的多数学生，正在那里开会，决计留你们几个在校内，仍复继续替他们上课。并且有人在大门口守着，不准你们出去。”

中立的多数学生果真是像在那里开会似的，学校内弥漫着一种紧迫沉默的空气，同重病人的房里沉默着的空气一样。几个教职员大家合议的结果，议决方希圣和于质夫二人，于晚上十二点钟乘学生全睡着的时候出校，其余的人一律于明天早晨搬出去。

天潇潇的下起雨来了。质夫回到房里，把行李物件收拾了一下，便坐在电灯下连连续续的吸起烟来。等了好久，王亦安轻轻的来说：

“现在可以出去了。我陪你们两个人出去，希圣立在桂花树底下等你。”

他们三人轻轻的走到门口的时候，门房里忽然走出了一个学生来问说：

“三位老师难道要出去么？我是代表多数同学来求三位老师不要出去的。我们总不能使他们几个学生来破坏我们的学校，到了明朝，我们总要想个法子，要求省长来解决他们。”

讲到这里，那学生的眼睛已有一圈红了。王亦安对他作了一揖说：

“你要是爱我们的，请你放我们走罢，住在这里怕有危险。”

那学生忽然落了一颗眼泪，咬了一咬牙齿说：

“既然这样，请三位老师等一等，我去寻几位同学来陪三位老师进城，夜深了，怕路上不便。”

那学生跑进去之后，他们三人马上叫门房开了门，在黑暗中冒着雨就走了。走了三五分钟，他们忽听见后面有脚步声在那里追逐，他们就放大了脚步赶快走来，同时后面的人却叫着说：

“我们不是坏人，请三位老师不要怕，我们是来陪老师们进城的。”

听了这话，他们的脚步便放小来。质夫回头来一看，见有四个学生拿了一盏洋油行灯，跟在他们的后面。其中有二个学生，却是质夫教的一班里的。

六

第二天的午后，从学校里搬出来的教职员全体，就上省长公署去见新到任的省长。那省长本来是质夫的胞兄的朋友，质夫与他亦曾在西湖上会过的。历任过交通司法总长的这省长，讲了许多安慰教职员的话之后，却作了一个“总有办法”的回答。

质夫和另外的几个教职员，自从学校里搬出来之后，便同丧家之犬一样，陷到了去又去不得留又不能留的地位。因为连续的下了几天雨，所以质夫只能蛰居在一家小客栈里，不能出去闲逛。他就把他自己与另外的几个同事的这几日的生活，比作了未决囚的生活。每自嘲自慰的对人说：

“文明进步了，目下教员都要蒙尘了。”

性欲比人一倍强盛的质夫，处了这样的逆境，当然是不能安分的。他竟瞒着了同住的几个同事，到娼家去进出起来了。

从学校里搬出来之后，约有一礼拜的光景。他恨省长不能速行解决闹事的学生，所以那一天晚上吃晚饭的时候就多喝了几杯酒。这兴奋剂一下喉，他的兽性又起作用来，就独自一个走上一位带有家眷的他的同事家里去。那一位同事本来是质夫在A地短时日中所得的最好的朋友。质夫上他家去，本来是有一种漠然的预感和希望怀着，坐谈了一会，他竟把他的本性显露了出来，那同事便用了英文对他说：

“你既然这样的无聊，我就带你上班子里逛去。”

穿过了几条街巷，从一条狭而又黑的巷口走进去的时候，质夫的胸前又跳跃起来，因为他虽在日本经过这种生活，但是在他的故国，却从没有进过这些地方。走到门前有一处卖香烟橘子的小铺和一排人力车停着的一家墙门口，他的同事便跑了进去。他在门口仰起头来一看，门楣上有一块白漆的马口铁写着“鹿和班”的三个红字，挂在那里，他迟了一步，也跟着他的同事进去了。

坐在门里两旁的几个奇形怪状的男人，看见了他的同事和他，便站了起来，放大了喉咙叫着说：

“引路！荷珠姑娘房里。吴老爷来了！”

他的同事吴风世不慌不忙的招呼他进了一间二丈来宽的房里坐下之后，便用了英文问他说：

“你要怎么样的姑娘？你且把条件讲给我听，我好替你介绍。”

质夫在一张红木椅上坐定后，便也用了英文对吴风世说：

“这是你情人的房么？陈设得好精致，你究竟是一位有福的嫖客。”

“你把条件讲给我听罢，我好替你介绍。”

“我的条件讲出来你不要笑。”

“你且讲来罢。”

“我有三个条件，第一要她是不好看的，第二要年纪大一点，第三要客少。”

“你倒是一个老嫖客。”

讲到这里，吴风世的姑娘进房来了。她头上梳着辫子，皮色不白，但是有一种婉转的风味。穿的是一件虾青大花的缎子夹衫，一条玄色素缎的短脚裤。一进房就对吴风世说：

“说什么鬼话，我们不懂的呀！”

“这一位于老爷是外国来的，他是外国人，不懂中国话。”

质夫站起来对荷珠说：

“假的假的，吴老爷说的是谎，你想我若不懂中国话，怎么还要上这里来呢？”

荷珠笑着说：

“你究竟是不是中国人？”

“你难道还在疑信么？”

“你是中国人，你何以要穿外国衣服？”

“我因为没有钱做中国衣服。”

“做外国衣服难道不要钱的么？”

吴风世听了一忽，就叫荷珠说：

“荷珠，你给于老爷荐举一个姑娘罢。”

“于老爷喜欢怎么样的？碧玉好不好？春红？香云？海棠？”

吴风世听了海棠两字，就对质夫说：

“海棠好不好？”

质夫回答说：

"我又不曾见过，怎么知道好不好呢？海棠与我提出的条件合不合？"

风世便大笑说：

"条件悉合，就是海棠罢。"

荷珠对她的假母说：

"去请海棠姑娘过来。"

假母去了一忽来回说：

"海棠姑娘在那里看戏，打发人去叫去了。"

从戏院到那鹿和班来回总有三十分钟，这三十分钟中间，质夫觉得好像是被悬挂在空中的样子，正不知如何的消遣才好。他讲了些闲话，一个人觉得无聊，不知不觉，就把两只手抱起膝来。吴风世看了他这样子。就马上用了英文警告他说：

"不行不行，抱膝的事，在班子里是大忌的。因为这是闲空的象征。"

质夫听了，觉得好笑，便也用了英文问他说：

"另外还有什么礼节没有？请你全对我说了罢，免得被她们姑娘笑我。"

正说到这里，门帘开了，走进了一个年约二十二三，身材矮小的姑娘来。她的青灰色的额角广得很，但是又低得很，头发也不厚，所以一眼看来，觉得她的容貌同动物学上的原始猴类一样。一双鲁钝挂下的眼睛，和一张比较长狭的嘴，一见就可以知道她的性格是忠厚的。她穿的是一件明蓝花缎的夹袄，上面罩着一件雪色大花缎子的背心，底下是一条雪灰的牡丹花缎的短脚裤。她一进来，荷珠就替她介绍说：

"对你的是这一位于老爷，他是新从外国回来的。"

质夫心里想，这一位大约就是海棠了。她的面貌却正合我的三个条件，但是她何以会这样一点儿娇态都没有。海棠听了荷珠的话，也不作声，只呆呆的对质夫看了一眼。荷珠问她今天晚上的戏好不好，她就显出了一副认真的样子，说今晚上的戏不好，但是新上台的小放牛却好得很，可惜只看了半出，没有看完。质夫听了她那慢慢的无娇态的话，心里觉得奇怪得很，以为她不像妓院里的姑娘。吴风世等她讲完了话之后，就叫她说：

“海棠！到你房里去罢，这一位于老爷是外国人，你可要待他格外客气才行。”

质夫、风世和荷珠三人都跟了海棠到她房里去。质夫一进海棠的房，就看见一个四十上下的女人，鼻上起了几条皱纹，笑嘻嘻的迎了出来。她的青青的面色，和角上有些吊起的一双眼睛，薄薄的淡白的嘴唇，都使质夫感着一种可怕可恶的印象，她待质夫也很殷勤，但是质夫总觉得她是一个恶人。

在海棠房里坐了一个多钟头，讲了些无边无际的话，质夫和风世都出来了。一出那条狭巷，就是大街，那时候街上的店铺都已闭门，四围静寂得很，质夫忽然想起了英文的“Dead City”[①]两个字来，他就幽幽的对风世说：

“风世！我已经成了一个 Living Corpse[②]了。”

走到十字路口，质夫就和风世分了手。他们两个各听见各人的脚步声渐渐儿的低了下去，不多一忽，这入人心脾的足音，也被黑暗的夜气吞没下去了。

一九二二年二月

---

① 英文：死城。

② 英文：活尸。

怀乡病者[1]

一

当日光与夜阴接触的时候，在茫茫的荒野中间，头向着了混沌宽广的天空，一步一步的走去，既不知道他自家是什么，又不知道他应该做什么，也不知道他是向什么地方去的，只觉得他的两脚不得不一步一步的放出去——这就是于质夫目下的心理状态。

在半醒半睡的意识里，他只朦朦胧胧的知道世界从此就要黑暗下去了，这荒野的干燥的土地就要渐渐的变成带水的沼泽了，他的两脚的行动，就要一刻一刻的不自由起来了，但是他也没有改变方向的意思，还是头朝着了幽暗的天空，一步一步的走去——

质夫知道他若把精神振刷一下，放一声求救的呼声，或者也还可以从这目下的状态里逃出来，但是他既无这样的毅力，也无这样的心愿。

若仔细一点来讲一个譬喻，他的状态就是在一条面上好像静止的江水里浮着的一只小小的孤船。那孤船上也没有舵工，也没有风帆，尽是缓缓的随了江水面下的潮流在那里浮动的样子。

若再进一步来讲一句现在流行的话，他目下的心理状态，就同

---

① 本篇原载于一九二六年四月十六日《创造月刊》第一卷第二期。

奥勃洛目夫[1]的麻木状态一样。

在这样的消沉状态中的于质夫朝着了窗，看看白云来往的残春的碧落，听听樱花小片，无风飞坠的微声，觉得眼面前起了一层纱障，他的膝上，忽而积了两点水滴。他站起来想伸出手去把书架上的书拿一本出来翻阅，却又停住了。好像在做梦似的呆呆地不知坐了多久，他却听得隔壁的挂钟，当当的响了五下。举起头来一看，他才知道他自家仍旧是呆呆的坐在他寄寓的这间小楼上。

且慢且慢，那挂钟的确是响了五下么？或者是不错的，因为太阳已经沉在西面植物园的树枝下了。

二

在一天清和首夏的晚上，那钱塘江上的小县城，同欧洲中世纪各封建诸侯的城堡一样，带着了银灰的白色，躺在流霜似的月华影里。涌了半弓明月，浮着万叠银波，不声不响，在浓淡相间的两岸山中，往东流去的，是东汉逸民垂钓的地方。披了一层薄雾，半含半吐，好像华清池里试浴的宫人，在烟月中间浮动的，是宋季遗民痛哭的台榭。被这些前朝的遗迹包围住的这小县城的西北区里，有一对十四五岁的少年男女，沿了城河上石砌的长堤，慢慢的在柳荫底下闲步。大约已经是二更天气了，城里的人家都已沉在酣睡的中间，只有一座幽暗的古城，默默的好像在那里听他们俩的月下的痴谈。

那少年颊上浮起了两道红晕，呼吸里带着些薄酒的微醺，好像

---

① 即奥勃洛摩夫，俄国批判现实主义作家冈察洛夫长篇小说《奥勃洛摩夫》中的主角。奥勃洛摩夫养尊处优，尽管有着宏大的计划，却无力完成任何事情，最终只是躺在沙发上混日子，成为懒汉和废物。

是在什么地方买了醉来的样子。女孩的腮边，虽则有一点桃红的血气，然而因为她那妩媚的长眉，和那高尖的鼻梁的缘故，终觉得有一层凄冷的阴影，投在她那同大理石似的脸上。他们两人默默无言地静了一会，就好像是水里的双鱼，慢慢的在清莹透彻的月光里游泳。

这是质夫少年梦里的生涯，计算起来已经是十年前的事情了。她后来嫁了他的一位同学，质夫四年前回国的时候，在一天清静的秋天的午后，于故乡的市上，只看见了她一次，只看见了她的一个怀孕的侧身。

三

阴历九月二十午前三点钟，东方未白的时候，质夫身体一边发抖，一边在一盏乌灰灰的洋灯光影里，从被窝里起来穿他那半新不旧的棉袍。院子里有几声息索息索的落叶声传来，大约是棵海棠树在那里凋谢了。他的寝室后的厨房里有一个旗人的厨子和厨子的侄儿——便是他哥哥家里的车夫—— 一声两声在那里谈话。在这深夜的静寂里，他觉得他们的话声很大，但是他却听不出什么话来。质夫出到院子里来一看，觉得这北方故都里的残夜的月明，也带着些亡国的哀调。因为这幽暗的天空里悬着的那下弦的半月，光线好像在空中冻住了。他吃了一碗炒饭，拿了笔墨，轻轻的开了门，坐了哥哥的车走出胡同口儿的时候，觉得只有他一个人此刻还醒着，开了眼浮在王城的人海中间。在冷灰似的街灯里穿过了几条街巷，走上玉蛛桥的时候，忽有几声哀寂的喇叭声，同梦中醒来的小孩的哭声似的，传到他的两只冰冷的耳朵里来。他朝转头来看看西南角上那同一块冰似的月亮，又仰起头来，看看那发喇叭声的城墙里的灯光，觉得一味惨伤的情怀，同冰水似的泼满了他的全身。

与一群摇头摆尾的先生进了东华门，在太和殿外的石砌明堂里候点名的时候，质夫又仰起头来看了一眼将明未明的青天，不知是什么缘故，他心里好像受了千万委屈的样子，摇了一摇头，叹了一口气，忽然打了几个冷噤，质夫恨不得马上把手里提着的笔墨丢了，跑上外国去研究制造炸弹去。

这是数年前质夫在北京考留学生考试时候的景象。头场考完之后，新闻上忽报了一件奇事说："留学生何必考呢？""这一次应该考取的人，在未考之先早由部里指定了，可怜那些外省来考的人，还在那里梦做洋翰林洋学士呢！"

这又是几年前头的一幕悲喜剧的回忆。

四

质夫在楼上，糊糊涂涂断定了隔壁的挂钟，确是敲过五点之后，就慢慢的走下楼来，因为他的寓舍里是定在五点开晚饭的。

红花的小碗里盛了半碗饭，他觉得好像要吃不完的样子，但是恰好一口气就吃下去了。吃完了这半碗饭，他也不想再添，所以就上楼去拿了一顶黄黑的软帽走出门外去。

门外是往植物园去的要路，顺了这一条路走下了斜坂，往右手一转便是植物园的正门。他走到植物园正门的一段路上，遇着了许多青年的男女，穿了花绿的衣裳，拖了柔白肥胖的脚，好像是游倦了似的，想趁着天还未黑的时候走回家去。这些青年男女的容貌不识究竟是美是丑？若他在半年前头遇着她们，是一定要看个仔细的，但是今天他却头也不愿意抬起来。他只记得路上有一个十七八岁的女学生，好像对她同伴说：

“我真不喜欢他！”

走来走去走了一阵，质夫觉得有些倦了。这岛国的首都的夜景，觉得也有些萧条起来了。仰起头来看看两面的街灯，都是不能进去休息的地方，他不得已就仍旧寻了最近的路走回寓舍来。走到植物园门口的时候，有一块用红绿色写成的招牌，忽然从一盏一百烛的电灯光里，射进了他的眼帘。拖了一双走倦了的脚，他就慢慢的走上了这家中国酒馆的楼。楼上一个客人也没有，叫定了一盘菜一壶酒，他就把两只手垫了头在桌上睡了几分钟。酒菜拿来之后，他仰起头来一看，才知道站在他面前的是一个十六七岁的中国女孩。一个圆形的面貌，眉目也还清秀。他问她是什么地方人，她说：

“娥是上海。”

她一边替质夫斟酒，一边好像在那里讲什么话的样子。质夫口里好像在那里应答她，但是心里脑里却全不觉得。她讲完了话不再讲的时候，质夫反而被这无言的沉默惊了一下，所以就随便问她说：

“你喝酒么？”

她含了微笑，对质夫点了一点头，质夫就把他手里的酒杯给了她。质夫一杯一杯的不知替她斟了几杯酒，她忽然把杯子向桌上一丢，跳进了他的怀里，用了两手紧紧的抱住了质夫的颈项，她那小嘴尽咬上他的脸来。

“娥热得厉害，热得厉害。娥想回自家屋里去。”

她一边这样的说，一边把她上下的衣裳在那里解。质夫呆呆的看了几分钟，忽觉得他的右颊与她的左颊的中间有一条冰冷的眼泪流下来了。到这时候他才知道她是醉了。他默默的替她把上下的衣裳扣好，把她安置在他坐的椅上之后，就走下楼来付账。走出这家菜馆的时候，他忽然想了一想：

“这女孩不晓究竟怎么的。”

在沉浊的夜气中间走了几步，他就把她忘记了；菜馆他也忘记了，今天的散步，他也忘记了，他连自家的身体都忘记了。他一个人只在黑暗中向前的慢慢走去，时间与空间的观念，世界上一切的存在，在他的脑里是完全消失了。

一九二二年四月初二日午前五时作于东京之酒楼

空 虚[1]

我近来的心理状态，正不晓得怎么才写得出来。有野心的人，他的眼前，常有着种种伟大的幻象，一步一步跟了这些幻象走去，就是他的生活。对将来抱希望的人，他的头上有一颗明星，在那里引路，他虽在黑暗的沙漠中行走，但是他的心里终有一个犹太人的主存在，所以他的生活，终于是有意义的。在过去的追忆中活着的人，过去的可惊可喜的情景，都环绕在他的左右，所以他虽觉得这现在的人生是寂寞得很，但是他的生活，却也安闲自在。天天在那里做梦的人，他的对美的饥渴，就可以用梦里的浓情来填塞，他是在天使的翼上过日子的人，还不至感得这人生的空虚。我是从小没有野心的，如今到了人生的中道，对将来的希望，不消说是没有了。我的过去的半生是一篇败残的历史，回想起来，只有眼泪与悲叹，几年前头，我还有一片享受这悲痛的余情，还有些自欺自慰的梦想，到今朝非但享受这种苦中乐 sweet bitterness 的心思没有了，便是愚人的最后的一件武器——开了眼睛做梦——也被残虐的运命夺去了。啊啊，年轻的维特呀，我佩服你的勇敢，我佩服你的有果断的柔心！

---

① 本篇原载于一九二二年《创造季刊》第一卷第二期，原题为《风铃》，一九三五年收录于《达夫短篇小说集》时，改为《空虚》。

质夫提起笔来，对着了他那红木边的小玻璃窗，写了这几行字，就不再写下去了。窗外是一个小小的花园，园里栽着几株梧桐树和桂花树，树下的花坛上，正开着些西洋草花。梅雨晴时的太阳光线，洒在这嫩绿的丛叶上，反射出一层鲜艳的光彩来，大约蝉鸣的节季，来也不远了。

园里树荫下有几只半大的公鸡母鸡，咯咯的在被雨冲松的园地里觅食，若没有这几只鸡的悠闲的喉音，这一座午后的庭园，怕将静寂得与格离姆童话里的被魔术封禁的城池无异了。

质夫搁下了笔，呆呆的对窗外看了好久，便同梦游病者似的立了起来。在房里走了几圈，他忽觉得同时存在在这世界上的人类，与他亲热起来了。

他在一个月前头，染了不眠症，食欲不进，身体一天一天的消瘦下去。无论上什么地方去，他总觉得有一个人跟在他的后面，在那里催促他的样子。他以为东京市内的空气不好，所以使他变成神经衰弱的，因此他就到这东中野的旷野里，租了一间小屋子搬了过来。这小屋子的四面，都是荒田蔓草。他那小屋子只有两间平屋。一间是朝南的长方的读书室。南面有一口小窗，窗外便是那小小的花园。一间是朝门的二丈宽的客室。客室的西面，便附着一个三尺长二尺宽的煮饭的地方。出了门，沿了一条沟水，朝北的走不上五十步路，便是一条乡间的大道。这大道的东面，靠着一条绿草丛生的矮小山岭，在这小山上有几家红顶的小别庄，藏在忍冬茑萝的绿叶堆中。他无聊的时候，每拿了一支粗大的樱杖，回绕了这座小山，在纵横错落的野道上试他的闲步。

当初搬来的时候，他觉得这同修道院似的生活，正合他的心境。过了几天，他觉得流散在他周围的同坟墓中一样的沉默有些难耐起来了，所以他就去请了一位六十余岁的老婆婆来和他同住。这老婆婆也没有男人，也没有亲戚，本来是在质夫的朋友家里帮忙的，他的朋友于一礼拜前头回中国去了，所以质夫反做了一个人情，把她邀了过来。这老婆婆另外没有嗜好，只喜欢养些家畜在她的左右，自从她和质夫同住之后，质夫的那间小屋子里便多出了一只小白花猫和几只雌雄鸡来；质夫因为孤独得难堪，所以对这老婆婆的这一点少年心，也并不反对。有时质夫从他那书室的小玻璃窗里探头出去，看看那在花荫贪午睡的小家畜，倒反觉得他那小屋的周围，增加了一段和平的景象。

质夫同梦游病者似的在书室里走了几圈，忽然觉得世间的人类与他亲热起来了。换了一套洋服，他就出了门缓缓的走上东中野郊外电车的车站上去。

他坐了郊外电车，一直到离最热闹的市街不远的有乐町才下车。在太阳光底下，灰土很深的杂闹的街上走来走去走了一会，他觉得热起来了。进了一家冰淇淋兼水果店的一层楼上坐下的时候，他呆呆的朝窗外的热闹的市街看了一忽。他觉得这乱杂的热闹，人和人的纠葛、繁华、堕落、男女、物品和其他的一切东西，都与他完全没有关系的样子。吃了一杯冰淇淋，一杯红茶，他便叫侍女过来付钱。他把钞票交给那侍女的时候，看见了那侍女的五个红嫩的手指。一时的联想，就把他带到五年前头的一场悲喜剧中间去。

也是六月间黄梅雨后的时节，他那时候还在N市高等学校里念书。放暑假后，他的同学都回中国去了。他因为神经衰弱，不能耐长途的跋涉，所以便一个人到离N市不远的汤山温泉去过暑假。在深山里的这温泉场，暑中只有几个N市附近的富家的病弱儿女去避暑的。他那一天在梅雨晴后的烈日底下，沿了乱石巉岩的一条清溪，从硅石和泥沙结成的那条清洁的上山路，走到那温泉场的一家旅馆红叶馆的时候，已经是午后五点多钟了，洗了澡，吃了晚饭，喝了几杯啤酒，他日里的疲倦就使他睡着了。不知道睡了几个钟头，他那同沉在海底里似的酣睡，忽被一阵开纸壁门的声响所惊觉。他睁开了两只黑盈盈的眼睛，朝着纸壁门开响的地方一看，只见一个十六七岁的少女，消瘦长方的脸上，装着一脸惊恐的形容，披散了漆黑的头发，长长的立在半开的纸壁门槛上。浮满在室内的苍黄的电灯光和她那披散的黑发，更映出了她的面色的苍白。她的一双瞳神黑得很、大得很的眼睛，张着了在那里注视质夫。她的灰白的嘴唇，全无血色，微微的颤动着，好像急得有话说不出来的样子。窗外的雷雨声，山间老树的咆哮声，门窗楼屋的震动声，充满了室中，质夫觉得好像在大海中遇着了暴风，船被打破了的样子。

深山的夜半，一个人在客里，猛然醒来，遇见了这一场情景，质夫当然大吃了一惊。质夫与那少女呆呆的注视了一忽，那少女便走近质夫的床来，发了颤声，对质夫说：

"……对对不起……对不……起得很，……在这……这半夜里来惊醒你。……可……可是今天我我的运气不好，偏偏母亲回去了的今晚，就发起这样大的风雨来。……我怕得很呀，我怕得很呀，是对不起得很……但是我请你今夜放我在这里过一夜，这样大的雷雨，我无论如何也不敢一个人住在隔壁那样大的房里的。"

她讲完了这几句话，好像精神已经镇静起来了。脸上的惊恐的形容，去了一半，嫩白的颊上，忽然起了两个红晕。大约因为质夫呆呆的太看得出神了，所以她的眼角上，露了一点害羞的样子，把她那同米粉做成似的纤嫩的颈项，稍微动了一动，头也低下去了。当时只有二十一岁的质夫，同这样妙龄的少女还没有接触过，急得他额上胀出了一条青筋，格格的讲不出一句回话来。听她讲完了话，质夫才硬的开了口请她不要客气，请她不要在席上跪着，请她快到蓝绸的被上坐下。半吞半吐的说这些话的时候，质夫因为怕羞不过，想做出一番动作来，把他那怕羞的不自然的样子混过去，所以他一边说，一边就从被里站了起来，跑上屋子的角上去拿了几个坐垫来摆在他的床边上。质夫俯了首，在坐垫上坐下的时候，那少女却早在质夫的被上坐好了。她看质夫坐定后，又连接着对质夫说：

“我们家住在N市内。我因为染了神经衰弱症，所以学校里的暑假考也没有考，到此地来养病已经有一个多月了。我的母亲本来陪我在这里的，今天因为她想回家去看看家里的情形，才于午后下山去的。你在路上有没有遇着？”

质夫听了她的话，才想起了他白天火车站上遇着的那一个很优美的中年妇人。

“是不是一位三十五六岁的妇人？身上穿着紫色绉绸的衣服，外面罩着玄色的纱外套的？”

“是的是的，那一定是母亲了。你在什么地方看见她的？”

“我在车站上遇着的。我下车的时候，她刚到车站上。”

“那么你是坐一点二十分的车来的么？”

“是的！”

“你是N市么？”

“不是。”

“东京么？”

“不是。”

“学堂呢？”

质夫听她问他故乡的时候，脸上忽然红了一阵，因为中国人在日本是同犹太人在欧洲一样，到处都被日本人所轻视的；及听到她问他学校的时候，心里却感得了几分骄气，便带了笑容指着衣架上挂着的有两条白线的帽子说：

“你看那就是我的制帽。”

“哦，你原来也是在第X高等的么？我有一位表哥你认识不认识？他姓N，是去年在英法科毕业的。今年进了东京的帝国大学，怕不久就要回来呢！”

“我不认识他，因为我是德法科。”

窗外疾风雷雨的狂吼声，竟被他们两人的幽幽的话声压了下去。可是他们的话声一断，窗外的雨打风吹的响声也马上会传到他们的耳膜上来。但是奇怪得很，他们两人那样依依对坐在那里的中间，就觉得楼屋的震动，和老树的摇撼全没有一点可怕的地方。质夫听听她那柔和的话声，看看她那可爱的相貌，心里只怕雷雨就晴了。和她讲了四五十分钟的话，质夫竟好像同她自幼相识的样子。两人讲到天将亮的时候。雷雨晴了，闲话也讲完了。那少女好像已经感到了疲倦，竟把身子伏倒在质夫的被上，嘶嘶的睡着了。她睡着之后，质夫的精神愈加亢奋起来，他只怕惊醒了她的好梦，所以身体不敢动一动，但是他心里真想伸出手来到她那柔软的腰部前后去摸她一摸。她那伏倒的颈项后面的曲线，质夫在心里完全的把它描写了出来。

“从这面下去是肩峰，除去了手的曲线，向前便是胸部，唉唉，这胸部的曲线，这胸部的曲线，下去便是腹部腰部，……”

眼看着了那少女的粉嫩洁白的颈项，耳听着了她的微微的鼾声，他脑里却在那里替她解开衣服来。他想到了她的腹部腰部的时候，他的气息也屏住吐不出来了。一个有血液流着带些微温的香味的大理石的处女裸像，现在伏在他的面前。质夫心里想哭又哭不出来，想啊啊的叫又叫不出来，他的脸色涨得同夹竹桃一样的红。他实在按捺不住了，便把右手轻轻的到她头发上去摸了一摸。她的鼾声忽然停止了，质夫骤觉得眼睛转了一转黑，好像从高山顶上，一脚被跌在深坑里去的样子。她果然举起头来，开了半只朦胧的睡眼，微微的笑着对质夫说：

“你还醒着么？怎么不睡一下呢，我正好睡呀！对不起我要放肆了。”

含含糊糊的说了几句话，她索性把身体横倒，睡着在质夫被上。质夫看看她腰部和臀部的曲线，愈觉得眼睛里要喷出火来的样子，没有办法，他也只能在她的背后睡下。原来她是背朝了质夫打侧睡的，质夫睡下的时候，本想两头分睡，后来因为怕自家的脚要踢上她的头去，所以只能和她并头睡倒。他先是背朝背的，但是质夫的心里，因为不能看见她的身体，正同火里的毛虫一样，苦闷得难堪。他在心里思恼得好久，终究轻轻的把身子翻了过来，将他的面朝着了她的背。翻转了身子，他又觉得苦闷得难堪。不知不觉轻地一点一点的他又把身子挨了过去。到了他自家的腹部离她的突出的后部只有二寸余的时候，他觉得怎么也不能再挨近前去了，不得已他只得把眼睛闭拢。但是一阵阵从她的肉体里发散出来的香气，正同刀剑一般，直割到他的心里去。他眼睛闭了之后，倒反觉得她精赤裸裸的睡在他的面前。他的苦闷到了极点了，唉的长叹了一声，放大了胆他就把身子翻了转来，与她又成了个背朝背的局面。他因为样子不好看，就把腰曲了一曲，把两只脚缩拢了。

同上刑具被拷问似的苦了好久，到天亮之后，质夫才朦胧的睡着。他正要睡去的时候，那少女醒了。她翻过身来，坐起了半身，对质夫说：

“对不起得很，吵闹了你一夜。天也明了，雷雨也晴了，我不怕什么了，我要回到间壁自家的房里去睡去。”

质夫被她惊醒，昏昏沉沉的听了这几句话，便连接着说：

“你说什么话，有什么对不起呢？”

等她走到隔壁自家房里之后，质夫完全醒了。朝了她的纸壁看了一眼，质夫就马上将身体横伏在刚才她睡过的地方。质夫把两手放到身底下去作了一个紧抱的形状，他的四体却感着一种被上留着的她的余温。闭了口用鼻子深深的在被上把她的香气闻吸了一回，他觉得他的肢体都酥软起来了。

…………

质夫醒来，已经是午前十点钟的光景，昨宵的暴风雨，不留半点痕迹，映在格子窗上的日光，好像在那里对他说：

“今天天气好得很，你该起来了。”

质夫起床开了格子窗一望，觉得四山的绿叶，清新得非常。从绿叶丛中透露出来的青天，也同秋天的苍空一样，使人对之能得着一种强健的感觉。含了牙刷，质夫就上温泉池去洗浴去。出了格子窗门，在回廊上走过隔壁的格子门的时候，质夫的末梢神经，感觉得她还睡在那里。刷了牙，洗了面，浸在温泉水里，他从玻璃窗口看看户外的青天，觉得身心爽快得非常，昨晚上的苦闷，正同恶梦一样，想起来倒引起了自家的微笑。他正在那里追想的时候，忽然听见一种娇脆的喉音说：

“你今天好么！昨天可对你不起了，闹了你一夜。”

质夫仰转头来一看，只见她那纤细的肉体，丝缕不挂，只两手捏了一块毛巾，盖在那里；她那形体，同昨天他脑里描写过的竟无半点的出入。他看了一眼，涨红了脸，好像犯了什么罪似的，就马上朝转了头，一面对她说：

“你也醒了么？你今天觉得疲倦不疲倦？”

她一步一步的浸入了温泉水里，走近他的身边来，他想不看她，但是怎么也不能不看。他同饿狼见了肥羊一样，饱看了一阵她的腰部以上的曲线，渐渐的他觉得他的下部起起作用来了。在温泉里浸了许久，她总不走出水来，质夫等得急起来，就想平心静气的想想另外的事情，好教他的身体得复平时的状态，但是在这禁果的前头他的政策终不见效。不得已他直等得她回房间去之后，才走出水来。

吃完了朝中兼带的饭，质夫走上隔壁的她的房里去，他们讲讲闲话，不知不觉的天就黑了，平时他每嫌太阳的迟迟不落，今天却只觉得落得太早。

第二天质夫又同她玩了一天，同在梦里一样，他只觉得时间过去得太快。

第三天的早晨，质夫醒来的时候，忽听见隔壁她房里，有男人的声音在那里问她说：

“你近来看不看小说？”（男音）

“我近来懒得很，什么也不看。”（她）

“姨母说你太喜欢看小说，这一次来是她托我来劝止你的？”

“啊啦，什么话，我本来是不十分看小说的。”

质夫尖着了两耳听了一忽，心里想这男人定是她的表哥。他一想到了自家的孤独的身世，和她的表哥对比对比，不觉滴了两颗伤感的眼泪。不晓什么原因，他心里觉得这一回的恋爱事情已经终结了。

一个人在被里想了许多悲愤的情节，哭了一阵。自嘲自骂的笑了一阵，质夫又睡着了。

这一天又忽而下起雨来了，质夫在被里看看外面，觉得天气同他的心境一样，也带着了灰色。他一直睡到十二点钟才起来，洗了面，刷了牙，回到房里的时候，那少女同一个二十七八岁的很时髦的大学生也走进了他的房里。质夫本来是不善交际的，又加心里怀着鬼胎，并且那大学生的品貌学校年龄，都在他之上，他又不得不感着一种劣败的悲哀，所以见她和那大学生进来的时候，质夫急得几乎要出眼泪，分外恭恭敬敬的逊让了一番，讲了许多和心里的思想成两极端的客气话，质夫才觉得胸前稍微安闲了些。那少女替他们介绍之后，质夫方知道这真是她的表兄N。质夫偷眼看看那少女的面色，觉得今天她的容貌格外的好像觉得快乐。三人讲了些闲话，那少女和那大学生就同时的立了起来，告辞出去了。质夫心里恨得很，但是你若问他恨谁，他又说不出来。他只想把他周围的门窗桌椅完全敲得粉碎，才能泄他这气愤。旅馆的侍女拿饭来的时候，他命她拿了许多酒来饮了。中饭毕后，在房里坐了一忽，他觉得想睡的样子，在席上睡下之后，他听见那少女又把纸壁门一开，进他的房来。质夫因为恨不过，所以不朝转身来向她说话。她一步一步的走近了他的身边，在席上坐下，用了一只柔软的手搭上他的腰，含了媚意，问他说：

“你在这里恨我么？”

质夫听了她这话，才把身子朝过来，对她一看，只见她的表哥同她并坐在那里。质夫气愤极了，就拿了席上放着的一把刀砍过去。一刀砍去，正碰着她的手臂，剎的一声，她的一只纤手竟被他砍落，鲜血淋漓的躺在席上。他拼命的叫了一声，隔壁的那纸壁门开了，在五寸宽的狭缝里，露出了一张红白的那少女的面庞来，她笑微微的问说：

“你见了恶梦了么？”

质夫擦擦眼睛，看看她那带着笑容的红白的脸色，怎么也不信刚才见的是一场恶梦。质夫再注意看了她一眼，觉得她的脸色分外的鲜艳，颊上的两颗血色，是平时所没有的，所以就问说：

“你喝了酒了么？”

"啊啦，什么话，我是从来不喝酒的。"

"你表哥呢？"

"他还在浴池里，我比他先出来一步，刚回到房里，就听见你大声的叫了一声。"

质夫又擦了一擦眼睛，注意到她那垂下的一双纤手上去。左右看了一忽，觉得她的两只手都还在那里，他才相信刚才见的是一场恶梦。

这一天下午三点钟的时候，质夫冒了微雨，拿了一个小小的藤箧，走下山来赶末班火车回N市去，那少女和她的表哥还送了他一里多路。质夫一个人在汤山温泉口外的火车站上火车的时候，还是呆呆的对着了汤山的高峰在那里出神；那火车站的月台板，若用分析化学的方法来分析起来，怕还有几滴他的眼泪中的盐分含在那里呢。

质夫拿钞票付给冰店里那侍女的时候，见了她的五个嫩红的手指，一霎时他就把五年前在温泉场遇见的那少女的纤手联想了出来。当他进这店的时候，质夫并没注意到这店里有什么人。他只晓得命店里的人拿了一杯冰淇淋来；吃完了冰淇淋，就又命拿一杯冰浸的红茶来，既不知道他的冰淇淋和红茶是谁拿来的，也不知道这店里有几个侍女。及到看见了那侍女的手指之后，他才晓得刚才的物事是她拿来的。仰起头来向那侍女的面貌一看，质夫觉得面熟得很，她也嫣然对质夫笑了一脸问说：

"你不认识我了么？"

她的容貌虽不甚美，但在平常的妇女中间却系罕有的。一双眼睛常带着媚人的微笑，鹅蛋形的面庞，细白的皮肤。血色也好得很，质夫只觉得面熟，一时却想不出在什么地方见过的。她见质夫尽在那里疑惑，便对他说：

“你难道忘了么？ Café sans souci[①] 里的事情，你难道还会忘记不成？”

被她这样的一说，质夫才想了起来。Café sans souci 是开在大学附近的一家咖啡店，他那时候，正在放浪的时候，所以时常去进出的。这侍女便是一二年前那咖啡店的当垆少妇。质夫点了一点头，微微的笑了一脸，把五元的一张钞票交给了她。她拿找头来的时候，质夫正拿出一支纸烟来吸，她就马上把桌上的洋火点了给他上火。质夫道了一声谢，便把找头塞在她手里，慢慢的下楼走了。又在街上走了一忽，拿出表来一看，还不甚迟，他便走到丸善书店去看新到的书去；许多新到的英德法国的书籍，在往时他定要倾囊购买的，但是他看了许多时候，终究没有一本书能引起他的兴味。他看看 Harold Nicolson 著的 *Verlaine*[②]，看看 Gourmont[③] 的论文集《颓废派论》，也觉得都无趣味。正想回出来的时候，他在右手的书架角上，却见了一本黄色纸面的 *Dreams Book, Fortune Teller*[④]，他想回家的时候，电车上没有书看，所以就买定了这本书。在街上走了一忽，他想去看看久不见面的一位同学，等市内电车到他跟前的时候，他又不愿去了，所以就走向新桥的郊外电车的车站上来。买了一张东中野的乘车券回到了家里，太阳已将下山去了。

又是几天无聊的日子过去了。质夫这次从家里拿来的三百余元钱，将快完了。

他今年三月在东京帝国大学的经济学部，得了比较还好的成绩卒了业，马上就回国了一次。那时候他的意气还没有同现在一样的

---

① 法文，无忧咖啡馆。

② 哈罗德·尼克尔森（1886—1968）著的《魏尔伦》。

③ 古尔蒙（1858—1915），法国作家、象征派诗人。

④《说梦·算命》。

消沉。他以为有了学问，总能糊口，所以他到上海的时候，还并不觉得前途有什么悲观的地方。

阳历四月初的时候，正是阳春日暖的节季，他在上海的同大海似的复杂的社会里游泳了几日，觉得上海的男男女女，穿的戴的都要比他高强数倍。当他回国的时候，他想中国人在帝国大学卒业的人并不多，所以他这一次回来，社会上占的位置定是不小的。及到上海住了几天之后，他才觉得自家是同一粒泥沙，混在金刚石库里的样子。中国的社会不但不知道学问是什么，简直把学校里出身的人看得同野马尘埃一般的小。他看看这些情形又好气又好笑，想马上仍旧回到日本来，但回想了一下：

"我终究是中国人，在日本总不能过一生的，既回来了，我且暂时寻一点事情干吧。"

他在上海有四五个朋友，都是在东京的时候或同过学或共过旅馆的至友。一位姓 M 的是质夫初进高等学校时候的同住者，当质夫在那里看几何化学，预备高等学校功课的时候，M 却早进了某大学的三年级。M 因为不要自家去考的，所以日本话也不学，每天尽是去看电影，吃大菜。有一天晚上 M 吃得酒醉醺醺回来，质夫还在那里念 tangent, cotangent,sine, cosine[①]，M 嘴里含了一支雪茄烟，对质夫说：

"质夫，你何苦，我今天快活极了。我在岳阳楼（东京的中国菜馆）里吃晚饭的时候，遇着了一位中国公使馆员。我替他付了菜饭钱，他就邀我到日本桥妓女家去逛了一次。唉，痛快痛快，我平生从没有这样欢乐的日子过。"

M 话没有说完，就歪倒在席上睡了；从此之后，M 便每天跑上

---

① 正切，余切，正弦，余弦。

公使馆去，有的时候到晚上十二点钟前后，他竟有坐汽车回来的日子。M说公使待他怎么好怎么好，他请公使和他的姨太太上什么地方去看戏吃饭。像这样的话，M日日来说的。

一年之后质夫转进了N市的高等学校，M却早回了国。有一天质夫在上海报上看见M的名氏，说他做了某洋行的经理。M在上海是大出风头的一个阔人了。质夫因为M是他的旧友，所以到上海住了两三天之后，去访问了一次。第一次去的时候，是午前十一点钟前后，门房回复他说：

“还没有起来。”

第二天午后质夫又去访问了一次，门房拿名片进去，质夫等了许多时候，那门房出来说：

“老爷出去了，请你有话就对我说。”

质夫把眼睛张了一张，把嘴唇咬了一口，吞了几口气，就对门房说：

“我另外没有别的事情。”

质夫更有两个朋友是在C.P.书馆里当编辑的，本来是他的老同学。到上海之后，质夫也照例去访问了一次。这两位同学，因为多念了几年书，好像在社会上也没有十分大势力，还各自穿着一件藤青的哔叽洋服，脸上带着了一道绝望的微笑，温温和和的在C.P.书馆编辑所的会客室里接待他。质夫讲了几句无关紧要的话，就告辞了。到了晚上五点钟的时候，他的两位同学到旅馆里来看质夫，就同质夫到旅馆附近的一家北京菜馆去吃晚饭。他们两个让质夫点菜，质夫因为不晓得什么菜好，所以执意不点。他们两个就定了一个和菜，半斤黄酒。质夫问他们什么叫作和菜。他们笑着说：

“和菜你都不晓得么？”

质夫还有一位朋友，是他在N高等学校时代同住过的N市医专的选科生。这一位朋友在N市的时候，是以吸纸烟贪睡出名的，他的房里都是黑而又短的吸残的纸烟头，每日睡在被窝里吸吸纸烟，唱几句不合板的“小东人”便是他的日课。他在四五年前回国之后，质夫看见报上天天只登他的广告。这一次质夫回到上海，问问旅馆里的茶房，茶房都争着说：

“这一位先生，上海有什么人不晓得呢！他是某人的女婿，现在他的生意好得很呀！”

质夫因为已经访问过M，同M的门房见过二次面，所以就不再去访问他这位朋友了。

质夫在上海旅馆里住了一个多月，吃了几次和菜，看了几回新世界大世界里的戏，花钱倒也花得不少。他看看在中国终究是没有什么事情可干了，所以就跑回家去托他母亲向各处去借了三百元钱，仍复回到日本来作闲住的寓公。

质夫回到日本的时候，正是夹衣换单衣的五月初旬。在杂闹不洁的神田的旅馆里住了半个月，他的每年夏天要发的神经衰弱症又萌芽起来了。不眠，食欲不进，白日里觉得昏昏欲睡，疏懒，易怒，这些病状一时的都发作了。他以为神田的空气不好，所以就搬上了东中野的旷野里去住。他搬上东中野之后，只觉得一天一天的消沉了下去。平时他对于田园清景，是非常爱惜的，每当日出日没的时候，他也着实对了大自然流过几次清泪，但是现在这自然的佳景，亦不能打动他的心了。

有一天六月下旬的午后，朝晨下了一阵微雨，所以午后太阳出来的时候，觉得清快得很。他呆呆的在书斋里坐了一忽，因七月七快到了，所以就拿了一本《天河传说》（*The Romance of the Milky Way*）出来看，翻了几页，他又觉得懒看下去；正坐得不耐烦的时候，门口忽然来了一位来访的客人。他出去一看，却是他久不见的一位同学。这位同学本来做过一任陆军次长，他的出来留学，也是有文章在里面的。质夫请他上来坐下之后，他便对质夫说：

"我想于后天动身回国，现在L氏新任总统，统一问题也有些希望，正是局面展开的时候，我接了许多北京的同事的信，促我回去，所以我想回国去走一次。"

质夫听了他同学的话，心里想说：

"南北统一，废督裁兵，正是很有希望的时候；但是这些名目，难道是真的为中国的将来计算的人作出来的么？不是的，不是的，他们不过想利用了这些名目，来借几亿外债，大家分分而已。统一，裁兵，废督，名目是好得很呀！但外债借到，大家分好之后，你试看还有什么人来提起这些事情。再过几年，必又有一班人出来再提倡几个更好的名目，来设法借一次外债的。革命，共和，过去了；制宪，地方自治也被用旧了。现在只能用统一，裁兵，废督，来欺骗国民，借几个外债。你看将来必又有人出来用了无政府主义的名目来立名谋利呢。聪明的中国人呀，你们想的那些好名目，大约总有一国人来实行的。我劝你们还不如老老实实的说'要名！要利！预备做奴隶'的好呀！"

质夫心里虽是这样的想，口里却不说一句话；想了一阵之后，他又觉得自家的这无聊的爱国心没有什么意思，便含了微笑，轻轻的问他的同学说：

"那么你坐几点钟的车上神户去？"

"大约是坐后天午后三点五十分的车。"

讲了许多闲话，他的朋友去了。质夫便拿了樱杖，又上各处野道上去走了一回。吃了晚饭，汲了一桶井水，把身体洗了一洗，质夫就服了两服催眠粉药入睡了。

六月二十八日的午后，倒也是一天晴天。质夫吃了午饭，从他的东中野的小屋里出来上东京中央驿去送他的同学回国。他到东京驿的时候已经是二点五十分了。他的同学脸上出了一层油汗，尽是匆匆的在那里料理行李并和来送的人行礼。来送的人中间质夫认识的人很多。也有几位穿白衣服戴草帽的女学生立在月台上和他的同学讲话。质夫因为怕他的应接不暇，所以同他点了一点头之后，就一个人清踽踽的站开了。来送的人中，有一位姓W的大学生，也是质夫最要好的朋友。W看见质夫远远的站在那里，小嘴上带了一痕微笑，他便慢慢的走近了质夫的身边来。W把眼睛闭了几次，轻轻的问质夫说：

"质夫，二年前你拼死的崇拜过的那位女英雄，听说今天也在这里送行，是哪一个？"

质夫听了只露了一脸微笑，便慢慢的回答说：

"在这里么？我看见的时候指给你看就对了。"

二年前头，质夫的殉情热意正涨到最高度的时候，在爱情上蹉跌了几次。有一天正是懊恼伤心，苦得不能生存的时候，偶然在同乡会席上遇见了一位他的同乡K女士。当时K女士正是十六岁，脸上带有一种纯洁的处女的娇美，并且因为她穿的是女子医学专门学校的黑色制服，所以质夫一见，便联想到文艺复兴时代的圣画上去。质夫自从那一天见她之后，便同中了催眠术的人一般，到夜半风雪凛冽的时候，每一个人喝醉了酒，走上她的学校的附近去探望。后来他知道她不住在那学校的寄宿舍里，便天天跑上她住的地方附近去守候。那时候质夫寄住在上野不忍池边的他的朋友家里。从质夫寓处走上她住的地方，坐郊外电车，足足要三十几分钟。质夫不怨辛苦，不怕风霜雨雪，只管天天的跑上她住的地方去徘徊顾望。事不凑巧，质夫守候了两个多月，终没有遇着她一次；并且又因为恶性感冒流行的缘故，有一天晚上他从那地方回来，路上冒了些风寒，竟病了一个多月。后来因为学校的考试和种种另外的关系，质夫就把她忘记了。质夫病倒在病院里的时候，他的这一段癞虾蟆想吃天鹅肉的故事，竟传遍了东京的留学生界。从那时候起直到现在，质夫从没有见过她一面。前二月质夫在中国的时候，听说她在故乡湖畔遇见了一个歹人，淘了许多气。到如今有二个多月了，质夫并不知道她在中国呢或在东京。

质夫远远的站着，用了批评的态度在那里看那些将离和送别的人。听见发车的铃响了，质夫就慢慢的走上他同学的车窗边上去。在送行的人丛里，他不意中竟看见了一位戴金丝平光眼镜的中国女子。质夫看了一眼，便想起刚才他同学 W 对他说的话来。

"原来就是她么？长得多了。大得多了。面色也好像黑了些。穿在那里的白色中国服也还漂亮，但是那文艺复兴式的处女美却不见了。"

这样的静静儿的想了一遍，质夫听见他的朋友从车窗里伸出头来向他话别：

"质夫，你也早一点回中国去吧，我一到北京就写信来给你……"

火车开后，质夫认识的那些送行的人，男男女女，还在那里对了车上的他的同学挥帽子手帕，质夫一个人却早慢慢的走了。

东中野质夫的小屋里又是几天无聊的夏日过去了。那天午后他接到了一封北京来的他同学的信，说：

"你的位置已经为你说定了，此信一到，马上就请你回到北京来。"

质夫看了一遍，心里只是淡淡的。想写回信，却是难以措辞。以目下的心境而论，他却不想回中国去，但又不能辜负他同学的好意。质夫拿了一支纸烟吸了几口，对了桌上的镜子看了一忽，就想去洗澡去。洗了澡回来，喝了一杯啤酒，他就在书斋的席上睡着了。

又过了几天，质夫呆呆的在书斋里睡了一日。吃完了晚饭出去散步回来，已经九点钟了。他把抽斗抽开来想拿催眠药服了就寝，却又看见了几日前到的他同学的信。他直到今朝，还没有写回信给他同学。搁下了催眠药，他就把信笺拿出来想作回信。把信笺包一打开来，半个月前头他写的那一张小说不像小说，信不像信的东西还在那里。他从第一句“我近来的心理状态，正不晓得怎么才写得出来。……”看起，静静的看了一遍，看到了末句的“……啊啊年轻的维特呀，我佩服你的勇敢，我佩服你的有果断的柔心”。

他的嘴角上却露了一痕冷笑。静静的想了一想，他又不愿意写信了。把催眠药服下，灭去了电灯，他就躺上他的褥上去就睡，不多一忽，微微的鼾声，便从这灰黑的书室里传了出来。书斋的外面，便是东中野的旷野，一幅夏夜的野景横在星光微明的天盖下，大约秋风也快吹到这岛国里来了。

一九二二年七月改作

血　泪[1]

一

在异乡飘泊了十年，差不多我的性格都变了。或是暑假里，或是有病的时候，我虽则也常回中国来小住，但是复杂黑暗的中国社会，我的简单的脑子怎么也不能了解。

有一年的秋天，暑气刚退，澄清的天空里时有薄的白云浮着，钱塘江上两岸的绿树林中的蝉声，在晴朗的日中，正一天一天减退下去的时候，我又害了病回到了故乡。那时候正有种种什么运动在流行着，新闻杂志上，每天议论得昏天黑地。我一回到家里，就有许多年轻的学生来问我的意见，他们好像也把我当作了新人物看了，我看了他们那一种热心的态度，胸中却是喜欢得很，但是一听到他们问我的言语，我就不得不呆了。他们问说：

“你是主张什么主义的？”

我听了开头的这一句话就觉得不能作答，所以当时只吸了一口纸烟，把青烟吐了出来，用嘴指着那一圈一圈的青烟，含笑回答说：

“这就是我的主义。”

---

① 本篇原载于一九二二年八月八日、十二日、十三日上海《时事新报》副刊《学灯》。

他们听了笑了一阵，又问说：

“共产主义你以为如何？”

我又觉得不能作答，便在三炮台罐里拿了一支香烟请那问者吸；他点上了火，又向我追问起前问的答复来。我又笑着说：

“我已经回答你了，你还不理解么？”

“说什么话！我问你之后你还没有开过口。”

我就指着他手里的香烟说：

“这是谁给你的？”

“是你的。”

“这岂不是共产主义么？”

他和大家又笑了起来。我和他们讲讲闲话，看看他们的又嫩又白的面貌——因为他们都是高等小学生——觉得非常痛快，所以老留他们和我共饭。但是他们的面上好像都有些不满足的样子，因为我不能把那时候在日本的杂志上流行的主义介绍给他们听。

有一天晚上，南风吹来，有些微凉，但是因为还是七月的中旬，所以夜饭吃完后，不能马上就去上床，我和祖母母亲坐在天井里看青天里的秋星和那淡淡的天河。我的母亲幽幽的责备我说：

“你在外国住了这样长久，究竟在那里学些什么？你看我们东邻的李志雄，他比你小五岁，他又不上外国去，只在杭州中学校里住了两年，就晓得许多现在有名的人的什么主义，时常来对我们讲的。今年夏天，他不是因能讲那些主义的缘故，被人家请去了么？昨天他的父亲还对我说，说他一个月要赚五十多块钱哩。”

我听了这一段话，也觉得心里难过得很。因为我只能向干枯的母亲要钱去花，那些有光彩的事情，却一点也做不出来，譬如一种主义的主张，和新闻杂志上的言论之类我从来还没有做过，所以我的同乡，没有一个人知道我，我的同学，没有一个人记着我，如今非常信用我的母亲，也疑惑我起来了。我眼看着了暗蓝的天色，尽在那里想我再赴日本的日期和路径，母亲好像疑我在伤心了，便又非常柔和的说：

“达！你要吃蛋糕么？我今天托店里做了半笼。还没对你说呢！”

我那时候实在是什么也吃不下，但是我若拒绝了，母亲必要哀怜我，并且要痛责她自己埋怨我太厉害了，所以我就对她说：

“我要吃的。”

她去拿蛋糕的时候，我还呆呆的在看那秋空，我看见一个星飞了。

二

第二年的秋天，我又回到北京长兄家里去住了三个月。那时候，我有一个同乡在大学里念书。有一天一次我在S公寓的同乡那里遇着了二位我同乡的同学，他们问了我的姓名，就各人送了我一个名片：一位姓陈的是一个十八九岁的美少年，他的名片的姓名上刻着基而特社会主义者，消费合作团副团长，大学雄辩会干事，经济科学生的四行小字；一位姓胡的是江西人，大约有三十岁内外的光景，面色黝黑，身体粗大得很，他的名片上只刻有人道主义者，大学文科学生的两个衔头。

他们开口就问我说：

“足下是什么主义？”

我因为看见他们好像是很有主张的样子，所以不敢回答，只笑了一笑说：

“我还在念书，没有研究过各种主义的得失，所以现在不能说是赞成哪一种主义反对哪一种主义的。”

江西的胡君就认真的对我说：

“那怎么使得呢！你应该知道现在中国的读书人，若没有什么主义，便是最可羞的事情，我们的同学，差不多都是有主义的。你若不以我为僭越，我就替你介绍一个主义吧。现在有一种世界主义出来了。这一种主义到中国未久，你若奉了它，将来必有好处。”

那美少年的陈君却笑着责备姓胡的说：

“主义要自家选择的，大凡我们选一种主义的时候，总要把我们的环境和将来的利益仔细研究一下才行。考察不周到的时候，有时你以为这种主义一定会流行的，才去用它。后来局面一变，你反不得不吃那主义的亏。所以到了那时候，那主义若是你自家选的呢，就同哑子吃黄连一样，自打自的嘴巴罢了，若是人家劝你选的呢，那你就不得不大抱怨于那劝你选的人。所以代人选择主义是很危险的。”

我听了陈君的话，心里感佩得很，以为像那样年轻的人，竟能讲出这样老成的话来。我呆了一会，心里又觉得喜欢，又觉得悲哀。喜欢的就是目下中国也有这样有学问有见识的青年了；一边我想到自家的身上，就不得不感着一种绝大的悲哀：

“我在外国图书馆里同坐牢似的坐了六七年，到如今究竟有一点什么学问？”

我正呆呆的坐在那里看陈君的又红又白的面庞，门口忽又进来了一位驼背的青年。他的面色青得同菜叶一样，又瘦又矮的他的身材，使人看不出他的年龄来。青黄的脸上架着一双铁边的近视眼镜。大约是他的一种怪习惯，看人的时候，每不正视，不是斜了眼睛看时，便把他的眼光跳出在那又细又黑的眼镜圈外来偷看。我被他那么看了一眼，胸中觉得一跳，因为他那眼镜圈外的眼光好像在说：

“你这位青年是没有主义的么？那真可怜呀！”

我的同乡替我们介绍之后，他又对我斜视了一眼，才从他那青灰布的长衫里摸了一张名片出来。我接过来一看，上边写着“人生艺术主唱者江涛，浙江”的几个字，我见了浙江两字，就感觉着一种亲热的乡情，便问他说：

“江先生也是在大学文科里念书的么？”

他又斜视了我一眼，放着他那同猫叫似的喉音说：

“是的是的，我们中国的新文学太不行了。我今天《晨报》上的一篇论文你看见了么？现在我们非要讲为人生的艺术不可，非要和劳动者贫民表同情不可。他们西洋人在提倡第四阶级的文学，我们若不提倡第五第六阶级的文学，怎么能赶得他们上呢？况且现在中国的青年都在要求有血有泪的文学，我们若不提倡人生的艺术，怕一般青年就要骂我们了。”

江君讲到这里，胡君光着两眼，带了怒，放大了他那洪钟似的声音叱着说：

“江涛，你那人生艺术，本来是隶属于我的人道主义的。为人生的艺术是人道主义流露在艺术方面的一端。你讲话的时候绝不提起你的主义的父祖，专在那些小问题上立论，我是非常反对的，并且你那名片上也不应该只刻人生艺术那几个字，因为人生艺术，还没有成一种主义，你知道么？你在名片上无论如何，非要刻人道主义者不可，你立刻去改正了吧！”

胡君江君争论了两个钟头，还没有解决，我看看太阳已经下山了，再迟留一刻，怕在路上要中了秋寒，所以就一个人走了。我走到门口的时刻，听见屋里争执的声音更高了起来，本来是胆子很小，并且又非常爱和平的我，一边在灰土很深的日暮的街上走回家来，一边却在心里祝祷着说：

“可敬可爱的诸位主义的斗将呀，愿你们能保持和平，尊重人格，不至相打起来。”

三

我回到哥哥家里，看见哥哥在上房厅上与侄儿虎子和侄女定子玩耍。一把洋灯的柔和的光线，正与这中产家庭的空气相合，溶溶密密的照在哥哥和侄儿侄女的欢笑的面上。我因怕把他们欢乐的小世界打破，便走近坐在灯下按钢琴的嫂嫂身边去。嫂嫂见了我，就停住了手，问我说：

“你下半天上什么地方去了？”

“上S公寓去了一回。”

“你们何以谈了这么久？”

“因为有两个大学生在争论主义的范围，所以我一时就走不脱身了。”

嫂嫂叫厨子摆上饭来的时候，我还是呆呆的在那里想：

“我何以会笨到这步田地。读了十多年的死书，我却一个彻底的主义都还没有寻着。罢了罢了，像我这样的人，大约总不合于中国的社会的。”

这一年九月里，我因为在荒废的圆明园里看了一宵月亮，露宿了一晚，便冒了寒，害了一场大病，我病愈了，将返日本的时候，看见《晨报》上有一段记事说：

“今秋放洋的官费留学生中，当以××大学学生胡君陈君为最优良。胡君提倡人道主义，他的事业言论，早为我们所钦佩，这一次中了T校长的选，将他保荐官费留学美国，将来成就，定是不少的。陈君年少志高，研究经济素有心得，将来学成归国，想定能为我们经济社会施一番改革。”

这是三年前的事情，到了三年后的今日，我也不更听见胡陈二君在何处，推想起来，他们两位，大约总在美国研究最新最好的主义。

人近了中年，年轻时候的梦想不得不一层一层的被现实的世界所打破，我的异乡飘泊的生涯，也于今年七月间结束了。我一个人手里捧了一张外国大学的文凭，回到上海的时候，第一次欢迎我的就是赶上轮船三等舱里来的旅馆的接客者。一一谢绝之后，拿了一个破皮包，走到了税关外的白热的马路上的时候，一群狞猛的人力车夫，又向我放了一阵欢迎的噪声。我穿了一套香港布的旧洋服，手里拿了一个皮包，为太阳光线一照，已经觉得头有些昏了；又被那些第四阶级的同胞拖来拖去的拉了一阵，我的脑贫血症，忽而发作了起来。我只觉得眼睛前面飞来了两堆山也似的黑影，向我的头上拼死的压了一下，以后的事情，我就不晓得了。

我在睡梦中，幽幽的听见了一群噪聒的人从我的身边过去了。我忽而想起了年少时候的情节来。当时我睡在母亲怀里，到了夜半，母亲叫我醒来，把一块米粉糕塞在我的口里，我闭着眼睛，把那块糕咬嚼了几口，听母亲糊糊涂涂的讲了几句话，就又睡着了。

我睁开眼睛来一看，觉得身上的衣服湿得很。向四边一望，我才晓得我仍睡在税关外的马路边上。路上不见人影，太阳也将下山去了。黄浦江的彼岸的船上，还留着一道残阳的影子，映出了许多景致。我看看身边上，那个破皮包还在那里。呆呆的在地上坐了一会，我才把从久住的日本回到故国来的事情，和午后二点钟饥饿得死去活来，方才从三等舱上了岸，在税关外受了那些人力车夫的竞争的事情，想了出来。

我那时候因为饥饿和衰弱的缘故竟晕倒了。站起了身，向四边看了一回，终不见一个人影。我正在没法的时候，忽听见背后有脚步跑响了。回转头来一看，在三菱公司码头房那边，却闪出了一乘人力车来。车上坐着一个洋服的日本人。他在码头房的后门口下车了。

我坐了这乘车，到四马路的一家小旅馆里住下，把我的破皮包打开来看的时候，就觉得我的血管都冰结住了。我打算在上海使用的一包纸币，空剩了一个纸包，不知被谁拿去了。我把那破皮包到底的寻了一遍，终寻不出一张纸币来。吃了晚饭，我就慢慢的走上十六铺的一位同乡的商人那里去。在灯火下走了半天，才走到了他的家里，讲了几句闲话之后，我问他借钱的时候，他把眉头一皱，默默的看了我一眼。那时候要是地底下有一个洞，怕我已经钻下去了。他把头弯了一弯，想了一想，就在袋里拿了两块大洋出来说：

"现在市面也不好，我们做生意的人苦得很哩！"

要在平时我必把那两块钱丢上他的脸去，问他个侮辱我的罪，但是连坐电车的钱也没有的我，就不得不恭恭敬敬的收了过来。

四

我想回到家里去，但是因为没有路费，所以就不得不在上海住下了。有一天晚上九点钟的时候，我卖了一件冬天的旧外套，得了六角小洋，在一家卖稀饭的店里吃得饱满，慢慢的——因为这几天来，我衰弱得不堪，走不快了——走出来的时候，在三马路的拐角上忽然遇着了那位 ×× 大学的同乡。他叫了我一声，我倒骇得一跳，因为我那香港布的洋服已经脏得不堪了，老在怕人疑我作扒手。我回转头来一看，认得是他，虽则一时涨红了脸，觉得羞愧得很，但心里却也喜欢得很。他说：

"啊，两年不见，你老得多了。你害病么？现在住在什么地方？”

我听了他这两句话，耳根又涨红了，因为我这几天住所是不定的。我那破皮包，里边也没有什么衣服了，我把它寄在静安寺路的一个庙里的佛柜下。白天我每到外白渡桥的公园里去看那些西洋的小孩儿游玩，到了晚上，在四马路大马路的最热闹的地方走来走去的走一回，就择了清静简便的地方睡一忽。半夜醒来的时候，若不能再睡，我就再起来闲走一回，走得倦了，就随便更选一个地方睡下。像这样无定所的我，遇着了那位富有的同乡，被他那么一问，教我如何答复呢？我含含糊糊的讲了几句话，问他住在什么地方。他说：

“我现在在一品香，打算一礼拜就上杭州去的。”

我和他一路走来，已经看得出跑马厅的空地了。他邀我上他的旅馆里去，我因为我的洋服太脏，到灯火辉煌的一品香去，怕要损失我同乡的名誉，所以只说：

“天气热得很，我们还是在外面走走好。”

我几次想开口问他借钱，但是因为受了高等教育的束缚，终觉得讲不出来。到后来我就鼓着勇气问他说：

“你下半年怎么样？”

“我已经在杭州就了一个二百块钱的差使，下半年大约仍在杭州的。你呢？”

“我啊，我，我是苦得不堪！非但下半年没有去的地方，就是目下吃饭的钱都没有。”

“你晓得江涛么？”

“我不晓得。”

“他是我的同学。现在在上海阔绰得很。他提倡的人生艺术现在大流行了。你若没有事情，我就替你介绍，去找找他看吧？”

他给了我一张名片，对我讲了一个地名，教我于第二天的午后六七点钟以前去见江涛。

第二天我一早起来，就跑上我同乡介绍给我的那地方去。找来找去找了半天，我才把那所房屋找着了。我细细的向左右看了一看，把附近的地理牢记了一回，便又跑上北四川路外的郊外去闲走去。无头无绪的跑了五六个钟头，在一家乡下的馆子里吃了六七个肉汤团，我就慢慢的走回到江某的住宅所在的那方面来。灼热的太阳，一刻也不假借，把它的同火也似的光线洒到我的身上来，我的洋服已经有一滴一滴的汗水滴下来了。慢慢的走上了江家的住宅，正好是四点半钟的光景，我敲门进去一看，一个十八九岁的丫头命我在厅上坐着等候。等了半点多钟，我今天一天的疲倦忽而把我征服了，我就在一张长椅上昏昏的睡着。不知睡了多久，我觉得有人在那里推我醒来。我睁开眼睛一看，只见一个脸色青黄，又瘦又矮的驼背青年立在我的面前。他那一种在眼镜圈外视人的习惯，忽而使我想起旧时的记忆来。我便恭恭敬敬的站起来问说：

"是江先生么？我们好像曾经见过面的。"

"我是江涛，你也许是已经见过我的，因为我常上各处去演讲，或者你在讲演的时候见过我也未可知。"

他那同猫叫似的喉音，愈使我想到三年前在我同乡那里遇着他的时候的景象上去。我含糊的恭维了一阵，便把来意告诉了。江涛又对我斜视了一眼说：

"现在沪上人多事少，非但你东洋留学生找不到事情，就是西洋留学生闲着的也很多呢！况且就是我们同主义的人，也还有许多没有位置。因为我也是一个人道主义者，所以对你们无产阶级是在主义上不得不抱同情，但是照目下的状态看来，是没有法子的。你的那位同乡，他境遇也还不错，你何不去找他呢？"

我把目下困苦的情形诉说了一遍。他又放着了猫叫似的喉音说：

“你若没有零用钱，倒也不难赚几个用用。你能做小说么？”

我急得没有法子，就也夸了一个大口，回答说：“小说我是会做的。”

“那么你去做一篇小说来卖给我就行了。你下笔的时候，总要抱一个救济世人的心情才好。”

“这事恐怕办不到，因为我现在自家还不能救济，如何能想到救济世人上去。”

“事实是事实，主义是主义，你要卖小说，非要趋附着现代的思潮不可。最好你去描写一个劳动者，说他如何如何的受苦，如何如何的被资本家虐待。文字里要有血有泪，才能感动人家。”

我连接答应了几个是，就告了辞出来。在夕阳晼晚的街上，我慢慢的走了一会，胸中忽觉得有一块隐痛，只是吐不出来的样子。走到沪宁火车站的边上，我的眼泪就忍不住的滴下来了。昨晚上当的那件外套的钱，只有二角银角子和六七个铜板了，我若去买了纸笔呢，今晚上就不得不饿着去做小说，若去吃了饭呢，我又没有方法去买纸笔。想了半天，我就乘了电车，上一品香的那同乡那里去。因为我的衣服太褴褛了，怕被茶房喝退，所以我故意挺了胸膈，用了气力，走上账房那里去问我同乡住房的号数。因为中国人是崇拜外国文的，所以我就用了英文问那账房。问明了号数，跑上去一看，我的同乡正不在家。我又用了英文，叫那茶房开了门，就进去坐定了。桌子上看来看去看了一会，我终寻不出纸来，我便又命茶房，把笔墨纸取了过来，摆在我的面前。等茶房出去之后，我就一口气写成了三四千字的一篇小说。内容是叙着一个人力车夫，因为他住的同猪圈似的一间房屋，又要加租了，他便与房东闹了一场。警察来的时候，反而说他不是，要押他到西牢里去。他气得没法，便一个人跑上酒铺子去喝得一个昏醉。已经是半夜了。他醉倒在静安寺路的马路中间，睡着了。一乘汽车从东面飞跑过来，将他的一只叉出的右足横截成了两段。他醒转来的时候，就在月亮底下，抱着了一只鲜血淋漓折断了的右足痛哭了一场。因为在这小说里又有血又有泪，并且是同情第四阶级的文字，所以我就取了“血泪”两字作了题目。我写好之后，我的同乡还没有回来，看看桌上的钟，已经快九点了。我忽觉得肚子里饥饿得很，就拿了那篇《血泪》一个人挺了胸膈，大踏步的走了出来，在四马路的摊上买了几个馒头，我就一边吃一边走上电车停留处去。

到了江涛的地方，敲开了他的门，把原稿交给了他，我一定要他马上为我看一遍。他默默的在电灯底下读了一遍，斜视了我一眼，便对着我说：

“你这篇小说与主义还合，但是描写得不很好，给你一块钱吧。”我听了这话，便喜欢得了不得，拿了一块钱，谢了几声，我就告辞退出了他的公馆。在街上走了一会，我觉得我已经成了一个小说家的样子。看看手里捏着的一块银饼，心里就突突的跳跃了起来。走到沪宁火车站的前头，我的脚便不知不觉的进了一家酒馆。我从那家酒馆出来的时候，杭州开来的夜车已经到了。我只觉得我的周围的大地高天，房屋车马都有些在那里旋转的样子，我慢慢的冲来冲去的走着，一边却在心里打算：

“今晚上上什么地方去过夜呢？”

一九二二年八月四日于上海

春 潮[1]

一

三月中旬一天的午后，和丽的阳光，同爱人的微笑似的，洒满在一处静僻的乡村里，这乡村的前面，流着清沧的钱塘江水，后面有无数的青山，纵横错落的排列在蓝苍的天空里。三五家茅檐泥壁的农家，夹了一条如发的官道，散点在山腰水畔。农家的前后四周，各有几弓空地围着，空地里的杂树，系桑柘之类，地上横着的矮小的树影，有二三尺长。大约已经是午后三点钟了，几声鸡叫的声音，破了静寂的空气，传到江水的边上来。一家农家，靠着江边的高岸。从这农家的门前，穿过一条在花坛里躺着的曲径，就是走下江水边上去的一条有阶段的斜路。这斜路的阶段，并非用石子砌成，不过在泥沙的高岸中，用了铁耙开辟出来的。走下了这泥路的十一二级的阶段，便是贴水的沙滩。沙滩上有许多乱石蚌壳，夹在黄沙青土的中间。日夕的细浪狂潮，把水边的沙石蚌壳，洗涤得明净可爱，一个个在那里反射七色的分光。

在这沙滩的乱石中间，拖着两个小小的影儿，有两个七八岁的小孩，在那里敲磨圆石子。几声鸡叫的声音，传到江水边上的时

---

① 本篇原载于一九二二年十一月二十五日《创造季刊》第一卷第三期。最初发表时，文末注明“待续”，但作者并未续写。

候，一个蹲近水边的小孩子，仰起头来向高岸上看了一眼，他的小小的头上养着一个罗汉圈。额下的两只眼睛，大得非常，从这两只大眼睛里放出来的黑晶晶的眼光，足可使我们大人惭愧俯首，因为他的这两只眼睛，并不知道社会是怎么的，人与人的纠葛是怎么的，人间的罪恶是怎么的。一个狮子鼻，横在他的红黑的两颊中间。上翻下跷的两条嘴唇的曲线，又添了他一层可爱的样子，一排细密的牙齿，微微的露现在嘴唇中间。他穿的是一件青花布衫。从远处看去他和他旁边蹲着的那女孩子，并无分别，身上穿的青花布衫，身材的长短，全是一样的。但是从他们的前面看来，罗汉圈和丫角不同，红黑的脸色和细白的肉色不同，他的扁圆的面形同她的长方的相貌不同。她虽则也有黑晶晶的两只大眼睛，但她那一副常在微笑的脸色却和他那威猛的面貌大有不同的地方。她比他早生一个月，但是她总叫他“三哥”的，他回头向高岸上一看，看见一只美丽的雄鸡，呆呆的立在桑树的阴影里，他就叫她说：

“秋英！你们的那只雄鸡立在那里。嫚母说，这是给我的，真的么！”

“不给你的，我们家里有六只鸡娘，要它生蛋哩！”

“你别太小气了，雄鸡又不会生蛋的，要它做什么？不如给了我的好，年底下就好杀倒来吃。”

“你只想吃的，没有这雄鸡，鸡娘怎么生蛋呢？”

“你怎么会这样的小气，不肯给我就罢了，我们的谷也不粜给你们了。你把圆石子还我，不要你磨了。”

“给你……给你……给你……”

“不要不要。你快把圆石子还我！”

“…………”

他把秋英手里在那里替他磨的圆石子夺了去之后，秋英就伏在他那小小的手臂上哭了起来。他一声也不响，呆呆的把秋英的身体抱住了。秋英的一声一声的悲泣，与悲泣同时起来的一次一次的身体的微颤，都好像是传到他自家的心里去了的样子。他掉了两颗眼泪，呆呆的立了一忽，看看秋英的气也过了，便柔柔和和的对她说：

“这几颗圆石子都给了你吧。”

一边这样的说，一边他那粗圆的小手，便捏了一把圆石子递给秋英。秋英还是哭得不已，用了右手揩着眼泪，伸了左手去接他交来的圆石子去。他因为秋英那只小手一时拿不起许多圆石子，所以就用了两手去帮她。秋英揩干了眼泪，向他的捧住的两手看了一眼，就对他笑了起来。太阳斜到西面去了。天空的颜色，又深了一层，变成了一种紫蓝色。清沧的钱塘江水，反映着阳光和天宇，起起深红的微波来，好像在那里笑他们两个似的。

二

秋英的父亲，本是一个读书人。当秋英三岁的时候，他染了急病死了。她的父亲在日，秋英的一家原是住在县城里的，有祖遗的许多市房出租，每月的租钱，足足可以支持一家中流人家的费用，所以秋英家里的收入，常被县城里的贫民所欣羡。她父亲死了之后，她的母亲因为秋英的外祖母孤冷不过，所以就带了秋英迁住到这离县十里的穷僻的乡村里来。秋英并无兄弟，所以她母亲非常疼爱她。她家里除了她和她母亲之外，还有一个忠心的老仆，是她祖父时候的佣人，今年已经六十一岁了。秋英和她的母亲搬到这乡下来的时候，她的外祖母还强健得很，去年的冬天，外祖母由伤风得了重症，竟也死去了。秋英虽则说是八岁，其实还未满七岁，因为她是六月二日生的。她的家便是江边高岸上的那一家农家。门朝着钱塘江，风景好得很。她的母亲最爱种花，所以她们的屋前屋后都编着竹篱，满种了些青红的花。她家里本来是小康度日的，自从搬到乡下来之后，更加觉得收入多开支少了，所以她家里颇有一点积蓄。

和秋英在江边游玩的那男孩，是山脚下陈国梁的三儿。陈家和秋英的外祖母家是一家人，所以诗礼——这就是那男孩的名字——和秋英也可算是远房的表姊弟。乡间的习俗每喜欢向富裕人家攀亲，陈国梁也不能脱离这种习气，所以老上秋英家里去说她外祖母长外祖母短的。诗礼的长兄二兄都是务农的，只有诗礼有些聪明的地方，因此诗礼三岁的时候，国梁特进县城去，请秋英的父亲替他起了一个风雅的名字，名叫诗礼。这是秋英的父亲死的前一个月。

诗礼和秋英又是同年，又是表姊弟。所以天晴的时候，他们两人老在江边沙滩上，高岸的草地上，或花园里游玩；天雨的时候，诗礼每跑到秋英的家里来，和秋英两个开店，画菩萨，做戏的。秋英的亲的表弟兄，都已长大，是以秋英反和诗礼相亲相爱，和自家的亲的表弟兄，却不时常在一处。

秋英的母亲，因为秋英没有同伴，所以诗礼上她们家里去玩的时候，也非常喜欢。有糕饼的时候，秋英的母亲每平分给他们，由他们两个坐在屋角的小椅上不声不响的分食。有一次秋英从她母亲处得了六个蛋糕，因为诗礼不来，所以秋英也不愿一个人吃。用了纸包好，藏在那里。后来诗礼来了，秋英把蛋糕拿了出来与诗礼两个拿到花底下去请菩萨，请了菩萨就分来吃，秋英还没有吃完一个的时候，诗礼却早把三个都吃完了，秋英把剩下的又分一个给他，他却不再吃了，红了脸就跑回家去。

三

烂熟的春光，带着了沉酣的和热，流露在钱塘江的绿波影里，江上两岸的杂树枝头，树下的泥沙地面，都罩着一层嫩绿的绒衣，有一种清新的香味蒸吐出来。四月初的午后的阳光，同疾风雷雨一般，洒遍在钱塘江岸村落的空中。澄明的空气里波动着的远远的蜂声，绝似诱人入睡的慈母的歌唱，这正是村人野老欲伸腰偷懒的时候，这也是青年男女为情舍命的时候。

吃了午饭，看看他的哥哥们都上田里去耕作去了，诗礼就一个人跑上秋英家来。在这似烟似梦的阳春景里，今日诗礼不晓为了什么原因，他的小小的眉间带着几分隐忧。一路上看看树头的青枝绿叶，听听远近的小鸟歌声，他的小小的胸怀，终觉得不能同平日一样的开畅起来。走到了秋英的家里，他看见秋英正在那里灌庭前园里的草花。帮秋英灌了一忽花，诗礼就叫秋英出来上后面山上去采红果儿去。从绿荫的底下穿绕了一条曲径，走到山腹的一块岩石边上的时候，诗礼回转头来，看见澄清如练的一条春水中间，映着一张同海鸥似的白色的风帆，呆看了一刻，他就叫秋英说：

“你看那张风帆，我不久也要乘了那么大的船上杭州去。”

“杭州？你一个人去么？”

“爸爸同我去的，他说我在家里没用，要送我上杭州纸行里学生意去。”

“你喜欢去么？”

“我很喜欢去，因为我听爸爸说，杭州比这里热闹得多。昨天晚上，我们正在那里讲杭州的时候，妈妈忽然哭了起来，爸爸同她闹了一场。我见妈妈一个人进房去睡，所以也跟了进去，她放下了洋灯，忽然把我紧紧的抱住，说：‘你到外边去可要乖些，不要不听人的话。’我听了她的话，也觉得难过，所以就同她哭了一场。”

秋英听了这话，也觉得有些心酸，她的眼睛，便红了一圈，呆呆的对江心的风帆看了一忽，她就催诗礼回去，说：

“我们回到家里去吧，怕妈妈在那里等我。”

秋英听了诗礼的话，见了江心浮着的那载人离别的飞帆，就也想起她家里的母亲来了。

四

时间不声不响的转换了，原上的青草，渐渐儿郁茂起来，树木的枝叶也从淡淡的新绿变成了苍苍的深色。钱塘江的水量在杀信的时候，一直的减了下去。平时看不见的蛤蚌的躯壳，和贴近江底的玲珑的奇石，都显现出来。晴天一天一天的连续过去，梅雨过后的炎热，渐渐儿增加起来了。

五月将尽的一天早晨，诗礼同太阳同时起了床。他母亲用了细心替他洗了手脸，又将一件半新的竹布长衫替他穿上。他乘他父亲在那里含着了怒气问答的时候，就偷了空闲跑上秋英家里来。

诗礼的家住在后面山脚下，从他家里走上秋英的地方，足有五六分钟的路程，要走过一处草地，一条大路。走过草地的时候，诗礼见有几棵蒲公英，含着了珠露，黄黄的在清新的早晨空气里吐气。他把穿不惯的长衫拖了一把，便伏倒去把那几棵蒲公英连根的掘了起来。走到秋英家里的时候，他见秋英呆呆的立在竹篱边上，看花上的朝阳。他跑上秋英身边去叫了一声，秋英倒惊了一跳，含着微笑对他说：

“你今天起来得这样早？”

“你也早啊。”

“衣兜里捧着的是什么？”

“你猜！”

“花儿。”

“被你猜着了。”

诗礼就把他采来的蒲公英拿出来给她看，这原来是她最喜欢的花儿，所以秋英便跑近他的身来抢着说：

“我们去种它在园里吧。”

两人把花种好之后，诗礼又从他的袋里拿出了几颗圆洁滑润的石子来给她说：

“我要上杭州去，用不着这些圆石子了，你拿着玩吧。”

秋英对他呆看了一眼说：

“你几时上杭州去？你去了，我要圆石子做什么，和谁去赌输赢呢？”

诗礼把圆石子向地上一丢，也不再讲话，一直的跑回家去了。秋英呆呆的看他跑回去的影子渐渐儿的小了下去，她的眼睛忽而朦胧起来，诗礼刚讲的“我要上杭州去”的那句话同电光似的闪到她那小小的脑里的时候，她只觉得一种凄凉寂寞的感觉，同潮也似的压上她的心来。

呆呆的立了一会，她竟放大了声音，啼哭起来了。

采石矶[①]

文章憎命达，魑魅喜人过。

——杜甫

一

自小就神经过敏的黄仲则[②]，到了二十三岁的现在，也改不过他的孤傲多疑的性子来。他本来是一个负气殉情的人，每逢兴致激发的时候，不论讲得讲不得的话，都涨红了脸，放大了喉咙，抑留不住的直讲出来。听话的人，若对他的话有些反抗，或是在笑容上，或是在眼光上，表示一些不赞成他的意思的时候，他便要拼命的辩驳，讲到后来他那双黑晶晶的眼睛老会张得很大，好像会有火星飞出来的样子。这时候若有人出来说几句迎合他的话，那他必喜欢得要奋身高跳，他那双黑而且大的眼睛里也必有两泓清水涌漾出来，再进一步，他的清瘦的颊上就会有感激的眼泪流下来了。

像这样的发泄一回之后，他总有三四天守着沉默，无论何人对他说话，他总是噤口不作回答的。在这沉默期间内，他也有一个人

① 本篇原载于一九二三年二月一日《创造季刊》第一卷第四期。

② 黄景仁（1749—1783），字汉镛，一字仲则，阳湖（今江苏省常州市）人。少年时即负诗名，但一生怀才不遇，穷困潦倒，病逝时年仅35岁。

关上了房门，在那学使衙门东北边的寿春园西室里兀坐的时候，也有青了脸，一个人上清源门外的深云馆怀古台去独步的时候，也有跑到南门外姑熟溪边上的一家小酒馆去痛饮的时候。不过在这期间内他对人虽不说话，对自家却总是一个人老在幽幽的好像讲论什么似的。他一个人，在这中间，无论上什么地方去，有时或轻轻的吟诵着诗或文句，有时或对自家嘻笑嘻笑，有时或望着了天空而作叹惜，竟似忙得不得开交的样子。但是一见着人，他那双呆呆的大眼，举起来看你一眼，他脸上的表情就会变得同毫无感觉的木偶一样，人在这时候遇着他，总没有一个不被他骇退的。

学使朱笥河[①]，虽则非常爱惜他，但因为事务烦忙的缘故，所以当他沉默忧郁的时候，也不能来为他解闷。当这时候，学使左右上下四五十人中间，敢接近他，进到他房里去与他谈几句话的，只有一个他的同乡洪稚存。与他自小同学，又是同乡的洪稚存，很了解他的性格。见他与人论辩，愤激得不堪的时候，每肯出来为他说几句话，所以他对稚存比自家的弟兄还要敬爱。稚存知道他的脾气，当他沉默起头的一两天，故意的不去近他的身。有时偶然同他在出入的要路上遇着的时候，稚存也只装成一副忧郁的样子，不过默默的对他点一点头就过去了。待他沉默过了一两天，暗地里看他好像有几首诗做好，或者看他好像已经在市上酒肆里醉过了一次，或在城外孤冷的山林间痛哭了一场之后，稚存或在半夜或在清晨，方敢慢慢的走到他的房里去，与他争诵些《离骚》或批评韩昌黎、李太白的杂诗，他的沉默之戒也就能因此而破了。

学使衙门里的同事们，背后虽在叫他作黄疯子，但当他的面，却个个怕他得很。一则因为他是学使朱公最钟爱的上客，二则也因

① 朱筠（1729—1781），字竹君，又字美叔，号笥河。清代学者，诗文家。

为他习气太深，批评人家的文字，不顾人下得起下不起，只晓得顺了自家的性格，直言乱骂的缘故。

他跟提督学政朱笥河公到太平，也有大半年了，但是除了洪稚存、朱公二人而外，竟没有一个第三个人能同他讲得上半个钟头的话。凡与他见过一面的人，能了解他的，只说他恃才傲物，不可订交，不能了解他的，简直说他一点儿学问也没有，只仗着了朱公的威势爱发脾气。他的声誉和朋友一年一年的少了下去，他的自小就有的忧郁症反一年一年的深起来了。

二

乾隆三十六年的秋也深了。长江南岸的太平府城里，已吹到了凉冷的北风，学使衙门西面园里的杨柳、梧桐、榆树等杂树，都带起鹅黄的淡色来。园角上荒草丛中，在秋月皎洁的晚上，凄凄唧唧的候虫的鸣声，也觉得渐渐的幽下去了。

昨天晚上，因为月亮好得很，仲则竟犯了风露，在园里看了一晚的月亮，在疏疏密密的树影下走来走去的走着，看看地上同严霜似的月光，他忽然感触旧情，想到了他少年时候的一次悲惨的爱情上去。

“唉唉！但愿你能享受你家庭内的和乐！”

这样的叹了一声，远远的向东天一望，他的眼睛，忽然现出了一个十六岁的伶俐的少女来。那时候仲则正在宜兴氿里读书，他同学的陈某、龚某都比他有钱，但那少女的一双水盈盈的眼光，却只注视在瘦弱的他的身上。他过年的时候因为要回常州，将别的那一天，又到她家里去看她，不晓是什么缘故，这一天她只是对他暗泣而不多说话。同她痴坐了半个钟头，他已经走到门外了，她又叫他回去，把一条当时流行的淡黄绸的汗巾送给了他。这一回当临去的时候，却是他要哭了，两人又拥抱着痛哭了一场，把他的眼泪，都揩擦在那条汗巾的上面。一直到航船要开的将晚时候，他才把那条汗巾收藏起来，同她别去。这一回别后，他和她就再没有谈话的机会了。他第二回重到宜兴的时候，他的少年的悲哀，只成了几首律诗，流露在抄书的纸上：

大道青楼望不遮，年时系马醉流霞。
风前带是同心结，杯底人如解语花。
下杜城边南北路，上阑门外去来车。
匆匆觉得扬州梦，检点闲愁在鬓华。

唤起窗前尚宿醒，啼鹃催去又声声。
丹青旧誓相如札，禅榻经时杜牧情。
别后相思空一水，重来回首已三生。
云阶月地依然在，细逐空香百遍行。

遮莫临行念我频，竹枝留涴泪痕新。
多缘刺史无坚约，岂视萧郎作路人？
望里彩云疑冉冉，愁边春水故粼粼。
珊瑚百尺珠千斛，难换罗敷未嫁身。

从此音尘各悄然，春山如黛草如烟。
泪添吴苑三更雨，恨惹邮亭一夜眠。
讵有青乌缄别句，聊将锦瑟记流年。
他时脱便微之过，百转千回只自怜。

后三年，他在扬州城里看城隍会，看见一个少妇，同一年约三十左右，状似富商的男人在街上缓步。她的容貌绝似那宜兴的少女，他晚上回到了江边的客寓里，又做成了四首感旧的杂诗。

风亭月榭记绸缪，梦里听歌醉里愁。
牵袂几曾终絮语，掩关从此入离忧。
明灯锦幄珊珊骨，细马春山剪剪眸。
最忆濒行尚回首，此心如水只东流。

而今潘鬓渐成丝，记否羊车并载时。
挟弹何心惊共命，抚柯底苦破交枝。
如馨风柳伤思曼，别样烟花恼牧之。
莫把鹍弦弹昔昔，经秋憔悴为相思。

柘舞平康旧擅名，独将青眼到书生。
轻移锦被添晨卧，细酌金卮遣旅情。
此日双鱼寄公子，当时一曲怨东平。
越王祠外花初放，更共何人缓缓行。

非关惜别为怜才，几度红笺手自裁。
湖海有心随颖士，风情近日逼方回。
多时掩幔留香住，依旧窥人有燕来。
自古同心终不解，罗浮冢树至今哀。

他想想现在的心境，与当时一比，觉得七年前的他，正同阳春暖日下的香草一样，轰轰烈烈，刚在发育。因为当时他新中秀才，眼前尚有无穷的希望，在那里等他。

“到如今还是依人碌碌！”

一想到现在的这身世，他就不知不觉的悲伤起来了。这时候忽有一阵凉冷的西风，吹到了园里。月光里的树影索索落落的颤动了一下，他也打了一个冷噤，不晓得是什么缘故，觉得毛细管都竦竖了起来。

“似此星辰非昨夜，为谁风露立中宵？”

于是他就稍微放大了声音把这两句诗吟了一遍，又走来走去的走了几步，一则原想藉此以壮壮自家的胆，二则他也想把今夜所得的这两句诗，凑成一首全诗。但是他的心思，乱得同水淹的蚁巢一样，想来想去怎么也凑不成上下的句子。园外的围墙衖里，打更的声音和灯笼的影子过去之后，月光更洁练得怕人了。好像是秋霜已经下来的样子，他只觉得身上一阵一阵的寒冷了起来。想想穷冬又快到了，他筐里只有几件大布的棉衣，过冬若要去买一件狐皮的袍料，非要有四十两银子不可，并且家里他也许久不寄钱去了，依理而论，正也该寄几十两银子回去，为老母辈添置几件衣服，但是照目前的状态看来，叫他能到何处去弄得这许多银子？他一想到此，心里又添了一层烦闷。呆呆的对西斜的月亮看了一忽，他却顺口念出了几句诗来：

“茫茫来日愁如海，寄语羲和快着鞭。”

回环念了两遍之后，背后的园门里忽而走了一个人出来，轻轻的叫着说：

“好诗好诗，仲则！你到这时候还没有睡么？”

仲则倒骇了一跳，回转头来就问他说：

“稚存！你也还没有睡么？一直到现在在那里干什么？”

“竹君要我为他起两封信稿，我现在刚搁下笔哩！”

“我还有两句好诗，也念给你听罢，‘似此星辰非昨夜，为谁风露立中宵？’”

“诗是好诗，可惜太衰飒了。”

“我想把它们凑成两首律诗来，但是怎么也做不成功。”

“还是不做成的好。”

“何以呢？”

“做成之后，岂不是就没有兴致了么？”

“这话倒也不错，我就不做了吧。”

“仲则，明天有一位大考据家来了，你知道么？”

“谁呀？”

“戴东原[①]。”

“我只闻诸葛的大名，却没有见过这一位小孔子，你听谁说他要来呀？”

“是北京纪老太史给竹君的信里说出的，竹君正预备着迎接他呢！”

“周秦以上并没有考据学，学术反而昌明，近来大名鼎鼎的考据学家很多，伪书却日见风行，我看那些考据学家都是盗名欺世的。他们今日讲诗学，明日弄训诂，再过几天，又要来谈治国平天下，九九归原，他们的目的，总不外乎一个翰林学士的衔头，我劝他们还是去参注酷吏传的好，将来束带立于朝，由礼部而吏部，或领理藩院，或拜内阁大学士的时候，倒好照样去做。”

“你又要发痴了，你不怕旁人说你在妒忌人家的大名的么？”

“即使我在妒忌人家的大名，我的心地，却比他们的大言欺世，排斥异己，光明得多哩！我究竟不在陷害人家，不在卑污苟贱的迎

① 戴震（1724—1777），字东原，安徽休宁隆阜人。清代乾隆年间百科全书式的著名学者、思想家。

合世人。”

“仲则，你在哭么？”

“我在发气。”

“气什么？”

“气那些挂羊头卖狗肉的未来的酷吏！”

“戴东原与你有什么仇？”

“戴东原与我虽然没有什么仇，但我是疾恶如仇的。”

“你病刚好，又愤激得这个样子，今晚上可是我害了你了，仲则，我们为了这些无聊的人怄气也犯不着，我房里还有一瓶绍兴酒在，去喝酒去吧。”

他与洪稚存两人，昨晚喝酒喝到鸡叫才睡，所以今朝早晨太阳射照在他窗外的花坛上的时候，他还未曾起来。

门外又是一天清冷的好天气。绀碧的天空，高得渺渺茫茫。窗前飞过的鸟雀的影子，也带有些悲凉的秋意。仲则窗外的几株梧桐树叶，在这浩浩的白日里，虽然无风，也萧索地自在凋落。

一直等太阳射照到他的朝西南的窗下的时候，仲则才醒，从被里伸出了一只手，撩开帐子，向窗上一望，他觉得晴光射目，竟感觉得有些眩晕。仍复放下了帐子，闭了眼睛，在被里睡了一忽，他的昨天晚上的亢奋状态已经过去了，只有秋虫的鸣声，梧桐的疏影和云月的光辉，成了昨夜的记忆，还印在他的今天早晨的脑里，又开了眼睛呆呆的对帐顶看了一回，他就把昨夜追忆少年时候的情绪想了出来。想到这里，他的创作欲已经抬头起来了。从被里坐起，把衣服一披，他拖了鞋就走到书桌边上去。随便拿起了一张桌上的破纸和一支墨笔，他就叉手写出了一首诗来：

络纬啼歇疏梧烟，露华一白凉无边。

纤云微荡月沉海，列宿乱摇风满天。
谁人一声歌子夜，寻声宛转空台榭。
声长声短鸡续鸣，曙色冷光相激射。

三

仲则写完了最后的一句，把笔搁下，自己就摇头反复的吟诵了好几遍。呆着向窗外的晴光一望，他又拿起笔来伏下身去，在诗的前面填了“秋夜”两字，作了诗题。他一边在用仆役拿来的面水洗面，一边眼睛还不能离开刚才写好的诗句，微微的仍在吟着。

他洗完了面，饭也不吃，便一个人走出了学使衙门，慢慢的只向南面的龙津门走去。十月中旬的和煦的阳光，不暖不热的洒满在冷清的太平府城的街上。仲则在蓝苍的高天底下，出了龙津门，渡过姑熟溪，尽沿了细草黄沙的乡间的大道，在向着东南前进。道旁有几处小小的杂树林，也已现出了凋落的衰容，枝头未坠的病叶，都带了黄苍的浊色，尽在秋风里微颤。树梢上有几只乌鸦，好像在那里赞美天晴的样子，呀呀的叫了几声。仲则抬起头来一看，见那几只乌鸦，以树林作了中心，却在晴空里飞舞打圈。树下一块草地，颜色也有些微黄了。草地的周围，有许多纵横洁净的白田，因为稻已割尽，只留了点点的稻草根株，静静的在享受阳光。仲则向四面一看，就不知不觉的从官道上，走入了一条衰草丛生的田塍小路里去。走过了一块干净的白田，到了那树林的草地上，他就在树下坐下了。静静地听了一忽鸦噪的声音，他举头却见了前面的一带秋山，划在晴朗的天空中间。

“相看两不厌，只有敬亭山。”

这样的念了一句，他忽然动了登高望远的心思。立起了身，他就又回到官道上来了。走了半个钟头的样子，他过了一条小桥，在桥头树林里忽然发见了几家泥墙的矮草舍。草舍前空地上一只在太阳里躺着的白花犬，听见了仲则的脚步声，呜呜的叫了起来。半掩的一家草舍门口，有一个五六岁的小孩跑出来窥看他了。仲则因为将近山麓了，想问一声上谢公山是如何走法的，所以就对那跑出来的小孩问了一声。那小孩把小指头含在嘴里，好像怕羞似的一语也不答又跑了进去。白花犬因为仲则站住不走了，所以叫得更加厉害。过了一会，草舍门里又走出了一个头上包青布的老农妇来。仲则作了笑容恭恭敬敬的问她说：

“老婆婆，你可知道前面的是谢公山不是？”

老妇摇摇头说：

“前面的是龙山。”

“那么谢公山在哪里呢？”

“不知道，龙山左面的是青山，还有三里多路啦。”

“是青山么？那山上有坟墓没有？”

“坟墓怎么会没有！”

“是的，我问错了，我要问的，是李太白的坟。”

“噢噢，李太白的坟么？就在青山的半脚。”

仲则听了这话，喜欢得很，便告了谢，放轻脚步，从一条狭小的歧路折向东南的谢公山去。谢公山原来就是青山，乡下老妇只晓得李太白的坟，却不晓得青山一名谢公山，仲则一想，心里觉得感激得很，恨不得想拜她一下。他的很易激动的感情，几乎又要使他下泪了。他渐渐的前进，路也渐渐窄了起来，路两旁的杂树矮林，也一处一处的多起来了。又走了半个钟头的样子，他走到青山脚下了。在细草簇生的山坡斜路上，他遇见了两个砍柴的小孩，唱着山歌，挑了两肩短小的柴担，兜头在走下山来。他立住了脚，又恭恭敬敬的问说：

“小兄弟，你们可知道李太白的坟是在哪里的？”

两小孩好像没有听见他的话，尽管在向前的冲来。仲则让在路旁，一面又放声发问了一次。他们因为尽在唱歌，没有注意到仲则；所以仲则第一次问的时候，他们简直不知道路上有一个人在和他们兜头的走来，及走到了仲则的身边，看他好像在发问的样子，他们才歇了歌唱，忽而向仲则惊视了一眼。听了仲则的问话，前面的小孩把手向仲则的背后一指，好像求同意似的，回头来向后面的小孩看着说：

“李太白？是那一个坟吧？”

后面的小孩也争着以手指点说：

“是的，是那一个有一块白石头的坟。”

仲则回转了头，向他们指着的方向一看，看见几十步路外有一堆矮林，矮林边上果然有一穴，前面有一块白石的低坟躺在那里。

“啊，这就是么？”

他的这叹声里，也有惊喜的意思，也有失望的意思，可以听得出来。他走到了坟前，只看见了一个杂草生满的荒冢。并且背后的那两个小孩的歌声，也已渐渐的幽了下去，忽然听不见了，山间的沉默，马上就扩大开来，包压在他的左右上下。他为这沉默一压，看看这一堆荒冢，又想到了这荒冢底下葬着的是一个他所心爱的薄命诗人，心里的一种悲感，竟同江潮似的涌了起来。

“啊啊，李太白，李太白！”

不知不觉的叫了一声，他的眼泪也同他的声音同时滚下来了。微风吹动了墓草，他的模糊的泪眼，好像看见李太白的坟墓在活起来的样子。他向坟的周围走了一圈，又回到墓门前来跪下了。

他默默的在墓前草上跪坐了好久，看看四围的山间透明的空气，想想诗人的寂寞的生涯，又回想到自家的现在被人家虐待的境遇，眼泪只是陆陆续续的流淌下来。看看太阳已经低了下去，坟前的草影长起来了，他方把今天睡到了日中才起来，洗面之后跑出衙门，一直还没有吃过食物的事情想了起来，这时候却一忽儿的觉得饥饿起来了。

四

他挨了饿，慢慢的朝着了斜阳走回来的时候，短促的秋日已经变成了苍茫的白夜。他一面赏玩着日暮的秋郊野景，一面一句一句的尽在那里想诗。敲开了城门，在灯火零星的街上，走回学使衙门去的时候，他的吊李太白的诗也想完成了。

束发读君诗，今来展君墓。
清风江上洒然来，我欲因之寄微慕。
呜呼！有才如君不免死，我固知君死非死。
长星落地三千年，此是昆明劫灰耳。
高冠岌岌佩陆离，纵横学剑胸中奇。
陶镕屈宋入大雅，挥洒日月成瑰词。
当时有君无着处，即今遗躅犹相思。
醒时兀兀醉千首，应是鸿蒙借君手。
乾坤无事入怀抱，只有求仙与饮酒。
一生低首唯宣城，墓门正对青山青。
风流辉映今犹昔，更有灞桥驴背客[①]。

---

① 贾岛墓亦在侧。——原诗注

此间地下真可观，怪底江山总生色。
江山终古月明里，醉魄沉沉呼不起。
锦袍画舫寂无人，隐隐歌声绕江水。
残膏剩粉洒六合，犹作人间万余子。
与君同时杜拾遗，窆石却在潇湘湄。
我昔南行曾访之，衡云惨惨通九疑。
即论身后归骨地，俨与诗境同分驰。
终嫌此老太愤激，我所师者非公谁？
人生百年要行乐，一日千杯苦不足。
笑看樵牧语斜阳，死当埋我兹山麓。

仲则走到学使衙门里，只见正厅上灯烛辉煌，好像是在那里张宴。他因为人已疲倦极了，所以便悄悄的回到了他住的寿春园的西室。命仆役搬了菜饭来，在灯下吃一碗，洗完手面之后，他就想上床去睡。这时候稚存却青了脸，张了鼻孔，作了悲寂的形容，走进他的房来了。

“仲则，你今天上什么地方去了？”

“我倦极了，我上李太白的坟前去了一次。”

“是谢公山么？”

“是的，你的样子何以这样的枯寂，没有一点儿生气？”

“唉，仲则，我们没有一点小名气的人，简直还是不出外面来的好。啊啊，文人的卑污呀！”

“是怎么一回事？”

“昨晚上我不是对你说过了么？那大考据家的事情。”

“哦，原来是戴东原到了。”

“仲则，我真佩服你昨晚上的议论。戴大家这一回出京来，拿了许多名人的荐状，本来是想到各处来弄几个钱的。今晚上竹君办酒替他接风，他在席上听了竹君夸奖你我的话，就冷笑了一脸说‘华而不实’。仲则，叫我如何忍受下去呢！这样卑鄙的文人，这样的只知排斥异己的文人，我真想和他拼一条命。”

“竹君对他这话，也不说什么么？”

“竹君自家也在著《十三经文字同异》，当然是与他志同道合的了。并且在盛名的前头，哪一个能不为所屈。啊啊，我恨不能变一个秦始皇，把这些卑鄙的伪儒，杀个干净。”

“伪儒另外还讲些什么？”

“他说你的诗他也见过，太少忠厚之气，并且典故用错的也着实不少。”

“混蛋，这样的胡说乱道，天下难道还有真是非么？他住在什么地方？去去，我也去问他个明白。”

“仲则，且忍耐着吧，现在我们是闹他不赢的。如今世上盲人多，明眼人少，他们只有耳朵，没有眼睛，看不出究竟谁清谁浊，只信名气大的人，是好的，不错的。我们且待百年后的人来判断罢！”

“但我总觉得忍耐不住，稚存，稚存。”

“……”

“稚存，我我……我想……想回家去了。”

“……”

“稚存，稚存，你……你……你怎么样？”

“仲则，你有钱在身边么？”

“没有了。”

“我也没有了。没有川资，怎么回去呢？”

五

仲则的性格，本来是非常激烈的，对于戴东原的这辱骂自然是忍受不过去的，昨晚上和稚存两人默默的在房间里走来走去走了半夜，打算回常州去，又因为没有路费，不能回去。当半夜过了，学使衙门里的人都睡着之后，仲则和稚存还是默默的背着了手在房里走来走去的走。稚存看看灯下的仲则的清瘦的影子，想叫他睡了，但是看看他的水汪汪的注视着地板的那双眼睛，和他的全身在微颤着的愤激的身体，却终说不出话来，所以稚存举起头来对仲则偷看了好几眼，依旧把头低下去了。到了天将亮的时候，他们两人的愤激已消散了好多，稚存就对仲则说：

“仲则，我们的真价，百年后总有知者，还是保重身体要紧。戴东原不是史官，他能改变百年后的历史么？一时的胜利者未必是万世的胜利者，我们还该自重些。”

仲则听了这话，就举起他的一双水汪汪的眼睛，对稚存看了一眼。呆了一忽，他才对稚存说：

“稚存，我头痛得很。”

这样的讲了一句，仍复默默的俯了首，走来走去走了一会，他又对稚存说：

“稚存，我怕要病了。我今天走了一天，身体已经疲倦极了，回来又被那伪儒这样的辱骂一场，稚存，我若是死了，要你为我复仇的呀！”

“你又要说这些话了，我们以后还是务其大者远者，不要在那些小节上消磨我们的志气吧！我现在觉得戴东原那样的人，并不在我的眼中了。你且安睡吧。”

“你也去睡吧，时候已经不早了。”

稚存去后，仲则一个人还在房里俯了首走来走去的走了好久，后来他觉得实在是头痛不过了，才上床去睡。他从睡梦中哭醒来了好几次。到第二天中午，稚存进他房去看他的时候，他身上发热，两颊绯红，尽在那里讲谵语。稚存到他床边伸手到他头上去一摸，他忽然坐了起来问稚存说：

"京师诸名太史说我的诗怎么样？"

稚存含了眼泪勉强笑着说：

"他们都在称赞你，说你的才在渔洋[①]之上。"

"在渔洋之上？呵呵，呵呵。"

稚存看了他这病状，就止不住的流下眼泪来。本想去通知学史朱笥河，但因为怕与戴东原遇见，所以只好不去。稚存用了湿毛巾把他头脑凉了一凉，他才睡了一忽。不上三十分钟，他又坐起来问稚存说：

"竹君……竹君怎么不来？竹君怎么这几天没有到我房里来过？难道他果真信了他的话了么？我要回去了，我要回去了，谁愿意住在这里！"

稚存听了这话，也觉得这几天竹君对他们确有些疏远的样子，他心里虽则也感到了非常的悲愤，但对仲则却只能装着笑容说：

"竹君刚才来过，他见你睡着在这里，叫我不要惊醒你来，就悄悄的出去了。"

"竹君来过了么？你怎么不讲？你怎么不叫他把那大盗赶出去？"

稚存骗仲则睡着之后，自己也哭了一个爽快。夜阴侵入到仲则的房里来的时候，稚存也在仲则的床沿上睡着了。

---

① 王世祯（1634—1711），原名王士禛，世称王渔洋。清初诗人、文学家、诗词理论家。

六

岁月迁移了。乾隆三十七年的新春带了许多风霜雨雪到太平府城里来，一直到了正月尽头，天气方才晴朗。卧在学使衙门东北边寿春园西室的病夫黄仲则，也同阴暗的天气一样，到了正月尽头却一天一天的强健了起来。本来是清瘦的他，遭了这一场伤寒重症，更清瘦得可怜。但稚存与他的友情，经了这一番患难，倒变得是一天浓厚似一天了。他们二人各对各的天分，也更互相尊敬了起来，每天晚上，各讲自家的抱负，总要讲到三更过后才肯入睡，两个灵魂，在这前后，差不多要化作成一个的样子。

二月以后，天气忽然变暖了。仲则的病体也眼见得强壮了起来。到二月半，仲则已能起来往浮邱山下的广福寺去烧香去了。

他的孤傲多疑的性子经了这一番大病，并没有什么改变。他总觉得自从去年戴东原来了一次之后，朱竹君对他的态度，不如从前的诚恳了。有一天日长的午后，他一个人在房里翻开旧作的诗稿来看，却又看见去年初见朱竹君学使时候的一首《上朱笥河先生》的柏梁古体诗。他想想当时一见如旧的知遇，与现在的无聊的状态一比，觉得人生事事，都无长局。拿起笔来他就又添写了四首律诗到诗稿上去。

抑情无计总飞扬，忽忽行迷坐若忘。
遁拟凿坯因骨傲，吟还带索为愁长。
听猿讵止三声泪，绕指真成百炼钢。
自傲一呕休示客，恐将冰炭置人肠。

岁岁吹箫江上城，西园桃梗托浮生。

马因识路真疲路，蝉到吞声尚有声。
长铗依人游未已，短衣射虎气难平。
剧怜对酒听歌夜，绝似中年以后情。

鸢肩火色负轮囷，臣壮何曾不若人。
文倘有光真怪石，足如可析是劳薪。
但工饮啖犹能活，尚有琴书且未贫。
芳草满江容我采，此生端合付灵均。

似绮年华指一弹，世途惟觉醉乡宽。
三生难化心成石，九死空尝胆作丸。
出郭病躯愁直视，登高短发愧旁观。
升沉不用君平卜，已办秋江一钓竿。

七

天上没有半点浮云，浓蓝的天色受了阳光的蒸染，蒙上了一层淡紫的晴霞，千里的长江，映着几点青螺，同逐梦似的流奔东去。长江腰际，青螺中一个最大的采石山前，太白楼开了八面高窗，倒影在江心牛渚中间；山水、楼阁，和楼阁中的人物，都是似醉似痴的在那里点缀阳春的烟景，这是三月上巳的午后，正是安徽提督学政朱笥河公在太白楼大会宾客的一天。翠螺山的峰前峰后，都来往着与会的高宾，或站在三台阁上，在数水平线上的来帆，或散在牛渚矶头，在寻前朝历史上的遗迹。从太平府到采石山，有二十里的官路。澄江门外的沙郊，平时不见有人行的野道上，今天热闹得差不多路空不过五步的样子。八府的书生，正来当涂应试，听得学使朱公的雅兴，都想来看看朱公药笼里的人才。所以江山好处，蛾眉燃犀诸亭都为游人占领去了。

黄仲则当这青黄互竞的时候，也不改他常时的态度。本来是纤长清瘦的他，又加以久病之余，穿了一件白夹春衫，立在人丛中间，好像是怕被风吹去的样子。清癯的颊上，两点红晕，大约是薄醉的风情。立在他右边的一个肥矮的少年，同他在那里看对岸的青山的，是他的同乡同学的洪稚存。他们两人在采石山上下走了一转回到太白楼的时候，柔和肥胖的朱笥河笑问他们说：

“你们的诗做好了没有？”

洪稚存含着微笑摇头说：

“我是闭门觅句的陈无己。”

万事不肯让人的黄仲则，就抢着笑说：

“我却做好了。”

朱笥河看了他这一种少年好胜的形状，就笑着说：

“你若是做了这样快，我就替你磨墨，你写出来吧。”

黄仲则本来是和朱笥河说说笑话的，但等得朱笥河把墨磨好，横轴摊开来的时候，他也不得不写了。他拿起笔来，往墨池里扫了几扫，就模模糊糊的写了下去：

红霞一片海上来，照我楼上华筵开，
倾觞绿酒忽复尽，楼中谪仙安在哉！
谪仙之楼楼百尺，笥河夫子文章伯，
风流仿佛楼中人，千一百年来此客。
是日江上彤云开，天门淡扫双蛾眉，
江从慈母矶边转，潮到燃犀亭下回。
青山对面客起舞，彼此青莲一抔土，

若论七尺归蓬蒿，此楼作客山是主。
若论醉月来江滨，此楼作主山作宾，
长星动摇若无色，未必常作人间魂。
身后苍凉尽如此，俯仰悲歌亦徒尔！
杯底空余今古愁，眼前忽尽东南美。
高会题诗最上头，姓名未死重山丘，
请将诗卷掷江水，定不与江东向流。

不多几日，这一首太白楼会宴的名诗，就喧传在长江两岸的士女的口上了。

一九二二年十一月二十日午前

茑萝行 ①

同居的人全出外去后的这沉寂的午后的空气中独坐着的我，表面上虽则同春天的海面似的平静，然而我胸中的寂寥，我脑里的愁思，什么人能够推想得出来？现在是三点三十分了。外面的马路上大约有和暖的阳光夹着了春风，在那里助长青年男女的游春的兴致；但我这房里的透明的空气，何以会这样的沉重呢？龙华附近的桃林草地上，大约有许多穿着时式花样的轻绸绣缎的恋爱者在那里对着苍空发愉乐的清歌；但我的这从玻璃窗里透过来的半角青天，何以总带着一副嘲弄我的形容呢？啊啊，在这样薄寒轻暖的时候，当这样有作有为的年纪，我的生命力，我的活动力，何以会同冰雪下的草芽一样，一些儿也生长不出来呢？啊啊，我的女人！我的不能爱而又不得不爱的女人！我终觉得对你不起！

计算起来你的列车大约已经驶过松江驿了，但你一个人抱了小孩在车窗里呆看陌上行人的景状，我好像在你旁边看守着的样子。可怜你一个弱女子，从来没有单独出过门，你此刻呆坐在车里，大约在那里回忆我们两人同居的时候，我虐待你的一件件的事情了吧！啊啊，我的女人，我的不得不爱的女人，你不要在车中滴下眼

① 本篇于一九三六年收入美国著名作家和记者埃德加·斯诺编的英文版现代中国短篇小说选《活的中国》时，题为《紫藤与茑萝》，正文前引有《诗经·小雅·頍弁》中“茑与女萝，施于松柏”的诗句，作品开头有“不幸的妇人”的称呼。

泪来，我平时虽则常常虐待你，但我的心中却在哀怜你的，却在痛爱你的；不过我在社会上受来的种种苦楚，压迫，侮辱，若不向你发泄，教我更向谁去发泄呢！啊啊，我的最爱的女人，你若知道我这一层隐衷，你就该饶恕我了。

唉，今天是旧历的二月二十一日，今天正是清明节呀！大约各处的男女都出到郊外去踏青的，你在车窗里见了火车路线两旁郊野里在那里游行的夫妇，你能不怨我的么？你怨我也罢了，你倘能恨我怨我，怨得我望我速死，那就好了。但是办不到的，怎么也办不到的，你一边怨我，一边又必在原谅我的，啊啊，我一想到你这一种优美的灵心，教我如何能忍得过去呢！

细数从前，我同你结婚之后，共享的安乐日子，能有几日？我十七岁去国之后，一直的在无情的异国蛰住了八年。这八年中间就是暑假寒假也不回国来的原因，你知道么？我八年间不回国来的事实，就是我对旧式的，父母主张的婚约的反抗呀！这原不是你的错，也不是我的错，作孽者是你的父母和我的母亲。但我在这八年之中，不该默默的无所表示的。

后来看到了我们乡间的风习的牢不可破，离婚的事情的万不可能，又因你家父母的日日的催促，我的母亲的含泪的规劝，大前年的夏天，我才勉强应承了与你结婚。但当时我提出的种种苛刻的条件，想起来我在此刻还觉得心痛。我们也没有结婚的种种仪式，也没有证婚的媒人，也没有请亲朋来喝酒，也没有点一对蜡烛，放几声花炮。你在将夜的时候，坐了一乘小轿从去城六十里的你的家乡到了县城里的我的家里，我的母亲陪你吃了一碗晚饭，你就一个人摸上楼上我的房里去睡了。那时候听说你正患疟疾，我到夜半拿了一支蜡烛上床来睡的时候，只见你穿了一件白纺绸的单衫，在暗黑中朝里床睡在那里。你听见了我上床来的声音，却朝转来默默的对我看了一眼。啊！那时候的你的憔悴的形容，你的水汪汪的两眼。神经常在那里颤动的你的小小的嘴唇，我就是到死也忘不了的。我现在想起来还要滴眼泪哩！

在穷乡僻壤生长的你，自幼也不曾进过学校，也不曾呼吸过通都大邑的空气，提了一双纤细缠小了的足，抱了一箱家塾里念过的《列女传》《女四书》等旧籍，到了我的家里。既不知女人的娇媚是如何装作，又不知时样的衣裳是如何剪裁，你只奉了柔顺两字，作了你的行动的规范。

结婚之后，因为城中天气暑热的缘故，你就同我同上你家去住了几天，总算过了几天安乐的日子；但无端又遇了你侄儿的暴行，淘了许多说不出来的闲气，滴了许多拭不干净的眼泪，我与你在你侄儿闹事的第二天就匆匆的回到了城里的家中。过了两三天我又害起病来，你也疟疾复发了。我就决定挨着病离开了我那空气沉浊的故乡。将行的前夜，你也不说什么，我也没有什么话好对你说。我从朋友家里喝醉了酒回来，睡在床上，只见你呆呆的坐在灰黄的灯下。可怜你一直到第二天的早晨我将要上船的时候止，终没有横到我床边上来睡一忽儿，也没有讲一句话；第二天天刚亮的时候，母亲就来催我起身，说轮船已到鹿山脚下了。

从此一别，又同你远隔了两年。你常常写信来说家里的老祖母在那里想念我，暑假寒假若有空闲，叫我回家来探望探望祖母母亲，但我因为异乡的花草，和年轻的朋友挽留我的缘故，终究没有回来。

唉唉！那两年中间的我的生活！红灯绿酒的沉湎，荒妄的邪游，不义的淫乐。在中宵酒醒的时候，在秋风凉冷的月下，我也曾想念及你，我也曾痛哭过几次。但灵魂丧失了的那一群妩媚的游女，和她们的娇艳动人的假笑佯啼，终究把我的天良迷住了。

前年秋天我虽回国了一次，但因为朋友邀我上A地去了，我又没有回到故乡来看你。在A地住了三个月，回到上海来过了旧历的除夕，我又回东京去了。直到了去年的暑假前，我提出了卒业论文，将我的放浪生活作了个结束，方才拖了许多饥不能食寒不能衣的破书旧籍回到了中国。一踏了上海的岸，生计问题就逼紧到我的眼前来，缚在我周围的运命的铁锁圈，就一天一天的扎紧起来了。

留学的时候，多谢我们孱弱无能的政府，和没有进步的同胞，像我这样的一个生则于世无补，死亦于人无损的零余者，也考得了一个官费生的资格。虽则每月所得不能敷用，是租了屋没有食，买了食没有衣的状态，但究竟每月还有几十块钱的出息，调度得好也能勉强免于死亡。并且又可进了病院向家里勒索几个医药费，拿了书店的发票向哥哥乞取几块买书钱。所以在繁华的新兴国的首都里，我却过了几年放纵的生活。如今一定的年限已经到了，学校里因为要收受后进的学生，再也不能容我在那绿树阴森的图书馆里，作白昼的痴梦了。并且我们国家的金库，也受了几个磁石心肠的将军和大官的吮吸，把供养我们一班不会作乱的割势者的能力丧失了。所以我在去年的六月就失了我的维持生命的根据，那时候我的每月的进款已经没有了。以年纪讲起来，像我这样二十六七的青年，正好到社会去奋斗，况且又在外国国立大学里卒业了的我，谁更有这样厚的面皮，再去向家中年老的母亲，或狷洁自爱的哥哥，乞求养生的资料。我去年暑假里一到上海流寓了一个多月没有回家来的原因，你知道了么？我现在索性对你讲明了吧，一则虽因为一天一天的挨过了几天，把回家的旅费用完了，其他我更有这一段不能回家的苦衷在的呀，你可能了解？

啊啊，去年六月在灯火繁华的上海市外，在车马喧嚷的黄浦江边，我一边念着 Housman 的 *A Shropshire Lad*[①] 里的

Come you home a hero
Or come not home at all,
The lads you levave will mind you
Till Ludlow tower shall fall.

几句清诗，一边呆呆的看着江中黝黑混浊的流水，曾经发了几多的叹声，滴了几多的眼泪。你若知道我那时候的绝望的情怀，我想你去年的那几封微有怨意的信也不至于发给我了。——啊，我想起了，你是不懂英文的，这几句诗我顺便替你译出吧。

“汝当衣锦归，
否则永莫回，
令汝别后之儿童
望到拉德罗塔毁。”

平常责任心很重，并且在不必要的地方，反而非常隐忍持重的我，当留学的时候，也不曾著过一书，立过一说。天性胆怯，从小就害着自卑狂的我，在新闻杂志或稠人广众之中，从不敢自家吹一点小小的气焰。不在图书馆内，便在咖啡店里，山水怀中过活的我，当那些现代的青年当作科场看的群众运动起来的时候，绝不会

① 英国诗人阿尔弗雷德·豪斯曼（1859—1936）著的《什罗普郡一少年》。

去慷慨悲歌的演说一次，出点无意义的风头。赋性愚鲁，不善交游，不善钻营的我，平心讲起来，在生活竞争剧烈，到处有陷阱设伏的现在的中国社会里，当然是没有生存的资格的。去年六月间，寻了几处职业失败之后，我心里想我自家若想逃出这恶浊的空气，想解决这生计困难的问题，最好唯有一死。但我若要自杀，我必须先弄几个钱来，痛饮饱吃一场，大醉之后，用了我的无用的武器，至少也要击杀一二个世间的人类——若他是比我富裕的时候，我就算替社会除了一个恶。若他是和我一样或比我更苦的时候，我就算解决了他的困难，救了他的灵魂——然后从容就死。我因为有这一种想头，所以去年夏天在睡不着的晚上，拖了沉重的脚，上黄浦江边去了好几次，仍复没有自杀。到了现在我可以老实的对你说了，我在那时候，我并不曾想到我死后的你将如何的生活过去。我的八十五岁的祖母，和六十来岁的母亲，在我死后又当如何的种种问题，当然更不在我的脑里了。你读到这里，或者要骂我没有责任心，丢下了你，自家一个去走干净的路。但我想这责任不应该推给我负的，第一我们的国家社会，不能用我去作他们的工，使我有了气力能卖钱来养活我自家和你，所以现代的社会，就应该负这责任。即使退一步讲，第二你的父母不能教育你，使你独立营生，便是你父母的坏处，所以你的父母也应该负这责任。第三我的母亲戚族，知道我没有养活你的能力，要苦苦的劝我结婚，他们也应该负这责任。这不过是现在我写到这里想出来的话，当时原是没有想到的。

上海的 T 书局和我有些关系，是你所知道的。你今天午后不是从这 T 书局编辑所出发的么？去年六月经理的 T 君看我可怜不过，却为我关说了几处，但那几处不是说我没有声望，就嫌我脾气太大，不善趋奉他们的旨意，不愿意用我。我当初把我身边的衣服金银器具一件一件的典当之后，在烈日蒸照，灰土很多的上海市街中，整日的空跑了半个多月，几个有职业的先辈，和在东京曾经受过我的照拂的朋友的地方，我都去访问了。他们有的时候，也约我上菜馆去吃一次饭；有的时候，知道我的意思便也陪我作了一副忧郁的形容，且为我筹了许多没有实效的计划。我于这样的晚上，不是往黄浦江边去徘徊，便是一个人跑上法国公园的草地上去呆坐。在那时候，我一个人看看天上悠久的星河，听听远远从那公园的跳舞室里飞过来的舞曲的琴音，老有放声痛哭的时候，幸亏在黄昏的时节，公园的四周没有人来往，所以我得尽情的哭泣；有时候哭得倦了，我也曾在那公园的草地上露宿过的。

阳历六月十八的晚上——是我忘不了的一晚——T君拿了一封A地的朋友寄来的信到我住的地方来。平常只有我去找他，没有他来找我的，T君一进我的门，我就知道一定有什么机会了。他在我用的一张破桌子前坐下之后，果然把信里的事情对我讲了。他说：

"A地仍复想请你去教书，你愿不愿意去？"

教书是有识无产阶级的最苦的职业，你和我已经住过半年，我的如何不愿意教书，教书的如何苦法，想是你所知道的，我在此处不必说了。况且A地的这学校里又有许多黑暗的地方，有几个想做校长的野心家，又是忌刻心很重的，像这样的地方的教席，我也不得不承认下去的当时的苦况，大约是你所意想不到的，因为我那时候同在伦敦的屋顶下挨饿的Chatterton[①]一样，一边虽在那里吃苦，一边我写回来的家信上还写得娓娓有致，说什么地方也在请我，什么地方也在聘我哩！

啊啊！同是血肉造成的我，我原是有虚荣心，有自尊心的呀！

---

① 查特顿（1752—1770），英国诗人。

请你不要骂我作墦间乞食的齐人吧！唉，时运不济，你就是骂我，我也甘心受骂的。

我们结婚后，你给我的一个钻石戒指，我在东京的时候，替你押卖了，这是你当时已经知道的。我当T君将A地某校的聘书交给我的时候，身边值钱的衣服器具已经典当尽了。在东京学校的图书馆里，我记得读过一个德国薄命诗人Grabbe[①]的传记。一贫如洗的他想上京去求职业去，同我一样贫穷的他的老母将一副祖传的银的食器交给了他，作他的求职的资斧。他到了孤冷的首都里，今日吃一个银匙，明日吃一把银刀，不上几日，就把他那副祖传的食器吃完了。我记得Heine[②]还嘲笑过他的。去年六月的我的穷状，可是比Grabbe更甚了；最后的一点值钱的物事，就是我在东京买来，预备送你的一个天赏堂制的银的装照相的架子，我在穷急的时候，早曾打算把它去换几个钱用，但一次一次的难关都被我打破，我决心把这一点微物，总要安安全全的送到你的手里；殊不知到了最后，我接到了A地某校的聘书之后，仍不得不把它去押在当铺里，换成了几个旅费，走回家来探望年老的祖母母亲，探望怯弱可怜同绵羊一样的你。

去年六月，我于一天晴朗的午后，从杭州坐了小汽船，在风景如画的钱塘江中跑回家来。过了灵桥里山等绿树连天的山峡，将近故乡县城的时候，我心里同时感着了一种可喜可怕的感觉。立在船舷上，呆呆的凝望着春江第一楼前后的山景，我口里虽在微吟“近乡情更怯，不敢问来人”的二句唐诗，我的心里却在这样的默祷：

① 格拉贝（1801—1836），德国戏剧家、诗人。
② 海涅（1797—1856），德国诗人。

……天帝有灵，当使埠头一个我的认识的人也不在！要不使他们知道才好，要不使他们知道我今天沦落了回来才好……

船一靠岸，我左右手里提了两只皮箧，在晴日的底下从乱杂的人丛中伏倒了头，同逃也似的走回家来。我一进门看见母亲还在偏间的膳室里喝酒。我想张起喉音来亲亲热热的叫一声母亲的，但一见了亲人，我就把回国以来受的社会的侮辱想了出来，所以我的咽喉便梗住了；我只能把两只皮箧向凳上一抛，马上就匆匆的跑上楼上的你的房里来，好把我的没有丈夫气，到了伤心的时候就要流泪的坏习惯藏藏躲躲；谁知一进你的房，你却流了一脸的汗和眼泪，坐在床前呜咽地暗在啜泣。我动也不动的呆看了一忽，方提起了干燥的喉音，幽幽的问你为什么要哭。你听了我这句问话反哭得更加厉害，暗泣中间却带起几声压不下去的唏嘘声来了。我又问你究竟为什么，你只是摇头不说。本来是伤心的我，又被你这样的引诱了一番，我就不得不抱了你的头同你对哭起来。喝不上一碗热茶的工夫，楼下的母亲就大骂着说：

"……什么的公主娘娘，我说着这几句话，就要上楼去摆架子。……轮船埠头谁对你这小畜生讲了，在上海逛了一个多月，走将家来，一声也不叫，狠命的把皮箧在我面前一丢……这算是什么行为！……你便是封了王回来，也没有这样的行为的呀！……两大妻暗地里通通信，商量商量，……你们好来谋杀我的……"

我听见了母亲的骂声，反而止住不哭了。听到"封了王回来"的这一句话，我觉得全身的血流都倒注了上来。在炎热的那盛暑的时候，我却同在寒冬的夜半似的手脚都发了抖。啊啊，那时候若没有你把我止住，我怕已经冒了大不孝的罪名，要永久的和我那年老的母亲诀别了。若那时候我和我母亲吵闹一场，那今年的祖母的死，我也是送不着的，我为了这事，也不得不重重的感谢你的呀！

那一天我的忽而从上海的回来，原是你也不知道，母亲也不知道的。后来母亲的气平了下去，你我的悲感也过去了的时候，我才知道我没有到家之先，母亲因为我久住上海不回家来的原因，在那里发脾气骂你。啊啊，你为了我的缘故，害骂害说的事情大约总也不止这一次了。也难怪你当我告诉你说我将于几日内动身到A地去的时候，哀哀的哭得不住的。你那柔顺的性质，是你一生吃苦的根源。同我的对于社会的虐待，丝毫没有反抗能力的性质，却是一样。啊啊！反抗反抗，我对于社会何尝不晓得反抗，你对于加到你身上来的虐待也何尝不晓得反抗，但是怯弱的我们，没有能力的我们，教我们从何处反抗起呢?

到了痛定之后，我看看你的形容，比前年患疟疾的时候更消瘦了。到了晚上，我捏到你的下腿，竟没有那一段肥突的脚肚，从脚后跟起，到脚弯膝止，完全是一条直线。啊啊！我知道了，我知道白天我对你说我要上A地去的时候你就流眼泪的原因了。

我已经决定带你同往A地，将催A地的学校里速汇二百元旅费来的快信寄出之后，你我还不敢将这计划告诉母亲，怕母亲不赞成我们。到了旅费汇到的那天晚上，你还是疑惑不决的说：

“万一外边去不能支持，仍要回家来的时候，如何是好呢！”

可怜你那被威权压服了的神经，竟好像是希腊的巫女，能预知今天的劫运似的。唉，我早知道有今天的一段悲剧，我当时就不该带你出来了。

我去年暑假郁郁的在家里和你住了几天，竟不料就会种下一个烦恼的种子的。等我们同到了A地将房屋什器安顿好的时候，你的身体已经不是平常的身体了。吃几口饭就要呕吐。每天只是懒懒的在床上躺着。头一个月我因为不知底细，曾经骂过你几次，到了三四个月上，你的身体一天一天的重起来，我的神经受了种种激刺，也一天一天的粗暴起来了。

第一因为学校里的课程干燥无味，我天天去上课就同上刑具被拷问一样，胸中只感着一种压迫。

第二因为我在杂志上发表了一篇旧作的文字，淘了许多无聊的闲气。更有些忌刻我的恶劣分子，就想以此来作我的葬歌，纷纷的攻击我起来。

第三我平时原是挥霍惯了的，一想到辞了教授的职后，就又不得不同六月间一样，尝那失业的苦味。况且现在又有了家室，又有了未来的儿女，万一再同那时候一样的失起业来，岂不要比曩时更苦。

我前面也已经提起过了，在社会上虽是一个懦弱的受难者的我，在家庭内却是一个凶恶的暴君。在社会上受的虐待，欺凌，侮辱，我都要一一回家来向你发泄的。可怜你自从去年十月以来，竟变了一只无罪的羔羊，日日在那里替社会赎罪，作了供我这无能的暴君的牺牲。我在外面受了气回来，不是说你做的菜不好吃，就骂你是害我吃苦的原因。我一想到了将来失业的时候的苦况，神经激动起来的时候每骂着说：

"你去死！你死了我方有出头的日子。我辛辛苦苦，是为什么人在这里作牛马的呀。要只有我一个人，我何处不可去，我何苦要在这死地方作苦工呢！只知道在家里坐食的你这行尸，你究竟是为了什么目的生存在这世上的呀？……"

你被我骂不过，就暗哭起来。我骂你一场之后，把胸中的悲愤发泄完了，大抵总立时痛责我自家，上前来爱抚你一番，并且每用了柔和的声气，细细的把我的发气的原因——社会对我的虐待——讲给你听。你听了反替我抱着不平，每又哀哀的为我痛哭，到后来，终究到了两人相持对泣而后已。像这样的情景，起初不过间几日一次的，到后来将放年假的时候，变了一日一次或一日数次了。

唉唉，这悲剧的出生，不知究竟是结婚的罪恶呢？还是社会的罪恶？若是为结婚错了的原因而起的，那这问题倒还容易解决；若因社会的组织不良，致使我不能得适当的职业，你不能过安乐的日子，因而生出这种家庭的悲剧的，那我们的社会就不得不根本的改革了。

在这样的忧患中间，我与你的悲哀的继承者，竟生了下来，没有足月的这小生命，看来也是一个神经质的薄命的相儿。你看他那哭时的额上的一条青筋，不是神经质的证据么？饥饿的时候，你喂乳若迟一点，他老要哭个不止，像这样的性格，便是将来吃苦的基础。唉唉，我既生到了世上，受这样的社会的煎熬，正在求生不可，求死不得的时候，又何苦多此一举，生这一块肉在人世呢？啊啊！矛盾，惭愧，我是解说不了的了。以后若有人动问，就请你答复吧。

悲剧的收场，是在一个月的前头。那时候你的神经已经昏乱了，大约已记不清楚，但我却牢牢记着的。那天晚上，正下弦的月亮刚从东边升起来的时候。

我自从辞去了教授职后，托哥哥在某银行里谋了一个位置。但不幸的时候，事运不巧，偏偏某银行为了政治上的问题，开不出来。我闲居 A 地，日日在家中喝酒，喝醉之后，便声声的骂你与刚出生的那小孩，说你与小孩是我的脚镣，我大约要为你们的缘故沉水而死的。我硬要你们回故乡去，你们却是不肯。那一晚我骂了一阵，已经是朦胧的想睡了。在半醒半睡中间，我从帐子里看出来，好像见你在与小孩讲话。

“……你要乖些……要乖些。……小宝睡了罢……不要讨爸爸的厌……不要讨……娘去之后……要……要……乖些……”

讲了一阵，我好像看见你坐在洋灯影里揩眼泪，这是你的常态，我看得不耐烦了，所以就翻了一转身，面朝着了里床。我在背后觉得你在灯下哭了一忽，又站起来把我的帐子掀开了对我看了一回。我那时候只觉得好睡，所以没有同你讲话。以后我就睡着了。

我们街前的车夫，在我们门外乱打的时候，我才从被里跳了起来。我跌来碰去的走出门来的时候，已经是昏乱得不堪了。我只见你的披散的头发，结成了一块，围在你的项上。正是下弦的月亮从东边升起来的时候，黄灰色的月光射在你的面上；你那本来是灰白的面色，反射出了一道冷光，你的眼睛好好的闭在那里，嘴唇还在微微的动着；你的湿透了的棉袄上，因为有几个扛你回来的车夫的黑影投射着，所以是一块黑一块青的。我把洋灯在地上一放，就抱着了你叫了几声，你的眼睛开了一开，马上就闭上了，眼角上却涌了两条眼泪出来。啊啊，我知道你那时候心里并不怨我的，我知道你并不怨我的，我看了你的眼泪，就能辨出你的心事来，但是我哪能不哭，我哪能不哭呢？我还怕什么？我还要维持什么体面？我就当了众人的面前哭出来了。那时候他们已经把你搬进了房。你床上睡着的小孩，听见了嘈杂的人声，也放大了喉咙啼泣了起来。大约是小孩的哭声传到了你的耳膜上了，你才张开眼来，含了许多眼泪对我看了一眼。我一边替你换湿衣裳，一边教你安睡，不要去管那小孩。恰好间壁雇在那里的乳母，也听见了这杂噪声起了床，跑了过来；我知道你眷念小孩，所以就教乳母替我把小孩抱了过去。奶妈抱了小孩走过床上你的身边的时候，你又对她看了一眼。同时我却听见长江里的轮船放了一声开船的汽笛声。

在病院里看护你的十五天工夫，是我的心地最纯洁的日子。利己心很重的我，从来没有感觉到这样纯洁的爱情过。可怜你身体热到四十一度的时候，还要忽而从睡梦中坐起来问我：

“龙儿，怎么样了？”

“你要上银行去了么？”

我从 A 地动身的时候，本来打算同你同回家去住的，像这样的社会上，谅来总也没有我的位置了。即使寻着了职业，像我这样愚笨的人，也是没有希望的。我们家里，虽则不是豪富，然而也可算得中产，养养你，养养我，养养我们的龙儿的几颗米是有的。你今年二十七，我今年二十八了。即使你我各有五十岁好活，以后还有几年？我也不想富贵功名了。若为一点毫无价值的浮名，几个不义的金钱，要把良心拿出来去换，要牺牲了他人作我的踏脚板，那也何苦哩。这本来是我从 A 地同你和龙儿动身时候的决心。不是动身的前几晚，我同你拿出了许多建筑的图案来看了么？我们两人不是把我们回家之后，预备到北城近郊的地里，由我们自家的手去造的小茅屋的样子画得好好的么？我们将走的前几天不是到 A 地的可记念的地方，与你我有关的地方都去逛了么？我在长江轮船上的时候，这决心还是坚固得很的。

我这决心的动摇，在我到上海的第二天。那天白天我同你照了照相，吃了午膳，不是去访问了一位初从日本回来的朋友么？我把我的计划告诉了他，他也不说可，不说否，但只指着他的几位小孩说：

“你看看我看，我是怎么也不愿意逃避的。我的系累，岂不是比你更多么？”

啊啊！好胜的心思，比人一倍强盛的我，到了这兵残垓下的时候，同落水鸡似的逃回乡里去——这一出失意的还乡记，就是比我更怯弱的青年，也不愿意上台去演的呀！我回来之后，晚上一晚不曾睡着。你知道我胸中的愁郁，所以只是默默的不响，因为在这时候，你若说一句话，总难免不被我痛骂。这是我的老脾气，虽从你进病院之后直到那天还没有发过，但你那事件发生以前却是常发的。

像这样的状态，继续了三天。到了昨天晚上，你大约是看得我难受了，所以当我兀兀的坐在床上的时候，你就对我说：

“你不要急得这样，你就一个人住在上海吧。你但须送我上火车，我与龙儿是可以回去的，你可以不必同我们去。我想明天马上就搭午后的车回浙江去。”

本来今天晚上还有一处请我们夫妇吃饭的地方，但你因为怕我昨晚答应你将你和小孩先送回家的事情要变卦，所以你今天就急急的要走。我一边只觉得对你不起，一边心里不知怎么的又在恨你。所以我当你在那里捡东西的时候，眼睛里涌着两泓清泪，只是默默的讲不出话来。直到送你上车之后，在车座里坐了一忽，等车快开了，我才讲了一句：

“今天天气倒还好。”

你知道我的意思，所以把头朝向了那面的车窗，好像在那里探看天气的样子，许久不回过头来。唉唉，你那时若把你那水汪汪的眼睛朝我看一看，我也许会同你马上就痛哭起来的。也许仍复把你留在上海，不使你一个人回去的。也许我就硬的陪你回浙江去的，至少我也许要陪你到杭州。但你终不回转头来，我也不再说第二句话，就站起来走下车了。我在月台上立了一忽，故意不对你的玻璃窗看。等车开的时候，我赶上了几步，却对你看了一眼，我见你的眼下左颊上有一条痕迹在那里发光。我眼见得车去远了，月台上的人都跑了出去，我一个人落得最后，慢慢的走出车站来。我不晓得是什么原因，心里只觉得是以后不能与你再见的样子，我心酸极了。啊啊！我这不祥之语，是多讲的。我在外边只希望你和龙儿的身体壮健，你和母亲的感情融洽。我是无论如何，不至投水自沉的，请你安心。你到家之后千万要写信来给我的哩！我不接到你平安到家的信，什么决心也不能下，我是在这里等你的信的。

一九二三年四月六日清明节午后

青　烟①

寂静的夏夜的空气里闲坐着的我，脑中不知有多少愁思，在这里汹涌。看看这同绿水似的由蓝纱罩里透出来的电灯光，听听窗外从静安寺路上传过来的同倦了似的汽车鸣声，我觉得自家又回到了青年忧郁病时代去的样子，我的比女人还不值钱的眼泪，又映在我的颊上了。

抬头起来，我便能见得那催人老去的日历，时间一天一天的过去了，但是我的事业，我的境遇，我的将来，啊啊，吃尽了千辛万苦，自家以为已有些物事被我把握住了，但是放开紧紧捏住的拳头来一看，我手里只有一溜青烟！

世俗所说的"成功"，于我原似浮云。无聊的时候偶尔写下来的几篇概念式的小说，虽则受人攻击，我心里倒也没有什么难过，物质上的困迫，只教我自家能咬紧牙齿，忍耐一下，也没有些微关系，但是自从我生出之后，直到如今二十余年的中间，我自家播的种，栽的花，哪里有一枝是鲜艳的？哪里一枝曾经结过果来？啊啊，若说人的生活可以涂抹了改作的时候，我的第二次的生涯，决不愿意把它弄得同过去的二十年间的生活一样的！我从小若学作木匠，到今日至少也已有一二间房屋造成了。无聊的时候，跑到这所我所手造的房屋边上去看看，我的寂寥，一定能够轻减。我从小若

① 本篇原载于一九二三年六月三十日《创造周报》第八号。

学作裁缝，不消说现在定能把轻罗绣缎剪开来缝成好好的衫子了。无聊的时候，把我自家剪裁，自家缝纫的纤丽的衫裙，打开来一看，我的郁闷，也定能消杀下去。但是无一艺之长的我，从前还自家骗自家，老把古今中外文人所作成的杰作拿出来自慰，现在梦醒之后，看了这些名家的作品，只是愧恧，所以目下连饮鸩也不能止我的渴了，叫我还有什么法子来填补这胸中的空虚呢？

有几个在有钱的人翼下寄生着的新闻记者说：

“你们的忧郁，全是做作，全是无病呻吟，是丑态！”

我只求能够真真的如他们所说，使我的忧郁是假作的，那么就是被他们骂得再厉害一点，或者竟把我所有的几本旧书和几块不知从何处来的每日买面包的钱，给了他们，也是愿意的。

有几个为前面那样的新闻记者作奴仆的人说：

“你们在发牢骚，你们因为没有人来使用你们，在发牢骚！”

我只求我所发的是牢骚，那么我就是连现在正打算点火吸的这支Felucca①，给了他们都可以，因为发牢骚的人，总有一点自负，但是现在觉得自家的精神肉体，萎靡得同风的影子一样的我，还有一点什么可以自负呢？

有几个比较了解我性格的朋友说：

“你们所感得的是Toska②，是现在中国人人都感得的。”

但是我若有这样的Myriad mind，我早成了Shakespeare③了。

我的弟兄说：

“唉，可怜的你，正生在这个时候，正生在中国闹得这样的时候，难怪你每天只是郁郁的；跑上北又弄不好，跑上南又弄不好，

---

① 香烟品牌。

② 俄语词汇 тоска，意为愁绪、忧郁。

③ the myriad mind of Shakespeare，意为：莎士比亚的博学多才。

你的忧郁是应该的，你早生十年也好，迟生十年也好……”

我无论在什么时候——就假使我正抱了一个肥白的裸体妇女，在酣饮的时候罢——听到这一句话，就会痛哭起来，但是你若再问一声，“你的忧郁的根源是在此了么？”我定要张大了泪眼，对你摇几摇头说：“不是，不是。”国家亡了有什么？亡国诗人 Sienkiewicz[①]，不是轰轰烈烈的做了一世人么？流寓在租界上的我的同胞不是个个都很安闲的么？国家亡了有什么？外国人来管理我们，不是更好么？陆剑南的“王师北定中原日，家祭无忘告乃翁”的两句好诗，不是因国亡了才做得出来的么？少年的血气干萎无遗的目下的我，哪里还有同从前那么的爱国热忱，我已经不是 Chauvinist[②] 了。

窗外汽车声音渐渐的稀少下去了，苍茫六合的中间我只听见我的笔尖在纸上划字的声音。探头到窗外去一看，我只看见一弯黝黑的夏夜天空，淡映着几颗残星。我搁下了笔，在我这同火柴箱一样的房间里走了几步，只觉得一味凄凉寂寞的感觉，浸透了我的全身，我也不知道这忧郁究竟是从什么地方来的。

虽是刚过了端午节，但像这样暑热的深夜里，睡也睡不着的。我还是把电灯灭黑了，看窗外的景色吧。

窗外的空间只有错杂的屋脊和尖顶，受了几处瓦斯灯的远光，绝似电影的楼台，把它们的轮廓画在微茫的夜气里。四处都寂静了，我却听见微风吹动窗叶的声音，好像是大自然在那里幽幽叹气的样子。

① 显克微支（1846—1916），波兰诗人。
② 英文：沙文主义者。

远处又有汽车的喇叭声响了，这大约是西洋资本家的男女，从淫乐的裸体跳舞场回家去的凯歌吧。啊啊，年纪要轻，颜容要美，更要有钱。

我从窗口回到了座位里，把电灯拈开对镜子看了几分钟，觉得这清瘦的容貌，终究不是食肉之相。在这样无可奈何的时候，还是吸吸烟，倒可以把自家的思想统一起来，我擦了一支火柴，把一支 Felucca 点上了。深深的吸了一口，我仍复把这口烟完全吐上了电灯的绿纱罩子。绿纱罩的周围，同夏天的深山雨后似的，起了一层淡紫的云雾。呆呆的对这层云雾凝视着，我的身子好像是缩小了投乘在这淡紫的云雾中间。这层轻淡的云雾，一飘一扬的荡了开去，我的身体便化而为二,一个缩小的身子在这层雾里飘荡，一个原身仍坐在电灯的绿光下远远的守望着那青烟里的我。

A Phantom[1]

已经是薄暮的时候了。

天空的周围，承受着落日的余晖，四边有一圈银红的彩带，向天心一步步变成了明蓝的颜色，八分满的明月，悠悠淡淡地挂在东半边的空中。几刻钟过去了，本来是淡白的月亮放起光来。月光下流着一条曲折的大江，江的两岸有郁茂的树林，空旷的沙渚。夹在树林沙渚中间，各自离开一里二里，更有几处疏疏密密的村落。村落的外边环抱着一群层叠的青山。当江流曲处，山岗亦折作弓形，白水的弓弦和青山的弓背中间，聚居了几百家人家，便是 F 县县治所在之地。与透明的清水相似的月光，平均的洒遍了这县城，江

① 英文：幽灵、鬼魂。

流，青山，树林，和离县城一二里路的村落。黄昏的影子，各处都可以看得出来了。平时非常寂静的这F县城里，今晚上却带着些跃动的生气，家家的灯火点得比平时格外的辉煌，街上来往的行人也比平时格外的嘈杂，今晚的月亮，几乎要被小巧的人工比得羞涩起来了。这一天是旧历的五月初十，正是F县城里每年演戏行元帅会的日子。

一个年纪大约四十左右的清瘦的男子，当这黄昏时候，拖了一双走倦了的足慢慢的进了F县城的东门，踏着自家的影子，一步一步的夹在长街上行人中间向西走来，他的青黄的脸上露着一副惶恐的形容，额上眼下已经有几条皱纹了。嘴边上乱生在那里的一丛芜杂的短胡，和身上穿着的一件龌龊的半旧竹布大衫，证明他是一个落魄的人。他的背脊屈向前面，一双同死鱼似的眼睛，尽在向前面和左旁右旁偷看，好像是怕人认识他的样子，也好像是在那里寻知己的人的样子。他今天早晨从H省城动身，一直走了九十里路，这时候才走到他廿年不见的故乡F城里。

他慢慢的走到了南城街的中心，停住了足向左右看了一看，就从一条被月光照得灰白的巷里走了进去。街上虽则热闹，但这条狭巷里仍是冷冷清清。向南的转了一个弯，走到一家大墙门的前头，他迟疑了一会，便走过去了。走过了两三步，他又回了转来。向门里偷眼一看，他看见正厅中间桌上有一盏洋灯点在那里。明亮的洋灯光射到上首壁上，照出一张钟馗图和几副蜡笺的字对来。此外厅上空空寂寂，没有人影。他在门口走来走去的走了几遍，眼睛里放出了两道晶润的黑光，好像是要哭哭不出来的样子。最后他走转来过这墙门口的时候，里面却走出了一个与他年纪相仿的女人来。因为她走在他与洋灯的中间，所以他只看见她的蓬蓬的头发，映在洋灯的光线里。他急忙走过了三五步，就站住了。那女人走出了墙门，走上和他相反的方向去。他仍复走转来，追到了那女人的背后。那女人听见了他的脚步声忽儿把头朝了转来。他在灰白的月光里对她一看就好像触了电似的呆住了。那女人朝转来对他微微看了一眼，仍复向前的走去。他就赶上一步，轻轻的问那女人说：

“嫂嫂这一家是姓于的人家么？”

那女人听了这句问语，就停住了脚，回答他说：

“嗳！从前是姓于的，现在卖给了陆家了。”

在月光下他虽辨不清她穿的衣服如何，但她脸上的表情是很憔悴，她的话声是很凄楚的，他的问语又轻了一段，带起颤声来了。

“那么于家搬上哪里去了呢？”

“大爷在北京，二爷在天津。”

“他们的老太太呢？”

“婆婆去年故了。”

“你是于家的嫂嫂么？”

“嗳！我是三房里的。”

“那么于家就是你一个人住在这里么？”

“我的男人，出去了二十多年，不知道在什么地方，所以我也不能上北京去，也不能上天津去，现在在这里帮陆家烧饭。”

“噢噢！”

“你问于家干什么？”

“噢噢！谢谢……”

他最后的一句话讲得很幽，并且还没有讲完，就往后的跑了。那女人在月光里呆看了一会他的背影，眼见得他的影子一步一步的小了下去，同时又远远的听见了一声他的暗泣的声音，她的脸上也滚了两行眼泪出来。

月亮将要下山去了。

江边上除了几声懒懒的犬吠声外，没有半点生物的动静，隔江岸上，有几家人家，和几处树林，静静的躺在同霜华似的月光里。树林外更有一抹青山，如梦如烟的浮在那里。此时 F 城的南门江边上，人家已经睡尽了。江边一带的房屋，都披了残月，倒影在流动的江波里。虽是首夏的晚上，但到了这深夜，江上也有些微寒意。

停了一会有一群从戏场里回来的人，破了静寂，走过这南门的江上。一个人朝着江面说：

“好冷吓，我的毛发都竦竖起来了，不要有溺死鬼在这里讨替身哩！”

第二个人说：

“溺死鬼不要来寻着我，我家里还有老婆儿子要养的哩！”

第三个第四个人都哈哈的笑了起来。这一群人过去了之后，江边上仍复归还到一刻前的寂静状态去了。

月亮已经下山了，江边上的夜气，忽而变成了灰色。天上的星宿，一颗颗放起光来，反映在江心里。这时候南门的江边上又闪出了一个瘦长的人影，慢慢的在离水不过一二尺的水际徘徊。因为这人影的行动很慢，所以它的出现，并不能破坏江边上的静寂的空气。但是几分钟后这人影忽而投入了江心，江波激动了，江边上的沉寂也被破了。江上的星光摇动了一下，好像似天空掉下来的样子。江波一圆一圆的阔大开来，映在江波里的星光也随而一摇一摇的动了几动。人身入水的声音和江上静夜里生出来的反响与江波的圆圈消灭的时候，灰色的江上仍复有死灭的寂静支配着，去天明的时候，正还远哩！

Epilogue[①]

我呆呆的对着了电灯的绿光，一支一支把我今晚刚买的这一包烟卷差不多吸完了。远远的鸡鸣声和不知从何处来的汽笛声，断断续续的传到我的耳膜上来，我的脑筋就联想到天明上去。

可不是么？你看！那窗外的屋瓦，不是一行一行的看得清楚了么？

啊啊，这明蓝的天色！

是黎明期了！

啊呀，但是我又在窗下听见了许多洗便桶的声音。这是一种象征，这是一种象征。我们中国的所谓黎明者，便是秽浊的手势戏的开场呀！

一九二三年旧历五月十日午前四时

① 英文：尾声、后记。

春风沉醉的晚上[1]

一

在沪上闲居了半年，因为失业的结果，我的寓所迁移了三处。最初我住在静安寺路南的一间同鸟笼似的永也没有太阳晒着的自由的监房里。这些自由的监房的住民，除了几个同强盗小窃一样的凶恶裁缝之外，都是些可怜的无名文士，我当时所以送了那地方一个 Yellow Grub Street[2] 的称号。在这 Grub Street 里住了一个月，房租忽涨了价，我就不得不拖了几本破书，搬上跑马厅附近一家相识的栈房里去。后来在这栈房里又受了种种逼迫，不得不搬了，我便在外白渡桥北岸的邓脱路中间，日新里对面的贫民窟里，寻了一间小小的房间，迁移了过去。

邓脱路的这几排房子，从地上量到屋顶，只有一丈几尺高。我住的楼上的那间房间，更是矮小得不堪。若站在楼板上伸一伸懒腰，两只手就要把灰黑的屋顶穿通的。从前面的衖里踱进了那房子的门，便是房主的住房。在破布洋铁罐玻璃瓶旧铁器堆满的中间，侧着身子走进两步，就有一张中间有几根横档跌落的梯子靠墙摆在

① 本篇原载于一九二四年二月二十八日《创造季刊》第二卷第二期。
② 黄种人的寒士街。寒士街为伦敦的一条街名，过去为穷苦潦倒文人的聚居地。

那里。用了这张梯子往上面的黑黝黝的一个二尺宽的洞里一接，即能走上楼去。黑沉沉的这层楼上，本来只有猫额那样大，房主人却把它隔成了两间小房，外面一间是一个N烟公司的女工住在那里，我所租的是梯子口头的那间小房，因为外间的住者要从我的房里出入，所以我的每月的房租要比外间的便宜几角小洋。

我的房主，是一个五十来岁的弯腰老人。他的脸上的青黄色里，映射着一层暗黑的油光。两只眼睛是一只大一只小，颧骨很高，额上颊上的几条皱纹里满砌着煤灰，好像每天早晨洗也洗不掉的样子。他每日于八九点钟的时候起来，咳嗽一阵，便挑了一双竹篮出去，到午后的三四点钟总仍旧是挑了一双空篮回来的，有时挑了满担回来的时候，他的竹篮里便是那些破布破铁器玻璃瓶之类。像这样的晚上，他必要去买些酒来喝喝，一个人坐在床沿上瞎骂出许多不可捉摸的话来。

我与间壁的同寓者的第一次相遇，是在搬来的那天午后。春天的急景已经快晚了的五点钟的时候，我点了一支蜡烛，在那里安放几本刚从栈房里搬过来的破书。先把它们叠成了两方堆，一堆小些，一堆大些，然后把两个二尺长的装画的画架覆在大一点的那堆书上。因为我的器具都卖完了，这一堆书和画架白天要当写字台，晚上可当床睡的。摆好了画架的板，我就朝着了这张由书叠成的桌子，坐在小一点的那堆书上吸烟，我的背系朝着梯子的接口的。我一边吸烟，一边在那里呆看放在桌上的蜡烛火，忽而听见梯子口上起了响动。回头一看，我只见了一个自家的扩大的投射影子，此外什么也辨不出来，但我的听觉分明告诉我说："有人上来了。"我向暗中凝视了几秒钟，一个圆形灰白的面貌，半截纤细的女人的身体，方才映到我的眼帘上来。一见了她的容貌，我就知道她是我的间壁的同居者了。因为我来找房子的时候，那房主的老人便告诉我说，这屋里除了他一个人外，楼上只住着一个女工。我一则喜欢房价的便宜，二则喜欢这屋里没有别的女人小孩，所以立刻就租定了的。等她走上了梯子，我才站起来对她点了点头说：

“对不起，我是今朝才搬来的，以后要请你照应。”

她听了我这话，也并不回答，放了一双漆黑的大眼，对我深深的看了一眼，就走上她的门口去开了锁，进房去了。我与她不过这样的见了一面，不晓是什么原因，我只觉得她是一个可怜的女子。她的高高的鼻梁，灰白长圆的面貌，清瘦不高的身体，好像都是表明她是可怜的特征。但是当时正为了生活问题在那里操心的我，也无暇去怜惜这还未曾失业的女工，过了几分钟我又动也不动的坐在那一小堆书上看蜡烛光了。

在这贫民窟里过了一个多礼拜，她每天早晨七点钟去上工和午后六点多钟下工回来，总只见我呆呆的对着了蜡烛或油灯坐在那堆书上。大约她的好奇心被我那痴不痴呆不呆的态度挑动了罢。有一天她下了工走上楼来的时候，我依旧和第一天一样的站起来让她过去。她走到了我的身边忽而停住了脚。看了我一眼，吞吞吐吐好像怕什么似的问我说：

“你天天在这里看的是什么书？”

（她操的是柔和的苏州音，听了这一种声音以后的感觉，是怎么也写不出来的，所以我只能把她的言语译成普通的白话。）

我听了她的话，反而脸上涨红了。因为我天天呆坐在那里，面前虽则有几本外国书摊着，其实我的脑筋昏乱得很，就是一行一句也看不进去。有时候我只用了想象在书的上一行与下一行中间的空白里，填些奇异的模型进去。有时候我只把书里边的插画翻开来看看，就了那些插画演绎些不近人情的幻想出来。我那时候的身体因为失眠与营养不良的结果，实际上已经成了病的状态了。况且又因为我的唯一的财产的一件棉袍子已经破得不堪，白天不能走出外面去散步和房里全没有光线进来，不论白天晚上，都要点着油灯或蜡烛的缘故，非但我的全部健康不如常人，就是我的眼睛和脚力，也局部的非常萎缩了。在这样状态下的我，听了她这一问，如何能够不红起脸来呢？所以我只是含含糊糊的回答说：

"我并不在看书，不过什么也不做呆坐在这里，样子一定不好看，所以把这几本书摊放着的。"

她听了这话，又深深的看了我一眼，作了一种不解的形容，依旧的走到她的房里去了。

那几天里，若说我完全什么事情也不去找，什么事情也不曾干，却是假的。有时候，我的脑筋稍微清新一点，也曾译过几首英法的小诗，和几篇不满四千字的德国的短篇小说，于晚上大家睡熟的时候，不声不响的出去投邮，寄投给各新开的书局。因为当时我的各方面就职的希望，早已经完全断绝了，只有这一方面，还能靠了我的枯燥的脑筋，想想法子看。万一中了他们编辑先生的意，把我译的东西登了出来，也不难得着几块钱的酬报。所以我自迁移到邓脱路以后，当她第一次同我讲话的时候，这样的译稿已经发出了三四次了。

二

在乱昏昏的上海租界里住着，四季的变迁和日子的过去是不容易觉得的。我搬到了邓脱路的贫民窟之后，只觉得身上穿在那里的那件破棉袍子一天一天的重了起来，热了起来，所以我心里想：

"大约春光也已经老透了罢！"

但是囊中很羞涩的我，也不能上什么地方去旅行一次，日夜只是在那暗室的灯光下呆坐。有一天，大约是午后了，我也是这样的坐在那里，间壁的同住者忽而手里拿了两包用纸包好的物件走了上来，我站起来让她走的时候，她把手里的纸包放了一包在我的书桌上说：

“这一包是葡萄浆的面包，请你收藏着，明天好吃的。另外我还有一包香蕉买在这里，请你到我房里来一道吃罢！”

我替她拿住了纸包，她就开了门邀我进她的房里去，共住了这十几天，她好像已经信用我是一个忠厚的人的样子。我见她初见我的时候脸上流露出来的那一种疑惧的形容完全没有了。我进了她的房里，才知道天还未暗，因为她的房里有一扇朝南的窗，太阳反射的光线从这窗里投射进来，照见了小小的一间房，由二条板铺成的一张床，一张黑漆的半桌，一只板箱，和一条圆凳。床上虽则没有帐子，但堆着有二条洁净的青布被褥。半桌上有一只小洋铁箱摆在那里，大约是她的梳头器具，洋铁箱上已经有许多油污的点子了。她一边把堆在圆凳上的几件半旧的洋布棉袄，粗布裤等收在床上，一边就让我坐下。我看了她那殷勤待我的样子，心里倒不好意思起来，所以就对她说：

“我们本来住在一处，何必这样的客气。”

“我并不客气，但是你每天当我回来的时候，总站起来让路，我却觉得对不起得很。”

这样的说着，她就把一包香蕉打开来让我吃。她自家也拿了一只，在床上坐下，一边吃一边问我说：

“你何以只住在家里，不出去找点事情做做？”

“我原是这样的想，但是找来找去总找不着事情。”

“你有朋友么？”

“朋友是有的，但是到了这样的时候，他们都不和我来往了。”

“你进过学堂么？”

“我在外国的学堂里曾经念过几年书。”

“你家在什么地方？何以不回家去？”

她问到了这里，我忽而感觉到我自己的现状了。因为自去年以来，我只是一日一日的萎靡下去，差不多把“我是什么人？”“我现在所处的是怎么一种境遇？”“我的心里还是悲还是喜？”这些观念都忘掉了。经她这一问，我重新把半年来困苦的情形一层一层的想了出来。所以听她的问话以后，我只是呆呆的看她，半晌说不出话来。她看了我这个样子，以为我也是一个无家可归的流浪人。脸上就立时起了一种孤寂的表情，微微的叹着说：

“唉！你也是同我一样的么？”

微微的叹了一声之后，她就不说话了。我看她的眼圈上有些潮红起来，所以就想了一个另外的问题问她说：

“你在工厂里做的是什么工作？”

“是包纸烟的。”

“一天作几个钟头工？”

“早晨七点钟起，晚上六点钟止，中午休息一个钟头，每天一共要作十个钟头的工。少作一点钟就要扣钱的。”

“扣多少钱？”

“每月九块钱，所以是三块钱十天，三分大洋一个钟头。”

“饭钱多少？”

“四块钱一月。”

“这样算起来，每月一个钟点也不休息，除了饭钱，可省下五块钱来。够你付房钱买衣服的么？”

“哪里够呢！并且那管理人又……啊啊！……我……我所以非常恨工厂的。你吃烟的么？”

“吃的。”

“我劝你顶好还是不吃。就吃也不要去吃我们工厂的烟。我真恨死它在这里。”

我看看她那一种切齿怨恨的样子，就不愿意再说下去。把手里捏着的半个吃剩的香蕉咬了几口，向四边一看，觉得她的房里也有些灰黑了，我站起来道了谢，就走回到了我自己的房里。她大约作工倦了的缘故，每天回来大概是马上就入睡的，只有这一晚上，她在房里好像是直到半夜还没有就寝。从这一回之后，她每天回来，总和我说几句话。我从她自家的口里听得，知道她姓陈，名叫二妹，是苏州东乡人，从小系在上海乡下长大的。她父亲也是纸烟工厂的工人，但是去年秋天死了。她本来和她父亲同住在那间房里，每天同上工厂去的，现在却只剩了她一个人了。她父亲死后的一个多月，她早晨上工厂去也一路哭了去，晚上回来也一路哭了回来的。她今年十七岁，也无兄弟姊妹，也无近亲的亲戚。她父亲死后的葬殓等事，是他于未死之前把十五块钱交给楼下的老人，托这老人包办的。她说：

“楼下的老人倒是一个好人，对我从来没有起过坏心，所以我得同父亲在日一样的去作工，不过工厂的一个姓李的管理人却坏得很，知道我父亲死了，就天天的想戏弄我。”

她自家和她父亲的身世，我差不多全知道了，但她母亲是如何的一个人？死了呢还是活在哪里？假使还活着，住在什么地方？等等，她却从来还没有说及过。

三

天气好像变了。几日来我那独有的世界，黑暗的小房里的腐浊的空气，同蒸笼里的蒸气一样，蒸得人头昏欲晕。我每年在春夏之交要发的神经衰弱的重症，遇了这样的气候，就要使我变成半狂。所以我这几天来到了晚上，等马路上人静之后，也常常想出去散步去。一个人在马路上从狭隘的深蓝天空里看看群星，慢慢的向前行走，一边作些漫无涯涘的空想，倒是于我的身体很有利益。当这样的无可奈何，春风沉醉的晚上，我每要在各处乱走，走到天将明的时候才回家里。我这样的走倦了回去就睡，一睡直可睡到第二天的日中，有几次竟要睡到二妹下工回来的前后方才起来。睡眠一足，我的健康状态也渐渐的回复起来了。平时只能消化半磅面包的我的胃部，自从我的深夜游行的练习开始之后，进步得几乎能容纳面包一磅了。这事在经济上虽则是一大打击，但我的脑筋，受了这些滋养，似乎比从前稍能统一。我于游行回来之后，就睡之前，却做成了几篇 Allan Poe[①] 式的短篇小说，自家看看，也不很坏。我改了几次，抄了几次，一一投邮寄出之后，心里虽然起了些微细的希望，但是想想前几回的译稿的绝无消息，过了几天，也便把它们忘了。

邻住者的二妹，这几天来，当她早晨出去上工的时候，我总在那里酣睡，只有午后下工回来的时候，有几次有见面的机会，但是不晓是什么原因，我觉得她对我的态度，又回到从前初见面的时候的疑惧状态去了。有时候她深深的看我一眼，她的黑晶晶，水汪汪的眼睛里，似乎是满含着责备我规劝我的意思。

我搬到这贫民窟里住后，约莫已经有二十多天的样子，一天午后我正点上蜡烛，在那里看一本从旧书铺里买来的小说的时候，二妹却急急忙忙的走上楼来对我说：

“楼下有一个送信的在那里，要你拿了印子去拿信。”

① 爱伦·坡（1809—1849），美国小说家。

她对我讲这话的时候，她的疑惧我的态度更表示得明显，她好像在那里说："呵呵，你的事件是发觉了啊！"我对她这种态度，心里非常痛恨，所以就气急了一点，回答她说：

"我有什么信？不是我的！"

她听了我这气愤愤的回答，更好像是得了胜利似的，脸上忽涌出了一种冷笑说：

"你自家去看罢！你的事情，只有你自家知道的！"

同时我听见楼底下门口果真有一个邮差似的人在催着说：

"挂号信！"

我把信取来一看，心里就突突的跳了几跳，原来我前回寄去的一篇德文短篇的译稿，已经在某杂志上发表了，信中寄来的是五元钱的一张汇票。我囊里正是将空的时候，有了这五元钱，非但月底要预付的来月的房金可以无忧，并且付过房金以后，还可以维持几天食料，当时这五元钱对我的效用的广大，是谁也不能推想得出来的。

第二天午后，我上邮局去取了钱，在太阳晒着的大街上走了一会，忽而觉得身上就淋出了许多汗来。我向我前后左右的行人一看，复向我自家的身上一看，就不知不觉的把头低俯了下去。我颈上头上的汗珠，更同盛雨似的，一颗一颗的钻出来了。因为当我在深夜游行的时候，天上并没有太阳，并且料峭的春寒，于东方微白的残夜，老在静寂的街巷中留着，所以我穿的那件破棉袍子，还觉得不十分与节季违异。如今到了阳和的春日晒着的这日中，我还不能自觉，依旧穿了这件夜游的敝袍，在大街上阔步，与前后左右的和节季同时进行的我的同类一比，我哪得不自惭形秽呢？我一时竟忘了几日后不得不付的房金，忘了囊中本来将尽的些微的积聚，便慢慢的走上了闸路的估衣铺去。好久不在天日之下行走的我，看看街上来往的汽车人力车，车中坐着的华美的少年男女，和马路两边的绸缎铺金银铺窗里的丰丽的陈设，听听四面的同蜂衙似的嘈杂的人声，脚步声，车铃声，一时倒也觉得是身到了大罗天上的样子。我忘记了我自家的存在，也想和我的同胞一样的欢歌欣舞起来，我的嘴里便不知不觉的唱起几句久忘了的京调来了。这一时的涅槃幻境，当我想横越过马路，转入闸路去的时候，忽而被一阵铃声惊破了。我抬起头来一看，我的面前正冲来了一乘无轨电车，车头上站着的那肥胖的机器手，伏出了半身，怒目的大声骂我说：

“猪头三！侬（你）艾（眼）睛勿散（生）咯！跌杀时，叫旺（黄）够（狗）抵侬（你）命噢！”

我呆呆的站住了脚，目送那无轨电车尾后卷起了一道灰尘，向北过去之后，不知是从何处发出来的感情，忽而竟禁不住哈哈哈哈的笑了几声。等得四面的人注视我的时候，我才红了脸慢慢的走向了闸路里去。

我在几家估衣铺里，问了些夹衫的价钱，还了他们一个我所能出的数目，几个估衣铺的店员，好像是一个师父教出的样子，都摆下了脸面，嘲弄着说：

“侬（你）寻萨咯（什么）凯（开）心！马（买）勿起好勿要马（买）咯！”

一直问到五马路边上的一家小铺子里，我看看夹衫是怎么也买不成了，才买定了一件竹布单衫，马上就把它换上。手里拿了一包换下的棉袍子，默默的走回家来。一边我心里却在打算：

“横竖是不够用了，我索性来痛快的用它一下罢。”同时我又想起了那天二妹送我的面包香蕉等物。不等第二次的回想，我就寻着了一家卖糖食的店，进去买了一块钱巧格力香蕉糖鸡蛋糕等杂食。站在那店里，等店员在那里替我包好来的时候，我忽而想起我有一月多不洗澡了，今天不如顺便也去洗一个澡罢。

洗好了澡，拿了一包棉袍子和一包糖食，回到邓脱路的时候，马路两旁的店家，已经上电灯了。街上来往的行人也很稀少，一阵从黄浦江上吹来的日暮的凉风，吹得我打了几个冷噤。我回到了我的房里，把蜡烛点上。向二妹的房门一照，知道她还没有回来。那时候我腹中虽则饥饿得很，但我刚买来的那包糖食怎么也不愿意打开来。因为我想等二妹回来同她一道吃。我一边拿出书来看，一边口里尽在咽唾液下去。等了许多时候，二妹终不回来，我的疲倦不知什么时候出来战胜了我，就靠在书堆上睡着了。

四

二妹回来的响动把我惊醒的时候，我见我面前的一支十二盎司一包的洋蜡烛已经点去了二寸的样子，我问她是什么时候了？她说：

“十点的汽笛刚刚放过。”

“你何以今天回来得这样迟？”

“厂里因为销路大了，要我们作夜工。工钱是增加的，不过人太累了。”

“那你可以不去做的。”

“但是工人不够，不做是不行的。”

她讲到这里，忽而滚了两粒眼泪出来，我以为她是作工作得倦了，故而动了伤感，一边心里虽在可怜她，但一边看了她这同小孩似的脾气，却也感着了些儿快乐。把糖食包打开，请她吃了几颗之后，我就劝她说：

“初作夜工的时候不惯，所以觉得困倦，作惯了以后，也没有什么的。”

她默默的坐在我的半高的由书叠成的桌上，吃了几颗巧格力，对我看了几眼，好像是有话说不出来的样子。我就催她说：

“你有什么话说？”

她又沉默了一会，便断断续续的问我说：

“我……我……早想问你了，这几天晚上，你每晚在外边，可在与坏人作伙友么？”

我听了她这话，倒吃了一惊，她好像在疑我天天晚上在外面与小窃恶棍混在一块。她看我呆了不答，便以为我的行为真的被她看破了，所以就柔柔和和的连续着说：

“你何苦要吃这样好的东西，要穿这样好的衣服。你可知道这事情是靠不住的。万一被人家捉了去，你还有什么面目做人。过去的事情不必去说它，以后我请你改过了罢。……”

我尽是张大了眼睛张大了嘴呆呆的在看她，因为她的思想太奇怪了，使我无从辩解起。她沉默了数秒钟，又接着说：

“就以你吸的烟而论，每天若戒绝了不吸，岂不可省几个铜子。我早就劝你不要吸烟，尤其是不要吸那我所痛恨的 N 工厂的烟，你总是不听。”

她讲到了这里，又忽而落了几滴眼泪。我知道这是她为怨恨 N 工厂而滴的眼泪，但我的心里，怎么也不许我这样的想，我总要把它们当作因规劝我而洒的。我静静儿的想了一回，等她的神经镇静下去之后，就把昨天的那封挂号信的来由说给她听，又把今天的取钱买物的事情说了一遍，最后更将我的神经衰弱症和每晚何以必要出去散步的原因说了。她听了我这一番辩解，就信用了我，等我说完之后，她颊上忽而起了两点红晕，把眼睛低下去看看桌上，好像是怕羞似的说：

“噢，我错怪你了，我错怪你了。请你不要多心，我本来是没有歹意的。因为你的行为太奇怪了，所以我想到了邪路里去。你若能好好儿的用功，岂不是很好么？你刚才说的那——叫什么的——东西，能够卖五块钱，要是每天能做一个，多么好呢？”

我看了她这种单纯的态度，心里忽而起了一种不可思议的感情，我想把两只手伸出去拥抱她一回，但是我的理性却命令我说：

“你莫再作孽了！你可知道你现在处的是什么境遇，你想把这纯洁的处女毒杀了么？恶魔，恶魔，你现在是没有爱人的资格的呀！”

我当那种感情起来的时候，曾把眼睛闭上了几秒钟，等听了理性的命令以后，我的眼睛又开了开来，我觉得我的周围，忽而比前几秒钟更光明了。对她微微的笑了一笑，我就催她说：

“夜也深了，你该去睡了罢！明天你还要上工去的呢！我从今天起，就答应你把纸烟戒下来罢！”

她听了我这话，就站了起来，很喜欢的回到她的房里去睡了。

她去之后，我又换上一支洋蜡烛，静静儿的想了许多事情：

“我的劳动的结果，第一次得来的这五块钱已经用去了三块了。连我原有的一块多钱合起来，付房钱之后，只能省下二三角小洋来，如何是好呢！

“就把这破棉袍子去当吧！但是当铺里恐怕不要。

“这女孩子真是可怜，但我现在的境遇，可是还赶她不上，她是不想做工而工作要强迫她做，我是想找一点工作，终于找不到。就去作筋肉的劳动吧！啊啊，但是我这一双弱腕，怕吃不下一部黄包车的重力。

“自杀！我有勇气，早就干了。现在还能想到这两个字，足证我的志气还没有完全消磨尽哩！

"哈哈哈哈！今天的那无轨电车的机器手！他骂我什么来？

"黄狗，黄狗倒是一个好名词，……"

"…………"

我想了许多零乱断续的思想，终究没有一个好法子，可以救我出目下的穷状来。听见工厂的汽笛，好像在报十二点钟了，我就站了起来，换上了白天那件破棉袍子，仍复吹熄了蜡烛，走出外面去散步去。

贫民窟里的人已经睡眠静了。对面日新里的一排临邓脱路的洋楼里，还有几家点着了红绿的电灯，在那里弹罢拉拉衣加[①]。一声二声清脆的歌音，带着哀调，从静寂的深夜的冷空气里传到我的耳膜上来，这大约是俄国的飘泊的少女，在那里卖钱的歌唱。天上罩满了灰白的薄云，同腐烂的尸体似的沉沉的盖在那里。云层破处也能看得出一点两点星来，但星的近处，黝黝看得出来的天色，好像有无限的哀愁蕴藏着的样子。

一九二三年七月十五日

---

① 俄语音译，意为俄式三弦琴。

还乡记①

一

大约是午前四五点钟的样子，我的过敏的神经忽而颤动了起来。张开了半只眼，从枕上举起非常沉重的头，半醒半觉的向窗外一望，我只见一层灰白色的云丛，密布在微明的空际，房里的角上桌下，还有些暗夜的黑影流荡着，满屋沉沉，只充满了睡声，窗外也没有群动的声息。

“还早哩！”

我的半年来睡眠不足的昏乱的脑经，这样的忖度了一下，将还有些昏痛的头颅仍复投上了草枕，睡着了。

第二次醒来，急急的跳出了床，跑到窗前去看跑马厅的大自鸣钟的时候，心里忽而起了一阵狂跳。我的模糊的睡眼，虽看不清那大自鸣钟的时刻，然而第六官却已感得了时间的迟暮，八点钟的快车大约总赶不到了。

天气不晴也不雨，天上只浮满了些不透明的白云，黄梅时节将过的时候，像这样的天气原是很多的。

我一边跑下楼去匆匆的梳洗，一边催听差的起来，问他是什么时候。因为我的一个镶金的钢表，在东京换了酒吃，一个新买的

① 本篇原载于一九二三年七月二十三日至八月二日上海《中华新报·创造日》。

“爱而近”，去年在北京又被人偷了去，所以现在只落得和桃花源里的乡老一样，要知道时刻，只能问问外来的捕鱼者“今是何世？”

听说是七点三刻了，我忽而衔了牙刷，莫名其妙的跑上楼跑下楼的跑了几次，不消说心中是在懊恼的。忙乱了一阵，后来又仔细想了一想，觉得终究是赶不上八点的早车了，心地倒渐渐地平静了下去。慢慢的洗完了脸，换了衣服，我就叫听差的去雇了一乘人力车来，送我上火车站去。

我的故乡在富春山中，正当清冷的钱塘江的曲处。车到杭州，还要在清流的江上坐两点钟的轮船。这轮船有午前午后两班，午前八点，午后二点，各有一只同小孩的玩具似的轮船由江干开往桐庐去的。若在上海乘早车动身，则午后四五点钟，当午睡初醒的时候，我便可到家，与闺中的儿女相见，但是今天已经是不行了。（是阴历的六月初二。）

不能即日回家，我就不得不在杭州过夜，但是羞涩的阮囊，连买半斤黄酒的余钱也没有的我的境遇，叫我哪里更能忍此奢侈。我心里又发起恼来了。可恶的我的朋友，你们既知道我今天早晨要走，昨夜就不该谈到这样的时候才回去的。可恶的是我自己，我已决定于今天早晨走，就不该拉住了他们谈那些无聊的闲话的。这些也不知是从哪里来的话？这些话也不知有什么兴趣？但是我们几个人愁眉蹙额的聚首的时候，起先总是默默，后来一句两句，话题一开，便倦也忘了，愁也丢了，眼睛就放起怖人的光来了，有时高笑，有时痛哭，讲来讲去，去岁今年，总还是这几句话：

“世界真是奇怪，像这样轻薄的人，也居然能成中国的偶像的。”

“正唯其轻薄，所以能享盛名。”

“他的著作是什么东西？连抄人家的著书还要抄错！”

“唉唉！”

“还有 ×× 呢！比 ×× 更卑鄙，更不通，而他享的名誉反而更大！”

“今天在车上看见的那个犹太女子真好哩！”

“她的屁股真大得爱人。”

“她的臂膊！”

“啊啊！”

“恩斯来的那本《彭思生里参拜记》，你念到什么地方了？”

“三个东部的野人，
三个方正的男子，
他们起了崇高的心愿，
想去看看什，泻，奥夫，欧耳。”

“你真记得牢！”

像这样的毫无系统，漫无头绪的谈话，我们不谈则已，一谈起头，非要谈到傀儡消尽，悲愤泄完的时候不止。唉，可怜的有识无产者，这些清谈，这些不平，与你们的脆弱的身体，高亢的精神，究有何补？罢了罢了，还是回头到正路上去，理点生产罢！

昨天晚上有几位朋友，也在我这里，谈了些这样的闲话，我入睡迟了，所以弄得今天赶车不及，不得不在西子湖边，住宿一宵，我坐在人力车上，孤冷冷的看着上海的清淡的早市，心里只在怨恨朋友，要使我多破费几个旅费。

二

人力车到了北站，站上人物萧条。大约是正在快车开出之后，慢车未发之先，所以现出这沉静的状态。我得了闲空，心里倒生出了一点余裕来，就以北站构内，闲走了一回。因为我此番归去，本来想去看看故乡的景状，能不能容我这零余者回家高卧，所以我所带的，只有两袖清风，一只空袋，和填在鞋底里的几张钞票——这是我的脾气，有钱的时候，老把它们填在鞋子底里。一则可以防止扒手，二则因为我受足了金钱的迫害，借此可以满足我对金钱复仇的心思，有时候我真有用了全身的气力，拼死蹂践它们的举动——而已，身边没有行李，在车站上跑来跑去是非常自由的。

天上的同棉花似的浮云，一块一块的消散开来，有几处竟现出青苍的笑靥来了。灰黄无力的阳光，也有几处看得出来。虽有霏微的海风，一阵阵夹了灰土煤烟，吹到这灰色的车站中间，但是伏天的暑热，已悄悄的在人的腋下腰间送信来了。啊啊！三伏的暑热，你们不要来缠扰我这消瘦的行路病者！你们且上富家的深闺里去，钻到那些丰肥红白的腿间乳下去，把她们的香液蒸发些出来罢！我只有这一件半旧的夏布长衫，若把汗水流污了，那明天就没得更换的呀！

在车站上踏来踏去的走了几遍，站上的行人，渐渐的多起来了。男的女的，行者送者，面上都堆着满贮希望的形容，在那里左旋右转。但是我——单只是我一个人——也无朋友亲戚来送我的行，更无爱人女弟，来做我的伴，只在脆弱的心中，无端的充满了万千的哀感：

“论才论貌，在中国的二万万男子中间，我也不一定说是最下流的人，何以我会变成这样的孤苦的呢！我前世犯了什么罪来？我生在什么星的底下的？我难道真没有享受快乐的资格的么？我不能信，我怎么也不能信。”

这样的一想，我就跑上车站的旁边入口处去，好像是看见了我认识的一位美妙的女郎来送我回家的样子。刚走到门口，果真见了几个穿时样的白衣裙的女子，正从人力车下来。其中有一个十七八岁的，戴白色运动软帽的女学生，手里提了三个很重的小皮箧，走近了我的身边。我不知不觉竟伸出了一只手去，想为她代拿一个皮箧，好减轻她一点负担，但她站住了脚，放开了黑晶晶的两只大眼反很诧异的对我看了一眼。

“啊啊！我错了，我昏了，好妹妹，请你不要动怒，我不是坏人，我不是车站上的小窃，不过我的想象力太强，我把你当作了我的想象中的人物，所以得罪了你。恕我恕我，对不起，对不起，你的两眼的责罚，是我所甘受的，你即用了你那只柔软的小手，批我一顿，我也是甘受的，我错了，我昏了。”

我被她的两眼一看，就同将睡的人受了电击一样，立即涨红了脸，发出了一身冷汗，心里作了一遍谢罪之辞，缩回了手，低下了头，匆匆的逃走了。

啊啊！这不是衣锦的还乡，这不是罗皮康（Rubicon）的南渡，有谁来送我的行，有谁来做我的伴呢！我的空想也未免太不自量了，我避开了那个女学生，逃到了车站大门口的边上人丛中躲藏的时候，心里还在跳跃不住。凝神屏气的立了一会，向四边偷看了几眼，一种不可捉摸的感情，笼罩上我的全身，我就不得不把我的夏布长衫的小襟掩上面去了。

三

“已经是八点四十五分了。我在这里躲藏也躲藏不过去的，索性快点去买一张票来上车去罢！但是不行不行，两边买票的人这样的多，也许她是在内的，我还是上口头的那扇近大门的窗口去买吧！这里买票的人正少得很！”

这样的打定了主意，我就东探西望的走上了那玻璃窗口，去买了一张车票。伏倒了头，气喘吁吁的跑进了月台，我方晓得刚才买的是一张二等车票，想想我脚下的余钱，又想想今晚在杭州不得不付的膳宿费，我心里忽而清了一清。经济与恋爱是不能两立的，刚才那女学生的事情，也渐渐的被我忘了。

浙江虽是我的父母之邦，但是浙江的知识阶级的腐败，一班教育家政治家对军人的谄媚，对平民的压制，以及小政客的婢妾的行为，无厌的贪婪，平时想起就要使我作呕。所以我每次回浙江去，总抱了一腔羞嫌的恶怀，障扇而过杭州，不愿在西子湖头作半日的勾留。只有这一回到了山穷水尽，我委委颓颓的逃返家中，仍想到我所嫌恶的故土去求一个息壤，投林的倦鸟，返壑的衰狐，当没有我这样的懊丧落胆的。啊啊！浪子的还家，只求老父慈兄，不责备我就对了，哪里还有批评故乡，憎嫌故乡的心思，我一想到这一次的卑微的心境，又不觉泫泫的落下泪来了。

我孤苦伶仃的坐在车里，看看外面月台上跑来跑去的旅人，和穿黄色制服的挑夫，觉得模糊零乱。他们与我的中间，有一道冰山隔住的样子。一面看看车站附近各工厂的高高的烟囱，又觉得我的头上身边，都被一层灰色的烟雾包围在那里。我深深的吸了一口气，把车窗打开来看梅雨晴时的空际。天上虽还不能说是晴朗，但一斛晴云，和几道光线，是在那里安慰旅人说：

“雨是不会下了，晴不晴开来，却看你们的运气罢！”

不多一忽，火车慢慢儿的开了。北站附近的贫民窟，同坟墓似的江北人的船室，污泥的水潴，晒在坍败的晒台上的女人的小衣，秽布，劳动者的破烂的衣衫等，一幅一幅的呈到我的眼前来，好像是老天故意把人生的疾苦，编成了这一部有系统的记录，来安慰我的样子。

啊啊，载人离别的你这怪兽！你不终不息的前进，不休不止的前进罢！你且把我的身体，搬到世界尽处去，搬入虚无之境去，一生一世，不要停止，尽是行行，行到世界万物都化作青烟，你我的存在都变成乌有的时候，那我就感激你不尽了。

由现代的物质文明产生出来的贫苦之景，渐渐的被大自然掩盖了下去，贫民窟过了，大都会附近之小镇（Vorstadt）过了，路线的两岸，只有平绿的田畴，美丽的别墅，洁净的野路，和壮健的农夫。在这调和的盛夏的野景中间，就是在路上行走的那一乘黄色人力车夫，也带有些浪漫的色彩。他好像是童话里的人物，并不是因为衣食的原因，却是为了自家的快乐，拉了车在那里行走的样子。若要在这大自然的微笑中间，指出一件令人不快的事物来，那就是野草中间横躺着的棺冢了。穷人的享乐，只有陶醉在大自然怀里的一刹那。在这一刹那中间，他能把现实的痛苦，忘记得干干净净，与悠久的天空，广漠的大地，化而为一。这是何等的残虐，何等的恶毒呢！当这样的地方，这样的时候，偏要把人间的归宿，生物的运命，赤裸裸的指给他看！

我是主张把中国的坟冢，把野外的枯骨，都掘起来付之一炬，或投入汪洋的大海里去的。

四

过了徐家汇，梵王渡，火车一程一程的进去，车窗外的绿色也一程一程的浓润起来了；啊啊，我自失业以来，同鼠子蚊虫，蛰居在上海的自由牢狱里，已经有半年多了。我想不到野外的自然，竟长得如此的清新，郊原的空气，会酿得如此的爽健的。啊啊，自然呀，大地呀，生生不息的万物呀，我错了，我不应该离开了你们，到那秽浊的人海中间去觅食去的。

车过了莘庄，天完全变晴了。两旁的绿树枝头，蝉声犹如雨降。我侧耳听听，回想我少年时的景象不置。悠悠的碧落，只留着几条云影，在空际作霓裳的雅舞。一道阳光，遍洒在浓绿的树叶，匀称的稻秧，和柔软的青草上面。被黄梅雨盛满的小溪，奇形的野桥，水车的茅亭，高低的土堆，与红墙的古庙，洁净的农场，一幅一幅同电影似的尽在那里更换。我以车窗作了镜框，把这些天然的图画看得迷醉了，直等火车到松江停住的时候止，我的眼睛竟瞬息也没有移动。唉，良辰美景奈何天，我在这样的大自然里怕已没有生存的资格了罢，因为我的腕力，我的精神，都被现代的文明撒下了毒药，恶化成零，我哪里还有执了锄耜，去和农夫耕作的能力呢！

正直的农夫吓，你们是世界的养育者，是世界的主人公，我情愿为你们做牛做马，代你们的劳，你们能分一杯麦饭给我么？

车过了松江，风景又添了一味和平的景色。弯了背在田里工作的农夫，草原上散放着的羊群，平桥浅渚，野寺村场，都好像在那里作会心的微笑。火车飞过一处乡村的时候，一家泥墙草舍里忽有几声鸡唱声音传了出来。草舍的门口有一个赤膊的农夫，吸着烟站在那里对火车呆看。我看了这样纯朴的村景，就不知不觉的叫了起来：

“啊啊！这和平的村落，这和平的村落，我几年不与你相接了。”

大约是叫得太响了，我的前后的同车者，都对我放起惊异的眼光来。幸而这是慢车，坐二等车的人不多，否则我只能半途跳下车去，去躲避这一次的羞耻了。我被他们看得不耐烦，并且肚里也觉得有些饥了，用手向鞋底里摸了一摸，迟疑了一会，便叫过茶房来，命他为我搬一客番菜来吃。我动身的时候，脚底下只藏着两张钞票。火车票买后，左脚下的一张钞票已变成了一块多的找头，依理而论是不该在车上大吃的。然而愈有钱愈想节省，愈贫穷愈要瞎花，是一般的心理，我此时也起了自暴自弃的念头：

“横竖是不够的，节省这个钱，有什么意思，还是吃罢！”

一个欲望满足了的时候，第二个欲望马上要起来的，我喝了汤，吃了一块面包之后，喉咙觉得干渴起来，便又起了一种自暴自弃的念头，率性叫茶房把啤酒汽水拿两瓶来。啊啊，危险危险，我右脚下的一张钞票，已有半张被茶房撕去了。

一边饮食，一边我仍在赏玩窗外的水光云影。我几个小车站上停了几次，轰轰的过了几处铁桥，等我中餐吃完的时候，火车已经过了嘉兴驿了。吃了个饱满，并且带了三分醉意，我心里虽然时时想到今晚在杭州的膳宿费，和明天上富阳去的轮船票，不免有些忧郁，但是以全体的气概讲来，这时候我却是非常快乐，非常满足的：

“人生是现在一刻的连续，现在能够满足，不就好了么？一刻之后的事情，又何必去想它，明天明年的事情，更可丢在脑后了。一刻之后，谁能保得火车不出轨！谁能保得我不死？罢了罢了，我是满足得很！哈哈哈哈……”

我心里这样的很满足的在那里想，我的脚就慢慢的走上车后的眺望台去。因为我坐的这挂车是最后的一挂，所以站在眺望台上，既可细看野景，又可静听蝉鸣，接受些天风。我站在台上，一手捏住铁栏，一手用了半支火柴在剔牙齿。凉风一阵阵的吹来，野景一幅幅的过去，我真觉得太幸福了。

五

我平生感得幸福的时间，总不能长久。一时觉得非常满足之后，其后必有绝大的悲怀相继而起。我站在车台上，正在快乐的时候，忽而在万绿丛中看见了一幅美满的家庭团叙图，一个年约三十一二岁的壮健的农夫，两手擎了一个周岁的小孩，在桑树影下笑乐。一个穿青布衫的与农夫年纪相仿的农妇，笑微微的站在旁边守着他们。在他们上面晒着的阳光树影，更把他们的美满的意情表现得十分明显。地上摊着一只饭箩，一瓶茶，几只茶饭碗，这一定是那农妇送来飨她男人的。啊啊，桑间陌上，夫唱妇随，更有你两个爱情的结晶，在中间作姻缘的缔带，你们是何等幸福呀！然而我呢！啊啊我啊？我是一个有妻不能爱，有子不能抚的无能力者，在人生战斗场上的惨败者，现在是在逃亡的途中的行路病者，啊！农夫吓农夫，愿你与你的女人和好终身，愿你的小孩聪明强健，愿你的田谷丰多，愿你幸福！你们的灾殃，你们的不幸，全交给了我，凡地上一切的苦恼，悲哀，患难，索性由我一人负担了去罢！

我心里虽这样的在替他祝福，我的眼泪却连连续续的落了下来。半年以来，因为失业的原因，在上海流离的苦处，我想起来了。三个月前头，我的女人和小孩，孤苦伶仃的由这条铁路上经过，萧萧索索的回家去的情状，我也想出来了。啊啊，农家夫妇的幸福，读书阶级的飘零！我女人经过的悲哀的足迹，现在更由我一步步的践踏过去！若是有情，怎得不哭呢！

四围的景色，忽而变了，一刻前那样丰润华丽的自然的美景，都好像在那里嘲笑我的样子：

“你回来了么？你在外国住了十几年，学了些什么回来？你的能力怎么不拿些出来让我们看看？现在你有养老婆儿子的本领么？

哈哈！你读书学术，到头来还是归到乡间去啃你祖宗的积聚！”

我俯首看看飞行的车轮，看看车轮下的两条白闪闪的铁轨和枕木卵石，忽而感得了一种强烈的死的诱惑。我的两脚抖了起来，踉跄前进了几步，又呆呆的俯视了一忽，两手捏住了铁栏，我闭着眼睛，咬紧牙齿，在脚尖上用了一道死力，便把身体轻轻的抬跳起来了。

六

啊啊，死的胜利吓！我当时若志气坚强一点，就早脱离了这烦恼悲苦的世界，此刻好坐在天神Beatrice[①]的脚下拈花作微笑了。但是我那一跳，气力没有用足。我打开眼睛来看时，大地高天，稻田草地，依旧在火车的四周驰骋，车轮的辗声，依旧在我的耳朵里雷鸣，我的身体却坐在栏杆的上面，绝似病了的鹦鹉，被锁住在铁条上待毙的样子。我看看两旁的美景，觉得半点钟以前的称颂自然美的心境，怎么也回复不过来。我以泪眼与硖石的灵山相对，觉得硖西公园后石山上在太阳光下游玩的几个男女青年，都是挤我出世界外去的魔鬼。车到了临平，我再也不能细赏那荷花世界柳丝乡的风景。我只觉得青翠的临平山，将要变成我的埋骨之乡。笕桥过了，艮山门过了。灵秀的保俶山，奇兀的北高峰，清泰门外贯流着的清浅的溪流，溪流上摇映着的萧疏的杨柳，野田中交叉的窄路，窄路上的行人，前朝的最大遗物，参差婉绕的城墙，都不能唤起我的兴致来。车到了杭州城站，我只同死刑囚上刑场似的下了月台。一出站内，在青天皎日的底下，看看我儿时所习见的红墙旅舍，酒馆茶楼，和年轻气锐的生长在都会中的妙年人士，我心里只是怦怦的乱

① 贝阿特丽采，但丁《神曲》中天堂的引导者。

跳，仰不起头来。这种幻灭的心理，若硬要把它写出来的时候，我只好用一个譬喻。譬如当青春的年少，我遇着了一位绝世的佳人，她对我本是初恋，我对她也是第一次的破题儿。两人相携相挽，同睡同行，春花秋月的过了几十个良宵。后来我的金钱用尽，女人也另外有了心爱的人儿，她就学了樊素[1]，同春去了。我只得和悲哀孤独，贫困恼羞，结成伴侣。几年在各地流浪之余，我年纪也大了，身体也衰了，披了一身破褴的衣服，仍复回到当时我两人并肩携手的故地来。山川草木，星月云霓，仍不改其美观。我独坐湖滨，正在临流自吊的时候，忽在水面看见了那弃我而去的她的影像。她容貌同几年前一样的娇柔，衣服同几年前一样的华丽，项下挂着的一串珍珠，比从前更加添了一层光彩，额上戴着的一圈玛瑙，比曩时更红艳得多了。且更有难堪者，回头来一看，看见了一位文秀娴雅的美少年，站在她的背后，用了两手在那里摸弄她的腰背。

啊啊！这一种譬喻，值得什么？我当时一下车站，对杭州的天地感得的那一种羞惭懊丧，若以言语可以形容的时候，我当时的夏布衫袖，就不会被泪汗湿透了，因为说得出譬喻得出的悲怀，还不是世上最伤心的事情呀。我慢慢俯了首，离开了刚下车的人群与争揽客人的车夫和旅馆的招待者，独行踽踽的进了一家旅馆，我的心里好像有千斤重的一块铅石垂在那里的样子。

开了一个单房间，洗了一个脸，茶房拿了一张纸来，要我写上姓名年岁籍贯职业。我对他呆呆的看了一忽，他好像是疑我不曾出过门，不懂这规矩的样子，所以又仔仔细细的解说了一遍。啊啊，我哪里是不懂规矩，我实在是没有写的勇气哟，我的无名的姓氏，我的故乡的籍贯，我的职业！啊啊！叫我写出什么来？

被他催迫不过，我就提起笔来写了一个假名，填上了“异乡

① 诗人白居易的家姬，此处出自诗句“病共乐天相伴住，春随樊子一时归”。

人”的三字，在职业栏下写了一个“无”字。不知不觉我的眼泪竟濮嗒濮嗒的滴了两滴在那张纸上。茶房也看得奇怪，向纸上看了一看，又问我说：

“先生府上是哪里，请你写上了吧，职业也要写的。”

我没有方法，就把“异乡人”三字圈了，写上“朝鲜”两字，在职业之下也圈了一圈，填了“浮浪”两字进去。茶房出去之后，我就关上了房门，倒在床上尽情的暗泣起来了。

七

伏在床上暗泣了一阵，半日来旅行的疲倦，征服了我的心身。在朦胧半觉的中间，我听见了几声咯咯的叩门声。糊糊涂涂的起来开了门，我看见祖母，不言不语的站在门外。天色好像晚了，房里只是灰黑的辨不清方向。但是奇怪得很，在这灰黑的空气里，祖母面上的表情，我却看得清清楚楚。这表情不是悲哀，当然也不是愉乐，只是一种压人的庄严的沉默。我们默默的对坐了几分钟，她才移动了她那皱纹很多的嘴说：

“达！你太难了，你何以要这样的孤洁呢！你看看窗外看！”

我向她指着的方向一望，只见窗下街上黑暗嘈杂的人丛里有两个大火把在那里燃烧，再仔细一看，火把中间坐着一位木偶，但是奇极怪极。这木偶的面貌，竟完全与我的一个朋友的面貌一样。依这情景看来，大约是赛会了，我回转头来正想和祖母说话，房内的电灯拍的响了一声，放起光来了，茶房站在我的床前，问我晚饭如何？我只呆呆的不答，因为祖母是今年二月里刚死的，我正在追想梦里的音容，哪里还有心思回茶房的话哩？

遣茶房走了，我洗了一个面，就默默的走出了旅馆。夕阳的残照，在路旁的层楼屋脊上还看得出来。店头的灯火，也星星的上了。日暮的空气，带着微凉，拂上面来。我在羊市街头走了几转，穿过车站的庭前，踏上清泰门前的草地上去。沉静的这杭州故郡，自我去国以来，也受了不少的文明的侵害，各处的旧迹，一天一天的被拆毁了。我走到清泰门前，就起了一种怀古之情，走上将拆而犹在的城楼上去。城外一带杨柳桑树上的鸣蝉，叫得可怜。它们的哀吟，一声声沁入了我的心脾，我如同海上的浮尸，把我的情感，全部付托了蝉声，尽做梦似的站在丛残的城牒上看那西北的浮云和暮天的急情，一种淡淡的悲哀，把我的全身溶化了。这时候若有几声古寺的钟声，当当的一下一下，或缓或徐的飞传过来，怕我就要不自觉的从城墙上跳入城濠，把我的灵魂和入在晚烟之中，去笼罩着这故都的城市。然而南屏不远，curfew①今晚上是不会鸣了。我独自一个冷清清地立了许久，看西天只剩了一线红云，把日暮的悲哀尝了个饱满，才慢慢地走下城来。这时候天已黑了，我下城来在路上的乱石上钩了几脚，心里倒起了一种莫名其妙的恐怖。我想想白天在火车上谋自杀的心思和此时的恐怖心一比，就不觉微笑了起来，啊啊，自负为灵长的两足动物哟，你的感情思想，原只是矛盾的连续呀！说什么理性？讲什么哲学？

走下了城，踏上清冷的长街，暮色已经弥漫在市上了。各家的稀淡的灯光，比数刻前增加了一倍势力。清泰门直街上的行人的影子，一个一个从散射在街上的电灯光里闪过，现出一种日暮的情调来。天气虽还不曾大热，然而有几家却早把小桌子摆在门前，露天的在那里吃晚饭了。我真成了一个孤独的异乡人，光了两眼，尽在这日暮的长街上彳亍前进。

---

① 英文：晚钟。

我在杭州并非没有朋友，但是他们或当厅长，或任参谋，现在正是非常得意的时候，我若飘然去会，怕我自家的心里比他们见我之后憎嫌我的心思更要难受。我在沪上，半年来已经饱受了这种冷眼，到了现在，万一家里容我，便可回家永住，万一情状不佳，便拟自决的时候，我再也犯不着去讨这些没趣了。我一边默想，一边看看两旁的店家在电灯下围桌晚餐的景象，不知不觉两脚便走入了石牌楼的某中学所在的地方。啊啊，桑田沧海的杭州，旗营改变了，湖滨添了些邪恶的中西人的别墅，但是这一条街，只有这一条街，依旧清清冷冷，和十几年前我初到杭州考中学的时候一样。物质文明的幸福，些微也享受不着，现代经济组织的流毒，却受得很多的我，到了这条黑暗的街上，好像是已经回到了故乡的样子，心里忽感得了一种安泰，大约是兴致来了，我就踏进了一家巷口的小酒店里去买醉去。

八

在灰黑的电灯底下，面朝了街心，靠着一张粗黑的桌子，坐下喝了几杯高粱，我终觉得醉不成功。我的头脑，愈喝酒愈加明晰，对于我现在的境遇反而愈加自觉起来了。我放下酒杯，两手托着了头，呆呆的向灰暗的空中凝视了一会，忽而有一种沉郁的哀音夹在黑暗的空气里，渐渐的从远处传了过来。这哀音有使人一步一步在感情中沉没下去的魔力，真可以说是中国管弦乐所独具的神奇。过了几分钟，这哀音的发动者渐渐的走近我的身边，我才辨出了胡琴与碰击磁器的谐音来。啊啊！你们原来是流浪的声乐家，在这半开化的杭州城里想来卖艺糊口的可怜虫！

他们两三人的瘦长的清影，和后面跟着看的几个小孩，在酒馆前头掠过了。那一种凄楚的谐音，也一步一步的幽咽了，听不见了。我心里忽起了一种绝大的渴念，想追上他们，去饱尝一回哀音的美味。付清了酒账，我就走出店来，在黑暗中追赶上去。但是他们的几个人，不知走上了什么方向，我拼死的追寻，终究寻他们不着。唉，这昙花的一现，难道是我的幻觉么？难道是上帝显示给我的未来的预言么？但是那悠扬沉郁的弦音和磁盘碰击的声响，还缭绕在我的心中。我在行人稀少的黑暗的街上东奔西走的追寻了一会，没有方法，就只好从丰乐桥直街走到了西湖的边上去。

湖上没有月华，湖滨的几家茶楼旅馆，也只有几点清冷的电灯，在那里放淡薄的微光；宽阔的马路上，行人也寥落得很。我横过了湖塍马路，在湖边上立了许久。湖的三面，只有沉沉的山影，山腰山脚的别庄里，有几点微明的灯火，要静看才看得出来。几颗淡淡的星光，倒映在湖里，微风吹来，湖里起了几声豁豁的浪声。四边静极了。我把一支吸尽的纸烟头丢入湖里，啾的响了一声，纸烟的火就熄了。我被这一种静寂的空气压迫不过，就放大了喉咙，对湖心噢噢的发了一声长啸，我的胸中觉得舒畅了许多。沿湖的向西走了一段，我忽在树荫下椅子上，发现了一对青年男女。他和她的态度太无忌惮了，我心里便忽而起了一种不快之感，把刚才长啸之后的畅怀消尽了。

啊啊！青年的男女哟！享受青春，原是你们的特权，也是我平时的主张。但是你们在不幸的孤独者前头，总应该谦逊一点，方能完全你们的爱情的美处。你们且牢牢记着吧！对了贫儿，切不要把你们的珍珠宝物给他看，因为贫儿看了，愈要觉得他自家的贫困的呀！

我从人家睡尽的街上，走回城站附近的旅馆里来的时候，已经是深夜了。解衣上床，躺了一会，终觉得睡不着。我就点上一支纸烟，一边吸着，一边在看帐顶。在沉闷的旅舍夜半的空气里，我忽而听见了一阵清脆的女人声音，和门外的茶房，在那里说话。

“来哉来哉！噢哟，等得诺（你）半业（日）嗒哉！”

这是轻佻的茶房的声音。

“是哪一位叫的？”

啊啊！这一定是土娼了！

“仰（念）三号里！”

“你同我去呵！”

“噢哟，根（今）朝诺（你）个（的）面孔真白嗒！”

茶房领了她从我门口走过，开入了间壁念三号的房里。

“好哉，好哉！活菩萨来哉！”

茶房领到之后，就关上门走下楼去了。

“请坐。”

“不要客气！先生府上是哪里？”

“阿拉（我）宁波。”

“是到杭州来耍子的么？”

“来宵（烧）香个。”

“一个人么？”

“阿拉邑个宁（人），京（今）教（朝）体（天）气轧业（热），查拉（为什么）勿赤膊？”

“啥话语！”

“诺（你）勿脱，阿拉要不（替）诺脱哉。”

“不要动手，不要动手！”

“回（还）朴（怕）倒霉索啦？”

“不要动手，不要动手，我自家来解罢。”

“阿拉要摸一摸！”

吃吃的窃笑声，床壁的震动声。

啊啊！本来是神经衰弱的我，即在极安静的地方，尚且有时睡不着觉，哪里还经得起这样淫荡的吵闹呢！北京的浙江大佬诸君呀，听说杭州有人倡设公娼的时候，你们曾经竭力的反对，你们难道还不晓得你们的子女姊妹在干这种营业，而在扰乱及贫苦的旅人么？盘踞在当道，只知敲剥百姓的浙江的长官呀！你们若只知聚敛，不知济贫，怕你们的妻妾，也要为快乐的原因，学她们的妙技了。唉唉！“邑有流亡愧俸钱”，你们曾听人说过这句诗否！

九

我睡在床上，被间壁的淫声挑拨得不能合眼，没有方法，只得起来上街去闲步。这时候大约是后半夜的一两点钟的样子，上海的夜车已到着，羊市街福缘巷的旅店，都已关门睡了。街上除了几乘散乱停住的人力车外，只有几个敝衣凶貌的罪恶的子孙在灰色的空气里阔步。我一边走一边想起了留学时代在异国的首都里每晚每晚的夜行，把当时的情状与现在在这中国的死灭的都会里这样的流离的状态一对照，觉得我的青春，我的希望，我的生活，都已成了过去的云烟，现在的我和将来的我只剩得极微极细的一些儿现实味，我觉得自家实际上已经成了一个幽灵了。我用手向身上摸了一摸，觉得指头触着了一种极粗的夏布材料，又向脸上用了力摘了一把，神经也感得了一种痛苦。

“还好还好，我还活在这里，我还不是幽灵，我还有知觉哩！”

这样的一想，我立时把一刻前的思想打消，恰好脚也正走到了拐角头的一家饭馆前了。在四邻已经睡寂的这深更夜半，只有这一家店同睡相不好的人的嘴似的空空洞洞的开在那里。我晚上不曾吃过什么，一见了这家店里的锅子炉灶，便也觉得饥饿起来，所以就马上踏了进去。

喝了半斤黄酒，吃了一碗面，到付钱的时候，我又痛悔起来了。我从上海出发的时候，本来只有五元钱的两张钞票。坐二等车已经是不该的了，况又在车上大吃了一场。此时除付过了酒面钱外，只剩得一元几角余钱，明天付过旅馆宿费，付过早饭账，付过从城站到江干的黄包车钱，哪里还有钱购买轮船票呢？我急得没有方法，就在静寂黑暗的街巷里乱跑了一阵，我的身体，不知不觉又被两脚搬到了西湖边上。湖上的静默的空气，比前半夜，更增加了一层神秘的严肃。游戏场也已经散了，马路上除了拐角头边上的没有看见车夫的几乘人力车外，生动的物事一个也没有。我走上了环湖马路，在一家往时也曾投宿过的大旅馆的窗下立了许久。看看四边没有人影，我心里忽然来了一种恶魔的诱惑。

“破窗进去吧，去撮取几个钱来罢！”

我用了心里的手，把那扇半掩的窗门轻轻地推开，把窗门外的铁杆，细心地拆去了二三支，从墙上一踏，我就进了那间屋子。我的心眼，看见床前白帐子下摆着一双白花缎的女鞋，衣架上挂着一件纤巧的白华丝纱衫，和一条黑纱裙。我把洗面台的抽斗轻轻抽开，里边在一个小小儿的粉盒和一把白象牙骨折扇的旁边，横躺着一个沿口有光亮的钻珠绽着的女人用的口袋。我向床上看了几次，便把那口袋拿了，走到窗前，心里起了一种怜惜羞悔的心思，又走回去，把口袋放归原处。站了一忽，看看那狭长的女鞋，心里忽又起了一种异想，就伏倒去把一只鞋子拿在手里。我把这双女鞋闻了一回，玩了一回，最后又起了一种残忍的决心，索性把口袋鞋子一齐拿了，跳出窗来。我幻想到了这里，忽而回复了我的意识，面上就立时变得绯红，额上也钻出了许多汗珠。我眼睛眩晕了一阵，我就急急的跑回城站的旅馆来了。

十

奔回到旅馆里，打开了门，在床上静静的躺了一忽，我的兴奋，渐渐地镇静了下去。间壁的两位幸福者也好像各已倦了，只有几声短促的鼾声和时时从半睡状态里漏出来的一声两声的低幽的梦话，击动我的耳膜。我经了这一番心里的冒险，神经也已倦竭，不多一会，两只眼包皮就也沉沉的盖下来了。

一睡醒来，我没有下床，便放大了喉咙，高叫茶房，问他是什么时候。

“十点钟哉，鲜散（先生）！”

啊啊！我记得接到我祖母的病电的时候，心里还没有听见这一句回话时的恼乱！即乘早班轮船回去，我的经济，已难应付，哪里还更禁得在杭州再留半日的呢？况且下午两点钟开的轮船是快班，价钱比早班要贵一倍。我没有方法，把脚在床上蹬踢了一回，只得悻悻地起来洗面。用了许多愤激之辞，对茶房发了一回脾气，我就付了宿费，出了旅馆从羊市街慢慢的走出城来。这时候我所有的财产，除了一个瘦黄的身体之外，就是一件半旧的夏布长衫，一套白洋纱的小衫裤，一双线袜，两只半破的白皮鞋和八角小洋。

太阳已经升上了中天，光线直射在我的背上。大约是因为我的身体不好，走不上半里路，全身的粘汗竟流得比平时更多一倍。我看看街上的行人，和两旁的住屋中的男女，觉得他们都很满足的在那里享乐他们的生活，好像不晓得忧愁是何物的样子。背后忽而起了一阵铃响，来了一乘包车，车夫向我骂了几句，跑过去了，我只看见了一个坐在车上穿白纱长衫的少年绅士的背形，和车夫的在那里跑的两只光腿。我慢慢的走了一段，背后又起了一阵车夫的威胁声，我让开了路，回转头来一看，看见了三部人力车，载着三个很纯朴的女学生，两腿中间各夹着些白皮箱铺盖之类，在那里向我冲来。她们大约是放了暑假赶回家去的。我此时心里起了一种悲愤，把平时祝福善人的心地忘了，却用了憎恶的眼睛，狠狠的对那些威胁我的人力车夫看了几眼。啊啊，我外面的态度虽则如此凶恶，但一边我却在默默的原谅他们的呀！

“你们这些可怜的走兽，可怜你们平时也和我一样，不能和那些年轻的女性接触。这也难怪你们的，难怪你们这样的乱冲，这样的兴高采烈的。这几个女性的身体岂不是载在你们的车上的么？她们的白嫩的肉体上岂不是有一种电气会传到你们的身上来的么？虽则原因不同，动机卑微，但是你们的汗，岂不是为了这几个女性的肉体而流的么？啊啊，我若有气力，也愿跟了你们去典一乘车来，专拉这样的如花少女。我更愿意拼死的驰驱，消尽我的精力。我更愿意不受她们的金钱酬报。”

走出了凤山门，站住了脚，默默的回头来看了一眼，我的眼角又忽然涌出了两颗珠露来！

“珍重珍重，杭州的城市！我此番回家，若不马上出来，大约总要在故乡永住了，我们的再见，知在何日？万一情状不佳，故乡父老不容我在乡间终老，我也许到严子陵的钓石矶头，去寻我的归宿的，我这一瞥，或将成了你我的最后的诀别！我到此刻，才知道我胸际实在痛爱你的明媚的湖山，不过盘踞在你的地上的那些野心狼子，不得不使我怨你恨你而已。啊啊，珍重珍重，杭州的城市！我若在波中淹没的时候，最后映到我的心眼上来的，也许是我儿时亲睦的你的这媚秀的湖山罢！”

一九二三年七月三十日

秋　河[1]

一

“你要杏仁粥吃么？”

一个二十三四岁的很时髦的女人背靠了窗口的桌子，远远的问他说。

“你来！你过来我对你讲。”

他躺在铜床上的薄绸被里，含了微笑，面朝着她，一点儿精神也没有的回答她说。床上的珠罗圆顶帐，大约是因为处地很高，没有蚊子的缘故，高高搭起在那里。光亮射人的这铜床的铜梗，只反映着一条薄薄的淡青绸被，被的一头，映着一个妩媚的少年的缩小图，把头搁在洁白的鸭绒枕上。东面靠墙，在床与窗口桌子之间，有一个衣橱，衣橱上的大镜子里，空空的照着一架摆在对面的红木梳洗台，台旁有叠着的几只皮箱。前面是一个大窗，窗口摆着一张桌子，窗外楼下是花园，所以站在窗口的桌子前，一望能见远近许多红白的屋顶和青葱的树木。

那少年睡在床上，向窗外望去，只见了半弯悠悠的碧落，和一种眼虽看不见而感觉得出来的晴爽的秋气。她站在窗口的桌子前头，以这晴空作了背景，她的蓬松未束的乱发，鹅蛋形的笑脸，漆

① 本篇原载于一九二三年八月十九日《创造周报》第十五号。

黑的瞳人，淡红绸的背心，从左右肩垂下来的肥白的两臂，和她脸上的晨起时大家都有的那一种娇倦的形容，却使那睡在床上的少年，发见了许多到现在还未曾看出过的美点。

他懒懒的躺在被里，一边含着微笑，一边尽在点头，招她过去。她对他笑了一笑，先走到梳洗台的水盆里，洗了一洗手，就走到床边上去。衣橱的镜里照出了她的底下穿着的一条白纱短脚裤，脚弯膝以下的两条柔嫩的脚肚，和一双套进在绣花拖鞋里的可爱的七八寸长的肉脚，同时并照出了自腰部以下至脚弯膝止的一段曲线很多的肉体的蠕动。

她走到了床边，就面朝着了少年，侧身坐下去。少年从被里伸出了一只嫩白清瘦的手来，把她的肩下的大臂捏住了。她见他尽在那里对她微笑，所以又问他说。

“你有什么话讲？”

他点了一点头，轻轻的说：

“你把头伏下来！”

她依着了他，就把耳朵送到他的脸上去，他从被里又伸出一只手来，把她的半裸的上体，打斜的抱住，接连的亲了几个嘴。她由他戏弄了一回，方才把身子坐起，收了笑容，又问他说：

“当真的你要不要什么吃，一夜没有睡觉，你肚里不饿的么？”

他只是微微的笑着，摇了一摇头说：

“我什么也不要吃，还早得很哩，你再来睡一忽罢！”

“已经快十点了，还说早哩！”

“你再来睡一忽罢！”

“呸！呸！”

这样的骂了一声，她就走上梳洗台前去梳理头发去了。

少年在被里看了一忽清淡的秋空，断断续续的念了几句“……

七尺龙须新卷席，已凉天气未寒时。……水晶帘卷近秋河。……”诗，又看了一忽她的背影，和叉在头上的一双白臂，糊糊涂涂的问答了几声：

“怎么不叫娘姨来替你梳？”

“你这样睡在这里，叫娘姨上来倒好看呀！”

“怕什么？”

“哪里有儿子扒上娘床上来睡的？被她们看见，不要羞死人么？”

“怕什么？”

他啊啊的开了口，打了一个呵欠，伸了一伸腰，又念了一句“水晶帘下看梳头”就昏昏沉沉的睡着了。

二

上海法界霞飞路将尽头处，有折向北去的一条小巷；从这小巷口进去三五十步，在绿色的花草树木中间，有一座清洁的三层楼的小洋房，躺在初秋晴快的午前空气里。这座洋房是K省吕督军在上海的住宅。

英明的吕督军从马弁[1]出身，费尽了许多苦心，才弄到了现在的地位。他大约是服了老子知足之戒，也不想再升上去作总统，年年坐收了八九十万的进款，尽在享受快乐。

他的太太，本来是他当标统时候的上官协统某的寡妹，那时候他新丧正室，有人为他撮合，就结了婚；结婚没有几个月她便生下了一个小孩，他也不晓得这小孩究竟是谁生的，因为协统家里出入的人很多，他不能指定说是何人之子。并且协统是一手提拔他起来

---

① 旧时军官的护兵。

的一个大恩人，他虽则对他的填亡正室心里不很满足，然以功名利禄为人生第一义的吕标统，也没有勇气去追搜这些丑迹，所以就猫猫虎虎把那小孩认作了儿子；其实他因为在山东当差的时候，染了恶症，虽则性欲本能尚在，生殖的能力，却早失掉了。

十几年的战乱，把中国的国脉和小百姓，糟得不成样子。但吕标统的根据，却一天一天的巩固起来；革命以后，他逐走了几个上官，就渐渐的升到了现在的地位。在他陆续收买强占的女子和许多他手下的属僚的妻妾，由他任意戏弄的妇人中间，他所最爱的，却是一个他到K省后第二年，由K省女子师范里用强迫手段娶来的一个爱妾。

当时还只十九岁的她，因为那一天，督军要到她校里来参观，她就做了全校的代表，把一幅绣画围屏，捧呈督军。吕督军本来是一个粗暴的武夫，从来没有尝过女学生的滋味，那一天见了她以后，就横空的造了些风波出来，用了威迫的手段，半买半抢的终于把她收作了笼中的驯鸟；像这样的事情在文明的目下的中国，本来也算不得什么奇事。不过这一个女学生，却有些古风，她对吕督军始终总是冷淡得很。吕督军对于女人，从来是言出必从的人，只有她时时显出些反抗冷淡的态度来，因此反而愈加激起了他的钟爱。

吕督军在霞飞路尽处的那所住宅，也是为她而买，预备她每年到上海来的时候给她使用的。

今年夏天吕督军因为军务吃紧，怕有大变，所以着人把她送到上海来住，仰求外国人的保护；他自家天天在K省接发电报，劳心国事，中国的一般国民，对他也感激得很。

他的公子，今年已经十九岁了，吕督军于二年前派了两位翻译，陪他到美国去留学。他天天和那些美国的下流妇人来往，觉得有些厌倦起来了。所以今年暑假之前，他就带了两位翻译，回到了中国。他一到上海，在码头上等他，和他同坐汽车，接他回到霞飞路的住宅里来的，就是他的两年前已经在那里痴想的那位女学生的他的名义上的娘。

三

他名义上的母亲，当他初赴美国的时候，还有些对吕督军的敌意含着，所以对他亦没有什么特别的感情。并且当时他年纪还小，时常住在他的生母跟前。她与他的中间，更不得不生疏了。

那一天船到的前日，正是六月中旬很热的一天，她在霞飞路住宅里，接到了从船上发的无线电报，说他于明日下午到上海，她的心里还平静得很。第二天午后，她正闲空得无聊，吃完了午膳，在床上躺了一忽，觉得热得厉害，就起来换了衣服，坐了汽车上码头去接他，一则可以收受些凉风，二则也可以表示些对他的好意，除此之外，她的心里，实无丝毫邪念的。

她的汽车到码头的时候，船已靠岸了，因为上下的脚夫旅客乱杂得很，所以她也不下车来。她教汽车夫从人丛中挤上船去问讯去，过了一会，汽车夫就领了两个三十左右鼻下各有一簇短胡的翻译和一位潇洒的青年绅士过来。那青年绅士走到汽车边上，对她笑了一脸，就伸手出来捏她的手，她脸上红了一红，心里突突跳个不住，但是由他的冰凉皙白的那只手里，传过来的一道魔力，却使她恍恍惚惚的迷醉了一阵。回复了自觉意识，和那两个中年人应酬了几句，她就邀他进汽车来并坐了回家，行李等件，一齐交给了那两个翻译。

回家之后，在楼下客厅里坐了一回，她看看他那一副常在微笑的形容，和柔和的声气，忽而想起了两年前的他来，心里就感着了一种莫名其妙的亲热。

她自到了吕督军那里以后，被复仇的心思所激动，接触过的男人也不少了。但她觉得这些男人，都不过是肉做的机械。压在身上，虽觉得有些重力，坐在对面，虽时时能讲几句无聊的套语，可是那一种热烈动人的感情的电力，她却从来没有感到过。

现在她对了这一位洋服的清瘦的少年，不晓得如何，心里只是不能平静，好像有什么物事，要从头上吊下来的样子。

她和他同住在霞飞路的别宅，已经有半个多月了。有一天，吃过了晚饭，她和他坐了汽车，去乘了一回凉。在汽车里，他捏着了她的火热的手心，尽是幽幽的在诉说他在美国的生活状态。她和他身体贴着在一块，两眼只是呆呆的向着前头在暮色中沉沦下去的整洁修长的马路，马路两旁黑影沉沉的列树，和列树中微有倦意的蝉声凝视。她一边像在半睡状态里似的听着他的柔和的蜜语，一边她好像赤了身体，在月下的庭园里游步。

是初秋的晚上，庭园的草花，都在争最后的光荣，开满了红绿的杂花。庭园的中间有一方池水，池水中间站着一个大理石刻的人鱼，从她的脐里在那里喷出清凉的泉水来。月光洒满了这园庭，远处的树林，顶上载着银色的光华，林里烘出浓厚的黑影，寂静严肃的压在那里。喷水池的喷水，池里的微波，都反射着皎洁的月色，在那里荡漾，她脚下的绿茵和近旁的花草也披了月光，柔软无声的在受她的践踏。她只听见了些很幽很幽的喷水声音，而这淙淙的有韵律的声响又似出于一个跪在她脚旁，两手捧着她的裸了的腰腿的十八九岁的美少年之口。

她听了他的诉说，嘴唇颤动了一下，朝转头来对紧坐在她边上的他看了一眼，不知不觉就滚了两颗眼泪下来。他在黑暗的车里，看不出她的感情的流露，还是幽幽的在说。她就把手抽了一抽，俯向前去命汽车夫说：

“打回头去，我们回去罢！”

回到霞飞路的住宅，在二层楼的露台上坐定之后，她的兴奋，还是按捺不下。

时间已经晚了，外边只是沉沉的黑影。明蓝的天空里，淡映着几个摇动的明星，一阵微风，吹了些楼下园里的草花香味和隔壁西洋人家的比牙琴的断响过来。他只是默默的坐在一张小椅上吸烟，有时看天空，有时也在偷看她。她也只默默的坐在藤椅上在那里凝视灰黑的空处。停了一会，他把吃剩的香烟丢往了楼下，走上她的身边，对她笑了一笑，指着天空的一条淡淡的星光说：

“那是什么？”

“那是天河！”

“七月七怕将到了罢？”

她也含了微笑，站了起来。对他深深的看了一眼，她就走进屋里去，一边很柔和的说：

“冰果已经凉透了，还不来吃！”

他就接紧的跟了她进去。她走到绿纱罩的电灯下的时候，站住了脚，回头来想看他一眼，说一句话的，接紧跟在她后面的他，突然因她站住了，就冲上了前，扑在她的身上，她的回转来的侧面，也正冲在他的嘴上。他就伸出了左右两手，把她紧紧的抱住了。她闭了眼睛，把身体紧靠着他，嘴上只感着了一道热味。她的身体正同入了熔化炉似的，把前后的知觉消失了的时候，他就松了一松手，拍的一响，把电灯灭黑了。

十二年旧历七月初五

还乡后记[1]

风烟俱净，天山共色，从流飘荡，任意东西。自富阳至桐庐一百许里，奇山异水，天下独绝。水皆缥碧，千丈见底，游鱼细石，直视无碍，急湍甚箭，猛浪若奔。夹岸高山，皆生寒树，负势竞上，互相轩邈，争高直指，千百成峰。泉水激石，泠泠作响，好鸟相鸣，嘤嘤成韵。蝉则千啭不穷，猿则百叫无绝，鸢飞戾天者，望峰息心，经纶世务者，窥谷忘反。横柯上蔽，在昼犹昏，疏条交映，有时见日。

吴均[2]

一

Où Peut-on étre mieux qu' au sein de sa famille?

——法国古歌

“比在家庭的怀抱里觉得更好的地方，是什么地方？”像这样的地方，当然是没有的，法国的这一句古歌，实在是把人情世态道

① 本篇原载于一九二三年八月上海《中华新报·创造日》。
② 南北朝文学家吴均（469—520）的《与朱元思书》。

尽了。

当微雨潇潇之夜，你若身眠古驿，看看萧条的四壁，看看一点欲尽的寒灯，倘不想起家庭的人，这人便是没有心肠者，任它草堆也好，破窑也好，你儿时放摇篮的地方，便是你死后最好的葬身之所呀！我们在客中卧病的时候，每每要想及家乡，岂不就是这事的明证。

我空拳只手的奔回家去，到了杭州，又把路费用尽，在赤日的底下，在车行的道上，我就不得不步行出城。缓步当车，说起来倒是好听，但是在二十世纪的堕落的文明里沉浸过的我，既贫贱而又多娇，最喜欢张张虚势，更何况平时是以享乐为主义的我，又哪里能够好好的安贫守分，和乡下人一样的蹀躞泥中呢！

这一天阴历的六月初三，天气倒好得很。但是炎炎的赤日，只能助长有钱有势的人的纳凉佳兴，与我这行路病者，却是丝毫无益的！我慢慢的出了凤山门，立在城河桥上，一边用了我那半旧的夏布长衫襟袖，揩拭汗水，一边回头来看看杭州的城市，与杭州城上盖着的青天和城墙界上的一排山岭，真有万千的感慨，横亘在胸中。预言者自古不为其故乡所容，我今朝却只能对了故里的丘山，来求最后的荫庇，五柳先生的心事，痛可知了。

啊啊！亲爱的诸君，请你们不要误会，我并非是以预言者自命的人，不过说我流离颠沛，却是与预言者的境遇相同，社会错把我作了天才待遇罢了。即使罗秀才能行破石飞鸡的奇迹，然而他的品格，岂不和飘泊在欧洲大陆，猖狂乞食的寄泊栖（Gipsy）一样么？

我勉强走到了江干，腹中饥饿得很了。回故乡去的早班轮船，当然已经开出，等下午的快船出发，还有三个钟头。我在杂乱窄狭的南星桥市上飘流了一会，在靠江的一条冷清的夹道里找出了一家坍败的饭馆来。

饭店的房屋的骨格，同我的胸腔一样，肋骨已经一条一条的数得出来了。幸亏还有左侧的一根木椽，从邻家墙上，横着支住在那里，否则怕去秋的潮汛，早好把它拉入了江心，作伍子胥的烧饭柴火去了。店里的几张板凳桌子，都积满了灰尘油腻，好像是前世纪的遗物。账柜上坐着一个四十内外的女人，在那里做鞋子。灰色的店里，并没有什么生动的气象，只有在门口柱上贴着的一张“安寓客商”的尘蒙的红纸，还有些微现世的感觉。我因为脚下的钱已快完，不能更向热闹的街心去寻辉煌的菜馆，所以就慢慢的踱了进去。

啊啊，物以类聚！你这短翼差池的饭馆，你若是二足的走兽，那我正好和你分庭抗礼结为兄弟哩。

二

假使天公下一阵微雨，把钱塘江两岸的风景，罩得烟雨模糊，把江边的泥路，浸得污浊难行，那么这时候江干的旅客，必要减去一半，那么我乘船归去，至少可以少遇见几个晓得我的身世的同乡；即使旅客不因之而减少，只教天上有暗淡的愁云浮着，阶前屋外有几点雨滴的声音，那么围绕在我周围的空气和自然的景物，总要比现在更带有些阴惨的色彩，总要比现在和我的心境更加相符。若希望再奢一点，我此刻更想有一具黑漆棺木在我的旁边。最好是秋风凉冷的九十月之交，叶落的林中，阴森的江上，不断地筛着渺濛的秋雨。我在凋残的芦苇里，雇了一叶扁舟，当日暮的时候，在送灵柩归去。小船除舟子而外，不要有第二个人。棺里卧着的，若不是和我寝处追随的一个年少妇人，至少也须是一个我的至亲骨肉。我在灰暗微明的黄昏江上，雨声淅沥的芦苇丛中，赤了足，张了油纸雨伞，提了一张灯笼，摸上船头上去焚化纸帛。

我坐在靠江的一张破桌子上，等那柜上的妇人下来替我炒蛋炒饭的时候，看看西兴对岸的青山绿树，看看江上的浩荡波光，又看看在江边沙渚的晴天赤日下来往的帆樯肩舆和舟子牛车，心里忽起了一种怨恨天帝的心思。我怨恨了一阵，痴想了一阵，就把我的心愿，原原本本的排演了出来。我一边在那里焚化纸帛，一边却对棺里的人说：

"Jeanne！我们要回去了，我们要开船了！怕有野鬼来麻烦，你就拿这一点纸帛送给他们罢！你可要饭吃？你可安稳？你可是伤心？你不要怕，我在这里，我什么地方也不去了，我只在你的边上。……"

我幽幽的讲到最后的一句，咽喉就塞住了。我在座上拱了两手，把头伏了下去，两面颊上，只感着了一道热气。我重新把我所欲爱的女人，一个一个想了出来，见她们闭着口眼，冰冷的直卧在我的前头。我觉得隐忍不住了，竟任情的放了一声哭声。那个在炉灶上的妇人，以为我在催她的饭，她就同哄小孩子似的用了柔和的声气说：

"好了好了！就快好了，请再等一会儿！"

啊啊！我又想起来了，我又想起来了，年幼的时候，当我哭泣的时候，祖母母亲哄我的那一种声气！

"已故的老祖母，倚闾的老母亲！你们的不肖的儿孙，现在正落魄了在江干等回故里的船呀！"

我在自己制成的伤心的泪海里游泳了一会，那妇人捧了一碗汤，一碗炒饭，摆到了我的面前来。我仰起头来对她一看，她倒惊了一跳。对我呆看了一眼，她就去绞了一块手巾来递给我，叫我擦一擦面。我对了这半老妇人的殷勤，心里说不出的只在感谢。几日来因为睡眠不足，营养不良的缘故，已经是非常感到衰弱，动着就要流泪的我，对她的这一种感谢，也变成了两行清泪，噗嗒的滴下腮来，她看了这种情形，就问我说：

“客人，你可是遇见了坏人？”

我摇了摇头，勉强的对她笑了一笑，什么话也不能回答。她呆呆的立了一回，看我不能讲话，也就留了一句：“饭不够吃，好再炒的。”安慰我的话，走向她的柜上去了。

三

我吃完了饭，付了她两角银角子，把找回来的八九个铜子，也送给了她，她却摇着头说：

“客人，你是赶船的么？船上要用钱的地方多得很哩，这几个铜子你收着用罢！”

我以为她怪我吝啬，只给她几个铜子的小账，所以又摸了两角银角子出来给她。她却睁大了眼睛对我说：

“咿咿！这算什么？这算什么？”

她硬不肯收，我才知道了她的真意，所以说：

“但是无论如何，我总要给你几个小账的。”

她又推了一会，才收了三个铜子说：

“小账已经有了。”

啊啊，我自回中国以来，遇见的都是些卑污贪暴的野心狼子，我万万想不到在浇薄的杭州城外，有这样的一个真诚的妇人的。妇人呀妇人，你的坍败的屋椽，你的凋零的店铺，大约就是你的真诚的结果，社会对你的报酬！啊啊，我真恨我没有黄金十万，为你建造一家华丽的酒楼。

“再会再会！”

“顺风顺风！船上要小心一点。”

“谢谢！”

我受妇人的怜惜，这可算是平生的第一次。

我出了饭馆，从太阳晒着的冷静的这条夹道，走上轮船公司的那条大街上去。大约是将近午饭的时候了，街上的行人，比曩时少了许多。我走到轮船公司门口，向窗里一看，见账房内有五六个男子围了桌子，赤了膊在那里说笑吃饭。卖票的窗前的屋里，在角头椅上，只坐着两个乡下人，在那里等候，从他们的衣服态度上看来，他们必是临浦萧山一带的农民，也不知他们有什么心事，他们的眉毛却蹙得紧紧的。

我走近了他们，在他们旁边坐下之后，两人中间的一个看了我一眼，问我说：

“鲜散（先生）！到临浦厌办（烟篷）几个脸（钱）？”

“我也不知道，大约是一二角角子罢。”

“喏（你）到啥地方起（去）咯？”

“我上富阳去的。”

“哎（我们）是为得打官司到杭州来咯。”

我并不问他，他却把这一回因为一个学堂里出身的先生告了他的状，不得不到杭州来的事情对我详细地诉说了：

“哎真勿要打官司啦！格煞（现在）田里已（又）忙，宁（人）也走勿开，真真苦煞哉啦！汉（那）个学堂里个（的）鲜散，心也脱凶哉，哎请啦宁刚（讲）过好两遍，情愿拿出八十块洋钿不（给）其（他），其（他）要哎百念块。喏（你）看，格煞五荒六月，教哎啥地方去变出一百念块洋钿来呢！”

他说着似乎是很伤心的样子。

“唉唉！你这老实的农民，我若有钱，我就给你一百二十块钱救你出险了。但是

Thou’s met me in an evil hour,

……

To spare thee now is past my power,[1]

……”

我心里这样的一想，又重新起了一阵身世之悲。他看我默默的不语，便也住了口，仍复沉入悲愁的境里去了。

四

我坐在轮船公司的那只角上，默默地与那农民相对，耳里断断续续的听了些在账房里吃饭的人的笑语，只觉得一阵一阵的哀心隐痛，绝似临盆的孕妇，要产产不出来的样子。

杭州城外，自闸口至南星，统江干一带，本是我旧游之地；我记得没有去国之先，在岸边花艇里，金尊檀板，也曾眠醉过几场。江上的明月，月下的青山，与越郡的鸡酒，佐酒的歌姬，当然依旧在那里助长人生的乐趣。但是我呢？我身上的变化呢？我的同十柴似的一双手里，只捏了三个两角的银角子，在这里等买船票！

过了一点多钟，轮船公司的那间屋里，挤满了旅人，我因为怕逢知我的同乡，只俯了首，默默的坐着不敢吐气。啊啊，窗外的被阳光晒着的长街，在街上手轻脚健快快活活来往的行人，请你们饶恕我的罪罢，这时候我心里真恨不得丢一个炸弹，与你们同归于

① 英文：你我相逢不是时候，……苦无能力拉你一把，……

尽呀。

跟了那两个农民，在窗口买了一张烟篷船票，我就走出公司，走上码头，走上跳板，走上驳船去。

原来钱塘江岸，浅滩颇多，码头下有一排很长的跳板，接在那里。我跟了众人，一步一步的从跳板上走到驳船里去的时候，却看见了一个我自家的影子，斜映在江水里，慢慢的在那里前进。等走到跳板尽处，将上驳船的时候，我心里忽而想起了一段我女人写给我的信上的话来：

> 我从来没有一个人单独出过门，那天晚上，我对你说的让我一个人回去的话，原是激于一时的意气而发，我实不知道抱着一个六个月的孩子的妇人的单独旅行，是如何的苦法的。那天午后，你送我上车，车开之后，我抱了龙儿，看看车里坐着的男女，觉得都比我快乐。我又探头出来，遥向你住着的上海一望，只见了几家工厂，和屋上排列在那里的一列烟囱。我对龙儿看了一眼，就不知不觉的涌出了两滴眼泪。龙儿看了我这样子，也好像有知识似的对我呆住了。他跳也不跳了，笑也不笑了，默默的尽对我呆看。我看了这种样子，更觉得伤心难耐，就把我的颜面俯上他的脸去，紧紧的吻了他一回。他呆了一会，就在我的怀里睡着了。
>
> 火车行行前进，我看看车窗外的野景，忽而想起去年你带我出来的时候的景象。啊啊！去岁的初秋，你我一路出来上A地去的快乐的旅行，和这一回惨败了回来的情状一比，当时的感慨如何，大约是你所能推想得出的罢！
>
> 在江干的旅馆里过了一夜，第二天的早晨，我差茶房送了一个信给住在江干的我的母舅，他就来了。把我的行李送上轮

船之后，买了票子，他又来陪我上船去。龙儿硬不要他抱，所以我只能抱着龙儿，跟在他后面，一步一步的走上那骇人的跳板去，等跳板走尽的时候，我想把龙儿交给母舅，纵身一跳，跳入钱塘江里去的。但是仔细一想，在昏夜的扬子江边还淹不死的我，在白日的这浅渚里，又哪里能达到我的目的？弄得半死不活，走回家去，反而要被人家笑话，还不如忍着罢。

我到家以后，这几天里，简直还没有取过饮食，所以也没有气力写信给你，请你谅我。……

五

啊啊，贫贱夫妻百事哀！我的女人吓，我累你不少了。

我走上了驳船，在船篷下坐定之后，就把三个月前，在上海北站，送我女人回家的事情想了出来。忘记了我的周围坐着的同行者，忘记了在那里摇动的驳船，并且忘记了我自家的失意的情怀，我只见清瘦的我的女人抱了我们的营养不良的小孩在火车窗里，在对我流泪。火车随着蒸气机关在那里前进，她的眼泪洒满的苍白的脸儿，也和车轮合着了拍子，一隐一现的在那里窥探我。我对她点一点头，她也对我点一点头。我对她手招一招，教她等我一忽，她也对我手招一招。我想使尽我的死力，跳上火车去和她坐一块儿，但是心里又怕跳不上去，要跌下来。我迟疑了许久，看她在窗里的愁容，渐渐的远下去，淡下去了，才抱定了决心，站起来向前面伸出了一只手去。我攀着了一根铁干，听见了一声咚咚的冲击的声音，纵身向上一跳，觉得双脚踏在木板上了。忽有许多嘈杂的人声，逼上我的耳膜来，并且有几只强有力的手，突突的向我背后推打了几下。我回转头来一看，方知是驳船到了轮船身边，大家在争先的跳上轮船来，我刚才所攀着的铁干，并不是火车的回栏，我的两脚也并不是在火车中间，却踏在小轮船的舷上了。

我随了众人挤到后面的烟篷角上去占了一个位置，静坐了几分钟，把头脑休息了一下，方才从刚才的幻梦状态里醒了转来。

向窗外一望，我看见透明的淡蓝色的江水，在那里反射日光。更抬头起来，望到了对岸，我看见一条黄色的沙滩，一排苍翠的杂树，静静的躺在午后的阳光里吐气。

我弯了腰背孤伶仃的坐了一忽，轮船开了。在闸口停了一停，这一只同小孩子的玩具似的小轮船就仆独仆独的奔向西去。两岸的树林沙渚，旋转了好几次，江岸的草舍，农夫，和偶然出现的鸡犬小孩，都好像是和平的神话里的材料，在那里等赫西奥特（Hesiod）[①]的吟咏似的。

经过了闻家堰，不多一忽，船就到了东江嘴。上临浦义桥的船客，是从此地换入更小的轮船，溯支江而去的。买票前和我坐在一起的那两个农民，被茶房拉来拉去的拉到了船边，将换入那只等在那里的小轮船去的时候，一个和我讲话过的人，忽而回转头来对我看了一眼，我也不知不觉的回了他一个目礼。啊啊！我真想跟了他们跳上那只小轮船去，因为一个钟头之后，我的轮船就要到富阳了，这回前去停船的第一个码头，就是富阳了，我有什么面目回家去见我的衰亲，见我的女人和小孩呢？

但是命运注定的最坏的事情，终究是避不掉的。轮船将近我故里的县城的时候，我的心脏的鼓动也和轮船的机器一样，仆独仆独的响了起来。等船一靠岸，我就杂在众人堆里，披了一身使人眩晕的斜阳，俯着首走上岸来。上岸之后，我却走向和回家的路径方向

---

① 即古希腊诗人赫西俄德。

相反的一个冷街上的土地庙去坐了两点多钟。等太阳下山，人家都在吃晚饭的时候，我方才乘了夜阴，走上我们家里的后门边去。我侧耳一听，听见大家都在庭前吃晚饭，偶尔传过来的一声我女人和母亲的说话的声音，使我按不住的想奔上前去，和她们去说一句话，但我终究忍住了。乘后门边没有一个人在，我就放大了胆，轻轻推开了门，不声不响的摸上楼上我的女人的房里去睡了。

晚上我的女人到房里来睡的时候，如何的惊惶，我和她如何的对泣，我们如何的又想了许多谋自尽的方法，我在此地不记下来了，因为怕人家说我是为欲引起人家的同情的缘故，故意的在夸张我自家的苦处。

一九二三年八月十九日

落　日[1]

一

太阳就快下山去了。初秋的晴空，好像处女的眼睛，愈看愈觉得高远而澄明。立在这一处摩天的W公司的屋顶上，前后左右看得出来的同巴诺拉马似的上海全市的烟景，溶解在金黄色的残阳光里。若向脚底下马路上望去，可看见许多同虫蚁似的人类，车马，簇在十字路口蠕动。断断续续传过来的一阵市廛的嚣声，和微微拂上面来的凉风，不晓是什么缘故，总觉得带有使人落泪的一种哀意。

他们两个——Y和C——离开了嘈杂的人丛，独站在屋顶上最高的一层，在那里细尝这初秋日暮的悲凉情味。因为这一层上没有什么娱乐的设备，所以游人很少。有时虽有几个男女，从下层走上他们的身边来，然而看看他们是不易移动的样子，就对他们丢一眼奇异的眼光，走开去了，他们却落得清闲自在。

他们两人站在那里听从下一层的游戏场里传过来的煞尾的中国乐器声，和听众的哄笑声，更使他们觉得落寞难堪。半年来因失业的结果，为贫病所迫，脸面上时常带着愁容的Y，当这初秋的日暮，站在这样的高处，呆呆的向四边的烟景望着，早已起了身世之

① 本篇原载于一九二三年九月十六日《创造周报》第十九号。

悲，眼睛里包着一泓清泪，有话说不出来了。站在Y的右边的那少年C，因为暑假期满，几点钟后不得不离上海，乘海船赴N地的中学校去念书，桃红的双颊，受着微风，晶润的眼睛，望着远处，胸中也觉得有无限的悲哀，在那里振荡。

他们默默地立了一会，C忽而走近来捏了Y的手说：

“我们下去罢，若再站一忽，我觉得好像脑子要破裂的样子。”

Y朝转来向C一看，看见C的一双水盈盈的眼睛，含了哀恳的表情，在那里看他。他忽然觉得C脸上表现出来的那一种少年的悲哀，无限的可爱，向C的脸上摸了一摸，便把C的身体紧紧的抱住了。

二

C的哥哥，与Y是上下年纪。他（C的哥哥）去年夏天将上美国去的时候，Y正从日本回来。那时候C和他哥哥的居所，去Y的寓舍，不过几步路，所以Y和C及C的哥哥，时常往来。C自从见了Y以后，不知不觉的受了许多Y的感化。后来他哥哥上了赴美国的船，他也考入了N地的C中学，要和Y分别的时候，却独自一个洒了许多眼泪。Y以为他是小孩子脾气，在怕孤寂，所以临别的时候，说了许多安慰他的话。C听了Y的叮嘱，反而更觉得伤痛了，竟拉了Y的衣裳，大哭了一场，方才分开。

C去N地后，Y也上A地去教了半年书。去年年底，Y因被一个想谋校长做的同事嫉妒不过，便辞了职，到上海来闲住。他住在上海，一直到今年暑假，终找不着适当的职业。

这一回Y住的是上海贫民窟的一间同鼠穴似的屋顶房间。有一天夏天的早晨，他正躺在床上在那里打算“今天的一天怎么过去”

的大问题的时候，C 忽而闯进了他的房来。Y 好像当急处遇了救一样，急忙起来穿了破旧的衣服，和 C 跑来跑去跑了一天，原来 C 是放暑假回来了。

三

“无聊的白昼，应该如何的消磨？”对于现在无职业的 Y，这却是一个天大的问题。当去年年底，他初来上海的时候，他的从 A 地收来的薪金，还没有用尽，所以他只是出了金钱来慰他的无聊。一天到晚，在头等电车上，面上装了好像很忙的样子，实际上却一点事情也没有。他尽伏在电车头上的玻璃窗里随电车跑来跑去的跑，在那里看如流水似的往后退去的两旁的街市。有时候看街市看得厌烦了，他就把目光转到同座的西洋女子或中国女子的腰上，肩上，胸部，后部，脚肚，脚尖上去。过了几天，他觉得几个电车上的卖票者和查票者，都记熟了他的面貌；他上车时，他们老对他放奇异的眼光，因此他就不敢再坐电车了，改坐了人力车。实际上那些查票卖票者，何尝认得他，不过他的病的神经起了作用，在那里自家惊恐而已。后来他坐了几天人力车，有几次无缘无故的跑上火车站上去，好像是去送人的样子。有时在半夜里他每雇了人力车跑上黄浦滩的各轮船公司的码头上，走上灯火辉煌，旅人嘈杂的将离岸的船上去。又过了几天，他的过敏的神经，怕人力车夫也认得他了，所以他率性不坐车子，慢慢的步行起来。他在心里，替他自己的行动取了几个好名称，前者叫作走马看花，后者叫作徒步旅行。徒步旅行，以旅行的地段作标准时，可分作市内旅行，郊外旅行的两种。以旅行时的状态作标准时，可分作无事忙行，吃食旅行的两种。无事忙行便是一点事情也没有，为欺骗路上同行者的缘故，故意装出一种好像很忙的样子来的旅行。吃食旅行，便是当晚上大家睡尽之后的街上，或当白天在僻静的地方，袋里藏些牛奶糖，花生糖，橘子之类，一边吃一边缓步的旅行。

时间一天一天的过去，他的床头的金钱渐渐的少了下去，身边值钱的物事也一件一件的不见了。于是他的徒步旅行，也改变了时间和地点。白天热闹的马路两旁的样子间，他不敢再去一间一间的看了，因为正当他在看的一瞬间，心里若感得有一个人的眼光在疑他作小盗窃贼，或看破他是一点儿事情也没有的时候，他总要挺了胸肚，进到店里去买些物事提在手里，才能放心，所以没钱的时候，去看样子间是很危险的。有一次他在马路上走来走去的走了几回，一个香烟店里的伙友，偶然对他看了一眼，他就跑进了那家店里，去买了许多他本来不爱吸的雪茄烟卷。从A地回到上海，过了两个月之后，他的钱已用完，因而他的徒步旅行，白天就在僻静的地方举行，晚上必等大家睡静的时候，方敢上马路上去。

半年以来，他的消磨时间的方法，已经一个一个的试完了，所以到了今年夏天，身边的金钱什器已经用尽，他每天早晨醒来，胸中打算最苦的，就是“今天的一天，如何消磨过去？”的问题。

四

那一天早晨，他正躺在床上在打算的时候，年轻的C忽而闯进了他的房里，他觉得非常快乐，因为久别重逢的C一来，非但那一天的时间可以混过去，就是有许多朋友的消息，也可以从C口里探听出来。他自到上海以后，便同失踪的人一样，他的朋友也不知他住在什么地方，他自己也懒得写信，所以“C的哥哥近来怎么样了？在N地的C中学里的他的几个同学和同乡怎么样了？”的这些消息，都是他很想知道而无从知道的事情。当他去典卖一点值钱的物事，得到几个钱的时候，他便忙着去试他的“走马看花”和“徒步旅行”，没有工夫想到这些朋友故旧的身上去。当钱用完后，他虽想着这些个个在拼命奋斗的朋友，但因为没有钱买信纸信封和邮票的缘故，也只能凭空想想，而不能写信。他现在看见了C，一边起来穿衣，一边就“某某怎么样了？某某怎么样了？”的问个不住。他穿完了衣服，C就急着催他出去，因为他的那间火柴箱式的房间里，没有椅子可以坐，四边壁上只叠着许多卖不出去的西洋书籍，房间里充塞了一房的由旧书里蒸发出来的腐臭气，使人难耐。

这一天是六月初旬的一天晴热的日子，瘦弱的Y，和C走上马路的时候，见了白热的阳光，忽而眼睛眩晕了起来，就跌倒在地上。C慢慢的扶他起来，等他回复了常态，仍复向前进行的时候，就问他说：

“你何以会衰弱到这个地步？”

Y在嘴唇上露了一痕微笑，只是摇头不答。C从他那间房子里的情形和他的同髑髅似的面貌上看来，早已晓得他是营养不良了，但又恐惹起他的悲感，不好直说。所以两人走了一段，走到三叉路口的时候，C就起了一个心愿，想请Y饱吃一次，因即站住了脚，对他说：

“Y君，我刚从学校里回来，家里寄给我的旅费，还没有用完，今天我请你去吃饭，吃完饭之后，请你去听戏，我们来大大的享乐它一下罢！”

Y对C呆看了一会，青黄的脸上，忽而起了一层红晕。因为他平常有钱的时候，最爱瞎花，对于他所爱的朋友，尤其是喜欢使他们快乐。现在他黄金用尽，倒反而不得不受这一个小朋友的供养了，而且这小朋友的家里也是不甚丰厚，手头的钱也是不甚多的。

他迟疑了一会，要想答应，终于不忍，呆呆的立了三四分钟，他才很决绝的说：

“好好，让我们享乐一天罢！但是我还有一件衣服要送还朋友，忘记在家里，请你在这里等我一等，我去拿了来。”

五

Y把C剩在三叉路口的步道树荫下，自己便急急的赶回到房间里，把他家里新近寄来的三件夏衣，拿上附近的一家他常进出的店里去抵押了几块钱，仍复跑回到C立着的地方来。他脸上流出了一脸的油汗，一边急急的喘气，一边对C说：

“对不起，对不起，累你等了这么长久。”

Y和C先坐电车到P园去逛了几点钟，就上园里的酒楼吃了两瓶啤酒，一瓶汽水，和几碗菜饭。Y吃了个醉饱，立时恢复了他的元气，讲了许多牢骚不平的话，给正同新开眼的鸡雏一样，不知道世间社会究竟如何的C听。C虽听不懂Y的话，但看看Y的一时青一时红的愤激的脸色，红润的双眼，和故意装出来的反抗的高笑，也便沉郁了下去。Y发完了牢骚，一个人走上窗口去立了一忽，不声不响的用手向他的眼睛上揩了一揩，便默默的对窗外的阳光，被阳光晒着的花木，和远远在那里反射日光的屋瓦江流，起了一种咒诅的念头。一瞬间后，吹来了几阵凉风，他的这种咒诅的心情也没有了，他的心境就完全成了虚白。又过了几分钟，他回复了自觉，回复了他平时的态度。他觉得兴奋已经过去了，就回到他的座上来，C还是瞪着了盈盈的两眼，俯了首呆在那里，Y一见C的这种少年的沉郁的样子，心里倒觉得难过起来，便很柔和的叫他说：

“C！你为什么这样的呆在这里？我错了，我不该对你讲那些无聊的话的，我们下楼去罢！去看戏罢！”

Y付了酒饭钱，走下楼来，却好园外来了一乘电车，他们就赶上K舞台去听戏去。

六

这一天是礼拜六，戏园里人挤得很，Y和C不得已只能买了两张最贵的票子，从人丛中挨上前去。日戏开场已久，Y和C在座上坐定之后，向四围一看，前后左右，都是些穿着轻软的衣服的贵公子和富家的妻女。Y心里顿时起了一种被威胁的恐惧，好像是闯入了不该来的地方的样子。慢慢把神经按捺了下去，向舞台注视了几分钟。Y只觉得一种枯寂的感情，连续的逼上心来：

“啊啊！在这茫茫的人海中间，哪一个人是我的知己？哪一个人是我的保护者？我的左右前后，虽有这许多年青的男女坐着，但他们都是和我没有关系的，我只觉得置身在浩荡的沙漠里！”

舞台上嘹亮的琴弦响了，铜锣大鼓的噪音，一时平静了下去。他集中了注意力向舞台上一看，只见刘璋站在孤城上发浩叹，他唱完了一声哀婉的尾声便把袖子举向眼睛上揩去，Y不知不觉地也无声的滚下了两粒眼泪来。听完了《取成都》，Y觉得四面空气压迫得厉害，听戏非但不能使他心绪开畅，愈听反愈增加了他的伤感，所以他就促C跑出戏园来。万事都很柔顺的C，与一般少年不同，对戏剧也无特别的恋念，便也跟了Y走出来了。

这一天晚上，他们逛逛吃吃，到深夜一点钟的时候，才分开了手，C回到他的朋友那里去宿，Y一个人慢慢的摸到他那间同鸟笼似的房里去。

七

C 的故乡是在黄浦江的东岸，他自从那一晚上和 Y 别后，第二天就回故乡去住了两个月。在这两个月中间，Y 因为身体不好，他的徒步旅程，一天一天的短缩起来，并且旅行的时间，也大抵限于深夜二点钟以后了。

昨天的早晨，C 一早就跑上 Y 的室里来说：

“你还睡着么？你睡罢！暑假期满了，我今天自故乡来，打算明天上船到 N 地去。”

Y 糊糊涂涂的和 C 问答了几句，便又睡着，直到第二次醒来的时候，Y 方认清 C 坐在他的床沿上，在那里守着他睡觉。Y 张开眼来一看，看见了 C 的笑容，心里就立刻起了一种感谢和爱欲的心思。在床上坐起，向 C 的肩上拍了几下，他就同见了亲人一样，觉得一种热意，怎么也不能对 C 表现出来。

Y 自去年年底失业以来，与他的朋友，虽则渐渐的疏远了，但他的心里，却在希望有几个朋友来慰他的孤寂的。后来经几次接触的结果，他才晓得与社会上稍微成功一点的朋友相处，这朋友对他总有些防备的样子，同时他不得不感到一种反感；其次与途穷失业的朋友相处，则这朋友的悲感和他自家的悲感，老要溶合在一起，反使他们各人各感到加倍的悲哀。因此他索性退守在愁城的一隅，不复想与外界相往来了。与这一种难以慰抚的寂寞心境最适宜的是这一个还带着几分孩童气味的 C。C 对他既没有戒严的备心，又没有那一种与他共通的落魄的悲怀，所以 Y 与 C 相处的时候，只觉得是在别一个世界里。并且 C 这小孩也有一种怪脾气，对 Y 直如驯犬一样，每有恋恋不忍舍去的样子。

昨天早晨 Y 起来穿衣洗面之后，便又同 C 出去上吴淞海岸去逛了一天。午后回到上海来，更在游戏场里消磨了半夜光阴，后来在歧路上将分手的时候，C 又约 Y 说：

"我明天一早再来看你罢！"

八

太阳离西方的地平线没有几尺了。从 W 公司屋顶上看下来的上海全市的烟景，又变了颜色。各处起了一阵淡紫的烟霞，织成了轻罗，把这秽浊的都市遮盖得缥缈可爱。在屋顶上最后的残阳光里站着的 Y 和 C，还是各怀着了不同的悲感，在那里凝望远处，高空落下了微风，吹透了他们的稀薄的单衫，刺入他们的心里去。

"啊啊！已经是秋天了！"

他们两人同时感得了这一种感觉。又默默立了一会，C 看看那大轮的赤日，敛了光辉，正将落入地下去的时候，忽而将身子投靠在 Y 的怀里，紧紧的把 Y 的手捏住，并且发着颤动幽戚的声音说：

"我……我这一次去后，不晓得什么时候再能和你同游！你……你年假时候，还在上海么？"

Y 静默了几秒钟，方拖着了沉重的尾声，同轻轻敲打以布蒙着的大鼓似的说：

"我身体不好，你再来上海的时候，又哪里知道我还健在不健在呢？"

"这样我今天不走了，再和你玩一天去。"

"再玩十天也是一样，旧书上有一句话你晓得么？叫'世间哪有不散的筵席'，我们人类对于运命的定数，终究是抵抗不过的呀！"

C 的双眼忽而红润起来了，他把头抵在 Y 的怀里，索性同不听话的顽皮孩子似的连声叫着说：

“我不去了，我不去了，我怎么也不去了，……”

Y 轻轻抚摸着他的肩背，也发了颤声安慰他说：

“你上船去罢！今天不是已经和我多玩了几个钟头了么？要是没有那些货装，午后三点钟，你的船早已开走了。……我们下去罢！吃一点点心，我好送你上船，现在已经快七点半了。”

C 还硬是不肯下去，Y 说了许多劝勉他的话，他们才慢慢的走下了 W 公司屋顶的最高层。

黄昏的黑影，已经从角头角脑爬了出来，他们两人慢慢的走下扶梯之后，这一层屋顶上只弥漫着一片寂静。天风落处，吹起了一阵细碎的灰尘。屋顶下的市廛的杂噪声，被风搬到这样的高处，也带起幽咽的色调来，在杳无人影的屋顶上盘旋。太阳的余辉，也完全消失了，灰暗的空气里，只有几排电灯在那里照耀空处，这正是白天与暗夜交界的时候。

一九二三年九月十日上海

离散之前[1]

一

户外的萧索的秋雨，愈下愈大了。檐漏的滴声，好像送葬者的眼泪，尽在嗒啦嗒啦的滴。壁上的挂钟在一刻前，虽已经敲了九下，但这间一楼一底的屋内的空气，还同黎明时一样，黝黑得闷人。时有一阵凉风吹来；后面窗外的一株梧桐树，被风摇撼，就淅淅沥沥的振下一阵枝上积雨的水滴声来。

本来是不大的楼下的前室里，因为中间乱堆了几只木箱子，愈加觉得狭小了。正当中的一张圆桌上也纵横排列了许多书籍，破新闻纸之类，在那里等待主人的整理。丁零零，后面的门铃一响，一个二十七八岁的非常消瘦的青年，走到这乱堆着行装的前室里来了。跟在他后面的一个三十内外的娘姨（女佣），一面倒茶，一面对他说：

"他们在楼上整理行李。"

那青年对她含了悲寂的微笑，点了一点头，就把一件雨衣脱下来，挂在壁上，且从木箱堆里，拿了一张可以折叠的椅子出来，放开坐了。娘姨回到后面厨房去之后，他呆呆的对那些木箱书籍看了一看，眼睛忽而红润了起来。轻轻的咳了一阵，他额上涨出了一条

① 本篇原载于一九二六年一月十日《东方杂志》半月刊第廿三卷第一号。

青筋，颊上涌现了两处红晕。从袋里拿出一块白手帕子来向嘴上揩了一揩，他又默默的坐了三五分钟。最后他拿出一支纸烟来吸的时候，同时便面朝着二楼上叫了两声：

“海如！海如！邝！邝！”

铜铜铜铜的中间扶梯上响了一下，两个穿日本衣服的小孩，跑下来了，他们还没有走下扶梯，口中就用日本话高声叫着说：

“于伯伯！于伯伯！”

海如穿了一件玄色的作业服，慢慢跟在他的两个小孩的后面。两个小孩走近了姓于的青年坐着的地方，就各跳上他的腿上去坐，一个小一点的弟弟，用了不完全的日本话对姓于的说：

“爸爸和妈妈要回到很远很远的地方——去。”

海如也在木箱堆里拿出一张椅子来，坐定之后，就问姓于的说：

“质夫，你究竟上北京去呢，还是回浙江？”

于质夫两手抱着两个小孩举起头来回答说：

“北京糟得这个样子，便去也没有什么法子好想，我仍复决定了回浙江去。”

说着，他又咳了几声。

“季生上你那里去了么？”

海如又问他说。质夫摇了一摇头，回答说：

“没有，他说上什么地方去的？”

“他出去的时候，我托他去找你同到此地来吃中饭的。”

“我的同病者上哪里去了？”

“斯敬是和季生一块儿出去的。季生若不上你那里去，大约是替斯敬去寻房子去了罢！”

海如说到这里，他的从日本带来的夫人，手里抱了一个未满周岁的小孩，也走下了楼，参加入他们的谈话的团体之中。她看见两个大小孩都挤在质夫身上，便厉声的向大一点的叱着说：

“倍媲，还不走开！”

把手里抱着的小孩交给了海如，她又对质夫说：

“剩下的日子，没有几日了，你也决定了么？”

“嗳嗳，我已经决定了回浙江去。”

“起行的日子已经决定之后，反而是想大家更在一块多住几日的呐！”

“可不是么，我们此后，总是会少离多。你们到了四川，大概是不会再出来了。我的病，经过冬天，又不知要起如何的变化。”

“你倒还好，霍君的病，比你更厉害哩，曾君为他去寻房子去了，不晓得寻得着寻不着？”

质夫和海如的夫人用了日本话在谈这些话的时候，海如抱了小孩，尽瞪着两眼，在向户外的雨丝呆看。

“启行的时候，要天晴才好哩！你们比不得我，这条路长得很呀！”

质夫又对邝夫人说。夫人眼看着户外的雨脚，也拖了长声说：

“啊啊！这个雨真使人不耐烦！”

后门的门铃又响了，大家的视线，注视到从后面走到他们坐着的前室里来的户口去。走进来的是一个穿洋服的面色黝黑的绅士和一个背脊略驼的近视眼的穿罗罢须轧的青年。后者的面色消瘦青黄，一望而知为病人。见他们两个进来了，海如就问说：

“你们寻着了房子没有？”

他们同时回答说：

“寻着了！”

“寻着了！”

原来穿洋服的是曾季生，穿罗罢须轧的是霍斯敬。霍斯敬是从家里出来，想到日本去的，但在上海染了病，把路费用完，寄住在曾季生邝海如的这间一楼一底的房子里。现在曾邝两人受了压迫，不得不走了，所以寄住的霍斯敬，也就不得不另寻房子搬家。于质夫虽在另外的一个地方住，但他的住处，比曾邝两人的还要可怜，并且他和曾邝处于同一境遇之下，这一次的被迫，他虽说病重，要回家去养病，实际上他和曾邝都有说不出的悲愤在内的。

二

曾、邝、于，都是在日本留学时候的先后的同学。三人的特性家境，虽则各不相同，然而他们的好义轻财，倾心文艺的性质，却彼此都是一样。因为他们所受的教育，比别人深了一点，所以他们对于世故人情，全不通晓。用了虚伪卑劣的手段，在社会上占得优胜的同时代者，他们都痛疾如仇。因此，他们所发的言论，就不得不动辄受人的攻击。一二年来，他们用了死力，振臂狂呼，想挽回颓风于万一，然而社会上的势利，真如草上之风，他们的拼命的奋斗的结果，不值得有钱有势的人一拳打。他们的杂志著作的发行者，起初是因他们有些可取的地方，所以请他们来，但看到了他们的去路已经塞尽，别无方法好想了，就也待他们苛刻起来。起先是供他们以零用，供他们以衣食住的，后来用了釜底抽薪的法子，把零用去了，衣食去了，现在连住的地方也生问题了。原来这一位发行业者的故乡，大旱大水的荒了两年，所以有一大批他的同乡来靠他为活。他平生是以孟尝君自命的人，自然要把曾邝于的三人和他的同乡的许多农工小吏，同排在食客之列，一视同仁的待遇他们。然而一个书籍发行业的收入，究竟有限，而荒年乡民的来投者漫无涯际。所以曾邝于三人的供给，就不得不一日一日的减缩下去。他们三人受了衣食住的节缩，身体都渐渐的衰弱起来了。到了无可奈何的现在，他们只好各往各的故乡奔。曾是湖南，邝是四川，于是浙江。

正当他们被逼得无可奈何想奔回故乡去的这时候，却来了一个他们的后辈霍斯敬。斯敬的家里，一贫如洗。这一回，他自东京回国来过暑假。半月前暑假期满出来再赴日本的时候，他把家里所有的财产全部卖了，只得了六十块钱作东渡的旅费。一个卖不了的年老的寡母，他把她寄在亲戚家里。偏是穷苦的人运气不好，斯敬到上海——他是于质夫的同乡——染了感冒，变成了肺尖加答儿。他的六十块钱的旅费，不消几日，就用完了，曾邝于与他同病相怜，四五日前因他在医院里的用费浩大，所以就请他上那间一楼一底的屋里去同住。

然而曾邝于三人，为自家的生命计，都决定一同离开上海，动身已经有日期了。所以依他们为活，而又无家可归的霍斯敬，在他们启行之前，便不得不上别处去找一间房子来养病。

三

曾邝于霍四个人和邝的夫人小孩们，在那间屋里，吃了午膳之后，雨还是落个不住。于质夫因为天气冷了，身上没有夹袄夹衣，所以就走出了那间一楼一底的屋，冒雨回到他住的那发行业者的堆栈里来，想睡到棉被里去取热。这堆栈正同难民的避难所一样，近来住满了那发行业者的同乡。于质夫因为怕与那许多人见面谈话，所以一到堆栈，就从书堆里幽脚幽手的摸上了楼，脱了雨衣，倒在被窝里睡了。他的上床，本只为躺在棉被里取热的缘故，所以虽躺在被里，也终不能睡着。眼睛看着了屋顶，耳朵听听窗外的秋雨，他的心里，尽在一阵阵的酸上来。他的思想，就飞来飞去的在空中飞舞：

“我的养在故乡的小孩！现在你该长得大些了吧。我的寄住在岳家的女人，你不在恨我么？啊啊，真不愿意回到故乡去！但是这样的被人虐待，饿死在上海，也是不值得的。……”

风加紧了，灰腻的玻璃窗上横飘了一阵雨过来，质夫对窗上看了一眼，叹了一口气，仍复在继续他的默想：

“可怜的海如，你的儿子妻子如何的养呢？可怜的季生斯敬，你们连儿女妻子都没有！啊啊！兼有你们两种可怜的，仍复是我自己。全家都在秋风里，九月衣裳未剪裁[①]。……茫茫来日愁如海，寄语羲和快着鞭。[②]……啊啊，黄仲则当时，还有一个毕秋帆[③]，现在连半个毕秋帆也没有了！……今日爱才非昔日，莫抛心力作词人。[④]……我去教书去吧！然而……教书的时候，也要卑鄙龌龊的去结成一党才行。我去拉车去吧！啊啊，这一双手，这一双只剩了一层皮一层骨头的手，哪里还拉得动呢？……啌啌，……啌啌。……啌啌啌啌嗳吓……”

他咳了一阵，头脑倒空了一空，几秒钟后，他听见楼下有几个人在说：

“楼上的那位于先生，怎么还不走？他走了，我们也好宽敞些！”

他听了这一句话，一个人的脸上红了起来。楼下讲话的几个发

---

① 出自黄仲则《都门秋思》（其三）。

② 出自黄仲则《绮怀十六首》（其十六）。

③ 毕沅（1730—1797），小字秋帆，清代诗人、学者。毕秋帆在看了黄仲则的《都门秋思》后，曾徘徊独吟半夜，兴奋得睡不着觉，并以千金赠之。

④ 出自温庭筠《蔡中郎坟》。

行业者的亲戚，好像以为他还没有回来，所以在那里直吐心腹。又谁知不幸的他，恰巧听见了这几句私语。他想作掩耳盗铃之计，想避去这一种公然的侮辱，只好装了自己是不在楼上的样子。可怜他现在喉咙头虽则痒得非常，却不得不死劲的忍住不咳出来了。忍了几分钟，一次一次的咳嗽，都被他压了下去。然而最后一阵咳嗽，无论如何，是压不下去了，反而同防水堤溃决了一样，他的屡次被压下去的咳嗽，一时发了出来。他大咳一场之后，面涨得通红，身体也觉得倦了。张着眼睛躺了一忽，他就沉沉的没入了睡乡。啊啊！这一次的入睡，他若是不再醒转来，那是何等的幸福呀！

四

第二天的早晨，秋雨晴了，雨后的天空，更加蓝得可爱，修整的马路上，被夜来的雨洗净了泥沙，虽则空中有呜呜的凉风吹着，地上却不飞起尘沙来。大约是午前十点钟的光景，于质夫穿了一件夏布长衫，在马路上走向邝海如的地方去吃饭去。因为他住的堆栈里，平时不煮饭，大家饿了，就弄点麦食吃吃。于质夫自小就娇养惯的，麦食怎么也吃不来。他的病，大半是因为这有一顿无一顿的饮食上来的，所以他宁愿跑几里路——他坐电车的钱也没有了——上邝海如那里去吃饭。并且邝与曾几日内就要走了，三人的聚首，以后也不见得再有机会，因此于质夫更想时刻不离开他们。

于质夫慢慢的走到了静安寺近边的邝曾同住的地方，看见后门口有一乘黄包车停着。质夫开进了后门，走上堂前去的时候，只见邝曾和邝夫人都呆呆的立在那里。两个小孩也不声不响的立在他们妈妈的边上。质夫闯进了这一幕静默的哑剧里与他们招呼了一招呼，也默默的呆住了。过了几分钟，楼上扑通扑通的霍斯敬提了一个藤箧走了下来。他走到了四人立着的地方，把藤箧摆了一摆，灰灰颓颓的对邝曾等三人说：

“对不起，搅扰了你们许多天数，你们上船的时候，我再来送。分散之前，我们还要聚谈几回吧！”

说着把他的那双近视眼更瞅了一瞅，回转来向质夫说：

“你总还没有走吧！”

质夫含含糊糊的回答说：

“我什么时候都可以走的。大家走完了，我一个人还住在上海干什么？大约送他们上船之后，我就回去的。”

质夫说着用脸向邝曾一指。

霍斯敬说了一声“失敬”，就俯了首慢慢的走上后门边的黄包车上，邝夫人因为下了眼泪，所以不送出去，其余的三人和小孩子都送他的车子出马路，到看不见了方才回来。回来之后，四人无言的坐了一忽，海如才幽幽的对质夫说：

“一个去了。啊啊，等我们上船之后，只剩了你从上海乘火车回家去，你不怕孤寂的么？还是你先走的好吧，我们人数多一点，好送你上车。”

质夫很沉郁的回答说：

“谁先走，谁送谁倒没有什么问题，只是我们二年来的奋斗，却将等于零了。啊啊！想起来，真好像在这里做梦。我们初出季刊周报的时候，与现在一比，是何等的悬别！这一期季刊的稿子，趁他们还没有付印，去拿回来吧！”

邝海如又幽幽的回答说：

“我也在这样的想，周报上如何的登一个启事呢？”

“还要登什么启事，停了就算了。”质夫愤愤的说。

海如又接续说：

“不登启事，怕人家不晓得我们的苦楚，要说我们有头无尾。”

质夫索性自暴自弃的说：

“人家知道我们的苦楚，有什么用处？还再想出来弄季刊周报的复活么？”

只有曾季生听了这些话，却默默的不作一声，尽在那里摸脸上的瘰粒。

吃过午饭之后，他们又各说了许多空话，到后来大家出了眼泪才止。这一晚质夫终究没有回到那同牢狱似的堆栈里去睡。

五

曾邝动身上船的前一日，天气阴闷，好像要下雨的样子。在静安寺近边的那间一楼一底的房子里，于午前十一时，就装了一桌鱼肉的供菜，摆在那张圆桌上，上首尸位里，叠着几册丛书季刊，一捆周报和日刊纸。下面点着一双足斤的巨烛，曾邝于霍的四人，喝酒各喝得微醉，在那里展拜。海如拜将下去，叩了几个响头，大声的说：

“诗神请来受飨，我们因为意志不坚，不能以生命为牺牲，所以想各逃回各的故乡去保全身躯。但是艺术之神们哟，我们为你们而受的迫害也不少了。我们决没有厌弃你们的心思。世人都指斥我们是不要紧的，我们只要求你们能了解我们，能为我们说一句话，说‘他们对于艺术却是忠实的’。我们几个意志薄弱者，明天就要劳燕东西的分散了，再会不知还是在这地球之上呢？还是在死神之国？我们的共同的工作，对我们物质上虽没有丝毫的补益，但是精神上却把我们锻炼得同古代邪教徒那样的坚忍了。我们今天在离散之前，打算以我们自家的手把我们自家的工作来付之一炬，免得他年被不学无术的暴君来蹂躏。”

这几句话，因为他说的时候，非常严肃，弄得大家欲哭不能，欲笑不可。他们四人拜完之后，一大堆的丛书季刊周报日刊都在天井里烧毁了。有几片纸灰，飞上了空中，直达到屋檐上去。在火堆的四面默默站着的他们四个，只听见霍霍的火焰在那里。

一九二三年九月

人　妖[1]

一

自己今年已经十七岁了，而母亲还把自己当作小孩子看。自己在学校里已经要念原本的西洋史了，而母亲好像还在把自己当作一个初读国语读本的小学生看。他对于这事，胸中每抱着不平，但这些不平到如今却未尝表现出来过，不过今天的不平太大了，他怎么也想对他母亲反抗一下。

像这样不寒不热的初冬的午后，天上也没有云，又没有风，太阳光照得格外温暖的这午后，谁愿意坐在家里？虽则说伤寒病刚好，身体衰弱，不能出外，但是已经吃了一礼拜多的干饭，下床之后，也有十多天了。自己觉得早已回复了原状，可以到户外去逛逛，而母亲偏不准自己出去。

"若是我不许出去，那么你们又何以要出去呢？难道你们是人，我不是人么？"

他想起了午膳后母亲刚要出去之先命令他的几句话，心里愈觉得气愤：

"乖宝，你今天乖些，一个人就在家里玩罢，娘要上市场去买

① 本篇原载于一九二三年十二月一日北京《晨报副镌·晨报五周年纪念增刊》，未完。

一点东西，一忽儿就回来的！”

他当时就想硬吵着跟母亲出去的，但是听了他母亲的这几句软话，就也不能闹脾气了。并且母亲临去时对他的那一番爱抚，和贴上他颊上来的那一张柔腻的脸子，使他不得不含了微笑，送她上车。他站在门口，看见自家家里的车影，在胡同的拐角上消失的时候，心里忽而感得了一种寂寞，这种寂寞，一瞬间后，又变成了一种不平。母亲的洋车，在拐角上折向南去之后，他忽而想哭叫着追赶上去，但是已经来不及了。不得已他只好闷闷的回到上屋里来。

在屋里坐了一忽，从玻璃窗里看出去，看见了院子里的阳光和清朗的天空，他的不平之念，又一时增长了起来。

“要反抗，要反抗！”

他心里这样的想着，两脚就站了起来，在屋里走来走去的走了几遍。他觉得屋里的器具，都是使他发恼的东西。尤其是坐在套间里做针线的那两个老妈子，是他的狱卒，是他的仇敌。他恨恨的走了几圈，对套间里看了几眼，就从上屋里走到院子外的门口去了。

二

走出了大门，看看胡同里的行人，和路上的太阳光，他心里虽感着了一种被解放的愉快，但同时又起了一种恐惧：

“我竟反抗了，今天不要遇着坏事才好！”

他心里这样的疑惑了一下，又想遵了母亲的命令跑回家去，但他脚还没有走转，背后却来了一乘人力车，一个中年的车夫，对他笑着说：

“坐车！拉您去！”

模模糊糊坐上了车，车夫问他往什么地方去，他想了想，一时计无所出，只说了一声“城南游艺园”。车夫就放开脚步往南跑向前去了。

正是午后两点多钟，北京城内的住民上市的时候，洋车一走到四牌楼大街，他就看见了许多四向分跑的车辆行人，坐在车上的，也有中年的男子，也有少年的女人，他觉得这一条大街，今天对他特别有趣味。因为他有一个多月伏居在纸窗粉壁的屋里，不上这大街上来了，所以路上来往的行人，和两旁的店铺招牌，在他眼里都觉得新奇得很，非但如此，就是覆在他头上的一弯青淡的晴空，和前面一直看到顺治门为止的这条长街的远景，也好像是梦里的情形，也觉得非常熟悉，同时又觉得非常生疏似的。

车过顺治门的时候，他病前常感得的那种崇高雄大的印象，和人类忙碌的感想，又回复转来了，本来是肥白的他的脸色，经了这一回久病，更白得爱人。大约因为阳光温暖的缘故，他的嘴唇，今天比平时更红艳得可怜。额上乱覆在那里的一排黑长的头发，与炯炯的两只大眼的目光相映，使见他的人，每能感得一种英敏的印象。穿在瘦弱的身上的那件淡灰色的半旧鸡皮绉灰鼠皮袍，和脚上的那双黑缎子的双夹梁鞋，完成了他的少年特有的那一种高尚的美。他坐躺在车上，一路被拉出城去，往北来的行人，无论男女老幼，没有一个不定神看他几眼的。

在游艺园门前下了车，向口袋里一摸，他摸不出小毛钱和铜子来，没有办法，只好伸手到袍子里面夹袄袋里去取出那张十圆的新钞票来兑了。这张钞票，系前天晚上母亲向C银行取来的新发行的票子。因为新洁可爱，且背面的花纹很好玩，他当时向母亲要了收藏在那里的，在买门票的地方买了一张票子，拿了找还的零钱，仍复回出来付了两毛钱给车夫，他就慢慢的踏进游艺场去，往各处走了一遍。他的心里，终觉得不大安泰，母亲的那一副含愁的面貌，时时在他的目前隐现：

“还是回去了吧！母亲怕已回到了家里。”但是一阵锣鼓的声响，却把这自悔的柔情搅乱了。进了包厢坐定之后，他看见戏台上空空洞洞，什么也没有，台角上的锣鼓，倒敲得非常起劲，停了一会，锣鼓声息了，一个穿红衣裤的美人，反绑了手跟着两个兵士，走了出来。

“难道他们要杀她么？可怜可怜！不知她犯的究竟是什么罪？”

他看看她的凄艳的态度，听听她的哀切的歌音，竟为她抱了十二分的冤屈，心里只在哀求赦免这将受死刑的少女。

三

他受了戏中情节的感动，不知不觉竟忘了心中违背母亲的忧虑，看完了两出悲剧。最后一出的头上戴雉毛，背后拖狐尾的胡子上台的时候，他听见背后忽而发了几声高叫，朝转头去向背后一望，他觉得后面一排妇女的眼睛，双双都挂在自己的面上。立时涨红了脸，把头朝转来屏气静坐了几分钟，他听见背后的一阵狂叫又起来了，他的头不知不觉的又想朝转后面去看看这样在狂叫的究竟是什么人；但头只朝转了一半，他便想起了刚才那些娘儿们的眼睛，脸上起了一层更深的红晕。正想中途把头仍复朝回原处的时候，他举目一看，又看见了一排坐在他右手旁边的娘儿们，她们也在定睛看他。他心里忽而觉得怕羞起来了。把头朝转，坐在那里动也不动的向戏台注视了一会，他终觉得旁边后面，女人的目光都注射在自己的脸上，心里难受得很。同时他又想起了母亲的愁容，更觉得不能安然坐在那种叫唤声里听戏。偷眼把旁边的一排女人看了一看，他就俯了首，走上戏场的外面来。

初冬的短日，已经是垂暮的时候了。他从廊上走出到了前面院子里，看看天空早变成了灰暗，庭前的草木桥庭，和散在院子里的几个游客，也是模糊隐约，好像隔着一层薄纱帏帐的样子。深深的向天空呼了一口气，在庭前走了几转，他忽而于水边离他二三丈的前头，发见了一个少女的背形。已经是不大看得清楚的时候了，但她上边穿的确是一件玫瑰紫颜色的大袖时式的衣裳，松开的短裙下咯咯地响着的却是一双高底的皮靴，更有那种蓬松的头发，他虽说不出是什么形状，但只觉得缥缈多情，有使人不得不爱的地方。由她行动的姿势看来，她上下四肢的分寸，竟可说是一个完全均称的创造物。身材也不长不短，不肥不瘦，正与他不相上下。他举起头来看了一眼，只觉得这背形与他非常熟悉，仿佛是时常在一块共起居的样子。但在什么地方常常看见的呢？他又想不起来。一边默默的在想着，一边他尽跟了这背形走去。

她走尽了水沟沿，折向北的那扇大门口出去，他也跟了出去。走出了游艺园，在门口忽有一乘光亮的包月车跑近了她的身边。她并不言语，上车坐定之后，那乘车就往北的跑了。他赶上门口的时候，那乘车离开他约有四五丈路。同丧失了理性的人一样，他跑到门前的大道上，见了一乘兜揽买卖的车，便跳了上去。那车夫问他上什么地方，他因为全身的注意力，集中在前面的那乘车上，所以没有听见，车夫见他光着两眼，尽在呆看前面的车，就以为他与她是一起的，便拼命的追了上去。他几次想和车夫说明，叫他拉回西城家里去，但一则怕被前面车上的她听见，倒觉得难以为情，二则他将错就错的跟追上去，心里也没有什么不快乐，所以就糊里糊涂的由车夫去了。

四

正是白天与暗夜交界的时候，路上来往的车辆，拥挤得很。街上两旁的店铺，都已上灯了。他张大了两眼，头俯向前，集中了注意力，尽向她领上露出的颈项注视。她的细腻洁白的皮肉，也被他看出来了。他一见了那块同米粉似的皮肉，和肉上簇生在那里的黑发，心头就乱跳了起来。呼吸也急促起来，他觉得自家的双颊，同伏在火炉上似的烧起来了。车出珠宝市北口，迎面吹来了一阵北风，他又闻着了一种醉人的温热香气。他把背脊向车背一倒，觉得自己的肢体，都已溶解，再也不能动弹的样子。走到东交民巷口，后边哺哺的来了一乘汽车。他的车往左边让了一步，汽车前头的灯光，便射上了她右半的头部身部，他只见她一丝丝的头发，都在那里放光，她的头上，竟同中国古画里的佛像一样，烘出了一圈金光来。他一边呼呼的掀张鼻孔，在追闻那种温热的香味，一边却希望那汽车走慢一点，好让他多看一忽她的颈项和她的头发。

他那车夫，赶上了她的那乘车，就放松了脚步，不再飞奔了，但他心里，只在怨恨车夫，不肯再赶上两步，跑上前去使他得看看她的面貌。

她的车过了霞公府，穿过大街，弯来弯去，指东北的方向尽往冷静的地方奔跑。空中愈走愈黑，路上愈走愈没有人遇见了。他在黑暗里看看前面她的车的轮廓，听听两个车夫跑路的足音，觉得有些害怕起来了。却好这时候他的车夫站住了脚，向前面叫了一声：

“站住！我们点上灯罢！”

在前面车上坐着的她，听了这声叫声，也回头来看了一眼。但那时候她的车已经前进了几步，与他的距离隔远了，所以他终究没有看清她的面貌。不过在黑暗中隐约可以看得出来的是她那一张瘦削的脸儿和一双黑晶晶的大眼。车夫点上了灯，想上前再走，但她的那乘车已折往北去看不见了。车夫问他说：

“前面的车怎么不等一等啊？”

他听了这话，一霎时的红起脸来，只好吞吞吐吐的回答车夫说：

“我……我和她们本来不是一起的。……”

“不是一起的？那么你要上哪儿去啊？”

车夫却吃了一惊，就很不愿意似的问他。

“我……我住在西城 × × × × ×，这儿是什么地方？”

“那么怎么不早说啊？已经快到齐化门了哩！”

“您拉我回去罢，好多给你几吊钱。”

薄　奠①

上

一天晴朗的春天的午后，我因为天气太好，坐在家里觉得闷不过，吃过了较迟的午饭，带了几个零用钱，就跑出外面去逛去。北京的晴空，颜色的确与南方的苍穹不同。在南方无论如何晴快的日子，天上总有一缕薄薄的纤云飞着，并且天空的蓝色，总带着一道很淡很淡的白味。北京的晴空却不是如此，天色一碧到底，你站在地上对天注视一会，身上好像能生出两翼翅膀来，就要一扬一摆的飞上空中去的样子。这可是单指不起风的时候而讲，若一起风，则人在天空下眼睛都睁不开，更说不到晴空的颜色如何了。那一天的午后，空气非常澄清，天色真青得可怜。我在街上夹在那些快乐的北京人士中间，披了一身和暖的阳光，不知不觉竟走到了前门外最热闹的一条街上。踏进了一家卖灯笼的店里，买了几张奇妙的小画，重新回上大街缓步的时候，我忽而听出了一阵中国戏园特有的那种原始的锣鼓声音来。我的两只脚就受了这声音的牵引，自然而然的踏了进去。听戏听到了第三出，外面忽而起了呜呜的大风，戏园的屋顶也有些儿摇动。戏散之后，推来让去的走出戏园，扑面就来了一阵风沙。我眼睛闭了一忽，走上大街来雇车，车夫都要我七

① 本篇原载于一九二四年十二月五日《太平洋》第四卷第九号。

角六角大洋，不肯按照规矩折价。那时候天虽则还没有黑，但因为风沙飞满在空中，所以沉沉的大地上，已经现出了黄昏前的急景。店家的电灯，也都已上火，大街上汽车马车洋车挤塞在一处。一种车铃声叫唤声，并不知从何处来的许多杂音，尽在那里奏错乱的交响乐。大约是因为夜宴的时刻逼近，车上的男子定是去赴宴会，奇装的女子想来是去陪席的。

一则因为大风，二则因为正是一天中间北京人士最繁忙的时刻，所以我雇车竟雇不着，一直的走到了前门大街。为了上举的两种原因，洋车夫强索昂价，原是常有的事情，我因零用钱花完，袋里只有四五十枚铜子，不能应他们的要求，所以就下了决心，想一直走到西单牌楼再雇车回家。走下了正阳桥边的步道，被一辆南行的汽车喷满了一身灰土，我的决心，又动摇起来，含含糊糊的向道旁停着的一辆洋车问了一句："嗳！四十枚拉巡捕厅儿胡同拉不拉？"那车夫竟恭恭敬敬的向我点了点头说：

"坐上罢，先生！"

坐上了车，被他向北的拉去，那么大的风沙，竟打不上我的脸来，我知道那时候起的是南风了。我不坐洋车则已，若坐洋车的时候，总爱和洋车夫谈闲话，想以我的言语来缓和他的劳动之苦，因为平时我们走路，若有一个朋友和我们闲谈着走，觉得不费力些。我从自己的这种经验着想，老是在实行浅薄的社会主义，一边高踞在车上，一边向前面和牛马一样在奔走的我的同胞攀谈些无头无尾的话。这一天，我本来不想开口的，但看看他的弯曲的背脊，听听他嘿嘿的急喘，终觉得心里难受，所以轻轻的对他说：

"我倒不忙，你慢慢的走罢，你是哪儿的车？"

"我是巡捕厅胡同西口儿的车。"

"你在哪儿住家吓？"

“就在那南顺城街的北口，巡捕厅胡同的拐角儿上。”

“老天爷不知怎么的，每天刮这么大的风。”

“是啊！我们拉车的也苦，你们坐车的老爷们也不快活，这样的大风天气，真真是招怪吓！”

这样的一路讲，一路被他拉到寄住的寓舍门口的时候，天已经快黑了。下车之后，我数铜子给他，他却和我说起客气话来，他一边拿出了一条黑黝黝的手巾来擦头上身上的汗，一边笑着说：

“您带着罢，我们是街坊，还拿钱么？”

被他这样的一说，我倒觉得难为情了，所以虽只应该给他四十枚桐子的，而到这时候却不得不把尽我所有的四十八枚铜子都给他。他道了谢，拉着空车在灰黑的道上向西边他的家里走去，我呆呆的目送了他一程，心里却在空想他的家庭。——他走回家去，他的女人必定远远的闻声就跑出来接他。把车斗里的铜子拿出，将车交还了车行，他回到自己屋里打一盆水洗洗手脸，吸几口烟，就可在洋灯下和他的妻子享受很健康的夜膳。若他有兴致，大约还要喝一二个铜子的白干。喝了微醉，讲些东西南北的废话，他就可以抱了他的女人小孩，钻进被去酣睡。这种酣睡，大约是他们劳动阶级的唯一的享乐。

“啊啊！……”

空想到了此地，我的伤感病又发了。

“啊啊！可怜我两年来没有睡过一个整整的全夜！这倒还可以说是因病所致，但是我的远隔在三千里外的女人小孩，又为了什么，不能和我在一处享乐吃苦呢？难道我们是应该永远隔离的么！难道这也是病么？……总之是我不好，是我没有能力养活妻子。啊啊，你这车夫，你这向我道谢，被我怜悯的车夫，我不如你吓，我不如你！”

我在门口灰暗的空气里呆呆的立了一会，忽而想起了自家的身世，就不知不觉的心酸起来，红润的眼睛，被我所依赖的主人看见，是大不好的，因此我就复从门口走了下来，远远的跟那洋车走了一段。跟它转了弯，看那车夫进了胡同拐角上的一间破旧的矮屋，我又走上平则门大街去跑了一程，等天黑了，才走回家来吃晚饭。

自从这一回后，我和他的洋车，竟有了缘分，接连的坐了它好几次。他和我也渐渐的熟起来了。

中

平则门外，有一道城河。河道虽比不上朝阳门外的运河那么宽，但春秋雨霁，绿水粼粼，也尽可以浮着锦帆，乘风南下。两岸的垂杨古道，倒影入河水中间，也大有板渚隋堤的风味。河边隙地，长成一片绿芜，晚来时候，老有闲人在那里调鹰放马。太阳将落未落之际，站在这城河中间的渡船上，往北望去，看得出西直门的城楼，似烟似雾的，溶化成金碧的颜色，飘扬在两岸垂杨夹着的河水高头。春秋佳日，向晚的时候，你若一个人上城河边上来走走，好像是在看后期印象派的风景画，几乎能使你忘记是身在红尘十丈的北京城外。西山数不尽的诸峰，又如笑如眠，带着紫苍的暮色，静躺在绿荫起伏的春野西边，你若叫它一声，好像是这些远山，都能慢慢的走上你身边来的样子。西直门外有几处养鹅鸭的庄园，所以每天午后，城河里老有一对一对的白鹅在那里游泳。夕阳最后的残照，从杨柳荫中透出一两条光线来，射在这些浮动的白鹅背上时，愈能显得这幅风景的活泼鲜灵，别饶风致。我一个人渺焉一身，寄住在人海的皇城里，衷心郁郁，老感着无聊。无聊至极，不是从城的西北跑往城南，上戏园茶楼，娼寮酒馆，去夹在许多快乐的同类中间，忘却我自家的存在，和他们一样的学习醉生梦死，便独自一个跑出平则门外，去享受这本地的风光。玉泉山的幽静，大觉寺的深邃，并不是对我没有魔力，不过一年有三百五十九日穷的我，断没有余钱，去领略它们的高尚的清景。五月中旬的有一天午后，我又无端感着了一种悲愤，本想上城南的快乐地方，去寻些安慰的，但袋里连几个车钱也没有了，所以只好走出平则门外，去坐在杨柳荫中，尽量地呼吸呼吸西山的爽气。我守着西天的颜色，从浓蓝变成了淡紫，一忽儿，天的四周围又染得深红了，远远的法国教会堂的屋顶和许多绿树梢头，刹那间反射了一阵赤赭的残光，又一忽儿空气就变得澄苍静肃，视野内招唤我注意的物体，什么也没有了。四周的物影，渐渐散乱起来，我也感着了一种日暮的悲哀，无意识地滴了几滴眼泪，就慢慢的真是非常缓慢，好像在梦里游行似的，走回家来。进平则门往南一拐，就是南顺城街，南顺城街路东的第一条胡同便是巡捕厅胡同。我走到胡同的西口，正是进胡同的时候，忽而从角上的一间破屋里漏出几声大声来。这声音我觉得熟得很，稍微用了一点心力，回想了一想，我马上就记起那个身材瘦长，脸色黝黑，常拉我上城南去的车夫来。我站住静听了一会，听得他好像在和人拌嘴。我坐过他许多次数的车，他的脾气是很好的，所以听到他在和人拌嘴，心里倒很觉得奇怪。看他的样子，好像有五十多岁的光景，但他自己说今年只有四十二岁。他平常非常沉默寡言，不过你和他说话的时候，他却总来回答你一句两句。他身材本来很高，但是不晓是因为社会的压迫呢，还是因他天生的病症，背脊却是弯着，看去好像不十分高。他脸上浮着的一种谨慎的劳动者特有的表情，我怎么也形容不出来，他好像是在默想他的被社会虐待的存在是应该的样子，又好像在这沉默的忍苦中间，在表示他的无限的反抗，和不断的挣扎的样子。总之，他那一种沉默忍受的态度，使人家见了便能生出无限的感慨来。况且是和他社会的地位相去无几，而受的虐待又比他更甚的我，平常坐他的车，和他谈话的时候，总要感着一种抑郁不平的气，横上心来，而这种抑郁不平之气，他也无处去发泄，我也无处去发泄，只好默默的闷受着，即使闷受不过，最多亦只能向天长啸一声。有一天我在前门外喝醉了酒，往一家相识的人家去和衣睡了半夜，醒来的时候，已经是下弦月上升的时刻了。我从韩家潭雇车雇到西单牌楼，在西单牌楼换车的时候，又遇见了他。半夜酒醒，从灰白死寂，除了一乘两乘汽车飞过搅起一阵灰来，此外别无动静的长街上，慢慢被拖回家来。这种悲哀的情调，已尽够我消受的了，况又遇着了他，一路上听了他许多不堪再听的话……他说这个年头儿真教人生存不得。他说洋车价涨了一个两个铜子，而煤米油盐，都要各涨一倍。他说洋车出租的东家，真会挑剔，一根骨子弯了一点，一个小钉不见了，就要赔很多钱。他说他一天到晚拉车，拉来的几个钱还不够供洋车租主的绞榨，皮带破了，弓子弯了的时候，更不必说了。他说他的女人不会治家，老要白花钱。他说他的大小孩今年八岁，二小孩今年三岁了。……我默默的坐在车上，看看天上惨淡的星月，经过了几条灰黑静寂的狭巷，细听着他的一条条的诉说，觉得这些苦楚，都不是他一个人的苦楚。我真想跳下车来，同他抱头痛哭一场，但是我着在身上的一件竹布长衫，和盘在脑里的一堆教育的绳矩，把我的真率的情感缚住了。自从那一晚以后，我心里就存了一种怕与他相见的思想，所以和他不见了半个多月。这一天日暮，我自平则门走回家来，听了他在和人吵闹的声音，心里竟起了一种自责的心思，好像是不应该躲避开这个可怜的朋友，至半月之久的样子。我静听了一忽，才知道他吵闹的对手，是他的女人。一时心情被他的悲惨的声音所挑动，我竟不待回思，一脚就踏进了他住的那所破屋。他的住屋，只有一间小屋，小屋的一半，却被一个大炕占据了去。在外边天色虽还没有十分暗黑，但在他那矮小的屋内，却早已黑影沉沉，辨不出物体来了。他一手插在腰里，一手指着炕上缩成一堆，坐在那里的一个妇人，一声两声的在那里数骂。两个小孩爬在炕的里边。我一进去时，只见他自家一个站着的背影，他的女人和小孩都看不出来。后来招呼了他，向他手指着的地方看去，才看出了一个女人，又站了一忽，我的眼睛在黑暗里经惯了，重复看出了他的两个小孩。我进去叫了他一声，问他为什么要这样的动气，他就把手一指，指着炕沿上的那女人说：

"这臭东西把我辛辛苦苦积下来的三块多钱，一下子就花完了。去买了这些捆尸体的布来。……"

说着他用脚一踢，地上果然滚了一包白色的布出来。他一边向我问了些寒暄话，一边就蹙紧了眉头说：

"我的心思，她一点儿也不晓得，我要积这几块钱干什么？我不过想自家去买一辆旧车来拉，可以免掉那车行的租钱呀！天气热了，我们穷人，就是光着脊肋儿，也有什么要紧？她却要去买这些白洋布来做衣服。你说可气不可气啊？"

我听了这一段话，心里虽则也为他难受，但口上只好安慰他说：

"做衣服倒也是要紧的，积几个钱，是很容易的事情，你但须忍耐着，三四块钱是不难再积起来的。"

我说完了话，忽而在沉沉的静寂中，从炕沿上听出了几声暗泣的声音来。这时候我若袋里有钱，一定要全部拿出来给他，请他息怒。但是我身边一摸，却摸不出一个铜银的货币。呆呆的站着，心里打算了一会，我觉得终究没有方法好想。正在着恼的时候，我里边小褂袋里唧唧响着的一个银表的针步声，忽而敲动了我的耳膜。我知道若在此时，当面把这银表拿出来给他，他是一定不肯受的。迟疑了一会，我想出一个主意，乘他不注意的时候，悄悄的把表拿了出来。和他讲着些慰劝他的话，一边我走上前去了一步，顺手把表搁在一张半破的桌上。随后又和他交换了几句言语，我就走出来了。我出到了门处，走进胡同，心里感得的一种沉闷，比午后上城外去的时候更甚了。我只恨我自家太无能力，太没有勇气。我仰天看看，在深沉的天空里，只看出了几颗星来。

第二天的早晨，我刚起床，正在那里刷牙漱口的时候，听见门外有人打门，出去一看，就看见他拉着车站在门口。他问了我一声好，手向车斗里一摸，就把那个表拿出来问我说：

“先生，这是你的罢？你昨晚上掉下的罢？”

我听了脸上红了一红。马上就说：

“这不是我的，我并没有掉表。”

他连说了几声奇怪，把那表的来历说了一阵，见我坚不肯认，就也没有方法，收起了表，慢慢的拉着空车向东走了。

下

夏至以后，北京接连下了半个多月的雨。我因为一天晚上，没有盖被睡觉，惹了一场很重的病，直到了二礼拜前才得起床。起床后第三天的午后，我看看久雨新霁，天气很好，就拿了一根手杖踏出门去。因为这是病后第一次的出门，所以出了门就走往西边，依旧想到我平时所爱的平则门外的河边去闲行。走过那胡同角上的破屋的时候，我只看见门口立了一群人，在那里看热闹。屋内有人在低声啜泣。我以为那拉车的又在和他的女人吵闹了，所以也就走了过去，去看热闹，一边我心里却暗暗的想着：

“今天若他们再因金钱而争吵，我却可以解决他们的问题。”

因为那时候我家里寄出来为我作医药费的钱还没有用完，皮包里还有几张五块钱的钞票收藏在哩。我踏近前去一看，破屋里并没有拉车的影子，只有他的女人坐在炕沿上哭，一个小一点的小孩，坐在地上他母亲的脚跟前，也在陪着她哭。看了一会，我终摸不着头脑，不晓得她为什么要哭。和我一块儿站着的人，有的唧唧的在那里叹息，有的也拿出手巾来在擦眼泪说：“可怜哪，可怜哪！”我向一个立在我旁边的中年妇人问了一番，才知道她的男人，前几天在南下洼的大水里淹死了。死了之后，她还不晓得，直到第二天的傍晚，由拉车的同伴认出了他的相貌，才跑回来告诉她。她和她的两个儿子，得了此信，冒雨走上南横街南边的尸场去一看，就大哭了一阵。后来她自己也跳在附近的一个水池里自尽过一次，经她儿子的呼救，附近的居民，费了许多气力，才把她捞救上来。过了一天，由那地方的慈善家，出了钱把她的男人埋葬完毕，且给了她三十斤面票，八十吊铜子，方送她回来。回来之后，她白天晚上只是哭，已经哭了好几天了。我听了这一番消息，看了这一场光景，心里只是难受。同一两个月前头，半夜从前门回来，坐在她男人的车上，听他的诉说时一样，觉得这些光景，决不是她一个人的。我忽而想起了我的可怜的女人，又想起了我的和那在地上哭的小孩一样大的儿女，也觉得眼睛里热起来，痒起来了。我心里正在难受，忽而从人丛里挤来了一个八九岁的小孩赤足袒胸的跑了进来。他小手里拿了几个铜子蹑手蹑脚的对她说：

“妈，你瞧，这是人家给我的。”

看热闹的人，看了他那小脸上的严肃的表情，和他那小手的滑稽的样子，有几个笑着走了，只有两个以手巾擦着眼泪的老妇人，还站在那里。我看看周围的人数少了，就也踏进去问她说：

“你还认得我么？”

她举起肿红的眼睛来，对我看了一眼，点了一点头，仍复伏倒头去在哀哀的哭着。我想叫她不哭，但是看看她的情形，觉得是不可能的，所以只好默默的站着，眼睛看见她的瘦削的双肩一起一缩的在抽动。我这样的静立了三五分钟，门外又忽而挤了许多人拢来看我。我觉得被他们看得不耐烦了，就走出了一步对他们说：

“你们看什么热闹？人家死了人在这里哭，你们有什么好看？”

那八岁的孩子，看我心里发了恼，就走上门口，把一扇破门关上了。喀丹一响，屋里忽而暗了起来。他的哭着的母亲，好像也为这变化所惊动，一时止住哭声，擎起眼来看她的孩子和离门不远呆立着的我。我乘此机会，就劝她说：

“看养孩子要紧，你老是哭也不是道理，我若可以帮你的忙，我总没有不为你出力的。”

她听了这话，一边啜泣，一边断断续续的说：

“我……我……别的都不怪，我……只……只怪他何以死的那么快。也……也不知他……他是自家沉河的呢，还是……”

她说了这一句又哭起来了，我没有方法，就从袋里拿出了皮包，取了一张五块钱的钞票递给她说：

“这虽然不多，你拿着用罢！”

她听了这话，又止住了哭，啜泣着对我说：

“我……我们……是不要钱用，只……只是他……他死得……死得太可怜了。……他……他活着的时候，老……老想自己买一辆车，但是……但是这心愿儿终究没有达到。……前天我，我到冥衣铺去定一辆纸糊的洋车，想烧给他，那一家掌柜的要我六块多钱，我没有定下来。你……你老爷心好，请你，请你老爷去买一辆好，好的纸车来烧给他罢！”

说完她又哭了。我听了这一段话，心里愈觉得难受，呆呆的立了一忽，只好把刚才的那张钞票收起，一边对她说：

“你别哭了罢！他是我的朋友，那纸糊的洋车，我明天一定去买了来，和你一块去烧到他的坟前去。”

又对两个小孩说了几句话，我就打开门走了出来。我从来没有办过丧事，所以寻来寻去，总寻不出一家冥衣铺来定那纸糊的洋车。后来直到四牌楼附近，找定了一家，付了他钱，要他赶紧为我糊一辆车。

二天之后，那纸洋车糊好了，恰巧天气也不下雨，我早早吃了午饭，就雇了四辆洋车，同她及两个小孩一道去上她男人的坟。车过顺治门内大街的时候，因为我前面的一乘人力车上只载着一辆纸糊的很美丽的洋车和两包锭子，大街上来往的红男绿女只是凝目的在看我和我后面车上的那个眼睛哭得红肿，衣服褴褛的中年妇人。我被众人的目光鞭挞不过，心里起了一种不可抑遏的反抗和诅咒的毒念，只想放大了喉咙向着那些红男绿女和汽车中的贵人狠命的叫骂着说：

“猪狗！畜生！你们看什么？我的朋友，这可怜的拉车者，是为你们所逼死的呀！你们还看什么？”

一九二四年八月十四日作于北京

秋柳[1]

小序

《秋柳》是《茫茫夜》的续篇，系两年前（一九二二年七月）在东京时做成的，正在做《风铃》[2]之后的两三天内。这篇东西的广告，在没有做成之先，已在《创造》（季刊）第一期里登过，但后来因为觉得完全不能满意，终究没有发表。现在翻出这旧稿来一看，愈觉得不能满意，照我的艺术的良心上讲来，是应该把它烧毁的。但一面想想看，当执笔此篇小说时，我的周围，正有许多年青的男女朋友，在异国的都会里和我在一处瞎闹瞎逛。现在这些人或因天变，或因人事，死的死，散的散了。他们对我和我对他们的感情，如梦里的云烟，几乎消失得片缕无余，而今日偶尔翻看此稿，从头细读，觉得当时一边挥汗闲谈，一边对纸乱写的光景，又重新回到了眼前来。所以这篇东西，在艺术上虽没有半点价值，然而于我个人却有一点助我回忆过去的好处。

做父母的人，对于他们的好儿女，原是爱惜，对于他们的坏儿女，也不忍拿刀来杀。我于今天整理行箧的时候，翻着了

① 本篇原载于一九二四年十二月十四、十六、二十四日《晨报副镌》。
② 后改名为《空虚》。

此稿，从头细读一遍之后，就点了一支火柴，想把它烧去。但一支两支的火柴烧失了，我的决心终于不能断行。迟疑了半天，我就翻过意思来，想把它拿来发表。这也许是老牛舐犊的愚心，这也许是人生最大的弱点，但无论如何，我见了这个不肖儿子之面，就不得不想起当日临盆的阵痛来。

十三年十月五日

一

一间黑漆漆的不大不小的地房里，搭着几张纵横的床铺。与房门相对的北面壁上有一口小窗，从这窗里射进来的十月中旬的一天晴朗的早晨的光线，在小窗下的床上照出了一个二十五六岁的青年的睡容来。这青年的面上带着疲倦的样子，本来没有血色的他的睡容，因为房内的光线不好，更苍白得怕人。他的头上的一头漆黑粗长的头发，便是他的唯一的美点，蓬蓬的散在一个白布的西洋枕上。房内还有两张近房门的床铺，被褥都已折叠得整整齐齐，每日早起惯的这两张床的主人，不知已经往什么地方去了。这三张床铺上都是没有蚊帐的。

房里有的两张桌子，一张摆在北面的墙壁下，靠着那青年睡着的床头，一张系摆在房门边上的。两张桌子上摊着些肥皂盒子，镜子，纸烟罐，文房具，和几本《定庵全集》[①]《唐诗选》之类。靠着北面墙壁的那张桌子，大约是睡在床上的青年专用的，因为在那些杂乱的罐盒书籍的中间有一册红皮面的洋书和一册淡绿色的日记，在那黑暗的室内放异样的光彩。日记上面记着两排横字，“一九二一

① 清代龚自珍创作的别集。

年日记”“于质夫”。洋书的名目是 *The Earthly Paradise,* by William Morris①。

这地房只有一扇朝南的小门，门外就是阶檐，檐外便是天井。

从天井里射进来的太阳光线，渐渐的照到地房里来，地房里浮动着的尘埃在太阳光线里看得出来了。

床上睡着的青年开了半只眼睛，向门外一望，觉得阳光强烈，射得眼睛开不开来。朝里翻了一转身，他又嘶嘶的睡着了。正是早晨九点三五十分的样子，在僻静的巷内的这家小客栈里，现在却当最静寂的时候，所以那青年得尽意贪他的安睡。

过了半点多钟，一个体格壮大，年约四十五六，戴一副墨色小眼镜，头上有一块秃的绅士跑了进来，走近青年的床边叫着说：

“质夫！你昨晚上到什么地方去了？睡到此刻还没有起？”青年翻过身，擦擦眼睛，一边打呵欠，一边说：

“噢！明先！你走来得这样早！”

“已经快十点钟了，还要说早哩！你昨晚在什么地方？”

“我昨晚在吴风世家里讲闲话，一直坐到十二点钟才回来的。省长说开除闹事的几个学生，究竟怎么样了？”

“怕还有几天好等呢！”

听了这一句话，质夫就从他那蓝色纺绸被里坐了起来。披了一件留学时候做的大袖寝袍，他跑出了房门，便上后面厨房里去洗面刷牙去。

质夫眼看着高爽的青天，一面刷牙，一面在那里想昨晚上和吴风世上班子里去的冒险事情。他洗完了面，回到房里来换洋服的时候，明先正坐在房门口的桌上看《唐诗选》。质夫换好了洋服，便

① 英国诗人威廉·莫里斯（1834—1896）所著的《地上乐园》。

对明先说：

“明先！我真等得不耐烦起来了，我们是来教书，并不是来避难的。这样在空中悬挂的状态，若再经过一两个礼拜，怕我要变成极度的神经衰弱症呢！”

依质夫讲来，这一次法政专门学校的风潮，是很容易解决的。开除几个闹事的学生，由省长或教育厅长迎接校长教职员全体回校上课，就没有事了。而这一次风潮竟延宕至一星期多，还不能解决，都是因为省长无决断的缘故。他一边虽在这样的气愤，一边心里却有些希望这事件再延长几天的心思。因为法政学校远在城外，万一事件解决，搬回学校之后，白天他若要进城上班子里去，颇非容易，晚上进城，因城门早闭，进出更加不便。昨天晚上，吴风世替他介绍的那姑娘海棠，脸儿虽则不好，但是她总是一个女性。目下断绝女人有两三月之久的质夫，只求有一个女性，和她谈谈就够了，还要问什么美丑。况且昨晚上看见的那海棠，又好像非常忠厚似的，质夫已动了一点怜惜的心情，此后若海棠能披心沥胆的待他，他也想尽他的力量，报效她一番。

质夫和明先谈了一番闲话，便跑上大街上去闲逛去了。

二

长江北岸的秋风，一天一天的凉冷起来。法政学校风潮解决以后，质夫搬回校内居住又快一礼拜了，闹事的几个学生，都已开除，陆校长因为军阀李麦总不肯仍复让他在那里做教育界的领袖，所以为学校的前途计，他自家便辞了职。那一天正是陆校长上学校最后的一日。

陆校长自到这学校以后，事事整顿，非但 A 地的教育界里的人都仰慕他，便是这一次闹事的几个学生，心里也是佩服的。一般中立的大多数的学生，当风潮发生的时候，虽不出来力争，但对陆校长却个个都畏之若父，爱之若母，一听他要辞职，便都变成失了牧童的迷羊，正不知道怎么才好。这几日来，学校的寄宿舍里，正同冷灰堆一样，连闲来讲话的时候，都没有一个发高声的人了。教职员中，大半都是陆校长聘请来的人，经了这一次风潮，并且又见陆校长去了，也都是点兔死狐悲的哀感。大家因为继任的校长，是同事中最老实的许明先的缘故，不能辞职，但是各人的心里都无热意，大约离散也不远了。

陆校长这一天一早就上了两个钟头课，把未完的讲义分给了一二两班的学生，退堂的时候对学生说：

"我为学校本身打算，还不如辞职的好，你们此后应该刻意用功，不要使人家说你们不成样子，那就是你们爱戴我的最好的表示。我现在虽已经辞职，但是你们的荣辱，我还在当作自家的荣辱看的。"

说了这几句话，一二两班里的学生眼圈都红了。

敲十点钟的时候，全校的学生齐集在大讲堂上，听陆校长的训话。

从容旷达的陆校长，不改常时的态度，挺着了五尺八寸长的身体，放大了洪钟似的喉音对学生说：

"这一次风潮的始末，想来诸君都已知道，不要我再说了。但是我在这里，李麦总不肯甘休。与其为我个人的缘故，使李麦来破坏这学校，倒还不如牺牲了我个人，保全这学校的好。我当临去的时候，三件事情，希望诸君以后能够守着，第一就是要注意秩序。没有秩序是我们中国人的通病，以后我希望诸君无论在什么时候，都能维持秩序。秩序能维持，那无论什么事情都能干了。第二是要保重身体，我们中国不讲究体育，所以国民大抵未老先衰，不能成就大事业，以后希望诸君能保重身体，使健全的精神很有健全的依附之所，那我们中国就有希望了。第三是要尊重学问。我们在气愤的时候，虽则学问无用，正人君子，反遭毒害，但是九九归原，学问究竟是我们的根基，根基不固，终究不能成大事创大业的。”

陆校长这样简单的说了几句，悠悠下来的时候，大讲堂里有几处啼泣的声音，听得出来了。质夫看了陆校长的神色不动的脸色，看了他这一种从容自在的殉教者的态度，又被大讲堂内静肃的空气一压，早就有一种感伤的情怀存在了，及听了学生的暗泣声音，他立刻觉得眼睛酸痛起来。不待大家散会，质夫却一个人先跑回了房里。

陆校长去校的那一天，质夫心里只觉得一种悲愤，无处可以发泄，所以下半天他也请了半天假，跑进城来。他在大街上走了一会，总觉得无聊之极，不知不觉，他的两脚就向了官娼聚集着的金钱巷走去。到了鹿和班的门口，正在迟疑的时候，门内站着的几个男人，却大声叫着说：

“引路！海棠姑娘房里！”

质夫听了这几声叫声，就不得不马上跑进去。海棠的矮小的假母，鼻子打了几条皱纹笑嘻嘻的走了出来。质夫进房，看见海棠刚在那里吃早饭的样子。她手里捏了饭碗，从桌子上站了起来。今天她的装饰与前次不同。头上梳了一条辫子，穿的是一件蓝缎子的棉袄，罩着一件青灰竹布的单衫，底下穿的是一条蟹青湖绉裤子。她大约是刚才起来，脸上的血色还没有流通，所以比前次更觉得苍白，新梳好的光泽泽的辫子，添了她一层可怜的样子。质夫走近她的身边问她说：

“你吃的是早饭还是中饭？”

“我们天天是这时候起床，没有什么早饭中饭的。”

这样讲了一句，她脸上露了一脸悲寂的微笑，质夫忽而觉得她可爱起来，便对她说：

“你吃你的罢，不必来招呼我。”

她把饭碗收起来后，又微微笑着说：

“我吃好了，今天吴老爷为什么不来？”

“他还有事情，大约晚上总来的。”

假母拿了一支三炮台来请质夫吸，质夫接了过来就对她说：

“谢谢！”

质夫在床沿上坐下之后，假母问他说：

“于老爷，海棠天天在等你，你怎么老是不来？吴老爷是天天晚上来的。”

“他住在城里，我住在城外，我当然是不能常同他同来的。”

海棠在旁边只是呆呆的听质夫和她假母讲闲话，既不来插嘴，也不朝质夫看一眼。她收住了一双倒挂下的眼睛，尽在那里吸一支纸烟。

假母讲得没有话讲了，就把班子里近来生意不好，一月要开销几多，海棠不会待客的事情，断断续续的说了出来。质夫本来是不喜欢那假母，听了这些话更不快活了。所以他就丢下了她，走近海棠身边去，对海棠说：

“海棠，你在这里想什么？”

一边说一边质夫就伸出手向她面上摘了一把。海棠慢慢举起了她那迟钝的眼睛，对质夫微微的笑了一脸，就也伸出手来把质夫的手捏住了。假母见他两人很火热的在那里玩，也就跑了出去。质夫拉了海棠的手，同她上床去打横睡倒。两人脸朝着外面，头靠在床里叠好的被上。质夫对海棠看了一眼，她的两眼还是呆呆的在看床顶。质夫把自家的头靠上了她的胸际，她也只微微的笑了一脸。质夫觉得没有话好同她讲，便轻轻的问她说：

“你妈待你怎么样？”

她只回他说：

“没有什么。”

正这时候，一个长大肥胖的乳母抱了一个七八个月大的小娃娃进来了。质夫就从床上站起来，走上去看那小娃娃，海棠也跟了过来，质夫问她说：

“是你的小孩么？”

她摇着头说：

“不是，是我姊姊的。”

“你姊姊上什么地方去了？”

“不知道。”

这样的问答了几句，质夫把那小孩抱出来看了一遍，乳母就走往后间的房里去了。后间原来就是乳母的寝室。

质夫坐了一回，说了几句闲话，就从那里走了出来。他在狭隘的街上向南走了一阵，看看时间已经不早，便一个人走上一家清真菜馆里去吃夜饭。这家姓杨的教门馆，门面虽则不大，但是当柜的一个媳妇儿，生得俊俏得很，所以质夫每次进城，总要上那菜馆去吃一次。

质夫一进店门，他的一双灵活的眼睛就去寻那媳妇儿，但今天不知她上哪里去了，楼下总寻不出来。质夫慢慢的走上楼的时候，楼上听差的几个回子一齐招呼了他一声，他抬头一看，兜头却遇见了那媳妇儿。那媳妇儿对他笑了一脸，质夫倒红脸起来，因为他是穿洋服的，所以店里的人都认识他，他一上楼，几个听差的人就让他上那一间里边角上的小屋里去了。一则今天早晨的郁闷未散，二则午后去看海棠，又觉得她冷落得很，质夫心里总觉得快快不乐。

得了那回回[1]的女人的一脸微笑，他心里虽然轻快了些，但总觉得有点寂寞。写了一张请单，去请吴风世过来共饮的时候，他心里只在那里追想海外咖啡店里的情趣：

“要是在外国的咖啡店里，那我就可以把那媳妇儿拉了过来，抱在膝上。也可以口对口接送几杯葡萄酒，也可以摸摸她的上下。唉，我托生错了，我不该生在中国的。”

“请客的就要回来了，点几样什么菜？”一个中年回子又来问了一声。

“等客来了再和你说！”

过了一刻，吴风世来了。一个三十一二，身材纤长的漂亮绅士，我们一见，就知道他是在花柳界有艳福的人。他的清秀多智的面庞，潇洒的衣服，讲话的清音，多有牵引人的迷力。质夫对他看了一眼，相形之下，觉得自家在中国社会上应该是不能占胜利的。风世一进质夫的那间小屋，就问说：

“质夫！怎么你一个人便跑上这里来？”

质夫就把刚才上海棠家去，海棠怎么怎么的待他，他心里想得没趣，就跑到这里来的情节讲了一遍。风世听了笑着说：

“你好大胆，在白日青天的底下竟敢一个人跑上班子里去。海棠那笨姑娘，本来是如此的，并不是冷遇。因为她不能对付客人，所以近来客人少得很。我因为爱她的忠厚，所以替你介绍的，你若不喜欢，我就同你上另外的班子里去找一个罢。”

质夫听了这话，回想一遍，觉得刚才海棠的态度确是她的愚笨的表现，并不是冷遇，且又听说她近来客少，心里却起了一种侠义心，便自家对自家起誓说：

① 即回族、回民。

“我要救世人，必须先从救个人入手。海棠既是短翼差池的赶人不上，我就替她尽些力罢。”

质夫喝了几杯酒对吴风世发了许多牢骚，为他自家的悲凉激越的语气所感动，倒滴落了几滴自伤的清泪。讲到后来，他便放大了嗓子说：

“可怜那鲁钝的海棠，也是同我一样，貌又不美，又不能媚人，所以落得清苦得很。唉，侬未成名君未嫁，可怜俱是不如人。”

念到这里，质夫忽拍了一下桌子叫着说：

“海棠海棠，我以后就替你出力罢，我觉得非常爱你了。侬今葬花人笑痴，他年葬侬知是谁！”

点灯时候，吃完了晚饭，质夫马上想回学校去，但被风世劝了几次，他就又去到鹿和班里。那时候他还带着些微醉，所以对了海棠和风世的情人荷珠并荷珠的侄女清官人碧桃，讲了许多义侠的话。同戏院里唱武生的一样，质夫胸前一拍，半真半假的叫着说：

“老子原是仗义轻财的好汉，海棠！你也不必自伤孤冷，明朝我替你去贴一张广告，招些有钱的老爷来对你罢了！”

海棠听了这话，也对他啐了一声，今年才十五岁的碧桃，穿着男孩的长袍马褂，看得质夫的神气好笑，便跑上他的身边来叫他说：

“喂，你疯了么？”

质夫看看碧桃的形状，忽而感到了与他两月不见的吴迟生的身上去。所以他便跑上她的后面，把身子伏在她背上，要她背了到床上去和风世荷珠说话。

今晚上风世劝质夫上鹿和班海棠这里来原来是替质夫消白天的气的。所以一进班子，风世就跟质夫走上了海棠房里。风世的情人荷珠和荷珠的侄女碧桃，因为风世在那里，所以也跑了过来。风世因为质夫说今晚晚饭吃了太饱，不能消化，所以就叫海棠的假母去买了一块钱鸦片烟，在床上烧着。质夫不能烧烟，就风世手里吸了一口，便从床上站了起来，和海棠碧桃在那里演那义侠的滑稽活剧。质夫伏在碧桃背上，要碧桃背上床沿之后，就拉了碧桃，睡倒在烟盘的这边，对面是风世，打侧睡在那里烧烟，荷珠伏在风世的身上，在和他幽幽的说话。质夫拉碧桃睡倒之后，碧桃却骑在他的身上，问起种种不相干的事物来。质夫认真的说明给她听，她也认真的在那里听着。讲了一忽，风世和荷珠的密语停止了。质夫听得他们密语停止后，倒觉得自家说的话说得太多了，便朝对面的荷珠看了一眼，荷珠也正呆呆的在那里看他和碧桃。两人的视线接触的时候，荷珠便喷笑了出来。这是荷珠特有的爱娇，质夫倒被她笑得脸红了。荷珠一面笑着，一面便对质夫说：

“你们倒像是要好的两弟兄！于老爷你也就做了我的侄儿罢！”

质夫仰起头来，对呆呆坐在床前椅子上的海棠说：

“海棠！荷珠要认我做侄儿，你愿意不愿意她做你的姑母？”

海棠听了也只微微的笑了一脸，就走到床沿上来坐下了。

质夫这一晚在海棠房里坐到十二点钟打后才出来，从温软光明的妓女房里，走到黑暗冷清的外面街上的时候，质夫忽而打了一个冷噤。他仰起头看看青天。从狭隘的街上只看见了一条长狭的茫茫无底的天空，浮了几颗明星，高高的映在清澄的夜气上面。一种欢乐后的孤寂的悲感，忽而把质夫的心地占领了。风世要留质夫住在城里，质夫怎么也不肯。向风世要了一张出城券，质夫就坐了人力车，从人家睡绝后的街上，跑向北门的城门下来。守城门的警察，看看质夫的洋装姿势，便默默的替他开了门。质夫下车出了城门，在一条高低不平的乡下道上，跌来碰去的走回学校里去。他的四周都是黑沉沉的夜气，仰起头来只见得一弯蓝黑无穷的碧落，和几颗明灭的秋星。一道城墙的黑影，和怪物似的盘踞在他的右手城壕的上面，从远处飞来的几声幽幽的犬吠声，好像是在城下唱送葬的挽歌的样子。质夫回到了学校里，轻轻叫开了门。摸到自家房里，点着了洋烛，把衣服换好睡下的时候，远处已经有鸡啼声听得见了。

三

A城外的秋光老了。法政学校附近的菱湖公园里，凋落成一片的萧瑟景象。道旁的杨柳榆树之类，在清冷的早上，虽然没有微风，萧萧的黄叶也沙啦沙啦的飞坠下来。微寒的早晨，觉得温软的重衾可恋起来了。

天生的好恶性，与质夫的宣传合作了一处，近来游荡的风气竟在A地法政专门学校的教职员中间流行起来。

有一天，质夫和倪龙庵许明先在那里谈东京的浪漫史的时候，忠厚的许明先红了脸，发了一声叹声说：

"人生的聚散，真奇怪得很！五六年前，我正在放荡的时候，有一个要好的妓女，不意中我昨天在朋友的席上遇见了。那妓女在五六年前，总要算是A地第一个阔窑子，后来跟了一个小白脸跑走了，失了踪迹。昨天席上我忽然见了她那一种憔悴的形容，倒吃了一惊。她说那小白脸已经死了，现在她改名翠云，仍在鹿和班里接客。她看了我的粗布衣服，好像也很为我担忧似的，问我现在怎么样，我故意垂头丧气的说'我也潦倒得不堪'，倒难为她为我洒了一点同情的眼泪，并且教我闲空的时候上她那里去逛去。"

质夫听了这话也长叹了一声，含了悲凉的微笑，对明先念着说：

"尚有绨袍赠，应怜范叔寒，不知天下士，犹作布衣看。"

许明先走开之后，质夫便轻轻的对龙庵说：

“那鹿和班里，我也有一个女人在那里，几时带你去逛去罢，顺便也可以探探翠云皇后的消息。”

原来许明先接了陆校长的任，他们同事都比他作赵匡胤。这一次的风潮，他们叫作陈桥兵变。因此质夫就把许明先的旧好称作了皇后。

这一次风潮之后，学校里的空气变得灰颓得很。教职员见了学生的面，总感着一种压迫。

质夫上课的时候，觉得学生的目光都在那里说——你还在这里么！我们都不在可怜你，你也要走了罢？——因此质夫一听上课的钟响之后，心里总觉得迟迟不进，与风潮前的踊跃的心思却成了一个反对，有几天他竟有怕与学生见面的日子。一下课堂，他便觉得同从一种苦役放免了的人一样，感到几分轻快，但一想明天又要去上课，又要去看那些学生的不关心的脸色，心里就苦闷起来。到这时候，他就不得不跑进城去，或上那姓杨的教门馆去谋一个醉饱，或到海棠那里去消磨半夜光阴。所以风潮结束，第二次搬进学校之后，质夫总每天不得不进城去。看看他的同事，他也觉得他们是同他一样的在那里受精神上的苦痛。

质夫听了许明先的话，不知不觉对倪龙庵宣传了游荡的福音，并促他也上鹿和班去探探翠云的消息。倪龙庵听了却装出了一副惊恐的样子来对质夫说：

“你真好大的胆子，万一被学生撞见了，你怎么好？”

质夫回答他说：

“色胆天样的大。我教员可以不做，但是我的自由却不愿意被道德来束缚。学生能嫖，难道先生就嫖不得么？那些想以道德来攻击我们的反对党，你若仔细去调查调查，恐怕更下流的事情，他们也在那里干哟！”

这几句话说得倪龙庵心动起来，他那苍黄瘦长的脸上，也露了一脸微笑说：

“但是总应该隐秘些。”

第二天是星期六，下午没有课的。质夫吃完了午饭便跑进龙庵的房里去，悄悄地对龙庵说：

“今晚上我约定在海棠房里替她打一次牌，你也算一个搭子罢。一个是吴风世，一个是风世的朋友，我们叫他侄女婿的程叔和，你认得他不认得？现在我进城去了，在风世家里等你，你吃过晚饭，马上就进城来！”

日短的冬天下午六点钟的时候，A城的市街上已完全呈出夜景来了。最热闹的大街上，两面的店家都点上了电灯，掌柜的大口里唧唧的嚼着饭后的余粒，呆呆的站在柜台的周围，在那里看来往的行人。有一个女人走过的时候，他们就交头接耳的谈笑起来。从乡下初到省城里来的人，手里捏了烟管，慢慢的在四五尺宽的街上东望西看的走。人力车夫接铃接铃的响着车铃，一边放大了嗓子叫让路，骂人，一边拼命的在那里跑。车上坐的若是女人或妓女，他们叫得更加响，跑得更加快，可怜他们的变态性欲，除了这一刻能得着真真的满足之外，大约只有向病毒很多的土娼家去发泄的。狭斜的妓馆巷里，这时候正堆叠着人力车，在黄灰色的光线里，呈出活跃的景象来。菜馆的使者拿了小小的条子来之后，那些调和性欲的活佛，就装得光彩耀人，坐上人力车飞也似的跑去。有饮食店的街上，两边停着几乘杂乱的人力车，空气里散满了油煎鱼肉的香味，在那里引诱游惰的中产阶级，进去喝酒调娼。有几处菜馆的窗里，映着几个男女的影画，有悲凉的胡琴弦管的声音，和清脆的肉声传到外边寒冷灰黄的空气里来。底下站着一群无产的肉欲追求者，在那里隔水闻香。也有作了认真的面色，站着尝那肉声的滋味的，也有叫一声绝望的好，就慢慢走开的。

正是这时候，质夫和吴风世倪龙庵慢慢的走下了长街，在金钱巷口，向四面看了一回，便匆匆的跑进去了。他们进巷走了两步，兜头遇着了一乘飞跑的人力车。质夫举头一看，却是碧桃荷珠两人。碧桃穿着银灰缎子的长袍，罩着一件黑色铁机缎的小背心，歪戴了一顶圆形的瓜皮帽，坐在荷珠的身上，她那长不长方不方的小脸上，常有一层红白颜色浮着，一双目光射人的大眼睛，在这黑暗的夜色里同枭鸟似的尽在那里凝视过路的人。质夫一则因为她年纪尚小，天真烂漫，二则因为她有些地方很像吴迟生，本来是比海棠还要喜欢她，在这地方遇着，一见了这种样子，更加觉得痛爱，所以就赶上前去，一把拉住了那人力车叫着说：

“碧桃，你上什么地方去？”

碧桃用了她的还没有变浊的小孩的喉音说：“哦，你来了么？先请家去坐一坐，我们现在上第一春去出局去，就回来的。”

质夫听了她那小孩似的清音，更舍不得放她走，便用手去拉着她说：“碧桃你下来，叫荷珠一个人去就对了，你下来同我上你家去。”

碧桃也伸出了一只小手来把质夫的手捏住说：

“对不起，你先去吧，我就回来的，最多请你等十五分钟。”

质夫没有办法，把她的小手拿到嘴边上轻轻的咬了一口，就对她说：

“那么你快回来，我有要紧的话要和你说。”

质夫和倪吴二人到了海棠房里，她的床上已经有一个烟盘摆好在那里。他们三人在床上烧了一会烟，程叔和也来了。叔和的年纪约在三十内外，也是一个瘦长的人。脸上有几颗红点，戴着一副近视眼镜，嘴角上似有若无的常含着些微笑。因为他是荷珠的侄女清官人碧桃的客人，所以大家都叫他作侄女婿。原来这鹿和班里最红的姑娘就是荷珠。其次是碧桃，但是碧桃的红不过是因荷珠而来的。质夫看了荷珠那俊俏的面庞，似笑非笑的形容，带些红黑色的强壮的肉色，不长不短的身材，心里虽然爱她，但是因她太红了，所以他的劫富济贫的精神，总不许他对荷珠怀着好感。吴风世是荷珠微贱时候的老客，进出已经有五六年了，非但荷珠对他有特别的感情，就是鹿和班里的主人，对他也有些敬畏之心。所以荷珠是鹿和班里最红的姑娘，吴风世是鹿和班里最有势力的嫖客，为此二层原因，鹿和班里的绰号，都是以荷珠风世作中心点拟成的。这就是程叔和的绰号侄女婿的来历。

程叔和到后，风世就命海棠摆好桌子来打牌。正在摆桌子的时候，门外忽发了一阵乱喊的声音，碧桃跳进海棠的房里来了。碧桃刚跳出来，质夫同时也跑了过去，把她紧紧的抱住。一步一步的抱到床前，质夫就把碧桃推在程叔和身上说：

"叔和，究竟碧桃是你的人，刚才我在路上撞见，叫她回来，她怎么也不肯，现在你一到这里，你看她马上就跳了回来。"

程叔和笑着问碧桃说：

"你在什么地方出局？"

"第一春。"

"是谁叫的？"

"金老爷。"

质夫接着说：

"荷珠回来没有？"

碧桃光着眼睛，尖了嘴，装着了怒容用力回答说：

"不晓得！"

桌子摆好了，吴风世倪龙庵程叔和就了席坐了。质夫本来不喜欢打牌，并且今晚想和碧桃讲讲闲话，所以就叫海棠代打。

他们四人坐下之后，质夫就走上坐在叔和背后的碧桃身边轻轻的说：

“碧桃，你还在气我么？”

这样说着，质夫就把两手和身体伏上碧桃的肩上去。碧桃把身子向左边一避，质夫却按了一个空，倒在叔和的背上，大家都笑了起来。碧桃也笑得坐不住了，就站了起来逃，质夫追了两圈，才把她捉住。拿住了她的一只手，质夫就把她拖上床去，两个身体在叠着烟盘的一边睡下之后，质夫便轻轻的对她说：

“碧桃你是真的发了气呢还是假的？”

“真的便怎么样？”

“真的么？”

“嗳！真的，由你怎么样来弄我罢！”

“是真的么？那么我就爱死你了。”

这样的说了一句，质夫就狠命的把她紧抱了一下，并且把嘴拿近碧桃的脸上，重重的咬了一口，他脸上忽然挂下了两滴眼泪来。碧桃被他咬了一口，想大声的叫起来，但是朝他一看，见那灵活的眼睛里，含住了一泓清水，并且有两滴眼泪已经流在颊上，倒反而吃了一惊，就呆住了。质夫和她呆看了一忽，就轻轻的叫她说：

“碧桃，我有许多话要和你说，但是总觉得说不出来。”

又停了一忽，质夫就一句一句幽幽的对她说：

“我三岁的时候，父亲就死了。那时候我们家里没有钱，穷得很。我在书房里念书，因为先生非常痛我的缘故，常要受学伴的欺，我哩，又没有气力，打他们不过，受了他们的欺之后，总老是一个人哭起来。我若去告诉先生哟，那么先生一定要罚他们啦，好，你若去告诉一次吧，下次他们欺侮我，一定得更厉害些。我若去告诉母亲哩，那么本来在伤心的可怜的我的娘，老要同我俩一道哭起来。为此我受了欺，也只能一个人把眼泪吞下肚子里去。我从那时候起，就一天一天的变成了一个小胆，没出息，没力量的人。十二岁的时候我见了一个我们街坊的女儿，心里我可是非常爱她，但是我吓，只能远远的看看她的影子，因为她一近我的身边，我就同要死似的难过。我每天想每晚想的想了她二年，可是没有面对面的看过她一次。和她说话的时候，不消说是没有了，你说奇怪不奇怪？后来她同我的一位学伴要好了，大家都说她的坏话，我心里还常常替她辩护。现在她又嫁了另外的一个男人，听说有三四个小孩子生下了。十四岁进了中学校，又被同学欺得不得了。十八岁跟了我哥哥上日本去，只是跑来跑去的跑了七八年。他们日本人呀，欺我可更厉害了。到了今年秋天我才拖了这一个，你瞧吧，半死的身体回中国来。在上海哩，不意中遇着了一个朋友，他也是姓吴，他的样子同你不差什么，不过人还要比你小些。他病了，他的脸儿苍白得很，但是也很好看，好像透明的白玻璃似的。他说话的时候呀，声音也和你一样。同他在上海玩了半个月，我才知道以后我是少他不来了。但是和他一块儿住不上几天，这儿的朋友又打电报来催我上这儿来，我就不得不和他分开。我上船的那一天晚上，他来送我上船的时候，你猜怎么着，我们俩人哪，这样的抱住了，整哭了半夜啊。到了这儿两个月多，忙也忙得很，干的事情也没有味儿，我还没有写信去给他。现在天气冷了，我怕他的病又要坏起来呢！半个月前头由吴老爷替我介绍，我才认得海棠和你。海棠相貌又不美，人又笨，客人又没有，我心里虽在痛她，想帮她一点忙，可是我也没有许多的钱，可以赎她出去。你这样的乖，这样的可爱，我看见了你，就仿佛见我的朋友姓吴的似的，但是你呀，你又不是我的人。因为你和海棠在一个班子里，我又不好天天来找你说什么话，你又是很忙的，我就是来也不容易和你时常见面，今天难得和你遇见了，你又是这样的有气了，你说我难受不难受？”

质夫悠悠扬扬的诉说了一番，说得碧桃也把两只眼睛合了下去。质夫看了她这副小孩似的悲哀的样子，心里更觉得痛爱，便又拼命的紧紧抱了一回。质夫正想把嘴拿上她脸上去的时候，坐在打牌的四个人，忽而大叫了起来。碧桃和质夫两人也同时跳出了床，走近打牌的桌子边上去。原来程叔和赢了一副三番的大牌，大家都在那喝彩。

不多一忽荷珠回来了。吴风世就叫她代打，他同质夫走上烟铺上睡倒了。质夫忽想起了许明先说的翠云，就问着说：

“风世，这班子里有一个翠云，你认识不认识？”

吴风世呆了一呆说：

“你问她干什么？”

“我打算为龙庵去叫她过来。”

“好极好极！”

吴风世便命海棠的假母去请翠云姑娘过来。

翠云半老了，脸色苍黄，一副憔悴的形容，令人容易猜想到她的过去的浪漫史上去。纤长的身体，瘦得很，一双狭长的眼睛里常有盈盈的两泓清水浮着，梳妆也非常潦草，有几条散乱的发丝挂在额上，穿的是一件天青花缎的棉袄，花样已不流行了，底下是一条黑缎子的大脚裤。她进海棠房里之后，质夫就叫碧桃为龙庵代了牌，自家作了一个介绍，让龙庵和翠云倒在烟铺上睡下。质夫和翠云龙庵风世讲了几句闲话，便走到碧桃的背后去看她打牌。海棠的假母拿了一张椅子过来让他坐了。质夫坐下看了一忽，渐渐把身体靠了过去，过了十五六分钟，他却和碧桃坐在一张椅子上了。他用一只手环抱着碧桃的腰部，一只手在那里帮她拿牌，不拿牌的时候质夫就把那只手摸到她的身上去，碧桃只作不知，默默的不响。

打牌打到十一点钟，大家都不愿意再打下去。收了场摆好一桌酒菜，他们就坐拢来吃。质夫因为今天和碧桃讲了一场话，心里觉得凄凉，又觉得痛快，就拼命的喝起酒来。这也奇怪，他今天晚上愈喝酒愈觉得神经清敏起来，怎么也喝不醉。大家喝了几杯，就猜起拳来。今天质夫是东家，所以先由质夫打了一个通关。碧桃叫了三拳，输了三拳，质夫看她不会喝酒，倒替她喝了两杯。海棠输了两拳，质夫也替她代了一杯酒。喝酒喝得差不多了，质夫就叫拿稀饭来。各人吃了一二碗稀饭，席就散了。躺在床上的烟盘边上，抽了两口烟，质夫就说：

“今天龙庵第一次和翠云相会，我们应该到翠云房里去坐一忽儿。”

大家赞成了，就一同上翠云房里去。说了一阵闲话，程叔和走了。质夫和龙庵风世正要走的时候，荷珠的假母忽来对质夫说：

“于老爷，有一件事情要同你商量，请你上海棠姑娘房里来一次。”

质夫莫名其妙，就跟上她上海棠房里去。质夫一走进房，海棠的假母就避开了。荷珠的假母先笑了一脸，慢慢的对质夫说：

“于老爷，我今晚有一件事情要对你说，不晓得你肯不肯赏脸？”

“你说出来罢！”

“我想替你做媒，请你今晚上留在这里过夜。”

质夫正在惊异，没有作答的时候，她就笑着说：

“你已经答应了，多谢多谢！”

听了这话，海棠的假母也走了出来，匆匆忙忙的对质夫说：

“于老爷，谢谢，我去对倪老爷吴老爷说一声，请他们先回去。”

质夫听了这话，看她三脚两步的走出门去了。心里就觉得不快活起来。质夫叫等一等，她却同不听见一样，径自出门去了。质夫就站了起来，想追出去，却被荷珠的假母一把拖住说：

“你何必出去，由他们回去就对了。”

质夫心里着起急来，想出去又难以为情，想不去又觉得不好。正在苦闷的时候，龙庵却同风世走了进来。风世笑微微的问质夫说：

“你今晚留在这里么？”

质夫急得脸红了，便格格的回答说：

“那是什么话，我定要回去的。”

荷珠的假母便制着质夫说：

“于老爷，你不是答应我了么？怎么又要变卦？”

质夫又格格的说：

“什么话，什么话，我……我何尝答应你来。”

龙庵青了脸跑到质夫面前，用了日本话对质夫说：

“质夫，我同你是休戚相关的，你今晚怎么也不应该在这里过夜。第一我们的反对党可怕得很。第二在这等地方，总以不过夜为是，免得人家轻笑你好色。”

质夫听了这话，就同大梦初醒的一样，决心要回去，一边用了英文对风世说：

“这是一种侮辱，他们太看我不起了。难道我对海棠那样的姑娘，还恋她的姿色不成？”

风世听了便对质夫好意的说：

“这倒不是这样的，人家都知道你对海棠是一种哀怜。你要留宿也没有什么大问题的，你若不愿意，也可以同我们一同回去的。”

龙庵又用了日本话对质夫说：

“我是负了责任来劝你的，无论如何请你同我回去。”

海棠的假母早已看出龙庵的样子来了，便跑出去把翠云叫了过来，托翠云把龙庵叫开去。龙庵与翠云跑出去后，质夫一边觉得被人家疑作了好色者，心里感着一种侮辱，一边却也有些好奇心，想看看中国妓女的肉体。他正脸涨得绯红，决不定主意的时候，龙庵又跑了进来，这一次龙庵却变了态度。质夫举眼对他一看。用了目光问他计策的时候，他便说：

“去留由你自家决定罢。但是你若要在这里过夜，这事千万要守秘密。”

质夫也含糊答应说：

“我只怕两件事情，第一就是怕病，第二就是怕以后的纠葛。”

龙庵又用了日本话回答说：

“海棠病是没有的，刚才翠云已经对我说过了。”

风世又用英文接着说：

“竹杠她是不敢敲的。你明天走的时候付她二十块钱就对了。她以后要你买什么东西，你可以不答应的。”

质夫红了脸失了主意，迟疑不决的正在想的时候，荷珠的假母，海棠的假母和翠云就把风世龙庵两人拉了出去，一边海棠走进了房，含着了一脸忠厚的微笑，对着质夫坐下了。

四

海棠房里只剩下质夫海棠二人。质夫因为刚才的去留问题，神经已被他们搅乱了，所以不愿意说话。鲁钝的海棠也只呆呆的坐着，不说一句话。质夫只听见房外有几声脚步声，和大门口有几声叫唤声传来。被这沉默的空气一压，质夫的脑筋觉得渐渐镇静下去。停了一忽，海棠的假母走进房来轻轻的对质夫说：

“于老爷，对不起得很，间壁房里有海棠的一个客人在那里打牌，请你等一忽，等他去了再睡。”

质夫本来是小胆，并且有虚荣心的人，听了这话，故意装了一种恬淡的样子说：

“不要紧，迟一忽睡有什么。”

质夫默默地坐了三十分钟，觉得无聊起来，便命海棠的假母去拿鸦片烟来烧。他一个人在烧鸦片烟的时候，海棠就出去了。烧来烧去，质夫终究烧不好，好容易装好了一口，吸完之后，海棠跑了进来对假母幽幽的说：

“他去了。”

假母就催说：

“于老爷，请睡罢。”

把烟盘收好，被褥铺好之后，那假母就带上了门出去了。

质夫看看海棠，尽是呆呆在坐在那里，他心里却觉得不快，跑上去对她说了一声，他就一个人把衣服脱了来睡了。海棠只是不来睡，坐了一会，却拿了一副骨牌出来，好像在那里卜卦的样子。质夫看了她这一种愚笨的迷信，心里又好气，又好笑。

“大约她是不愿意的，否则何以这样的不肯睡呢。”

质夫心里这样一想，就忽而想得她可怜起来。

“可怜你这皮肉的生涯！这皮肉的生涯！我真是以金钱来蹂躏人的禽兽呀！”

他就决定今晚上在这里陪她过一夜，绝对不去蹂躏她的肉体。过了半点钟，她也脱下衣服来睡了，质夫让她睡好之后，用了围巾替她颈项围得好好，把她爱抚了一回，就叫她睡，自家却把头朝开了。过了三十分钟的样子，质夫心中觉得自家高尚得很，便想这样的好好睡一夜，永不去侵犯她的肉体。但是他愈这样的想愈睡不着，又过了一忽，他心里却起了冲突来了。

“我这样的高尚，有谁晓得。这事讲出去，外边的人谁能相信。海棠那蠢物，你在怜惜她，她哪里能够了解你的心。还是做俗人罢。”

心里这样一想，质夫就朝了转来，对海棠一看，这时候海棠还开着眼睛向天睡在那里。质夫觉得自家脸上红了一红，对她笑了一脸，就把她的两只手压住了。她也已经理会了质夫的心，轻轻的把身体动了一动。

本来是变态的质夫，并且曾经经过沧海的他，觉得海棠的肉体，绝对不像个妓女。她的脸上仍旧是无神经似的在那里向上呆看。不过到后来她的眼睛忽然连接的开闭了几次，微微的吐了几口气。那时窗外已经白灰灰的亮起来了。

五

久旱的天气，忽下了一阵微雨。灰黑的天空，呈出寒冬的气象来。北风吹到半空的电线上的时候，呜呜的鸣声，刺入人的心骨里去，无棉衣的穷民，又不得不起愁闷的时候到了。

质夫自从那一晚在海棠那里过夜之后，觉得学校的事情，愈无趣味。一边因为怕人家把自己疑作色鬼，所以又不愿再上鹿和班去，并且怕纯洁的碧桃，见了他更看他不起，所以他同犯罪的人一样，不得不在他那同牢狱似的房里蛰居了好几天。

那一天午后，天气忽然开朗起来，悠悠的青天仍复蓝碧得同秋空一样。他看看窗外的和煦的冬日，心里觉得怎么也不得不出去一次。但是一进城去，意志薄弱的他，又非要到金钱巷去不可。他正在那里想得无聊的时候，忽听见门房传进了几个名片来，他们原来是城内工业学校和第一中学校的学生，正在发行一种文艺旬刊，前几天曾与质夫通过两次信的。质夫一看了他们的名片，觉得现在的无聊，可以消遣了，就叫门房快请他们进来。

几个青年，都是很有精神，质夫听了他们那些生气横溢的谈话，觉得自家惭愧得很。及看到他们的一种向仰的样子，质夫真想跪下去，对他们忏悔一番。

"你们这些纯洁的青年呀！你们何苦要上我这里来。你们以为我是你们的指导者么？你们错了。你们错了。我有什么学问？我有什么见识？啊啊，你们若知道了我的内容，若知道了我的下流的性癖，怕大家都要来打我杀我呢！我是违反道德的叛逆者，我是戴假面的知识阶级，我是着衣冠的禽兽！"

他心里虽在这样的想，面上却装了一副严正的样子，同他们在那里谈文艺社会各种问题。谈了一个钟头，他们去了。质夫总觉得无聊，所以就换了衣服跑进城去。

原来A城里有两个研究文艺的团体，一个是刚才来过的这几个青年的一团，一个是质夫的几个学生和几个已在学校卒业在社会上干事的人的团体。前者专在研究文艺，后者是带有宣传文化事业的性质的。质夫因为学校的关系和个人的趣味上，与后者的一团人接触的机会比较多些，所以他们的一团人，竟暗暗里把质夫当作了一个指导者看。近来质夫因为放荡的结果，许久不把他们的一团人摆在心里了，刚才见了那几个工业和一中的青年学生，他心里觉得有些对那一团人不起的地方，所以就打算进城去看看他们。其实这也不过是他自家欺骗自家的口实，他的朦胧的意识里，早有想去看看碧桃海棠的心思存在了。

到了城里，上他们一团人的本部，附设在一高等小学里的新文化书店里去坐了一忽，他就自然而然的走上金钱巷去。

在海棠房里坐了一忽，已经是上灯的时刻了。质夫问碧桃在不在家，海棠的假母说：

“她上游艺会去唱戏去了。”

这几天来华洋义赈会为募集捐款的缘故，办了一个游艺会。

女校书唱戏，也是游艺会里的一种游艺，年纪很轻，喜欢出出风头的碧桃，大约对这事是一定很热心的。

质夫听碧桃上游艺会去了，就也想去看看热闹，所以对海棠说：

“今晚我带你上游艺会去逛去罢。”

海棠喜欢得不了得，便梳头擦粉的准备起来。一边假母却去做了几碗菜来请质夫吃夜饭。质夫吃完了夜饭，与海棠约定了在游艺会的旧戏场的左廊里相会，一个人就先走了。

质夫一路走进了游艺会场，遇见了许多红男绿女，心里忽觉得悲寂起来。走到各女学校的贩卖场的时候，他看见他的一个学生正在与一个良家女子说话。他呆呆的立了一忽，马上就走开了，心里却在说：

“年轻的男女呀，要快乐正是现在，你们都尽你们的力量去寻快乐去罢。人生值得什么；不于少年时求些快乐，等得秋风凋谢的时候，还有什么呢！你们正在做梦的青年男女呀，愿上帝都成就了你们的心愿。我半老了，我的时代过去了。但愿你们都好，都美，都成眷属。不幸的事，不美的人，孤独，烦闷，都推上我的身来，我愿意为你们负担了去。横竖我是没有希望的了。”

这样的想了一遍，他却悔恨自己的青年时代白白的断送在无情的外国。

“如今半老归来，那些莺莺燕燕，都要远远地避我了。”

他的伤感的情怀，一时又征服了他的感情的全部，他便觉得自家是坐在一只半破的航船上，在日暮的大海中漂泊，前面只有黑云大浪，海的彼岸便是“死”。

在灿烂的电灯光里，喧扰的男女中间，他一个人尽在自伤孤独。

他先上女校书唱戏场去看了一回，却不见碧桃的影子。他的孤独的情怀又进了一层，便慢慢的走上旧戏场的左边去，向四边一看，海棠还没有来，他推进了座位，坐下去听了一忽戏，台上唱的正是《琼林宴》，他看到了姓范的什么人醉倒，鬼怪出来的时候，不觉笑了起来，以为中国人的神秘思想，却比西洋的还更合于实用。看得正出神的时候，他觉得肩上被人拍了一下。他回过头来一看，见碧桃和海棠站在他背后对他在那里微笑，他马上站了起来问她们说：

“你们几时来的？”

她们听不清楚，质夫就叫她们走出戏场来。在质夫周围看戏的人，都对了她们和质夫侧目的看起来了。质夫就俯了首，匆匆的从人丛中跑了出来。跑到宽旷的园里，他仰起头来看看寒冷的碧天，见有一道电灯光线红红的射在半空中。他头朝着了天，深深的吐了一口气，慢慢的跟在他后面的海棠碧桃也来了。海棠含了冷冷的微笑说：

“我和碧桃都还没有吃饭呢！”

质夫就回答说：

“那好极了，我正想陪你们去喝一点酒。”

他们三人上场内宴春楼坐下之后，质夫偷看了几次碧桃的脸色，因为质夫自从那一晚在海棠那里过夜之后，还是第一次遇见碧桃，他怕碧桃待他要与从前变起态度来。但是碧桃却仍是同小孩子一样，与他要好得很。他看看碧桃那种无猜忌的天真，一边感着一种失望，一边又有一种羞愧的心想起来。

他心里似乎说：

“像这样无邪思的人，我不该以小人之心待她的。”

质夫因为刚才那孤独的情怀，还没有消失，并且又遇着了碧桃，心里就起了一种特别的伤感，所以一时多喝了几杯酒。吃完了饭，碧桃说要回去，质夫留她不住，只得放她走了。

质夫陪着海棠从菜馆下来的时候，已觉得有些昏昏欲睡的样子，胡乱的跟海棠在会场里走了一转，觉得疲倦起来，所以就对海棠说：

“你在这里逛逛，我想先回家去。”

“回什么地方去？”

“出城去。”

“那我同你出去，你再上我们家去坐一会罢。”

质夫送她上车，自家也雇了一乘人力车上金钱巷去。一到海棠房里他就觉得想睡。说了二句闲话，就倒在海棠床上和衣睡着了。

质夫醒来，已经是十一点五十分的样子。假母问他要不要什么吃，他也觉得有些饿了，便托她去叫了两碗鸡丝面来。质夫看看外面黑的很，一个人跑出城去有些怕人，便听了假母的话，又留在海棠那里过夜了。

六

妓家的冬夜渐渐地深起来了。质夫吃了面，讲了几句闲话，与海棠对坐在那里玩骨牌，忽听见后头房里一阵哄笑声和爆竹声传了过来。质夫吃了一惊，问是什么。海棠幽幽的说：

“今天是菊花的生日，她老爷替她放爆竹。”

质夫听了这话，看看海棠的悲寂的面色，倒替海棠伤心起来。

因为这班子里客最少的是海棠，现在只有一个质夫和另外一个年老的候差的人。那候差的人现在钱也用完了，听说不常上海棠这里来。质夫也是于年底下要走的。一年中间最要用钱的年终，海棠怕要一个客也没有。质夫想到这里，就不得不为海棠担起忧来。将近二点的时候，假母把门带上了出去，海棠质夫脱衣睡了。

正在现实与梦寐的境界上浮游的时候，质夫忽听见床背后有霍霍的响声，和竹木的爆裂声音传过来。他一开眼睛，觉得房内帐内都充满了烟雾，塞得吐气不出，他知道不好了，用力把海棠一把抱起，将她衣裤拿好，质夫就以命令似的声音对她说：

“不要着忙，先把裤子衣服穿好来，另外的一切事情，有我在这里，不要紧，不要着忙！”

他话没有讲完，海棠的假母也从门里跌了进来，带了哭声叫着说：

“海棠，不好了，快起来，快起来！”

质夫把衣服穿好之后，问海棠说：

“你的值钱的物事摆在什么地方的？”

海棠一边指着那床前的两只箱子，一边发抖哭着说：

“我的小宝宝，我的小宝宝，小宝宝呢？”

质夫一看海棠的样子，就跳到里间房里去，把那乳母和小宝宝拉了出来，那时的火焰已经烧到了里间屋里了，质夫吩咐乳母把小孩抱出外面去。他就马上到床上把一条被拿了下来摊在地板上，把海棠的几件挂在那里的皮袄和枕头边上的一个首饰箱丢在被里，包作了一包，与一只红漆的皮箱一并拖了出去。外边已经有许多杂乱的人冲来冲去的搬箱子包袱，质夫出了死力的奔跑，才把一只箱子和一个被包搬到外面。他回转头来一看，看见海棠和她的假母一边哭着，一边抬了一床帐子跟在后面。质夫把两件物事摆下，吐了一口气，忽见边上有一乘人力车走过，他就拉住了人力车，把箱子摆了上去，叫海棠和一个海棠房外使用的男人跟了车子向空地里看着。

质夫又同假母回进房来，搬第二次的东西，那时候黑烟已经把房内包紧了。质夫和假母抬了第二次东西出来的时候，门外忽遇着了翠云。她披散了头发在那哭喊。质夫问她，怎么样？她哭着说：

“菊花的房同我的连着，我一点东西也没有拿出来，烧得干干净净了。”

质夫就把假母和东西丢下，再跑到翠云房里去一看，她房里的屋椽已经烧着坍了下来，箱子器具都炎炎的燃着了。质夫不得已就空手的跑了出来，再来寻翠云，又寻她不着。质夫跑到碧桃房里去一看，见她房里有四个男人坐着说：

“碧桃荷珠已经往外边去了。她们的东西由我们在这里守着，万一烧过来的时候，我们会替她搬的，请于老爷放心。”

原来荷珠碧桃的房在外边，与菊花翠云的房隔两个天井，所以火势不大，可以不搬的，质夫听了便放了心，走出来上空地里去找海棠去。质夫到空地里的时候，就看见海棠尽呆呆的站在那里。

因为她太出神了，所以质夫走上她的背后，她也并不知道。质夫也不去惊动她，便默默的站在她的背后。过了三五分钟，一个四十五六，面貌瘦小，鼻头红红的男人走近了海棠的身边问她说：

“我们的小孩子呢？”

海棠被他一问，倒吃了一惊，一见是他，便含了笑容指着乳母说：

“你看！”

“你惊骇了么？”

“没有什么。”

质夫听了，才知道这便是那候差的人，那小娃娃就是他与海棠的种了，质夫看看那男人，觉得他的面貌，卑鄙得很，一联想到他与海棠结合的事情，竟不觉打起冷噤来。他摇了一摇头，对海棠的背后丢了一眼轻笑的眼色，就默默的走了。

那一天因为没有风，并且因为救火人多，质夫出巷外的时候火已经灭了。东方已有一线微明，鸡叫的声音有几处听得出来。质夫一个人冒了侵早的寒冷空气，从灰黑清冷的街上一步一步的走上北门城下去。他的头脑，为夜来的淫乐与搬火时候的杂闹搅乱了，觉得思想混杂得很。但是在这混杂的思想里，他只见一个红鼻头的四十余岁的男子的身体和海棠的矮小灰白的肉体合在一处，浮在他的眼前。他在游艺场中感得的那一种孤独的悲哀，和一种后悔的心思混在一块，笼罩上他的全心。

七

第二天寒空里忽又萧萧的下起雨来。倪龙庵感冒了风寒，还睡在床上，质夫一早就跑上龙庵的房，将昨晚失火的事情讲给了他听，他也叹着说：

“翠云真是不幸呀！可惜我又病了，不能去看她，并且现在身边钱也没有。不能为她尽一点力。”

质夫接着说：

“我想要明先出五十元，你出五十元，我出五十元，送她。教她好做些更换的衣服。下半天课完之后，打算再进城去看她，海棠的东西我都为她搬出了，大约损失也是不多的。”

这一天下午，质夫冒雨进城去一看，鹿和班只烧去了菊花翠云的两间房子和海棠的里半间小屋。海棠的房间，已经用了木板修盖好，海棠一家，早已搬进去住好了。质夫想问翠云的下落，海棠的假母只说不知道，不肯告诉质夫，质夫坐了一会出来的时候，却遇见了碧桃。碧桃红了一红脸，笑质夫说：

“你昨晚上没有惊出病来么？”

质夫跑上前去把她一把拖住说：

“你若再讲这样的话，我又要咬你的嘴了。”

她讨了饶，质夫才问她翠云住在什么地方。她领了质夫走上巷口的一间同猪圈似的屋里去。一间潮湿不亮的丈五尺长的小屋里坐满了些假母妓女在那里吊慰翠云。翠云披散了头发，眼睛哭得红肿，坐在她们的中间。质夫进去叫了一声：

“翠云！”

觉得第二句话说不出来，鼻子里也有些酸起来了。翠云见了质夫，就又哭了起来。那些四周坐着的假母妓女走散之后，翠云才断断续续的哭着说：

“于老爷，我……我……怎么，……怎么好呢！现在连被褥都没有了。”

质夫默坐了好久，才慢慢地安慰她说：

“偏是龙庵这几天病了，不能过来看你。但我已经同他商量过，大约他与许明先总能帮你的忙的。”

质夫看看她的周围，觉得连梳头的镜盒都没有，就问她说：

“你现在有零用钱没有？”

她又哭着摇头说：

“还……还有什么！我有八十几块的钞票全摆在箱子里烧失了。”

质夫开开皮包来一看里面还有七八张钞票存在，便拿给了她说：

“请你收着，暂且当作零用罢。你另外还有什么客人能帮你的忙？”

“另外还有一二个客人，都是穷得同我一样。”

质夫安慰了她一番，约定于明天送五十块钱过来，便走回学校内去。

八

耶稣的圣诞节近了。一九二一年所余也无几了。晴不晴，雨不雨的阴天连续了几天，寒空里堆满了灰黑的层云。今年气候说比往年暖些，但是A城外法政专门学校附近的枯树电杆，已在寒风里发起颤来了。

质夫的学校里，为考试问题与教职员的去留问题，空气紧张起来。学生向校长许明先提出了一种要求，把某某某某的几个教员要去，某某某某的几个教员要留的事情，非常强硬的说了，质夫因为是陆校长聘来的教员，并且明年还不得不上日本去将卒业论文提出，所以学生来留的时候，确实的复绝了。

其中有一个学生，特别与质夫要好，大家推他来留了几次，质夫只讲了些伤心的话，与他约了后会，宛转的将不能再留的话说给他听。

那纯洁的学生听了质夫的殷殷的别话，就在质夫面前哭了起来，质夫的灰颓的心，也被他打动了。但是最后质夫终究对他说：

“要答应你再来也是不难，但现在虽答应了你，明年若不能来，也是无益的。这去留的问题，我们暂且不讲罢。”

同事中间，因为明年或者不能再会的缘故，大家轮流请起酒来，这几日质夫的心里，被淡淡的离情充满了。

有一个星期六晚上，质夫喝醉了酒，又与龙庵风世上鹿和班去，那时候翠云的房间也修盖好了。烧烧鸦片烟，讲讲闲话，已经到了十二点钟，质夫想同海棠再睡一夜，就把他今晚不回去的话说了。龙庵风世走后，海棠的假母匆匆促促的对质夫说：

“今晚对不起得很，海棠要上别处去。”

质夫一时涨红了脸，心里气愤得不堪，但是胆量很小虚荣心很大的质夫，也只勉强的笑了一脸，独自一个人从班子里出来，上寒风很紧的长街上走回学校里去。本来是生的闷汰儿的他，因想尝尝那失恋的滋味，故意车也不坐，在冷清的街上走向北门城下去。他一路走一路在想：

“连海棠这样丑的人都不要我了。啊啊，我真是世上最孤独的人了，真成了世上最孤独的人了啊！”

这些自伤自悼的思想，他为想满足自家的感伤的怀抱，当然是比事实还更夸大的。

学校内考试也完了。学生都已回家去了，质夫因为试卷没有看完，所以不得不迟走几天，约定龙庵于三日后乘船到上海去。

到了要走的前晚，他总觉得海棠人还忠厚，那一晚的事情，全是那假母弄的鬼。虽然知道天下最无情的便是妓女，虽然知道海棠还有一个同她生小孩的客在，但是生性柔弱的质夫，觉得这样的别去，太是无情。况且同吴迟生一样的那纯洁的碧桃，无论如何，总要同她话一话别。况这一回别后，此生能否再见，事很渺茫，即便能够再见，也不知更在何日。所以那一晚质夫就作了东，邀龙庵风世碧桃荷珠翠云海棠在小蓬莱菜馆里吃饭。

质夫看看海棠那愚笨的样子，与碧桃的活泼，荷珠的娇娆，翠云的老练一比，更加觉得她可怜。喝了几杯无聊的酒，质夫就招海棠出席来，同她讲话。他自家坐在一张藤榻上，教海棠坐在他怀里。他拿了三张十元的钞票，轻轻的塞在她的袋里。把她那只小的乳头捏弄了一回，正想同她亲一亲嘴走开的时候，那红鼻子的卑鄙的面貌，又忽然浮在他的眼前。

质夫幽幽的向她耳跟前说了一句“你先回去罢”，就站了起来，走回到席上来了。海棠坐了一忽，就告辞了，质夫送了她到了房门口，想她再回转头来看一眼的，但是愚笨的海棠，竟一直的出去了。

海棠走后，质夫忽觉兴致淋漓起来，接连喝了二三杯酒，他就红了眼睛对碧桃说：

“碧桃，我真爱你，我真爱你那小孩似的样子。我希望你不要把自家太看轻了。办得到请你把你的天真保持到老，我因为海棠的缘故，不能和你多见几面，是我心里很不舒服的一件事情，可是你给我的印象，比什么人更深，我若要记起忘不了的人来，那么你就是其中的一个。我这一次回上海后，不知道能不能和我的姓吴的好朋友相见，我若见了他，定要把你的事情讲给他听。我那一天晚上对你讲的那个朋友，你还想得起来么？”

质夫又举起杯干了一满杯，这一次却对翠云说：

“翠云，你真是糟糕。嫁了人，男人偏会早死，这一次火灾你又烧在里头，但是……翠云……我们人是很容易老的，我说，翠云，你别怪我，还是早一点跟人吧！”

几句话说得翠云掉下眼泪来，一座的人都沉默了。吴风世觉得这沉默的空气压迫不过，就对质夫说：

“我们会少离多，今晚上应该快乐一点，我们请碧桃唱几出戏罢！”

大家都赞成了，碧桃还是呆呆的在那里注视质夫，质夫忽对碧桃说：

“碧桃，你看痴了么？唱戏呀！”

碧桃马上从她的小孩似的悲哀状态回复了转来，琴师进来之后，碧桃问唱什么戏，质夫摇头说：

“我不知道，由你自家唱罢！”

碧桃想了一想，就唱了一段《打棍出箱》，正是质夫在游艺会里听过的那一段。质夫听她唱了一句，就走上窗边坐下。他听听她的悲哀的清唱，看看窗外沉沉的暗夜，觉得一种莫名其妙的哀思忽而涌上心来。不晓是什么缘因，他今晚上觉得心里难过得很，听碧桃唱完了戏，胡乱的喝了几杯酒，他就别了碧桃荷珠翠云，跑回家来，龙庵风世定要他上鹿和班去，他怎么也不肯，竟一个人走了。

九

一九二一年十二月二十八日的晚上，A 城中的招商码头上到了一只最新的轮船，一点钟后，要开往上海去的。在上船下船的杂闹的人丛中，在黄灰灰的灯影里，质夫和龙庵立在码头船上和几个来送的人在那里讲闲话。围着龙庵的是一群学校里的同事和许明先，围着质夫的是一群青年，其中也有他的学生，也有 A 地的两个青年团体中的人。质夫一一与他们话别之后，就上舱里去坐了。不多一忽船开了，码头上的杂乱的叫唤声，也渐渐的听不见了。质夫跑上船舷上去一看，在黑暗的夜色里，只见 A 地的一排灯火，和许多人家的黑影，在一步一步的退向后边去。他呆呆的立了一会，见 A 省城只剩了几点灯影了。又看了一忽，那几点灯影也看不出来了。质夫便轻轻的说：“人生也是这样的吧！吴迟生不知道在不在上海了。”

一九二二年七月初稿

一九二四年十月改作

十一月初三 ①

一

自己因为和自己的女人同居的期间很短，所以每遇到心境有什么变更波动的时节，第一个想起来的，总离不了她。想到人家的女人的时候，虽然也有，但是这大抵是以酒阑兴动，或睡余梦足时为限，到了悲怀难遣，寂寞得同棺材里的朽钉似的时候，第一个想起来的，总还是自家的女人，还是我的那个不能爱而又不得不爱的她。

今天也是这样的呀！这样的天气，这样的大风天气，又况在这一个时候，这一个黄昏时候，若是我的女人在我的边上，那么我所爱吃的几碗菜，和我所爱喝的那一种酒，一定会不太冷也不太热的摆在我的面前；而她自家一定是因为晓得我不喜欢和她见面的原因，要躲往厨下去；一边她若知道我的烟又快完了，那么必要暗暗里托我所信用的年老的女底下人去买一罐我所爱吸的烟来，不声不响的搁在我的手头……啊啊！这些琐碎的事情，描写起来，就是写一千张原稿纸也写不完，即使写完了，对于现在的我，又有什么补益？……我不说了，不愿意再说了，总之现在我是四海一身，落落寞寞，同枯燥的电杆一样，光泽泽的在寒风灰土里冷颤。眼泪也没有，悲叹也没有，称心的

① 本篇原载于一九二四年十二月十三日、二十日、二十七日及一九二五年一月三日《现代评论》周刊第一卷第一、二、三、四期。

事业，知己的朋友，一点儿也没有，没有没有没有……什么也没有，所有的就是一个空洞的心！同寒灰似的一个心！

这样枯寂的我，依理应该完全化成一块化石，兀兀的塞死一切情感，然而有时又会和常人一样，和几年前的我一样，变得非常的感伤。

二

在眼睛开闭了几次的中间，时光又匆匆的跑了速步。晚秋寥落的风情，又不知在什么时候，换了个风雪盈途的残年急景。我今天早晨，独睡在寒冷的棉花被里，看看窗外的朝阳，听听狭巷里车轮碾冰冻泥路的声音，忽而想起了“今夕是何年”“我与岁月，现在是怎么一个关系”等事情来。不晓是“幸”呢还是“不幸”？向床前的那个月份牌一看，我忽发见了今天是阴历的十一月初三。二十八年前的昨天，像我这样的一个不生羽翼的两脚动物，的确是不存在在这苦恼的世上的，而当时的这世间又的确比现在还要安泰快乐得多，究竟是“幸”呢还是“不幸”？我忽想起了今天是我的诞生日子！

一只癞蛤蟆的诞生，不过是会说几句话的，一只猫狗的诞生，在世界历史上更不要提起，就是在自家的家谱上，能不能登载上去，也是说不定的。一个小人物的诞生，究竟值得些什么？所以在过去的二十八年中间，没有知识的时候，不用说了，就是有知识以后，我在我自家的诞生日里，从来也没有发生过什么感想。那么今天何以会注意到自家的生日上去的呢？这却是有原因的。

半个月前头，N埠的一个小学教员A君，寄了一篇小说来给我，这篇小说的名称，叫作《生日》。里边所描写的是一位二十一岁的多情多感的青年，当他诞生之日，他胸里的一腔郁闷，只觉得无处可泄。又遇着这一天学校内全体放假，他既没有女友，同事中又没有和他谈话解闷的人。满怀了寂寞，他只好向街头去瞎走。无心中遇见了一位卖花的少女，他自家欺慰自家，就想和这位少女谈几句知心的密话，而这位少女又哪里能够了解他，所以他只好闷闷的回来。

我躺在床上，看了日历，想起了这篇小说，同时又记起了十一月初三的我的生日，不消说这时候我的心里，比那小说的主人公还要郁闷，还要无聊。

三

大约现在的一班绝无聊赖，年纪和我相上下的中年人，都应该有这一种脾气：一天到晚，四六时中，总是自家内省的时候多，外展的时候少，自家责备自家的时候多，模仿那些伟人杰士的行为的时候少。愈是内省，愈觉得自家的无聊，愈是愤怒，而其结果，性格愈变得古怪，愈想干那种隐遁的生涯。我的这一种内省病，和烟酒的嗜好一样，只是一天一天的深沉起来，近来弄得连咳嗽一声，都怕被人家知道，就是路上叫洋车的时候，也声气放得很幽。

今天早晨，千不该万不该，总不该把那张日历来看一眼的，因为自从我记起我自家的生日以后，本来心上常常垂在那里的一块铅锤，忽而加了千百斤的重量。起床之后，漱完了口，吃完了早饭，本来不得不马上就去学校上课的，然而心地像这样灰暗的时候，就是上讲堂去讲也讲不出什么来，所以只好打电话去请了假。

枯坐在家里，更是无聊，打完电话，就跑出去想找一个地方好好儿的去快乐快乐。然而心灵的眼睛上，已经戴上了黄灰色的眼镜的我，看出去世界上哪里还有一块不是黄灰色的呢？

出了前门，在大街上跑来跑去的跑了两遍，看见的除了许多戴皮帽大刀的军人以外，嗡嗡来往的都是些同我一样，毫无目的的两脚走兽。有一排在棺材前头吹打的行列，于烦忙短促的这午前一两个钟头里，在汽车马车如龙如水的中间，竟同棺材一样的慢慢儿在那儿蠢动。这一种奇特的现象，一时吸引了我的三分注意，然而停住了脚一看，也觉得平淡无味，不得已我就进了一家酒馆。

不晓在什么地方听见过的一位俄国的革命家说，我们若想得着生命的安定，于皈依宗教，实行革命，痛饮酒精的三件事情中，总得拣一件干干。头上的两件，我都已没有能力去干了，那么第三件对我最为适宜。并且忧闷不深的时候，我也常常用过这个手段，觉得很有效验，不过今天是不行了，怎么也不行了，我接连喝了几壶白酒，却一点儿也不醉。

四

十二点钟打后，出了酒馆，依旧是闷闷的寻往戏园中去。大街上狭巷里的车铃声叫唤声和不能归类的杂遝的哄号声，扑面的迎来。听说这一次战争时，死了的人数总在五六万人以上，为这战争的原因，虽不上战场上去，牵连而死的人，也有几千，而这前门外的一廓，太阳光的底下，凉风灰土的中间，熙来攘往的黄色人还是这样的多。尤其是惹人注意的，是许多许多戴皮帽着灰色黄色制服的兵士。我在大街旁的步道上，擦了一擦眼睛，被车马人群推来攘去的越过了中街，便往东的寻上一家新开的戏园里去。

买定了一个座儿，向我的周围及二层三层楼一望，紧挤着的男女，五颜六色的绣缎皮毛，一时使我辨不出哪一块是人的肉哪一块是衣服的材料来。“啊啊！”我不知不觉的心里想了一下，“中国人还是有钱的，富的人还是不少，大约内乱总还可以继续几年。”

铜锣大鼓的雷鸣，胡琴弦子的谐调，清脆高亮的肉声和周围的一种欢乐场中特有的醉人的空气，平时对我非常有催眠魔力的这戏园里的一切，今天也不行了，我的感受性完全消退了。

喝了一壶茶。听了几句青衣独唱的高音，我觉得自家的身体渐渐的和周围远隔了开来。又向四周环视了一遍，我索性自管自的沉入我的空想里去了：

“啊啊！这里不少的中年的男女，这些人若说他们个个都是快乐的，我也不敢相信。其中大约也有和我一样的人在那里。他们惟其在人生的里头找不到安慰，所以才到这里来的呀！脸上的笑容，强装的媚态，哪里是真真的心的表白？若以外貌来论，那么有谁识得破我是人类中最不幸最孤独的一个？若讲到衣服呢，那么我的这件棉袍，也不能显示我的经济拮据的状态。我且慢慢的找吧！在这热闹场中找出一个和我一样的人来吧！……”

噹罩的一响，把我的沉思的连续打断了。向台上一望，看见一个绿脸红须的人在那里乱跳乱舞。因为前后的情节接不上，看戏的兴趣较前更没有了，我就问看座的人要了帽子围脖，慢慢的走出场来。

“嗳，今天是我的生日，一天已有大半天过去了，有使我快乐的可能的地方，我总算都已去过，到了此刻，我胸中抱着的仍是一个空洞的心，灰土似的一个心！……噢，还有什么可以去的地方没有？……”

俯了头想到此地，我已走近了门口。嗡嗡的一声，刹刹喀单的一响，我正要走下台阶来的时候，门前一辆黑漆的汽车里，走下了一个人来。我先看见了一双狭长穿蓝绣花缎鞋的女脚，把头抬高了一点，我又看见了一件金团花锦丝缎淡红色的幔都——斗篷？一口钟？女外套？——若再把头抬高几分，马上就可以看出一个粉白的脸子来，但心里忽而想了一想：

“噢呵，又来了一只零卖的活猪！”

我仍复把头低了下去，绕过汽车的后面，慢慢的走出了巷来。

五

太阳打斜了，空中浮罩着一层黄色的霞盖，老住北京的人，知道这是大风袭来的预兆。我若有兴致，袋里的钱却也够我在胡同里一宵的花费，但是这一种欢乐的魔醉力，能不能敌得过我现在的懒性，却是一个问题。走到正阳桥上，雇好了洋车，跑回家来的路上，我对于今天的一日，颇有依依不舍的神情，仿佛一回到家里，就什么事情也完了似的。

独坐在洋车上，向来往的人丛里往北的奔跑，我的旧习的那一种反省病，又自悼自伤的发起来了：

"若把这世界当作个舞台，那么这些来往的行人，都是假装的优孟，而这个半死半生的我，也少不得是一个登场的傀儡。若以所演的角色而论，那么自家的确是一个小丑的身分。为陪衬青衣花旦，使她们的美妙的衣裳，粉白的脸子，与我相形之下，愈可见得出美来的小丑。为增加人家的美处而存在的小丑，啊啊！我的不遇，我的丑陋，正是人家的幸运，人家的美妙吓！你这前生注定的小丑的身分哟，我想诅咒你，然而诅咒你，就是诅咒我自己吓！

"我这个飘流不定的身子，若以物件来比拟，那么我想再比中心点失掉了的半把剪刀相像的物件是没有了，是的，中间的那一个莲花瓣没有的半把剪刀。这半把剪刀，物件虽是物件，然而因为中心点已经失掉，用处是完全没有的。啊啊！若有一个人能告诉我说：'你的其他的半把剪刀是在某处，你的中心点是在某地。'那么我就是赴汤蹈火，也愿意去寻着它们来，和它们结合在一处。但是这中心点，这半把剪刀，大约是已经作了殉葬之物，已经不存在在这世上了吧！何以我寻了这许多年数，会一点儿消息也没有的呢？

"等一等，不对不对，这半把剪子的譬喻，有点不妥，我好像是想讲爱情的样子，难道我长到了这样的年纪，还能同五六年前一样‘失恋呀！’‘无恋呀！’‘想恋呀！’的乱叫么？不能的，不能的，自家是老了，不中用了，而……”

喀单嘭的一响，洋车经过了一块高低不平的地方，我的身子竟从车座子里跳起来，跳得有一尺多高。

“啊啊！可怜身病轻如叶，扶上金鞍马不知。老了，衰弱了，消瘦了。就是以我这一个身体而论，也不配讲什么恋爱，算了吧，还是再回到前门胡同里去闹它一晚罢，谁保得风尘中就找不出一个知己来？谁敢说以金钱买来的不是恋爱？”

想到此地，我想叫车夫仍复拉我回前门去，率性去花它一晚的钱。

“喂！”我说，“你是哪儿的车吓？”

“我是平则门里儿的车。”

“你再拉我回去，拉我回前门去！”

“先生！我可不能拉。这是人家的车，四点钟要缴车的，拉你回前门，可来不及了，先生！”

下车来再叫洋车，却是麻烦不过，所以我也没有方法，只好由他往西北的拉回家来，然而我的心里却很不平的在问：

“今天的一天，就此完了么？这就算把我的生日度过了么？”

六

洋车走近西四牌楼的时候，风沙渐渐的大起来了，太阳的光线，也变起颜色来了。午膳后天上看得出来的那一层黄尘霞障，大约就此要发生应验了吧。但是由它刮风也好，下雨也好，我仍复这样的抱了一个闷闷的心，跑回家去，是不甘心的，我还是出平则门去吧，上红茅沟去探探那个姑娘的消息看吧！

七

去年秋天，我在上海想以文艺立身的计划失败之后，不得已承受了几位同学的好意，勉强的逃到北京来。这正是杨槐榆树，一天天的洒脱落叶，垂杨野草，一天天的萎黄下去的十月中旬。那时候我于败退之余，托身远地，又逢了凋落的季节。苍茫四顾，一点儿希望也没有，一点儿生趣也没有。每天从学校里教书回来，若不生病，脚能跑路的时候，不跑上几位先辈的家里去闲谈，就跑出城外的山野去乱撞乱走。当时的我的心境，实在是太杂乱了，太悲凉了，所以一天到晚，我一刻也静不下来。并且又因为长期失眠，和在上海时的无节制的生活的结果，弄得感情非常脆弱，一受触拨，就会同女人似的盈盈落泪。记得有一次当一天晚来欲雪的日暮，我在介绍我到北京来的C君家里吃晚饭，听了C夫人用着上海口音讲给我听的几句慰安我的话的时候，我竟呜呜的哭了起来。

那时候我的寸心的荒废，实在是没有言语可以形容，正在那个时候，是到北京没有满一月的时候，有一天我因为苦闷的结果，一晚没有睡觉。如年的长夜，我守着时钟滴答的摆动，看见窗外一层一层的明亮起来了，几声很轻很轻的鸟鹊声响了。我不等家里的底下人起来，就悄悄的开了门，跑到大街上去。路上一片浓霜加雪，到处都有一层薄冰冻着。呼一口气，面前就凝着一道白雾，两只耳朵和鼻尖好像是被许多细针在那里乱刺。平则门大街上，只铺着一道淡而无力的初阳，两旁的店铺，都还没有开门，来往的行人车马，一个也没有。老远老远，有一个人在那里行走，然而他究竟是向这一边来的呢或是往那一边去的？却看不出来。我因为昨夜来的苦闷，还盘踞在胸中，所以想出城去，在没有人听见看见的地方，去号泣一场，因此顺脚就向西的走向平则门外。城外的几家店铺，也还没有起来，冰冻的大道上，我只遇见了几乘独轮的车。从城外的国道上折向南去，走不多远，我就发见我自家已经置身在高低不平的黄沙田里。田的前后，散播着一堆堆的荒冢。坟地沙田的中间，有几处也有数丛叶子脱落的树干，在那里承受朝阳。地上的浓霜，一粒一粒反射着阳光，也有发放异样的光彩的。几棵椿树，叶子还没有脱尽的，时时也在把它们的病叶，吐脱下来。在早晨的寂静中，这几张落叶的微音，听起来好像是大地在叹息。我在这些天然的野景里，背了朝阳，尽向西南的曲径，乱跑乱走。一片青天，弯盖在我头上，好像在那里祝福，也好像在那里讥笑。

我行行前进，忽在我的前面发见了几家很幽雅的白墙瓦屋。参差不齐的这些瓦屋的前后，有许多不识名的林木枯干，横画在空中。这些房屋林木，断岸沙丘，都受着朝阳的烘染，纵横错落的排列在那里，一无不当，好像是出于名画师的手笔。顺道走到了这几家瓦屋的前头，我在路旁高岸上，忽而又发现了一个在远处看不出来的井架。在这井架旁立着汲水的，是一个十五六岁的，衣服虽则没有城内的上流妇女那么华丽，却也很整洁时髦的女子。我走到高岸下她身旁的时候，不便抬起头来看她，直到过去了五六步路，方才停住了脚，回头来看了个仔细。啊啊！朝阳里照出来的这时候的她的侧面，马独恩娜，皮阿曲利斯，墨那利赛，我也不晓得叫她什么才好！一双眼睛，一双瞳人很黑，眼毛很多的眼睛，在那里注视水桶。大约是因为听了我忽而停住了脚步的缘故吧？这一双黑晶晶的大眼，竟回过来向我看了一眼；肉色虽则很细白，然而她这一种细白，并不是同城内的烟花深处的女人一样，毫不带着病的色彩。还有那一条鼻梁哩！大约所谓“希腊式的”几个字，就是指这一类的鼻梁而讲的吧？从远处看去，并不十分的高突，不过不晓怎么的，总觉得是棱棱一角，正配压她那一个略带长方的脸子。我虽没有福分看见她的微笑，然而她那一张嘴，尤其是上下唇的二条很明显的曲线，我想表现得最美的，当在她的微笑的时候。头发是一把往后梳的，背后拖着的是一条辫子。衣服的材料想不起来了，然而大袖短衫的样子，却是很时髦的，颜色的确是淡青色。

我被她迷住了，站住后就走不开了。我看她把一小桶水，从井架旁带回家去。我记得她将进门的时候，又朝转来看了我一眼，而她的脸上好像是带了一点微红。她从门里消失了以后，我在朝阳里呆立了许多时，因为西边来了一个农夫，我就回转脚尖，走到刚才的那个井架旁边，从路旁爬上高岸，将她刚才用过的那只吊桶放下了井去。我向井里一望，头一眼好像是看见她的容貌还反射在井里。再仔细看的时候，我才知道是一圈明蓝的天色。汲起了井水，先漱了口，我就把袋里的手绢拿出来擦脸。虽则是井水，但我也觉得凉得很，等那西来的农夫从高岸下过去了，我就慢慢的走向她那间屋子的门口去。门里有一堵照墙站着，所以看不见里边的动静。这一所房屋系坐北朝南的，沿了东边的墙往北走去，墙上有二个玻璃窗，可以看得出来，这窗大约是东配房的窗，明净雅致得很。这时候太阳已经升高了一点，我看见我自家的影子，夹了许多疏林的树影，也倒射在墙上。空中忽而起了一阵驯鸽的飞声，我才把我的迷梦解脱，慢慢的从屋后的一条斜低下去的小路，走回到正道上来。这一天我究竟是什么时候回家的，从那里又跑上了什么地方等事情，我现在想不起来了。

八

自从那一天以后，去年冬天竟日日有风沙浅雪，我虽屡次想再出城去找我那个不相识的女子，但终于没有机会做到。

是今年的春初，也是一天云淡风清的日子，树木刚有一点嫩绿起来，不过叶子还没有长成，看去还是晚秋的景象，我因为有点微事，要去找农科大学里的一位朋友。早晨十点多钟，从平则门口雇驴出去，走不上二十分钟，赶驴的使我离开西行的大道，叉入了一条向西南的小路。这时候太阳已高，我觉得身上的羊皮袍子有点热起来了，所以叫赶驴的牵住驴儿，想下驴来脱去一件衣服。赶驴的向前面指着说：

“前面是红茅沟，我要上那儿的一家人家去一去，你在红茅沟下来换衣服成不成？”

我向他指着的地方一看，看出了一处高墩，数丛树木，和树丛里的几家人家。再注意一看，我就看出路西墩上，东面的第一家，就是那间白墙的瓦屋，就是那个女孩进去的地方。

“噢，这地方叫红茅沟么？”

“是啊！”

“东面的那一家姓什么？”

“姓宋。”

“干什么的？”

“是庄家，他家里是很有钱的。”

我微笑了，想再问下去，但觉得有点不好意思，所以就默默的骑驴走了过去，在那里下驴之后，我看见宋家门前的空地上，有一只黑狗躺在阳光里。门内门外，也没有什么动静。前面井架旁，有两个农妇在那里汲水谈天。

在农科大学吃了午饭，到前后的野塘小土堆中去玩了一回，大约是三点多钟的时候，我只说想看看野景，故意车也不坐，驴也不骑，一个人慢慢的走回家来。过了钓鱼台以东，野田里有些农夫在那里工作，然而太阳光下所看得出来的，还是黄色的沙田，坟堆，和许多参差不齐的枯树与枯树的黑影。

渐渐的走近红茅沟了，我心里忽而跳了起来，从正路上爬上高岸，将过宋家门口的时候，午前看见的那只黑狗，向我迎吠了好几声。我谨谨慎慎的过了门口，又沿东墙往北走过第一个玻璃窗的时候，不知不觉的抬起头来看了一眼。啊啊！这幸福的一瞬间！她果然从窗里也在对外面探看。可是她的眼睛，遇见了我的时候，她那可爱的脸子就电光似的躲藏下去了，啊啊！这幸福的一瞬间！在这夕阳晼晼的日暮，当这春意微萌的时节，又是这四面无人的村野里，居然竟会第二次遇见我这梦里的青花，水中的明月？我想当这时候谁也应该艳羡我的吧！

这一次以后，我为了种种事情，没有再去找她的机会。她并不知道我是何许人，当然也不会来找我。而年光如水，今年的一年又将暮了。

九

风愈刮愈大了，一阵阵的沙石，尽往车上扑来。斜阳的光线，也为这些尘沙所障，带着了惨淡的黄色。我以围脖包住了口鼻，只想车夫拉得快一点，好早一点到平则门，早一点出城，上红茅沟去。好容易到了平则门，城洞里的洋车驴马一只也没有。空中呜呜的暴吼声，一阵紧似一阵。沙石的乱飞，行人的稀少，天地的惨黄颜色，在惨黄的颜色里看得出来的模糊隐约的城郭行人，好像是已经到了世界末日的样子。我勉强的出了城门，一面与大风决斗，一面向西前进了几步。走到城濠桥上，我觉得这红茅沟的探访，终究是去不成了，不知不觉，就迎着大风向西狂叫了好几声，嘴里眼里，飞进了许多沙石，而今天自早晨以来，常感着的这一种不可形容的悒郁，好像是因此几声狂叫而减轻了几分。在桥上想进不能进想退不愿退的立了一会，我觉得怎么也不能如此的折回家中。

“勇气，要勇气，放出勇气来！”

我又朝转了身子，把围脖重新紧紧的包住口鼻，奋勇的前进了几步。大风的方向转换了，本来是从北偏西的吹的，现在变成了西风，正对我的面上扑掠而来。太阳的余光，也似乎消失尽了。城外的空气，本来是混着黄沙的空气，一步步的变成了黝黑，走过京绥路支线的铁轨的时候，匆促的冬日，竟阴森的晚了。两旁稀落的人家屋里，也有一处两处，已经点上灯的。头上的呜呜的风势，周围的暗暗的尘寰，行人不多的这条市外的长街，和我自家的孤单的身体，合成了一块，我好像是在地狱里游行。

背后几辆装货的马车来了，车轮每转一转，地上就发出一种很沉闷的声音来。我听见这样的闷音一次，胸前就震荡一次。等车逼近我的身旁的时候，我好像是躺在地下，在受这些车马的辗磨。

货车过去了，天也完全黑下来了，我又慢慢的逆风行了几百步，觉得风势也忽而小了下去。张开眼睛来一看，黑黝黝的天上，竟有几点明星在那里摇动。我站住了脚，打开口鼻上的围脖，拿手绢出来，将脸上的灰沙和鼻涕擦了一擦，我觉得四围的情形，忽而变了。空中的黄沙，竟不留一点踪影，茫茫的天空中，西南角上，还有指甲痕似的一弯新月，挂在那里。然而大风的余波，还依然存在，一阵一阵，中间有几分钟间隔的冷风，还在吹着。像这样的一阵风起，黑暗里的树叶息索息索的响一阵，我的面前也有一层白茫茫的灰土起来，但是这些冷风，这些灰土，并不像前几刻钟的那么可怕了。

十

走到了九道庙前折入南行的小道，从我的左手的远空中，忽而传了一阵火车的车轮声和汽笛声过来。接着又来了一阵风，树木又震动了一次，又一阵萧萧落叶的声音。这一次风声车轮声过后，大地却完全静默了，周围断绝了活着的物事，高低凹凸的道路上，只剩了我一个人的轻轻的脚步声。暴风过后的沉寂，和冬夜黄昏的黑暗，忽而在我的脑里吹进了一种恐怖的念头，两旁的墓田里，好像有人在那里爬出来的样子。我举头一望，南边天际，有几点明星，西南的淡月影里，有许多枯枝，横叉在空间。我鼓励着自家的勇气，硬是一步一步的走向前去。但这时候，我心里实在已经有点后悔了起来。

到了红茅沟，从后边的小道走上了高墩，我看见宋家的东墙上的小窗，已经下了木板的窗户，一点儿灯光也看不出来。在窗下凝神站住，我正想偷听屋内动静的时候，一阵犬吠声，忽而迎上了前来，同时有二三只远近的家犬，也在响应狂吠。我在墙下的黑影里，不能久立，只好放大了胆子，一步步走向南面的犬吠声很多的方向，寻上高墈下的正道上去。在正道上徘徊了一回，待犬吠声杀了一点声势，我注意着向宋家门口望去，仍是看不出什么动静来。

这时候月亮已经下山了，天上的繁星，增了光辉，撑出在晴空里的远近的树枝，一束一束的都带起恶意来。尚未歇尽的凉风，又加了势力，吹向我的脸上。我打了几个冷噤，想哭又哭不出来，想跑又跑不了，只得向天呆看了一忽，慢慢的仍复寻了原路，走回寓所。

回到了我这孤冷的寓居，在一支洋烛光的底下——因为电线已经被风吹断，电灯灭了——一边吸烟，一边写出来的，就是这一篇东西。在这时候，我的落寞的情怀，如何的在想念我的女人，如何的在羡慕一个安稳的家庭生活，又如何的觉着人生的无聊，我想就是世界上想象力最强的人，也揣摸不出来，啊啊，我还要说它干什么！

一九二四年的诞生日作于北京

寒　宵[1]

没有法子，只好教她先回去一步，再过半个钟头，答应她一定仍复上她那里去。

酒也喝得差不多了。左右几间屋子里的客人早已散去，伙计们把灰黄的电灯都灭黑了。火炉里的红煤也已经七零八落，炉门下的一块透明的小门，本来是烧得红红的，渐渐的带起白色来了。

几天来连夜的不眠，和成日的喝酒，弄得头脑总是昏昏的。和逸生讲话讲得起劲，又兼她老在边上挨着，所以熬得好久，连小解都不曾出去解。

好容易说服了她答应了她半点钟后必去的条件，把她送出门来的时候，因为迎面吸了一阵冷风，忽而打了一个寒噤。房门开后，从屋内射出来的红蒙的电灯光里，看出了许多飞舞的雪片。

“啊！又下雪了，下雪了我可不能来呀！”

一半是说笑，一半真想回家去看看，这一礼拜内有没有重要信札。

---

① 本篇原载于一九二六年三月十六日《创造月刊》第一卷第一期，与《街灯》一起发表，作者在刊末尾声中说道：“这两篇东西，本打算在一种周报上发表的，当初的计划，想把这一类东西，连续做它十几篇，结合起来，做成一篇长篇，可以将当时的绝望的状态，和苦闷的心境写出来。但后来受了各种委屈，终于没有把这一计划实行，所以现在只好将这未完的两断片，先行发表了。”

"嗯哼！那可不成，那我就不走了。"

把斗篷张开，围抱住我的身体，冰凉地、光腻地、香嫩地贴上来的，是她的脸，柔和的软薄的呼吸和嘴唇，紧紧的贴了我一贴。

"酒气！怪难受的！"

假装似怒的又对我瞧了一眼。第二次又要贴上来的时候，屋内的逸生，却叫了起来：

"不行不行，柳卿！在院子里干这玩意儿！罚十块钱！"

"偏要干，偏要……"

嘴唇又贴上来了，嗤的笑了一声。

和她包在一个斗篷中间，从微滑灰黑的院子里，慢慢走到中门口，掌柜的叫了一声"打车"，我才骇了一跳，滚出她的斗篷来，又迎面吸了一阵冷风，打了一个寒噤。

她回转头来重说了一遍："半点钟之后，别忘了！"便自顾自的去了。

忍着寒冷走了几步，在墙角黑暗的地方完了小解，走回来的时候，脸上又打来了许多冰凉的雪片。仰起头来看看天空，只是浑茫黝黑，看不出什么东西来。把头放低了一点，才看见了一排冷淡的，模糊的，和出气的啤酒似的屋瓦。

进屋子里来一看，逸生已经在炕上躺下了。背后房门开响，伙计拿了一块热手巾和一张账来。

"你忙什么？想睡了么！再拿一盒烟来！"

伙计的心里虽然不舒服，但因是熟客，也无可奈何的样子，笑了一脸，答应了一个是，就跑了出去。

在逸生对面的炕上，不知躺了几久，伙计才摇我醒来，嗫嚅地说：

"外面雪大得很，别着凉啦，我给你打电话到飞龙去叫汽车去吧？”

“好！”

叫醒了逸生，擦了一擦手脸，吸了一支烟，等汽车来的时候，两个人的倦颓，还没有恢复，都不愿意说话。

忽而沉寂的空气里有勃勃的响声听见了，穿了外套和逸生走出房门来，见院子里已经湿滑得不堪，脸上又打来了几片雪片。

“这样下雪，怕明天又走不成了。”

我自家也觉得说话的声气有点奇怪，好像蒙上了一层布在那里敲打的皮鼓。

大街两旁的店家都已经关上门睡了。路上只听见自家的汽车轮子，杀杀冲破泥浆的声音。身体尽在上下颠簸。来往遇见的车子行人也很少。汽车篷下的一盏电灯，好像破了，车座里黑得很。车头两条灯光的线里照出来的雪片，溟溟蒙蒙，很远很远，像梦里似的看得出来。

蒲蒲的叫了几声，车头的灯光投射在一道白墙壁上，车转弯了，将到逸生家的门口的时候，我心里忽然的激动了起来。好像有一锅沸水，直从肚子里冲上来的样子，两只眼睛也觉得有点热。

“逸生！你别回去吧！我们还是回韩家潭去！上柳卿房里去谈它一宵！”

我破了沉默，从车座里举起上半身来，一边这样的央告逸生，一边在打着前面的玻璃窗，命汽车夫开向韩家潭去。

十四年五月十七日武昌

街　灯[1]

离开北京，是去年四月底边，那时候的心里的绞榨，曾在《一封信》[2]里写过，读这篇东西的人，大约总知道得很清。当时的决心，“教书的地位，当然是丢掉，就是老婆儿子，也不能管，最后丢旧书，又最后也可以丢生命”。

那时候，朋友的爱牟[3]，远在日本，芳坞[4]想去南方，“若前后接得上，就赶往上海去喝它几天酒，什么它妈的，都破它一个坏，弄得好便好，不好也不要紧，九九八十一，总该把我自家的颜色来辨一辨清，做人不是做梦”。

这前后，同幽灵似的附在我的身边，深更夜半，上德胜门里北衙门桥上买几瓶啤酒来喝，喝干之后，攀炭一打，再往什刹后海的南岸北岸，乱跑乱跳乱叫，或白天去天坛坐一天，将晚四五点钟，上馆子小喝，进戏院听到一两点钟，出来再喝再讲话再走到天明的，是四川的陈逸生。

正是这时候，银弟取名柳卿，上捐[5]在百顺胡同的长乐接客了。

我并不说她美，也不说她有什么可爱，总之前年初到北京的时

① 参见《寒宵》注。
② 指作者于1924年1月25日发表在《东方杂志》上的一篇文章。
③ 指郭沫若，为郭沫若一系列自传性作品中的人物。
④ 指成仿吾，为其笔名。
⑤ 指成为官娼。

候，穷极苦极，无聊无赖之际，善心的一位朋友——这朋友姓钱，当然也很可怜——想救我登岸，带我常去的，是西大森里，银弟在那里当“度嫁”[1]的春浓处。

沧海曾经过来的，看这些东西，自然只觉得无聊，又加以当时袋里没有钱，身体萎萎缩缩，几个半红半黑的小窑子，她们不来睬我，我也犯不着睬她们，算什么一回事。去去就去去，揩揩油，坐坐，光着眼看看，也好。一个月不去，不去就不去，在家里坐着，烧烧烟卷，买一点白干喝喝，也好。

以这样的态度，上春浓处去了四五趟，中间来和我攀谈，我也和她随便说些不相干的废话，有时候或许抱一抱，捏一把的，是“度嫁”的银弟。

有一次，只那么一次，晚饭时多喝了几杯酒，在香浓处坐了半点钟，临走，大家——那一天去的有三四个人——都抢着用暴力和银弟亲了一嘴，该轮到我的时候，我对她笑了笑，轻轻用江南话问她“好不好？”她只微笑看摇摇头。后来她送我们出房门，到廊下，偶尔经过了一间黑的空房，我踱进去，拉着她，又轻轻的问她前一句话，她很正式的把嘴举了起来——只有这一点关系。

出京之后，上海和芳坞玩了两天，回家，打了小孩，和女人起了一点冲突，再出来，到北京，过了暑假，又教书。中间因为钱没有，处处受气，苦得了不得，谨慎守戒，一直到了凉秋的九月。

有一天晚上，很觉得难过，在长街上跑了一回，就上前门外微雪夜香斋去喝酒。一个人坐着，卓卓的喝，喝到午前一点多钟，才付钱出来。走下台阶，正想雇车，即零零零东边来了一乘包车，坐着一个窑子。举起眼睛来看，觉得有点面熟，洋车接近一步，再看

---

① 指旧时妓院中尚未正式接客的妓女。

一眼，就想起了是银弟，心里觉得稍微有点奇怪。

又过了几天，不晓得哪里的钱，皮包里满的很。有一天被朋友邀去吃晚饭，席上遇见了那位善心的钱君，他偶尔提起了银弟的改名柳卿上捐的话。那时候，心里很动，不过不晓为了什么，那一天晚上终究没有去。

又过了几天，也在被邀的酒后，一个人踱出饭馆来，忽而想起了她。可是班子的名字，和她上捐的名字，全都忘了。想回来，雇车雇不成，上西车站去又喝了几杯酒，打了一个电话到春浓处一问，出来就跑上韩家潭蘼香馆去点名。

见了，捉住了她的手，就在见客的堂上问她，“你认识我么？”她微笑着，用北京口音，半惊半疑的回答我：

“熟得很，可是名字忘了！”

那一天晚上很冷。上她房里火炉旁坐下，说到第三句话她就想起了春浓处，想起了那晚上举起来的嘴，突然的一扑，跳在我的怀里，两手捧了我的脸乱咬起来。

底下都是她说的话——她是苏州人，但操的北京话很好听，所以后来除睡的时候，两人用江南话外，平常我要她说京话。

“老钱近来怎么样了？前天素文上这儿来，说他好久没有去了。你还记得素文么？春浓处的……一年多不见了吧？你怎么不早来找我？……我今年四月就上捐了。先在长乐，开销大得很，前月底才换过来。你怎么知道的呀？……是素文教你的吧？……”

说到这里，她娘进来了。她很自然的替我和她娘介绍，我觉得她的娘也不很讨人嫌。

“你这一年躲在什么地方？……刚从上海来？……骗！……请你写一封信，可以么？”

我就替她写信，是她的娘出名，寄给她的外祖父的。信的内容很简单：

近来买卖不好，不能寄钱给你老人家。四月里，我包的那个人——名叫翠喜——逃了，没有方法，只好教你外孙女去上捐。等到明年正月，若买卖好一点起来，再寄钱给你。

从蘼香馆出来，回家走过西车站，看钟已经是午前二点。这时候天上的寒星，都好像是在摇动，北风吹上面来，也不觉得冷，因为替她写好信，银弟又烫了一壶酒给我。大街上走的人很少，只见了一点不大明亮的灯光，和几阵北风刮起来的灰土。

十四年五月十九武昌

烟　影①

一

每天想回去，想回去，但一则因为咳血咳得厉害，怕一动就要发生意外；二则因为几个稿费总不敷分配的原因，终于在上海的一间破落人家的前楼里住下了的文朴，这一天午后，又无情无绪地在秋阳和暖，灰土低翔的康脑脱马路上试他的孤独的漫步。

以季节而论，这时候晚秋早已过去，闰年的十月，若在北方，早该是冰冻天寒，朔风狂雪在横施暴力的时候，而这江南一廓，却依旧是秋光澄媚，日暖风和，就是道旁的两排阿葛西亚，树叶也还没有脱尽。四面空地里的杂草，也不过颜色有点枯黄，别致的人家的篱落，还有几处青色，在那里迎送斜阳哩！

然而时间的痕迹，终于看得出来，道路两旁的别墅前头的白杨绿竹；渐离尘市，渐渐增加起来的隙地上的衰草斜阳；和路上来往的几个行人身上的服饰，无一点不在表现残秋的凋落。文朴慢慢地向西走去，转了几个弯，看看两旁新筑的别墅式的洋房渐渐稀少起来了，就想回转脚步，寻出原来的路来，走回家去。

回头转来，从一条很狭窄的，两边有一丈来高的竹篱夹住的小路穿过，又走上一条斜通东西的大道上的时候，前面远远的忽而飞

① 本篇原载于一九二六年四月二十五日《东方杂志》半月刊第廿三卷第八号。

来了一乘蛋白色的新式小汽车。文朴拿出手帕来掩住口鼻，把身子打侧，稳稳的站在路旁，想让汽车过去，但是出乎他意料之外，那乘汽车，突然的在离他五六尺路的地方停住了。同时从车座上"噢，老文，你在这里干什么？"的叫了一声，文朴平时走路——尤其是在田野里散步——的时候，总和梦游病者一样，眼睛凝视着前面的空处，注意力全部内向，被吸收在漫无联络的空想中间；视野里非有印象特别深刻的对象，譬如很美丽的自然风景，极雅致的建筑或十分娇艳的异性之类，断不能唤醒他的幻梦，所以这一回忽而听到了汽车里的呼声，文朴倒吃了一惊，把他半日来的一条思索的线路打断了。

"噢，你也在上海么？几时出京的？"

文朴的清瘦的面上同时现出了惊异和欣喜的神情，含了一脸枯寂的微笑，急遽地问了一声；问后他马上抢上前去，伸出手来去捏他朋友的一只套着皮手套的右手。

"你怎么也到上海来了呢？听说你在 ××，几时到这里的？现在住在什么地方？"

文朴被他朋友一问，倒被问得脸上有点红热起来了。因为他这一次在 ×× 大学教书，系受了两三个被人收买了的学生的攻击，同逃也似的跑到上海来的。到上海之后，他本来想马上回到北京去，但事不凑巧，年年不息的内战，又在津浦沿线勃发了。奸淫掳掠，放火杀人，在在皆是。那些匪不像匪，兵不像兵的东西，恶毒成性，决不肯放一个老百姓平安地行旅过路的。况平日里讲话不谨慎的文朴，若冒了锋镝，往北进行，那这时候恐难免不为乱兵所杀戮。本来生死的问题，由文朴眼里看来，原也算不得一回什么了不得的大事。但一样的死，他却希望死在一个美人的怀里，或者也应该于月白风清的中夜，死在波光容与的海上。被这些比禽兽还不如的中国军人来砍杀，他以为还不如被一条毒蛇来咬死的时候，更光荣些。因此被他的在上海的几位穷朋友一劝，他也就猫猫虎虎的住下了。现在受了他半年余不见的老友的这一问，提醒了他目下的进退两难的境况，且使他回想起了一个月前头，几个凶恶的学生赶他的情形，他心里又觉得害羞，又觉得难过，所以只是默默的笑着，不回答一句话。他的朋友，知道他的脾气，所以也不等他的回话，就匆促地继续问他说：

"你近来身体怎么样？怎么半年多一点不见，就瘦得这一个样儿？我看你的背脊也有点驼了。喂，老文，两三年前的你的闹酒的元气，上哪里去了？"

文朴听了他老友的这一番责备不像责备，慰问不像慰问的说话，心里愈是难过，喉舌愈觉得干硬了。举起了一双潮润的眼睛，呆看着他朋友的很壮健的脸色，他只好仍旧维持着他那一脸悲凉的微笑，默默地不作一声。他的朋友，把车门开了，让他进去同坐，他只是摇摇头，不肯进去。到后来他的朋友没有办法，就只好把车搁在道旁跳下来和他走了一段，作了些怀旧之谈，渐渐地引他谈到他现在的经济状况上去。文朴起初还不肯说，经他朋友屡次三番的盘诘，他才把"现在一时横竖不能北上，但很想乘此机会回浙江的故里去休养休养；可是他的经济状况，又不许可"的话说了。他的朋友还没有把这一段话听完之先，就很不经意地从裤子袋里摸出了一个香烟盒子来献给他看：

"你看这盒子怎么样？"

一边说着，一边他就开了盒子，拿了一支香烟出来。随即把盒子盖上，递给文朴之后，他又从另外的裤脚袋里摸出一个石油火盒来点火吸烟。文朴看了这银质镶金的烟盒，心里倒也很觉得可爱，但从吐血的那一天起，因为怕咳，不十分吸烟，所以空空把盒子玩了一会，并不开起盖子拿烟来吸，又把这盒子交还了他的朋友。他朋友对他笑了一笑，向天喷了一口青烟，轻轻地对他说：

“这烟盒你该认得吧，是密斯李送我的。现在她已经嫁了，我留在这里，倒反加添我的懊恼，请你为我保留几天，等下次见面的时候，你再还我，或者简直永久地请你保管过去也好。”

文朴手里拿了烟盒，和他朋友一边谈话，一边走回汽车停着的地方去。他的朋友因为午后有一位外国小姐招他去吃茶，所以于这时候一个人坐汽车出来的。外国小姐的住宅，去此地也不远了。到了汽车旁边，他朋友又强要文朴和他一块儿去，文朴执意不肯，他的朋友也就上车向前开了。开了两步，他朋友又止住了车，回头来叫文朴说：

“烟盒的夹层里，还有几张票子在那里，请你先用——”

话还没有说完，他的汽车却突突的飞奔了过去。文朴呆呆的向西站住了脚，只见夕阳影里起了一层透明灰白的飞尘，汽车的响声渐渐地幽下去，汽车的影子也渐渐地小下去了。

二

文朴的朋友，本来是英国伦敦大学的毕业生，回国以后，就在北京 ×× 银行当会计主任。朋友的父亲，也是民国以来，许多总长中间的一个。在北京的时候，文朴常和他上胡同里去玩，因此二人的交情，一时也很亲密。不过文朴自出京上 ×× 城以来，半年多和他还没有通过一封信，这一次忽然相逢，在夕阳将晚的途中，又在人事常迁的上海，照理文朴应该是十分的喜悦，至少也应该和他在这十里洋场里大喝大闹的玩几天的，但是既贫且病的文朴，目下实在没有这样的兴致了。

文朴慢慢地走近寓所的时候，短促的冬日，已将坠下山去了，西边的天上，散满了红霞。他寓所附近的街巷里，也满挤着了些从学校里回家的小孩和许多从 ×× 书局里散出来的卖知识的工人。天空中起了寒风，从他的脚下，吹起了些泊拉丹奴斯的败叶和几阵灰土来，文朴的心里，不知不觉的感着了一种日暮的悲哀，就在街上的寒风里站住了。过了一会，看见对面油酒店里上了电灯，他也就轻轻地摸上他租在那里的那间前楼来，想倒在床上，安息一下，可是四面散放在那里的许多破旧的书籍，和远处不知何处飞来的一阵嘈杂的市声，使他不住地回忆到少年时候的他故里的景象上去。把怀中的铁表拿出来一看，去六点钟尚有三刻多钟，又于无意之中，把他朋友留给他的银盒打开来看时，夹层里，果然有五十余元的纸币插在里头。他的平稳的脑里忽而波动起来了。不待第二次的思索，他就从床上站了起来，换了几件衣服，匆促下楼，一雇车就跑上沪宁火车站去赶乘杭州的夜快车去。

三

在刻版的时间里夜快车到了杭州，又照刻版的样子下了客店，第二天的傍午，文朴的清影，便在倒溯钱塘江而上的小汽船上逍遥了。

富春江的山水，实在是天下无双的妙景。要是中国人能够稍为有点气魄，不是年年争赃互杀，那么恐怕瑞士一国的买卖，要被这杭州一带的居民夺尽。大家只知道西湖的风景好，殊不知去杭州几十里，逆流而上的钱塘江富春江上的风光，才是天下的绝景哩！严子陵的所以不出来做官的原因，一半虽因为他的夫人比阴丽华还要美些，然而一大半也许因为这富春江的山水，够使他看不起富贵神仙的缘故。

一江秋水，依旧是澄蓝澈底。两岸的秋山，依旧在袅娜迎人。苍江几曲，就有几簇苇丛，几湾村落，在那里点缀。你坐在轮船舱里，只须抬一抬头，劈面就有江岸乌柏树的红叶和去天不远的青山向你招呼。

到上海之后，吐血吐了一个多月，豪气消磨殆尽，连伸一个懒腰都怕背脊骨脱损的文朴，忽而身入了这个比图画还优美的境地，也觉得胸前有点生气回复转来了。

他斜靠着栏杆，举头看看静肃的长空，又放眼看看四面山上的浓淡的折痕，更向清清的江水里吐了几口带血的浓痰，就觉得当年初从外国回来的时候的兴致，又勃然发作了。但是这一种童心的来复，也不过是暂时的现象，到了船将要近他的故里的时候，他的心境，又忽而灰颓了起来。他想起了几百年来的传习紧围着的他的家庭，想起了年老好管闲事的他的母亲，想起了乡亲的种种麻烦的纠葛，就不觉打了几个寒噤，把头接连向左右摇了好几次。

小汽船停了几处，江上的风景，也换了几回，他在远地的时候，总日夜在想念，而身体一到，就要使他生出恐怖和厌恶出来的故乡近在目前了。汽笛叫了一声，转过山嘴，就看得见许多纵横错落紧叠着的黑瓦白墙的房屋，沿江岸围聚在那里。计算起来，这城里大约也有三四千家人家的光景。靠江岸一带，样子和二三十年前一样，无论哪一块石头，哪一间小屋，文朴都还认得。虽则是正午已过，然而这小县城里，仿佛也有几家迟起的人家，有几处午饭的炊烟，还在晴空里缭绕。

文朴脸上，仍复是含了悲凉的微笑，在慢慢的跟着了下船的许多人，走上码头，走回家去。文朴的家，本来就离船码头不远，他走到了家，从后门开了进去，只有他的一位被旧式婚姻所害，和他的哥哥永不同居的嫂嫂，坐在厨房前的偏旁起坐室里做针线。

“啊！三叔，你回来了么？”

她见了文朴，就这样带着惊喜的叫了起来。文朴对她只是笑笑，略点了一点头，轻咳了几声，他才开始问嫂嫂说：“我娘呢？”

“上新屋去监工去了。”她一边答应，一边就站起来往厨下去烧茶和点心去。文朴坐着的这间起坐室，本来就在厨房前头，只隔了一道有门的薄板壁，所以他嫂嫂虽在起火烧茶，同时也可和文朴接谈。文朴从嫂嫂的口中，得听了许多家里的新造房屋等近事，一边也将他自己这几个月的生活，和病状慢慢的报告了出来。

“北京的三婶，好么？”

这系指去年刚搬出去住在北京的文朴的女人说的，她们妯娌两个，从去年不见以后，相隔也差不多有一年了。文朴听了他嫂嫂的这一问，忽而惊震了一下。因为他自从 ×× 大学被逐，逃到上海之后，足有两个多月，还没有接到他女人的一封信过。他想到了在北京的一家的开销，和许久没有钱汇回去的事情，面上竟现出了一层惨淡的表情来。幸而他嫂嫂在厨下，看不出他的面色，所以停了一会，他才把国内战争剧烈，信息不通的事情说了。

半天的兴奋，使文朴于喝了几口茶，吃了一点点心之后，感到了疲倦，就想上楼去睡去。那楼房本来是他和他女人还住在家里的时候的卧室。结婚也在这一间房里结的。他成年的飘流在外头，他的女人活守着空闺，白天侍候他的母亲，晚上一个人在灯下抱了小孩洒泪的痕迹，在灰黑的墙壁上，坍败的器具上，和庞大的木床上，处处都可以看得出来。文朴看看这些旧日经他女人用过的器具，和壁上还挂在那里的一张她的照相，心里就突然的酸了起来。他痴坐在床沿上，尽在呆看着前面的玻璃窗外的午后的阳光，把睡魔也驱走了。他觉得和他那可怜的女人是永也不能再见，而这一间空房，仿佛是她死后还没有人进来过的样子。一层冷寞的情怀和一种沉闷的氛围气，重重的压上他的心来了。

四

文朴在那间卧房里呆呆的坐在那里出神，不晓得经了好久，他才听见楼下仿佛是他母亲回来的样子，嫂嫂在告诉她说：

“三叔回来了，睡在楼上。”

文朴听了，倒把心定了一定，叹了一口气，就从他的凄切的回忆世界里醒了过来。上面装着了他特有的那种悲凉的笑容，他就向楼下叫了一声“娘！”这时候他才知道冬天的一日已经向晚，房内有点黝黑起来了。

走下了楼，洗了手脸，还没有坐下，他母亲就问他这一回有没有钱带回来。他听了又笑了一笑对她说：

“钱倒是有的，可是还存在银行里。”

“那么可以去取的呀！”

“这钱么，只有人家好取，而我自家是取不动的，哈哈……”

文朴强装的笑了半面，看看他母亲的神气不对，就沉默了下去。

晚饭的时候，文朴和他的母亲，在洋灯下对酌。他替母亲斟上了几杯酒之后，她的脾气又发了。

“朴吓朴，你自家想想看，我年纪也老了……你在外边挣钱挣得很多，我哪里看见你有一个钱拿回来过？……你自己也要做父母的，倘使你培植了一个儿女，到了挣钱的时候把你丢开，你心里好过不好过？……你爸爸死的时候……你还是软头猫那么的一只！……你这一种情节，这一种情节，大约，大约总不在那里回想想看的吧！……”

文朴还只是含了微笑，一声也不响，低了头，拼命的在喝酒，一边看见他母亲的酒杯干了，他就替她斟上，她一边喝，一边讲的话更加多起来了：

“朴吓朴，我还有几年好活？人有几个六十岁？……你……你有对你老婆的百分之一的心对待我，怕老天爷还要保佑你多挣几个钱哩！……”

文朴这时候酒也已经有点醉了，脸上的笑容，渐渐的收敛了起来，脸色也有点青起来了。他额上的一条青筋涨了出来，两边脸上连着太阳窝的几条筋，尽在那里抽动。他母亲还在继续她的数说：

“朴吓朴，你的儿子，可以不必要他去读书的……我在痛你吓，我怕你将来把儿子培植大了之后，也和我一样的吃苦吓！……你的女人……”

文朴听见她提起了他的女人来，心里也无端的起了一种悲感，仿佛在和他对酌的，并不是他的母亲，她所数说的，也并不是他自己的事情。他只觉得面前有一个人在那里说，世上有怎样怎样的一个男人和怎样怎样的一个女人，在那里受怎样怎样的生离之苦。将这一对男女受苦的情形，确凿的在心眼上刻画了一会，他忽而哇的一声哭了出来，被自家的哭声惊醒了醉梦，他便举目看了他母亲一眼。从珠帘似的眼泪里看过去，他只见了许多从泪珠里反映出来的灯火，和一张小小的，皱纹很多的母亲的歪了的脸。他觉得他的老母，好像也受了酒的熏蒸，在那里哭泣。从座位里站了起来，轻轻走上他母亲的身边，他把一只手按在她的肩上，一只手拍着她的背，含了泪声，继续地劝慰她说：

“娘！好啦，……好啦，饭……饭冷了，……您吃饭，……您……您吃饭吧！……”

这时候他们屋外的狭巷里，正有一个更夫走过，在击柝声里，文朴听见铜锣镗镗的敲了两下。

一九二六年三月十六日

郁达夫
小说全集

下

郁达夫　著

SPM 南方传媒 | 广东人民出版社
·广州·

图书在版编目（CIP）数据

郁达夫小说全集. 下 / 郁达夫著. —广州：广东人民出版社，2023.7
ISBN 978-7-218-16072-6

Ⅰ. ①郁… Ⅱ. ①郁… Ⅲ. ①小说集—中国—现代 Ⅳ. ①I246

中国版本图书馆CIP数据核字（2022）第178313号

YU DAFU XIAOSHUO QUANJI
郁达夫小说全集

郁达夫　著

出 版 人：肖风华

责任编辑：李幼萍
责任技编：吴彦斌　周星奎

出版发行：广东人民出版社
地　　址：广州市越秀区大沙头四马路10号（邮政编码：510199）
电　　话：（020）85716809（总编室）
传　　真：（020）83289585
网　　址：http: //www. gdpph. com
印　　刷：北京通州皇家印刷厂
开　　本：880毫米 × 1230 毫米　　1/32
总 印 张：27.5　　总 字 数：665千
版　　次：2023年7月第1版
印　　次：2023年7月第1次印刷
定　　价：128.00元（全二册）

如发现印装质量问题，影响阅读，请与出版社（020-87712513）联系调换。
售书热线：（020）87717307

目录

过　去①

空中起了凉风，树叶刹刹的同雹片似的飞掉下来，虽然是南方的一个小港市里，然而也很能够使人感到冬晚的悲哀的一天晚上，我和她，在临海的一间高楼上吃晚饭。

这一天的早晨，天气很好，中午的时候，只穿得住一件夹衫。但到了午后三四点钟，忽而由北面飞来了几片灰色的层云，把太阳遮住，接着就刮起风来了。

这时候，我为疗养呼吸器病的缘故，只在南方的各港市里流寓。十月中旬，由北方南下，十一月初到了C省城；恰巧遇着了C省的政变，东路在打仗，省城也不稳，所以就迁到H港去住了几天。后来又因为H港的生活费太昂贵，便又坐了汽船，一直的到了这M港市。

说起这M港，大约是大家所知道的，是中国人应许外国人来互市的最初的地方的一个，所以这港市的建筑，还带着些当时的时代性，很有一点中古的遗意。前面左右是碧油油的海湾，港市中，也有一座小山，三面滨海的通衢里，建筑着许多颜色很沉郁的洋房。商务已经不如从前的盛了，然而富室和赌场很多，所以处处有庭园，处处有别墅。沿港的街上，有两列很大的榕树排列在那里。

---

① 本篇原载于一九二七年二月一日《创造月刊》第一卷第六期。

在榕树下的长椅上休息着的，无论中国人外国人，都带有些舒服的态度。正因为商务不盛的原因，这些南欧的流人，寄寓在此地的，也没有那一种殖民地的商人的紧张横暴的样子。一种衰颓的美感，一种使人可以安居下去，于不知不觉的中间消沉下去的美感，在这港市的无论哪一角地方都感觉得出来。我到此港不久，心里头就暗暗地决定“以后不再迁徙了，以后就在此地住下去吧”。谁知住不上几天，却又偏偏遇见了她。

实在是出乎意想以外的奇遇，一天细雨蒙蒙的日暮，我从西面小山上的一家小旅馆内走下山来，想到市上去吃晚饭去。经过行人很少的那条P街的时候，临街的一间小洋房的栅门口，忽而从里面慢慢的走出了一个女人来。她身上穿着灰色的雨衣，上面张着洋伞，所以她的脸我看不见。大约是在栅门内，她已经看见了我了——因为这一天我并不带伞——所以我在她前头走了几步，她忽而问我：

“前面走的是不是李先生？李白时先生！”

我一听了她叫我的声音，仿佛是很熟，但记不起是哪一个了，同触了电气似的急忙回转头来一看，只看见了衬映在黑洋伞上的一张灰白的小脸。已经是夜色朦胧的时候了，我看不清她的颜面全部的组织；不过她的两只大眼睛，却闪烁得厉害，并且不知从何处来的，和一阵冷风似的一种电力，把我的精神摇动了一下。

“你……？”我半吞半吐地问她。

“大约认不清了吧！上海民德里的那一年新年，李先生可还记得？”

“噢！唉！你是老三么？你何以会到这里来的？这真奇怪！这真奇怪极了！”

说话的中间，我不知不觉的转过身来逼进了一步，并且伸出手来把她那只戴轻皮手套的左手握住了。

“你上什么地方去？几时来此地的？”她问。

“我打算到市上去吃晚饭去，来了好几天了，你呢？你上什么地方去？”

她经我一问，一时间回答不出来，只把嘴颚往前面一指，我想起了在上海的时候的她的那种怪脾气，所以就也不再追问，和她一路的向前边慢慢地走去。两人并肩默走了几分钟，她才幽幽的告诉我说：

“我是上一位朋友家去打牌去的，真想不到此地会和你相见。李先生，这两三年的分离，把你的容貌变得极老了，你看我怎么样？也完全变过了吧？”

“你倒没什么，唉，老三，我吓，我真可怜，这两三年来……”

“这两三年来的你的消息，我也知道一点。有的时候，在报纸上就看见过一二回你的行踪。不过李先生，你怎么会到此地来的呢？这真太奇怪了。”

“那么你呢？你何以会到此地来的呢？”

“前生注定是吃苦的人，譬如一条水草，浮来浮去，总生不着根，我的到此地来，说奇怪也是奇怪，说应该也是应该的。李先生，住在民德里楼上的那一位胖子，你可还记得？”

“嗯……是那一位南洋商人不是？”

“哈，你的记性真好！”

“他现在怎么样了？”

“是他和我一道来此地呀！”

“噢！这也是奇怪。”

“还有更奇怪的事情哩！”

“什么？”

“他已经死了！”

“这……这么说起来，你现在只剩了一个人了啦？”

“可不是么！”

“唉！”

两人又默默地走了一段，走到去大市街不远的三叉路口了。她问我住在什么地方，打算明天午后来看我。我说还是我去访她，她却很急促的警告我说：

“那可不成，那可不成，你不能上我那里去。”

出了P街以后，街上的灯火已经很多，并且行人也繁杂起来了，所以两个人没有握一握手，笑一笑的机会。到了分别的时候，她只约略点了一点头，就向南面的一条长街上跑了进去。

经了这一回奇遇的挑拨，我的平稳得同山中的静水湖似的心里，又起了些波纹。回想起来，已经是三年前的旧事了，那时候她的年纪还没有二十岁，住在上海民德里我在寄寓着的对门的一间洋房里。这一间洋房里，除了她一家的三四个年轻女子以外，还有二楼上的一家华侨的家族在住。当时我也不晓得谁是房东，谁是房客，更不晓得她们几个姐妹的生计是如何维持的。只有一次，是我和他们的老二认识以后，约有两个月的时候，我在他们的厢房里打牌，忽而来了一位穿着很阔绰的中老绅士，她们为我介绍，说这一位是他们的大姐夫。老大见他来了，果然就抛弃了我们，到对面的厢房里去和他攀谈去了，于是老四就坐下来替了她的缺。听她们说，她们都是江西人，而大姐夫的故乡却是湖北。他和她们大姐的结合，是当他在九江当行长的时候。

我当时刚从乡下出来，在一家报馆里当编辑。民德里的房子，是报馆总经理友人陈君的住宅。当时因为我上海情形不熟，不能另外去租房子住，所以就寄住在陈君的家里。陈家和她们对门而居，时常往来，因此我也于无意之中，和她们中间最活泼的老二认识了。

听陈家的底下人说：“她们的老大，仿佛是那一位银行经理的小。她们一家四口的生活费，和她们一位弟弟的学费，都由这位银行经理负担的。”

她们姐妹四个，都生得很美，尤其活泼可爱的，是她们的老二。大约因为生得太美的原因，自老二以下，她们姐妹三个，全已到了结婚的年龄，而仍找不到一个适当的配偶者。

我一边在回想这些过去的事情，一边已经走到了长街的中心，最热闹的那一家百货商店的门口了。在这一个黄昏细雨里，只有这一段街上的行人还没有减少。两旁店家的灯火照耀得很明亮，反照出了些离人的孤独的情怀。向东走尽了这条街，朝南一转，右手矗立着一家名叫望海的大酒楼。这一家的三四层楼上，一间一间的小室很多，开窗看去，看得见海里的帆樯，是我到M港后去得次数最多的一家酒馆。

我慢慢的走到楼上坐下，叫好了酒菜，点着烟卷，朝电灯光呆看的时候，民德里的事情又重新开展在我的眼前。

她们姐妹中间，当时我最爱的是老二。老大已经有了主顾，对她当然更不能生出什么邪念来，老三有点阴郁，不像一个年轻的少女，老四年纪和我相差太远——她当时只有十六岁——自然不能发生相互的情感，所以当时我所热心崇拜的，只有老二。

她们的脸形，都是长方，眼睛都是很大，鼻梁都是很高，皮色都是很细白，以外貌来看，本来都是一样的可爱的。可是各人的性格，却相差得很远。老大和蔼，老二活泼，老三阴郁，老四——说不出什么，因为当时我并没有对老四注意过。

老二的活泼，在她的行动，言语，嬉笑上，处处都在表现。凡当时在民德里住的年纪在二十七八上下的男子，和老二见过一面的人，总没一个不受她的播弄的。

她的身材虽则不高，然而也够得上我们一般男子的肩头，若穿着高底鞋的时候，走路简直比西洋女子要快一倍。说话不顾什么忌讳，比我们男子的同学中间的日常言语还要直率。若有可笑的事情，被她看见，或在谈话的时候，听到一句笑话，不管在她面前的是生人不是生人，她总是露出她的两列可爱的白细牙齿，弯腰捧肚，笑个不了，有时候竟会把身体侧倒，扑倚上你的身来。陈家有几次请客，我因为受她的这一种态度的压迫受不了，每有中途逃席，逃上报馆去的事情。因此我在民德里住不上半年，陈家的大小上下，却为我取了一个别号，叫我作老二的鸡娘。因为老二像一只雄鸡，有什么可笑的事情发生的时候，总要我做她的倚柱，扑上身来笑个痛快。并且平时她总拿我来开玩笑，在众人的面前，老喜欢把我的不灵敏的动作和我说错的言语重述出来作哄笑的资料。不过说也奇怪，她像这样的玩弄我，轻视我，我当时不但没有恨她的心思，并且还时以为荣耀，快乐。我当一个人在默想的时候，每把这些琐事回想出来，心里倒反非常感激她，爱慕她。后来甚至于打牌的时候，她要什么牌，我就非打什么牌给她不可。万一我有违反她命令的时候，她竟毫不客气地举起她那只肥嫩的手，拍拍的打上我的脸来。而我呢，受了她的痛责之后，心里反感到一种不可名状的满足，有时候因为想受她这一种施与的原因，故意地违反她的命令，要她来打，或用了她那一只尖长的皮鞋脚来踢我的腰部。若打得不够踢得不够，我就故意的说："不痛！不够！再踢一下！再打一下！"她也就毫不客气地，再举起手来或脚来踢打。我被打得两颊绯红，或腰部感到酸痛的时候，才柔柔顺顺地服从她的命令，再来做她想我做的事情。像这样的时候，倒是老大或老三每在旁边吓止她，教她不要太过分了，而我这被打责的，反而要很诚恳的央告她们，不要出来干涉。

记得有一次，她要出门去和一位朋友吃午饭，我正在她们家里坐着闲谈，她要我去上她姐姐房里把一双新买的皮鞋拿来替她穿上。这一双皮鞋，似乎太小了一点，我捏了她的脚替她穿了半天，才穿上了一只。她气得急了，就举起手来向我的伏在她小腹前的脸上，头上，脖子上乱打起来。我替她穿好第二只的时候，脖子上已经有几处被她打得青肿了。到我站起来，对她微笑着，问她“穿得怎么样”的时候，她说：“右脚尖有点痛！”我就挺了身子，很正经地对她说：“踢两脚吧！踢得宽一点，或者可以好些！”

说到她那双脚，实在不由人不爱。她已经有二十多岁了，而那双肥小的脚，还同十二三岁的小女孩的脚一样。我也曾为她穿过丝袜，所以她那双肥嫩皙白，脚尖很细，后跟很厚的肉脚，时常要作我的幻想的中心。从这一双脚，我能够想出许多离奇的梦境来。譬如在吃饭的时候，我一见了粉白糯润的香稻米饭，就会联想到她那双脚上去。“万一这碗里，”我想，“万一这碗里盛着的，是她那双嫩脚，那么我这样的在这里咀吮，她必要感到一种奇怪的痒痛。假如她横躺着身体，把这一双肉脚伸出来任我咀吮的时候，从她那两条很曲的口唇线里，必要发出许多真不真假不假的喊声来。或者转起身来，也许狠命的在头上打我一下的……”我一想到此地饭就要多吃一碗。

像这样活泼放达的老二，像这样柔顺蠢笨的我，这两人中间的关系，在半年里发生出来的这两人中间的关系，当然可以想见得到了。况我当时，还未满二十七岁，还没有娶亲，对于将来的希望，也还很有自负心哩！

当在陈家起坐室里说笑话的时候，我的那位友人的太太，也曾向我们说起过：“老二，李先生若做了你的男人，那他就天天可以替你穿鞋着袜，并且还可以做你的出气洞，白天晚上，都可以受你的踢打，岂不很好么？”老二听到这些话，总老是笑着，对我斜视一眼说：“李先生不行，太笨，他不会侍候人。我倒很愿意受人家的踢打，只教有一位能够命令我，教我心服的男子就好了。”在这样的笑谈之后，我心里总满感着忧郁，要一个人跑到马路去走半天，才能把胸中的郁闷遣散。

有一天礼拜六的晚上，我和她在大马路市政厅听音乐出来。老大老三都跟了一位她们大姐夫的朋友看电影去了。我们走到一家酒馆的门口，忽而吹来了两阵冷风。这时候正是九十月之交的晚秋的时候，我就拉住了她的手，颤抖着说："老二，我们上去吃一点热的东西再回去吧！"她也笑了一笑说："去吃点热酒吧！"我在酒楼上吃了两杯热酒之后，把平时的那一种木讷怕羞的态度除掉了，向前后左右看了一看，看见空洞的楼上，一个人也没有，就挨近了她的身边对她媚视着，一边发着颤声，一句一逗的对她说："老二！我……我的心，你可能了解？我，我，我很想……很想和你长在一块儿！"她举起眼睛来看了我一眼，又曲了嘴唇的两条线在口角上含着播弄人的微笑，回问我说："长在一块便怎么啦？"我大了胆，便摆过嘴去和她亲了一个嘴，她竟劈面的打了我一个嘴巴。楼下的伙计，听了拍的这一声大响声，就急忙的跑了上来，问我们："还要什么酒菜？"我忍着眼泪，还是微微地笑着对伙计说："不要了，打手巾来！"等到伙计下去的时候，她仍旧是不改常态的对我说："李先生，不要这样！下回你若再干这些事情，我还要打得凶哩！"我也只好把这事当作了一场笑话，很不自然地把我的感情压住了。

凡我对她的这些感情，和这些感情所催发出来的行为动作，旁人大约是看得很清楚的。所以老三虽则是一个很沉郁，脾气很特别，平时说话老是阴阳怪气的女子，对我与老二中间的事情，有时却很出力的在为我们拉拢。有时见了老二那一种打得我太狠，或者嘲弄得我太难堪的动作，也着实为我打过几次抱不平，极婉曲周到地说出话来非难过老二。而我这不识好丑的笨伯，当这些时候心里头非但不感谢老三，还要以为她是多事，出来干涉人家的自由行动。

在这一种情形之下，我和她们四姐妹，对门而住，来往交际了半年多。那一年的冬天，老二忽然与一个新自北京来的大学生订婚了。

这一年旧历新年前后的我的心境，当然是惑乱得不堪，悲痛得非常。当沉闷的时候，邀我去吃饭，邀我去打牌，有时候也和我去看电影的，倒是平时我所不大喜欢，常和老二两人叫她作阴私鬼的老三。而这一个老三，今天却突然的在这个南方的港市里，在这一个细雨朦胧的秋天的晚上，偶然遇见了。

想到了这里，我手里拿着的那支纸烟，已经烧剩了半寸的灰烬，面前杯中倒上的酒，也已经冷了。糊里糊涂的喝了几口酒，吃了两三筷菜，伙计又把一盘生翅汤送了上来。我吃完了晚饭，慢慢的冒雨走回旅馆来，洗了手脸，换了衣服，躺在床上，翻来覆去，终于一夜没有合眼。我想起了那一年的正月初二，老三和我两人上苏州去的一夜旅行。我想起了那一天晚上，两人默默的在电灯下相对的情形。我想起了第二天早晨起来，她在她的帐子里叫我过去，为她把掉在地下的衣服捡起来的声气。然而我当时终于忘不了老二，对于她的这种种好意的表示，非但没有回报她一二，并且简直没有接受她的余裕。两个人终于白旅行了一次，感情终于没有接近起来，那一天午后，就匆匆的依旧同兄妹似的回到上海来了。过了元宵节，我因为胸中苦闷不过，便在报馆里辞了职，和她们姐妹四人，也没有告别，一个人连行李也不带一件，跑上北京的冰天雪地里去，想去把我的过去的一切忘了，把我的全部烦闷葬了。嗣后两三年来，东飘西泊，却还没有在一处住过半年以上。无聊之极，也学学时髦，把我的苦闷写出来，做点小说卖卖。然而于不知不觉的中间，终于得了呼吸器的病症。现在飘流到了这极南的一角，谁想得到再会和这老三相见于黄昏的路上的呢！啊，这世界虽说很大，实在也是很小，两个浪人，在这样的天涯海角，也居然再能重见，你说奇也不奇。我想前想后，想了一夜，到天色有点微明，窗下有早起的工人经过的时候，方才昏昏地睡着。也不知睡了几久，在梦里忽而听到几声咯咯的叩门声。急忙夹着被条，坐起来一看，夜来的细雨，已经晴了，南窗里有两条太阳光线，灰黄黄的晒在那里。我含糊地叫了一声："进来！"而那扇房门却老是不往里开。再等了几分钟，房门还是不向里开，我才觉得奇怪了，就披上衣服，走下床来。等我两脚刚立定的时候，房门却慢慢的开了。跟着门进来的，一点儿也不错，依旧是阴阳怪气，含着半脸神秘的微笑的老三。

"啊，老三！你怎么来得这样早？"我惊喜地问她。

"还早么？你看太阳都斜了啊！"

说着，她就慢慢地走进了房来，向我的上下看了一眼，笑了一脸，就仿佛害羞似的去窗面前站住，望向窗外去了。窗外头夹一重走廊，遥遥望去，底下就是一家富室的庭园，太阳很柔和的晒在那些未凋落的槐花树和杂树的枝头上。

她的装束和从前不同了。一件芝麻呢的女外套里，露出了一条白花丝的围巾来，上面穿的是半西式的八分短袄，裙子系黑印度缎的长套裙。一顶淡黄绸的女帽，深盖在额上，帽子的卷边下，就是那一双迷人的大眼，瞳人很黑，老在凝视着什么似的大眼。本来是长方的脸，因为有那顶帽子深覆在眼上，所以看去仿佛是带点圆味的样子。两三年的岁月，又把她那两条从鼻角斜掩向口角去的纹路刻深了。苍白的脸色，想是昨夜来打牌辛苦了的原因。本来是中等身材不肥不瘦的躯体，大约是我自家的身体缩矮了吧，看起来仿佛比从前高了一点。她背着我呆立在窗前。我看看她的肩背，觉得是比从前瘦了。

"老三，你站在那里干什么？"我扣好了衣裳，向前挨近了一步，一边把右手拍上她的肩去，劝她脱外套，一边就这样问她。她也前进了半尺，把我的右手轻轻地避脱，朝过来笑着说：

“我在这里算账。”

“一清早起来就算账？什么账？”

“昨晚上的赢账。”

“你赢了么？”

“我哪一回不赢？只有和你来的那回却输了。”

“噢，你还记得那么清？输了多少给我？哪一回？”

“险些儿输了我的性命！”

“老三！”

“…………”

“你这脾气还没有改过，还爱讲这些死话。”

以后她只是笑着不说话，我拿了一把椅子，请她坐了，就上西角上的水盆里去漱口洗脸。

一忽儿她又叫我说：

“李先生！你的脾气，也还没有改过，老爱吸这些纸烟。”

“老三！”

“…………”

“幸亏你还没有改过，还能上这里来。要是昨天遇见的是老二哩，怕她是不肯来了。”

“李先生，你还没有忘记老二么？”

“仿佛还有一点记得。”

“你的情义真好！”

“谁说不好来着！”

“老二真有福分！”

“她现在在什么地方？”

“我也不知道，好久不通信了，前二三个月，听说还在上海。”

“老大老四呢？”

“也还是那一个样子，仍复在民德里。变化最多的，就是我吓！”

“不错，不错，你昨天说不要我上你那里去，这又为什么来着？”

“我不是不要你去，怕人家要说闲话。你应该知道，阿陆的家里，人是很多的。”

“是的，是的，那一位华侨姓陆吧。老三，你何以又会看中了这一位胖先生的呢？”

“像我这样的人，那里有看中看不中的好说，总算是做了一个怪梦。”

“这梦好么？”

“又有什么好不好，连我自己都莫名其妙。”

“你莫名其妙，怎么又会和他结婚的呢？”

“什么叫结婚呀。我不过当了一个礼物，当了一个老大和大姐夫的礼物。”

“老三！”

“…………”

“他怎么会这样的早死的呢？”

“谁知道他，害人的。”

因为她说话的声气消沉下去了，我也不敢再问。等衣服换好，手脸洗毕的时候，我从衣袋里拿出表来一看，已经是二点过了三个字了。我点上一支烟卷，在她的对面坐下，偷眼向她一看，她那脸神秘的笑容，已经看不见一点踪影。下沉的双眼，口角的深纹，和两颊的苍白，完全把她画成了一个新寡的妇人。我知道她在追怀往事，所以不敢打断她的思路。默默地呼吸了半刻钟烟。她忽而站起来说：“我要去了！”她说话的时候，身体已经走到了门口。我追上去留她，她脸也不回转来看我一眼，竟匆匆地出门去了。我又追上扶梯跟前叫她等一等，她到了楼梯底下，才把那双黑漆漆的眼睛向我看了一眼，并且轻轻地说："明天再来吧！"

自从这一回之后，她每天差不多总抽空上我那里来。两人的感情，也渐渐的融洽起来了。可是无论如何，到了我想再逼进一步的时候，她总马上设法逃避，或筑起城堡来防我。到我遇见她之后，约莫将十几天的时候，我的头脑心思，完全被她搅乱了。听说有呼吸器病的人，欲情最容易兴奋，这大约是真的。那时候我实在再也不能忍耐了，所以那一天的午后，我怎么也不放她回去，一定要她和我同去吃晚饭。

那一天早晨，天气很好。午后她来的时候，却热得厉害。到了三四点钟，天上起了云障，太阳下山之后，空中刮起风来了。她仿佛也受了这天气变化的影响，看她只是在一阵阵的消沉下去，她说了几次要去，我拼命的强留着她，末了她似乎也觉得无可奈何，就俯了头，尽坐在那里默想。

太阳下山了，房角落里，阴影爬了出来。南窗外看见的暮天半角，还带着些微紫色。同旧棉花似的一块灰黑的浮云，静静地压到了窗前。风声呜呜的从玻璃窗里传透过来，两人默坐在这将黑未黑的世界里，觉得我们以外的人类万有，都已经死灭尽了。在这个沉默的，向晚的，暗暗的悲哀海里，不知沉浸了几久，忽而电灯像雷击似的放光亮了。我站起了身，拿了一件她的黑呢旧斗篷，从后边替她披上，再伏下身去，用了两手，向她的胛下一抱，想乘势从她的右侧，把头靠向她的颊上去的，她却同梦中醒来似的蓦地站了起来，用力把我一推。我生怕她要再跑出门，跑回家去，所以马上就跑上房门口去拦住。她看了我这一种混乱的态度，却笑起来了。虽则兀立在灯下的姿势还是严不可犯的样子，然而她的眼睛在笑了，脸上的筋肉的紧张也松懈了，口角上也有笑容了。因此我就大了胆，再走近她的身边，用一只手夹斗篷的围抱住她，轻轻的在她耳边说：

“老三！你怕么？你怕我么？我以后不敢了，不再敢了，我们一道上外面去吃晚饭去吧！”

她虽是不响，一面身体却很柔顺地由我围抱着。我挽她出了房门，就放开了手。由她走在前头，走下扶梯，走出到街上去。

我们两人，在日暮的街道上走，绕远了道，避开那条P街，一直到那条M港最热闹的长街的中心止，不敢并着步讲一句话。街上的灯火全都灿烂地在放寒冷的光，天风还是呜呜的吹着，街路树的叶子，息索息索很零乱的散落下来，我们两人走了半天，才走到望海酒楼的三楼上一间滨海的小室里坐下。

坐下来一看，她的头发已经为凉风吹乱；瘦削的双颊，尤显得苍白。她要把斗篷脱下来，我劝她不必，并且叫伙计马上倒了一杯白兰地来给她喝。她把热茶和白兰地喝了，又用手巾在头上脸上擦了一擦，静坐了几分钟，才把常态恢复。那一脸神秘的笑和炯炯的两道眼光，又在寒冷的空气里散放起电力来了。

“今天真有点冷啊！”我开口对她说。

“你也觉得冷的么？”

“怎么我会不觉得冷的呢？”

“我以为你是比天气还要冷些。”

“老三！”

“…………”

“那一年在苏州的晚上，比今天怎么样？”

“我想问你来着！”

“老三！那是我的不好，是我，我的不好。”

“…………”

她尽是沉默着不响，所以我也不能多说。在吃饭的中间，我只是献着媚，低着声，诉说当时在民德里的时候的情形。她到吃完饭的时候止，总共不过说了十几句话，我想把她的记忆唤起，把当时她对我的旧情复燃起来，然而看看她脸上的表情，却终于是不曾为我所动。到末了我被她弄得没法了，就半用暴力，半用含泪的央告，一定要求她不要回去，接着就同拖也似的把她挟上了望海酒楼间壁的一家外国旅馆的楼上。

夜深了，外面的风还在萧骚地吹着。五十支的电光，到了后半夜加起亮来，反照得我心里异常的寂寞。室内的空气，也增加了寒冷，她还是穿了衣服，隔着一条被，朝里床躺在那里。我扑过去了几次，总被她推翻了下来，到最后的一次她却哭起来了，一边哭，一边又断断续续的说：

“李先生！我们的……我们的事情，早已……早已经结束了。那一年，要是那一年……你能……你能够像现在一样的爱我，那我……我也……不会……不会吃这一种苦的。我……我……你晓得……我……我……这两三年来……！”

说到这里，她抽咽得更加厉害，把被窝蒙上头去，索性任情哭了一个痛快。我想想她的身世，想想她目下的状态，想想过去她对我的情节，更想想我自家的沦落的半生，也被她的哀泣所感动，虽则滴不下眼泪来，但心里也尽在酸一阵痛一阵的难过。她哭了半点多钟，我在床上默坐了半点多钟，觉得她的眼泪，已经把我的邪念洗清，心里头什么也不想了。又静坐了几分钟，我听听她的哭声，也已经停止，就又伏过身去，诚诚恳恳地对她说：

“老三！今天晚上，又是我不好，我对你不起，我把你的真意误会了。我们的时期，的确已经过去了。我今晚上对你的要求，的确是卑劣得很。请你饶了我，噢，请你饶了我，我以后永也不再干这一种卑劣的事情了，噢，请你饶了我！请你把你的头伸出来，朝转来，对我说一声，说一声饶了我吧！让我们把过去的一切忘了，请你把今晚上的我的这一种卑劣的事情忘了。噢，老三！”

我斜伏在她的枕头边上，含泪的把这些话说完之后，她的头还是尽朝着里床，身子一动也不肯动。我静候了好久，她才把头朝转来，举起一双泪眼，好像是在怜惜我又好像是在怨恨我地看了我一眼。得到了她这泪眼的一瞥，我心里也不晓怎么的起了一种比死刑囚遇赦的时候还要感激的心思。她仍复把头朝了转去，我也在她的被外头躺下了。躺下之后，两人虽然都没有睡着，然而我的心里却很舒畅的默默的直躺到了天明。

早晨起来，约略梳洗了一番，她又同平时一样的和我微笑了，而我哩，脸上虽在笑着，心里头却尽是一滴苦泪一滴苦泪的在往喉头鼻里咽送。

两人从旅馆出来，东方只有几点红云罩着，夜来的风势，把一碧的长天扫尽了。太阳已出了海，淡薄的阳光晒着的几条冷静的街上，除了些被风吹堕的树叶和几堆灰土之外，也比平时洁净得多。转过了长街送她到了上她自家的门口，将要分别的时候，我只紧握了她一双冰冷的手，轻轻地对她说：

“老三！请你自家珍重一点，我们以后见面的机会，恐怕很少了。”我说出了这句话之后，心里不晓怎么的忽儿绞割了起来，两只眼睛里同雾天似的起了一层蒙障。她仿佛也深深地朝我看了一眼，就很急促地抽了她的两手，飞跑的奔向屋后去了。

这一天的晚上，海上有一弯眉毛似的新月照着，我和许多言语不通的南省人杂处在一舱里吸烟。舱外的风声浪声很大，大家只在电灯下计算着这海船航行的速度，和到 H 港的时刻。

一九二七年一月十日在上海

清冷的午后 ①

昙云布满的天空，在万人头上压了几日，终究下起微雪来了。年事将尽的这十二月的下旬，若在往年，街上各店里，总满呈着活气，拥挤得不堪的，而今年的市况，竟萧条得同冷水泉一样，过了中午，街上还是行人稀少得很。

聚芳号的老板，同饱食后的鸽子似的，独踞在柜台上，呆呆的在看店门外街上的雪片。门面不满一丈宽的这小店里，热闹的时候也有二三十元钱一日的进款，可是这一个月来，门市忽然减少了下去，前两个月配来的化妆品类和妇女杂用品等，依旧动也不动的堆在两壁的箱盒里。他呆看了一回飞雪，又转头来看看四边的存货，眉头竟锁紧了起来，往里面放大了喉音，叫了几声之后，就站起来把柜台后柱上挂着的一件黑呢外套穿上了身去。

答应了一声“嗳呀”，接着从里面走出来的，是一位年纪二十左右，身材中大，皮肤很细白，长得眉目清秀的妇人。看了她那种活泼的气象，和丰肥的肉体，谁也知道她是这位老板结合不久的新妇。尤其可以使人感得这一种推测的确实的，是当她走上这位老板面前之后的一脸微笑。

“云芳！你在这儿看一忽店，我出去和震大公司结账去。万一老李来，你可以问问他昨天托他的事情怎么样了？”

① 本篇原载于一九二七年二月一日《洪水》半月刊第三卷第廿六期。

她向柜台边上壁间的衣钩上，把一顶黑绒的帽子拿下来后，就走上了一步，站在他面前，给他戴上了。他向柜台下桌上站着的一面小镜子照了一照，又把外套的领子竖了起来，更对云芳——他的新妇——点了一点头，就从柜台侧面的一扇小门里走了出去。

这位老板，本来是郑聚芳本店的小老板，结了婚以后，他父亲因为他和新妇住在店里，不晓得稼穑的艰难，所以在半年前，特地为他设了一家分店在这新市场的延龄路上，教他自己去独立营生。

当他初开新店的时候，因为布置的精巧，价钱的公道，又兼以香市的闹热，每月竟做了千元内外的买卖。两个月后，香客也绝迹了，游西湖的人，也少起来了，又兼以战争发生，人心惶恐，这一个月来银根奇紧，弄得他那家小店，一落千丈。近来的门市，至多也卖不到五六块钱，而这寒冬逼至，又是一年中总结账的时候了，这几日来，他着实为经济问题，费了许多的愁虑。

“千不该，万不该，总不该把小天王接到城里来的！”他在雪中的街上俯首走到清和坊去，一边在自家埋怨自己。

他的悔怨的心思动了一动，继续就想起了小天王的笑脸和嘴唇，想起了去年也是这样下微雪的晚上，他和小天王在拱宸桥她的房里烫酒吃猪头肉的情趣。抬起头来，向前后左右看了一看，把衣袖上的雪片打扫了一下，他那双本来是走向清和坊去的脚，不知不觉的变了方向。先从马路的右边，走向了马路的左边，又前进了几步，他就向一条小巷里走了进去。

离新市场不远，在一条沿河的小巷的一家二楼上，他为小天王租了两间房子住着，这是他和他的新妇云芳搬往新市场之后，瞒过了云芳常来住宿的地方。

他和小天王的相识，是在两年前，有一天他朋友请他去吃花酒的晚上。那一天他的中学校的朋友李芷春请客，硬要他和他一同上拱宸桥去。他平时本来是很谨慎的人，从来没有到拱宸桥去玩过一次。自从那一天李芷春为他叫了小天王后，他觉得店里的酒饭，味儿粗淡起来了。尤其是使他感到不满的，是他父亲的那一种起早落夜，计算金钱的苦相。他在店里那一种紧张的空气里，一想到小天王房里的那一种温香娇艳的空气，眼前就会昏花起来，鼻子里就会闻到一种特异的香味，耳朵里也会响出胡琴的弦索和小曲儿的歌声来。他若把眼睛一闭，就看得见一张很光亮的铜床，床上面有雪白的毡毯和绯红的绸被铺着。床面前的五桶柜上摆在那里的描金小钟，和花瓶香盒之类，也历历的在他心眼上旋转。

其中顶使他魂销的，是当他跟李芷春去了三五回后，小天王留他住夜的那一晚的情事。

那时候，他还只是童男的二十一岁。小天王的年纪虽然比他小，然而世故人情，却比他懂得多。所以她一见了他，就竭力的灌迷魂汤，弄得当时还没有和女人接触过的他，几乎把世界一切都忘掉了。

两年前的那一天晚上，是李芷春带他去逛后约有半个月的光景的时候，他却一个人搭了五点十分的夜车上拱宸桥小天王那里去。那 天晚上，不晓为什么原因，天气很冷很冷。他记得清清楚楚，那一天不过是中秋刚过的八月二十几里，但不晓怎么的，忽而吹来了几阵凉风，使冬衣未曾制就的一班杭州的市民，都感觉得比大寒前后还更凉冷的样子。他坐在小天王房里，喝喝酒，吃吃晚饭，听她唱唱小曲，竟把半夜的时光于不知不觉的中间飞度了过去。到了半夜十二点钟，他想出来，也已经不行了，所以就猫猫虎虎，留在她那里住了一夜。

自从那一夜后，他才知道了女人的滋味。小天王的嘴唇，她的脱下衣服来的时候的娇羞的样子，从帐子外面射进来的电灯光下的她的淡红的小汗衫，上半段钮扣解开以后的她的苍白的胸部。被他紧紧抱住以后的那一种触觉，最后同脱了骨肉似的那一种出神。凡此种种的情况，在他脑里盘据了半个多月。无论在什么时候什么地方，只教他一想到这前后的感觉，他的耳朵就会嗡的响起来，他的身子的全体，就好像坐在火焰的峰头；两只大腿的中间，实际上就会同触着一块软肉似的酸涨起来。嗣后两年中间，他在小天王身上花的钱，少算算也有五千多块。

到了今年四月，他的父亲对于他的游荡，实在是无法子抵抗了，结局还是依了他母舅之计，为他娶了云芳过来，想教云芳来加以劝告和束缚。

他和云芳，本来是外舅家的中表，两人从小就很要好的。新婚的头夜，闹房的客人都出去以后，他和云芳，就讲了半夜的话。他含着眼泪，向云芳说小天王的身世，说小天王待他的情谊，更说他自家对云芳虽有十分的热爱，但对小天王也不能断念的痴心。结果他说若要他和小天王绝交，除非把他先送到棺材里去之后才可以。聪明贤慧的云芳，对他这一种决心，当然不想用蛮法子来对付，三朝以后，倒是她出来向他的父母说情了。他果然中了云芳的诡计，结婚以后的两个月中间，并没有去过拱宸桥一次。

他父亲给他新市场开设分店以后的约莫一个月的时候，有一天午后他往城站去送客，在车站上忽又遇见了小天王。

那时候正是太阳晒得很热的六月中旬。他在车站里见了两月来不见的小天王的清淡的装束，旧日的回忆就复活了。当天晚上，他果然瞒过了云芳，上拱宸桥去过夜。在拱宸桥埠上以善应酬著名的这小天王，当然知道如何的再把他从云芳那里争夺过来的术数。那一晚小天王于哭骂他薄情之后，竟拿起了一把小刀来要自杀。后来听了他的许多誓咒和劝慰的话后，两人才收住眼泪抱着入睡，嗣后两三个月中间，他借依分店里进款的宽绰，竟暗地里把小天王赎了出来，把她藏住在这一条小巷的楼上。

说到小天王的相貌，实际上比云芳也美不了许多。可是她那娇小的身材，灵活的眼睛，和一双红曲的嘴唇，却特别的能够勾引男人，使和她发生过一两次关系的人，永也不能忘记。

他一边在小巷里冒雪走着，一边俯伏着头，尽在想小天王那双嘴唇。他想起了三天前在她那里过夜的事情，他又想起了第二天早晨回到店里的时候，云芳含着微笑问他的话："小天王好么？你又有几天不去了，昨晚上可能睡着？"

走到了那一家门口，他开门进去，一直走到很黑的退堂夹弄的扶梯跟前，也没有遇见一个人。

"我们的这房东老太婆，今天怕又在楼上和小天王说话罢？让我悄悄的上去，骇她们一下。"

他心里这样的想着，脚步就自然而然的放轻了。幽脚幽手的走上了楼，走到了房门口，他举手轻轻一推，房门却闩在那里。站住了脚，屏着气，侧耳一听，房里头并没有说话的声音。他就想伸出手来，敲门进去，但回头再一想时，觉得这事情有点奇怪。因为平时他来，老太婆总坐在楼下堂前里糊火柴盒子。他一向上楼来，还没有一次遇见小天王的房门闩锁过。含神屏气的更静立了几分钟，他忽而听见靠板壁的他和小天王老睡的床上，有一个男人的口音在轻轻的说：

"小天王！小天王！醒来！天快晚了，怕老郑要来了吧？"

他的全身的血，马上凝结住了，头发一根一根的竖立了起来。瞪着眼睛，捏紧拳头，他就想一脚踢进房去。但这铁样的决心，还没有下的时候，他又听见小天王睡态朦朦的说：

"像这样落雪的时候，他不会来的。"

他听了小天王的声气，同时飞电似的想起了她的那双嘴唇，喉头更是干烈起来，胸前的一腔杀气，更是往上奔塞得厉害。举了那只捏紧的拳头，正要打上门板上去的一刹那，他又听见男人说：

“我要去了，昨天老郑还托我借钱来着，我答应他今天去做回音的。让我去看看，他若在店里哩，我晚上再好来的。”

“啊！这男人原来是李芷春！”

他听出了李芷春的声音，一只举起来的手就缩回来了。向后抽了脚步，他一口气就走下了楼来。幸而那老太婆还没有回家，他一走出门，仍复轻轻的把门关上，就同发了疯的人似的狠命的在被雪下得微滑的小巷里飞奔跑跳。气也吐不出来，眼面前的物事也看不清楚，脑盖底下，他只觉得有一片火在那里烧着。方向也辨不清，思想也完全停止，迎面吹来的冷风和雪片也感觉不到，他只把两只脚同触了电似的尽在交换前进，不知跑了多少路，走了多少地方，等得神志清醒了一点的时候，他看看四周已经灰暗了。在这灰暗的空气里，还有一片一片的雪片在飞舞着。举起头来一看，眼面前却是黑黝黝的一片湖水。再举起眼来向远处看时，模糊的雪片层里，透射着几张灯火。同时湖水面上反射着的模糊的灯光和灰颓颓冷沉沉的山影，也射到了他的眼里。举起手来向衣袖上一摸，积在那里的雪片，很硬很冷的向他的触觉神经激刺了一下。他完全恢复了知觉，静静地站住了脚，把被飞雪湿透了的那顶黑绒帽子拿下来的时候，头上就放射了一阵蒸发出来的热气。更向眼下的空气里一看，他只看见几阵很急促地由他自己口中吐出来的白气，在和雪片争斗。这时候他身旁的枯树枝上，背后的人家屋上，和屋后的山上，已经有一层淡白的薄雪罩上了。从外套袋里，拿出手帕来把头上的汗擦了一擦，在灰暗的冷空气里静立了一会，向四边看了几周，他才辨出了方向，知道他自家的身体，站立在去钱王祠不远的湖滨的野道上面。

他把眼睛开闭了几次，咽下了几口唾沫，又静静的把喘着的气调节了一下，才把今天下午的事情，原原本本的想了起来。

“啊啊！怎么对得起云芳！怎么对得起云芳！”

“今天我出门的时候的她那一种温柔体贴的样子！”

“啊啊！我还有什么面目做人？”

他想到了这里，火热的颊上，就流下了两滴很大很冷的眼泪来。从他的喉咙里，渐渐的，发出了一种怖人的，和受了伤就快死的野兽似的鸣声。这声音起初很幽很沉重，渐渐地加响，终于号的一响吐露完结；一声完了，接着又是一声，静寂的山陬水上，和枯冷的树林，都像起了反应，他自家的耳朵里也听出了一种可怕的哀鸣声来。背后树枝上的积雪，索落索落的落下了几滴，他回头去一看，在白茫茫的夜色里，仿佛看见了一只极大极大的黑手，在那里向他扑掠似的。他心里急了，不管东西南北，只死劲的向前跑跳，扑通的一响，他只觉得四肢半体，同时冰冷的凝聚了拢来。神志又清了一清，他晓得自家的身子，已经跌在湖里了。喉咙里想叫出“救命”的两个字来，但愈急愈叫不出，他只觉得他的颈项前后，好像有一个铁圈在那里抽紧来的样子。两只脚乱踢了一阵，两只手向湖面上划了几划，他的身体就全部淹没到水底里去了。

一九二七年一月十八日在上海

微雪的早晨①

这一个人，现在已经不在世上了；而他的致死的原因，一直到现在还没有明白。

他的面貌很清秀，不像是一个北方人。我和他初次在教室里见面的时候，总以为他是江浙一带的学生；后来听他和先生说话的口气，才知道他是北直隶产。在学校的寄宿舍里和他同住了两个月，在图书室里和他见了许多次数的面，又在一天礼拜六的下午，和他同出西便门去骑了一次骡子，才知道他是京兆的乡下，去京城只有十八里地的殷家集的农家之子，是在北京师范毕业之后，考入这师范大学里来的。

一般新进学校的同学，都是趾高气扬的青年，只有他，貌很柔和，人很谦逊，穿着一件青竹布的大褂，上课的第一天，就很勤恳的拿了一支铅笔和一册笔记簿，在那里记录先生所说的话。

当时我初到北京，朋友很少。见了一般同学，又只是心虚胆怯，恐怕我的穷状和浅学被他们看出，所以到学校后的一个礼拜之中，竟不敢和同学攀谈一句话。但是对于他，我心里却很感着几分亲热，因为他的座位，是在我的前一排，他的一举一动，我都默默的在那里留心的看着，所以对于他的那一种谦恭的样子，及和我一

① 本篇原题为《微雪的早晨》，最初于一九二七年七月二十日在《教育杂志》上发表时，改为《考试》；一九二八年收入《达夫全集》时，又改题为《考试前后》；同年收入《达夫代表作》时，恢复原题《微雪的早晨》。

样的那种沉默怕羞的态度，心里却早起了共鸣。

是我到学校后第二个星期的一天早晨，我一早就起了床，一个人在操场里读英文。当我读完了一节，静静地在翻阅后面的没有教过的地方的时候，我忽而觉得背后仿佛有人立在那里的样子。回头来一看，果然看见他含了笑，也拿了一本书，立在我的背后去墙不过二尺的地方，在那里对我看着。我回过头来看他的时候，同时他就对我说："您真用功啊！"我倒被他说得脸红了，也只好笑着对他说："您也用功得很！"

从这一回之后，我们俩就谈起天来了。两个月之后，因为和他在图书室里老是在一张桌上看书的原因，所以交情尤其觉得亲密。有一天礼拜六，天气特别的好，前夜下的雨，把轻尘压住，晚秋的太阳晒得和暖可人，又加以午后一点钟教育史，先生请假，吃了中饭之后，两个人在阅报室里遇见了，便不约而同的说出了一句话来：

"天气真好极了，上哪儿去散散步罢！"

我北京的地理不熟悉，所以一个人不大敢跑出去。到京住了两月之久，在礼拜天和假日里去过的地方，只有三殿和中央公园。那一天因为天气太好，很想上郊外去走走，一见了他，就临时想定了主意，喊出了那一句话来。同时他也仿佛在那里想上城外去跑，见了我，也自然而然的发了这一个提议，所以我们俩不待说第二句话，就走上了向校门的那条石砌的大路。走出校门之后，第二个问题就起来了，"上哪里去呢？"

在琉璃厂正中的那条大道上，朝南迎着日光走了几步，他就笑着问我说：

"李君，你会骑骡儿不会？"

我在苏州住中学住过四年，骡子是当然会骑的，听了他那一句话，忽而想起了中学时代骑骡子上虎丘去的兴致来，所以马上就赞成说：

“北京也有骡子么？让我们去骑骑试试！”

“骡儿多得很，一出城门就有，我就怕你不会骑呀。”

“我骑倒是会骑的。”

两人说说走走，到西便门附近的时候，已经是快两点了。雇好了骡子，骑向白云观去的路上，身上披满了黄金的日光，肺部饱吸着西山的爽气，我们两人觉得做皇帝也没有这样的快乐。

北京的气候，一年中以这一个时期为最好。天气不寒不热，大风期还没有到来。净碧的长空，反映着远山的浓翠，好像是大海波平时的景象。况且这一天午后，刚当前夜小雨之余，路上微尘不起，两旁的树叶还未落尽的洋槐榆树的枝头，青翠欲滴，大有首夏清和的意思。

出了西便门，野田里的黍稷都已收割起了，农夫在那里耕锄播种的地方也有，但是大半的地上都还清清楚楚的空在那里。

我们骑过了那乘石桥，从白云观后远看西山的时候，两个人不知不觉的对视了一回，各作了一种会心的微笑，又同发了一声赞叹：

“真好极了！”

出城的时候，骡儿跑得很快，所以在白云观里走了一阵出来，太阳还是很高。他告诉我说：

“这白云观，是道士们会聚的地方。清朝慈禧太后也时常来此宿歇。每年正月自初一起到十八止，北京的妇女们游冶子来此地烧香驰马的，路上满都挤着。那时候桥洞底下，还有老道坐着，终日不言不语，也不吃东西，说是得道的。老人堂里更坐着一排白发的道士，身上写明几百岁几百岁，骗取女人们的金钱不少。这一种妖言惑众的行为，实在应该禁止的，而北京当局者的太太小姐们还要前来膜拜施舍，以夸她们的阔绰，你说可气不可气？”

这也是令我佩服他不止的一个地方，因为我平时看见他尽是一味的在那里用功的，然而谈到了当时的政治及社会的陋习，他却慷慨激昂，讲出来的话句句中肯，句句有力，不像是一个读死书的人。尤其是对于时事，他发的议论，激烈得很，对于那些军阀官僚，骂得淋漓尽致。

我们走出了白云观，因为时候还早，所以又跑上前面天宁寺的塔下去了一趟。寺里有兵驻扎在那里，不准我们进去，他去交涉了一番，也终于不行。所以在回来的路上，他又切齿的骂了一阵：

“这些狗东西，我总得杀他们干净。我们百姓的儿女田庐，都被他们侵占尽了。总有一天报他们的仇。”

经过了这一次郊外游行之后，我们的交情又进了一步。上课的时候，他坐在我的前头，我坐在他的后一排，进出当然是一道。寝室本来是离开两间的，然而他和一位我的同房间的办妥了交涉，竟私下搬了过来。在图书室里，当然是一起的。自修室却没有法子搬拢来，所以只有自修的时候，我们两人不能同伴。

每日的日课，大抵是一定的。平常的时候，我们都到六点半钟就起床，拿书到操场上去读一个钟头。早饭后上课，中饭后看半点钟报，午后三点钟课余下来，上图书室去读书。晚上自修两个钟头，洗一个脸，上寝室去杂谈一会，就上床睡觉。我自从和他住在一道之后，觉得兴趣也好得多，用功也更加起劲了。

可是有一点，我时常在私心害怕，就是中学里时常有的那一种同学中的风说。他的相儿，虽则很清秀，然而两道眉毛很浓，嘴唇极厚，一张不甚白皙的长方脸，无论何人看起来，总是一位有男性美的青年。万一有风说起来的时候，我这身材矮小的南方人，当然要居于不利的地位。但是这私心的恐惧，终没有实现出来，一则因为大学生究竟比中学生知识高一点，二则大约也是因为他的勤勉的行为和凛不可犯的威风可以压服众人的缘故。

这样的又过去了两个月，北风渐渐的紧起来，京城里的居民也感到寒威的逼迫了，我们学校里就开始考试，到了旧历十二月底边，便放了年假。

同班的同学，北方人大抵回家去过年；只有贫而无归的我和其他的二三个南方人，脸上只是一天一天的枯寂下去，眼看得同学们一个一个的兴高采烈地整理行箧，心里每在洒丧家的苦泪。同房间的他因为看得我这一种状况，也似乎不忍别去，所以考完的那一天中午，他就同我说：

“年假期内，我也不打算回去，好在这儿多读一点书。”但考试完后的两天，图书室也闭门了，同房间的同学只剩了我和他的两个人。又加以寝室内和自修室里火炉也没有，电灯也似乎灭了光，冷灰灰的蛰伏在那里，看书终究看不进去。若去看戏游玩呢，我们又没有这些钱；上街去走走呢，冰寒的大风灰沙里，看见的又都是些残年的急景和来往忙碌的行人。

到了放假后的第三天，他也垂头丧气的急起来了。那一天早晨，天气特别的冷，我们开了眼，谈着话，一直睡到十点多钟才起床。饿着肚在房里看了一回杂志，他忽儿对我说：

“李君，我们走吧，你到我们乡下去过年好不好？”

当他告诉我不回家去过年的时候，我已经看出了他对我的好意，心里着实的过意不去，现在又听了他这话，更加觉得对他不起了，所以就对他说：

“你去吧！家里又近，回家去又可以享受夫妇的天伦之乐，为什么不回去呢？”

但他无论如何总不肯一个人回去，从十点半钟讲起，一直讲到中午吃饭的时候止，他总要我和他一道，才肯回去。他的脾气是很古怪的，平时沉默寡言，凡事一说出口，却不肯改过口来。我和他相处半年，深知他有这一种执拗不弯的习气，所以到后来就终究答应了他，和他一道上他那里去过年。

那一天早晨很冷，中午的时候，太阳还躲在灰白的层云里，吃过中饭，把行李收拾了一收拾，正要雇车出去的时候，寒空里却下起鹅毛似的雪片来了。

雇洋车坐到永定门外，从永定门我们再雇驴车到殷家集去。路上来往的行人很少，四野寥阔，只有几簇枯树林在那里点缀冬郊的寂寞。雪片尽是一阵一阵的大起来，四面的野景，渺渺茫茫，从车篷缺处看出去，好像是披着了一层薄纱似的。幸亏我们车是往南行的，北风吹不着，但驴背的雪片积得很多，溶化的热气一道一道的偷进车厢里来，看去好像是驴子在那里出汗的样子。

冬天的短日，阴森森的晚了，驴车里摇动虽则很厉害，但我已经昏昏的睡着。到了他摇我醒来的时候，我同做梦似的不晓得身子在什么地方。张开眼睛来一看，只觉得车篷里黑得怕人。他笑着说：

"李君！你醒醒吧！你瞧，前面不是有几点灯火看见了么？那儿就是殷家集呀！"

又走了一阵，车子到了他家的门口，下车之后，我的脚也盘坐得麻了。走进他的家里去一看，里边却宽敞得很。他的老父和母亲，喜欢得了不得。我们在一盏煤油灯下，吃完了晚饭，他的媳妇也出来为我在一张暖炕上铺起被褥来。说起他的媳妇，本来是生长在他家里的童养媳，是于去年刚合婚的。两只脚缠得很小，相儿虽则不美，但在乡下也不算很坏。不过衣服的样子太古，从看惯了都会人士的我们看来，她那件青布的棉袄，和紧扎着脚的红棉裤，实在太难看了。这一晚因为日间在驴车上摇摆了半大，我觉得有点倦了，所以吃完晚饭之后，一早就上炕去睡了。他在里间房里和他父母谈了些什么，和他媳妇在什么时候上炕，我却没有知道。

在他家里过了一个年，住了九天，我所看出的事实，有两件很使我为他伤心：第一是婚姻的不如意，第二是他家里的贫穷。

北方的农家，大约都是一样的，终岁劳动，所得的结果，还不够供政府的苛税。他家里虽则有几十亩地，然而这几十亩地的出息，除了赋税而外，他老父母的饮食和媳妇儿的服饰，还是供给不了的。他是独养儿子，父亲今年五十多了。他前后左右的农家的儿子，年纪和他相上下的，都能上地里去工作，帮助家计；而他一个人在学校里念书，非但不能帮他父亲，并且时时还要向家里去支取零用钱来买书购物。到此，我才看出了他在学校里所以要这样减省的原因。唯其如此，我和他同病相怜，更加觉得他的人格的高尚。

到了正月初四，旧年的雪也融化了，他在家里日日和那童养媳相对，也似乎十分的不快，所以我就劝他早日回京，回到学校里去。

正月初五的早晨，天气很好，他父亲自家上前面一家姓陈的人家，去借了骡儿和车子，送我们进城来。

说起了这姓陈的人家，我现在还疑他们的女儿是我同学致死的最大原因。陈家是殷家集的豪农，有地二百多顷。房屋也是瓦屋，屋前屋后的墙围很大。他们有三个儿子，顶大的却是一位女儿。她今年十九岁了，比我那位同学小两岁。我和他在他家里住了九天，然而一半的光阴却是在陈家费去的。陈家的老头儿，年纪和我同学的父亲差不多，可是娶了两次亲，前后都已经死了。初娶的正配生了一个女儿，继娶的续弦生了三个男孩，顶大的还只有十一岁。

我的同学和陈家的惠英——这是她的名字——小的时候，在一个私塾里念书；后来大了，他就去进了史官屯的小学校。这史官屯在殷家集之北七八里路的地方，是出永定门以南的第一个大村庄。他在史官屯小学里住了四年，成绩最好，每次总考第一，所以毕业之后，先生就为他去北京师范报名，要他继续的求学。这先生现在也已经去世了，我的同学一说起他，还要流出眼泪来，感激得不了。从此他在北京师范住了四年，现在却安安稳稳的进了大学。读书人很少的这村庄上，大家对于他的勤俭力学，当然是非常尊敬。尤其是陈家的老头儿，每对他父亲说：

“雅儒这小孩，一定很有出息，你一定培植他出来，若要钱用，我尽可以为你出力。”

我说了大半天，把他的名姓忘了，还没有告诉出来。他姓朱，名字叫“雅儒”。我们学校里的称呼本来是连名带姓叫的，大家叫他“朱雅儒”“朱雅儒”；而他叫人，却总不把名字放进去，只叫一个姓氏，底下添一个君字。因此他总不直呼其名的叫我“李厥明”，而以“李君”两字叫我。我起初还听不惯，觉得有点儿不好意思；后来也就学了他，叫他“朱君”“朱君”了。

陈家的老头儿既然这样的重视他，对于他父亲提出的借款问题，当然是百无一拒的。所以我想他们家里，欠陈家的款，一定也是不在少数。

那一大，正月初五的那一天，他父亲向陈家去借了驴车驴子，送我们进城来，我在路上因为没有话讲，就对他说：

“可惜陈家的惠英没有读书，她实在是聪明得很！”

他起初听了我这一句话，脸上忽而红了一红，后来觉得我讲这话时并没有恶意含着，他就叹了一口气说：

“唉！天下的恨事正多得很哩！”

我看他的神气，似乎他不大愿意我说这些女孩儿的事情，所以我也就默默的不响了。

那一天到了学校之后，同学们都还没有回来，我和他两个人逛逛厂甸，听听戏，也就猫猫虎虎将一个寒假过了过去。开学之后，又是刻板的生活，上课下课，吃饭睡觉，一直到了暑假。

暑假中，我因为想家想得心切，就和他别去，回南边的家里来住了两个月。上车的时候，他送我到车站上来，说了许多互相勉励的话，要我到家之后，每天写一封信给他，报告南边的风物。而我自家呢，说想于暑假中去当两个月家庭教师，好弄一点零用，买一点书籍。

我到南边之后，虽则不天天写信，但一个月中间，也总计要和他通五六封信。我从信中的消息，知道他暑假中并不回家去，仍住在北京一家姓黄的人家教书，每月也可得二十块钱薪水。

到阳历八月底边，他写信来催我回京，并且说他于前星期六回到殷家集去了一次，陈家的惠英还在问起我的消息呢。

因为他提起了惠英，我倒想起当日在殷家集过年的事情来了。惠英的貌并不美，不过皮肤的细白实在是北方女子中间所少见的。一双大眼睛，看人的时候，使人要惧怕起来，因为她的眼睛似乎能洞见一切的样子。身材不矮不高，一张团团的面使人一见就觉得她是一个忠厚的人。但是人很能干，自她后母死后，一切家计都操在她的手里。她的家里，洒扫得很干净。西面的一间厢房，是她的起坐室，一切账簿文件，都搁在这一间厢房里。我和朱君于过年前后的几天中老去坐谈的，也是在这间房里。她父亲喜欢喝点酒，所以正月里的几天，他老在外头。我和朱君上她家里去的时候，不是和她的几个弟弟说笑话，谈故事，就和她讲些北京学校里的杂事。朱君对她严谨沉默，和对我们同学一样。她对朱君亦没有什么特别的亲热的表示。

只有一天，正月初四的晚上，吃过晚饭之后，朱君忽而从家中走了出去。我和他父亲谈了些杂天，抽了一点空，也顺便走了出去，上前面陈家去，以为朱君一定在她那里坐着。然而到了那厢房里，和她的小兄弟谈了几句话之后，问他们“朱君来过了没有？”他们都摇摇头说“没有来过”。问他们的“姐姐呢？”他们回答说：“病着，睡觉了。”

我回到朱家来，正想上炕去睡的时候，从前面门里朱君却很快的走了进来。在煤油灯底下，我虽看不清他的脸色，然而从他和我说话的声气及他那双红肿的眼睛上看来，似乎他刚上什么地方去痛哭了一场似的。

我接到了他催我回京的信后，一时联想到了这些细事，心里倒觉得有点好笑，就自言自语的说了一句：

“老朱！你大约也掉在恋爱里了吧？”

阳历九月初，我到了北京，朱君早已回到学校里来，床位饭案等事情，他早已为我弄好，弄得和他在一块。暑假考的成绩，也已经发表了。他列在第二，我却在他的底下三名的第五，所以自修室也合在一块儿。

开学之后，一切都和往年一样，我们的生活也是刻板式的很平稳的过去了一个多月。北京的天气，新考入来的学生，和我们一班的同学，以及其他的一切，都是同上学期一样的没有什么变化，可是朱君的性格却比从前有点不同起来了。

平常本来是沉默的他，入了阳历十月以后，更是闷声不响了。本来他用钱是很节省的，但是新学期开始之后，他老拖了我上酒店去喝酒去。拼命的喝几杯之后，他就放声骂社会制度的不良，骂经济分配的不均，骂军阀，骂官僚，末了他尤其攻击北方农民阶级的愚昧，无微不至。我看了他这一种悲愤，心里也着实为他所动，可是到后来只好以顺天守命的老生常谈来劝他。

本来是勤勉的他，这一学期来更加用功了。晚上熄灯铃打了之后，他还是一个人在自修室里点着洋蜡，在看英文的爱伦凯，倍倍儿，须帝纳儿等人的书。我也曾劝过他好几次，教他及时休养休养，保重身体。他却昂然的对我说：

“像这样的世界上，像这样的社会里，我们偷生着有什么用处？什么叫保重身体？你先去睡吧！”

礼拜六的下午和礼拜天的早晨，我们本来是每礼拜约定上郊外去走走的；但他自从入了阳历十月以后，不推托说是书没有看完，就说是身体不好，总一个人留在寝室里不出去。实际上，我看他的身体也一天一天的瘦下去了。两道很浓的眉毛，投下了两层阴影，他的眼窝陷落得很深，看起来实在有点怕人，而他自家却还在起早落夜的读那些提倡改革社会的书。我注意看他，觉得他的饭量也渐渐的减下去了。

有一天寒风吹得很冷，天空中遮满了灰暗的云，仿佛要下大雪的早晨，门房忽而到我们的寝室里来，说有一位女客，在那里找朱先生。那时候，朱君已经出去上操场上去散步看书去了。我走到操场上，寻见了他，告诉了他以后，他脸上忽然变得一点血色也没有，瞪了两眼，同呆子似的尽管问我说：

“她来了么？她真来了么？”

我倒被他骇了一跳，认真的对他说：

“谁来谎你，你跑出去看看就对了。”

他出去了半日，到上课的时候，也不进教室里来；等到午后一点多钟，我在下堂上自修室去的路上，却遇见了他。他的脸色更灰白了，比早晨我对他说话的时候还要阴郁，锁紧了的一双浓厚的眉毛，阴影扩大了开来，他的全部脸上都罩着一层死色。我遇见了他，问他早晨来的是谁，他却微微的露了一脸苦笑说：

“是惠英！她上京来买货物的，现在和她爸爸住在打磨厂高升店。你打算去看她么？我们晚上一同去吧！去和他们听戏去。”

听了他这一番话，我心里倒喜欢得很，因为陈家的老头儿的话，他是很要听的。所以我想吃过晚饭之后，和他同上高升店去，一则可以看看半年多不见的惠英，二则可以托陈家的老头儿劝劝朱君，劝他少用些功。

吃过晚饭，风刮得很大，我和他两个人不得不坐洋车上打磨厂去。到高升店去一看，他们父女二人正在吃晚饭，陈老头还在喝白干，桌上一个羊肉火锅烧得满屋里都是火锅的香味。电灯光为火锅的热气所包住，照得房里朦朦胧胧。惠英着了一件黑布的长袍，立起来让我们坐下喝酒的时候，我觉得她的相儿却比在殷家集的时候美得多了。

陈老头一定要我们坐下去喝酒，我们不得已就坐下去喝了几杯。一边喝，一边谈，我就把朱君近来太用功的事情说了一遍。陈老头听了我的话，果然对朱君说：

“雅儒！你在大学里，成绩也不算不好，何必再这样呢？听说你考在第二名，也已经可以了，你难道还想夺第一名么？……总之，是身体要紧。……你的家里，全都在盼望你在大学里毕业后，赚钱去养家。万一身体不好，你就是学问再好一点，也没有用处。”

朱君听了这些话，尽是闷声不语，一杯一杯的在俯着头喝酒。我也因为喝了一点酒，头早昏痛了，所以看不出他的表情来。一面回过头来看看惠英，似乎也俯着了头，在那里落眼泪。

这一天晚上，因为谈天谈得时节长了，戏终于没有去听。我们坐洋车回校里的时候，自修的钟头却已经过了。第二天，陈家的父女已经回家去了，我们也就回复了平时的刻板生活。朱君的用功，沉默，牢骚抑郁的态度，也仍旧和前头一样，并不因陈家老头儿的劝告而减轻些。

时间一天一天的过去，又是一年将尽的冬天到了。北风接着吹了几天，早晚的寒冷骤然增加了起来。

年假考的前一个星期，大家都紧张起来了，朱君也因这一学期看课外的书看了太多，把学校里的课本丢开的原因，接连有三夜不睡，温习了三夜功课。

正将考试的前一天早晨，朱君忽而一早就起了床，袜子也不穿，蓬头垢面的跑了出去。跑到了门房里，他拉住了门房，要他把那一个人交出来。门房莫名其妙，问他所说的那一个人是谁，他只是拉住了门房吵闹，却不肯说出那一个人的姓名来。吵得声音大了，我们都出去看，一看是朱君在和门房吵闹，我就夹了进去。这时候我一看朱君的神色，自家也骇了一跳。

他的眼睛是血胀得红红的，两道眉毛直竖在那里，脸上是一种没有光泽的青灰色，额上颈项上胀满了许多青筋。他一看见我们，就露了两列雪白的牙齿，同哭也似的笑着说：

"好好，你们都来了，你们把这一个小军阀看守着，让我去拿出手枪来枪毙他。"

说着，他就把门房一推，推在我和另外两个同学的身上；大家都不提防他的，被他这么一推，四个人就一块儿的跌倒在地上。他却哈哈的笑了几声，就一直的跑了进去。

我们看了他这一种行动，大家都晓得他是精神错乱了，就商量叫校役把他看守在养病室里，一边去通知学校当局，请学校里快去请医生来替他医治。

他一个人坐在养病室里不耐烦，硬要出来和校役打骂，并且指看守他的校役是小军阀，骂着说：

“混蛋，像你这样的一个小小的军阀，也敢强取人家的闺女么？快拿手枪来，快拿手枪来！”

校医来看他的病，也被他打了几下，并且把校医的一副眼镜也扯下来打碎了。我站在门口，含泪的叫了几声：

“朱君！朱君！你连我都认不清了么？”

他光着眼睛，对我看了一忽，就又哈哈哈哈的笑着说：

“你这小王八，你是来骗钱的吧！”

说着，他又打上我的身来，我们不得已就只好将养病室的门锁上，一边差人上他家里去报信，叫他的父母出来看护他的病。

到了将晚的时候，他父亲来了，同来的是陈家的老头儿。我当夜就和他们陪朱君出去，在一家公寓里先租了一间房间住着。朱君的病愈来愈凶了，我们三个人因为想制止他的暴行，终于一晚没有睡觉。

第二天早晨，我一早就回学校去考试，到了午后，再上公寓里去看他的时候，知道他们已经另外租定了一间小屋，把朱君捆缚起来了。

我在学校里考试考了三天，正到考完的那一日早晨一早就接到了一个急信，说朱君已经不行了，急待我上那儿去看看他。我到了那里去一看，只见黑漆漆的一间小屋里，他同鬼也似的还被缚在一张板床上。房里的空气秽臭得不堪，在这黑臭的空气里，只听见微微的喘气声和腹泻的声音。我在门口静立了一忽，实在是耐不住了，便放高了声音，“朱君”“朱君”的叫了两声。坐在他脚后的他那老父，马上举起手来阻止我发声。朱君听了我的唤声，把头转过来看我的时候，我只看见了一个枯黑得同髑髅似的头和很黑很黑的两颗眼睛。

我踏进了那间小房，审视了他一回，看见他的手脚还是绑着，头却软软的斜靠在枕头上面。脚后头坐在他父亲背后的，还有一位那朱君的媳妇，眼睛哭得红肿，呆呆的缩着头，在那里看守着这将死的她的男人。

我向前后一看，眼泪忽而涌了出来，走上他的枕头边上，伏下身去，轻轻的问了他一句话“朱君！你还认得我么？”底下就说不下去了。他又转过头来对我看了一眼，脸上一点儿表情也没有，但由我的泪眼看过去，好像他的眼角上也在流出眼泪来的样子。

我走近他父亲的身边，问陈老头哪里去了。他父亲说：

“他们惠英要于今天出嫁给一位军官，所以他早就回去料理喜事去了。”

我又问朱君服的是什么药，他父亲只摇摇头，说：“我也不晓得。不过他服了药后，却泻到如今，现在是好像已经不行了。”

我心里想，这一定是服药服错了，否则，三天之内，他何以会变得这样的呢？我正想说话的时候，却又听见了一阵腹泻的声音，朱君的头在枕头上摇了几摇，喉头咯咯的响起来了。我的毛发竦竖了起来，同时他父亲，他媳妇儿也站起来赶上他的枕头边上去。我看见他的头往上抽了几抽，喉咙头格落落响了几声，微微抽动了一刻钟的样子，一切的动静就停止了。他的媳妇儿放声哭了起来，他的父亲也因急得痴了，倒只是不发声的呆站在那里。我却忍耐不住了，也低下头去在他耳边“朱君！朱君！”的绝叫了两三声。

第二天早晨，天又下起微雪来了。我和朱君的父亲和他的媳妇，在一辆大车上一清早就送朱君的棺材出城去。这时候城内外的居民还没有起床，长街上清冷得很。一辆大车，前面载着朱君的灵柩，后面坐着我们三人，慢慢的在雪里转走。雪片积在前面罩棺木的红毡上，我和朱君的父亲却包在一条破棉被里，避着背后吹来的北风。街上的行人很少，朱君的媳妇幽幽在哭着的声音，觉得更加令人伤感。

大车走出永定门的时候，黄灰色的太阳出来了，雪片也似乎少了一点。我想起了去年冬假里和朱君一道上他家去的光景，就不知不觉的向前面的灵柩叫了两声，忽儿按捺不住地哗的放声哭了起来。

一九二七年七月十六日

祈　愿[1]

窗外头在下如拳的大雪，埋在北风静默里的这北国的都会，仿佛是在休息它的一年来的烦剧，现在已经沉睡在深更的暗夜里了。

室内的电灯，虽在发放异样的光明，然而桌上的残肴杯碗，和老婢的来往收拾的迟缓的行动，没有一点不在报这深更寒夜的萧条。前厅里的爪子们，似乎也倦了。除了一声两声带着倦怠的话声外，一点儿生气也没有。

我躺在火炉前的安乐椅上，嘴里虽在吸烟，但眼睛却早就想闭合拢去。银弟老是不回来，在这寒夜里叫条子的那几个好奇的客人，我心里真有点恨他们。

银弟的母亲出去打电话去了，去催她回来了，这明灯照着的前厢房里，只剩了孤独的我和几阵打窗的风雪的声音。

……沉索性沉沉到底，……试看看酒色的迷力究竟有几多，……横竖是在出发以前，是在实行大决心以前，……但是但是……这……这可怜的银弟，……她也何苦来，她仿佛还不自觉到自己不过是我的一种caprice[2]的试验品……然而这一种caprice又是从何而起的呢？……啊啊，孤独，孤独，这陪伴着人生的永远的孤独！……

① 本篇原载于《达夫短篇小说集》下册，一九三五年十月上海北新书局初版。

② 英文：任性。

当时在我的朦胧的意识里回翔着的思考，不外乎此。忽而前面对着院子的旁门开了，电光射了出去，光线里照出了许多雪片来。头上肩上，点缀着许多雪片，银弟的娘，脸上装着一脸苦笑，进来哀求似的告我说：

“广寒仙馆怡情房里的客人在发脾气，说银弟的架子太大，今晚上是不放她回来了。”

我因为北风雨雪，在银弟那里，已经接连着住了四晚了，今晚上她不回来，倒也落得干净，好清清静静的一个人睡它一晚。但是想到前半夜广寒仙馆来叫的时候，银弟本想托病不去，后来经我再三的督促，她才拖拖挨挨出去的神情，倒有点觉得对她不起。况且怡情的那个客人，本来是一个俗物。他只相信金钱的权力，不晓得一个人的感情人格的。大约今晚上，银弟又在那里受罪了。

临睡之前，将这些前后的情节想了一遍，几乎把脱衣就睡的勇气都打消了。然而几日来的淫乐，已经将我的身体消磨得同棉花样的倦弱，所以在火炉前默坐了一会，也终于硬不过去，不得不上床去睡觉。

蓬蓬蓬蓬的一阵开门声，叫唤声，将我的睡梦打醒，神志还没有回复的时候，我觉得棉被上，忽而来了一种重压。接着脸上感着了一种冰冷冰冷的触觉。我眼睛还没有完全打开，耳朵边上的一阵哀切的断续的啜泣声就起来了。

原来银弟她一进房门，皮鞋也没有脱，就拼命的跑过来倒投在床上，在埋怨我害她去受了半夜的苦。暗泣了好久好久，她才一句一句地说：

“……我……我……是说不去的……你你……你偏要赶我……赶我出去，……去受他们这一场轻薄……”

说到这里，她又哭了起来：

“……人家……人家的客人，……只晓得慰护自己的姑娘……而你呢……你呢……倒反要作弄我……”

这时候天早已亮了，从窗子里反射进来的雪光，照出了她的一夜不睡的脸色，眼圈儿青黑得很，鼻缝里有两条光腻的油渍。

我做好做歹的说了半天，赔了些个不是，答应她再也不离开北京了，她才好好的脱了衣服到床上来睡。

睡下之后，她倒鼾鼾的睡去了，而我的神经，受了这一番刺激，却怎么也镇静不下去。追想起来，这也是我作的孽，本来是与她不能长在一块的，又何苦来这样的种一段恶根。况且我虽则日日沉浸在这一种红绿的酒色里，孤独的感觉，始终没有脱离过我。尤其是在夜深人静，欢筵散后，我的肢体倦到了不能动弹的时候，这一种孤寂的感觉，愈加来得深。

这一个清冷大雪的午前，我躺在床上，侧耳静听胡同里来往的行人，觉得自家仿佛是活埋在坟墓里的样子。

伸出手来拿了一支烟，我一边点火吸着，一边在想出京的日期，和如何的与她分离的步骤。静静的吸完了两支烟，想了许多不能描摸的幻想，听见前厅已经有人起来了，我就披了衣裳，想乘她未醒的中间，跑回家去。

可是我刚下床，她就在后面叫了：

“你又想跑了么？今天可不成，不成，怎么也不能放你回去！”

匆忙起来换了衣裳，陪我吃了一点点心，她不等梳头的来，就要我和她出城去。

天已经晴了，大阳光照耀得眩人。前晚的满天云障，被北风收拾了去，青天底下，只浮着一片茫茫的雪地，和一道泥渣的黑路。我和她两人，坐在一辆马车里，出永定门后，道旁看得出来的，除几处小村矮屋之外，尽是些荒凉的雪景。树枝上有几只乌鸦，当我们的马车过后，却无情无绪地呀呀的叫了几声。

城外观音潭的王奶奶殿，本来是胡同里姑娘们的圣地灵泉，凡有疑思祈愿，她们都不远千里而来此祷祝的。

我们到了观音潭庙门外，她很虔诚的买了一副香烛，要我跟她进去，上王奶奶殿去诚心祈祷。

我站在她的身旁，看了她那一种严肃的脸色，和拜下去的时候的热诚的样子，心里便不知不觉的酸了起来。当她拜下去后，半天不抬起身来，似在默祷的中间，我觉得怎么也忍不住了，就轻轻的叫她说：

“银弟！银弟！你起来罢！让我们快点回去！”

一九二七年八月十三日

迷　羊[1]

一

一九 ×× 年的秋天，我因为脑病厉害，住在长江北岸的 A 城里养病。正当江南江北界线上的 A 城，兼有南方温暖的地气和北方亢燥的天候，入秋以后，天天只见蓝蔚的高天，同大圆幕似的张在空中。东北西三面城外高低的小山，一例披着了翠色，在阳和的日光里反射，微凉的西北风吹来，往往带着些秋天干草的香气。我尤爱西城外和长江接着的一个菱形湖水旁边的各小山。早晨起来，拿着几本爱读的书，装满一袋花生水果香烟，我每到这些小山中没有人来侵犯的地方去享受静瑟的空气。看倦了书，我就举起眼睛来看山下的长江和江上的飞帆。有时候深深地吸一口烟，两手支在背后，向后斜躺着身体，缩小了眼睛，呆看着江南隐隐的青山，竟有三十分钟以上不改姿势的时候。有时候伸着肢体，仰卧在和暖的阳光里，看看无穷的碧落，一时会把什么思想都忘记，我就同一片青烟似的不自觉着自己的存在，悠悠的浮在空中。像这样的懒游了一个多月，我的身体渐渐就强壮起来了。

中国养脑病的地方很多，何以庐山不住，西湖不住，偏要寻到这一个交通不十分便利的 A 城里来呢？这是有一个原因的。自从

① 本篇最初由上海北新书局于一九二八年一月十日出版。

先君去世以后，家景萧条，所以我的修学时代，全仗北京的几位父执倾囊救助，父亲虽则不事生产，潦倒了一生，但是他交的几位朋友，却都是慷慨好义，爱人如己的君子。所以我自十几岁离开故乡以后，他们供给我的学费，每年至少也有五六百块钱的样子。这一次有一位父亲生前最知己的伯父，在A省驻节，掌握行政全权。暑假之后，我由京汉车南下，乘长江轮船赴上海，路过A城，上岸去一见，他居然留我在署中作伴，并且委了我一个挂名的咨议，每月有不劳而获的两百块钱俸金好领。这时候我刚在北京的一个大学里毕业，暑假前因为用功过度，患了一种失眠头晕的恶症，见他留我的意很殷诚，我也就猫猫虎虎的住下了。

A城北面去城不远，有一个公园。公园的四周，全是荷花水沼。园中的房舍，系杂筑在水荇青荷的田里，天候晴爽。时有住在城里的富绅闺女和苏扬的幺妓，来此闲游。我因为生性孤僻，并且想静养脑病，所以在A地住下之后，马上托人关说，就租定了一间公园的茅亭，权当寓舍。然而人类是不喜欢单调的动物，独居在湖上，日日与清风明月相周旋，也有时要感到割心的不快。所以在湖亭里蛰居了几天，我就开始作汗漫的闲行，若不到西城外的小山丛里去俯仰看长江碧落，便也到城中市上，去和那些闲散的居民夹在一块，寻一点小小的欢娱。

是到A城以后，将近两个月的一天午后，太阳依旧是明和可爱，碧落依旧是澄清高遥，在西城外各处小山上跑得累了，我就拖了很重的脚，走上接近西门的大观亭去，想在那里休息一下，再进城上酒楼去吃晚饭。原来这大观亭，也是A城的一处名所，底下有明朝一位忠臣的坟墓，上面有几处高敞的亭台。朝南看去，越过飞逸的长江，便可看见江南的烟树。北面窗外，就是那个三角形的长湖，湖的四岸，都是杂树低冈，那一天天色很清，湖水也映得格外的沉静，格外的蓝碧。我走上大观亭楼上的时候，正厅及槛旁的客座已经坐满了，不得已就走入间壁的厢厅里，靠窗坐下。在躺椅上躺了一忽，半天的疲乏，竟使我陷入了很舒服的假寐之境。睡了不晓多少时候，在似梦非梦的境界上，我的耳畔，忽而打来了几声女孩儿的话声。虽听不清是什么话，然而这话声的主人，的确不是A城的居民，因为语音粗硬，仿佛是淮扬一带的腔调。

我在北京，虽则住了许多年，但是生来胆小，一直到大学毕业，从没有上过一次妓馆。平时虽则喜欢读读小说，画画洋画，然而那些文艺界艺术界里常常听见的什么恋爱，什么浪漫史，却与我一点儿缘分也没有。可是我的身体构造，发育程序，当然和一般的青年一样，血管里也有热烈的血在流动，官能性器，并没有半点缺陷。二十六岁的青春，时时在我的头脑里筋肉里呈不稳的现象，对女性的渴慕，当然也是有的。并且当出京以前，还有几个医生，将我的脑病，归咎在性欲的不调，劝我多交几位男女朋友，可以消散消散胸中堆积着的忧闷。更何况久病初愈，体力增进，血的循环，正是速度增加到顶点的这时候呢？所以我在幻梦与现实的交叉点上，一听到这异性的喉音，神经就清醒兴奋起来了。

从躺椅上站起，很急速地擦了一擦眼睛，走到隔一重门的正厅里的时候，我看到厅前门外回廊的槛上，凭立着几个服色奇异的年轻的幼妇。

她们面朝着槛外，在看扬子江里的船只和江上的斜阳，背形服饰，一眼看来，都是差不多的。她们大约都只有十七八岁的年纪，下面着的，是刚在流行的大脚裤，颜色仿佛全是玄色，上面的衣服，却不一样。第二眼再仔细看时，我才知道她们共有三人，一个是穿紫色大团花缎的圆角夹衫，一个穿的是深蓝素缎，还有一个是穿着黑华丝葛的薄棉袄的。中间的那个穿蓝素缎的，偶然间把头回望了一望，我看出一个小小的椭圆形的嫩脸，和她的同伴说笑后尚未收敛起的笑容。她很不经意地把头朝回去了，但我却在脑门上受了一次大大的棒击。这清冷的A城内，拢总不过千数家人家，除了几个妓馆里的放荡的幺妓而外，从未见过有这样豁达的女子，这样可爱的少女，毫无拘束地，三五成群，当这个晴和的午后，来这个不大流行的名所，赏玩风光的。我一时风魔了理性，不知不觉，竟在她们的背后，正厅的中间，呆立了几分钟。

茶博士打了一块手巾过来，问我要不要吃点点心，同时她们也朝转来向我看了，我才涨红了脸，慌慌张张的对茶博士说，“要一点！要一点！有什么好吃的？”大约因为我的样子太仓皇了吧？茶博士和她们都笑了起来。我更急得没法，便回身走回厢厅的座里去。临走时向正厅上各座位匆匆的瞥了一眼，我只见满地的花生瓜子的残皮，和几张桌上空空的杂乱摆着的几只茶壶茶碗，这时候许多游客都已经散了。“大约在这一座亭台里流连未去的，只有我和这三位女子了吧！”走到了座位，在昏乱的脑里，第一着想起来的，就是这一个思想。茶博士接着跟了过来，手里肩上，搭着几块手巾，笑迷迷地又问我要不要什么吃的时候，我心里才镇静了一点，向窗外一看，太阳已经去小山不盈丈了，即便摇了摇头，付清茶钱，同逃也似的走下楼来。

我走下扶梯，转了一个弯走到楼前向下降的石级的时候，举头一望，看见那三位少女，已经在我的先头，一边谈话，一边也在循了石级，走回家去。我的稍稍恢复了一点和平的心里，这时候又起起波浪来了，便故意放慢了脚步，想和她们离开远些，免得受了人家的猜疑。

毕竟是日暮的时候，在大观亭的小山上一路下来，也不曾遇见别的行人。可是一到山前的路上，便是一条西门外的大街，街上行人很多，两旁尽是小店，尽跟在年轻的姑娘们的后面，走进城去，实在有点难看。我想就在路上雇车，而这时候洋车夫又都不知上哪里去了，一乘也没有瞧见；想放大胆子，率性赶上前去，追过她们的头，但是一想起刚才在大观亭上的那种丑态，又恐被她们认出，再惹一场笑话。心里忐忑不安，诚惶诚恐地跟在她们后面，走进西门的时候，本来是黝暗狭小的街上，已经泛流着暮景，店家就快要上灯了。

西门内的长街，往东一直可通到城市的中心最热闹的三牌楼大街，但我因为天已经晚了，不愿再上大街的酒馆去吃晚饭，打算在北门附近横街上的小酒馆里吃点点心，就出城回到寓舍里去，正在心中打算，想向西门内大街的叉路里走往北去，她们三个，不知怎么的，已经先我转弯，向北走上坡去了。我在转弯路口，又迟疑了一会，便也打定主意，往北的弯了过去。这时候我因为已经跟她们走了半天了，胆量已比从前大了一点，并且好奇心也在开始活动，有“率性跟她们一阵，看她们到底走上什么地方去”的心思。走过了司下坡，进了青天白日的旧时的道台衙门，往后门穿出，由杨家拐拐往东去，在一条横街的旅馆门口，她们三人同时举起头来对了立在门口的一位五十来岁的姥姥笑着说：“您站在这儿干吗？”这是那位穿黑衣的姑娘说的，的确是天津话。这时候我已走近她们的身边了，所以她们的谈话，我句句都听得很清楚。那姥姥就拉着了那黑衣姑娘说：“台上就快开锣了，老板也来催过，你们若再迟回来一点儿，我就想打发人来找你们哩，快吃晚饭去吧！”啊啊，到这里我才知道她们是在行旅中的髦儿戏子，怪不得她们的服装，是那样奇特，行动是那样豁达的。天色已经黑了，横街上的几家小铺子里，也久已上了灯火。街上来往的人迹，渐渐的稀少了下去。打人家的门口经过，老闻得出油煎蔬菜的味儿和饭香来，我也觉着有点饥饿了。

说到戏园，这斗大的A城里，原有一个，不过常客很少的这戏园，在A城的市民生活上，从不占有什么重大的位置，有一次，我从北门进城来，偶尔在一条小小的曲巷口，从澄清的秋气中听见了几阵锣鼓声音，顺便踏进去一看，看见了一间破烂的屋里，黑黝黝的聚集了三四十人坐在台前。坐的桌子椅子，当然也是和这戏园相称的许多白木长条。戏园内光线也没有，空气也不通，我看了一眼，心里就害怕了，即便退了出来。像这样的戏园，当然聘不起名角的，来演的顶多大约是些行旅的杂凑班或是平常演神戏的水陆班子。所以我到了A城两个多月，竟没有注意过这戏园的角色戏目。这一回偶然遇到了那三个女孩儿，我心里却起了一种奇异的感想，所以在大街上的一家菜馆里坐定之后，就教伙计把今天的报拿了过来。一边在等着晚饭的菜，一边拿起报来就在灰黄的电灯下看上戏园的广告上去。果然在第二张新闻的后半封面上，用了二号活字，排着“礼聘超等名角文武须生谢月英本日登台，女伶泰斗”的几个字。在同排上还有“李兰香著名青衣花旦”“陈莲奎独一无二女界黑头”的两个配角。本晚她们所演的戏是最后一出《二进宫》。

我在北京的时候，胡同虽则不去逛，但是戏却是常去听的。那一天晚上一个人在菜馆里吃了一点酒，忽然动了兴致，付账下楼，就决定到戏园里去坐它一坐。日间所见的那几位姑娘，当然也是使我生出这异想来的一个原因。因为我虽在那旅馆门口，听见了一二句她们的谈话。然而究竟她们是不是女伶呢？听说寄住在旅馆里的娼妓也很多，她们或许也是卖笑者流吧？并且若是她们果真是女伶，那么她们究竟是不是和谢月英在一班的呢？若使她们真是谢月英一班的人物，那么究竟谁是谢月英呢？这些无关紧要，没有价值的问题，平时再也不会上我的脑子的问题，这时候大约因为我过的生活太单调了，脑子里太没有什么事情好想了，一路上用牙签括着牙齿，俯倒了头，竟接二连三的占住了我的思索的全部。在高低不平的灰暗的街上走着，往北往西的转了几个弯，不到十几分钟，就走到了那个我曾经去过一次的倒霉的戏园门口。

幸亏是晚上，左右前后的坍败情形，被一盏汽油灯的光，遮掩去了一点。到底是礼聘的名角登台的日子，门前卖票的栅栏口，竟也挤满了许多中产阶级的先生们。门外路上，还有许多游手好闲的第四阶级的民众，张开了口在那里看汽油灯光，看热闹。

我买了一张票，从人丛和锣鼓声中挤了进去，在第三排的一张正面桌上坐下了。戏已经开演了好久，这时候台上正演着第四出的《泗州城》。那些女孩子的跳打，实在太不成话了，我就咬着瓜子，尽在看戏场内的周围和座客的情形。场内点着几盏黄黄的电灯，正面厅里，也挤满了二三百人的座客。厅旁两厢，大约是二等座位，那里尽是些穿灰色制服的军人。两厢及后厅的上面，有一层环楼，楼上只坐着女眷。正厅的一二三四排里，坐了些年纪很轻，衣服很奢丽的，在中国的无论哪一个地方都有的时髦青年。他们好像是常来这戏园的样子，大家都在招呼谈话，批评女角，批评楼上的座客，有时笑笑，有时互打瓜子皮儿，有时在窃窃作密语。《泗州城》下台之后，台上的汽油灯，似乎加了一层光，我的耳畔，忽然起了一阵喊声，原来是《小上坟》上台了，左右前后的那些唯美主义者，仿佛在替他们的祖宗争光彩，看了淫艳的那位花旦的一举一动，就拼命的叫噪起来，同时还有许多哄笑的声音。肉麻当有趣，我实在被他们弄得坐不住了，把腰部升降了好几次，想站起来走，但一边想想看，底下横竖没有几出戏了，且咬紧牙齿忍耐着，就等它一等吧！

好容易捱过了两个钟头的光景，台上的锣鼓紧敲了一下，冷了一冷台，底下就是最后的一出《二进宫》了。果然不错，白天的那个穿深蓝素缎的姑娘扮的是杨大人，我一见她出台，就不知不觉的涨红了脸，同时耳畔又起了一阵雷也似的喊声，更加使我头脑昏了起来。她的扮相真不坏，不过有胡须戴在那里，全部的脸子，看不清楚，但她那一双迷人的眼睛，时时往台下横扫的眼睛，实在有使这一班游荡少年惊魂失魄的力量。她嗓音虽不洪亮，但辨字辨得很清，气也接得过来，拍子尤其工稳。在这一个小小的A城里，在这一个坍败的戏园里，她当然是可以压倒一切了。不知不觉的中间，我也受了她的催眠暗示，一直到散场的时候止，我的全副精神，都灌注在她一个人的身上，其他的两个配角，我只知道扮龙国太的，便是白天的那个穿紫色夹衫的姑娘，扮千岁爷的，定是那个穿黑衣黑裤的所谓陈莲奎。

她们三个人中间，算陈莲奎身材高大一点，李兰香似乎太短小了，不长不短。处处合宜的，还是谢月英，究竟是名不虚传的超等名角。

那一天晚上，她的扫来扫去的眼睛，有没有注意到我，我可不知道。但是戏散之后，从戏园子里出来，一路在暗路上摸出城去，我的脑子里尽在转念的，却是这几个名词：

"噢！超等名角！

噢！文武须生！

谢月英！谢月英！

好一个谢月英！"

二

闲人的闲脑，是魔鬼的工场，我因为公园茅亭里的闲居生活单调不过，也变成了那个小戏园的常客人，诱引的最有力者，当然是谢月英。

这时候节季已进了晚秋，那一年的A城，因为多下了几次雨，天气已变得很凉冷了。自从那一晚以后，我天天早晨起来，在茅亭的南窗外阶上躺着享太阳，一只手里拿一杯热茶，一只手里拿一张新闻，第一注意阅读的，就是广告栏里的戏目，和那些A地的地方才子（大约就是那班在戏园内拼命叫好的才子罢）所做的女伶身世和剧评。一则因为太没有事情干，二则因为所带的几本小说书，都已看完了，所以每晚闲来无事，终于还是上戏园去听戏，并且谢月英的唱做，的确也还过得去，与其费尽了脚力，无情无绪的冒着寒风，去往小山上奔跑，倒还不如上戏园去坐坐的安闲。于是在晴明的午后，她们若唱戏，我也没有一日缺过席，这是我见了谢月英之后，新改变的生活方式。

寒风一阵阵的紧起来，四周辽阔的这公园附近的荷花树木，也都凋落了。田塍路上的野草，变成了黄色，旧日的荷花池里，除了几根零残的荷根而外，只有一处一处的潴水在那里迎送秋阳，因为天气凉冷了的缘故，这十里荷塘的公共园游地内，也很少有人来，在淡淡的夕阳影里，除了西飞的一片乌鸦声外，只有几个沉默的佃家，站在泥水中间挖藕的声音。我的茅亭的寓舍，到了这时候，已经变成了出世的幽栖之所，再住下去，怕有点不可能了。况且因为那戏园的关系，每天晚上，到了夜深，要守城的警察，开门放我出城，出城后，更要在孤静无人的野路上走半天冷路，实在有点不便，于是我的搬家的决心，也就一天一天的坚定起来了。

像我这样的一个独身者的搬家问题，当然是很简单，第一那位父执的公署里，就可以去住，第二若嫌公署里繁杂不过，去找一家旅馆，包一个房间，也很容易。可是我的性格，老是因循苟且，每天到晚上从黑暗里摸回家来，就决定次日一定搬家，第二天一定去找一个房间，但到了第二天的早晨，享享太阳，喝喝茶，看看报，就又把这事搁起了。到了午后，就是照例的到公署去转一转，或上酒楼去吃点酒，晚上又照例的到戏园子去，像这样的生活，不知不觉，竟过了两个多星期。

正在这个犹豫的期间里，突然遇着了一个意想不到的机会，竟把我的移居问题解决了。

大约常到戏园去听戏的人，总有这样的经验的罢？几个天天见面的常客，在不知不觉的中间，很容易联成朋友。尤其是在戏园以外的别的地方突然遇见的时候，两人就会老朋友似的招呼起来。有一天黑云飞满空中，北风吹得很紧的薄暮，我从剃头铺里修了面出来，在剃头铺门口，突然遇见了一位衣冠很潇洒的青年。他对我微笑着点了一点头，我也笑了一脸，回了他一个礼。等我走下台阶，立着和他并排的时候，他又笑迷迷地问我说："今晚上仍旧去安乐园么？"到此我才想起了那个戏园——原来这戏园的名字叫安乐园——和在戏台前常见的这一个小白脸。往东和他走了二三十步路，同他谈了些女伶做唱的评话，我们就在三叉路口走分散了。那一天晚上，在城里吃过晚饭，我本不想再去戏园，但因为出城回家，北风刮得很冷，所以路过安乐园的时候，便也不自意识地踏了进去，打算权坐一坐，等风势杀一点后再回家去。谁知一入戏园，那位白天见过的小白脸就跑过来和我说话了。他问了我的姓名职业住址后，对我就恭维起来，我听了虽则心里有点不舒服，但遇在这样悲凉的晚上，又处在这样孤冷的客中，有一个本地的青年朋友，谈谈闲话，也并不算坏，所以就也和他说了些无聊的话。等到我告诉他一个人独寓在城外的公园，晚上回去——尤其是像这样的晚上——真有些胆怯的时候，他就跳起来说："那你为什么不搬到谢月英住的那个旅馆里去呢？那地方去公署不远，去戏园尤其近。今晚上戏散之后，我就同你去看看，好么？顺便也可去看看月英和她的几个同伴。”

他说话的时候，很有自信，仿佛谢月英和他是很熟似的。我在前面也已经说过，对于逛胡同，访女优，一向就没有这样的经验，所以听了他的话，竟红起脸来。他就嘲笑不像嘲笑，安慰不像安慰似的说：

“你在北京住了这许多年，难道这一点经验都没有么？访问访问女戏子，算什么一回事？并不是我在这里对外乡人吹牛皮，识时务的女优到这里的时候，对我们这一辈人，大约总不敢得罪的。今晚上你且跟我去看看谢月英在旅馆里的样子罢！”

他说话的时候，很表现着一种得意的神情，我也不加可否，就默笑着，注意到台上的戏上去了。

在戏园子里一边和他谈话，一边想到戏散之后，究竟还是去呢不去的问题，时间过去得很快，不知不觉的中间，七八出戏已经演完，台前的座客便嘈嘈杂杂的立起来走了。

台上的煤气灯吹熄了两张，只留着中间的一张大灯，还在照着杂役人等扫地，叠桌椅。这时候台前的座客也走得差不多了，锣鼓声音停后的这破戏园内的空气，变得异常的静默萧条。台房里那些女孩们嘻嘻叫唤的声气，在池子里也听得出来。

我立起身来把衣帽整了一整，犹豫未决地正想走的时候，那小白脸却拉着我的手说：

“你慢着，月英还在后台洗脸哩，我先和你上后台去瞧一瞧罢！”

说着他就拉了我爬上戏台，直走到后台房里去。台房里还留着许多扮演末一出戏的女孩们，正在黄灰灰的电灯光里卸装洗手脸。

乱杂的衣箱，乱杂的盔帽，和五颜六色的刀枪器具，及花花绿绿的人头人面衣裳之类，与一种杂谈声，哄笑声紧挤在一块，使人一见便能感到一种不规则无节制的生活气氛来。我羞羞涩涩地跟了这一位小白脸，在人丛中挤过了好一段路，最后在东边屋角尽处，才看见了陈莲奎谢月英等的卸装地方。

原来今天的压台戏是《大回荆州》，所以她们三人又是在一道演唱的。谢月英把袍服脱去，只穿了一件粉红小袄，在朝着一面大镜子擦脸。她腰里紧束着一条马带，所以穿黑裤子的后部，突出得很高。在暗淡的电灯光里，我一看见了她这一种形态，心里就突突的跳起来了，又哪里经得起那小白脸的一番肉麻的介绍呢？他走近了谢月英的身后，拿了我的右手，向她的肩上一拍，装着一脸纯肉感的嘻笑对她说：

"月英！我替你介绍一位朋友。这一位王先生，是我们省长舒先生的至戚，他久慕你的盛名了，今天我特地拉他来和你见见。"

谢月英回转头来，"我的妈吓"的叫了一声，佯嗔假喜的装着惊恐的笑容，对那小白脸说：

"陈先生，你老爱那么动手动脚，骇死我了。"

说着，她又回过眼来，对我斜视了一眼，口对着那小白脸，眼却瞟着我的说：

"我们还要你介绍么？天天在台前头见面，还怕不认得么？"我因为那所谓陈先生拿了我的手拍上她的肩去之后，一面感着一种不可名状的电气，心里同喝醉了酒似的在起混乱，一面听了她那一句动手动脚的话，又感到了十二分的羞愧。所以对她的频频送过来的眼睛，我只涨红了脸，伏倒了头，默默的在那里承受。既不敢回看她一眼，又不敢说出一句话来。

一边在髦儿戏房里特别闻得出来的那一种香粉香油的气味，不知从何处来的，尽是一阵阵的扑上鼻来，弄得我吐气也吐不舒服。

我正在局促难安，走又不是，留又不是的当儿，谢月英仿佛想起了什么似的，和在她边上站着，也在卸装梳洗的李兰香咬了一句耳朵。李兰香和她都含了微笑，对我看了一眼。谢月英又朝李兰香打了一个招呼，仿佛是在促她承认似的。李兰香笑了笑，点了一点头后，谢月英就亲亲热热的对我说：

“王先生，您还记得么？我们初次在大观亭见面的那一天的事情？”说着她又笑了起来。

我涨红的脸上又加了一阵红，也很不自然地装了脸微笑，点头对她说：

“可不是吗？那时候是你们刚到的时候吧？”她们听了我的说话声音，三个人一齐朝了转来，对我凝视。那高大的陈莲奎，并且放了她同男人似的喉音，问我说：

“您先生也是北京吗？什么时候到这儿来的？”

我嗫嚅地应酬了几句，实在觉得不耐烦了——因为怕羞得厉害——所以就匆匆地促那一位小白脸的陈君，一道从后门跑出到一条狭巷里来，临走的时候，陈君又回头来对谢月英说：

“月英，我们先到旅馆里去等你们，你们早点回来，这一位王先生要请你们吃点心哩！”手里拿了一个包袱，站在月英等身旁的那个姥姥，也装着笑脸对陈君说：

“陈先生！我的白干儿，你别忘记啦！”

陈君也呵呵呵呵的笑歪了脸，斜侧着身子，和我走了出来。一出后门，天上的大风，还在呜呜的刮着，尤其是漆黑漆黑的那狭巷里的冷空气，使我打了一个冷噤。那浓艳的柔软的香温的后台的空气，到这里才发生了效力，使我生出了一种后悔的心思，悔不该那么急促地就离开了她们。

我仰起来看看天，苍紫的寒空里澄练得同冰河一样，有几点很大很大的秋星，似乎在风中摇动。近边有一只野犬，在那里迎着我们鸣叫。又呜呜的劈面来了一阵冷风，我们却摸出了那条高低不平的狭巷，走到了灯火清荧的北门大街上了。

街上的小店，都已关上了门，间着很长很远的间隔，有几盏街灯，照在清冷寂静的街上。我们踏了许多模糊的黑影，向南的走往那家旅馆里去，路上也追过了几组和我们同方向走去的行人。这几个人大约也是刚从戏园子里出来，慢慢的走着，一边他们还在评论女角的色艺，也有几个在幽幽地唱着不合腔的皮簧的。

在横街上转了弯，走到那家旅馆门口的时候，旅馆里的茶房，好像也已经被北风吹冷，躲在棉花被里了。我们在门口寒风里立着，两个都默默的不说一句话，等茶房起来开大门的时候，只看见灰尘积得很厚的一盏电灯光，照着大新旅馆的四个大字，毫无生气，毫无热意的散射在那里。

那小白脸的陈君，好像真是常来此地访问谢月英的样子。他对了那个放我们进门之后还在擦眼睛的茶房说了几句话，那茶房就带我们上里进的一间大房里去了。这大房当然是谢月英她们的寓房，房里纵横叠着些衣箱洗面架之类。朝南的窗下有一张八仙桌摆着，东西北三面靠墙的地方，各有三张床铺铺在那里，东北角里，帐子和帐子的中间，且斜挂着一道花布的帘子。房里头收拾得干净得很，桌上的镜子粉盒香烟罐之类，也整理得清清楚楚，进了这房，谁也感得到一种闲适安乐的感觉。尤其是在这样的晚上，能使人更感到一层热意的，是桌上挂在那里的一盏五十支光的白热的电灯。

陈君坐定之后，叫茶房过来，问他有没有房间空着了。他抓抓头想了一想，说外进还有一间四十八号的大房间空着，因为房价太大，老是没人来住的。陈君很威严的吩咐他去收拾干净来，一边却回过头来对我说：

“王君！今晚上风刮得这么厉害，并且吃点点心，谈谈闲话，总要到一两点钟才能回去。夜太深了，你出城恐怕不便，还不如在四十八号住它一晚，等明天老板起来，顺便就可以和他办迁居的交涉，你说怎么样？”

我这半夜中间，被他弄得昏头昏脑，尤其是从她们的后台房里出来之后，又走到了这一间娇香温暖的寝房，正和受了狐狸精迷的病人一样，自家一点儿主张也没有了，所以只是点头默认，由他在那里摆布。

他叫我出去，跟茶房去看了一看四十八号的房间，便又命茶房去叫酒菜。我们走回到后进谢月英的房里坐定之后，他又翻来翻去翻了些谢月英的扮戏照相出来给我看，一张和李兰香照的《武家坡》，似乎是在A地照的，扮相特别的浓艳，姿势也特别的有神气。我们正在翻看照相，批评她们的唱做的时候，门外头的车声杂谈声，哄然响了一下，接着果然是那个姥姥，背着包袱，叫着跑进屋里来了。

“陈先生！你们候久了吧！那可气的皮车，叫来叫去都叫不着，我还是走了回来的呢！倒还是我快，你说该死不该死？”

说着，她走进了房，把包袱藏好在东北角里的布帘里面，以手往后面一指说：

“她们也走进门来了！”

她们三人一进房来之后，房内的空气就不同了。陈君的笑话，更是层出不穷，说得她们三个，个个都弯腰捧肚的笑个不了。还有许多隐语，我简直不能了解的，而在她们，却比什么都还有趣。陈君只须开口题一个字，她们的正想收敛起来的哄笑，就又会勃发起来。后来弄得送酒菜来的茶房，也站着不去，在边上凑起热闹来了。

这一晚说说笑喝喝酒，陈君一直闹到两点多钟，方才别去，我就在那间四十八号的大房里，住了一晚。第二天起来，和账房办了一个交涉，我总算把我的迁居问题，就这么的在无意之中解决了。

三

这一间房间，倒是一间南房，虽然说是大新旅馆的最大的客房，然而实际上不过是中国旧式的五开间厅屋旁边的一个侧院。大约是因旅馆主人想省几个木匠板料的钱，所以没有把它隔断。我租定了这间四十八号房之后，心里倒也快活得很，因为在我看来，也算是很麻烦的一件迁居的事情，就可以安全简捷地解决了。

第二天早晨十点钟前后，从夜来的乱梦里醒了过来，看看房间里从阶沿上射进来的阳光，听听房外面时断时续的旅馆里的茶房等杂谈行动的声音，心里却感着一种莫名其妙的喜悦。所以一起来之后，我就和旅馆老板去办交涉，请他低减了房金，预付了他半个月的房钱，便回到城外公园的茅亭里去把衣箱书籍等件，搬移了过来。

这一天是星期六，安乐园午后本来是有日戏的，但我因为昨晚上和她们胡闹了一晚，心里实在有点害羞，怕和她们见面，终于不敢上戏园里去，所以吃完中饭以后，上公署去转了一转，就走回了旅馆，在房间里坐着呆想。

晚秋的晴日，真觉得太挑人爱，天井里窥俯下来的苍空，和街市上小孩们的欢乐的噪声，尽在诱动我的游思，使我一个人坐在房里，感到了许多压不下去的苦闷。勉强的想拿出几本爱读的书来镇压放心，可是读不了几页，我的心思，就会想到北门街上的在太阳光里来往的群众，和在那戏台前头紧挤在一块的许多轻薄少年的光景上去。

在房里和囚犯似的走来走去的走了半天，我觉得终于是熬忍不过去了，就把桌上摆着的呢帽一拿，慢慢的踱出旅馆来。出了那条旅馆的横街，在丁字路口，正在计算还是往南呢往北的中间，后面忽而来了一只手，在我肩上拍了两拍，我骇了一跳，回头来一看，原来就是昨晚的那位小白脸的陈君。

他走近了我的身边，向我说了几句恭贺乔迁的套话以后，接着就笑说：

“我刚上旅馆去问过，知道你的行李已经搬过来了，真敏捷啊！从此你这近水楼台，怕有点危险了。”

呵呵呵呵的笑了一阵，我倒被他笑得红起脸来了，然而两只脚却不知不觉的竟跟了他走向北去。

两人谈着，沿了北门大街，在向安乐园去的方面走了一段，将到进戏园去的那条狭巷口的时候，我的意识，忽而回复了转来，一种害羞的疑念，又重新罩住了我的心意，所以就很坚决的对陈君说：

“今天我可不能上戏园去，因为还有一点书籍没有搬来，所以我想出城再上公园去走一趟。”

说完这话，已经到了那条巷口了，锣鼓声音也已听得出来，陈君拉了我一阵，劝我戏散之后再去不迟，但我终于和他分别，一个人走出了北门，走到那荷田中间的公园里去。

大约因为是星期六的午后的原因，公园的野路上，也有几个学生及绅士们在那里游走。我背了太阳光走，到东北角的一间茶楼上去坐定之后，眼看着一碧的秋空，和四面的野景，心里尽在跳跃不定，仿佛是一件大事，将要降临到我头上来的样子。

卖茶的伙计，因为住久相识了，过来说了几句闲话之后，便自顾自的走下楼去享太阳去了，我一个人就把刚才那小白脸的陈君所说的话从头细想了一遍。

说到我这一次的搬家，实在是必然的事实，至于搬上大新旅馆去住，也完全是偶然的结果。谢月英她们的色艺，我并没有怎么样的倾倒佩服；天天去听她们的戏，也不过是一种无聊时的解闷的行为，昨天晚上的去访问，又不是由我发起，并且戏散之后，我原是想立起来走的。想到了这种种否定的事实，我心里就宽了一半，刚才那陈君说的笑话，我也以这几种事实来作了辩护。然而辩护虽则辩了，而心里的一种不安，一种想到戏园里去坐它一二个钟头的渴望，仍复在燃烧着我的心，使我不得安闲。

我从茶楼下来，对西天的斜日迎走了半天，看看公园附近的农家在草地上堆叠干草的工作，心里终想走回安乐园去，因为这时候谢月英她们恐怕还在台上，记得今天的报上登载在那里的是李兰香和谢月英的末一出《三娘教子》。

一边在作这种想头，一边竟也不自意识地一步一步走进了城来。沿北门大街走到那条巷口的时候，我竟在那里立住了。然而这时候进戏园去，第一更容易招她们及观客们的注意，第二又觉得要被那位小白脸的陈君取笑，所以我虽在巷口呆呆立着，而进的决心终于不敢下，心里却在暗暗抱怨陈君，和一般有秘密的人当秘密被人家揭破时一样。

在巷口立了一阵，走了一阵，又回到巷口去了一阵，这中间短促的秋日，就苍茫地晚了。我怕戏散之后，被陈君捉住，又怕当谢月英她们出来的时候，被她们看见，所以就急急的走回到旅馆里来，这时候，街上的那些电力不足的电灯，也已经黄黄的上了火了。

在旅馆里吃了晚饭，我几次的想跑到后进院里去看她们回来了没有，但终被怕羞的心思压制了下去。我坐着吸了几支烟，上旅馆门口去装着闲走无事的样子走了几趟，终于见不到她们的动静，不得已就只好仍复照旧日的课程，一个人慢慢从黄昏的街上走到安乐园去。

究竟是星期六的晚上，时候虽则还早，然而座客已经在台前挤满了。我在平日常坐的地方托茶房办了一个交涉插坐了进去，台上的戏还只演到了第三出。坐定之后，向四边看了一看，陈君却还没有到来。我一半是喜欢，喜欢他可以不来说笑话取笑我，一半也在失望，恐怕他今晚上终于不到这里来，将弄得台前头叫好的人少去一个，致谢月英她们的兴致不好。

戏目一出一出的演过了，而陈君终究不来，到了最后的一出《逼宫》将要上台的时候，我心里真同洪水暴发时一样，同时感到了许多羞惧，喜欢，懊恼，后悔等起伏的感情。

然而谢月英，陈莲奎终究上台了，我涨红了脸，在人家喝彩的声里瞪着两眼，在呆看她们的唱做。谢月英果然对我瞟了几眼，我这时全身就发了热，仿佛满院子的看戏的人都已经识破了我昨晚的事情在凝视我的样子，耳朵里嗡嗡的响了起来。锣鼓声杂噪声和她们的唱戏的声音都从我的意识里消失了过去，我只在听谢月英问我的那句话："王先生，您还记得么，我们初次在大观亭见面的那一天的事情？"接着又昏昏迷迷的想起了许多昨晚上她的说话，她的动作，和她的着服平常的衣服时候的声音笑貌来。覃覃覃覃的一响，戏演完了，我正同做了一场热病中的乱梦之后的人一样，急红了脸，夹着杂乱，一立起就拼命的从人丛中挤出了戏院的门。"她们今晚上唱的是什么？我应当走上什么地方去？现在是什么时候了？"的那些观念，完全从我的意识里消失了，我的脑子和痴呆者的脑子一样，已经变成了一个一点儿皱纹也没有的虚白的结晶。

在黑暗的街巷里跑来跑去不知跑了多少路，等心意恢复了一点平稳，头脑清醒一点之后，摸走回来，打开旅馆的门，回到房里去睡的时候，近处的雄鸡，的确有几处在叫了。

说也奇怪，我和谢月英她们在一个屋顶下住着，并且吃着一个锅子的饭，而自我那一晚在戏台上见她们之后，竟有整整的三天，没有见到她们。当然我想见她们的心思是比什么都还要热烈，可是一半是怕羞，一半是怕见了她们之后，又要兴奋得同那晚从戏园子里挤出来的时候一样，心里也有点恐惧，所以故意的在避掉许多可以见到她们的机会。自从那一晚后，我戏园里当然是不去了，那小白脸的陈君，也奇怪得很，在这三天之内，竟绝迹的没有上大新旅馆里来过一次。

自我搬进旅馆去后第四天的午后两点钟的时候，我吃完午饭，刚想走到公署里去，忽而在旅馆的门口遇到了谢月英。她也是一个人在想往外面走，可是有点犹豫不决的样子，一见了我，就叫我说：

“王先生！你上哪儿去呀？我们有几天不见了，听说你也搬上这儿来住了，真的么？”

我因为旅馆门口及厅上有许多闲杂人在立着呆看，所以脸上就热了起来，尽是含糊嗫嚅地回答她说“是！是！”她看了我这一种窘状，好像是很对我不起似的，一边放开了脚，向前走出门来，一边还在和我支吾着说话，仿佛是在教我跟上去的意思。我跟着她走出了门，走上了街，直到和旅馆相去很远的一处巷口转了弯，她才放松了脚步，和我并排走着，一边很切实地对我说：

“王先生！我想上街上买点东西，姥姥病倒了，不能和我出来，你有没有时间，可以和我一道去？”

我的被搅乱的神志，到这里才清了一清，听了她这一种切实的话，当然是非常喜欢的，所以走出巷口，就叫了两乘洋车，陪她一道上大街上去。

正是午后刚热闹的时候，大街上在太阳光里走着的行人也很拥挤，所以车走得很慢，我在车上，问了她想买的是什么，她就告诉说：

“天气冷了，我想新做一件皮袄，皮是带来了，可是面子还没有买好，偏是姥姥病了，李兰香也在发烧，是和姥姥一样的病，所以没有人和我出来，莲奎也不得不在家里陪她们。”说着我们的车，已经到了A城最热闹的那条三牌楼大街了。在一家绸缎洋货铺门口下了车，我给车钱的时候，她回过头来对我很自然地呈了一脸表示感谢的媚笑。我从来没有陪了女人上铺子里去买过东西，所以一进店铺，那些伙计们挤拢来的时候，我又涨红了脸。

她靠住柜台，和伙计在说话，我一个人尽是红了脸躲在她的背后不敢开口。直到缎子拿了出来，她问我关于颜色的花样等意见的时候，我才羞羞缩缩地挨了上去，和她并排地立着。

剪好了缎子，步出店门，我问她另外有没有什么东西买的时候，她又侧过脸来，对我斜视了一眼，笑着对我说：

“王先生！天气这么的好，你想上什么地方去玩去不想？我这几天在房里看她们的病可真看得闷起来了。”

听她的话，似乎李兰香和姥姥已经病了两三天了，病症仿佛是很重的流行性感冒。我到此地才想起了这几天报上不见李兰香配戏的事情，并且又发见了到大新旅馆以后三天不曾见她们面的原委，两人在热闹的大街上谈谈走走，不知不觉竟走到了出东门去的那条大街的口上。一直走出东门，去城一二里路，有一个名刹迎江寺立着，是A城最大的一座寺院，寺里并且有一座宝塔凭江，可以拾级攀登，也算是A城的一个胜景。我于是乎就约她一道出城，上这一个寺里去逛去。

四

迎江寺的高塔，反映着眩目的秋阳，突出了黄墙黑瓦的几排寺屋，倒影在浅淡的长江水里。无穷的碧落，因这高塔的一触，更加显出了它面积的浩荡，悠闲自在，似乎在笑祝地上人世的经营，在那里投散它的无微不至的恩赐。我们走出东门后，改坐了人力车，在寺前阶下落车的时候，早就感到了一种悠游的闲适气氛，把过去的愁思和未来的忧苦，一切都抛在脑后了。谢月英忘记了自己是一个女优，一个以供人玩弄为职业的妇人，我也忘记了自己是为人在客。从石级上一级一级走进山门去的中间，我们竟向两旁坐在石级上行乞的男女施舍了不少的金钱。

走进了四天王把守的山门，向朝江的那位布袋佛微微一笑。她忽而站住了，贴着我的侧面，轻轻的仰视着我问说：

“我们香也不烧，钱也不写，像这样的白进来逛，可以的么？”

“那怕什么！名山胜地，本来就是给人家游逛的地方，怕它干吗！”

穿过了大雄宝殿，走到后院的中间，那一座粉白的宝塔上部，就压在我们的头上了，月英同小孩子似的跳了起来。嘴里叫着，“我们上去吧！我们上去吧！”一边她的脚却向前跳跃了好几步。

塔院的周围，有几个乡下人在那里膜拜。塔的下层壁上，也有许多墨笔铅笔的诗词之类，题在那里。壁龛的佛像前头，还有几对小蜡烛和线香烧着，大约是刚由本地的善男信女们烧过香的。

塔弄得很黑，一盏终年不熄的煤油灯光，照不出脚下的行路来。我在塔前买票的中间，她似乎已经向塔的内部窥探过了，等我回转身子找她进塔的时候，她脸上却装着了一脸疑惧的苦笑对我说：

“塔的里头黑得很，你上前吧！我倒有点怕！”向前进了几步，在斜铺的石级上，被黑黝黝的空气包住，我忽然感到了一种异样的感情。在黑暗里，我觉得我的脸也红了起来，闷声不响，放开大步向前更跨了一步，啪嗒的一响，我把两级石级跨作了一级，踏了一脚空，竟把身子斜睡下来了。“小心！”的叫了一声，谢月英抢上来把我挟住，我的背靠在她的怀里，脸上更同火也似的烧了起来。把头一转，我更闻出了她“还好么？还好么？”在问我的气息。这时候，我的意识完全模糊了，一种羞愧，同时又觉得安逸的怪感情，从头上散行及我的脚上。我放开了一只右手，在黑暗里不自觉的摸探上她的支在我胸前的手上去。一种软滑的，同摸在面粉团上似的触觉，又在我的全身上通了一条电流。一边斜靠在壁上，一边紧贴上她的前胸，我默默的呆立了一二分钟。忽儿听见后面又有脚步声来了，把她的手紧紧地一捏，我才立起身来，重新向前一步一步的攀登上塔。走上了一层，走了一圈，我也不敢回过头来看她一眼，她也默默地不和我说一句话，尽在跟着我跑，这样的又是一层，又走了一圈。一直等走到第五层的时候，觉得后面来登塔的人，已经不跟在我们的后头了，我才走到了南面朝江的塔门口去站住了脚。她看我站住了，也就不跟过来，故意留在塔的外层，在朝西北看 A 城的烟户和城外的乡村。

太阳刚斜到了三十度的光景，扬子江的水面，颜色绛黄，绝似一线着色的玻璃，有许多同玩具似的帆船汽船，在这平稳的玻璃上游驶，过江隔岸，是许多同发也似的丛林，树林里也有一点一点的白色红色的房屋露着。在这些枯林房屋的背后，更有几处淡淡的秋山，纵横错落，仿佛是被毛笔画在那里的样子。包围在这些山影房屋树林的周围的，是银蓝的天盖，澄清的空气，和饱满的阳光。抬起头来也看得见一缕两缕的浮云，但晴天浩大，这几缕微云对这一幅秋景，终不能加上些儿阴影。从塔上看下来的这一天午后的清景，实在是太美满了。

我呆立了一会，对这四围的风物凝了一凝神，觉得刚才的兴奋渐渐儿的平静了下去。在塔的外层轻轻走了几步，侧眼看看谢月英，觉得她对了这落照中的城市烟景也似乎在发痴想。等她朝转头来，视线和我接触的时候，两人不知不觉的笑了一笑，脚步也自然而然地走了拢来。到了相去不及一二尺的光景，同时她也伸出了一只手来，我也伸出了一只手去。

在塔上不知逗留了多少时候，只见太阳愈降愈低了，俯看下去，近旁的村落里，也已经起了炊烟。我把她胛下夹在那里的一小包缎子拿了过来，挽住她的手，慢慢的走下塔来的时候，塔院里早已阴影很多，是仓皇日暮的样子了。

在迎江寺门前，雇了两乘人力车，走回城里来的当中，我一路上想了许多想头：

"已经是很明白的了，我对她的热情，当然是隐瞒不过去的事实。她对我也绝不似寻常一样的游戏般的播弄。好，好，成功，成功。啊啊！这一种成功的欢喜，我真想大声叫唤出来。"

车子进城之后，两旁路上在暮色里来往的行人，大约看了我脸上的笑容，也有点觉得奇怪，有几个竟立住了脚，在呆看着我和走在我前面的谢月英。我这时候羞耻也不怕，恐惧也没有，满怀的秘密，只想叫车夫停住了车，跳下来和他们握手，向他们报告，报告我这一回在塔上和谢月英两个人消磨过去的满足的半天。我觉得谢月英，已经是我的掌中之物了。我想对那一位小白脸的陈君，表示我在无意之中得到了他所想得而得不到的爱的左券[1]。我更想在戏台前头，对那些拼命叫好的浮滑青年，夸示谢月英的已属于我。请他们不必费心。想到了这种种满足的想头，我竟忘记了身在车上，忘记了日暮的城市，忘记了我自己的同游尘似的未定的生活。等车到旅馆门口的时候，我才同从梦里醒过来的人似的回到了现实的世界，而谢月英又很急的从门口走了进去，对我招呼也没有招呼，就在我的面前消失了。手里捏了一包她今天下午买来的皮袄材料，我却和痴了似的又不得不立住了脚。想跟着送进去，只恐怕招李兰香她们的疑忌，想不送进去，又怕她要说我不聪明，不会侍候女人。在乱杂的旅馆厅上迟疑了一会，向进里进去的门口走进走出的走了几趟，我终究没有勇气，仍复把那一包缎子抱着，回到了我自己的房里。

电光已经亮了，伙计搬了饭菜进来。我要了一壶酒，在灯前独酌，一边也在作空想："今天晚上她在台上，看她有没有什么表示。戏散之后，我应该再到她的戏房里去一次。……啊啊，她那一只柔软的手！"坐坐想想，我这一顿晚饭，竟吃了一个多钟头。因为到戏园子去还早，并且无论什么时候去，座位总不会没有的，所以我吃完晚饭之后，就一个人踱出了旅馆，打算走上北面城墙附近的一处空地里去，这空地边上有一个小池，池上也有一所古庙，庙的前后，却有许多杨柳冬青的老树生着，斗大的这 A 城里，总算这一个地方比较得幽僻点，所以附近的青年男女学生，老是上这近边来散步的。我因为今天日里的际遇实在好不过，一个人坐在房里，觉得有点可惜，所以想到这一个清静的地方去细细的享乐我日里的回想。走出了门，向东走了一段，在折向北去的小弄里，却遇见了

① 古代契约索取偿还的凭证。

许多来往的闲人。这一条弄，本来是不大有人行走的僻弄，今天居然有这许多人来往，我心里正在奇怪，想，莫非有什么事情发生了么？一走出弄，果然不错，前面弄外的空地里，竟有许多灯火，和小孩老妇，挤着在寻欢作乐。沿池的岸上，五步一堆，十步一集，铺着些小摊，布篷，和杂要的围儿，在高声的邀客。池岸的庙里，点得灯火辉煌，仿佛是什么菩萨的生日的样子。

走近了庙里去一看，才晓得今天是旧历的十一月初一，是这所古庙里的每年的谢神之日。本来是不十分高大的这古庙廊下，满挂着了些红纱灯彩，庙前的空地上，也堆着了一大堆纸帛线香的灰火，有许多老妇，还拱了手，跪在地上，朝这一堆香火在喃喃念着经咒。

我挤进了庙门，在人丛中争取了一席地，也跪下去向上面佛帐里的一个有胡须的菩萨拜了几拜，又立起来向佛柜上的签筒里抽了一支签出来。

香的烟和灯的焰，熏得我眼泪流个不住，勉强立起，拿了一支签，摸向东廊下柜上去对签文的时候，我心里忽而起了一种不吉的预感，因为被人一推，那支签竟从我的手时掉落了。拾起签来，到柜上去付了几枚铜货，把那签文拿来一读，果然是一张不大使人满意的下下签：

宋勒李使君灵签第八十四签　下下

银烛一曲太妖娇　肠断人间紫玉箫

漫向金陵寻故事　啼鸦衰柳自无聊

我虽解不通这签诗的辞句，但看了末结一句“啼鸦衰柳自无聊”，总觉得心里不大舒服。虽然是神鬼之事，大都含糊两可，但是既然去求问了它，总未免有一点前因后果。况且我这一回的去求签，系出乎一番至诚之心，因为今天的那一场奇遇，太使我满意了，所以我只希望得一张上上大吉的签，在我的兴致上再加一点锦上之花，到此刻我才觉得自寻没趣了。

怀了一个不满的心，慢慢的从人丛中穿过了那池塘，走到戏园子去的路上，我疑神疑鬼的又追想了许多次在塔上的她的举动。——她对我虽然没有什么肯定的表示，但是对我并没有恶意，却是的的确确的。我对她的爱，她是可以承受的一点，也是很明显的事实。但是到家之后，她并不对我打一个招呼，就跑了进去，这又是什么意思呢？——想来想去想了半天，结果我还是断定这是她的好意，因为在午后出来的时候，她曾经看见了我的狼狈的态度的缘故。

想到了这里，我的心里就又喜欢起来了，签诗之类，只付之一笑，已经不在我的意中。放开了脚步，我便很急速地走到戏园子里去。

在台前头坐下，当谢月英没有上台的两三个钟头里面，我什么也没有听到，什么也没有看见，只在追求今天日里的她的幻影。

她今天穿的是一件银红的外国呢的长袍，腰部做得很紧，所以样子格外的好看。头上戴着一顶黑绒的鸭舌女帽，是北方的女伶最喜欢戴的那一种帽子。长圆的脸上，光着一双迷人的大眼。双重眼睑上挂着的有点斜吊起的眉毛，大约是因为常扮戏的原因吧？嘴唇很弯很曲，颜色也很红。脖子似乎太短一点，可是不碍，因为她的头本来就不大，所以并没有破坏她全身的匀称的地方。啊啊，她那一双手，那一双轻软肥白，而又是很小的手！手背上的五个指脊骨上的小孔。

我一想到这里，日间在塔上和她握手时的那一种战栗，又重新逼上我的身来，摇了一摇头，举起眼来向台上一看，好了好了，是末后倒过来的第二出戏了。这时候台上在演的，正是陈莲奎的《探阴山》，底下就是谢月英的《状元谱》。我把那些妄念辟了一辟清，把头上的长发用手理了一理，正襟危坐，重把注意的全部，设法想倾注到戏台上去，但无论如何，谢月英的那双同冷泉井似的眼睛，总似在笑着招我，别的物事，总不能印到我的眼帘上来。

最后是她的戏了，她的陈员外上台了，台前头起了一阵叫声。她的眼睛向台下一扫，扫到了我的头上，果然停了几秒钟。眼睛又扫向没边去了。东边就又起了一阵狂噪声。我脸涨红了，急等她再把眼睛扫回过来，可是等了几分钟，终究不来。我急起来了，听了那东边的几个浮薄青年的叫声，心里只是不舒服，仿佛是一锅沸水在肚里煎滚。那几个浮薄青年尽是叫着不已，她也眼睛只在朝他们看，这时候我心里真想把一只茶碗丢掷过去。可是生来就很懦弱的我，终于不敢放开喉咙来叫唤一声，只是张着怒目，在注视台上。她终于把眼睛回过来了，我一霎时就把怒容收起，换了一副笑容。像这样的悲哀喜乐，起伏交换了许多次数，我觉得心的紧张，怎么也持续不了了，所以不等她的那出戏演完，就站起来走出了戏园。

门外头依旧是寒冷的寒夜，微微的凉风吹上我的脸来，我才感觉到因兴奋过度而涨得绯红的两颊。在清冷的巷口，立了几分钟，我终于舍不得这样的和她别去，所以就走向了北，摸到通后台的那条狭巷里去。

在那条漆黑漆黑的狭巷里，果然遇见了几个下台出来的女伶，可是辨不清是谁，就匆匆的擦过了。到了后台房的门口，两扇板门只是虚掩在那里。门中间的一条狭缝，露出一道灯光来，那些女孩子们在台房里杂谈叫噪的声音，也听得很清。我几次想伸手出去，推开门来，可是终于在门上摸了一番，仍旧将双手缩了回来。又过了几分钟，有人自里边把门开了，我骇了一跳，就很快的躲开，走向西去。这时候我心里的一种愤激羞惧之情，比那天自戏园出来，在黑夜的空城里走到天亮的晚上，还要压制不住。不得已只好在漆黑不平的路上，摸来摸去，另寻了一条狭路，绕道走上了通北门的大道。绕来绕去，不知白走了多少路，好容易寻着了那大街，正拐了弯想走到旅馆中去的时候，后面一阵脚步声，接着就来了几乘人力车。我把身子躲开，让车过去，回转头来一看，在灰黄不明白的街灯光里，又看见了她——谢月英的一个侧面来。

本来我是打算今晚上于戏散之后把白天的那包缎子送去，顺便也去看看姥姥李兰香她们的病的，可是在这一种兴奋状态之下，这事情却不可能了，因为兴奋之极，在态度上言语上，不免要露出不稳的痕迹来的。所以我虽则心里只在难过，只在妄想再去见她一面，而一双已经走倦了的脚，只在冷清的长街上慢步，慢慢的走回旅馆里去。

五

大约是几天来的睡眠不足，和昨晚上兴奋之后的半夜深夜游行的结果，早晨醒转来的时候，觉得头有点昏痛，天井里的淡黄的日光，已经射上格子窗上来了。鼻子往里一吸，只有半个鼻孔还可以通气，其他的部分，都已塞得紧紧，和一只铁锈住的唧筒[①]没有分别。朝里床翻了一个身，背脊和膝盖骨上下都觉得酸痛得很，到此我晓得是已经中了风寒了。

午前的这个旅馆里的空气，静寂得非常，除了几处脚步声和一句两句断续的话声以外，什么响动也没有。我想勉强起来穿着衣

① 唧筒也就是水泵。

服，但又翻了一个身，觉得身上遍身都在胀痛，横竖起来也没有事情，所以就又昏昏沉沉的睡着了。非常不安稳的睡眠，大约隔一二分钟就要惊醒一次，在半睡半醒的中间，看见的尽是些前后不接的离奇的幻梦。我看见已故的父亲，在我的前头跑，也看见庙里的许多塑像，在放开脚步走路，又看见和月英两个人在水边上走路，月英忽而跌入了水里。直到旅馆的茶房，进房搬中饭脸水来的时候，我总算完全从睡眠里脱了出来。

头脑的昏痛，比前更加厉害了，鼻孔里虽则呼吸不自在，然而呼出来的气，只觉得烧热难受。

茶房叫醒了我，撩开帐子来对我一望，就很惊恐似的叫我说：

“王先生！你的脸怎么会红得这样？”

我对他说，好像是发烧了，饭也不想吃，叫他就把手巾打一把给我。他介绍了许多医生和药方给我，我告诉他现在还想不吃药，等晚上再说。我的和他说话的声气也变了，仿佛是一面敲破的铜锣，在发哑声，自家听起来，也有点觉得奇异。

他走出去后，我把帐门钩起，躺在枕上看了一看斜射在格子窗上的阳光，听了几声天井角上一棵老树上的小鸟的鸣声，头脑倒觉得清醒了一点。可是想起了昨天的事情，又有点糊涂懵懂，和谢月英的一道出去，上塔看江，和戏院内的种种情景，上面都像有一层薄纱蒙着似的，似乎是几年前的事情。咳嗽了一阵，想伸出头去吐痰，把眼睛一转，我却看见了昨天月英买的那一包材料，还搁在我的枕头边上。

比较得清楚地，再把昨天的事情想了一遍，我又不知几时昏昏的睡着了。

在半醒半睡的中间，我听见有人在外边叫门。起来开门出去，却看见谢月英含了微笑，说要出去。我硬是不要她出去，她似乎已经是属于我的人了。她就变了脸色，把嘴唇突了起来，我不问皂白，就一个嘴巴打了过去。她被我打后，转身就往外跑。我也拼命的在后边追。外边的天气，只是暗暗的，仿佛是十三四的晚上，月亮被云遮住的暗夜的样子。外面也清静得很，只有她和我两个在静默的长街上跑。转弯抹角，不知跑了多少时候，前面忽而来了一个人不是人，猿不像猿的野兽。这野兽的头包在一块黑布里，身上什么也不穿，可是长得一身的毛。它让月英跳过去后，一边就扑上我的身来。我死劲的挣扎了一回，大声的叫了几声，张开眼睛来一看，月英还是静悄悄的坐在我的床面前。

“啊！你还好么？”我擦了一擦眼睛，很急促地问了她一声。身上脸上，似乎出了许多冷汗，感觉得异常的不舒服。她慢慢的朝了转来，微笑着问我说：

“王先生，你刚才做了梦了吧？我听你在呜呜的叫着呢！”我又举起眼睛来看了看房内的光线，和她坐着的那张靠桌摆着的方椅，才把刚才的梦境想了过来，心里着实觉得难以为情。完全清醒了以后，我就半羞半喜的问她什么时候进这房里来的？她们的病好些了么？接着就告诉她，我也感冒了风寒，今天不愿意起来了。

“你的那块缎子，”我又断续着说，“你这块缎子，我昨天本想送过来的，可是怕被她们看见了要说话，所以终于不敢进来。”

“嗳嗳，王先生，真对不起，昨儿累你跑了那么些个路，今天果然跑出病来了。我刚才问茶房来着，问他你的住房在哪一个地方，他就说你病了，觉得很难受么？”

“谢谢，这一忽儿觉得好得多了，大约也是伤风罢。刚才才出了一身汗，发烧似乎不发了。”

“大约是这一忽儿的流行病罢，姥姥她们也就快好了，王先生，你要不要那一种白药片儿吃？”

“是阿斯必淋片[1]不是？”

“好像是的，反正是吃了要发汗的药。”

“那恐怕是的，你们若有，就请给我一点，回头我好叫茶房照样的去买。”

“好，让我去拿了来。”

“喂，喂，你把这一包缎子顺便拿了去吧！”

她出去之后，我把枕头上罩着的一块干毛巾拿了起来，向头上身上盗汗未干的地方擦了一擦，神志清醒得多了。可是头脑总觉得空得很，嘴里也觉得很淡很淡。

月英拿了阿斯必淋片来之后，又坐落了，和我谈了不少的天。到此我才晓得她是李兰香的表妹，是皖北的原籍，像生长在天津的。陈莲奎本来是在天津搭班的时候的同伴，这一回因为在汉口和恩小枫她们合不来伙，所以应了这儿的约，三个人一道拆出来上A地来的。包银每人每月贰百块。那姥姥是她们——李兰香和她——的已故的师傅的女人，她们自己的母亲——老姊妹两人，还住在天津。另外还有一个管杂务等的总管，系住在安乐园内的，是陈莲奎的养父，她们三人的到此地来，亦系由他一个人介绍交涉的，包银之内他要拿去二成。她们的合同，本来是三个月的期限，现在园主因为卖座卖得很多，说不定又要延长下去。但她很不愿意在这小地方久住，也许到了年底，就要和李兰香上北京去的，因为北京民乐茶园也在写信来催她们去合班。

在苦病无聊的中间，听她谈了些这样的天，实在比服药还要有效，到了短日向晚的时候，我的病已经有一大半忘记了。听见隔墙外的大挂钟堂堂的敲了五点，她也着了急，一边立起来走，一边还咕噜着说：

---

① 即阿司匹林。

“这天真黑得快，你瞧，房里头不已经有点黑了么？啊啊，今天的废话可真说得太久了，王先生，你总不至于讨嫌吧？明儿见！”

我要起来送她出门，她却一定不许我起来，说：

“您躺着吧，睡两天病就可以好的，我有空再来瞧你。”

她出去之后，房里头只剩了一种寂寞的余温和将晚的黑影，我虽则躺在床上，心里却也感到了些寒冬日暮的悲哀。想勉强起来穿衣出去，但门外头的冷空气实在有点可怕，不得已就只好合上眼睛，追想了些她今天说话时的神情风度，来伴我的孤独。

她今天穿的，是一件酱色的棉袄，底下穿的，仍复是那条黑的大脚棉裤。头部半朝着床前，半侧着在看我壁上用图钉钉在那里的许多外国画片。我平时虽在戏台上看她的面形看得很熟，但在这样近的身边，这样仔细长久的得看她卸装后的素面，这却是第一回。那天晚上在她们房里，因为怕羞的原故，不敢看她，昨天在塔上，又因为大自然的烟景迷人，也没有看她仔细，今天的半天观察，可把她面部的特征都读得烂熟了。

她的有点斜挂上去的一双眼睛，若生在平常的妇人的脸上，不免要使人感到一种淫艳恶毒的印象。但在她，因为鼻梁很高，在鼻梁影下的两只眼底又圆又黑的原故，看去觉得并不奇特。尤其是可以融和这一种感觉的，是她鼻头下的那条短短的唇中，和薄而且弯的两条嘴唇，说话的时候，时时会露出她的那副又细又白的牙齿来。张口笑的时候，左面大齿里的一个半藏半露的金牙，也不使人讨嫌。我平时最恨的是女人嘴里的金牙，以为这是下劣的女性的无趣味的表现，而她的那颗深藏不露的金黄小齿，反足以增加她嬉笑时的妩媚。从下嘴唇起，到喉头的几条曲线，看起来更耐人寻味，下嘴唇下是一个很柔很曲的新月形，喉头是一柄圆曲的镰刀背，两条同样的曲线，配置得很适当的重叠在那里。而说话的时候，这镰刀新月线上，又会起水样的微波。

她的说话的声气，绝不似一个会唱皮簧的歌人，因为声音很纾缓，很幽闲，一句话和一句话的中间，总有一脸微笑，和一眼斜视的间隔。你听了她平时的说话，再想起她在台上唱快板时的急律，谁也会惊异起来，觉得这二重人格，相差太远了。

经过了这半天的昵就，又仔细观察了她这一番声音笑貌的特征，我胸前伏着的一种艺术家的冲动，忽而激发了起来。我一边合上双眼，在追想她的全体的姿势所给与我的印象，一边心里在决心，想于下次见她面的时候，要求她为我来坐几次，我好为她画一个肖像。

电灯亮起来了，远远传过来的旅馆前厅的杂沓声，大约是开晚饭的征候。我今天一天没有取过饮食，这时候倒也有点觉得饥饿了，靠起身坐在被里，放了我叫不响的喉咙叫了几声，打算叫茶房进来，为我预备一点稀饭，这时候隔墙的那架挂钟，已经敲六点了。

六

本来以为是伤风小病，所以药也不服，万想不到到了第二天的晚上，体热又忽然会增高来的。心神的不快，和头脑的昏痛，比较第一日只觉得加重起来，我自家心里也有点惧怕。

这一天是星期六，安乐园照例是有日戏的，所以到吃晚饭的时候止，谢月英也没有来看我一趟。我心里虽则在十二分的希望她来坐在我的床边陪我，然而一边也在原谅她，替她辩解，昏昏沉沉的不晓睡到了什么时候了。我从睡梦中听见房门开响。

挺起了上半身，把帐门撩起来往外一看，黄冷的电灯影里，我忽然看见了谢月英的那张长圆的笑脸，和那小白脸的陈君的脸相去不远。她和他都很谨慎的怕惊醒我的睡梦似的在走向我的床边来。

“喔，戏散了么？”我笑着问他们。

“好久不见了，今晚上上这里来。听月英说了，我才晓得了你的病。”

“你这一向上什么地方去了？”

“上汉口去了一趟。你今天觉得好些么？”我和陈君在问答的中间，谢月英尽躲在陈君的背后在凝视我的被体热蒸烧得水汪汪的两只眼睛。我一边在问陈君的话，一边也在注意她的态度神情。等我将上半身伏出来，指点桌前的凳子请他们坐的时候，她忽而忙着对我说：

“王先生，您睡罢，天不早了，我们明天日里再来看你。您别再受上凉，回头倒反不好。”说着她就翻转身轻轻的走了，陈君也说了几句套话，跟她走了出去。这时候我的头脑虽已热得昏乱不清，可是听了她的那句“我们明天日里再来看你”的“我们”，和看了陈君跟她一道走出房门去的样子，心里又莫名其妙的起一种怨愤，结果弄得我后半夜一睡也没有睡着。

大约是心病和外邪交攻的原因，我竟接连着失了好几夜的眠，体热也老是不退。到了病后第五日的午前，公署里有人派来看我的病了。他本来是一个在会计处办事的人，也是父执舒的一位远戚。看了我的消瘦的病容，和毫没有神气的对话，他一定要我去进病院。

这A城虽则也是一个省城，但病院却只有由几个外国宣教师所立的一所。这所病院地处A城的东北角一个小高岗上，几间清淡的洋房，和一丛齐云的古树，把这一区的风景，烘托得简洁幽深，使人经过其地，就能够感出一种宗教气味来。那一位会计科员，来回往复费了半日的工夫，把我的身体就很安稳的放置在圣保罗病院的一间特等房的床上了。

病房是在二层楼的西南角上，朝西朝南，各有两扇玻璃窗门，开门出去，是两条直角相遇的回廊。回廊槛外，西面是一个小花园，南面是一块草地，沿边种着些外国梧桐，这时候树叶已经凋落，草色也有点枯黄了。

进病院之后的三四天内，因为热度不退，终日躺在床上，倒也没有感到病院生活的无聊。到了进院后将近一个礼拜的一天午后，谢月英买了许多水果来看了我一次之后，我身体也一天一天的恢复原状起来，病院里的生活也一天一天的觉得寂寞起来了。

那一天午后，刚由院长的汉医生来诊察过，他看看我的体温表，听听我胸前背后的呼吸，用了不大能够了解的中国话对我说：

“我们，要恭贺你，恭贺你不久，就可以出去这里了。”

我问他可不可以起来坐坐走走，他说“很好很好”。我于他出去之后，就叫看护生过来扶我坐起，并且披了衣裳，走出到玻璃门口的一张躺椅上坐着，在看回廊栏杆外面树梢上的太阳。坐了不久，就听见楼下有女人在说话，仿佛是在问什么的样子。我以病人的纤敏的神经，一听见就直觉的知道这是来看我的病的，因为这时候天气凉冷，住在这一所特等病房里的病人没有几个，我所以就断定这一定是来看我的。不等第二回的思索，我就叫看护生去打个招呼，陪她进来。等到来一看，果然是她，是谢月英。

她穿的仍复是那件外国呢的长袍，颈项上围着一块黑白的丝围巾，黑绒的鸭舌帽底下，放着闪闪的两眼，见了我的病后的衰容，似乎是很惊异的样子。进房来之后，她手里捧着了一大包水果，动也不动的对我呆看了几分钟。

“啊啊，真想不到你会上这里来的！”我装着笑脸，举起头来对她说。

“王先生，怎么，怎么你会瘦得这一个样儿！”她说这一句话的时候，脸上的那脸常漾着的微笑也没有了，两只眼睛，尽是直盯在我的脸上。像这一种严肃的感伤的表情，我就是在戏台上当她演悲剧的时候，也还没有看见过。

我朝她一看，为她的这一种态度所压倒，自然而然的也收起了笑容，噤住了说话，对她看不上两眼，眼里就扑落落地滚下了两颗眼泪来。

她也呆住了，说了那一句感叹的话之后，仿佛是找不着第二句话的样子。两人沉默了一会，倒是我觉得难过起来了，就勉强的对她说：

“月英！我真对你不起。”

这时候看护生不在边上，我说着就摇摇颤颤的立起来想走到床上去。她看了我的不稳的行动，就马上把那包水果丢在桌上，跑过来扶我。我靠住了她的手，一边慢慢的走着，一边断断续续的对她说：

“月英！你知不知道，我这病，这病的原因，一半也是，也是为了你呀！”

她扶我上了床，帮我睡进了被窝，一句话也不讲的在我床边上坐了半天。我也闭上了两眼，朝天的睡着，一句话也不愿意讲，而闭着的两眼角上，尽在流冰冷的眼泪。这样的沉默了不知多少时候，我忽而脸上感到了一道热气，接着嘴唇上，身体上就来了一种重压。我和麻醉了似的，从被里伸出了两只手来，把她的头部抱住了。

两个紧紧的抱着吻着，我也不打开眼睛来看，她也不说一句话，动也不动的又过了几分钟，忽而门外面脚步声响了。再拼命的吸了她一口，我就把两手放开，她也马上立起身来很自在的对我说：

“您好好的保养罢，我明儿再来瞧你。”

等看护生走到我床面前送药来的时候，她已经走出房门，走在回廊上了。

自从这一回之后，我便觉得病院里的时刻，分外的悠长，分外的单调。第二天等了她一天，然而她终于不来，直到吃完晚饭以后，看见寒冷的月光，照到清淡的回廊上来了，我才闷闷的上床去睡觉。

这一种等待她来的心思，大约只有热心的宗教狂者，盼望基督再临的那一种热望，可以略比得上。我自从她来过后的那几日的情意，简直没有法子能够形容出来。但是残酷的这谢月英，我这样热望着的这谢月英，自从那一天去后，竟绝迹的不来了。一边我的病体，自从她来了一次之后，竟恢复得很快，热退后不上几天，就能够吃两小碗的干饭，并且可以走下楼来散步了。

医生许我出院的那一天早晨，北风刮得很紧，我等不到十点钟的会计课的出院许可单来，就把行李等件包好，坐在回廊上守候。捱一刻如一年的过了四五十分钟，托看护生上会计课去催了好几次，等出院许可单来，我就和出狱的罪囚一样，三脚两步的走出了圣保罗医院的门，坐人力车到大新旅馆门口的时候，我像同一个女人约定密会的情人赶赴会所去的样子，胸腔里心脏跳跃得厉害，开进了那所四十八号房，一股密闭得很久的房间里的闷气，迎面的扑上我的鼻来，茶房进来替我扫地收拾的中间，我心里虽则很急，但口上却吞吞吐吐的问他，“后面的谢月英她们起来了没有？”他听了我的问话，地也不扫了，把屈了的腰伸了一伸，仰起来对我说：

“王先生，你大约还没有晓得吧？这几天因为谢月英和陈莲奎吵嘴的原因，她们天天总要闹到天明才睡觉，这时候大约她们睡得正热火哩！”

我又问他，她们为什么要吵嘴。他歪了一歪嘴，闭了一只眼睛，作了一副滑稽的形容对我说：

“为什么呢！总之是为了这一点！”

说着，他又以左手的大指和二指捏了一个圈给我看。依他说来，似乎是为了那小白脸的陈君。陈君本来是捧谢月英的，但是现在不晓怎么的风色一转，却捧起陈莲奎来了。前几天，陈君为陈莲奎从汉口去定了一件绣袍来，这就是她们吵嘴的近因。听他的口气，似乎这几天谢月英的颜色不好，老在对人说要回北京去，要回北京去。可是合同的期间还没有满，所以又走不脱身。听了这一番话，我才明白了前几天她上病院里来的时候的脸色，并且又了解了她所以自那一天后，不再来看我的原因。

等他扫好了地，我简单地把房里收拾了一下，心里忐忑不安地朝桌子坐下来的时候，桌上靠壁摆着的一面镜子，忽而毫不假借地照出了我的一副清瘦的相貌来。我自家看了，也骇了一跳。我的两道眉毛，本来是很浓厚美丽的，而在这一次的青黄的脸上竖着，非但不能加上我以些许男性的美观，并且在我的脸上影出了一层死沉沉的阴气。眼睛里的灼灼的闪光，在平时原可以表示一种英明的气概的，可是在今天看起来，仿佛是特别的在形容颜面全部的没有生气了。鼻下嘴角上的胡影，也长得很黑，我用手去摸了一摸，觉得是杂杂粒粒的有声音的样子。失掉了第二回再看一眼的勇气，我就立起身来把房门带上，很急的出门雇车到理发铺里去。

理完了发，又上公署前的澡堂去洗了一个澡，看看太阳已经直了，我也便不回旅馆，上附近的菜馆去喝了一点酒，吃了一点点心，有意的把脸上醉得微红。我不待酒醒，就急忙的赶回到旅馆里来。进旅馆后，正想走进自己的房里去再对镜看一看的时候，那茶房却迎了上来，又歪了歪嘴，含着有意的微笑对我说：

“王先生，今天可修理得美了。后面的谢月英也刚起来吃过了饭，我告诉她以你的回来，她也好像急急乎要见你似的。哼，快去快去，快把这新修的白面去给她看看！”

我被他那么一说，心里又喜又气，在平时大约要骂他几句，就跑回到房里去躲藏着，不敢再出来，可是今天因为那几杯酒的力量，竟把我的这一种羞愧之心驱散，朝他笑了一脸，轻轻骂了一句“混蛋”，也就公然不客气地踏进了里进的门，去看谢月英去了。

七

进了谢月英她们的房里去一看，她们三人中间的空气，果然险恶得很。那一回和陈君到她们房里来的时候，我记得她们是有说有笑，非常融和快乐的，而今朝则月英还是默默的坐在那里托姥姥梳辫，陈莲奎背朝着床外斜躺在床上。李兰香一个人呆坐在对窗的那张床沿上打呵欠，看见我进去了，倒是她第一个立起来叫我，陈莲奎连身子也不朝过来。我看见了谢月英的梳辫的一个侧面，心里已经是混乱了，嘴里虽则在和李兰香攀谈些闲杂的天，眼睛却尽在向谢月英的脸上偷看。

我看见她的侧面上，也起了一层红晕，她的努力侧斜过来的视线，也对我笑了一脸。

和李兰香姥姥应答了几句，等我坐定了一忽，她的辫子也梳好了。回转身来对我笑了一脸，她第一句话就说：

“王先生，几天不看见，你又长得那么丰满了，和那一天的相儿，要差十岁年纪。”

“嗳嗳，真对不起，劳你的驾到病院里来看我，今天是特地来道谢的。”

那姥姥也插嘴说：

“王先生，你害了一场病，倒漂亮得多了。”

“真的么！那么让我来请你们吃晚饭罢，好作一个害病的纪念。”

我问她们几点钟到戏园里去，谢月英说今晚上她因为嗓子不好想告假。

在那里谈这些闲话的中间，我心里只在怨另外的三人，怨她们不识趣，要夹在我和谢月英的中间，否则我们两人早好抱起来亲一个嘴了。我以眼睛请求了她好几次，要求她给我一个机会，好让我们两个人尽情的谈谈衷曲。她也明明知道我这意思，可是和顽强不听话的小孩似的，她似乎故意在作弄我，要我着一着急。

问问她们的戏目，问问今天是礼拜几，我想尽了种种方法，才在那里勉强坐了二三十分钟，和她们说了许多前后不接的杂话，最后我觉得再也没有话好说了，就从座位里立了起来，打算就告辞出去。大约谢月英也看得我可怜起来了，她就问我午后有没有空，可不可以陪她出去买点东西。我的沉下去的心，立时跳跃了起来，就又把身子坐下，等她穿换衣服。

她的那件羊皮袄，已经做好了，就穿了上去。底下穿的，也是一条新做的玄色大绸的大脚棉裤。那件皮袄的大团花的缎子面子，系我前次和她一道去买来的，我觉得她今天的特别要穿这件新衣，也有点微妙的意思。

陪她在大街上买了些化妆品类，毫无情绪的走了一段，我就提议请她去吃饭，先上一家饭馆去坐它一两个钟头，然后再着人去请李兰香她们来。我晓得公署前的一家大旅馆内，有许多很舒服的房间，是可以请客坐谈的，所以就和她走转了弯，从三牌楼大街，折向西去。

上大旅馆去择定了一间比较宽敞的餐室，我请她上去，她只在忸怩着微笑，我倒被她笑得难为情起来了，问她是什么意思。她起初只是很刁乖的在笑，后来看穿了我的真是似乎不懂她的意思，她等茶房走出去之后，才走上我身边来拉着我的手对我说：

“这不是旅馆么？男女俩，白天上旅馆来干什么？”

我被她那么一说，自家觉得也有点不好意思，可是因为她说话的时候，眼角上的那种笑纹太迷人了，就也忘记了一切，不知不觉的把两手张开来将她的上半身抱住。一边抱着，一边我们两个就自然而然的走向上面的炕上去躺了下来。

几分钟的中间，我的身子好像掉在一堆红云堆里，把什么知觉都麻醉尽了。被她紧紧的抱住躺着，我的眼泪尽是止不住的在涌流出来。她和慈母哄孩子似的一边哄着，一边不知在那里幽幽的说些什么话。

最后的一重关突破了，我就觉得自己的一生，今后是无论如何和她分离不开了，我的从前的莫名其妙在仰慕她的一种模糊的观念，方才渐渐的显明出来，具体化成事实的一件一件，在我的混乱的脑里旋转。

她诉说这一种艺人生活的苦处，她诉说A城一班浮滑青年的不良，她诉说陈莲奎父女的如何欺凌侮辱她一个人，她更诉说她自己的毫无寄托的半生。原来她的母亲，也是和她一样的一个行旅女优，谁是她的父亲，她到现在还没有知道。她从小就跟了她的师傅在北京天津等处漂流。先在天桥的小班里吃了五六年的苦，后来就又换上天津来登场。她师傅似乎也是她母亲的情人中的一个，因为当他未死之前，姥姥是常和她母亲吵嘴相打的。她师傅死后的这两三年来，她在京津汉口等处和人家搭了几次班，总算博了一点名誉，现在也居然能够独树一帜了，她母亲和姥姥等的生活，也完全只靠在她一个人的身上。可是她只是一个女孩子，这样的被她们压榨，也实在有点不甘心。况且陈莲奎父女，这一回和她寻事，姥姥和李兰香胁于陈老儿的恶势，非但不出来替她说一句话，背后头还要来埋怨她，说她的脾气不好。她真不想再过这样的生活了，想马上离开A地到别处去。

我被她那么一说，也觉得气愤不过，就问她可愿意和我一道而去。她听了我这一句话，就举起了两只泪眼，朝我呆视了半天，转忧为喜的问我说：

“真的么？”

“谁说谎来？我以后打算怎么也和你在一块儿住。”

“那你的那位亲戚，不要反对你么？”

“他反对我有什么要紧。我自问一个人就是离开了这里，也尽可以去找事情做的。”

“那你的家里呢？”

“我家里只有我的一个娘，她跟我姊姊住在姊夫家里，用不着我去管的。”

“真的么？真的么？那我们今天就走罢！快一点离开这一个害人的地方。”

“今天走可不行，哪里有那么简单，你难道衣服铺盖都不想拿了走么？”

“几只衣箱拿一拿有什么？我早就预备好了。”

我劝她不要那么着急，横竖着预备着走，且等两三天也不迟，因为我也要向那位父执去办一个交涉。这样的谈谈说说，窗外头的太阳，已经斜了下去，市街上传来的杂噪声，也带起向晚的景象来了。

那茶房仿佛是经惯了这一种事情似的，当领我们上来的时候，起了一壶茶，打了两块手巾之后，一直到此刻，还没有上来过。我和她站了起来，把她的衣服辫发整了一整，拈上了电灯，就大声的叫茶房进来，替我们去叫菜请客。

她因为已经决定了和我出走，所以也并不劝止我的招她们来吃晚饭，可是写请客单子写到了陈莲奎的名字的时候，她就变了脸色叱着说：

“这一种人去请她干吗！”

我劝她不要这样的气量狭小，横竖是要走了，大家欢聚一次，也好留个纪念。一边我答应她于三天之内，一定离开 A 地。

这样的两人坐着在等她们来的中间，她又跑过来狂吻了我一阵，并且又切切实实地骂了一阵陈莲奎她们的不知恩义。等不上三十分钟，她们三人就一道的上扶梯来了。

陈莲奎的样子，还是淡淡漠漠的，对我说了一声“谢谢”，就走往我们的对面椅子上去坐下了。姥姥和李兰香，看了谢月英的那种喜欢的样子，也在感情上传染了过去，对我说了许多笑话。

吃饭喝酒喝到六点多钟，陈莲奎催说要去要去，说了两次。谢月英本说要想临时告假的，但姥姥和我，一道的劝她勉强去应酬一次，若要告假，今晚上去说，等明天再告假不迟。结果是她们四个人先回大新旅馆，我告诉她们今晚上想到衙门去一趟办点公事，所以就在公署前头和她们分了手。

从黑阴阴的几盏电灯底下，穿过了三道间隔得很长的门道，正将走到办公室中去的时候，从里面却走出了那位前次送我进病院的会计科员来。他认明是我，先过来拉了我的手向我道贺，说我现在气色很好了。我也对他说了一番感谢的意思，并且问他省长还在见客么！他说今天因为有一所学校，有事情发生了，省长被他们学生教员纠缠了半天，到现在还没有脱身。我就问他可不可以代我递一个手折给他，要他马上批准一下。他问我有什么事情，我就把在此地仿佛是水土不服，想回家去看一看母亲，并且若有机会，更想到外洋去读几年书，所以先想在这里告一个长假，临去的时候更要预支几个月薪水，要请他马上批准发给我才行等事情说了一说。我说着他就引我进去见了科长，把前情转告了一遍，科长听了，也不说什么，只教我上电灯底下去将手折缮写好来。

我在那里端端正正的写了一个多钟头，正将写好的时候，窗外面一声吆喝，说省长来了。我正在喜欢这机会来得凑巧，手折可以自家亲递给他了，但等他进门来一见，觉得他脸上的怒气，似乎还没有除去。他对科长很急促的说了几句话后，回头正想出去的时候，眼睛却看见了在旁边端立着的我。问了我几句关于病的闲话，他一边回头来又问科长说：

“王咨议的薪水送去了没有？”

说着他就走了。那最善逢迎的科长，听了这一句话，就当作了已经批准的面谕一样，当面就写了一张支票给我。

我拿了支票，写了一张收条，和手折一同留下，临走时并且对他们谢了一阵，出来走上寒空下的街道的时候，心里又莫名其妙的起了一种感慨。我觉得这是我在A城衙门口走着的最后一次了，今后的飘泊，不知又要上什么地方去寄身。然而一想到日里的谢月英的那一种温存的态度，和日后的能够和她一道永住的欢情，心里同时又高兴了起来。

故意人力车也不坐，我慢慢的走着，一边在回想日里的事情，一边在打算如何的和谢月英出奔，如何的和她偷上船去，如何的去度避世的生活，一种喜欢作恶的小孩子的爱秘密的心理，使我感到了加倍的浓情，加倍的满足。我觉得世界上的幸福，将要被我一个人来享尽的样子。

八

萧条的寒雨，凄其滴答，落满了城中。黄昏的灯火，一点一点的映在空街的水潴里，仿佛是泪人儿神瞳里的灵光。以左手张着了一柄洋伞，右手紧紧地抱住月英，我跟着前面挑行李的夫子，偷偷摸摸，走近了轮船停泊着的江边。

这一天午后，忙得坐一坐，说一句话的工夫都没有，乘她们三人不在的中间，先把月英的几只衣箱，搬上了公署前的大旅馆内。问定了轮船着岸的时刻，我便算清了大新旅馆的积账，若无其事的走出了大旅馆去。和月英约好了地点，叫她故意示以宽舒的态度，和她们一道吃完晚饭，等她们饭后出去，仍复上戏园去的时候，一个人悠悠自在的走出到大街上来等候。

我押了两肩行李，从省署前的横街里走出，在大街角上和她合成了一块。

因为路上怕被人瞥见，所以洋伞擎得特别的低，脚步也走得特别的慢，到了江边码头船上去站住，料理进舱的时候，我的额上却急出了一排冷汗。

嗡嗡扰扰，码头上的人夫的怒潮平息了。船前信号房里，丁零零零下了一个开船的命令，水夫在呼号奔走，船索也起了旋转的声音，汽笛放了一声沉闷的大吼。

我和她关上了舱门，向小圆窗里，头并着头的朝岸上看了些雨中的灯火，等船身侧过了 A 城市外的一条横山，两人方才放下了心，坐下来相对着作会心的微笑。

“好了！”

“可不是么！真急死了我，吃晚饭的时候，姥姥还问我明天上不上台哩！”

“啊啊，月英……”

我叫还没有叫完，就把身子扑了过去，两人抱着吻着摸索着，这一间小小的船舱，变了地上的乐园，尘寰的仙境，弄得连脱衣解带，铺床叠被的余裕都没有。船过大通港口的时候，我们的第一次的幽梦，还只做了一半。

说情说意，说誓说盟，又说到了“这时候她们回到了大新旅馆，不晓得在那里干什么？”“那小白脸的畜生，好抱了陈莲奎在睡觉了罢？”“那姥姥的老糊涂，只配替陈莲奎烧烧水了。”我们的兴致愈说愈浓，不要说船窗外的寒雨，也与我们无干无涉。我只晓得手里抱着的是谢月英的养了十八年半的丰肥的肉体，嘴上吮吸着的，是能够使凡有情的动物都会风魔麻醉的红艳的甜唇，还有底下，还有底下……啊啊，就是现在教我这样的死了，我的二十六岁，也可以算不是白活。人家只知道是千金一刻，呸呸，就是两千金，万万金，要想买这一刻的经验，也哪里能够？

那一夜，我们似梦非梦，似睡非睡的闹到天亮，方才抱着了合了一合眼。等轮船的机器声停住，窗外船沿人声嘈杂起来的时候，听说船已经到了芜湖了。

上半天云停雨停，风也毫末不起，我和她只坐在船舱里从那小圆窗中在看江岸的黄沙枯树，天边的灰云层下，时时有旅雁在那里飞翔。这一幅苍茫黯淡的野景，非但不能够减少我们闲眺的欢情，我并且希望这轮船老是在这一条灰色的江上，老是像这样的慢慢开行过去，不要停着，不要靠岸，也不要到任何的目的地点，我只想和她，和谢月英两个，尽是这样的漂流下去，一直到世界的尽头，一直到我俩的从人世中消灭。

江行如梦，通过了许多曲岸的芦滩，看见了一两堆临江的山寨，船过采石矶头，已经是午后的时刻了。茶房来替我们收拾行李，月英大约是因为怕被他看出是女伶的前身，竟给了他五块钱的小账。

从叫嚣杂乱的中间，我俩在下关下了船。因为自从那一天决定出走到如今，我和她都还没有工夫细想到今后的处置，所以诸事不提暂且就到瀛台大旅社去开了一个临江的房间住下。

这是我和她在岸上旅馆内第一次同房，又过了荒唐的一夜。第二天天放晴了，我们睡到吃中饭的时候，方才蓬头垢面的走出床来。

她穿了那件粉红的小棉袄，在对镜洗面的时候，我一个人穿好了衣服鞋袜，仍复仰躺在波纹重叠的那条被上，茫茫然在回想这几天来的事情的经过。一想到前晚在船舱里，当小息的中间，月英对我说的那句“这时候她们回到了大新旅馆，不晓得在那里干什么”的时候，我的脑子忽然清了一清，同喝醉酒的人，忽然吃到了一杯冰淇淋一样，一种前后联络，理路很清的想头，就如箭也似的射上我的心来了。我急遽从床上立了起来，突然的叫了一声：

“月英！”

“喔唷，我的妈吓，你干吗？骇死我啦？”

“月英，危险危险！”

她回转头来看我尽是对她张大了两眼在叫危险危险，也急了起来，就收了脸上的那脸常在漾着的媚笑催着我说：

“什——么吓？你快说啊！”

我因为前后连接着的事情很多，一句话说不清楚，所以愈被她催，愈觉得说不出来，又叫了一声“危险危险”。她看了我这一副空着急而说不出话来的神气，忽而哺的一声笑了出来，一只手里还拿了那块不曾绞干的手巾，她忽而笑着跳着，走近了我的身边，抱了我的头吻了半天，一边吻一边问我，究竟是为了什么？

“喂，月英，你说她们会不会知道你是跟了我跑的？”

“知道了便怎么啦？”

“知道了她们岂不是要来追么？”

“追就由她们来追，我自己不愿意回去，她们有什么法子？”

“那就多么麻烦哩！”

“有什么麻烦不麻烦，我反正不愿意随她们回去！”

“万一她们去告警察呢？”

“那有什么要紧？她们能够管我么？”

“你老说这些小孩子的话，我可就没有那么简单，她们要说我拐了你走了。”

“那我就可以替你说，说是我跟你走的。”

“总之，事情是没有那么简单，月英，我们还得想一个法子才行。”

“好，有什么法子你想罢！”

说着她又走回镜台前头去梳洗去了。我又躺了下去，呆呆想了半天，等她在镜子前自己把半条辫子梳好的时候，我才坐起来对她说：

“月英，她们发见了你我的逃走，大约总想得到是坐下水船上这里来的，因为上水船要到天亮边才过A地，并且我们走的那一天，上水船也没有。”

她头也不朝转来，一边梳着辫，一边答应了我一声“嗯”。

“那么她们若要赶来呢，总在这两天里了。”

“嗯”

“我们若住在这里，岂不是很危险么？”

“嗯，你底下名牌上写的是什么名字？”

“自然是我的真名字。”

“那叫他们去改了就对了啦！”

“不行不行！”

“什么不行哩？”

“在这旅馆里住着，一定会被她们瞧见的，并且问也问得出来。”

“那我们就上天津去罢！”

“更加不行。”

“为什么更加不行哩？”

“你的娘不在天津么？她们在这里找我们不着，不也就要追上天津去的么？经她们四五个人一找，我们哪里还躲得过去？”

“那你说怎么办哩？”

“依我吓，月英，我们还不如搬进城去罢。在这儿店里，只说是过江去赶火车去的，把行李搬到了江边，我们再雇一辆马车进城去，你说怎么样？”

“好罢！”

这样的决定了计划，我们就开始预备行李了。两人吃了一锅黄鱼面后，从旅馆里出来把行李挑上江边的时候，太阳已经斜照在江面的许多桅船汽船的上面。午后的下关，正是行人拥挤，满呈着活气的当儿。前夜来的云层，被阳光风势吞没了去，清淡的天空，深深的覆在长江两岸的远山头上。隔岸的一排洋房烟树，看过去像西洋画里的背景，只剩了狭长的一线，沉浸在苍紫的晴空气里。我和月英坐进了一辆马车，打仪凤门经过，一直的跑进城去，看看道旁的空地疏林，听听车前那只瘦马的得得得得有韵律的蹄声，又把一切的忧愁抛付了东流江水，眼前只觉得是快乐，只觉得是光明，仿佛是走上了上天的大道了。

九

进城之后，最初去住的，是中正街的一家比较干净的旅馆。因为想避去和人的见面，所以我们拣了一间那家旅馆的最里一进的很谨慎的房间，名牌上也写了一个假名。

把衣箱被铺布置安顿之后，几日来的疲倦，一时发足了，那一晚，我们晚饭也不吃，太阳还没有落尽的时候，月英就和我上床去睡了。

快晴的天气，又连续了下去，大约是东海暖流混入了长江的影响吧，当这寒冬的十一月里，温度还是和三月天一样，真是好个江南的小春天气。进城住下之后我们就天天游逛，夜夜欢娱，竟把人世的一切经营俗虑，完全都忘掉了。

有一次我和她上鸡鸣寺去，从后殿的楼窗里，朝北看了半天斜阳衰草的玄武湖光。从古同泰寺的门楣下出来，我又和她在寺前寺后台城一带走了许多山路。正从寺的西面走向城堞上去的中间，我忽而在路旁发见一口枯草丛生的古井。

"啊！这或者是胭脂井罢！"

我叫着就拉了她的手走近了井栏圈去。她问我什么叫胭脂井，我就同和小孩子说故事似的把陈后主的事情说给她听：

"从前哪，在这儿是一个高明的皇帝住的，他相儿也很漂亮，年纪也很轻，做诗也做得很好。侍候他的当然有许多妃子，可是这中间，他所最爱的有三四个人。他在这儿就造了许多很美很美的宫殿给她们住。万寿山你去过了吧？譬如同颐和园一样的那么的房子，造在这儿，你说好不好？"

“那自然好的。”

“嗳，在这样美，这样好的房子里头啊，住的尽是些像你……”

说到了这里，我就把她抱住，咬上她的嘴去。她和我吮吸了一回，就催着说：

“住的谁呀？”

“住的啊，住的尽是些像你这样的小姑娘——”我又向她脸上摘了一把。

“她们也会唱戏的么？”

这一问可问得我喜欢起来了，我抱住了她，一边吻一边说：

“可不是么？她们不但唱戏，还弹琴舞剑，做诗写字来着。”

“那皇帝可真有福气！”

“可不是么？他一早起来呀，就这么着一边抱一个，喝酒，唱戏，做诗，尽是玩儿。到了夜里哩，大家就上火炉边上去，把衣服全脱啦，又是喝酒，唱戏的玩儿，一直的玩到天明。”

“他们难道不睡觉的么？”

“谁说不睡来着，他们在玩儿的时候，就是在那里睡觉的呀！”

“大家都在一块儿的？”

“可不是么？”

“她们倒不怕羞？”

“谁敢去羞她们？这是皇帝做的事情，你敢说一句么？说一句就砍你的脑袋！”

“啊唷喝！”

“你怕么？”

“我倒不怕，可是那个皇帝怎么会那样能干儿？整天的和那么些个姑娘们睡觉，他倒不累么？”

“他自然是不累的，在他底下的小百姓可累死了。所以到了后来吓——”

“后来便怎么啦？”

“后来么，自然大家都起来反对他了，有一个韩擒虎带了兵就杀到了这里。”

“可是南阳关的那个韩擒虎？”

“我也不知道，可是那韩擒虎杀到了这里，他老先生还在和那些姑娘们喝酒唱戏哩！”

“啊唷！”

“韩擒虎来了之后，你猜那些妃子们就怎么办啦？”

“自然是跟韩擒虎了啦！”

我听了她这一句话，心口头就好像被钢针刺了一针，噤住了不说下去，我却张大了眼对她呆看了许多时候，她又哄笑了起来，催问我“后来怎么啦？”我实在没有勇气说下去了，就问她说：

“月英！你怎么会腐败到这一个地步？”

“什么腐败呀？那些妃子们干的事情，和我有什么相干？”

“那些妃子们，却比你高得多，她们都跟了皇帝跳到这一口井里去死了。”

她听了我的很坚决的这一句话，却也骇了一跳，“啊——吓”的叫了一声，撇开了我的围抱住她的手，竟踉踉跄跄的倒退了几步，离开了那个井栏圈，向后跑了。

我追了上去，又围抱住了她，看了她那惊恐的相貌，便也不知不觉的笑了起来，轻轻的慰抚着她的肩头对她说：

“你这孩子！在这样的青天白日的底下，你还怕鬼么？并且那个井还不知道是不是胭脂井哩！”

像这样的野外游行，自从我们搬进城去以后，差不多每天没有息过。南京的许多名山胜地如燕子矶、明孝陵、扫叶楼、莫愁湖等处，简直处处都走到了，所以觉得时间过去得很快，在城里住了一个多礼拜，只觉得是过了二天三天的样子。

到了十一月也将完了的几天前，忽然吹来了几阵北风，阴森的天气，连续了两天，旧历的十二月初一，落了一天冷雨，到半夜里，就变了雪珠雪片了。

我们因为想去的地方都已经去过了，所以就在房里生了一盆炭火，打算以后就闭门不出，像这样的度过这个寒冬。头几天，为了北风凉冷，并且房里头炭火新烧，两个人围炉坐坐谈谈，或在被窝里歇歇午觉，觉得这室内的生活，也非常的有趣。可是到了五六天之后，天气老是不晴，门外头老是走不出去，月英自朝到晚，一点儿事情也没有，只是缩着手坐着，打着呵欠，在那里呆想，我看过去，她仿佛是在感着无聊的样子。

我所最怕看的，是她于午饭之后，呆坐在围炉边上，那一种拖长的冷淡的脸色，叫她一声，她当然还是装着微笑，抬起头来看我，可是她和我上船前后的那一种热情的紧张的表情，一天一天的稀薄下去了。

尤其是上床和我睡觉的时候，从前的那种燃烧，那种兴奋，那种热力，变成了一种做作的，空虚的低调和播动。我在船上看见的她那双黑宝石似的放光的眼睛，和她的同起了剧烈的痉挛似的肢体，不知消散到哪里去了。

我当阴沉的午后，在围炉边上，看她呆坐在那里，心里就会焦急起来，有一次我因为隐忍不过去了，所以就叫她说：

“月英吓！你觉得无聊得很罢？我们出去玩儿去罢？”

她对我笑着，回答我说：

“天那么冷，出去干吗？倒还不如在房里坐着烤火的好。这样下雨的天，上什么地方去呢？”

我闷闷的坐着，一个人就想来想去的想，想想出一个法子来使她高兴。晚上又只好老早的上床，和她胡闹了一晚，一边我又在想各种可以使她满足的方法。

第二天早晨她还睡在那里的时候，我一个人爬出了床，冒了寒风微雨，上大街上去买了一架留声机器来。

买的片子，当然都是合她的口味的片子，以老谭汪雨田等的为主，中间也有几张刘鸿声孙菊仙汪笑侬的。

这一种计策，果然成功了，初买来的两天之中，她简直一停也不停的摇转了两天。到了第三天，她要我跟了片子唱，我以粗笨的喉音，不合拍的野调，竟哄她笑了一天。后来到了我也唱得有点合拍起来的时候，她却听厌了似的尽在边上袖手旁观，只看我拼命的在那里摇转，拼命的在那里跟唱。有的时候，当唱片里的唱音很激昂的高扬一次之后，她虽然也跟着把那颓拖下去的句子唱一二句，可是前两天的她那一种热情，又似乎没有了。

在玩这留声机器的把戏的当中，天气又变了晴正。寒气减退了下去，日中太阳出来的中间，刮风的时候很少，我们于日斜的午后，有时也上夫子庙前或大街上去走走。这一种街市上的散步，终究没有野外游行的有趣，大抵不过坐了黄包车去跑一两个钟头，回来就顺便带一点吃的物事和新的唱片回来，此外也一无所得。

过了几天，她脸上的那种倦怠的形容，又复原了，我想来想去，就又想出了一个方法来，就和她一道坐轻便火车出城去到下关去听戏。

下关的那个戏园，房屋虽则要比 A 地的安乐园新些，可是唱戏的人，实在太差了，不但内行的她，有点听不进去，就是不十分懂戏的我，听了也觉得要身上起粟。

我一共和她去了两趟，看了她临去的时候的兴高采烈，和回来的时候的意气消沉，心里又觉得重重的对她不起，所以于第二次自下关回来的途中，我因为想对她的那种萎靡状态，给一点兴奋的原因，就对她说了一句笑话：

“月英，这儿的戏实在太糟了，你要听戏，我们就上上海去罢，到上海去听它两天戏来，你说怎么样？”

这一针兴奋针，实在打得有效，她的眼睛里，果然又放起那种射人的光来了。在灰暗的车座里，她也不顾旁边的有人没有人，把屁股紧紧的向我一挤，一只手又狠命的捏了我一把，更把头贴了过来，很活泼的向我斜视着，媚笑着，轻轻的但又很有力量的对我说：

“去罢，我们上上海去住它两天罢，一边可以听戏，一边也可以去买点东西。好，决定了，我们明天的早车就走。”

这一晚我总算又过了沉醉的一晚，她也回复了一点旧时的热意与欢情，因为睡觉的时候，我们还在谈着大都会的舞台里的名优的放浪和淫乱。

十

第二天又睡到日中才起来，她也似乎为前夜的没有节制的结果乏了力，我更是一动也不愿意动。

吃了午饭，两人又只是懒洋洋的躺着，不愿意起身，所以上海之行，又延迟了一日。

晚上临睡的时候，先和茶房约定，叫他于火车开前的一个半钟头就来叫醒我们，并且出城的马车，也叫他预先为我们说好。

月英的性急，我早已知道了，又加以这次是上上海去的寻快乐的旅行，所以于早晨四点钟的时候，她就发着抖，起来在电灯底下梳洗，等她来拉我起来的时候，东天也已经有点茫茫的白了。

忍了寒气，从清冷的长街上被马车拖出城来，我也感到了一种鸡声茅店的晓行的趣味。

买票上车，在车上也没有什么障碍发生，沿火车道两旁的晴天野景，又添了我们许多行旅的乐趣。车过苏州城外的时候，她并且提议，当我们于回去的途中，在苏州也下车来玩它一天，因为前番接连几天在南京的胜地巡游的结果，这些野游的趣味已经在她的脑里留下了很深的印象了。

十二点过后，车到了北站，她虽则已经在上海经过过一次，可是短短的一天耽搁，上海对她，还是同初到上海来的人一样，处处觉得新奇，事事觉得和天津不同。她看见道旁立着的高大的红头巡捕，就在马车里拉了我的手轻轻的对我笑着说：

“这些印度巡捕的太太，不晓得怎么样的？”

我暗暗的在她腿上摘了一把，她倒哈哈的大笑了起来。到四马路一家旅馆里住定了身，我们不等午饭的菜蔬搬来，就叫茶房去拿了一份报来，两人就抢着翻看当日的戏目。因为在南京的时候，除吃饭睡觉时，我们什么报也不看，所以现在上海有哪几个名角在登台，完全是不晓得的。

看报的结果，我们非但晓得了上海各舞台的情形，并且晓得洋冬至已到，大马路四川路口的几家外国铺子，正在卖圣诞节的廉价。月英于吃完午饭之后，就要我陪她去买服饰用品去，我因为到上海来一看，看了她的那种装饰，也有点觉得不大合时宜了，所以马上就答应了她，和她一道出去。

在大马路上跑了半天，结果她买了一顶黑绒的法国女帽，和四周有很长很软的鸵鸟毛缝在那里的北欧各国女人穿的一件青呢外套。因为她的身材比外国女人矮小，所以在长袍子上穿起来，这外套正齐到脚背。她的高高的鼻梁，和北方人里面罕有的细白的皮色上，穿戴了这些外国衣帽，看起来的确好看，所以我就索性劝她买买周全，又为她买了几双肉色的长统丝袜和一双高底的皮鞋。穿高底皮鞋，这虽还是她的第一次，但因为舞台上穿高底靴穿惯的原因。她穿着答答的在我前头走回家来，觉得一点儿也没有不自然，一点儿也没有勉强的地方。

这半天来的购买，我虽则花去了一百多元钱，可是看了她很有神气的在步道上答答的走着，两旁的人都回过头来看她的光景，我心坎里也感到不少的愉快和得意，她自然更加不必说了，我觉得自从和她出奔以后，除了船舱里的一天一晚不算外，她的像这样喜欢满足的样子，这要算是第一次。

我和她走回旅馆里来的时候，旅馆里的茶房，也看得奇异起来了，他打脸汤水来之后，呆立着看了一忽对我说：

“太太穿外国衣服的时候真好看！”

我听了这一句话，心里更是喜欢得不得了，所以于茶房走出去后，就扑上她的身上，又和她吻了半天。

匆忙吃了一点晚饭，我先叫茶房去丹桂第一台定了两个座儿，晚饭后，又叫茶房去叫了梳头的人来，为月英梳了一个上海正在流行的头。

我们进戏院去的时候，时间虽则还早，但座儿差不多已经满了。幸而是先叫茶房来打过招呼的，我们上楼去问了案目，就被领到了第一排的花楼去就座。这中间月英的那双答答的高底皮鞋又出了风头，前后的看戏者的眼睛，一时都射到了她的身上脸上来，她和初出台被叫好的时候一样，那双灵活的眼睛，也对大家扫了一扫，我看了她脸上的得意的媚笑，心里同时起了一种满足的嫉妒的感情。

那一晚最叫座的戏，是小楼的《安天会》，可是不懂戏的上海的听者，看小楼和梅兰芳下台之后，就纷纷的散了。在这中间，因为花楼的客座里起了动摇，池子里的眼睛，一齐转向了上来，我觉得这许多眼睛，似乎多在凝视我们，在批评我和美丽的月英的相称不相称。一想到此我倒也觉得有点难以为情，觉得脸上仿佛也红了一红。

戏散之后，我们上酒馆去吃了一点酒菜点心，从寒冷空洞，有许多电灯照着的长街上背月走回旅馆来，路上也遇见了许多坐包车的高等妓女。我私下看看她们，又回头来和月英一比，觉得月英的风格要比她们高出数倍。

到了旅馆里，我洗了手脸，觉得一天的疲倦，都积压上来了，所以不等着月英，就先上床睡去。后来月英进被来摇我醒来，已经是在我睡了一觉之后，我看了她的灵闪的眼睛，知道她还没有睡过，“可怜你这乡下小丫头，初到城里来见了这繁华世界，就兴奋到这一个地步！”我一边这样的取笑她，一边就翻身转来，压上她的身去。

在上海住了三天，小楼等的戏接连听了两晚，到了第三天的早晨，我想催她回南京去了。可是她还似乎没有看足，硬要我再住几天。

我们就一天换一个舞台的更听了几天。是决定明天一定要回南京去的前一夜，因为月色很好，我就和她走上了 × 世界的屋顶，去看上海的夜景。

灯塔似的 S.W. 两公司的尖顶，照耀在中间，附近尽是些黑黝黝的屋瓦和几条纵横交错的长街。满月的银光，寒冷皎洁的散射在这些屋瓦长街之上。远远的黄浦滩头，有几处高而且黑的崛起的屋尖，像大海里的远岛，在指示黄浦江流的方向。

月英登了这样的高处，看了这样的夜景，又举起头来看看千家同照的月华，似乎想起了什么心事，在屋顶上动也不动，响也不响的立了许多时候。我虽则捏了她的手，站在她的边上，但从她的那双凝望远处的视线看来，她好像是已经把我的存在忘记了的样子。

一阵风来，从底下吹进了几声哀切的弦管声音到我们的耳里，她微微的抖了一抖，我就用一只手拍上她的肩头，一只手围抱着她说：

"月英！我们下去罢，这儿冷得很。底下还有坤戏哩，去听她们一听，好么？"

寻到了楼下的坤戏场里，她似乎是想起了从前在舞台上的时候的荣耀的样子，脸上的筋肉，又松懈欢笑了开来。本来我只想走一转就回旅馆去睡的，可是看了她的那种喜欢的样儿，又不便马上就走，所以就捱上台前头去拣了两个座位来坐下。

戏目上写在那里的，尽是些胡子的戏，我们坐下去的时候，一出半武场的《别窑》刚下台，底下是《梅龙镇》了，扮正德的戏单上的名字是小月红。她看了这名字，用手向月字上一指，对我笑着说：

"这倒好像是我的师弟。"

等这小月红上台的时候，她用两手把我的手捏了一把，身子伏向前去，脱出了两只眼睛，看了个仔细，同时又很惊异的轻轻叫了一声：

"啊，还不是夏月仙么？"

她的这一种惊异的态度，触动了四边看戏的人的好奇心，大家都歪了头，朝她看起来了，因而台上的小月红，也注意到了她。小月红的脸上，也一样的现了一种惊异的表情，向我们看了几眼，后来她们俩居然微微的点头招呼起来了。

她惊喜得同小孩子似的把上半身颠了几颠。一边笑着招呼着，一边也捏紧了我的两手尽在告诉我说：

“这夏月仙，是在天桥儿的时候，和我合过班的。真奇怪，真奇怪，她怎么会改了名上这儿来的呢？”

“噢！和你合过班的？真是他乡遇故知了，你可以去找她去。等她下台的时候，你去找她去罢！”

我也觉得奇怪起来，奇怪她们这一次的奇遇，所以又问她说：

“你说在天桥儿的时候是和她在一道的，那不已经是四五年前的事情了么？”

“可不是么？怕还不止四五年来着。”

“倒难得你们都还认得！”

“她简直是一点儿也没有改，还是那么小个儿的。”

“那么你自己呢？”

“那我可不知道。”

“大约总也改不了多少罢？她也还认得你，可是，月英，你和我的在一块儿，被她知道了，会不会有什么事情出来？”

“不碍，不碍，她从前和我是很要好的，教她不说，她决不会说出去的。”

这样的谈着笑着，她那出《梅龙镇》也竟演完了。我就和月英站了起来，从人丛中挤出，绕到后台房里去看夏月仙去。月英进后台房去的时候，我立在外面候着，听见几声她俩的惊异的叫声。候了不久，那卸装的小月红，就穿着一件青布的罩袍，后面跟一个跟包的小女孩，和月英一道走出台房来了。

走到了我的面前，月英就嬉笑着为我们两个介绍了一下。我因为和月英的这一番结识的结果，胆子也很大了，所以就叫月英请小月红到我们的旅馆里去坐去。出了 × 世界的门，她就和小月红坐了一乘车，我也和那跟包的小孩合坐了一乘车，一道的回到旅馆里来。

十一

那本名夏月仙的小月红，相貌也并不坏，可是她那矮小的身材，和不大说话，老在笑着的习惯，使我感到了一层畏惧。匆匆在旅馆里的一夕谈话，我虽看不出她的品性思虑来，可是和月英高谈了一阵之后，又戚促戚促的咬耳朵私笑的那种行为，我终竟有点心疑。她坐了二十多分钟，我请她和那跟包的小孩吃了些点心，就告辞走了。月英因此奇遇，又要我在上海再住一天，说明天早晨，她要上夏月仙家去看她，中午更想约她来一道吃饭。

第二天午前，太阳刚晒上我们的那间朝东南的房间窗上，她就起来梳了一个头。梳洗完后，她因为我昨夜来的疲劳未复，还不容易起来，所以就告诉我说，她想一个人出去，上夏月仙家去。并且拿了一支笔过来，要我替她在纸上写一个地名，好叫人看了，教她的路。夏月仙的住址，是爱多亚路三多里的十八号。

她出去之后，房间里就静悄悄的死寂了下去。我被这沉默的空气一压，心里就感到了一种莫名其妙的恐怖，“万一她出去了之后，就此不回来了，便怎么办呢？”因为我和她，在这将近一个月的当中，除上便所的时候分一分开外，行住坐卧，一刻也没有离开过。今朝被她这么一去，起初还带有几分游戏性质的这一种幻想，愈想愈觉得可能，愈觉得可怕了。本来想乘她出去的中间，安闲的睡它一觉的，然而被一个幻想来一搅，睡魔完全被打退了。

“不会的，不会的，哪里会有这样的事情呢？”像这样的自家宽慰一番，自笑自的解一番嘲，回头那一个幻想又忽然会变一个形状，很切实的很具体的迫上心来。在被窝里躺着，像这样的被幻想扰恼，横竖是睡不着觉的，并且自月英起来以后，被窝也变得冰冷冰冷了，所以我就下了一个决心，走出床来，起来洗面刷牙。

洗刷完后，点心也不想吃，一个人踱着坐着，也无聊赖，不得已就叫茶房去买了一份报来读。把国内外的政治电报翻了一翻，眼睛就注意到了社会记事的本埠新闻上去。拢总只有半页的这社会新闻里，“背夫私逃”“叔嫂通奸”“下堂妾又遇前夫”等关于男女奸情的记事，竟有四五处之多。我一条一条的看了之后，脑里的幻想，更受了事实的衬托，渐渐儿的带起现实味来了。把报纸一丢，我仿佛是遇了盗劫似的帽子也不戴便赶出了门来。出了旅馆的门，跳上门前停在那里兜卖的黄包车，我就一直的叫他拉上爱多亚路的三多里去。可是拉来拉去，拉了半天，他总寻不到那三多里的方向。我气得急了，就放大了喉咙骂了他几句，叫他快拉上 × 世界的附近去。这时在太阳光底下来往的路人很多，大约我脸上的气色有点不对吧，擦过的行人，都似乎在那里对我凝视。好容易拉到了 × 世界的近旁，向行人一问，果然知道了三多里就离此不远了。

到了三多里的那条狭小的弄堂门口，我从车上跳了下来。一边喘着气，按着心脏的跳跃，一边又寻来寻去的寻了半天第十八号的门牌。

在一间一楼一底的龌龊的小楼房门口，我才寻见了两个淡黑的数目 18，字写在黄沙粉刷的墙上。急急的打门进去，拉住了一个开门出来的中老妇人，我就问她，“这儿可有一个姓夏的人住着？”她坚说没有。我问了半天，告诉她这姓夏的是女戏子，是在 × 世界唱戏的，她才点头笑着说，“你问的是小月红罢？她住在二楼上，可是我刚看见她同一位朋友走出去了。”我急得没法，就问她楼上还有人么？她说：“她们是住在亭子间里的，和小月红同住的，还有一位她的师傅和一个小女孩的妹妹。”

我从黝黑的扶梯弄里摸了上去，向亭子间的朝扶梯开着的房门里一看，果然昨天那小女孩，还坐在对窗的一张小桌子边上吃大饼。这房里只有一张床。灰尘很多的一条白布帐子，还放落在那里。那小女孩听见了我的上楼来的脚步声音，就掉过头来，朝立在黑暗的扶梯跟前的我睇视了一回，认清了是我，她才立起来笑着说：

“姊姊和谢月英姊姊一道出去了，怕是上旅馆里去的，您请进来坐一忽儿罢！”

我听了这一句话，方才放下了心，向她点了一点头，旋转身就走下扶梯，奔回到旅馆里来。

跑进了旅馆门，跑上了扶梯，上我们的那间房门口去一看，房门还依然关在那里，很急促的对拿钥匙来开门的茶房问了一声：“女人回来了没有？”茶房很悠徐的回答说：“太太还没有回来。”听了他这一句话，我的头上，好像被一块铁板击了一下。叫他仍复把房门锁上，我又跳跑下去，到马路上去无头无绪的奔走了半天。走到S公司的前面，看看那个塔上的大钟，长短针已将叠住在十二点钟的字上了，只好又同疯了似的走回到旅馆里来。跑上楼去一看，月英和夏月仙却好端端的坐在杯盘摆好的桌子面前，尽在那里高声的说笑。

“啊！你上什么地方去了？”

我见了月英的面，一种说不出来的喜欢和一种马上变不过来的激情，只冲出了这一句问话来，一边也在急喘着气。

她看了我这感情激发的表情，止不住的笑着问我说：

“你怎么着？为什么要跑了那么快？”

我喘了半天的气，拿出手帕来向头上脸上的汗擦了一擦，停了好一会，才回复了平时的态度，慢慢的问她说：

“你上什么地方去了？我怕你走失了路，出去找你来着。月英啊月英，这一回我可真上了你的当了。”

“又不是小孩子，会走错路走不回来的。你老爱干那些无聊的事情。”

说着她就斜瞋了我一眼，这分明是卖弄她的媚情的表示，到此我们三人才合笑起来了。

月英叫的菜是三块钱的和菜，也有一斤黄酒叫在那里，三个人倒喝了一个醉饱。夏月仙因为午后还要去上台，所以吃完饭后，就匆匆的走了。我们告诉她搭明天的早车回南京去，她临走就说明儿一早就上北站来送我们。

下午上街去买了些香粉雪花膏之类的杂用品后，因为时间还早，又和月英上半淞园去了一趟。

半淞园的树木，都已凋落了，游人也绝了迹。我们进门去后，只看见了些坍败的茶棚桥梁，和无人住的空屋之类。在水亭里走了一圈，爬上最高的假山亭去的中间，月英因为着的是高底鞋的原因，在半路上拌跌了一次，结果要我背了似的扶她上去。

毕竟是高一点儿的地方多风，在这样阳和的日光晒着的午后，高亭上也觉得有点冷气逼人。黄浦江的水色，金黄映着太阳，四边的芦草滩弯曲的地方，只有静寂的空气，浮在那里促人的午睡。西北面老远的空地里，也看得见一两个人影，可是地广人稀，仍复是一点儿影响也没有。黄浦江里，远远的更有几只大轮船停着，但这些似乎是在修理中的破船，烟囱里既没有烟，船身上也没有人在来往，仿佛是这天生的大物，也在寒冬的太阳光里躺着，在那里假寐的样子。

月英向周围看了一圈，听枯树林里的小鸟宛转啼叫了两三声，面上表现着一种枯寂的形容，忽儿靠上了我的身子，似乎是情不自禁的对我说：

“介成！这地方不好，还没有 × 世界的屋顶上那么有趣。看了这里的景致，好像一个人就要死下去的样子，我们走罢。”

我仍复扶背了她，走下那小土堆来。更在半淞园的土山北面走了一圈，看了些枯涸了的同沟儿似的泥河和几处不大清洁的水渚，就和她走出园来，坐电车回到了旅馆。

若打算明天坐早车回南京，照理晚上是应该早睡的，可是她对上海的热闹中枢，似乎还没有生厌，吃了晚饭之后，仍复要我陪她去看月亮，上 × 世界去。

我也晓得她的用意，大约她因为和夏月仙相遇匆匆，谈话还没有谈足，所以晚上还想再去见她一面，这本来是很容易的事情，我所以也马上答应了她，就和她买了两张门票进去。

晚上小月红唱的是《珠帘寨》里的配角，所以我们走走听听，直到十一点钟才听完了她那出戏。戏下台后，月英又上后台房去邀了她们来，我们就在 × 世界的饭店里坐谈了半点多种，吃了一点酒菜，谈次并且劝小月红明天不必来送。

月亮仍旧是很好，我们和小月红她们走出了 × 世界叙了下次再会的约话，分手以后，就不坐黄包车，步行踏月走了回来。

月英俯下头走了一程，忽而举起头来，眼看着月亮，嘴里却轻轻的对我说：

“介成，我想……”

“你想怎么啦？”

“我想……我们，我们像这样的下去，也不是一个结局……”

“那怎么办呢？”

“我想若有机会，仍复上台去出演去。”

"你不是说那种卖艺的生活，是很苦的么？"

"那原是的，可是像现在那么的闲荡过去，也不是正经的路数。况且……"

我听到了此地，也有点心酸起来了，因为当我在A地于无意中积下来一点贮蓄，和临行时向A省公署里支来的几个薪水，也用得差不多了，若再这样的过去一月，那第二个月的生活就要发生问题，所以听她讲到了这一个人生最切实的衣食问题，我也无话可说，两人都沉默着，默默的走了一段路。等将到旅馆门口的时候，我就靠上了她的身边，紧紧捏住了她的手，用了很沉闷的声气对她说：

"月英，这一句话，让我们到了南京之后，再去商量罢。"

第二天早晨我们虽则没有来时那么的兴致，但是上了火车，也很满足的回了南京，不过车过苏州，终究没有下车去玩。

十二

从上海新回到南京来的几日当中，因为那种烦剧的印象，还粘在脑底，并且月英也为了新买的衣裳用品及留声机器唱片等所惑乱，旁的思想，一点儿也没有生长的余地，所以我们又和上帝初创造我们的时候一样，过了几天任情的放纵的生活。

几天过后，月英更因为想满足她那一种女性特有的本能，在室内征服了我还不够，于和暖晴朗的午后，时时要我陪了她上热闹的大街上，或可以俯视钓鱼巷两岸的秦淮河上的茶楼去显示她的新制的外套，新制的高跟皮鞋，和新学来的化妆技术。

她辫子不梳了，上海正在流行的那一种匀称不对，梳法奇特的所谓维奴斯——爱神——头，被她学会了。从前面看过去，左侧有一剪头发蓬松突起，自后面看去，也没有一个突出的圆球，只是稍为高一点的中间，有一条斜插过去的深纹的这一种头，看起来实在也很是好看。尤其是当外国女帽除下来后，那一剪左侧的头发，稍微下向，更有几丝乱发，从这里头拖散下来的一种风情，我只在法国的画集里，看见过一两次，以中国的形容词来说，大约只有“太液芙蓉未央柳”的一句古语，还比较得近些。

本来对东方人的皮肤是不大适合的一种叫“亚媲贡”的法国香粉，淡淡的扑上她的脸上，非但她本来的那种白色能够调活，连两颊的那种太姣艳的红晕，也受了这淡红带黄的粉末的辉映，会带起透明的情调来。

还有这一次新买来的黛螺，用了小毛刷上她的本来有点斜挂上去的眉毛上，和黑子很大的鼻底眼角上一点染，她的水晶晶的两只眼睛，只教转动一动，你就会从心底里感到一种要耸起肩骨来的凉意。

而她的本来是很曲很红的嘴唇哩，这一回又被她发见了一种同郁金香花的颜色相似的红中带黑的胭脂。这一种胭脂用在那里的时候，从她口角上流出来的笑意和语浪，仿佛都会带着这一种印度红的颜色似的。你听她讲话，只须看她的这两条嘴唇的波动，即使不听取语言的旋律，也可以了解她的真意。

我看了她这种种新发明的装饰，对她的肉体的要求，自然是日渐增高，还有一种从前所没有的即得患失的恐怖，更使我一刻也不愿意教她从我的怀抱里撕开，结果弄得她反而不能安居室内，要我跟着她日日的往外边热闹的地方去跑。

在人丛中看了她那种满足高扬，处处撩人的样子，我的嫉妒心又自然而然的会从肚皮里直沸起来，仿佛是被人家看一眼她身上的肉就要少一块似的。我老是上前落后的去打算遮掩她，并且对了那些饿狼似的道旁男子的眼光，也总装出狠凶猛的敌对样子来反抗。而我的这一种嫉妒，旁人的那一种贪视，对她又仿佛是有很大的趣味似的，我愈是坐立不安的要催她回去，旁人愈是厚颜无耻的对她注视，她愈要装出那一种媚笑斜视和挑拨的举动来，增进她的得意。

我的身体，在这半个月中间，眼见得消瘦了下去，并且因为性欲亢进的结果，持久力也没有了。

有一次也是睛和可爱的一天午后，我和她上桃叶渡头的六朝揽胜楼去喝了半天茶回来。因为内心紧张，嫉妒激发的原因，我一到家就抱住了她，流了一脸眼泪，尽力的享受了一次我对她所有的权利。可是当我精力耗尽的时候，她却幽闲自在，毫不觉得似的用手向我的头里梳插着对我说：

“你这孩子，别那么疯，看你近来的样子，简直是一只疯狗。我出去走走有什么？谁教你心眼儿那么小？回头闹出病来，可不是好玩意儿。你怕我怎么样？我到现在还跑得了么？”

被她这样的慰抚一番，我的对她的所有欲，反而会更强起来，结果又弄得同每次一样，她反而发生了反感，又要起来梳洗，再装刷一番，再跑出去。

跑出去我当然是跟在她的后头，旁人当然又要来看她，我的嫉妒当然又不会止息的。于是晚上就在一家菜馆里吃晚饭，吃完晚饭回家，仍复是那一种激情的骤发和筋肉的虐使。

这一种状态，循环往复地日日继续了下去，我的神经系统，完全呈出一种怪现象来了。

晚上睡觉，非要紧紧地把她抱着，同怀胎的母亲似的把她整个儿的搂在怀中，不能合眼，一合眼上，就要梦见她的弃我而奔，或被奇怪的兽类，挟着在那里奸玩。平均起来，一天一晚，像这样的梦，总要做三个以上。

此外还有一件心事。

一年的岁月，也垂垂晚了，我的一点积贮和向 A 省署支来的几百块薪水，算起来，已经用去了一大半以上，若再这样的过去，非但月英的欲望，我不能够使她满足，就是食住，也要发生问题。去找事情哩，一时也没有眉目，况且在这一种心理状态之下，就是有了事情，又哪里能够安心的干下去？

这一件心事，在嫉妒完时，在乱梦觉后，也时时罩上我的心来，所以到了阴历十二月的底边，满城的炮竹，深夜里正放得热闹的时候，我忽然醒来，看了伏在我怀里睡着，和一只小肥羊似的月英的身体，又老要莫名其妙的扑落扑落的滚下眼泪来，神经的弱衰，到此已经达到了极点了。

一边看看月英，她的肉体，好像在嘲弄我的衰弱似的，自从离开 A 地以后，愈长愈觉得丰肥鲜艳起来了。她的从前因为熬夜不睡的原因，长得很干燥的皮肤，近来加上了一层油润，摸上去仿佛是将手浸在雪花膏缸里似的，滑溜溜的会把你的指头腻住。一头头发，也因为日夕的梳篦和香油香水等的灌溉，晚上睡觉的时候，散乱在她的雪样的肩上背上，看起来像鸵背的乌翎，弄得你止不住的想把它们含在嘴里，或抱在胸前。

年三十的那一天晚上，她说明朝一早，就要上庙里去烧香，不准我和她同睡，并且睡觉之前，她去要了一盆热水来，要我和她一道洗洗干净。这一晚，总算是我们出走以来，第一次的和她分被而卧，前半夜我翻来覆去，怎么也睡不安稳。向她说了半天，甚至用了暴力把她的被头掀起，我想挤进去，挤进她的被里去，但她拼死的抵住，怎么也不答应我，后来弄得我的气力耗尽，手脚也软了，才让她一个睡在外床，自己只好叹一口气，朝里床躺着，闷声不响，装作是生了气的神情。

我在睡不着装生气的中间，她倒嘶嘶的同小孩子似的睡着了。我朝转来本想乘其不备，就爬进被去的，可是看了她那脸和平的微笑，和半开半闭的眼睛，我的卑鄙的欲念，仿佛也受了一个打击。把头移将过去，只在她的嘴上轻轻地吻了一吻，我就为她的被盖了盖好，因而便好好的让她在做清净的梦。

我守着她的睡态，想着我的心事，在一盏黄灰灰的电灯底下，在一年将尽的这残夜明时，不知不觉，竟听它敲了四点，敲了五点，直到门外街上有人点放开门炮的早晨。

是几时睡着的，我当然不知道，睡了多少时候，我也没有清楚，可是眼睛打开来一看，我只觉得寂静的空气，围在我的四周，寂静，寂静，寂静，连门外的元日的太阳光，都似乎失掉了生命的样子。

我惊骇起来了，跳出床来一看，火盆里的炭，也已烧残了八九，只有许多雪白雪白的灰，还散积在盆的当中，一个铁杆的三脚架上，有一锅我天天早晨起来喜欢吃的莲子炖在那里。回头向四边更仔细的一看，桌子上也收拾得干干净净，和平时并没有什么分别。再把她的镜箱盒子的抽斗抽将开来一看，里面的梳子篦子和许多粉盒粉扑之类，都不见了，下层盒里，我只翻出了一张包莲子的黄皮纸来。我眼睛里生了火花，在看那几行粗细不匀，歪斜得同小孩子写的一样的字的时候，一声绝叫，在喉咙头咽住，我的全身的血液，都像是凝结住了。

介成，我想走，上什么地方，可还不知道，你不用来追我，我随身只带了你的那只小提包。衣服之类，全还没有动，钱也只拿了五十块。你爱吃的那碗莲子，我给你烤在火上，你自己的身体要小心保养。

月英

“啊啊！她走了，她果然走了！”

这样的想了一想，我的断绝了联络的知觉，又重新恢复了转来，一股同蒸气似的酸泪，直涌了出来。我踉跄往后退了几步，倒在外床她叠好在那里的那条被上。两手紧紧抱着了这一条被，我哭着哭着哭着，哭了一个尽情。

眼泪流干了，胸中也觉得宽畅了一点的时候，我又立了起来，把房里的东西检点了一检点，可是拿着她曾经用过的东西，把一场一场的细节回想起来，刚止住的眼泪又不自禁地流下来了。一边流着眼泪，一边我看出她当走的时候东西果真一点儿也没有拿去。

除了我和她这一回在上海买的一只手提皮箧，及二三件日用的衣服器具外，她的衣箱，她的铺盖，都还好好的放在原处。

一串钥匙，她为我挂在很容易看见的衣钩上，我的一只藏钞票洋钱的小皮箧，她开了之后，仍复为我放在箱子盖上，把内容一看，外层的十几块现洋和三四张十元的钞票她拿走了，里层的一个邮政储金的簿子和一张汇丰银行的五十元钞票，仍旧剩在那里。

我急忙开房门出去一看，看见院子里的太阳还是很高，放了渴竭的喉咙，我就拼命的叫茶房进来。

茶房听了我着急的叫声，跑将进来对我一看，也呆住了，问我有什么事情，我想提起声来问他，她是什么时候走的，可是眼泪却先湿了我的喉咙，茶房也看出了我的意思，就也同情我似的柔声告我说：

“太太今天早晨出去的时候，就告诉我说，‘你好好的侍候老爷，我要上远处去一趟来。现在老爷还睡着哪，你别惊醒了他。若炭火熄了，再去添上一点。莲子也炖上了，小心别让它焦。’只这么几句话。我问她什么时候回来，她说没有准儿。有什么事情了么？”

“她，她，是什么时候走的？”

“很早哩！怕还没有到九点。”

“现在，现在是什么时候了？”

“三点还没有到罢！”

“好，好，你去倒一点洗脸水来给我。”

茶房出去之后，我就又哭着回到了房里，呆呆对她的箱子看了半天，我心上忽儿闪过了一道光明的闪电。

“她又不是死了，哭她干吗？赶紧追上去，追上去去寻着她回来，反正她总还走得不远的。去，马上去，去追罢。”

我想到了这里，心里倒宽起来了。收住了眼泪，把翻乱的衣箱等件叠回原处之后，我挺起身来，把衣服整了一整，一边捏紧了拳头向胸前敲了几下，一边自己就对自己起了一个誓：

“总之我在这世界上活着一天，我就要寻她一天。无论如何，我总要去寻她着来！”

十三

门外头是一派快活的新年气象。

长街上的店门，都贴满了春联，也有半开的，有的完全关在那里。来往的行人，全穿了新制的马褂袍子，也有拱手在道贺的。

鼓乐声，爆竹声，小孩的狂噪声，扑面的飞来，绝似夏天的急雨。这中间还有抄牌喊赌的声音。毕竟行人比平时要少，清冷的街上，除了几个点缀春景的游人而外，满地只是烧残了的爆竹红尘。

我张了两只已经哭红了的倦眼，踉跄走出了旅馆的门，就上马车行去雇马车去。但是今天是正月初一，马夫大家在休息着，没有人肯出来拖我去下关。最后就没有法子，只好以很昂的价，坐了一乘人力车出城。

太阳已经低斜下去了，出了街市的尽处，那条清冷的路上，竟半天遇不着一个行人，一辆车子。

将晚的时候，我的车到了下关车站，到卖票房去一看，门关得紧紧，站上的人员，都已去喝酒打牌去了。我以最谦恭的礼貌，对一位管杂役的站员，行了一个鞠躬礼，央求他告诉我今天上天津或上海去的火车有没有了。

他说今天是元旦，上上海和上天津的火车，都只有早晨的一班。

我又谦声和气，恨不得拜下去似的问他：

"今天早晨的车，是几点钟开的？"

"津浦是六点，沪宁是八点。"

说着他仿佛是很讨厌我的絮烦似的，将头朝向了别处。我又对他行了一个敬礼，用了最和气的声气问他说：

"对不起，真真对不起，劳你驾再告诉我一点，今天上上海去的车上，可有一位戴黑绒女帽，穿外国外套的女客？"

"那我哪儿知道，车上的人多得很哩！"

"对不起，真真对不起，我因为女人今天早晨跑了——唉——跑了，所以……"

这些不必要的说话，我到此也同乡愚似的说了出来，并且底下就变成了泪声，说也说不下去了。那站员听了我的哭声，对我丢了一眼轻视的眼色，仿佛是把我当作了一个卖哀乞食的恶徒。这时候天已经有点黑了，站员便走了开去。我不得已也只得一边以手帕擦着鼻涕，一边走出站来。

车站外面，黄包车一乘也没有，我想明天若要乘早车的话，还是在下关过夜的好，所以一边哭着，一边就从锣鼓声里走向了有很多旅馆开着的江边。

江边已经是夜景了，从关闭在那里的门缝里一条一条的有几处露出了几条灯火的光来，我一想起初和月英从A地下来的时候的状况，心里更是伤心，可是为重新回忆的原因，就仍复寻到了瀛台大旅社去住。

宽广空洞的瀛台大旅社里，这时候在住的客人也很少。我住定之后，也不顾茶房的急于想出去打牌，就拉住了他，又问了些和问那站员一样的话。结果又成了泪声，告诉他以女人出走的事情，并且明明知道是不会的，又禁不住的问他今天早晨有没有见到这样这样的一位女人上车。

这茶房同逃也似的出去了之后，我再想起了城里的茶房对我说的话来。今天早晨她若是于八九点钟走出中正街的说话，那她到下关起码要一个钟头，无论如何总也将近十点的时候，才能够到这里，那么津浦车她当然是搭不着的，沪宁车也是赶不上的。啊啊，或者她也还在这下关耽搁着，也说不定，天老爷吓天老爷，这一定是不错的了，我还是在这里寻她一晚罢。想到了这里，我的喜悦又涌上心来了，仿佛是确实知道她在下关的一样。

我饭也不吃，就跑了出去，打算上各家旅馆去，都一家一家的去走寻它遍来。

在黑暗不平的道上走了一段，打开了几家旅馆的门来去寻了一遍，问了一遍，他们都说像这样这样的女人并没有来投宿。他们教我看旅客一览表上的名姓，那当然是没有的，因为我知道她，就是来住，也一定不会写真实的姓名的。

从江边走上了后街，无论大的小的旅馆，我都卑躬屈节的将一样的话问了寻了，结果走了十六七家，仍复是一点儿影响也没有。

夜已经深了，店家大家上门的上门，开赌的开赌，敲年锣鼓的在敲年锣鼓了。我不怕人家的鄙视辱骂，硬的又去敲开门来寻问了几家。有一处我去打门，那茶房非但不肯开门，并且在一个小门洞里简直骂猪骂狗的骂了我一阵。我又以和言善貌，赔了许多的不是，仍复将我要寻问的话，背了一遍给他听，他只说了一声，“没有！”啪哒的一响，很重的就把那小门关上了。

我又走了几处，问了几家，弄得元气也丧尽，头也同分裂了似的痛得不止，正想收住了这无谓的搜寻，走回瀛台旅社来休息的时候，前面忽而来了一辆很漂亮的包车。从车灯光里一看，我看见了同月英一样的一顶黑绒女帽，和一件周围有鸵鸟毛的外套，车上坐着的人的脸还没有看清，那车就跑过去了。我旋转了身，就追了上去，一边更放大了胆，举起我那带泪声的喉音，“月英！月英！”的叫了几声。

前面的车果然停住了，我喜欢得同着了鬼似的跳了起来，马上跳上去一看，在车座里坐着的，是一个比月英年纪更小，也是很可爱的小姑娘。她分明是应了局回来的妓女，看了我的样子也惊了一跳，我又含泪的向她赔了许多不是，把月英的事情简单的向她说了一说。她面上虽则也像在向我表示同情，可是那不做好的车夫，却啐了我一声，又放开大步向前跑走了。

走回瀛台旅馆里来，已经是半夜了，我一个人翻来覆去，想月英的这回出去，愈想愈觉得奇怪。她若嫌我的没有钱哩，当初就不该跟我。她若嫌我的相儿丑哩，则一直到她出走的时候止，爱我之情是的确有的。况且当初当我和她相识的时候，看她的举动，听她的言语，都不像完全是被动的样子。若说她另外有了情人了哩，则在这一个多月中间，我和她还没有离开一夜过。那个A地的小白脸的陈君哩，从前是和她的确有过关系的，可是现在已经早不在她的心里了，又何至于因此而弃我哩？或者是想起了她在天津的娘了罢？或者是想起了李兰香和那姥姥了罢？但这也不会的，因为本来她对她们就没有什么很深的感情。那么是为了什么呢？为了什么呢？我想来想去，总想不出她的所以要出走的理由来。若硬的要说，或者是她对于那种放荡的女优生活，又眼热起来了，或者是因为我近来过于爱她了。但是不会的，也不会的，对于女优生活的不满意，是她自己亲口和我说的。我的过于爱她，她近来虽则时时有不满意的表示，但世上哪有对于溺爱自己者反加以憎恶的人？

我更想想和她过的这一个多月的性爱生活，想想她的种种热烈地强要我的时候的举动和脸色，想想昨晚上洗身的事情和她的最后的那一种和平的微笑的睡脸，一种不可名状的悲苦，从肚底里一步一步的压了上来，“啊啊，今后是怎么也见她不到了，见她不到了！”这么的一想，我的胸里的苦闷，就变了呜呜的哭声流露了出来。愈想止住发声不哭响来，悲苦愈是激昂，结果一声声的哭声，反而愈大。

这样的苦闷了一晚，天又白灰灰的亮了，车站上机关车回转的声音，也远远传了几声过来，到此我的头脑忽而清了一清。

“究竟怎么办呢？”

若昨晚上的推测是对的话，那说不定她今天许还在南京附近，我只须上车站去等着，等她今天上车的时候，去拉她回来就对了。若她已经是离开了南京的话，那她究竟是上北的呢？下南的呢？正想到了这里，江中的一只轮船，婆婆的放了一声汽笛。

我又昏乱了，因为昨晚上推想她走的时候，我只想到了火车，却没有想到从这里坐轮船，也是可以上汉口，下上海去的。

急忙叫茶房起来，打水给我洗了一个脸，我账也不结，付了三块大洋，就匆匆跑下楼来，跑上江边的轮船码头去。

上码头船上去一问，舱房里只有一个老头儿躺在床上，在一盏洋油灯底下吸烟。我又千对不起万对不起的向他问了许多话。他说元旦起到初五止是封关的，可是昨天午后有一只因积货迟了的下水船，船上有没有搭客，他却没有留心。

我决定了她若是要走，一定是搭这一只船去的，就谢了那老头儿许多回数，离开了那只码头的趸船。到岸上来静静的一想，觉得还是放心不下，就又和几个早起的工人旅客，走向了西，买票走上那只开赴浦口的联络船去，因为我想万一她昨天不走，那今天总逃不了那六点和八点的两班车的，我且先到浦口去候它一个钟头，再回来赶车去上海不迟。

船起了行，灰暗的天渐渐地带起晓色来了。东方的淡蓝空处，也涌出了几片桃红色的云来，是报告日出的先驱。大上的明星，也都已经收藏了影子，寒风吹到船中。船沿上的几个旅客，一例的喀了几声。我听到了几声从对岸传来的寒空里的汽笛，心里又着了急，只怕津浦车要先我而开，恨不得弃了那只迟迟前进的渡轮，一脚就跨到浦口车站去。

船到了浦口，太阳起来了，几个萧疏的旅客，拖了很长的影子，从跳板上慢慢走上了岸。我挤过了几组同方向走往车站去的行人，便很急的跑上卖票房前的那个空洞的大厅里去。

大厅上旅客很少，只有几个夫役在那里扫地打水。我抓住了一个穿制服的车上的役员，又很谦恭的问，他有没有看见这样这样的一个妇人。他把头弯了一弯，想了一想，又摇头说“没有！”更把嘴巴一举，叫我自家上车厢里去寻寻看。

我一乘一乘，从后边寻到前边，又从前边寻到后面，妇人旅客，只看见了三个。一个是乡下老妇人，一个是和她男人在一道的中年的中产者，分明是坐车去拜年去的，还有一个是西洋人。

呆呆的立在月台上的寒风里，我看见和我同船来的旅客一组一组的进车去坐了，又过了几分钟，唧零零零的一响，火车就开始动了。我含了两包眼泪，在月台上看车身去远了，才走出站来，又走上渡轮，搭回到下关来。

到下关车站，已经是七点多了。究竟是沪宁车，在车站上来往的人也拥挤得很。我买了一张车票进去，先在月台上看来看去的看了半天，有好几次看见了一个像月英的妇人，但赶将上去一看，又落了一个空。

进车之后，我又同在浦口车站上的时候一样，从前到后，从后到前的看了两遍，然而结果，仍旧是同在浦口的时候一样。

这一天车误了点，直到两点多钟才到苏州。在车座里闷坐着，我想的尽是些不吉的想头，因为我晓得她在上海只有一个小月红认识，所以我在我的幻想上，就把小月红当作了一个王婆。我在幻想她如何的为月英拉客，又如何的为月英介绍舞台的老板。又想到了那个和她在一张床上睡的所谓师傅的如何从中取利，更如何的和月英通奸，想到了这里几乎使我从车座里跳了起来。幸而正当我苦闷得最难受的时候，车也到了北站了，我就一直的坐车寻到三多里的小月红家里去。

十四

上海的马路上，也是一样的鼓乐喧天的泛流着一派新年的景象。不过电车汽车黄包车等多了几乘，行人的数目多了一点，其余的样子，店门都关上的街市上的样子，还是和南京一样。

我寻到了爱多亚路的三多里，打开了十八号的门，也忘记了说新年的贺话，一直的就跑上了那间我曾经来过一次的亭子间中。

进去一看，小月红和那小女孩都不在，只有一位相貌狞恶的四十来岁的北老，穿了一件黑布的羊皮袍子，对窗坐着在拉胡琴。

我对他叙了礼，告诉他以前来过的谢月英是我的女人。我话还没有说完，他却惊异的问我说：

“噢，你们还没有回南京去么？”

我又告诉她，回是回去了，可是她又于昨天早晨走了。接着我又问他，她到这里来过没有，并且问小月红有没有晓得，月英究竟是上哪里去的。

他摇摇头说：

“这儿可没有来过，或者小月红知道也未可知，等她回来的时候，让我问问她看。”

我问他小月红上哪里去了，他说她去唱戏，还没有回来。我为了他的这一句“或者小月红知道也未可知”就又充满了希望，笑对他说：

“她大约是在 × 世界吧？让我上那儿去寻她去。”

他说：

“快是快回来了，可是你去 × 世界玩玩也好。”他并不晓得我的如落火毛虫一样的焦急，还以为我想去逛 × 世界，我心里虽则在这么想，但嘴上却很恭敬的和他告了别，走了出来。

毕竟是新年的第二日，× 世界的游人，真可以说是满坑满谷。我挤过了许多人，也顾不得面子不面子，竟直接的跑到了后台房里，和守门的人说，一定要见一见小月红。她唱的戏还没有上台，然而头面已经扮缚好了。台房里的许多女孩子，因为我直冲了过去，拉着了小月红在絮絮寻问，所以大家都在斜视着朝我们看。问了半天，她仍旧是莫名其妙，我看了她的那一种表情，和头回她师傅的那一种样子，也晓得再问是无益的了，所以只告诉她我仍复住在四马路的那家旅馆里，她以后万一听到或接到月英的消息，请她千万上旅馆里来告诉我一声。末了我的说话又变成了泪声，当临走的时候，并且添了一句说：

“我这一回若寻她不着，怕就不能活下去了。”

走出了 × 世界我仍复上四马路的那家旅馆去开了一个房间。又是和她曾经住过的这旅馆，这一回这样的只身来往，想起旧情，心里的难过，自然是可以不必说了。独坐在房间里细细的回想了一阵那一天早晨，因为她上小月红那里去而空着急的事情，又横空的浮上了心来。

“啊啊，这果然成了事实了，原来爱情的确是灵奇的，预感的确是有的。”

这样痴痴呆呆的想了半天，房里的电灯忽然亮了，我倒骇了一跳，原来我用两只手支住了头，坐在那里呆想，竟把时间的过去，日夜的分别都忘掉了。

茶房开进门来，问我要不要吃饭，我只摇摇头，朝他呆看看，一句话也不愿意说。等他带上门出去的时候，我又感到了一种无限的孤独，所以又叫他转来问他说：

“今天的报呢？请你去拿一份来给我。”

因为我想月英若到了上海，或者乘新年的热闹，马上去上了台也说不定，让我来看一看报上的戏目，究竟有没有像她那样的名字和她所爱唱的戏目载在报上。可是茶房又笑了一笑回答我说：

“今天是没有报的，要正月初五起，才会有报。”

到此我又失了望。但这样的坐在房里过夜，终究是过不过去的，所以我就又问茶房，上海现在有几处坤剧场。他想了一想，报了几处，但又报不完全，所以结果他就说：

“有几处坤剧场，我也不大晓得，不过你要调查这个，却很容易，我去把旧年的报，拿一张来给你看就是了。”

他把去年年底的旧报拿来之后，我就将戏目广告上凡有坤剧的戏院地点都抄了下来，打算一家一家的去看它完来。因为晓得月英若要去上台，她的真名字决不会登出来的，所以我想费去三四天工夫，把上海所有的坤角都去看它一遍。

从此白天晚上，我又只在坤角上演的戏院里过日子了，可是这一种看戏，实在是苦痛不过。有几次我看见一个身材年龄扮相和她相像的女伶上台，便脱出了眼睛，把身子靠上前去凝视。可是等她的台步一走，两三句戏一唱，我的失望的消沉的样子，反要比不看见以前更加一倍。

在台前头枯坐着，夹在许多很快乐的男女中间，我想想去年在安乐园的情节，想想和月英过的这将近两个月的生活，肚里的一腔热泪，正苦在无地可以发泄，哪里还有心思听戏看戏呢？可是因为想寻着她来的原因，想在这大海里捞着她来的原因，又不得自始至终的坐在那里，一个坤角也不敢漏去不看。

看戏的时候，因为眼睛要张得很大，注意着一个个更番上来的女优，所以时间还可以支吾过去。但一到了戏散场后，我不得不拖了一双很重的脚和一颗出血的心一个人走回旅馆来的时候，心里头觉得比死刑囚走赴刑场去的状态，还要难受。

晚上睡是无论如何睡不着了，虽然我当午前戏院未开门的时候，也曾去买了许多她所用过的香油香水和亚媲贡香粉之类的化妆品来，倒在床上香着，可是愈闻到这一种香味，愈要想起月英，眼睛愈是闭不拢去。即有时勉强的把眼睛闭上了，而眼帘上面，在那里历历旋转的，仍复是她的笑脸，她的肉体，她的头发和她的嘴唇。

有时候，戏院还没有开门，我也尝走到大马路北四川路口的外国铺子的样子间前头去立着。可是看了肉色的丝袜，和高跟的皮鞋，我就会想到她的那双很白很软的肉脚上去，稍一放肆，简直要想到她的丝袜统上面的部分或她的只穿了鞋袜，立在那里的裸体才能满足。尤其是使我熬忍不住的，是当走过四马路的各洗衣作的玻璃窗口的时候，不得不看见的那些娇小弯曲的女人的春夏衣服。因为我曾经看见过她的亵衣，看见过她的把衬衫解了一半的胸部过的，所以见了那些曾亲过女人的芗泽的衣服，就不得不想到最猥亵的事情上去。

这样的日子，一天一天的过去了，我早晨起来，就跑到那些卖女人用品的店门前或洗衣作前头去呆立，午后晚上，便上一家一家的坤戏院去看转来。可是各处的坤戏院都看遍了，而月英的消息还是杳然。旧历的正月已经过了一个礼拜，各家报馆也在开始印行报纸了。我于初五那一天起，就上各家大小报馆去登了一个广告：“月英呀，你回来，我快死了。你的介成仍复住在四马路 ×× 旅馆里候你！”可是登了三天报，仍复是音信也没有。

种种方法都想尽了，末了就只好学作了乡愚，去上城隍庙及红庙等处去虔诚祷告，请菩萨来保佑我。可是所求的各处的签文，及所卜的各处的课，都说是会回来的，会回来的，你且耐心候着罢。同时我又想起了在 A 地所求的那一张签，心里实在是疑惑不安，因为一样的菩萨，分明在那里作两样的预言。

我因为悲怀难遣，有时候就买了许多纸帛锭锞之类，跑到上海附近的郊外的墓田里去。寻到一块文人的墓碑，我就把她当作了月英的坟墓，拜下去很热烈的祝祷一番，痛哭一番。大约是这一种祷祝发生了效验了罢，我于一天在上海的西郊祭奠祷祝了回来，忽而在旅馆房门上接到了一封月英自南京的来信。信的内容很简单，只说：“报上的广告看见，你回来！”我喜欢极了，以为上海的鬼神及卜课真有灵验，她果然回来了。

我于是马上再去买了许多她所爱用的香油香粉香水之类，包作了一大包，打算回去可以作礼物送她，就于当夜坐了夜车，赶回南京去，因为火车已经照常开车了。

在火车上当然是一夜没有睡着。我把她的那封信塞在衣裳底下的胸前，一面开了一瓶她最爱洒在被上的海利奥屈洛普的香水，摆在鼻子前头，闭上眼睛，闻闻香水，我只当是她睡在我的怀里一样，脑里尽是在想她当临睡前后的那种姿态言语。

天还没有亮足，车就到了下关，在马车里被摇进城的中间，我心里的跳跃欢欣，比上回和她一道进城去的时候，还要巨大数倍。

我一边在看朝阳晒着的路旁的枯树荒田，一边心里在默想见她之后，如何的和她说头一句话，如何的和她算还这几天的相思账来。

马车走得真慢，我连连的催促马夫，要他为我快加上鞭，到后好重重的谢他。中正街到了，我只想跳落车来，比马更快的跑上旅馆里去，因为愈是近了，心里倒反愈急。

终究是到了，到了旅馆门口，我没有下车，就从窗口里大声的问那立在门口接客的账房说：

“太太回来了么？”

那账房看见是我，就迎了过来说：

“太太来过了，箱子也搬去了，还有行李，她交我保存在那房里，说你是就要来的。”

我听了就又张大了眼睛，呆立了半天。账房看我发呆了，又注意到了我的惊恐失望的形容，所以就接着说：

“您且到房里去看看罢，太太还有信写在那里。”

我听了这一句话，就又和被魔术封锁住的人仍旧被解放时的情形一样，一直的就跑上里进的房里去。命茶房开进房门去一看，她的几只衣箱，果真全都拿走了，剩下来的只是我的一只皮箱，一只书橱，和几张洋画及一叠画架。在我的箱子盖，她又留了一张字迹很粗很大的信在那里：

介成：我走的时候，本教你不要追的，你何以又会追上上海去的呢？我想你的身体不好，和你住在一道，你将来一定会因我而死。我觉得近来你的身体，已大不如前了，所以才决定和你分开，你也何苦呢？

我把我的东西全拿去了，省得你再看见了心里难受。你的物事我一点儿也不拿，只拿了一张你为我画而没有画好的相去。

介成，我这一回上什么地方去是不一定的，请你再也不要来追我。

再见吧，你要保重你自己的身体。

月英

“啊啊，她的别我而去，原来是为了我的身体不强！”

我这样的一想，一种羞愤之情，和懊恼之感，同时冲上了心头。但回头一想，觉得同她这样的别去，终是不甘心的，所以马上就又决定了再去追寻的心思，我想无论如何总要寻她着来再和她见一面谈一谈。我收拾了一收拾行李，就叫茶房来问说：

“太太是什么时候来的？”

“是三四天以前来的。”

“她在这儿住了一夜么？”

“嗳，住了一夜。”

“行李是谁送去的？”

“是我送去的。”

“送上了什么地方？”

“她是去搭上水船的。”

啊啊，到此我才晓得她是上A地去的，大约一定是仍复去寻那个小白脸的陈君去了罢。我一边在这样的想着，一边也起了一种恶意，想赶上A地去当了那小白脸的面再去辱骂她一场。

先问了问茶房，他说今天是有上水船的，我就不等第二句话，叫他开了账来，为我打叠行李，马上赶出城去。

船到A地的那天午后，天忽而下起微雪来了。北风异常的紧，A城的街市也特别的萧条。我坐车先到了省署前的大旅馆去住下，然后就冒雪坐车上大新旅馆去。

旅馆的老板一见我去，就很亲热的对我拱了拱手，先贺了我的新年，随后问我说：

“您老还住在公署里么？何以脸色这样的不好？敢不又病了么？”

我听他这一问，就知道他并不晓得我和月英的事情，他仿佛还当我是没有离开过A地的样子。我就也装着若无其事的面貌问他说：

“住在这儿的几个女戏子怎么样了？”

“啊啊，她们啊，她们去年年底就走了，大约已经有一个多月了罢？”

我和他谈了几句闲天，顺便就问了他那一位小白脸陈君的住址，他忽而惊异似的问我说：

“您老还不知道么？他在元旦那一天吐狂血死了。吓，这一位陈先生，真可惜，年纪还很轻哩！”

我突然听了这一句话，心口里忽而凉了一凉，一腔紧张着的嫉妒和怨愤，也忽而松了一松，结果几礼拜来的疲劳和不节制，就从潜隐处爬了出来，征服了我的身体。勉强踉跄走出了旅馆门，我自己也意识到了我的肉体的衰竭和心脏的急震。在微雪里叫了一乘黄包车，教他把我拉上圣保罗病院去的中间，我觉得我的眼睛黑了。

仰躺在车上，我只微微觉得有一股冷气，从脚尖渐渐直逼上了心头。我觉得危险，想叫一声又叫不出口来，舌头也硬结住了。我想动一动，然后肢体也不听我的命令。忽儿我觉得脑门上又飞来了一块很重很大的黑块，以后的事情，我就不晓得了。

后叙

五六年前头，我在A地的一个专门学校里教书。这风气未开的A城里，闲来可以和他们谈谈天的，实在没有几个人。

在同一个学校里教英文的一位美国宣教师，似乎也在感到这一种苦痛，所以我在A城住不上两个月，他就和我变成了很好的朋友。

秋季始业后将近三个月的一天晴朗的午后，我在一间朝南的住房里煮咖啡吃，忽而他也闯了进来。他和我喝喝咖啡，谈谈闲天，不知不觉竟坐了一个多钟头。门房把新到的我的许多外国杂志送进来了，我就送了几份给他，教他拆开来看，同时我自家也拿起了一份英国印行的关于文学艺术的月刊，将封面折了，打开来读。

翻了几页，我忽而看见了一个批评本年巴黎沙隆画展的文章，中间有一段，是为一个入选的中国留学生的画名《失去的女人》捧场的，此画的作者，不晓是哪几个中国字，但外国名字是C.C.Wang。我看了几行，就指给我的那位美国朋友看，并且对他说：

"我们中国留学生的画，居然也在巴黎的沙隆画展里入选了。"

他看见了那个名字，忽而吊起了眼睛想了一想，仿佛是在追想什么似的。想了两三分钟，他又忽而用手拍了一拍桌子，对我叫着说："我想起了，这画家是我认识的。"

我听了也觉得奇怪起来，就问他是在美国认识的呢还是在欧洲认识的？因为我这位美国朋友，从前也曾到过欧洲的，他很喜欢的笑着说："也不是在美国，也不是在欧洲，是在这儿遇见的。"

我倒愈加被他弄昏了，所以要他说说明白。他就张着嘴笑着说：

“这是我们医院里的一个患者。三四年前，他生了心脏病，昏倒在雪窠里，后来被人送到了我们的医院里来。他在医院里住了五个多月，因为我是每礼拜到医院里去传道的，所以后来也和他认识了。我看他仿佛老是愁眉不展，忧郁很深的样子，所以得空也特别和他谈些教义和圣经之类，想解解他的愁闷。有一次和他谈到了祈祷和忏悔，我说：我们的愁思，可以全部说出来，交给一个比我们更伟大的牧人的，因为我们都是迷了路的羊，在迷路上有危险，有恐惧，是免不了的。只有赤裸裸地把我们所负担不了的危险恐惧告诉给这一个牧人，使他为我们负担了去，我们才能够安身立命。教会里的祈祷和忏悔，意义就在这里。他听了我这一段话，好像是很感动的样子，后来过了几天，我于第二次去访他的时候，他先和我一道的祷告，祷告完后，他就在枕头底下拿出了一篇很长很长的忏悔录来给我看。这篇忏悔录，稿子还在我那里，我下次可以拿来给你看的，真写得明白详细。他出院之后，听说就到欧洲去了，我想这一定就是他，因为我记得我曾经在一本姓名录上写过这一个C.C.Wang的名字。”

过了几天，他果然把那篇忏悔录的稿子拿了来给我看，我当时读后，也感到了一点趣味，所以就问他要了来藏下了。

前面所发表的，是这一篇忏悔录的全文，题名的“迷羊”两字是我为他加上去的。

一九二七年十二月十九日

达夫志

二诗人[1]

二诗人

诗人的何马，想到大世界去听滴笃班[2]去，心里在作打算。“或者我将我的名片拿出去，守门的人可以不要我的门票。”他想。因为他的名片右角上，有“末世诗人”的四个小字，左角边有《地狱》《新生》《伊利亚拉》的著者的一行履历写在那里。“不好不好，守门的那些俗物，若被他们知道了我去逛大世界，恐怕要看穿我的没有肾脏病，还是去想法子，叫老马去想法子弄几个钱来，买一张门票进去的好。”他住的三江里的高楼外，散布着暮春午后的阳光和干燥的空气。天色实在在挑逗他的心情，要他出去走走，去得些烟世披利纯[3]来做诗。

“——嗯嗯，烟世披利纯！”

“——噢噢，烟世披利纯呀！”

这样的用了很好听的节调，轻轻地唱着哼着，他一边摇着头，一边就摸下二层楼去。走下了扶梯，到扶梯跟前二层楼的亭子间门

---

① 本篇最初于一九二七年十二月在《小说月报》第十八卷第十二号时，只有《二诗人》《滴笃声中》两部分。《在街头》发表于一九二八年四月《北新》半月刊第二卷第十号，一九三〇年出版《达夫全集》时，与前两部分合并，总题为《二诗人》。

② 越剧形成初期的一种俗称。

③ 英文音译：灵感。

口，他就立住了。

也是用了很缓慢的节奏，向关在那里的亭子间的房门，笃洛笃洛笃的敲了几下，他伏下身体，向钥匙眼里，很幽很幽的送了几句话进去。

“喂！老马，诗人又来和你商量了！你能够想法子再去弄两块钱来不能？”

老马在房里吃了一惊，急忙开了眼睛，丢下了手里的读本，轻轻的走向房门口来，也伏倒了身体，举起嘴巴，很幽的向钥匙眼里说：

“老何，喂，你这样的花钱，怕要被她看穿，何以这一位何大人会天天要钱花？老何，你还是在房里坐着做首把诗罢！回头不要把我们这一个无钱饮食宿泊处都弄糟。”

说着，他把几根鼠须动了一动！两只眉毛也弯了下来，活像寺院里埋葬死尸的园丁。

“喂，老马，你再救诗人一回急，再去向她撒一个谎，想想法子看罢！我只教再得一点烟世披利纯，这一首《沉鱼落雁》就可以完工，就好出书卖钱了，喂，老马！

> 请你再救一回诗人，
> 再让我得些烟世披利纯，
> 《沉鱼落雁》，大功将成，
> 那时候，你我和她——我那可爱的房主人——
> 就可以去大吃一顿！
> 唉唉，大吃一顿！”

何诗人在钥匙眼里，轻轻的，慢慢的，用了节奏，念完这几句即时口占的诗之后，手又向房门上按着拍子笃洛笃洛的敲了几下。

房门里的老马，更弯了腰，皱了眉头，用手向头上的乱发搔了几搔。两人各弯着腰，隔着一重门，向钥匙眼默默的立了好久。终究还是老马硬不过诗人，只好把房门轻轻地开了。诗人见了老马的那种悒郁懊恼，歪得同猪脸嘴一样的脸色，也就立刻皱起眉来，装了一副忧郁的形容来陪他。一边慢慢的走进房去，一边诗人就举起一只右手，按上心头，轻轻的自对自的说："唉唉，这肾脏病，这肾脏病，我怕就要死了，在死之前了。"看过去，诗人的面貌，真像约翰生博士的画像。因为诗人也是和约翰生博士一样，长得很肥很胖，实在是没有什么旁的病好说，所以只说有肾脏病；而前几天他又看见了鲍司惠而著的那本《约翰生大传》[①]，并这一本传上面的一张约翰生博士的画像。他费了许多苦心，对镜子模学了许久约翰生在画像上的忧郁的样子，今天终于被他学像了。

诗人的朋友老马，马得烈，饱吃了五六碗午饭，刚在亭子间里翻译一首法文小学读本上的诗。

球儿飞上天，球儿掉下地，
马利跑过来，马利跑过去，
球儿球儿不肯飞，马利不喜欢……
…………

翻到这里，他就昏昏的坐在那里睡着了，被诗人笃洛笃洛笃的一来，倒吃了一惊，所以他的脸色，是十分不愿意的样子。但是和诗人硬了一阵，终觉得硬不过去，只好开门让诗人进来，他自己也只好挺了挺身子，走下楼去办交涉去。

① 即詹姆士·包斯威尔（1740—1795）著的《约翰逊传》。

楼底下，是房主人一位四十来岁的风骚太太的睡房；她男人在汉口做茶叶生意，颇有一点积贮；马得烈走到了房东太太的跟前，房东太太才从床上坐了起来，手里还拿着那本诗人何马献给她的《伊利亚拉》，已经在身底下压得皱痕很多，像一只油炸馄饨了。

马得烈把口角边的鼠须和眉毛同时动了一动，勉强装着微笑，对立在他眼底下的房东太太说：

“好家伙，你还在这里念我们大人的这首献诗？大人正想出去和你走走，得点新的烟世披利纯哩！”

房东太太向上举起头来——因为她生得很矮小，而马得烈却身材很高大，两人并立起来，要差七八寸的样子——喜欢得同小孩子似的叫着说：

“哈哈哈哈，真的吗？——你们大人真好，要是谁嫁了你们的大人，这一个人才算有福气哩！诗又那么会做，外国又去过，还做过诗文专修大学的校长！啊啊，可惜，可惜我今天不能和你们出去，因为那只小猪还没有阉好，午后那个阉猪的老头儿还要来哩！”

这位房东太太最喜欢养小猪。她的爱猪，同爱诗人一样，侍候得非常周到，今天早晨她特地跑了十几里路，去江湾请了一位阉猪匠来，阉猪匠答应她午后来阉，所以她懊恼得很，恨这一次不能和诗人一道出去散步。

马得烈被她那么一说，觉得也没有什么话讲，所以只搔了一搔头，向窗外的阳光瞥了一眼，含糊地咕噜着：

“啊啊，你看窗外的春光多么可爱呀！……大人……大人说，可惜，可惜他那张汇票还没有好拿……”

原来马得烈和何马，是刚回国的留学生，是一对失业的诗人。他们打听了这一家房东女人的爱慕诗人，才扮作了主从两个，到此地来租房子住的。何马已经出了许多诗集了，并且年纪也轻一点，相貌也好一点，所以就当作主人，马得烈还正在翻译一本诗集，没有翻好，所以只好当作仆人，在房东太太跟前，只是大人大人的称何马，好示一点威势。一面在背后更向她吹了许多大话，说他——何大人——是一位中国顶大的诗人，他——何大人——家里是做大官的，他——何大人——还没有结过婚，他——何大人——最喜欢和已经生育过儿女的像圣母一样的女性交游，他——何大人——不久要被外国请去做诗文专修大学的校长，等等，等等。结果弄得这位商人之妇喜欢得了不得，于是他们两人的住宿膳食，就一概由房东太太无偿供给，现在连零用都可以向她去支取了。可是昨天晚上，马得烈刚在她那里拿了两块钱来，两人去看了一晚电影，若今天再去向她要钱，实在有点难以为情，所以他又很巧妙的说了一个谎，说何大人的汇票还没有到期，不好去取钱用。房东太太早就看出了他的意思，向床头的镜箱里一翻，就用了两个指头夹出了两张中南小票来。

马得烈笑歪了脸，把头和身子很低很低的屈了下去，两只手托出在头上，像电影里的罗马家奴，向主人捧呈什么东西似的姿势。她把票子塞在他手里之后，马得烈很急速地旋转了身，立了起来就拼命的向二层楼上跑。一边亭铜亭铜的跑上扶梯去，一边他嘴里还在叫：

"迈而西，马弹姆，迈而西，马弹姆！[1]"

---

① 法文音译：谢谢，女士，谢谢，女士！

滴笃声中

马得烈从楼下的房东太太那里骗取了两张中南小票后，拼命的就往二层楼上跑。他嘴里的几句“迈而西，马弹姆！”还没有叫完，刚跳上扶梯的顶边，就白弹的一响，诗人何马却四脚翻朝了天，叫了一声“妈吓，救命，痛煞了！”

原来马得烈去楼下向房东太太设法支零用的时候，诗人何马却幽脚幽手从亭子间里摸了出来，以一只手靠上扶梯的扶手，弯了腰，竖起耳朵，尽在扶梯头向楼下窃听消息。诗人听到了他理想中的如圣母一样的这位房东太太称赞他的诗才的一段话，就一个人张了嘴，放松了脸，在私下喜笑。这中间他把什么都忘了，只想再做一篇《伊利亚拉》来表示他对这一位女性的敬意，却不防马得烈会跑得如此之快，和烟世披利纯一样的快，而来兜头一冲，把他冲倒在地上的。

诗人在不注意的中间，叫了一声人声的“妈吓”之后，睁开眼睛来看看，只见他面前立着的马得烈，手里好好的捏着了两张钞票，在那里向地上呆看。看见了钞票，诗人就马上变了脸色，笑吟吟地直躺在楼板上，降低了声音，好像是怕被人听见似的幽幽的问马得烈说：

“老马！又是两块么？好极好极，快快来扶我起来，让我们出去。”

马得烈向前踏上了一步，在扶起这位很肥很胖的诗人来的时候，实在费了不少的气力。可是费力不讨好，刚把诗人扶起了一半的当儿，绰啦一响，诗人脸上的那副洛克式的平光眼镜又掉下地来了。

诗人还没有站立起身，脸上就作了一副悲悼的形容，又失声叫了一声“啊吓！”

两人立稳了身体，再伏下去检查打碎的眼镜片的时候，诗人又放低了声音，“啊吓，啊吓，这怎么好？这怎么好？”的接连着幽幽的说了好几次。

捡起了两分开的玻璃片和眼镜框子，两人走到亭子间去坐定之后，诗人又连发了几声似乎带怨恨的“这怎么好？”马得烈伏倒了头，尽是一言不发地默坐在床沿上，仿佛是在悔过的样子。诗人看了他这副样子，也只好默默不响了。结果马得烈坐在床沿上看地板，诗人坐在窗底下的摆在桌前的小方凳上，看屋外的阳光，竟静悄悄地同死了人似的默坐了几分钟。在这幕沉默的悲剧中间，楼底下房东太太床前的摆钟，却堂堂的敲了两下。

听见了两点钟敲后，两人各想说话而又不敢的尽坐在那里严守沉默。诗人回过头来，向马得烈的还捏着两张钞票支在床沿上的右手看了一眼，就按捺不住的轻轻对马得烈说：

“老马，我很悲哀！”

停了一回，看看马得烈还是闷声不响，诗人就又用了调解似的口气，对马得烈说：

“老马，两块玻璃都打破了，你有什么好法子想？”

马得烈听了诗人这句话后，就想出了许多救急的法子来，譬如将破玻璃片用薄纸来糊好，仍复装进框子里去，好在打得不十分碎，或者竟用了油墨，在眼圈上画它两个黑圈，就当作了眼镜之类。然而诗人都不以为然，结果还是他自己的烟世披利纯来得好，放开手来向腿上拍了一拍，轻轻对马得烈说：

“有了，有了，老马！我想出来了。就把框子边上留着的玻璃片拆拆干净，光把没有镜片的框子戴上出去，岂不好么？”

马得烈听了，也喜欢得什么似的，一边从床沿上站跳了起来，一边连声的说：

“妙极，妙极！”

三十分钟之后，穿着一身破旧洋服的马得烈和只戴着眼镜框子而没有玻璃片的诗人何马，就在大世界的露天园里阔步了。

这一天是三月将尽的一天暮春的午后，太阳晒得宜人，天上也很少云障，大世界的游人比往常更加了一倍。熏风一阵阵的吹来，吹得诗人兴致勃发。走来走去的走了一阵，他们俩就寻到了滴笃班的台前去坐下。诗人搁起了腿，张大了口，微微地笑着，一个斜驼的身子和一个栽在短短的颈项上的歪头，尽在合着了滴笃的拍子，向前后左右死劲的摆动。在这滴笃的声中，他忘记了自己，忘记了旁边也是张大了口在摇摆的马得烈，忘记了刚才打破而使他悲哀的镜片，忘记了肾脏病，忘记了房东太太，忘记了大小各悲哀，总而言之，他这时候是——以他自己的言语来形容——譬如坐在奥连普斯山上，在和诗神们谈心。

在这一个忘我的境界里翱翔了不久，诗人好像又得了新的烟世披利纯似的突然站了起来，用了很严肃的态度，对旁边的马得烈说：

“老马，老马，你来！”

两只手支住了司的克[1]，张着嘴，摇着身子，正听得入神的马得烈，被诗人那么一叫，倒吃了一惊。呆呆向正在从人丛中挤出去的诗人的圆背看了一会，他也只好立起来，追跟出去。诗人慢慢的在前头踱，他在后头跟，到了门楼上高塔下的那间二层楼空房的角里，诗人又轻轻地很神秘的回过头来说：

“老马，老马，你来，到这里来！”

---

① 英文音译：手杖。

马得烈走近了他的身边，诗人更向前后左右看了一周，看有没有旁人在看着。他确定了四周的无人，就拉了马得烈的手，仍复是很神秘的很严肃的对马得烈说：

“老马，老马，请你用力向我屁股上敲它几下，敲得越重越好！”

马得烈弄得莫名其妙，只是张大了眼睛，在向他呆着。他看见了诗人眼睛上的那副只有框子而没有玻璃的眼镜，就不由自主的浦的一声哄笑了出来。诗人还是很严肃很神秘的在摆着屁股，叫他快敲。他笑了一阵，诗人催了一阵，终究为诗人脸上的那种严肃神秘的气色所屈服，就只好举起手来，用力向诗人的屁股上扑扑的敲了几下。

诗人被敲之后，脸上就换了一副很急迫的形容，匆匆的又对马得烈说：

“谢谢，老马，你身边有草纸没有？我……我要出恭去。”

马得烈向洋服袋里摸索了一回，摸出了一张有一二行诗句写着的原稿废纸来给他。诗人匆忙跑下楼去大便的中间，马得烈靠住了墙栏在看底下马路上正在来往的车马行人。他看一阵太阳光下的午后的街市，又想一阵诗人的现在的那种奇特的行为，自家一个人就同疯子似的呵呵呵呵的笑了起来。

原来诗人近来新患痔疾，当出恭之前，若非加上一种暴力，使肛门的神经麻痹一点，粪便排泄的时候，就觉得非常之痛。等诗人大便回来，经了马得烈的再三盘问，他才很羞涩的把这理由讲给了马得烈听。这时候诗人的脸色已因大便时的创痛而变了灰白，他的听滴笃班的兴致也似乎减了。慢慢地拖着腿走了几步，他看看西斜的日脚，就催马得烈说：

“老马，时候已经不早了，我们回去罢！”

马得烈朝他看了一眼，见了他那副眼镜框子，正想再哄笑出来的时候，又想起了他的痔疮，和今天午后在扶梯头朝天绊倒时的悲痛的叫声，所以只好微笑着，装了一副同情于他的样子回答他说：

“好，我们回去罢！”

在街头

（一）

诗人何马和马得烈听了滴笃班出来，立在大世界的门口步道沿上，两只眼睛同鹰虎似的光着突向眼镜圈的外面，上半身斜伏出在腰上，驼着背，弯着腰，并立着脚，两手捏紧拳头，向后放在突出的屁股的两旁，作了一个矢在弦上的姿势。仿佛是当操体操的时候，得了一个开快步跑的预令，最后的一个跑字还没有下来的样子，诗人的头尽在向东向西，伸直了短短的脖子，在很急速严密的注视探看。因为当这将晚的时候，外滩的各公司里，刚关上门，所以爱多亚路的大道上来往的汽车一乘乘的接连不断。生来胆子就柔和脆弱，同兔儿爷一样的诗人何马，又加上以百四十斤内外的一个团团肉体，想于这汽车飞舞的中间，横过一条大街，本来是大不容易的事情。结果我们这一位性急的诗人，放出勇气，急急促促的运行了他那两只开步开不大的短脚，合着韵律的急迫原则地摇动他两只捏紧拳头的手，同猫跳似的跑出去又跑回来跑出去又跑回来的跑了好几趟。终竟是马得烈岁数大一点，有了忍耐的修养，当何诗人在步道沿边和大道中心之间在演那快步回还的趣剧的当中，他只突出屁股弯着腰，捏着拳头，摇转着眼睛，只在保着他那持满不发的开快步跑的预备姿势。

资本主义的利器，四轮一角的这文明的怪物，好像在和诗人们作对，何马与马得烈的紧张的态度，持续了三十分钟之后，才能跑过到马路的这一边来，那时候天上的星星已经和诗人额上的汗珠一样，一颗颗的在昏黄的空气里摇动了。

诗人何马，先立住了脚，拿出手帕来揩了一揩头，很悲哀而缓慢的对马得烈说：

“喂，老马，你认不认得回家去的电车路？在这一块地方，我倒认不清哪一条路是走上电车站去的。”

马得烈茫茫然举着头向四周望了一望，也很悲哀似的回答说：

“我，我可也认不得。”

二诗人朝东向西的走了一阵，到后来仍复走到了原地方的时候，方才觉悟了他们自己的不识地理，何马就回转头来对马得烈说：

“老马，我们诗人应该要有觉悟才好。我想，今后诗人的觉悟，是在坐黄包车！”

马得烈很表同情似的答应了一个“乌衣[①]”之后，何诗人就举起了他那很奇怪的声气，加上了和读诗时候一样的抑扬，叫了几声：

“黄——汪——包车！”

诗人这样的昂着头唱着走着，马路上的车夫，仿佛是以为他在念诗，都只举了眼睛朝他看着，没有一个跑拢来兜他们的买卖的，倒是马得烈听得不耐烦了，最后就放了他沉重宏壮同牛叫似的声气，“黄包车！”的大喝了一声。

道旁的车夫和前面的诗人，经了这雷鸣似的一击，都跳了起来。诗人在没有玻璃的眼镜框里张大了眼睛，回转身来呆立住了，车夫们也三五争先的抢了拢来三角角子两角洋钿的在乱叫。

讲了半天的价钱，又突破了一重包围的难关，在车斗里很安乐的坐定，苦力的两只飞腿一动之后，诗人的烟世披利纯又来了。

噢噢呵！我回来了，我的圣母！

---

① 法文音译：好的。

我听了一曲滴笃的高歌，噢噢呵！

我发了几声呜呼，发了几声呜呼！

…………

正轻轻的在车斗里摇着身体念到这里，车子在一个灯火辉煌的三叉路口拐了弯，哼的一阵，从黄昏的暖空气里，扑过了一阵油炸臭豆腐的气味来。诗人的肚里，同时也咕喽喽的响了一声。于是饥饿的实感，就在这《日暮归来》的诗句里表现出来了：

噢噢呵，我还要吃一块臭豆腐！

本来是轻轻念着的这一首《日暮归来》的诗句，因为实感紧张了，到末一句，他就不由自主的放大了声音冲口吐露了出来。高声而又富有抑扬地念完了这一句“我还要吃一块臭豆腐”之后，他就接着改了平时讲话的口调叫车夫说：

“喂，车夫，你停一停！”

并且又回转头来对马得烈说：

“喂，老马，我们买两块臭豆腐吃吃罢！”

这时候马得烈也有点觉得饿了，所以就也叫停了车，向洋服袋里摸出了两角银角子来交给已经下车立在那里的何诗人。他们买了十几块火热的油炸臭豆腐，两人平分了，坐回车上，一边被拉回家去，一边就很舒徐的在绰拉绰拉的咀嚼。在车斗里自自在在的侧躺着身体，嘴衔着臭豆腐，眼看着花花绿绿的上海的黄昏市面，何诗人心里却在暗想：“我这《日暮归来》的一首诗，倒变了很切实的为人生而艺术的作品了，啊啊，我这伟大的革命诗人！我索性把末世诗人辞掉了罢，还是做革命诗人的好。”

(二)

二诗人日暮归来，到了三江里的寓居之后，那位圣母似的房东太太早在电灯下摆好了晚餐，在等候他们了。

何诗人因为臭豆腐吃多了，晚餐的时候减了食量，只是空口把一碗红烧羊肉吃了大半碗，因此就使马得烈感到了不满。但在圣母跟前，马得烈又不敢直接的对诗人吆喝，因为怕她看穿他们的圈套，所以只好葛罗葛罗的在喉头响了一阵之后，对何诗人说：

"喂，老……噢噢，大人，你为什么吃饭的时候，老吃得那么响？"

实在是奇怪得很，诗人当吃饭的时候，嘴里真有一种特别的响声发生出来。这时候诗人总老是光着两眼，目不转睛的盯视住那碗他所爱吃的菜，一方面一筷一筷的同骤雨似的将那碗菜搬运到嘴里去的中间，一方面他的上下对合拢来的鲇鱼嘴里就会很响亮很急速的敲鸣出一种绰拉绰拉的响声来，同唱秦腔的时候所敲的两条枣木一样。诗人听了马得烈的这一句批评之后，一边仍旧是目不转睛筷不停搬的绰拉绰拉着，一边却很得意的在绰拉声中微笑着说：

"嗳嗳，这也是诗人的特征的一种。老马，你读过法国的文学家朗不噜苏的《天才和吃饭》[1]没有？据法国朗不噜苏先生说，吃饭吃得响不响，就是有没有天才的区别。"

诗人因为只顾吃菜，并没有看到马得烈说话时候的同猪脸一样的表情，所以以为老马又在房东太太面前在替他吹捧了，故而很得意的说出了这一个证明来。其实朗不噜苏先生的那部书，他非但没有看见过，就是听见人家说的时候，也听得不很清楚。马得烈看出了诗人的这一层误解，就又在喉头葛罗葛罗的响了一阵，发放第二

① 朗不噜苏，意大利学者龙勃罗梭（1835—1909），此处是化用了其著作《天才与堕落》，为杜撰。

句话说：

“喂！嗳嗳……大人，朗不噜苏，怕不是法国人罢！”

诗人听了这一句话，更是得意了，他以为老马在暗地里造出机会来使他可以在房东太太面前表示他的博学，所以就停了一停嘴里的绰拉绰拉，笑开了那张鲇鱼大口，举起那双在空的眼镜圈里光着的眼睛对房东太太看着说：

“老马，怎么你又忘了，朗不噜苏怎么会不是法国人呢？他非但是法国人，他并且还是福禄对儿①的结拜兄弟哩！”

马得烈眼看得那碗红烧羊肉就快完了，喉头的葛罗葛罗和嘴里的警告，对诗人都不能发生效力，所以只好三口两碗的吃完了几碗白饭，一个人跑上楼上亭子间去发气去了。

诗人慢慢的吃完了那碗羊肉，把他今天在黄包车上所做的那首《日暮归来》的革命诗念给了房东太太听后，就舒舒泰泰的摸上了楼，去打亭子间的门去。

他笃洛笃洛笃的打了半天，房门老是不开，诗人又只好在黑暗里弯下腰去，轻轻的举起嘴来，很幽很幽的向钥匙眼里送话进去说：

“老马！老马！你睡了么？请你把今天用剩的那张钞票给我！”

诗人弯着腰，默默的等了半天，房里头总没有回音出来。他又性急起来了，就又在房门上轻轻的笃洛了一下。这时候大约马得烈也忍耐不住了罢，诗人听见房里头息索息索的响了一阵。诗人正在把嘴拿往钥匙眼边，想送几句话进去的中间，黑暗中却不提防钥匙眼里钻出了一条细长的纸捻儿出来。这细长的纸捻儿越伸越长，它的尖尖的头儿却巧突入了诗人的鼻孔。纸捻儿团团深入的在诗人鼻孔里转了两三个圈，诗人就接连着哈啾哈啾的打了两三个喷嚏。诗

① 即法国启蒙思想家伏尔泰（1694—1778）。

人站立起身，从鼻孔里抽出了那张纸捻，打开来在暗中一摸，却是那张长方小小的中南纸币。他在暗中又笑开了口，急忙把纸币收起，拿出手帕来向嘴上的鼻涕擦了一擦干净，便亭铜亭铜的走下扶梯来，打算到街头去配今天打破的那副洛克式的平光眼镜去。

但是俗物的眼镜铺，似乎都在欺侮诗人。他向三江里附近的街上去问了好几家，结果一块大洋终于配不成两块平光的镜片。诗人一个人就私下发了气，感情于是又紧张起来了。可是感情一动，接着烟世披利纯也就来到了心头，诗人便又拿着了新的妙想。“去印名片去！”他想，“一块钱配不成眼镜，我想几百名片总可以印的。”因为诗人今天在洋车上发见了“革命诗人”的称号，他觉得“末世诗人”这块招牌未免太旧了，大有更一更新的必要，况且机会凑巧，也可以以革命诗人的资格去做它几天诗官。所以灵机一动，他就决定把角上有“末世诗人”几个小字印着的名片作废，马上去印新的有“革命诗人”的称号的名片去。

在灯光灿烂的北四川路上走了一段。找着了一家专印名片的小铺子，诗人踏进去后，便很有诗意的把名片样子写给了铺子里的人看。付了定钱，说好了四日后来取的日期，诗人就很满足的走了出来。背了双手，踏着灯影，又走了一阵，他正想在街上来往的人丛中找出一个可以献诗给她的理想的女性来的时候，忽而有一家关上排门的店铺子的一张白纸广告，射到他的眼睛里来了。这一张广告上面，有几个方正的大字写着说：“家有丧事，暂停营业一星期。本店主人白。”诗人停住了脚，从头至尾的念了两遍，歪头想了一想，就急忙跑回转身，很快很急的跑回了到那家他印名片的店中。

喘着气踏进了那家小铺子的门，他抓住了一个伙计，就仓皇急促的问他说：

“你们的店主人呢？店主人呢？”

伙计倒骇了一跳，就进到里间去请他们的老板出来。诗人一见到笑迷迷地迎出来的中年老板，马上就急得什么似的问他说：

“你们，你们店里在这四天之内，会不会死人的？”

老板倒被他问得奇怪起来了，就对他呆了半晌，才皱着眉头回问说：

“先生，你这话是什么意思？”

诗人长叹了一声，换了一换喉头接不过来的气，然后才详详细细的把刚才看见的因丧事停业的广告的事情说了出来，最后他又说明着说：

“是不是？假如你们店里在这四日之内，也要死人的话，那岂不耽误了我的名片的日期了么？”

店主人听到这里，才明白了诗人的意思，就忽而变了笑容回答他说：

“先生，你别开玩笑啦，哪里好好的人，四天之内就都会死的呢？你放心罢，日子总耽误不了。”

诗人听了老板这再三保证的话，才放下了心，又很满足的踏出了店，走上了街头。

这一回诗人到了街头之后，却专心致志的开始做寻找理想的女性的工作了。他看见一个女性在走的时候，不管她是圣母不是圣母，总马上三脚两步的赶上前去，和这女性去并排走着，她若走得快，他也走得快一点，她若走得慢，他也走得慢一点，总装出一副这女性仿佛是他的爱人的样子来给旁边的人看。但是不幸的诗人，回回总是失望，当他正在竭力装着这一个旁边并走着的女性是他的爱人的样子来给旁人看的时候，这一个女性就会于他不注意的中间忽然消失下去。结果弄得在马路上跟来跟去来回跑走的当中，诗人心里只积下了几个悲哀和一条直立得很酸的头颈，而理想的可以献诗给她的女性，却一个也捉抓不着。最后他又失了望，悄悄地立在十字街头叹气的时候，东边却又来了一个十分艳丽的二十来岁的女性。这一回诗人因为屡次的失望，本想不再赶上去和她并排走了，但是冯妇的惯性，也在诗人身上着了脚，他正在打算的中间，两只短脚却不由自主的跑了过去，又和她并了排，又装成了那一副使旁人看起来仿佛是诗人在和他的爱人散步走路的神气。因为失败的经验多了，诗人也老练了起来，所以这一次他在注意装作那一种神气给旁人看的时候，眼角上也时时顾及到旁边在和他并走的女性，免得她在不知不觉的当中逃亡消失。这女性却也奇怪，当初她的脸上虽则有一种疑惧嫌恶的表情露着，但看出了诗人的勇敢神妙的样子以后，就也忽而变了笑容，一边走着，一边却悄悄的对他说：

“先生，你是上什么地方去的？”

诗人一听到这一种清脆的声音，又向她的华丽的装饰上下看了一眼，乐得嘴也闭不拢来，话也说不出了。她看了他这一副痴不像痴傻不像傻的样子，就索性放大了喉咙，以拿着皮口袋的右手向前面的高楼一指说：

“我们上酒楼去坐坐谈谈罢！”

诗人看见了她手里捏着的很丰满的那只装钱口袋，又看见了那高楼上的点得红红绿绿的房间，就话也不回一句，只是笑着点头，跟了她走进店门走上楼去。

店楼上果然有许多绅士淑女在那里喝酒猜拳，诗人和女性一道到一张空桌上坐下之后，他就感到了一层在饮食店中常有的那种热气。悄悄地向旁边一看，诗人忽看见在旁边桌上围坐着的四位喝得酒醉醺醺的绅士面前，各摆着了一杯泡沫涨得很高的冰淇淋曹达，中间却摆着一盘很红很熟很美观的番茄在那里。诗人正在奇怪，想当这暮春的现在，他们何以会热得这样，要取这些夏天才吃的东西，那女性却很自在的在和伙计商定酒菜了。

诗人喝了几杯三鞭壮阳酒，吃了几碗很鲜很贵的菜后，头上身上就涨热了起来，他的话也接二连三的多起来了。他告诉她说，他姓何，是一位革命诗人，他已经做了怎么怎么的几部诗集了，并且不久就要上外国去做诗文专修大学的校长去。他又说，今天真巧，他会和她相遇，他明天又可以做一部《伊利亚拉》来献给她，问她愿意不愿意。那女性奉赠了他许多赞语，并且一定要他即席做一首诗出来做做今晚的纪念，这时候诗人真快乐极了。她把话停了一停，随后就又问诗人说：

“何诗人，你今晚上可以和我上大华去看跳舞么？你若可以为我抛去一两个钟头的话，那我马上就去叫汽车去。”

诗人当然是点头答应的，并且乐得他那张阔长的嘴，一直的张开牵连到了耳根。她叫伙计过来，要他去打电话说：

“喂！你到底下去打一个电话，叫 Dodge Garage 的 Manager Mr.Strange[①] 放一辆头号的 Hupmobile[②] 过来。”

那伙计听了这许多外国字，念了好几遍，终于念不出来，末了就只好摇摇头说：

“太太自家去打罢，电话在楼下账房的边上。”

她对伙计笑骂了一声蠢才，就只好自己拿了皮口袋立起身来走下楼去。

诗人今晚上有了这样的奇遇，早已经是乐得不可言说的了，又加上了几杯三鞭壮阳酒的熏蒸，更觉得诗兴勃发，不能抑遏下去。乘那位女性下楼去打电话的当中，他就光着眼睛，靠着桌子，哼哼的念出了一首即席的诗来：

---

① 英文：道奇车库的经理斯特兰杰先生。

② 汽车品牌，霍普莫比尔。

嗳嗳，坐一只黑泼麻皮儿，
做一首《伊利亚拉》诗，
喝一杯三鞭壮阳酒，
嗳嗳，我是神仙吕祖的干儿子。

他哼着念着，念了半天，那理想的女性终于不走上来，只有前回的那个伙计却拿了一张账单来问他算账了。

诗人翻白了眼睛，嗳喝嗳喝的咳嗽了几声，停了一会，把前面呆呆站着的伙计一推，就跳过了一张当路摆着的凳子，想乘势逃下楼去。但逃不上几步，就被伙计拉住了后衣，叫嚷了起来。四面的客人都挤拢来了，伙计和诗人就打作了一堆，在人丛里乱滚乱跳。这时候先前在诗人桌旁吃冰淇淋曹达的四位醉客，也站起来了。见了诗人的这一种行为，都抱了不平，他们就拿杯子的拿杯子，拿番茄的拿番茄，一个个都看准了诗人的头面，拍拍的将冰淇淋和番茄打了过去。于是冰淇淋的黄水，曹达水的泡沫，和番茄的红汁，倒满了诗人的头面。诗人的颜面上头发上，淋成了一堆一堆的五颜六色的汁水，看过去像变了一张鬼脸。他眼睛已被粘得紧紧睁不开来了。当他东跌西碰，在人丛中摸来摸去的当中，这边你也一脚，那边我也一腿的大家在向他的屁股上踢，结果弄得诗人只闭着眼睛，一边跳来跳去的在逃避，一边只在啊唷啊唷的连声乱叫。

一九二八年三月五日

附记[①]

作品中人物，并无所指。作者因近来读了英国John Galsworthy的讽刺小说*The Burning Spear*[②]，所以想学他的笔法。我以为像中国这样平静沉郁的文坛上，有这样的一二篇短篇，也未始不可以换换读者的口味。所以以后若有工夫，想再多做几篇这样的小说，集成一本来出版。

① 本篇附记为作者于一九二七年十二月在《小说月报》发表时所作。

② 约翰·高尔斯华绥（1867—1933）著的《燃烧的枪矛》。

逃　走[1]

圆通庵在东山的半腰。前后左右参差掩映着的竹林老树，岩石苍苔等，都像中国古画里的花青赭石，点缀得虽很凌乱，但也很美丽。

山脚下是一条曲折的石砌小道，向西是城河，虽则已经枯了，但秋天的实实在在的一点芦花浅水，却比什么都来得有味儿。城河上架着一根石桥，经过此桥，一直往西，可以直达到热闹的F市的中心。

半山的落叶，传达了秋的消息，几日间的凉意，把这小小的F市也从暑热的昏乱里唤醒了转来，又是市民举行盂兰盆会的时节了。

这一年圆通庵里的盂兰盆会，特别的盛大，因为正和新塑的一尊韦驮佛像开光并合在一道。庵前墙上贴在那里的那张黄榜上写着有三天三夜的韦驮经忏和一堂大施饿鬼的平安焰口。

新秋七月初旬的那天晴朗的早晨，交错在F市外的几条桑麻野道之上，便有不少的善男信女，提着香篮，套着黄袋，在赴圆通庵去参与胜会，其中尤以年近六十左右的老妇人为最多。

在这一群虔诚的信者中间，夹着在走的，有一位体貌清癯，头

① 本篇原载于一九二八年九月二十日《大众文艺》第一期，发表时题名《盂兰盆会》，后收入《达夫全集》时改为《逃走》。

发全白，穿着一件青竹布衫蓝夏布裙，手里支着一支龙头木杖的老妇人。在她的面前，有一位十二三岁的清秀的孩子，穿了一件竹布长衫，提着香篮，在作她的先导。她似乎是本地的缙绅人家的所出，一路上来往的行人，见了她和她招呼问答的很多很多。她立住了脚在和人酬应的中间，前面的那小孩子，每要一个人远跑开去，这时候她总放高了柔和可爱的喉音叫着：

“澄儿啊！走得那么快干什么？”

于是被叫作澄儿者，总红着脸，马上就立下来静站在道旁等她慢慢的到来。

太阳已经很高了，野路上摇映着桑树枝的碎影。净碧的长空里，时时飞过一块白云，野景就立刻会变一变光线，高地和水田中间的许多绿色的生物，就会明一层暗一层的移动一回。树枝上的秋蝉也会一时噤住不响，等一忽再一齐放出声来。

这一次澄儿又被叫了，他就又静站在道旁的野草中间等她。可是等她慢慢的走到了他面前的时候，他却脸上露着了一脸不耐烦的神气，光着了他黑晶晶的两只大眼对她说：

“奶奶！你走得快一点罢，少和人家说几句话，我的两只手提香篮已经提得怪酸痛了。”

说着他就把左手提着的香篮换入了右手。他的奶奶——祖母——听了他这怨声，心里也似乎感到了痛惜他的意思，所以就作了满脸慈和的笑容安抚他说：

“乖宝，今天可难为你了。”

走到将近石桥旁边的三岔路口的时候，澄儿偶然举起头来，在南面的那条沿山的小道上，远远却看见了一位额上披着黑发，皮肤洁白，衣服很整洁的小姑娘也在向着到圆通庵去的大道上走。在这小姑娘前面走着的，他一眼看了就晓得是她家里的使唤丫头，后面慢慢跟着的，当然是她的母亲。澄儿的心跳跃起来了，脸上也立时涨满了血潮。他伏倒了头，加紧了脚步，拼命的往石桥上赶，意思是想跑上她们的先，追过她们的头，不被她们看见这一种窘状。赶走了十几步路，果然后面他的祖母又叫起他来了；这一回他却不再和从前一样的柔顺，不再静站在道旁等她了，因为他心里明明知道，祖母又在和陶家的寡妇谈天了，而这寡妇的女儿小莲英哩，却是使他感到窘迫的正因。

他急急的走着，一面在他昏乱的脑里，却在温寻他和莲英见面的前后几回的情景。第一次的看到莲英，他很明细地记着的，是在两年前的一天春天的午后。他刚从小学校放学出来，偶尔和几位同学，跑上了轮船码头，想打那里经过之后，就上东山前的雷祖殿去闲耍的，可是汽笛叫了两声，晚轮船正巧到了码头了，几位朋友就和他一齐上轮船公司的码头岸上去看了一回热闹。在这热闹的旅客丛中，他突然看见了这一位年纪和他相仿，头上梳着两只丫髻，皮肤细白得同水磨粉一样的莲英。他看得疯魔了，同学们在边上催他走，他也没有听到。一直到旅客走尽，莲英不知走向了什么地方去的时候，他的同学中间的一个，拉着他的手耻笑他说：

“喂！树澄！你是不是看中了那个小姑娘了？要不要告诉你一个仔细？她是住在我们间壁的陶寡妇的女儿小莲英，新从上海她叔父那里回来的。你想她么？你想她，我就替你做媒。”

听到了这一位淘气同学的嘲笑，他才同醒了梦似的回复了常态，涨红了脸，和那位同学打了起来。结果弄得雷祖殿也没有去成，他一个人就和他们分了手跑回到家里来了。

自从这一回之后，他的想见莲英的心思，一天浓似一天，可是实际上的他的行动，却总和这一个心思相反。莲英的住宅的近旁，他绝迹不敢去走，就是平时常常进出的那位淘气同学的家里，他也不敢去了。有时候到了忍无可忍的时候，他就在昏黑的夜里，偷偷摸摸的从家里出来，心里头一个人想了许多口实，路线绕之又绕，捏了几把冷汗，鼓着勇气，费许多顾虑，才敢从她的门口走过一次。这时候他的偷视的眼里所看到的，只是一道灰白的围墙，和几口关闭上的门窗而已。可是关于她的消息，和她家里的动静行止，他却自然而然不知从哪里得来地听得十分的详细。他晓得她家里除她母亲而外，只有一个老佣妇和一个使唤的丫头。他晓得她常要到上海的她叔父那里去住的。他晓得她在F市住着的时候，和她常在一道玩的，是哪几个女孩。他更晓得一位他的日日见面，再熟也没有的珍珠，是她的最要好的朋友。而实际上有许多事情，他却也是在装作无意的中间，从这位珍珠那里听取了来的。不消说对珍珠启口动问的勇气，他是没有的，就是平时由珍珠自动地说到莲英的事情的时候，他总要装出一脸毫无兴趣绝不相干的神气来；而在心里呢，他却只在希望珍珠能多说一点陶家家里的家庭琐事。

第二次的和她见面，是在这一年的九月，当城隍庙在演戏的晚上。他也和今天一样，在陪了他的祖母看戏。他们的座位却巧在她们的前面，这一晚弄得他眼昏耳热，和坐在针毡上一样，头也不敢朝一朝转来，话也不敢说一句。昏昏的过了半夜，等她们回去了之后，他又同失了什么珍宝似的心里只想哭出来。当然看的是什么几出戏，和那一晚是什么时候回来的那些事情，他是茫然想不起来了。

第三次的相见，是去年的正月里，当元宵节的那一天早晨，他偶一不慎，竟跟了许多小孩，和一群龙灯乐队，经过了她的门口。他虽则在热闹乱杂之中瞥见了她一眼，但当他正行经过她面前的时候，却把双眼朝向了别处，装作了全没有看见她的样子。

“今天是第四次了！”他一边急急的走着，一边就在昏乱的脑里想这些过去的情节。想到了今天的逃不过的这一回公然的相见，他心里又起了一种难以名状的苦闷。“逃走罢！”他想，“好在圆通庵里今天人多得很，我就从后门逃出，逃上东山顶上去罢！”想定了这一个逃走的计策之后，他的脚步愈加走得快了。

赶过了几个同方向走去的香客，跑上山路，将近庵门的台阶的时候，门前站着的接客老道，早就看见了他了。

“澄官！奶奶呢？你跑得那么快赶什么？”

听到了这认识的老道的语声，他就同得了救的遇难者一样，脸上也自然而然的露了一脸笑容。抢上了几步，将香篮交给了老道，他就喘着气，匆促地回答说：

“奶奶后面就到了，香篮交给你，我要上山去玩去。”

这几句话还没有说完，他就挤进了庵门，穿过了大殿，从后面一扇朝山开着的小门里走出了庵院，打算爬上山去，躲避去了。

F市是钱塘江岸的一个小县城，市上倒也有三四千户人家。因为江流直下，到此折而东行，所以在往昔帆船来往的时候，F市却是一个停船暂息的好地方。可是现在轮船开行之后，F市的商业却凋敝得多了。和从前一样地清丽可爱的只是环绕在F市周围的旧日的高山流水。实在这F市附近的天然风景，真有秀逸清高的妙趣，决不是离此不远的浓艳的西湖所能比得上万分之一的。一条清澄彻底的江水，直泻下来，到F市而转换行程，仿佛是南面来朝的千军万马。沿江的两岸，是接连不断的青山，和遍长着杨柳桃花的沙渚。大江到岸，曲折向东，因而江心开畅，比扬子江的下流还要辽阔。隔岸的烟树云山，望过去飘渺虚无，只是青青的一片。而这前面临江的F市哩，北东西三面，又有蜿蜒似长蛇的许多山岭围绕在那里。东山当市之东，直冲在江水之中，由隔岸望来，绝似在卧饮江水的蛟龙的头部。满山的岩石，和几丛古树里的寺观僧房，又绝似蛟龙头上的须眉角鼻，各有奇姿，各具妙色。东山迤逦北延，愈进愈高，连接着插入云峰的舒姑山岭，兀立在F市的北面，却作了挡住北方烈悍之风的屏障。舒姑山绕而西行，像一具长弓，弓的西极，回过来遥遥与大江西岸的诸峰相接。

像这样的一个名胜的F市外，寺观庵院的毗连兴起原是当然的事情。而在这些南朝四百八十的古寺中间，楼台建筑得比较完美的，要算东山头上高临着江渚的雷祖师殿，和殿后的恒济仙坛，与在东山西面，靠近北郊的这一个圆通庵院。

树澄逃出了庵门，从一条斜侧的小道，慢慢爬上山去。爬到了山的半峰，他听见脚下庵里亭铜亭铜的钟磬声响了。渐爬渐高，爬到山脊的一块岩石上立住的时候，太阳光已在几棵老树的枝头，同金粉似的洒了下来。这时候他胸中的跳跃，已经平稳下去了。额上的珠汗，用长衫袖子来擦了一擦，他又回头来向西望了许多时候。脚下圆通庵里的钟磬之声，愈来愈响了，看将下去，在庵院的瓦上，更有几缕香烟，在空中飞扬缭绕，虽然是很细，但却也很浓。更向西直望，是一块有草树长着的空地，再西便是F市的万千烟户了。太阳光平晒在这些草地屋瓦和如发的大道之上，野路上还有络绎不绝的许多行人，如小动物似的拖了影子在向圆通庵里走来。更仰起头来从树枝里看了一忽茫苍无底的青空，不知怎么的一种莫名其妙的淡淡的哀思，忽然涌上了他的心头。他想哭，但觉得这哀思又没有这样的剧烈，他想笑，但又觉得今天的遭遇，并不是快乐的事情。一个人呆呆的在大树下的岩石上立了半天，在这一种似哀非哀，似乐非乐的情怀里惝恍了半天，忽儿听见山下半峰中他所刚才走过的小径上又有人语响了，他才从醒了梦似的急急跑进了山顶一座古庙的壁后去躲藏了。

这里本来是崎岖的山路，并且又径仄难行，所以除樵夫牧子而外，到这山顶上来的人原是很少。又因为几月来夏雨的浇灌，道旁的柴木，也已经长得很高了。他听见了山下小径上的人语，原看不出是怎样的人，也在和他一样的爬山望远的；可是进到了古庙壁后去躲了半天，也并没有听出什么动静来。他正在笑自己的心虚，疑耳朵的听觉的时候，却忽然在他所躲藏的壁外窗下，有一种极清晰的女人声气在说话了。

"阿香！这里多么高啊，你瞧，连那奎星阁的屋顶，都在脚下了。"

听到了这声音，他全身的血液马上就凝住了，脸上也马上变成了青色。他屏住气息，更把身子放低了一段，可以不使窗外的人看见听见，但耳朵里他却只听见自己的心脏鼓动得特别的响。咬紧牙齿把这同死也似的苦闷忍抑了一下，他听见阿香的脚步，走往南去了，心里倒宽了一宽。又静默挨忍了几分钟如年的时刻，他觉得她们已经走远了，才把身体挺直了起来，从瓦轮窗的最低一格里，向外望了出去。

他的预算大错了，离窗外不远，在一棵松树的根头，莲英的那个同希腊石刻似的侧面，还静静地呆住在那里。她身体的全部，他看不到，从他那窗眼里望去，他只看见了一头黑云似的短发和一只又大又黑的眼睛。眼睛边上，又是一条雪白雪白高而且狭的鼻梁。她似乎是在看西面市内的人家，眼光是迷离浮散在远处的，嘴唇的一角，也包得非常之紧，这明明是带忧愁的天使的面容。

他凝视着她的这一个侧面，不晓有多少时候，身体也忘了再低伏下去了，气息也吐不出来了，苦闷，惊异，怕惧，懊恼，凡一切的感情，都似乎离开了他的躯体，一切的知觉，也似乎失掉了。他只同在梦里似的听到了一声阿香在远处叫她的声音，他又只觉得在他那窗眼的世界里，那个侧面忽儿消失了。不知她去远了多少时候，他的睁开的两只大眼，还是呆呆的睁着在那里，在看山顶上的空处。直到一阵山下庵里的单敲皮鼓的声音，隐隐传到了他的耳朵里的时候，他的神思才恢复了转来。他撇下了他的祖母，撇下了他祖母的香篮，撇下了中午圆通庵里飨客的丰盛的素斋果实，一出那古庙的门，就同患热病的人似的一直一直的往后山一条小道上飞跑走了，头也不敢回一回，脚也不敢息一息地飞跑走了。

一九二八年九月作

在寒风里[1]

上

老东家——你母亲——年纪也老了，这一回七月里你父亲做七十岁阴寿的时候，他们要写下分单来分定你们弟兄的产业。帖子早已发出，大娘舅，二娘舅，陈家桥的外公，范家村的大先生，阿四老头，都在各帮各亲人的忙，先在下棋布局，为他们自己接近的人出力。你的四位哥哥，也在日日请酒探亲，送礼，拜客。和尚，我是晓得你对这些事情都不愿意参预的，可是五嫂同她的小孩们，将来教她们吃什么呢？她们娘家又没有什么人，族里的房长家长，又都对你是不满意的，只有我这一个老不死，虽在看不过他们的黑心，虽在日日替你和五嫂抱不平，但一个老长工，在分家的席上，哪里有一句话分。所以无论如何，你接到这一封信后，总要马上回来，来赶七月十二日那一天阴寿之期。他们那一群豺狼，当了你的面，或者也会客气一点。五嫂是晓得你的脾气，知道你不耐烦听到这些话的，所以教我信也不必去发。但眼见得死了的老东家最痛爱的你这一房，将来要弄得饭都吃不成，那我也对不起死了的老

① 本篇原载于一九二八年十二月二十日《大众文艺》月刊第四期（该刊此期延期发行）。

东家你的父亲，这一封信是我私下教东门外的测字先生写的，怕你没回来的路费，我把旧年年底积下来的五块钱封在里头，接到这一封信之后，请你千万马上就回来。

这是我们祖父手里用下来的老仆长生写给我的那封原信的大意。但我的接到这信，是刚在长江北岸扬州城外的一个山寺里住下的时候，已在七月十二那一天父亲的阴寿之期之后了。

自己在这两三年中，辗转流离，老是居无定所。尤其是今年入春以后，因为社会的及个人的种种关系，失去了职业，失去了朋友亲戚还不算稀奇，简直连自己的名姓，自己的生命都有失去的危险，所以今年上半年中迁徙流寓的地方比往常更其不定，因而和老家的一段藕丝似的关系也几乎断绝了。

长生的那封用黄书纸写的厚信封面上，写着的地址原是我在半年以前住过一个多月的上海乡下的一处地方。其后至松江，至苏州，至青岛，又回到上海，到无锡，到镇江，到扬州，直到阴历的八月尽头方在扬州乡下的那山寺里住下，打算静息一息之后，再作云游的计划的；而秋风凉冷，树叶已萧萧索索地在飞掉下来，江北的天气，早就变成了残秋的景象了。可怜忠直的长生的那封书札，也像是有活的义勇的精神保持着的样子，为追赶我这没出息的小主人的原因，也竟自南而北，自北而南，不知走尽了几千里路。这一回又自上海一程一程的随车北上，直到距离他发信之日有两个多月的时间之后，方才到了我的手里。信封面上的一张一张的附笺，和因转递的时日太久而在信封上自然发生的一条一条的皱痕，都像是那位老仆的呐呐吐说不清的半似爱惜半似责难的言语，我于接到他那封厚信的时候，真的感到了一种不可以命名的怯惧，有好一晌不敢把它拆打开来阅读它的内容。

对信封面呆视了半天，心里自然而然的涌起了许多失悔告罪之情，又朦朦胧胧地想起了些故乡的日常生活，和长生平时的言动举止的神情之后，胆子一大，我才把信拆开了。在一行一行读下去的中间，我的双眼虽则盯住在那几张粗而且黄的信纸之上，然而脑里却正同在替信中的言语画上浓厚的背景去的一样，尽在展开历来长生对我们一族的关系的各幅缩写图来。

长生虽然是和我们不同姓的一个外乡人，但我们家里六十年来的悲欢大事，总没有一次他是不在场的。他跟他父亲上我们屋里来做看牛的牧童的时候，我父亲还刚在乡塾里念书，我的祖父祖母还健在着哩。其后我们的祖父死了，祖母于为他那独养儿子娶媳妇——就是我们的母亲——之先，就把她手下的一个使婢配给了他，他们两口儿仍复和我们在一道住着。后来父亲娶了我们母亲，我们弟兄就一个一个的生下来了，而可怜的长生，在结婚多年之后，于生头一个女儿的时候，他的爱妻却在产后染了重病，和他就成了死别。他把女儿抱回到了自己的乡里去后，又仍复在我们家里做工。一年一年的过去，他看见了我们弟兄五人的长成，看见了我们父亲祖母的死去，又看见了我们弟兄的娶妇生儿，而他还是和从前一样的在我们家里做工。现在第三代都已经长成了，他的女儿也已经嫁给了我们附近的一家农家的一位独身者做媳妇，生下了外孙了，他也仍旧还在我们家里做工。

他生性是笨得很的，连几句极简单的话都述说不清，因此他也不大欢喜说话；而说出一句话来的时候，总是毒得不得了，坚决得不得了的。他的高粗的身体和强大的气力，却与此相反，是什么人见了也要生怕惧之心的，所以平时他虽则总是默默不响，由你们去说笑话嘲弄他，但等他的毒性一发作，那他就不问轻重，不管三七二十一，无论什么重大的物事如捣臼磨石之类，他都会抓着擎起，合头盖脑的打上你的身来。可是于这样的毒脾气发了之后，等弥天的大祸闯出了之后，不多一忽，他就会同三岁的小孩子一样，流着眼泪，合掌拜倒在你的面前，求你的宽恕，乞你的饶赦，直到你破颜一笑，仍复和他和解了的时候为止。像这样愚笨无灵的他，大家见了他那种仿佛是吃了一惊似的表情，大约总要猜想他是一个完全没有神经，没有感情的人了，可是事实上却又不然。

他于那位爱妻死了的时候，一时大家都以为他是要为发疯而死的了。他的两眼是呆呆向前面的空处在直视的，无论坐着立着的时候，从旁边看将起来，总好像他是在注视着什么的样子；你只须静守着他五分钟的时间，他在这五分钟之内，脸上会一时变喜，一时变忧的变好几回。并且在这中间，不管他旁边有没有人在，他会一个人和人家谈话似的高声独语起来。有时候简直会同小孩子似的哗的一声高哭出来。眼泪流满了两颊，流上了他的那两簇卷曲黄黑的胡子，他也不想去擦一擦，所以亮晶晶的泪滴，老是同珍珠似的挂在他的胡子角上的。有时候在黑夜里，他这样的独语一阵，高哭一阵之后，就会从床上跳起身来，轻轻开了大门，一个人跑出去，去跑十几里路，上北乡我们的那座祖坟山边上他那爱妻的墓上去坐到天明。像这样的状态，总继续了半年的样子，后来在寒冬十二月的晚上，他冒了风雪，这样的去坐了一宵，回来就得了一场大病。大病之后，他的思念爱妻之情，似乎也淡薄下去了。可是直到今日，你若提起一声夏姑——这是他爱妻的名字——他就会坐下来夏姑长夏姑短的和你说许许多多的废话。

第二次的他的发疯，是当我父亲死的那一年。大约因我父亲之死，又触动了他的对爱妻悲悼之情了罢，他于我父亲死后，哭了叫了几天还不足，竟独自一个人上坟山脚下的那座三开间大的空庄屋里去住了两个多月。

在最近的——虽说是最近，但也已经是六七年前的事情了——我们祖母死的时候，照理他是又该发疯的，但或者是因为看见死的场面已经看惯了的原因罢，他的那一种疯症竟没有发作。不过在替祖母送葬的那一天，他悲悲切切地在路上哭送了好几里路。

在这些生死大难之间，或者是可以说感情易动的，倒还不足以证实他的感情纤弱来；最可怪的，是当每年的冬天，我们不得不卖田地房屋过年的时候，他也总要同疯了似的乱骂乱嚷，或者竟自朝至晚一句话也不讲的死守着沉默地过几天日子。

因为他这种种不近人情的结果，所以在我们乡里竟流行开了一个他的绰号。“长生癫子”这四个字，在我们邻近的各乡里，差不多是无人不识的。可是这四个字的含义，也并不是完全系讥笑他的意思。有一半还是指他的那种对东家尽心竭力的好处在讲，有一半却是形容他的那种怪脾气和他的那一副可笑的面容了，这一半当然是对他的讥笑。

说到他的面容，也实在太丑陋了。一张扁平的脸，上面只看得出两个大小不同的空洞，下面只看得出几簇黄曲的毛。两个空洞，就是他的眼睛，同圆窗似的他这两只眼睛，左右眼的大小是不同的。右眼比左眼要大三分之一，圆圆的一个眶里，只见有黑眼珠在那里放光，眼白是很少的，不过在外围边上有狭狭的一线而已。他的黄胡子也生得很奇怪，平常的人总不过在唇上唇下，或者会生两排长胡，而他的胡子却不然。正当嘴唇之上，他是没有胡子的，嘴唇角上有洋人似的两簇，此外在颊骨下，一直连到喉头，这儿一丛，那儿一簇的不晓得有几多堆，活像是玉蜀黍头上生在那里的须毛。他的皮色是黑里带紫的，面皮上一个个的毛孔很大很深，近一点看起来，几乎要疑他是一张麻脸。鼻头是扁平的朝天鼻，那张嘴又老是吃了一惊似的张开在那里的。因为他的面相是这样，所以我们乡下若打算骗两三岁的小孩要他恐怖的时候，只教说一声“长生癫子来了”就对，小孩们听见了“长生癫子”这四个字，在哭的就会止住不哭，不哭的或者会因恐怖而哭起来。可是这四个字也并不是专在这坏的方面用的，有时候乡下的帮佣者对人家的太出力的长工有所非难不满的时候，就会说“你又不是长生癫子，要这样的帮你们东家干什么？”

我在把长生的来信一行一行地读下去的中间，脑里尽在展开以长生为中心的各种悲喜的画幅来。不识是什么原因，对于长生的所以要写那封信给我的主要动机，就是关于我们弟兄析产的事情等，我却并不愿多费一点思索。后来读到了最后一张，捏到了重重包在黄书纸里的那张中国银行的五元旧钞票的时候，不晓怎么，我却忽而觉得心里有点痛起来了。无知的长生，他竟把这从节衣节食中积起来的五块钱寄给我了，并且也不开一张汇票，也不作一封挂号或保险信寄。万一这一封原信失去，或者中途被拆的时候，那你又怎么办呢？我想起了这一层，又想起了四位哥哥的对于经济得失的精明的计算，并且举起眼睛来看看寺檐头风云惨淡的山外的天空，茫然自失，竟不知不觉的呆坐到了天黑。等寺里的小和尚送上灯来，叫我去吃晚饭的时候，我的这一种似甘又苦的伤感情怀，还没有完全脱尽。

那一晚上当然是一晚没有睡着。我心里颠颠倒倒，想了许多事情。

自从离开故乡以来，到现在已经有十六七年了。这中间虽然也回去过几次，虽也时常回家去小住，然而故乡的这一个观念，和我现在的生活却怎么也生不出关系来。当然老家的田园旧业，也还有一点剩在那里。然而弟兄五人，个个都出来或念书或经商，用的钱是公众的，赚的钱是私己的，到了现在再说分家析产，还有点什么意义呢？并且像我这样的一个没出息的儿子，到如今花的家里的钱也已经不少了，末了难道还想去多争一亩田，多夺一间屋来养老么？弟兄的争产，是最可羞的一件事情，况且我由家庭方面，族人方面，和养在家里的儿女方面说起来，都是一个不能治产的没有户主资格的人，哪里还有面目再去和乡人见面呢？一想到这里，我觉得长生的这一封信的不能及时送到，倒是上帝有灵，仿佛是故意使我避过一场为难的大事似的。想来想去，想到了半夜，我就挑灯起来，写了一封回信，打算等天亮之后就跑到城里去寄出。

> 读了长生的来信，使我悲痛得很。我不幸，不能做官发财，只晓得使用家里的金钱，到现在也还没有养活老婆儿子的能力。分家的席上，不管他们有没有分给我，我也决没有面目来多一句嘴的。幸喜长生的来信到此地已经是在分家的期后，倒使我免去了一种为难的处置。无论如何，我想分剩下来，你们几口的吃住问题总可以不担心思的，有得分就分一点，没得分也罢了，你们可以到坟庄去安身，以祭田作食料的。我现在住在扬州乡下，一时不能回来，长生老了，若没有人要他去靠老，可以教他和我们同住。孤伶仃一个人，到现在老了，教他上哪里去存身呢？我现在身体还好，请你们也要保重，因为穷人的财产就是身体。……

这是我那封回信的大意，当然是写给我留养在家中的女人的。回信发后，这一件事情也就忘记了。并且天气也接连着晴了几天，我倒得了一个游逛的机会，凡天宁门广储门以北，及出西北门二三十里地的境内，各名胜的残迹，都被我搜访到了。

下

寒空里刮了几日北风，本来是荒凉的扬州城外，又很急速的变了一副面相。黄沙弥漫的山野之间，连太阳晒着的时候都不能使人看出一点带生气的东西来。早晨从山脚下走过向城里运搬产物去的骡儿项下的那些破碎的铁铃，又塔兰塔兰地响得异常的凄寂，听起来真仿佛是在大漠穷荒，一个人无聊赖地伏卧在穹庐帐底，在度谪居的岁月似的。尤其是当灯火青荧的晚上，在睡不着的中间，倚枕静听着北风吹动寺檐的时候，我的喜欢热闹的心，总要渴念着大都会之夜的快乐不已。我对这一时已同入葬在古墓堆里似的平静的生活，又生起厌倦之心来了。正在这一个时候，我又接到了一封从故乡寄来的回信。

信上说得很简单，大旨是在告诉我这一回分家的结果。我的女人和小孩，已搬上坟庄去住了，田地分到了一点，此外就是一笔现款，系由这一次的出卖市房所得的，每房各分得了八百元。这八百元款现在还存在城里的聚康庄内，问我要不要用。母亲和二房同住，仍在河口村的老屋里住着。末了更告诉我说，若在外边没有事情，回家去一趟看看老母也是要紧的，她老人家究竟年纪老了，近来时常在患病。

接到了这一封信，我不待第二次的思索，就将山寺里的生活作了一个结束。第二天早晨一早，就辞别了方丈，走下山来。从福运门外搭汽车赶到江边，还是中午的时候，过江来吃了一点点心，坐快车到上海北站，正是满街灯火，夜市方酣的黄昏八九点之交。我雇了一乘汽车，当夜就上各处去访问了几位直到现在还对我保持着友谊的朋友，告诉他们以这几个月的寂寥的生活，并且告诉他们以再想上上海附近来居住的意思。朋友中间的一位，就为我介绍了一间在虬桥路附近的乡下的小屋，说这本来是他的一位有钱的亲戚，造起来作养病之所的。但等这小屋造好，病人已经入了病院，不久便死去了。他们家里的人到现在还在相信这小屋的不利，所以没有人去居住。假若我不嫌寂寞，那无论什么时候，都可以搬进去住的。我听了他的说明，就一心决定了去住这一间不利的小屋，因而告诉他在这两三天内，想回故乡去看看老母，等看了老母回来马上就打算搬入这一间乡下的闲房去住，请他在这中间，就将一切的交涉为我代办办好。此外又谈了许多不关紧要的闲天，并上两三家舞场去看了一回热闹，到了后半夜才和他们分了手，在北站的一家旅馆内去借了一宵宿。

两天之后，我又在回故乡去的途上了。可是奇怪得很，这一回的回乡，胸中一点儿感想也没有。连在往年当回乡去的途中老要感到的那一种“我是落魄了回来了”的感伤之情都起不起来。

当午前十一点的时候，船依旧同平日一样似的在河口村靠了岸。我一个人也飘然从有太阳晒着的野道上，走回到那间朝南开着大门的老屋里去。因为是将近中午的缘故，路上也很少有认识的人遇见。我举起了很轻的脚步，嘴里还尖着嘴唇在吹着口笛，舒徐缓慢，同刚离开家里上近村去了一次回来的人似的在走回家去。走到围在房屋外围的竹篱笆前，一切景象，还都同十几年前的样子一样。庭前的几棵大树，屋后的一排修竹，黑而且广的那一圈风火围墙，大门上的那一块南极呈祥的青石门楣，都还同十几年前的样子一点儿也没有分别。直到我走尽了外圈隙地，走进了大门之后，我的脚步便不知不觉地停住了。大厅上一个人影也没有。本来是挂在厅前四壁的那些字画对联屏条之类，都不知上哪里去了。从前在厅上摆设着的许多红木器具，两扇高大的大理石围屏，以及锡制的烛台挂灯之类，都也失了踪影，连天井角里的两只金鱼大缸都不知去向了。空空的五开间的这一间厅屋，只剩了几根大柱和一堆一眼看将起来原看不大清爽的板凳小木箱之类的东西堆在西首上面的厅角落里。大门口，天井里，同正厅的檐下原有太阳光晒在那里的，但一种莫名其妙的冷气突然间侵袭上了我的全身。这一种衰败的样子，这一幅没落的景象，实在太使我惊异了。我呆立了一阵，从厅后还是没有什么人出来，再举起眼睛来看了看四周，我真想背转身子就举起脚步来跑走了。但当我的视线再落到西首厅角落里的时候，一个红木制的同小柜似的匣子背形，却从乱杂的一堆粗木器的中间吸住了我的注意，从这匣子的朝里一面的面上波形镶在那里的装饰看起来，一望就可以断定它是从前系挂钉在这厅堂后楼上的那个精致的祖宗堂无疑。我还记得少年的时候，从小学校放假回来，如何的爱偷走上后楼去看这雕刻得很精致的祖宗堂过。我更想起当时又如何的想把这小小的祖宗堂拿下来占为己有，想将我所爱的几个陶器的福禄寿星人物供到里头去过。现在看见了这祖宗堂的被乱杂堆置在这一个地方，我的想把它占为己有的心思一时又起来了，不过感到的感觉和年少的时候却有点不同。那时候只觉得它是好玩得很，不过想把它拿来作一个上等的玩具，这时候我心里感到的感觉却简单地说不出来，总觉得这样的被乱堆在那里还是让我拿了去的好。

我一个人呆立在那里看看想想，不知立了多少时候，忽而听见背后有跑得很快的脚步声响了。回转头来一看，我又吃了一惊。两年多不见的侄儿阿发，竟穿上了小操衣，拿着了小书包从小学里放学回来了。他见了我，一时也同惊极了的一样，忽而站住了脚，张大了两眼和那张小嘴，对我呆呆注视了一会。等我笑着叫他“阿发，你娘哩！”的时候，他才作了笑脸，跳近了我的身边叫我说：

“五叔，五叔，你什么时候回来的？……娘在厨下烧饭罢？爸爸和哥哥等都上外婆家去了。”

我抚着他的头，和他一道想走进厨下去的中间，忽儿听见东厢房楼板上童童的一声，仿佛是有一块大石倒下在楼板上的样子。我举起头来向有声响的地方一看，正想问他的时候，他却轻轻地笑着告诉我说：

“娜娜（祖母）在叫人哩！因为我们在厨下的时候多，听不出她的叫声，所以把那个大秤锤给了她，教她要叫人的时候，就那么的从床上把铁锤推下来的。”

他的话还没有说完，东北角的厅里果然二嫂嫂出来了。突然看见了我和阿发，她也似乎吃了一惊，就大声笑着说：

“啊，小叔，你是什么时候回来的？五婶正教长生送了一篮冬笋来，他还在厨下坐着哩，你还没有回到庄屋里去过么？”

“是刚刚从轮船上来的。娘哩？还睡在那里么？”

“这一向又睡了好几天了，你却先上厨下去洗个面喝口茶罢，我上一上去就来。”

说着她就走上了东夹弄里的扶梯，我就和阿发一道走进到了厨下。

长生背朝着外面，驼了背坐在灶前头那张竹榻上吸烟，听见了我和阿发的脚步声，他就立了起来。看见了我，猛然间他也惊呆住了。

“噢，和和……，五五……，你你……”

可怜急得他叫也叫不出来，我和阿发，看了他那一种惊惶着急的样子，不觉都哈哈哈哈的笑起来了，原来我的乳名叫作和尚，小的时候，他原是和尚和尚的叫我叫惯的，现在因为长年的不见，并且我也长大了，所以他看见我的时候，老不知道叫我作什么的好。我笑了一阵，他的惊惶的样子也安定了下去，阿发也笑着跑到灶下去弄火去了，我才开始问他：

“你仍和我们住在一道么？庄屋里的情形怎么样？”

他摇了摇头，作了一副很认真的样子，对我呆视着轻轻的问说：

“和和……五，五先生，我那信你接到了么？你……你的来信，我也听见说了，我很多谢你，可是我那女儿，也在叫我去同她们住。”

说到这里，二嫂嫂已从前面走了进来，我就把长生撇下，举起眼睛来看她。我在她的微笑的脸上，却发见了一道隐伏在眉间的忧意。

“老人家的脾气，近来真越变得古怪了。”

她微笑摇摇头说。

“娘怎么样，病总不十分厉害吧？”

我问她。

“病倒没有什么，可是她那种脾气，长生吓，你总也知道的罢？”

说着她就转向了长生，仿佛是在征他的同意。我这回跑了千把里路，目的是想来看看这一位老母的病状的，经嫂嫂那么的一说，心里倒也想起了从前我每次回来，她老人家每次总要和我意见冲突，弄得我不得不懊恼而走的种种事情，一瞬间我却失悔了，深悔我这一回的飘然又回到了故乡来。但再回头一想，觉得她老人家究竟是年纪大了，像这样在外面流离的我，如此的更和她能够见得几回的面。所以一挺起身，我就想跑出前厅上楼去看看她的病容。但走到了厅门边上，嫂嫂又叫我回去说：

“小叔，你是明白的人，她老人家脾气向来是不好的，你现在还是不去看她罢，等吃了饭后，她高兴一点的时候再去不迟。”

被嫂嫂这么的一阻，我却更想急急乎去见见她老的面了，于是就不管三七二十一，跑出前厅，跑上了厢楼。

厢楼上的窗门似乎因为风多都关闭在那里，所以房里面光线异常的不足。我上楼之后，就开口亲亲热热地叫了一声“娘！”但好久没有回音。等我的目光习惯了暗处的光线，举目向床上看去的时候，我才看出了床上的帐子系有半边钩挂起在那里的，我们的那位老母却背朝着了外床，打侧睡在棉被窝里。看了她半天的没有回音，我以为她又睡着在那里了，所以不敢再去惊动，就默默的在床前站立了好一会。看看她是声息也没有，一时似乎是不会醒转来的样子，我就打算轻轻走下楼来了。但刚一举脚，床上我以为是睡着的她却忽而发了粗暴的喉音说：

“你也晓得回来的么？”

我惊异极了，正好像是临头被泼了一身冷水。

“你回来是想来分几个钱去用用的罢？我的儿女要都是像你一样，那我怕要死了烂在床上也没有人来收拾哩！哼，你们真能干，你那媳妇儿有她的毒计，你又有你的方法。今天我是还没有死哩，你又想来拆了我的老骨头去当柴烧了么？我的这一点金器，可是轮不到你们俩的，老实先同你们说了罢？”

我听了她的这一番突如其来的毒骂，真的知觉也都失去，弄得全身的血液都似乎凝结住了。身上发了抖，上颚骨与下颚骨中间格格地发出了一种互击的声音。眼睛也看不出什么东西来了，黑暗里只瞥见有许多金星火花，在眼前迸发飞转，耳朵里也只是嗡嗡地在作怪鸣；我这样惊呆住兀立了不晓得有多少时候，忽而听见嫂嫂的声音在耳朵边上叫说：

“小叔，小叔，你上下面去吃饭去罢！娘也要喝酒了啊。”

我昏得连出去的路都辨不清了，所以在黑暗里竟跌翻了几张小凳才走出了厢楼的房门，听见我跌翻了凳子的声音之后，床里面又叫出来说：

“这儿的饭是不准你来吃的，这儿是老二的屋里，不是老屋了。”

我一跑下楼梯，走到了厅屋的中间，看见长生还抬起了头驼着了背很担忧似的在向厢房楼上看着。一见了他的这一副样子，我的知觉感情就都恢复了，一时勉强忍住得好久的眼泪，竟扑簌簌滚下了好几颗来。我头也不回顾一眼，就跑出了厅门，跑上了门前的隙地，想仍复跑上船埠头去等下午那一班向杭州出发的船走。但走上村道的时候，长生却含着了泪声，在后面叫我说：

“和和……和……，五先生，你等一等……”

我听了他的叫声，就也不知不觉的放慢了脚步，等他走近了我的背后，只差一两步路的时候，我就一边走着一边强压住了自己啜泣的鼻音对他说：

“长生，你回去罢，庄屋里我是不去了。我今晚上还要上上海去。”

在说话的中间他却已经追上了我的身边，用了他的那只大手，向我肩上一拉，他又呐呐的说：

“你，你去吃了饭去。他们的饭不吃，你可以上我女儿那里去吃的。等吃了饭我就送你上船好了。”

我听了他这一番话，心里更是难堪了，便举起袖子来擦了一擦眼泪，一句话也不说，由他拉着，跟他转了一个方向，和他走上了他女儿的家中。

等中饭吃好，手脸洗过，吸了一支烟后，我的气也平了，感情也回复了常态。因为吃饭的时候，他告诉了我许多分家当时的又可气又可笑的话，我才想起了刚才在厅上看见的那个祖宗神堂。我问了他些关于北乡庄屋里的事情，又问他可不可以抽出两三日工夫来，和我同上上海去一趟。他起初以为我在和他开玩笑，后来等我想把那个大家不要的祖宗堂搬去的话说出之后，他就跳起来说：

“那当然可以，我当然可以替你背了上上海去的。”

等他先上老屋去将那个神堂搬了过来，看看搭船的时间也快到了，我们就托他女儿先上药店里去带了一个口信给北乡的庄屋，说明我们两人的将上上海。

那一天晚上的沪杭夜车到北站的时候，我和他两个孤伶仃的清影，直被挤到了最后才走出铁栅门来，因为他背上背着那红木的神堂，走路不大方便，而他自己又仿佛是在背着活的人在背上似的，生怕被人挤了，致这神堂要受一点委屈。

第二天的午前，我先在上海将本来是寄存在各处的行李铺盖书架桌椅等件搬了一搬拢来，此外又买了许多食用的物品及零碎杂件等包作了一大包。午后才去找着了那位替我介绍的朋友，一同迁入了虬桥路附近的那间小屋。

等洗扫干净，什器等件摆置停当之后，匆促的冬日，已经低近了树梢，小屋周围的草原及树林中间，早已有渺茫的夜雾蒙蒙在扩张开来了。这时候我那朋友，早已回去了上海，虽然是很小，但也有三小间宽的这一间野屋里只剩了我和长生的两个。我因为他在午后忙得也够了，所以叫他且在檐下的藤椅子上躺息一下吸几口烟，我自己就点上了洋烛，点上了煤油炉子，到后面的一间灶屋里去准备夜饭。

等我把一罐牛肉和一罐芦笋热好，正在取刀切开面包来的时候，从黑暗的那间朝南的起坐室里却呜呜的传了一阵啜泣的声音过来。我拿了洋烛及面包等类，走进到这间起坐室的时候，哪里知道我满以为躺坐在檐下藤椅上吸烟的长生，竟跪坐在那祖宗神堂的面前地上，两手抱着头尽在那里一边哭一边噜噜苏苏动着了嘴似在祷告。我看了这一种单纯的迷信，心里竟也为他所打动了，在旁边呆看了一忽，把洋烛和面包之类向桌上一摆，我就走近了他的身边伏下去扶他起来叫他说：

“长生，起来吃饭罢！”

他听了我这一声叫，似乎更觉得悲伤了，就放大了声音高哭了起来；我坐倒在椅上，慢慢的慰抚了半天，他才从地上立起，与我相对坐着，一边哭一边还继续的说：

“和尚，我实在对老东家不起。我……我我实在对老东家不起。……要你……要你这样的去烧饭给我吃。……你那几位兄嫂，……他们……他们真是黑心。……田地……田地山场他们都夺的夺争的争抢了去了……只……只剩了一个坟庄……和这一个神堂给你们。……我……我一想起老东家在日，你们哥儿几个有的是穿有的是吃……住的是……是那间大厅堂，……到现在你……你只一个人住上这间小……小的草屋里来，……还要……还要自己去烧饭……我……真对老东家不起……”

对这些断续的苦语，我一边在捏着面包含在嘴里，一边就也解释给他听说：

“住这样的草舍也并不算坏，自己烧饭也是很有趣的。这几年也是我自己运气不好，找不到一定的事情，所以弄得大家都苦。若时运好一点起来，那一切马上就可以变过的。兄嫂们也怪他们不得，他们孩子又多，现在时势也真艰难。并且我一个人在外面用钱也的确用了太多了。”

说着我又记起了日间买来的那瓶威士忌酒，就开了瓶塞劝他喝了一杯，教他好振振精神，暖和一点。

这一餐主仆二人的最初的晚餐，整整吃了有四五个钟头。我在这中间把罐头一回一回的热了好几次。直到两人喝了各有些微醉，话到伤心，又相对哭了一阵之后，方才罢休。

第二天天未又起了寒风，我们睡到八点多钟起来，屋前屋后还满映着浓霜；洗完了手脸，煮了两大杯咖啡喝后，长生说要回去了，我就从箱子里取出了一件已经破旧的黑呢斗篷来，教他披上穿了回去。他起初还一定不肯穿着，后来直等我自己也拿了一件大氅来穿上之后，他才将那件旧斗篷搭上了肩头。

关好了门窗，和他两人走出来，走上了虬桥路的大道，同刀也似的北风吹得更猛了，长生到这里才把斗篷扯开，包紧了他那已经是衰老得不堪的身体。搭公共汽车到了徐家汇车站，正好去杭州的快车也就快到了。我替他买好了车票，送他上月台之后，他就催我快点回到那小屋里去，免得有盗贼之类的坏东西破屋进去偷窃。我和他说了许多琐碎的话后，回身就想走了，他又跑近了前来，将我那件大氅的皮领扯起，前后替我围得好好，勉强装成了一脸苦笑对我说：

“你快回去罢！”

我走开了几步，将出站台的时候，又回过来看了一眼，看见他还是身体朝着了我俯头在擦眼睛。我迟疑了一会，忽儿想起了衣服袋里还搁在那里的他给我的那封厚信，就又跑了过去，将信从袋里摸了出来，把用黄书纸包好的那张五圆纸币递给他说：

“长生，这是你寄给我的。现在你总也晓得，我并不缺少钱用，你带了回去罢！”

他将搁在眼睛上的那只手放了下来，推住了我捏着纸币的那只右手，呐呐的说：

“我，我……昨天你给我的我还有在这儿哪！”

抬头向他脸上瞥了一眼，我看见有两行泪迹在他那黄黑的鼻坳里放光，并且嘴角上他的那两簇有珠滴的黄胡子也微微地在寒风里颤动。我忍耐不住了，喉咙头塞起了一块火热的东西来，眼睛里也突然感到了一阵酸热。将那包厚纸包向他的手里一掷，轻轻推了他一下，我一侧转身就放开大步急走出了车站。“长生，请你自己尊重！”我一边闭上了眼睛在那里急走，一边在心里却在默默的祝祷他的健康。

一九二九年一月作

纸币的跳跃[1]

绝大的一轮旭日从东面江上蒙蒙地升了起来，江面上浮漾在那里的一江朝雾，减薄了几分浓味。澄蓝的天上疏疏落落，有几处只淡洒着数方极薄的晴云，有的白得像新摘的棉花，有的微红似美妇人脸上的醉酡的颜色。一缕寒风，把江心的雾网吹开，白茫茫的水面，便露显出三两只叶样的渔船来。朝阳照到，正在牵丝举网的渔人的面色，更映射得赭黑鲜明，实证出了这一批水上居民在过着的健全的生活。

昨晚上刚从远道归来，晚饭的时候陪他母亲喝酒，却醉到了好处，虽然有点动了伤感，但随后终究很舒适地熟睡了一晚的文朴，这时候也曷亨曷亨地在厚棉被里咯醒了。他全身抽动着咯了几声，向枕边预备在那里的痰盒内吐了一口带血带灰的粘重的浓痰，慢慢伸出手来把一面的帐子钩起，身体往上一移，将腰部斜靠上了床头安置着的高枕，从高楼上临江的那扇玻璃窗里，抛眼向外面一望，就看见了一幅儿时见惯，但有多年不曾看到的，和平美丽，初冬江上的故里清晨的朝景。

"啊啊！……"

不由自主地发了这一声也像是咯后的余波，也像是美景的激赏

① 本篇原载于《北新》半月刊第四卷第十二号，发表时有作者附注如下："这短篇，是作者在四五年前发表过的（在《寒灰集》里）《烟影》的续篇。读此篇者，希望同时也能去取出那一篇来重读一回。"

的感叹词之后，那一脸悲凉的微笑，又在他的油腻得很厚的脸上呈露了出来。

“踏遍中华窥两戒，无双毕竟是家山！[①]”

静看了一会，带着呵欠，微微地拥鼻哼了两声，他的肩上就披上了那套盖在被上的絮袍夹袄，从絮袍袋里他又摸出了一支吉士牌烟卷来点火吸上。

将上半身靠向了床栏，呆瞪着两眼，长长地把烟呼了一口，又慢慢地尖着嘴向前面舒的吐出了一口白色的烟气，他的朦胧的心里，无端竟酿起了一阵极平静极淡漠的伤痛的哀感。不过你若问他，这究竟是为了什么，那这时候怕连他自己，也不能够直截了当地说出他所以要伤痛的原因来。使他伤痛的原因，似乎是很多很多。自从他有记忆以来，一直到今朝挨着病醒转在故乡的卧床上的此刻为止，二十七八年间，他所遭遇着的，似乎只是些伤痛的事情的连续。他的脑里，心里，铺填在那里的，似乎只是些悲哀的往事的回思。但是这些往事，都已升华散净，凝成了极纯粹，极细致的气体了。表面上包裹在那里的，只有一层浑圆光滑，像包裹在乌鸡白凤丸之类的丸药外面的薄薄的蜡衣。这些往事，早已失去了发酵，沸腾，喷发，爆裂的热力了；所以表面上流露着的只是沉静，淡漠，和春冰在水面上似的绝对的无波。他的这时候的内心心状，天上地上，实在也只有他一个人知道。若有第二个人出来，向他动问，问他“你是在伤痛么？”的时候，说不定他竟会含笑而不言，摇着头，睁着眼，心里很满足似的否认你这问话的无根的。可是当他把第一口烟吸进又吐出的中间，他的心里却确在朦胧地，沉寂地，感触着伤感。

---

① 出自龚自珍《己亥杂诗》（其一百五二）。

慢慢地长吁出了这第一口烟气之后，那支松松卷着的吉士牌却在他右手的食指和中指之间停驻了好一会，一截芝麻色的烟灰无声地掉在他的褥上了。重新将右手举起，深沉地又吸进第二口的时候，一阵狂咯，却忽然间逆烟冒出，冲破了他的周围的静默。睡在后房的他的老母，这时候早已寻声而至，笃笃的走进了他的卧室。

“朴！你怎么会咯得如此之凶？听说你在吐血，现在可有血咯了出来？”

今天早晨的她的这柔和的问语，听起来却满含着无限的爱惜之情。——呵呵，母子终究还是母子——一边还在咯着，一边已在脑里这样想到的时候，他的涨红的脸上，却早已纵横流满了因狂咯而出来的眼泪。

“曷赫——曷赫——娘！——曷赫——不，——不——不要紧的。——我——我——因为现在抽了一口烟。——烟——本来是不该抽的。——昨天晚上，在火车上无聊不过，向茶房买了这一包，以后想不再抽了。”

她又走近了一步，把摆在他枕旁的痰盒拿起，伏下了白发蓬松的头，向玻璃窗的外光里仔细看了一回，就旋转身来，皱紧了眉头深深对他说：

“朴！这可不对哩，你要马上去治好它才行。东梓关的徐竹园先生，是治这病出名的。你起来，就搭轮船去罢，去看看他开一个方来，马上治好了它。”

“娘！您放心罢，我想上医院去治，这病是不十分要紧的，吃中药怕有点粘牵。”

“徐竹园先生，你总该知道罢？我去年咯血的时候，也是他来医好的。”

“他，好当然是很好的，可我终有点放心不过中医。”

“什么话呢！快起来，噢，快起来。搭早班轮船去是很便的，从这里到东梓关横竖总只有三四十里路程。”

她的这声气口吻，完全还是二十几年前当文朴的幼年她在哄骗着他的模样。

“娘！您放心罢，我会到杭州上海的外国医院里去医，这病本来是没有什么要紧的。”

“不，不，你还是快些起来，今天就去，上竹园先生那里去一趟来。”

说着她就伸手向她自己的几层衣服里面的一件贴身小袄袋里摸索了半晌，从这里衣袋的夹层底里，她却取出了一个缠得很周到的黑缎小钞袋来。小心翼翼地移动着颤抖的手，打开钞袋，从里面取出了两张簇新的兴业银行五元纸币，她就又走近了半步，伸着这捏着纸币的枯手向文朴怀里一扑说：

“朴，我也晓得你的，大约你是盘缠用完了罢？这，这你先拿去用，先去徐先生那里开一个方儿来，药也顺便就在徐先生的春和堂里抓了，今晚上就在竹园先生那里过夜，煎服一帖，等明朝转一个方，抓了药回来再来煎服。”

文朴也伸出了一只左手，捏住了她那只握着还有点温热的纸币的枯手，举眼呆望着她，急切地说：

“娘！这，这算什么？我，我虽则没出息，只当了一个学校的穷教员，没有钱寄回家来给您老人家享福，可是，可是，上东梓关去的一点路费，和配药的几个钱是还，还有在这里哩。”

“嗳，别说了罢，病总要先治好了它。等你好了之后，也可以寄回来还我的。”

文朴轻轻地把她的手捏了捏紧往外推了一推，她也顺势把手松了一松，两张簇新的纸币就扑答的掉落在他的被面之上。她向文朴作了一脸哭也似的苦笑，急促地说了一句“你今天就去罢！”背转身马上就走向外房去了。文朴听她的脚步声一步一步的远了开去，一间两间的走过了几间空的卧房，一级一级的走下了楼梯。太阳光从玻璃窗的侧面射进了房来，照到了文朴的卧床帐子的上面。

他一个人还是呆呆的披着絮袍在被窝里坐着，静默的脑子里却有许多的想头在那里断续地排列。左右邻近的人在背后对他娘的苛刻的批评，说她是如何如何的鄙吝，如何如何的不拔一毛；她老人家自己的实在也是太过分了的节俭的样子，连一碗新烹的蔬菜都不忍下箸的行为，和昨晚上酒后，她责备他自己无钱寄回家来的一段对话，他都一一的回想起来了。想到了最后，他的两只呆注在被上的眼里，忽而看见有许多重叠的红蓝新纸币在被面上跳跃，因为太阳已经射进了床里他的被上，纸币高头也照上了一条光线，而他的颊上却同时也同散珠断了线似的溢流出了几颗亮晶晶的大泪来，在那里折光反射的缘故。

一九三〇年七月

没　落①

"总之这一个现在的穷境，连想行动一步都没有余钱的穷境，是顶顶不好！"

余均等赵哲侯夫妇下山去后，又是和往日一样的发起牢骚来了。

窗外面是清淡的秋空，和迟迟的日脚，湖面上也有几只游船，在那里享乐这初秋的午后。

山上寺里，除了西面晒台照进来的几块太阳之外，什么响声动静都没有，只让余均一个人在那间面西南的房屋小床上高声独语，这时候似乎连左右繁茂着的草间树里的秋虫，都停声不响了，在愤人怨世，哼哼呜不平的，只有余均独自一个。

"我何尝不会奋发？我何尝不想努力前进？可是现在的一个穷境，这一个进退不得，移动不来的苦况，教我有什么法子摆脱呢？"……"哼，学学他们，学学他们！……放你娘的屁，你这浅薄的臭肋骨，你晓得什么？你难道想教我也去挖出良心，剥下面皮来做人么？哼，学学他们！"

这一段牢骚里所说的"你"，是赵哲侯的夫人。余均平时总抱

---

① 本篇原载于一九三〇年六月十四日、二十一日上海《草野》周刊第十一期、第十二期"中国现代名家作品专号"（上、下）。本为长篇，但因原稿失窃，最终未能续成。

有一种偏见，以为女人都是浅薄的。圣经上说，女人不过是从男子胸前掏出来的肋骨做成的，所以他骂女人的一个名词，就叫作臭肋骨，意思是腐臭的肋骨。赵哲侯夫人，虽是他毕生唯一的爱人陈金凤的姐姐，但由他看来这一位赵夫人的浅薄，却同别的女人是一个样子。不过金凤可是不同，金凤却并不是这现实世界——尤其是现代中国社会上的一个生物，“她简直是一位天神，是一个理想的美的化身，哪里能和这些臭肋骨在一道讲呢？”

可是理想中的天神，已经死去了，而在他左右，日日和他接触着，日日看见和日日听见的，却仍旧是这一块千篇一律，在男子身上本来也可以没有的臭肋骨。使他尤其要觉得恼恨难过，简直要使他眼睛冒出火来的，却是她在像今天这样的时候，当她出去赴宴会或访朋友之先老说的那一句“学学他们！”

赵夫人所谓的“他们”，是指余均和赵哲侯在北京时代的那一批同学及两三年前在一道教书的那几位同事而说。现在，“他们的革命都已成功”，各在社会上献身手了。

（未完）

* * *

余均在学生时代，就是一个著名的怪物。自从进了北大的哲学系以后，同学们就晋呈了他一个名字叫作“康德叔”，系说他这一个人是由康德、叔本华两大哲学家合拢组成的。他的容貌，看起来实在有点像那位厌世哲学家叔本华。头发是左右有两丛挂落的，颜色瘦削，色青而带黑，颧骨很高。眼睛异常的大，同金鱼似的突出在外面，但是一双近视眼，嘴长尖出，远看起来，竟像一只猴子。

他的身材倒并不短小，可是瘦骨嶙峋，常年不换的那件青皮长衫，披在身上，就像是一把收得并不紧密的洋伞，他的容貌，是这样地和叔本华的相片有点相合的，其次是他的脾气、习惯和行动了。他平常不大开口，朋友简直是没有一个的。行住坐卧，不离开他的双手的，是从图书馆里借来的几册洋皮大版的哲学书。早晨六点钟起来，大便一次。洗面刷牙，读外国语一小时。早餐，上图书馆或听讲，午膳。睡半点钟，午后再去图书馆或听讲。四点到六点之间，大小便，抄书及记日记。吃晚饭，散步四十分，回来读书，到九点半睡觉。

这是他每日排定的功课表，一年三百六十日，连礼拜日也在内，图书馆不开的时候就在寄宿舍里读书，这一个日课，他从来也没有闲放缺欠过一日。而最奇怪的，是他的大小便，他在功课表上虽则是照一定的时刻排列在那里，可是旁人看了，总没有一个不歪了嘴背转了身想窃窃私笑起来——因为当了他那副严肃的面，是谁也不敢和他开一开玩笑——而他哩，却行之若素，到了时刻，就跑到便所里去，一到便所，也竟会马上源源而下，并没有脱过一次空。所以正为他的这一种行动的刻版划一，面貌的严肃不苟，大家都说他是像康德，而“康德叔”这一个绰号，就成了他的最适当也没有的尊称。

康德叔像这样的在北大读了两年书，寒假暑假到了也并没有回家过一次，因为他家里父母都不在了，所有的就是一位已经分居的胞兄和几位堂房的叔伯。但到了他正修满二年级的功课的时候，他家里的大伯伯死了。几封快信和一个电报，就将康德叔催上了火车，不得不回家来过一个暑假。

（未完）

杨梅烧酒 ①

病了半年，足迹不曾出病房一步，新近起床，自然想上什么地方去走走。照新的说法，是去转换转换空气；照旧的说来，也好去祓除祓除邪孽的不祥；总之久蛰思动，大约也是人之常情，更何况这气候，这一个火热的土王用事的气候，实在在逼人不得不向海天空阔的地方去躲避一回。所以我首先想到的，是日本的温泉地带，北戴河，威海卫，青岛，牯岭等避暑的处所。但是衣衫褴褛，饘粥不全的近半年来的经济状况，又不许我有这一种模仿普罗大家的阔绰的行为。寻思的结果，终觉得还是到杭州去好些；究竟是到杭州去的路费来得省一点，此外我并且还有一位旧友在那里住着，此去也好去看他一看，在灯昏酒满的街头，也可以去和他叙一叙七八年不见的旧离情。

像这样决心以后的第二天午后，我已经在湖上的一家小饭馆里和这位多年不见的老朋友在吃应时的杨梅烧酒了。

屋外头是同在赤道直下的地点似的伏里的阳光，湖面上满泛着微温的泥水和从这些泥水里蒸发出来的略带腥臭的汽层儿。大道上车夫也很少，来往的行人更是不多。饭馆的灰尘积得很厚的许多桌子中间，也只坐有我们这两位点菜要先问一问价钱的顾客。

他——我这一位旧友——和我已经有七八年不见了。说起来实

① 本篇原载于《北新》半月刊第四卷第十三号。

在话也很长，总之，他是我在东京大学里念书时候的一位预科的级友。毕业之后，两人东奔西走，各不往来，各不晓得各的住址，已经隔绝了七八年了。直到最近，似乎有一位不良少年，在假了我的名氏向各处募款，说："某某病倒在上海了，现在被收留在上海的一个慈善团体的 ×× 病院里。四海的仁人君子，诸大善士，无论和某某相识或不相识的，都希望惠赐若干，以救某某的死生的危急。"我这一位旧友，不知从什么地方，也听到了这一个消息，在一个月前，居然也从他的血汗的收入里割出了两块钱来，慎重其事地汇寄到了上海的 ×× 病院。在这 ×× 病院内，我本来是有一位医士认识的，所以两礼拜前，他的那两元义捐和一封很简略的信终于由那一位医士转到了我的手里。接到了他这封信，并且另外更发见了有几处有我署名的未完稿件发表的事情之后，向远近四处去一打听，我才原原本本的晓得了那一位不良少年所作的在前面已经说过的把戏。而这一出实在也是滑稽得很的小悲剧，现在却终于成了我们两个旧友的再见的基因。

他穿的是肩头上有补缀的一件夏布长衫，进饭馆之后，这件长衫却被两个纽扣吊起，挂上壁上去了。所以他和我，都只剩了一件汗衫，一条短裤的野蛮形状。当然他的那件汗衫比我的来得黑，而且背脊里已经有两个小孔了，而我的一件哩，却正是在上海动身以前刚花了五毫银币新买的国货。

他的相貌，非但同七八年前没有丝毫的改变，就是同在东京初进大学预科的那一年，也还是一个样儿。嘴底下的一簇绕腮胡，还是同十几年前一样，似乎是刚剃过了三两天的样子，长得正有一二分厚，远看过去，他的下巴像一个倒挂在那里的黑漆小木鱼。说也奇怪，我和他同学了四五年，及回国之后又不见了七八年的中间，他的这一簇绕腮胡，总从没有过长得较短一点或较长一点的时节。

仿佛是他娘生他下地来的时候，这胡须就那么地生在那里，以后直到他死的时候，也不会发生变化似的。他的两只似乎是哭了一阵之后的肿眼，也仍旧是同学生时代一样，只是朦胧地在看着鼻尖，淡含着一味莫名其妙的笑影。额角仍旧是那么宽，颧骨仍旧是高得很，颧骨下的脸颊部仍旧是深深地陷入，窝里总有一个小酒杯好摆的样子。他的年纪，也仍旧是同学生时代一样，看起来，从二十五岁到五十二岁止的中间，无论哪一个年龄都可以看的。

当我从火车站下来，上离车站不远的一个暑期英算补习学校——这学校也真是倒霉，简直是像上海的专吃二房东饭的人家的两间阁楼——里去看他的时候，他正在那里上课。一间黑漆漆的矮屋里，坐着八九个十四五岁的呆笨的小孩，眼睛呆呆的在注视着黑板。他老先生背转了身，伸长了时时在起痉挛的手，尽在黑板上写数学的公式和演题，屋子里声息全无，只充满着滴滴答答的他的粉笔的响声。因此他那一个圆背和那件有一大块被汗湿透的夏布长衫，就很惹起了我的注意。我在楼下向他们房东问他的名字的时候，他在楼上一定是听见的，同时在这样静寂的授课中间，我的一步一步走上楼去的脚步声，他总也不会不听到的。当我上楼之后，他的学生全部向我注视的一层眼光，就可以证明，但是向来神经就似乎有点麻木的他，竟动也不动一动，仍在继续着写他的公式，所以我只好静静的在后一排学生的一个空位里坐落。他把公式演题在黑板上写满了，又从头至尾的看了一遍，看有没有写错，又朝黑板空咳了两三声，又把粉笔放下，将身上的粉末打了一打干净，才慢慢的转身来。这时候他的额上嘴上，已经盛满了一颗颗的大汗。他的红肿的两眼，大约总也已满被汗水封没了罢，他竟没有看到我而若无其事的又讲了一阵，才宣告算学课毕，教学生们走向另一间矮屋里去听讲英文。楼上起了动摇，学生们争先恐后的奔往隔壁的那间矮屋里去了，我才徐徐的立起身来，走近了他，把手伸出向他的粘湿的肩头上拍了一拍。

“噢，你是几时来的？”

终于他也表示出了一种惊异的表情，举起了他那两只朦胧的老在注视鼻尖的眼睛。左手捏住了我的手，右手他就在袋里摸出了一块黑而且湿的手帕来揩他头上的汗。

“因为教书教得太起劲了，所以你的上来，我竟没有听到。这天气可真了不得。你的病好了么？”

他接连着说出了许多前后不接的问我的话，这是他的兴奋状态的表示，也还是学生时代的那一种样子。我略答了他一下，就问他以后有没有课了。他说：

“今天因为甲班的学生，已经毕业了，所以只剩了这一班乙班，我的数学教完，今天是没有课了。下一个钟头的英文，是由校长自己教的。”

“那么我们上湖滨去走走，你说可以不可以？”

“可以，可以，马上就去。”

于是乎我们就到了湖滨，就上了这一家大约是第四五流的小小的饭馆。

在饭馆里坐下，点好了几盘价廉可口的小菜，杨梅烧酒也喝了几口之后，我们才开始细细的谈起别后的天来。

“你近来的生活怎么样？”开始头一句，他就问起了我的职业。

“职业虽则没有，穷虽则也穷到可观的地步，但是吃饭穿衣的几件事情，总也勉强的在这里支持过去。你呢？”

“我么？像你所看见的一样，倒也还好。这暑期学校里教一个月书，倒也有十六块大洋的进款。”

“那么暑期学校完了就怎么办哩？”

"也就在那里的完全小学校里教书，好在先生只有我和校长两个，十六块钱一个月是不会没有的。听说你在做书，进款大约总还好罢？"

"好是不会好的，但十六块或六十块里外的钱是每月弄得到的。"

"说你是病倒在上海的养老院里的这一件事情，虽然是人家的假冒，但是这假冒者何以偏又要来使用像你我这样的人的名义哩？"

"这大约是因为这位假冒者受了一点教育的毒害的缘故。大约因为他也是和你我一样的有了一点知识而没有正当的地方去用。"

"嗳，嗳，说起知识的正当的用处，我到现在也正在这里想。我的应用化学的知识，回国以后虽则还没有用到过一天，但是，但是，我想这一次总可以成功的。"

谈到了这里，他的颜面转换了方向，不在向我看了，而转眼看向了外边的太阳光里。

"嗳，这一回我想总可以成功的。"

他简直是忘记了我，似乎在一个人独语的样子。

"初步机械二千元，工厂建筑一千五百元，一千元买石英等材料和石炭，一千元人夫广告，嗳，广告却不可以不登，总计五千五百元。五千五百元的资本。以后就可以烧制出品，算它只出一百块的制品一天，那么一三得三，一个月三千块，一年么三万六千块。打一个八折，三八两万四，三六一千八，总也还有两万五千八百块。以六千块还资本，以六千块做扩张费，把一万块钱来造它一所住宅，嗳，住宅，当然公司里的人是都可以来住的。那么，那么，只教一年，一年之后，就可以了……"

我只听他计算得起劲，但简直不晓得他在那里计算些什么，所以又轻轻地问他：

“你在计算的是什么？是明朝的演题么？”

“不，不，我说的是玻璃工厂，一年之后，本利偿清，又可以拿出一万块钱来造一所共同的住宅，吓，你说多么占利啊！嗳，这一所住宅，造好之后，你还可以来住哩，来住着写书，并且顺便也可以替我们做点广告之类，好不好？干杯，干杯，干了它这一杯烧酒。”

莫名其妙，他把酒杯擎起来了，我也只得和他一道，把一杯杨梅已经吃了剩下来的烧酒干了。他干下了那半杯烧酒，紧闭着嘴，又把眼睛闭上，陶然地静止了一分钟。随后又张开了那双红肿的眼睛。大声叫着茶房说：

“堂倌！再来两杯！”

两杯新的杨梅烧酒来后，他紧闭着眼，背靠着后面的板壁，一只手拿着手帕，一次一次的揩拭面部的汗珠，一只手尽是一个一个的拿着杨梅在往嘴里送。嚼着靠着，眼睛闭着，他一面还尽在哼哼的说着：

“嗳，嗳，造一间住宅，在湖滨造一间新式的住宅。玻璃，玻璃么，用本厂的玻璃，要斯断格拉斯。一万块钱，一万块大洋。”

这样的哼了一阵，吃杨梅吃了一阵了，他又忽而把酒杯举起，睁开眼叫我说：

“喂，老同学，朋友，再干一杯！”

我没有法子，所以只好又举起杯来和他干了一半，但看看他的那杯高玻璃杯的杨梅烧酒，却是杨梅与酒都已吃完了。喝完酒后，一面又闭上眼睛，向后面的板壁靠着，一面他又高叫着堂倌说：

“堂倌！再来两杯！”

堂倌果然又拿了两杯盛得满满的杨梅与酒来，摆在我们的面前。他又同从前一样的闭上眼睛，靠着板壁，在一个杨梅，一个杨梅的往嘴里送。我这时候也有点喝得醺醺地醉了，所以什么也不去管它，只是沉默着在桌上将两手叉住了头打瞌睡，但是在还没有完全睡熟的耳旁，只听见同蜜蜂叫似的他在哼着说：

“啊，真痛快，痛快，一万块钱！一所湖滨的住宅！一个老同学，一位朋友，从远地方来，喝酒，喝酒，喝酒！”

我因为被他这样的在那里叫着，所以终于睡不舒服。但是这伏天的两杯杨梅烧酒，和半日的火车旅行，已经弄得我倦极了，所以很想马上去就近寻一个旅馆来睡一下。这时候正好他又睁开眼来叫我干第三杯烧酒了，我也顺便清醒了一下，睁大了双眼，和他真真地干了一杯。等这一杯似甘非甘的烧酒落肚，我却也有点支持不住了，所以就教堂倌过来算账。他看见了堂倌过来，我在付账了，就同发了疯似的突然站起，一只手叉住了我那只捏着纸币的右手，一只左手尽在裤腰左近的皮袋里乱摸；等堂倌将我的纸币拿去，把找头的铜元角子拿来摆在桌上的时候，他脸上一青，红肿的眼睛一吊，顺手就把桌上的铜元抓起，锵丁丁的掷上了我的面部。扑搭地一响，我的右眼上面的太阳穴里就凉阴阴地起了一种刺激的感觉，接着就有点痛起来了。这时候我也被酒精激刺着发了作，呆视住他，大声地喝了一声：

“喂，你发了疯了么，你在干什么？”

他那一张本来是畸形的面上，弄得满面青青，涨溢着一层杀气。

“操你的，我要打倒你们这些资本家，打倒你们这些不劳而食的畜生，来，我们来比比腕力看。要你来付钱，你算在卖富么？”

他眉毛一竖，牙齿咬得紧紧，捏起两个拳头，狠命的就扑上了我的身边。我也觉得气极了，不管三七二十一就和他扭打了拢来。

白丹，丁当，扑落扑落的桌椅杯盘都倒翻在地上了，我和他两个就也滚跌到了店门的外头。两个人打到了如何的地步，我简直不晓得了，只听见四面哗哗哗哗的赶聚了许多闲人车夫巡警拢来。

等我睡醒了一觉，渴想着水喝，支着鳞伤遍体的身体在第二分署的木栅栏里醒转来的时候，短短的夏夜，已经是天将放亮的午前三四点钟的时刻了。

我睁开了两眼，向四面看了一周，又向栅栏外刚走过去的一位值夜的巡警问了一个明白，才朦胧地记起了白天的情节。我又问我的那位朋友呢，巡警说，他早已酒醒，两点钟之前回到城站的学校里去了。我就求他去向巡长回禀一声，马上放我回去。他去了一刻之后，就把我的长衫草帽并钱包拿还了我。我一面把衣服穿上，出去去解了一个小解，一面就请他去倒一碗水来给我止渴。等我将五元纸币私下塞在他的手里，戴上草帽，由第二分署的大门口走出来的时候，天已经完全亮了。被晓风一吹，头脑清醒了一点，我却想起了昨天午后的事情全部，同时在心坎里竟同触了电似的起了一层淡淡的忧郁的微波。

“啊啊，大约这就是人生罢！”

我一边慢慢地向前走着，一边不知不觉地从嘴里却念出了这样的一句独白来。

一九三〇年八月作

十三夜 ①

那一年，我因为想完成一篇以西湖及杭州市民气质为背景的小说的缘故，寄寓在里湖惠中旅馆的一间面湖的东首客室里过日子。从残夏的七月初头住起，一直住到了深秋的九月，日子一天一天的过去了，而我打算写的那篇小说，还是一个字也不曾着笔。或跑到旗下去喝喝酒，或上葛岭附近一带去爬爬山，或雇一只湖船，教它在南北两峰之间的湖面上荡漾荡漾，过日子是很快的，不知不觉的中间，在西湖上已经住了有一百来天了。在这一百来天里，我所得到的结果，除去认识了一位奇特的画家之外，便什么事情也没有半点儿做成。

我和他的第一次的相见，是在到杭州不久之后的一天晴爽的午后。这一天的天气实在是太美满了，一个人在旅馆的客室里觉得怎么也坐守不住。早晨从东南吹来的微风，扫净了一天的云翳，并且眩目的太阳光线，也因这太空的气息之故而减轻了热度。湖面上的山色，恰当前天新雨之后，绿得油润得可怜，仿佛是画布上新画未干的颜料。而两堤四岸间的亭台桥墅，都同凸面浮雕似的点缀在澄清的空气和蔚蓝的天光水色之中。

我吃过了午饭，手里头捏弄着剔牙的牙签，慢慢地从里湖出来，一会儿竟走到了西泠桥下。在苏小坟亭里立了一回，接受了几

① 本篇原载于一九三〇年十月一日《北新》半月刊第四卷第十七号。

阵从湖面上吹来的凉风，把头上的稍微有点湿润的汗珠揩了一下，正想朝东走过桥去的时候，我的背后却忽而来了一只铜栏小艇，那个划船的五十来岁的船家，也实在是风雅不过，听了他那一句兜我的言语，我觉得怎么也不能拂逆他的盛意了。他说：

“先生：今天是最好的西湖七月天，为什么不上三潭印月去吃点莲蓬雪藕？”

下船坐定之后，我也假装了风雅，笑着对船家说：

“船家，有两句诗在这里，你说好不好，叫作‘独立桥头闲似鹤，有人邀我吃莲蓬。’”

“你先生真是出口成章，可惜现在没有府考道考了，否则放考出来，我们还可以来领取你一二百钱的赏钱哩。”

“哈哈，你倒是一位封建的遗孽。”

“怎么不是呢？看我虽则是这么的一个船家，倒也是前清的县学童生哩！”

这样的说说笑笑，船竟很快的到了三潭印月了，是在三潭印月的九曲桥头，我在这一天的午后，就遇到了这一位画家。

船到三潭印月的北码头后，我就教船家将划子系好，同我一同上去吃莲蓬去。离码头走了几步，转了几个弯，远远的在一处桥亭角上，却有一大堆划船的船家和游人围住在那里看什么东西。我也被挑动了好奇心，顺便就从桥头走上了长桥，走到了那一处众人正在围观的地方。挨将近去一看，在众人的围里却坐着一位丰姿潇洒的画家，静静地在朝了画布作画。他的年龄我看不出来，因为我立在他的背后，没有看见他的面部。但从背形上看去，他的身体却是很瘦削的。头上不消说是一头长而且黑的乱发。他若立起身来，我想他的身长总要比一般人的平均高度高一二寸，因为坐在矮矮的三角架上的他的额部，还在我们四周立着围观者的肩胛之上。

我静静地立着，守视了他一会，并且将画上的景色和实物的自然比较对看了一阵。画布上画在那里的是从桥上看过去的一截堤柳，和一枝大树，并在树后的半角楼房。上面空处，就是水和天的领域，再远是很淡很淡的一痕远山城市的微形。

他的笔触，虽则很柔婉，但是并不是纤弱无力的；调色也很明朗，不过并不是浅薄媚俗的。我看我们同时代者的画，也着实看得不少了，可是能达到像他这样的调和谐整地截取自然的地步的，却也不多。所以我就立定了主意，想暂时站在那里，等他朝转头来的时候，可以看一看他的面貌。这一个心愿，居然在不意之中很快的就达到了，因为跟我上来立在我背后的那位船家似乎有点等得不耐烦起来的样子，竟放大了声音叫了我一声说：

“做诗的先生，我们还是去吃莲蓬去罢！”听到了这一声叫喊，围观者的眼睛，大家都转视到我们的身上来了，本来是背朝着了我们在那里静心作画的这一位画家，也同吃了一惊似的朝转了身来。我心里倒感到了一点羞臊和歉仄，所以就俯倒了头匆匆旋转身来，打算马上走开，可以避去众人的凝视。但是正将身体旋转了一半的时候，我探目一望，却一眼看见了这位画家的也正在朝向转来的侧脸。他的鼻子很高，面形是长方形，但是面色却不甚好。不晓是什么缘故，从我匆匆的一眼看来，觉得他的侧面的表情是很忧郁而不安定的，和他在画上表现在那里的神韵却完全是相反的样子。

和他的第一次的见面，就这样的匆匆走散了。走散了之后，我也马上就忘记了他。

过了两个礼拜，我依旧的在旅馆里闲住着，吸吸烟，喝喝酒，间或看看书，跑出去到湖上放放船。可是在一天礼拜六的下午，我却偶然间遇见了一位留学时代的旧友，地点是在西泠印社。

他本来是在省立中学里当图画教员的，当我初到杭州的时候，我也明晓得他是在杭州住着，但我因为一个人想静静里的先把那篇小说写好，然后再去寻访朋友，所以也并没有去看他。这一天见到了之后，在西泠印社里喝了一歇茶，他就约我于两个钟头之后，上西园去吃晚饭。

到了时间，我就从旅馆坐了一乘黄包车到旗下去。究竟是中元节后了，坐在车上只觉得襟袖之间暗暗地袭来有一阵阵的凉意。远远看到的旗营的灯火，也仿佛是有点带着秋味，并不觉得十分热闹的样子。

在西园楼上吃晚饭的客人也并不多，我一走上三楼的扶梯，就在西面临湖的桌上辨出了我那位朋友的形体来。走近前去一看，在我那位朋友的对面，还有一位身材高高，面形瘦削的西装少年坐着。

我那位朋友邀我入座之后，就替我们介绍了一番，于是我就晓得这一位青年姓陈，是台湾籍，和我那位朋友一样，也是上野美术学校洋画科的出身。听到了这一个履历，我就马上想起了十几天前在三潭印月看见过的那一位画家。他也放着炯炯的目光，默默地尽在看我的面部。我倒有点觉得被他看得不自在起来了，所以只好含了微笑，慢慢地对他说：

"陈君，我们是在三潭印月已经见过面了，是不是？"

到此他才改转了沉默呆滞的面容，笑着对我说：

"是的，是的，我也正在回想，仿佛是和你在什么地方已经见过面似的。"

他笑虽则在笑，但是他的两颗黑而且亮的瞳神，终是阴气森森地在放射怕人的冷光，并且在他的笑容周围，看起来也像是有一层莫名其妙的凄寂味笼罩在那里的神气。把他的面部全体的表情，总括起来说一句的话，那他仿佛是在疑惧我，畏怕我，不敢接近前来的样子；所以他的一举一动，都带有些不安定，不自在的色彩。因此他给我的这最初的印象，真觉得非常之坏。我的心里，马上也直接受了他的感染，暗暗里竟生出了一腔无端的忧郁。

但是两斤陈酒，一个鲩鱼，和几盘炒菜落肚之后，大家的兴致却好起来了。我那位朋友，也同开了话匣子一样，言语浑同水也似的泛流了出来。画家陈君，虽只是沉默着在羞缩地微笑，时或对我那位朋友提出一两句抗议和说明，但他的态度却比前更活泼自然，带起可爱的样子来了。

“喂，老陈，你的梦，要到什么时候才醒？”

这是我那位朋友取笑他的一大串话的开端。

“你的梦里的女人，究竟寻着了没有？从台湾到东京，从东京到中国。到了这儿，到了这一个明媚的西湖边上，你难道还要来继续你学生时代的旧梦么？”

据我那位朋友之所说，则画家陈君在学生时代，就已经是一位梦想家了。祖籍是福建，祖父迁居在台湾，家境是很好的。然而日本的帝国主义，却压迫得他连到海外去留学的机会也没有。虽有巨万的不动产，然而财政管理之权，是全在征服者的日本人的手里，纵使你家里每年有二三万的收入，可是你想拿出一二万块钱到日本国境以外的地方来使用是办不到的。他好容易到了东京，进了日本国立的美术学校，卒了业，在二科展览会里入了选，博得了日本社会一般美术爱好者的好评，然而行动的不自由，被征服者的苦闷，还是同一般的台湾民众一样。于是乎他就不得不只身逃避到这被征服以前的祖国的中国来。逃虽则逃到了自由之邦的中国来了，可是他的精神，他的自小就被压迫惯的灵心，却已经成了一种向内的，不敢自由发展的偏执狂了；所以待人接物，他总免不了那一种疑惧的，踌躇的神气，所以到了二十八岁的现在，他还不敢结婚，所以他的追逐梦影的习惯，竟成了他的第二个天性。

“喂，老陈，你前回所见到的那一个女性，仍旧是你的梦想的产物，你知道么？西湖上哪里有这一种的奇装的女子？即使依你之说，她是一个尼庵的出家人罢，可是年轻的比丘尼，哪里有到晚上一个人出来闲走的道理？并且里湖一带，并没有一个尼庵，那是我所晓得的。假使她是照胆台附近的尼姑呢，那到了那么的时候，她又何以会一个人走上那样荒僻的葛岭山来？这完全是你的梦想，你一定是在那里做梦，真是荒唐无稽的梦。”

这也是由我那位朋友的嘴里前后叙述出来的情节，但是从陈君的对这叙述的那种欲说还休只在默认的态度看来，或者也许的确是他实际上经历过的艳遇，并不是空空的一回梦想。

情节是如此的：七月十三的晚上，月亮分外的清。陈君于吃完晚饭之后，一个人在高楼上看看湖心，看看山下的烟树人家，竟不觉多喝了一斤多的酒。夜愈深沉，月亮愈是晶莹皎洁了，他叫叫道菩萨没有回音，就一个人走下了抱朴庐来——他本来是寄寓在抱朴庐的楼上的——想到山下去买点水果来解解渴。但是一走下抱朴庐大门外的石阶，在西面的亭子里月光阴处，他忽儿看见了一位白衣的女人似的背影，伫立在那里看亭外面的月亮。他起初一看，还以为是自己的醉眼的昏花，在银灰的月色里错视出来的幻影，因而就立住了脚，擦了一擦眼睛。然而第二眼再看的时候，却是千真万真的事实了，因为这白衣人竟从亭檐阴处走向了月亮的光中。在她的斜平的白衣肩背上，他并且还看出了一排拖下的浓黑的头发来。他以为他自己的脚步声，已经被她听见，她在预备走下台阶，逃向山下去了，所以就屏住了气，尽立在那里守视着她的动静。她的面部是朝南向着山下的，他虽则去她有五六丈路，在她的背后的东北面的地方，然而从地势上说来，他所占的却是居高临下，完全可以守视住她的行动的位置。

她在亭前的月光里悠悠徘徊了一阵，又直立了下来不动了，他才感觉到了自己呆立在那里的危险，因为她若一旋转头来，在这皎洁的月光里，他的身体全部，是马上要被她看见的。于是乎他就急速伏下了身体，屏住气，提着脚，极轻极轻，同爬也似的又走下了两三级石级。从那一块地方，折向西去，爬过一块假山石头，他就可以穿出到亭子的北面，躲避上假山石和亭子的阴影中去的。这近边的地理，因为住得较久，他是再熟悉也没有的了，所以在这一方面他觉得很可以自信。幸而等他轻脚轻手地爬到了亭子北面的假山石下的时候，她的身体，还是直立在月光里没有动过。现在他和她的距离却只有二三丈的间隔了，只教把脖子伸一伸长，他可以看见得她清清楚楚。

她穿的是一件白色的同寝衣似的大袖宽身的长袍，腰把里束着一块也是白色的两边拖下的阔的东西。袍子和束腰的东西的材料，不是薄绸，定是丝绒，因为看过去觉得柔软得很，在明亮的月光里，并且有几处因光线屈折的关系，还仿佛是淡淡地在那里放光。

她的身材并不高，然而也总有中等的男子那么的尺寸，至于身体的肥瘠哩，虽看不得十分清楚，但从她的斜垂的两只肩膀，和束腰带卜的一围肥突的后部看来，却也并不是十分瘦弱的。

她静静地尽在月光里立着，他躲在假山石后尽在观察她的姿态身体，忽而一枝树枝，淅沥沥沥地在他的头上空中折了掉下来了，她立刻就回转了头来，望向了他正在藏躲着的那一大堆黑影之中。她的脸部，于是也就被他看见了。全体是一张中突而椭圆的脸，鼻梁的齐匀高整，是在近代的东洋妇女中少见的典型。而比什么都还要使他惊叹的，是她脸上的纯白的肉色和雪嫩的肌肤。他麻醉倒了，简直忘记了自己在这一忽儿所处的地位，和在他面前的是一个娇羞怯弱的女性，从假山石后他竟把蹲伏在那里的身体立了直来，伸长了脖子，张大了眼睛，差不多是要想把她的身体全部生生地收入到他自己的两只眼眶里去的样子。

她向黑影里注视了一会，似乎也觉察到了，嫣然一笑，朝转了头，就从月光洒满的庭前石阶上同游也似的一级一级走下了山去。

他突然同受了雷声似的昏呆了一下，眼看着她的很柔软的身体从亭边走了下去，小了下去。等他恢复了常态，从躲藏处慌忙冲出，三脚两步，同猿猴一样跳着赶下石级来的时候，她的踪影却已经完全不见了。

“这一晚，我直到天明没有睡觉。葛岭山脚附近的庵院别墅的周围，我都去绕了又绕看了又看。但是四边岑寂，除了浓霜似的月光和团团的黑影以外，连蜡烛火的微光都看不到一点。上抱朴庐去的那一条很长的石级，上上下下我也不知上落了几多次。直到附近的晓钟动了，月亮斜近了天竺，我才同生了一场大病似的拖了这一个疲倦到将要快死的身体走回抱朴庐去。”

等我那位朋友，断断续续地将上面的那段情节说完了以后，陈君才慢慢的加上了这几句说出他当时的兴奋状态来的实话。同时他的脸上的表情，也率真紧张了起来，仿佛这一回的冒险，还是几刻钟以前的事情的样子。

这一晚我们谈谈说说，竟忘了时间的迟暮。直等到西园楼上的顾客散尽，茶房将远处的几盏电灯熄灭的时候，我们才付账起身。我那位朋友在西园的门口和我们别去，我和陈君两人就一道地坐车回转了里湖，这时候半规下弦的月亮，已经在东天升得有丈把高了。

自从这一回之后，陈君和我就算结成了朋友。我和他因为住处相近，虽不日日往来，然而有时候感到了无聊，我也着实上山去找过他好几次。

两人虽则说是已经相识了，可是我每次去看他，骤然见面，那一种不安疑惧的神气，总还老是浮露在他的面上，和初次在西园与他相见的时候差仿不多。非但如此，到了八月之后，他的那副本来就不大健康的脸色，越觉得难看了，青灰里且更加上了一层黑黝黝的死色。一头头发也长得特别的长，两只阴森森的大眼，因为他近来似乎加瘦了的原因，看起来越觉得凶猛而有点可怕。

我每次去看他，总劝他少用一点功，少想一点心事，请他有便有空，常到我的旅馆里来坐坐，但他终是默默地笑笑，向我点点头，似乎是轻易不敢走下山来的样子。

时间匆忙地过去了，我闲居在旅馆里，想写的那篇小说，终于写不上手。八月十三的那一天晚上，月光分外的亮，天空里一点儿云影也没有，连远近的星宿都不大看得清楚，我吃过晚饭，灭黑了电灯，一个人坐在房间外面的走廊上，抽着烟在看湖面的月华和孤山的树木。这样的静坐了好久，忽而从附近的地方听见了一声非常悲切，同半夜里在动物园边上往往听得见的那一种动物的啸声。已经是薄寒的晚上了，突然听到了这一声长啸，我的毛发竟不自觉地竦竖了起来。叫茶房来一问，才晓得附近的一所庙宇，今天被陆军监狱占领了去，新迁入了几个在入监中发了疯的犯人，这一声长啸，大约是疯人的叫唤声无疑。经了这一次突然的惊骇，我的看月亮的雅兴也没有了，所以老早就上了床，打算睡一睡足，明朝一早起来，就好动手写我的那篇小说。

大约是天也快亮了的早晨四五点之间的时候罢，我忽而从最沉酣的睡梦里被一阵敲门声惊醒了转来。糊里糊涂慌张着从被窝里坐起，我看见床前电灯底下，悄然站在还打着呵欠的茶房背后的，是一个鬼也似的青脸的男子。

急忙披上衣服，擦了一擦睡眼，走下床来，仔细再看的时候，我才认出了这头发披散得满头，嘴唇紫黑，衣裳纷乱，汗泥满身的，就是画家陈君。

“啊，陈，陈，陈君，你，你怎么了，弄成了这一个样子？”

我被他那一副形状所压倒，几乎说话都说不出来了。他也似乎是百感交集，一言难尽的样子，只摇摇头，不作一句答语。等领他进来的茶房，从我房间里退出去后，我看见他那双血丝涨满的眼睛闭了一闭，眼角上就涌出了两颗眼泪来。

我因为出了神呆立在那里尽在望他，所以连叫他坐下的话都忘记说了，看到了他的眼泪，才神志清醒了一下，就走上前去了一步，拉了他的冰阴冰阴同铁也似的手，柔和地对他说：

“陈君，你且坐下罢，有什么话，落后慢慢的再谈。”

拉他坐下之后，我回转身来，就从壁炉架上拿起了常纳华克的方瓶，倒了一杯给他。他一口气把杯干了，缓缓地吐出了一口长气，把眼睛眨了几眨，才慢慢地沉痛地对我说：

“我——今晚上——又遇见了她了！”

“噢！在这个时候么？”

听了他的话，我倒也吃了一惊，将第二杯威士忌递给他的时候，自然而然地这样反问了他一句。他摇摇头，将酒杯接去，一边擎着了酒，一边张大眼睛看着我对我说：

“不，也是同上回一样的时候，在一样的地方。——因为吃完晚饭，我老早就埋伏在那里候她了，所以这一回终于被我擒住了她的住处。”

停了一停，喝完了第二杯威士忌他又慢慢地继续着说：

“这一回我却比前回更周到了，一看见她走上了石级，在亭前立下的时候，我就将身体立了直来，作了一个无论在哪一刻时候，都可以跑上前去的预备姿势。果然她也很快的注意到我了，不一忽就旋转了身，跑下了石阶，我也紧紧地追了上去。到了山下，将拐弯的时候，她似乎想确定一下，看我在不在她的后面跟她了，所以将头朝转来看了一眼。一看见我，她的粉样的脸上，起初起了一层恐怖，随后便嫣然地一笑，还是同上回一样的那一种笑容。我着急了，恐怕她在这一个地方，又要同前回一样，使出隐身的仙术来，所以就更快的向前冲上了两步。她的脚步也加上了速度，先朝东，后向南，又朝东，再向北，仍向西，转弯抹角的跑了好一段路，终于到了一道黄泥矮墙的门口。她一到门边，门就开了，进去之后，这门同弹簧似的马上就拔单地关闭得紧紧。我在门外用力推了几下，那扇看去似乎是并不厚的门板，连松动都不松动一动。我急极了，没有法子，就尽在墙外面踱来踱去的踏方步，踏了半天，终于寻出了一处可以着脚的地方，我不问皂白，便挺身爬上了那垛泥墙。爬在墙头上一看，墙里头原来是一个很大的院子，院子里有不少的树木种在那里。一阵风来，哼得我满身都染了桂花的香气，到此我的神经才略略清醒了一下，想起了今晚上做的这事情，自己也觉得有点过分。但是回想了想，这险也已经冒了一半了，一不做二不休，索性进去罢，进去好看它一个仔细。于是又爬高了一步，翻了一个筋斗，竟从墙外面进到了那座广漠无边的有桂花树种在那里的园里。在这座月光树影交互的大庭园中，茫无头绪地走了好些路，才在树影下找出了一条石砌的小道来。不辨方向，顺路的走了一段，却又走回到了黄泥墙下的那扇刚才她走进来的门边了。旋转了身，再倒走转来，沿着这条石砌的小道，又曲曲折折地向前走了半天，终于被我走到了一道开在白墙头里的大门的外面。这一道门，比先前的那一扇来得大些，门的上面，在粉白的墙上却有墨写的‘云龛’两个大字题在那里。这两个字，在月光底下看将起来，实在是写得美丽不过，我仰举着头，立在门下看了半天方才想起了我现在所到的是什么地方。呵，原来她果然不出我之所料，是这里尼庵里的一个姑子，我心里在想：可是我现在将怎么办呢？深更半夜，一个独身野汉闯入了到这尼庵的隐居所里来，算是怎么一回事？敲门进去么？则对自己的良心，和所受的教育，实在有点过意不去。就此回去么？则盼待了一月，辛苦了半夜的全功，将白白地尽弃了。正在这一个进退两难，踌躇不决的生死关头，忽然噢噢的一声从地底里涌出来似的，非常悲切的，也不知是负伤的野兽的呢或人类的苦闷的鸣声，同枪弹似的穿入了我的耳膜，震动了我的灵魂，我自然而然地遍身的毛发都竦竖了起来。这一声山鸣谷应的长啸声过后，便什么响动都没有了。月光似乎也因这一声长啸而更加上了一层凄冷的洁白，本来是啾啾唧唧在那里鸣动的秋虫，似乎也为这啸声所吓退，寂然地不响了。我接连着打了好几个寒颤，举起脚就沿了那条原来的石砌小道退避了出来。重新爬出了泥墙，寻着了来路，转弯抹角，走了半天。等我停住了脚，抬起头来一看，却不知如何的，已经走到了你停留在这里的这旅馆的门前了。”

说完之后，他似乎是倦极了，将身体往前一靠，就在桌子上伏靠了下去。我想想他这晚上的所遇，看看他身上头上的那一副零乱的样子，忽然间竟起了一种怜惜他的心情，所以就轻轻地慰抚似的对他说：

“陈君，你把衣服脱下，到床上去躺一忽罢。等天亮了，我再和你上那尼庵的近边去探险去。”

他到此实在也似乎是精神气力都耗尽了，便好好地听从了我的劝导，走上了床边，脱下衣服睡了下去。

他这一睡，睡到了中午方才醒转，我陪他吃过午饭，就问他想不想和我一道再上那尼庵附近去探险去。他微笑着，摇摇头，又回复了他的平时的那一种样子。坐不多久，他就告了辞，走回了山去。

此后，将近一个月间，我和他见面的机会很少，因为一交九月，天气骤然凉起来了，大家似乎都不愿意出门走远路，所以这中间他也不来，我也没有上山去看他。

到了九月中旬，天气更是凉得厉害了，我因为带的衣服不多，迫不得已，只好仍复转回了上海。不消说那篇本来是打算在杭州写成的小说，仍旧是一个字也不曾落笔。

在上海住了几天，又陪人到普陀去烧了一次香回来，九月也已经是将尽的时候了。我正在打算这一个冬天将上什么地方去过的时候，在杭州省立中学当图画教员的我那位朋友，忽而来了一封快信，大意是说：画家陈君，已在杭州病故，他生前的知友，想大家集合一点款子拢来，为他在西湖营葬。信中问我可不可以也出一份，并且问我会葬之日，可不可以再上杭州去走一趟，因为他是被日本帝国主义压迫致死的牺牲者，丧葬行列弄得盛大一点，到西湖的日本领事馆门前去行一行过，也可以算作我们的示威运动。

我横竖是在上海也闲着无事的，所以到了十月十二的那一天，就又坐沪杭车去到了杭州。第二天十月十三，是陈君的会葬日期。午前十时我和许多在杭州住家的美术家们，将陈君的灵柩送到了松木场附近的葬地之后，便一个人辞别了大家，从栖霞岭紫云洞翻过了山走到了葛岭。在抱朴庐吃了一次午餐，听了许多故人当未死前数日的奇异的病症，心里倒也起了一种兔死狐悲的无常之感。下午两点多钟，我披着满身的太阳从抱朴庐走下山来的时候，在山脚左边的一处小坟亭里，却突然间发见了一所到现在为止从没有注意到过的古墓。踏将进去一看，一块墓志，并且还是我的亲戚的一位老友的手笔。这一篇墓志铭，我现在把它抄在下面：

明杨女士云友[①]墓志铭

明天启间，女士杨慧林云友，以诗书画三绝，名噪于西泠。父亡，孝事其母，性端谨，交际皆孀母出应，不轻见人，士林敬之。同郡汪然明先生，起坛坫于浙西，刳木为舟，陈眉公题曰“不系园”，一时胜流韵士，高僧名妓，觞咏无虚日，女士时一与焉，尤多风雅韵事。当是时，名流如董思白、高贞甫、胡仲修、黄汝亨、徐震岳诸贤，时一诣杭，诣杭必以云友执牛耳。云友至，检裙抑袂，不轻与人言笑，而人亦不以相嬲，悲其遇也。每当酒后茶余，兴趣洒然，遽拈毫伸绢素，作平远山水，寥寥数笔，雅近云林，书法二王，拟思翁，能乱其真，拾者尊如拱璧。或鼓琴，声韵高绝，常不终曲而罢，窥其旨，亦若幽忧丛虑，似有茫茫身世，俯仰于无穷者，殆古之伤心人也。逝后，汪然明辈为营葬于葛岭下智果寺之旁，覆亭其上，榜曰“云龛”。明亡，久付荒烟蔓草中。清道光朝，陈文述云伯修其墓，著其事于西泠闺咏。至笠翁传奇，诬不足信。光绪中叶，钱塘陆韬君略慕其才，围石竖碑。又余十稔，为中华民国七年，夏四月，陆子与吴兴顾子同恩联承来游湖上，重展其墓。顾子之母周夫人慨然重建云龛之亭，因共匄其友夔门张朝墉北墙，铭诸不朽。铭曰：

兰麝之生，不择其地，气类相激，形神斯契。云友盈盈，溷彼香尘，昙华一现，玉折芝焚。四百余年，建亭如旧，百本梅花，萦拂左右。近依葛岭，远对孤山，湖桥春社，敬迓骖鸾。

蜀东张朝墉撰并书

一九三〇年十月一日

---

① 杨云友（1567—1627），名成岫，又名慧林。钱塘人，明末女画家、词人。

蜃　楼[1]

一

十二月初旬的一天晴暖的午后，沪杭特别快车误了钟点，直到两点多钟，才到杭州城站。这时候节季虽则已经进了寒冬，但江南一带的天气，还依旧是晴和可爱，所以从车站西边的栅门里走下来的许多旅客中间，有一位仿佛新自北方来的，服饰穿得很浓厚的中年绅士竟惹起了一般人的注意。他的身材瘦而且高，面貌清癯，头上戴着海龙皮帽，半开半扣地披在身上的，是一件獭皮圆领的藏青大氅，随着了许多小商人，闲惰阶级的妇女男子下了车，走下天桥，走出栅门的时候，他的皮帽皮衣，就招引了一群车夫和旅馆的接客者把他团团地围住。他操的是北方口音，右手提着一个黄色大皮箧，皮箧的面上底上，贴着许多张的外国轮船公司和旅馆的招纸，一见就可以知道他是经过海陆几千里路来的。

他立在车站前面的空地上，受了这一群人的包围，几乎一时决不定主意，究竟去投哪一家旅馆好，举起左手来遮住阳光，向四面了望了一周，他才叫一位立在他右侧的车夫，拉他上西湖边上去。

正是午后杭州市民上市的时候，街上来往的行人很多很杂，他

① 本篇原载于一九三一年三至五月《青年界》第一卷第一至第三期。最初发表时，未完，作者也未再续写。

躺在车上，行过荐桥大街，心里尽在替车夫担忧，怕冲倒了那些和平懒弱的居民。斜西的太阳，晒得厉害，天上也没有云翳，车正过青年会附近的一块地方，他觉得太暖了，随把大氅的纽扣解开，承受着自西北湖面上吹来的微风。

经过了浣纱路，要往西走向湖面上去了，车夫就问他究竟想上哪一家旅馆去？他迟疑了一会，便反问车夫，哪一家旅馆最好？车夫告诉他说：

“顶大的旅馆是西湖饭店和新新旅馆。”

“这两家旅馆中间，算哪一家好些？”

“西湖饭店不过是新开咯，两家的价钱，是差不多的。”

“那么就上西湖饭店去罢！”

在饭店门前下了车，他看看门外挂在那里的旅客一览表，知道这饭店里现在居停的客人并不多。他的孤寂的面上，不知不觉竟流露了一种很满足的表情出来。被招待进去，在一间靠西边对湖面开窗的房间里住下之后，茶房就拿了一张旅人单来叫他填写，他拿起那张单子，匆匆看了一遍，提起笔来便顺手把他的姓名籍贯年龄职业等写下了。陈逸群，北京，年三十岁，自上海来，为养病，职业无。茶房拿了出去，走不上几步，他忽而若有所思地皱眉想了一想，就立刻叫他回来，告诉他说：

“我这一回是来西湖养病的，若把名字写出去，怕有朋友来找我，麻烦不过，最好请你别把名字写在一览表上，知道么？”他说话的神气虽则很柔和，但当他说话时候的态度，却很有威严，所以茶房只答应了一声“是”就出去了。

洗了手脸，喝了几口茶，他把西面的窗子打开，随着和风映进来的，是午后阳光里的西湖山水。西北南三面，回环着一带的青山，山上有一点一丛的别墅禅林，很静寂，很明显的缀在那里。山下的树林，木叶还没有脱尽，在浅淡之中，就写出了一片江南的冬景。长堤一道，横界在湖心，堤前的矮树，树里的环桥，都同月下似的隐隐约约薄印在波头荡漾。湖面上有几只散漫的小艇，在那里慢慢地游行。近旁沿着湖塍，紧排着许多大小的游湖船只，大约是因为一年将尽了，游客萧条，几个划船者，拖长了颜面，仿佛都只在太阳光里，作懒噪的闲谈。他独自一个，懒懒地向窗外看了一眼，就回到床前的桌子上来，把他带来的皮箧打开来检点东西了。

皮箧里除平常更换的衣服之外，还有几册洋书，斜夹在帕拉多耳和牙膏牙刷等杂品的中间。他把一件天青的骆驼毛的棉袍拿出来换上，就把脱下来的大氅和黑羔皮的袍子，挂入东边靠墙的着衣镜柜里去。回头来又将房里桌上床上的东西整理了一下，拿了一本红色皮面的洋书，走向西边窗口坐下，正想开始阅读的时候，短促的冬日，已经贴近天竺山后的高峰，湖上的景物，也都带起日暮的浓紫色来了。

二

是上弦新月半规未满的时候，湖滨路上的行人车辆，在这黄昏影里，早已零落得同深宵一样。隔一条路的马路两旁，因为有几家戏园酒馆的原因，电灯光下，倒还呈着些许活气。市民来往的杂唤声，车铃声，间或听得出来的汽车声，混合在一处，仿佛在替杭州市民的无抵抗、不自觉的态度代鸣不平的样子。

陈逸群一个人踏着黄昏的月影，走出旅馆来，在马路上走了一回，觉得肚子有点饥饿了，就走上一条横路里的酒家去吃夜饭。

一入酒店，他就闻着了一种油炸鱼肉和陈酒的香味。自从得病以来，烟酒是应该戒绝的，但他的素来的轻生的癖性，总不能使他安然接受这医生的告诫，所以一经坐定，他就命伙计烫了一斤陈酒。当他一个人在慢慢独酌的中间，他的瘦削的面上，渐渐地带起红色来了。他举起潮润的两只大眼，呆呆向街心空处看了一阵，眉头锁紧，唉的叹了一口气，忽而面上笼罩了一层愤怒的形容。他仿佛是在回忆什么伤心的事迹，提起拳头，向街心擎了一擎，就咚的打向桌子上来。这时候幸亏伙计不在，身旁的几张桌子上，也没有人在吃饭，向四面一看，他倒自家觉得好笑了起来。在这回忆里停留不久，他平时的冷淡的枯寂的表情，又回上他的脸来了。

一个人在异乡的酒店里的独酌，终是无聊之至，他把那一斤陈酒喝完，吃了半碗多饭，就慢慢地步出店来，在马路上绕了几个圈，无情无绪地走上湖滨的堤路；月亮已高挂在正空的头上，湖上只蒙着一层凄冷的银纱。远远的市声，仿佛在嘲弄这天涯的孤客。湖滨的沉寂，湖上的空明，都变了铅铁，重重叠叠压上他的心来。他摇了几摇头，叹了几口气，似乎再也不能忍耐了，就咬紧了上下的嘴唇，放大了脚步，带怒似的奔回到旅馆中去。

这一种孤独的悲怀，本来是写在他的面上，态度上，服饰上的，不过今宵酒后，他的悲感似乎比平时更深了。一进旅馆，叫茶房打开了门窗，他脸也不洗一把，茶也不喝一口，就和衣横倒在床上，吁吁地很急促地在那里吐气。茶房在房里迟疑了一阵，很想和他说话，但见了他这一种情形，也不敢作声，就慢慢地退出门外去了。他的眼睛紧紧地闭着，然而从这两条密缝里偷漏出了几行热泪。他不知躺了多久，忽而把眼睛张开了。桌上两尺高的空处，有一盏红玻璃罩的电灯在那里照他的孤独。西边窗里吹进了一阵寒风，电灯摇了一摇，他也觉得有点冷了，就立起身来，走向西面的窗口去。没有把窗关上之前，他又伸长脖子，向湖面凝望了一回。他的视线扫回窗下的时候，忽而看见了两乘人力车在马路上向北的奔跑，前面车上坐着一位年轻的妇人，后面车上，仿佛坐着一个男子。他的视线，在月光里默送了他们一程，把窗关上，回转身来见了房里的冷灰灰的桌椅，东面墙下的衣橱，和一张白洁的空床，他的客感愈深，他的呼吸也愈急促了。

背了两手，俯伏了头，在房里走来走去的绕了半天，他忽而举起头来，向他的那只黄皮箧默视了几分钟。他的两眼忽而放起光来了，把身体一跳，就很急速地将那皮箧打开，从盖子的夹袋里，取出了几封信来。这几封信的内容大小，都是一样，发信人分明是一个人，而且信封都已污损了；他翻了一封出来展读的，封面上写着“锦州大本营呈陈参谋，名内具”的几个字，字迹纤丽。谁也认得出是女子的手笔。

逸群吾友：

得你出京的信，是在陈家席上。你何以去得这样匆忙？连我这里字条儿也不来一个，难道在怪我么？和你相交两载，自问待你也没有什么错处，你何以这一次的出京，竟这样的不念旧交，不使人知道呢？

你若知道我那一天在陈家席上的失神的态度，回来后的心里的怨愤不安，天天早晨的盼望你的来信和新闻纸的焦躁，恨不得生出两翼翅膀，飞到关外来和你们共同奋战的热情，那么我想你一定要向郭军长告个短假，假一驾飞机回到北京来和我说明白你心中堆积在那里的牢骚了。

胡子们的凶暴，奉军的罪恶，是谁也应该声讨的，你和陈家伯伯的参与反戈的计划，我在事前也已经知道，然而平时那样柔顺的你，对我是那样忠诚的你，何以这一回的出京，竟秘而不宣，不使我预先知道呢？

天天报上，只载着你们的捷讯。今早接陈家伯伯从高粱宿打来的电报，知道两三日内，大本营可移往锦州，陈家的家人送冬衣用具北来，我也托他带这一封信去，教他亲交给你。

天气寒冷，野营露宿，军队里的生活，你如何过得惯？

肉汁味精，及其他用品一包，是好几天前在哈达门里那家你我常去的洋行里买就的，还有新到的两本小说，也是在他们那里买得的。

这几天京津间谣传特甚，北京也大不安，陈家的老家人是附着国际车出去的，不晓得这封信要什么时候才能到你那里？

心里有千言万语，想写又写不出。昨天一天饭也没有吃，晚上曾做了许多恶梦。我只希望你们直捣沈阳，快回北京来再定大局。

有人来催了，就此搁笔，只希望你们，只希望你早早战胜了回来。

诒孙上

他在电灯底下读了一遍，就把信纸拿上嘴上去，闭了两眼深深地吻了半天。又把这几封信狠命的向胸前一压，仿佛是在紧抱着什么东西似的，但他再张开眼睛来看的时候，电灯光里照出来的四面的陈设，仍旧是一间客店的空房。

三

早晨醒来的时候，朝南的廊下，已经晒遍了可爱的日光。他开窗看看湖面，晴空下的山水，却是格外的和平，格外的柔嫩，一瞬间回想起昨天晚上酒后的神情，仿佛是一场恶梦。他呆呆的向窗外看了好久，叫茶房来倒上脸水，梳洗之后，又把平时的那一种冷淡的心境恢复了。喝了几口茶，吃了一点点心，他就托茶房为他雇一只艇子去游湖。等了半天，划船的来了，他问明了路径，说定了游湖的次序，便跟了那半老的船户，走下楼来。

户外的阳光，溟濛和暖，简直把天气烘得同春天一样。沿湖的马路上，也有些车辆行人，在那里点缀这故都的残腊。堤下的连续的湖船，前后衔接，紧排着在等待游人；许多船户，游散在湖岸的近旁，此地一群，那边一队的在争抢买卖。远处有一位老妇人，且在高声叫搭客，说是要开往岳坟去的。

逸群跟了那中年船户，往南迎阳光走上埠头去，路上就遇了几次的抢买卖的袭击。他坐上船后，往西南摇动开去，将喧嚷的城市，丢在背后，看看四围的山色，看看清淡的天空，看看水边的寂静的人家，觉得自家的身体，已经是离开了现实世界了。几礼拜前的马背上的生活，炮弹的鸣声，敌军的反攻，变装的逃亡，到大连后才看见的自家的死报，在上海骤发的疾病等等，当这样晴快的早晨，又于这样和平的环境之中回忆起来，好像是很远很远，一直是几年前头的事情。他一时把杂念摒除，静听了一忽船的划子击水的清音。回头来向东北一望，灵奇的保俶塔，直插在晴天暖日的中间，第一就映入了他的眼帘。此外又见了一层葛岭的山影和几丛沿岸的洋楼。

大约是因为年关近了，游湖的人不多的原因，他在白云庵门口上了岸，踏着苔封的石砌路进去，一直到了月下老人的祠前，终没有一个管庵的人出来招呼他。向祠的前后看了一遍。他想找出签筒来求一张签的，但找了半天，签诗签筒终于找不出来。向那玻璃架里的柔和的老人像呆看了几分钟，他忽而想起了北京的诒孙和诒孙的男人。

“唉！这一条红线，你总拉不成了罢！”这样的在心里转了一下，他忽觉得四边的静默，可怕得很。那老人像也好像变了脸色，本来是在作微笑的老人，仿佛是摇起头来了。他急忙回转了身子，一边寻向原路走回船来，一边心里也在责备自家：

“诒孙不是已经结了婚了么？”

“诒孙的男人不是我的朋友么？”

“她不是答应我永久做她的朋友的么？”

“不该不该，真正不该！”

下了船，划向三潭印月去的途中，他的沉思的连续，还没有打断。生来是沉默的他，脸上的表情就有点冷然使人畏敬的地方，所以船户屡次想和他讲话，终于空咯了一声就完了事。他一路默坐在船上，不是听风听水，尽量地吸收湖上的烟霞，就在沉思默考，想他两年来和诒孙的关系。总而言之，诒孙还可以算得是一个理想的女子。她的活泼的精神，处处在她的动作上流露出来。对一般男人的体贴和细密，同时又不忘记她自己的主张。对于什么人，她都知道她所应取的最适当最柔美的态度。种种日常的嗜好，起居的服饰，她也知道如何的能够使她的周围的人，都不知不觉的为她所吸引。若硬要寻她的不是，那只有她的太想赢得各异性者的好感这一点。并不是逸群一个人的嫉妒，实在她对于一般男子，未免太泛爱了。善意的解释起来，这也许是她的美德，不过无论如何，由谨严的陈逸群看来，这终是女人的一个极大的危险。他想起了五六个月前头，在北戴河的月下和她两人的散步，那一天晚上的紧紧的握手，但是自北戴河回来以后，他只觉得她对于她自己的男人太情热了。女人竭忠诚于自家的男人，本来是最善的行为，就是他在冷静的时候，也只在祷祝她们夫妇的和好，他自家可以老在她们家庭里做一个常客，可是她当他的面前，对于她男人和其他各人所表示的种种爱热的动作，由抱了偏见的他看来，终于是对他的一种侮辱。这一次的从军的决心，出京前的几天的苦闷，和陆续接到她的信后的一种后悔之情，又在他的心中复活起来。他和昨天晚上在酒店里的时候一样，又捏起拳头来向船沿上狠命的打了一下。

“船户！你怎么不出点气力划一划呀？划了这么半天，怎么三潭印月都还没有到？”

他带怒声的问了，船户倒被他骇了一跳。

“先生！您不要太性急了，前面不就是三潭印月的南堤了么？”

他仰起头来看看，果然前面去船不远，有一道环堤和许多髡柳掩映在水上。太阳也将当午了，三潭印月的亭台里，寂然听不见什么人的声音，他仰天探望了一回，微微的叹了一口气，心里想了一想，“啊，这悠久的长空，这和平的冬日！”不知不觉地又回复了他平时的安逸的心情。船到了堤前的石阶边上，他吩咐船户把空船划到后面去等，就很舒徐地走上石栏桥去，看池里的假山碑石去了。

四

在三潭印月吃了一点点心，又坐船到岳庙前杏花村的时候，太阳早已西斜，他觉得很饥饿了。吃了几碗酒菜，命船户也吃了一个醉饱，他一个人就慢慢的踏出店门，走向西泠桥去。毕竟是残冬的十二月，一路上遇着的，只是几个挑年货的乡下人，平时的那些少年男女，一个也没有见到。踏着自家的影子，打凫山别墅门前过去，他看见一湖湖水斜映着阳光，颜色是青紫的。东南岸的紫阳山城隍山上，有一层金黄的浮彩罩着，近山顶的天空里，淡拖着一抹黄白的行云。湖中心也有几只倦游归去的湖船，然而因湖面之大，船影的渺小，并且船里坐着的游客的不多，这日斜的午后，深深地给了他一个萧条的印象。他走过了苏小的坟亭，在西冷堤上杨柳树的根前站了一忽，湖面的一带青山，在几处山坳深处，作起蓝浓的颜色来了。

进了西冷印社的小门，一路走上去，他只遇见了几个闲惰阶级的游人。在石洞边上走了一回，刚想进宝塔南面的茶亭去的时候，他的冷静的心境，竟好像是晴天里起了霹雳，一霎时就大大的摇动了起来。茶亭里本坐有二三座客人在的，但是南面靠窗坐着的一个着黑缎子旗袍的女人背影，和诒孙的形状简直是一样，双眼盯住了这女人的背形，他在门口出神呆立了一瞬间，忽而觉得二三座座上茶客的眼睛，一齐射上他的脸来了。他颊上起了红潮，想不走进去，觉得更不好意思，要是进去呢，又觉得自己是一个闯入者，生怕搅乱了里面大家的和平。很急速地在脑里盘旋回复地忖度了一下，他终于硬挺了胸腰走进去了。那窗口的女人听了他对茶房命茶的北方口音，把头掉了转来看他，他也不由自主地向她贪视了一眼。漆黑的头发，是一片向后梳上去的。皮色是半透明的乳白色，眼睛极大，瞳神黑得很。脸形长圆瘦削，颧骨不高，鼻梁是很整洁的。总体是像鹅蛋的半面，中间高突，而左右低平。嘴唇苍白，上下唇的曲线的弯度并不十分强。上面的头发，中间的瞳神，和下面的黑色旗袍，把她那张病的乳白色的面影，映衬得格外的深刻，格外的迷人。他虽则觉得不好意思，然而拿起茶碗来喝茶的时候，竟不知不觉地偷看了她好几眼。现在她又把头回转，看窗外的假山去了，看了她的背影，他又想起了诒孙。

坐在她对面的，是一位四十左右的穿洋服的绅士，嘴上有几根疏淡的须影，时常和她在说话，可是她回答他的时候，却总不把头掉过对他的面，茶桌是挨着南窗，她坐在西面，这一位绅士是坐在东面的。

逸群一个人坐在茶亭北面的一张空桌上，去她的座位约有一丈多远，中间隔着两张空桌。他表面上似乎在看茶亭东面窗外的树木青空，然而实际上他的注意力的全部，却只倾注在她的身上。她分明是这一位绅士的配偶，但年龄又似乎差得太多。姨太太么？不是不是，她并没有姨太太的那一种轻佻的习气，父女么，又有些不对。男人对她的举止，却有几分在献媚的样子。逸群一边喝茶，一边总想象不出她的根底来。忽而东边窗下的一座座客大声的笑了起来，逸群倒骇了一跳，注意一看，原来他们在下围棋。那女人也被这笑声所引，回转头来看了一眼。她的男人似乎对她讲了一句滑稽的话，逸群在她的侧面上看出了一个小小的笑窝，但是这是悲寂的微笑，是带病的笑容。

逸群被她迷住了。他竟忘了天涯的岁暮，忘了背后的斜阳，更忘了自己是为人在客，当然想不到门外头在那里候他等他等得不耐烦的舟子了。他几次想走想走；但终究站不起身来，一直等到她和那男子，起来从他的桌子前头经过，使他闻到了一阵海立奥屈洛泊的香气的时候，他的幻梦，方才惊醒。举目向门外他们去的方向看看，他才知道夕阳快要下山了，因为那小小的山岭，只剩下几块高处的残阳，平地上已被房屋宝塔山石等的黑影占领了去。

急忙付过茶钱，走下山来，湖面上早就铺满了冷光，只有几处湖水湖烟，还在那里酝酿暮景。三贤祠的军队，吹出了一段凄冷的喇叭，似在促他归去的样儿，他在门外长堤路上站立住脚，向前后左右探望了一回，却看不见了她和那男子的踪迹，湖面上也没有归船，门前的艇子，除了他那一只以外，只有两艘旧而且小的空船在候着，这当然是那些下围棋的客人们的。他又觉得奇怪起来了，她究竟是往哪一方面去的呢？

迎着东天的半月，慢慢儿的打桨归来，旗营的灯火，已经在星星摇闪了。他从船头上转眼北望，看见了葛岭山下一带的山庄。尖着嘴吹了几声口笛，他心里却发见了一宗秘密："她一定是过西泠桥回向里湖去的，她一定是住在葛岭的附近无疑！"

回到了旅馆，在电灯底下把手面一洗，因为脑里头还萦回着那不知去向的如昙花似的黑衣女影，所以一天游湖的劳顿，还不能使他的心身颓减下来。命茶房拿了几册详细的西湖图志与游览指南来后，他伏在桌上尽在搜查里湖沿山一带的禅房别墅与寄寓的人家。一面在心里暗想，他却同小孩子似的下了一个好奇赌咒的决心说："你这一个不知去向的黑衣少妇，我总有法子来寻出你的寓居，探清你的根底，你且瞧着吧！"

五

湖心的半月西沉了，湖上的冷光，也加上了一层黝黝的黑影。白天的热度，似乎向北方去诱入了些低压气层来，晴空里忽而飞满了一排怕人的云阵，白云堆的缺处，偶尔射出来的几颗星宿的光芒和几丝残月的灰线，更照出了这寒宵湖面的凄清落寞。一股寒风，自西北徐徐地吹落，飞过湖头，打上孤灯未灭的陈逸群的窗面的时候，他也感到了一点寒冷，拿出表来一看，已经是午夜的时刻了。

为了一个同风也似的捉摸不定的女性，竟这样热心的费去了半宵的心血！逸群从那一堆西湖图志里立起身来回想及此，倒也自家觉得有点好笑。向上伸了一伸懒腰，张嘴打了一个呵欠，一边拿了一支烟卷在寻火柴，一边他嘴里却轻轻地辩解着说：

"啊啊，不作无聊之事，何以遣有涯之生？"点上了烟，离开书桌，重在一张安乐椅上坐下的时候，他觉得今天一天的疲劳袭上身来了。又打了一个呵欠，眼睛里红红地浮漾着了两圈酸泪，呆呆对灯坐着吸去了半支烟卷，正想解衣就寝，走上床去，他忽又觉得鼻孔里绞刺了起来，肩头一缩，竟哈啾哈啾地打出了几个喷嚏。

“啊呀，不对，又遭了凉啦！”

这样一想，他就匆匆和着里边的丝绵短袄，躺到被里去睡觉去了。

本来是神经质的他，又兼以一天的劳瘁，半夜的不眠，上床之后，更不得不在杂乱的回忆和矛盾的恐惧里想一想起那一个黑衣的女影而画些幻象，所以逸群这一宵的睡眠，正像是夏天残夜里的短梦，刚睡着又惊醒刚睡着又惊醒地安定不下来。有时候他勉力地摒去了脑里的一切杂念，想把神经镇压一下而酣甜地睡去，可是已经受过激荡的这些纤细的组织，终于不能听他的命令；他愈是凝神屏气地在努力，弥漫在这深夜大旅馆中的寂静，愈要突入他的听觉中来，终致很远很远挂在游廊壁上的一架挂钟的针步，和窗面上时时拂来的一两阵同叹息似的寒风，就能够把他的静息状态搅乱得零零落落。在长时间的焦躁之后，等神经过了一度极度的紧张，重陷入极度的疲乏状态去后，他才昏沉地合下了眼去；但这时候窗外面的浮云，已带起灰沉沉的白色，环湖上的群山，也吐起炊烟似的云雾来了。

湖上的晨曦，今天却被灰暗的云层吞没了去，一天昙色，遮印得湖波惨淡无光，又加之以四围的山影和西北的尖风，致弄得湖面上寒空黯黯，阴气森森，从早晨起就酿成了一种欲雪未成的天气。逸群一个人曲了背侧卧在旅馆的薄棉被里，被茶房的脚步声惊醒转来，听说已经是快近中午了。开口和茶房谈了这一句话，他第一感觉到的，便是自己的喉咙的嘶哑。等茶房出门去替他去冲茶泡水的中间，他还不肯相信自己是感冒了风寒。为想试一试喉咙，看它究竟有没有哑的原因，他从被里坐起，就独自一个放开喉咙来叫了两声："诒孙！诒孙！"

钻到他自己的耳朵里去的这一个很熟的名字的音色，却仍旧是那一种敲破铁罐似的哑音。

"唉，糟糕，这才中了医生的预言了！"

这样一想，他脑里头就展开了一幅在上海病卧当时的景象。从大连匆促搭上外国邮船的时候，因为自己的身体已经入了安全地带了，所以他的半月以来同弓弦似的紧张着的心状一时弛散了开来。紧张一去，他在过去积压在那里的过度的疲劳便全部苏复转来了，因而一到上海，就出其不意地喀了几次鲜血。喀血的前后，身体更是衰弱得不堪，凡肺病初期患者的那些症候，他都饱尝遍了，睡眠中的盗汗，每天午后一定要发的无可奈何的夜热，腰脚的酸软，食欲的毫无，等等。幸亏在上海有一位认识的医生，替他接连打了几支止血针，并且告诉了他一番如何疗养的心得，吐血方才止住。又静养了几天，因为医生劝他可以不必久住在空气恶浊的上海，他才下了上杭州来静养的决心。

"你这一种病，最可怕而也最易染上的是感冒。因为你的气管和肺尖不好，伤风是很容易上身的。一染了感冒，咳嗽一发，那你的血管就又要破裂了，喀血病马上就又要再发。所以你最要小心的是在这一着。凡睡眠不足，劳神过度，运动太烈等，都是这病的诱因。你上杭州去后，这些地方都应该注意，体热尤其不可使它增高起来。平常能保住三十六至三十七度的体热就顶好，不过你也不要神经过敏，不到三十八度，总还不算发热。有刺激性的物事总应该少吃！"

这些是那位医生告诫他的说话，可是现在果真被这医生说中了，竟在他自己不觉得的中间感冒了风寒。身上似乎有点在发热的样子，但是咳嗽还没有出来，赶快去医吧，今天马上就去大约总还来得及。他想到了这里，却好那茶房也拿了茶水进房来了，他问了他些杭州的医生及医院的情形，茶房就介绍了一个大英医院给他。

洗过了手面，刷过了牙齿，他茶也不喝一口，换上衣服，就一个人从旅馆中踱了出来。阴冷的旅馆门前，这时候连黄包车也没一乘停在那里。他从湖滨走过，举头向湖上看了一眼，觉得这灰沉沉的天色和怪阴惨的湖光，似乎也在那里替他担忧，昨天的那一种明朗的风情，和他自己在昨天感到的那一种轻快的心境，都不知道消失到哪里去了。

六

沿湖滨走了一段，在这岁暮天寒的道上，也不曾遇到几多的行人；直等走上了斜贯东西的那条较广的马路，逸群才叫到了一乘黄包车坐向俗称大英医院的广济医院中去。

医院里已经是将近中午停诊的时候了，幸而来求诊的患者不多，所以逸群一到，就并没有什么麻烦而被领入了一间黑漆漆的内科诊疗室里。穿着白色作业服的那位医士，年纪还是很轻，他看了逸群的这种衣饰神气，似乎也看出了这一位患者的身分，所以寻问病源症候的时候他的态度也很柔和。体热测验之后，逸群将过去的症状和这番的打算来杭州静养，以及在不意之中受了风寒的情形详细说了一遍，医生就教他躺下，很仔细地为他听了一回。前前后后，上上下下约莫听了有十多分钟的样子，医生就显示着一种严肃的神气，跟逸群学着北方口音对他说：

“你这肺还有点儿不行，伤风倒是小事，最好你还是住到我们松木场的肺病院里去吧？那儿空气又好，饮食也比较得有节制，配药诊视也便利一点，你以为怎么样？”

逸群此番，本来就是为养病而来，这医院既然有这样好的设备，那他当然是愿意的，所以听了医生的这番话，他立刻就答应了去进病院。问明了种种手续，请医生写了几张说明书之后，他就寻到会计处去付钱，来回往复了好几次，将一切手续如式办好的时候，午后也已经是很迟，他的身体也觉得疲倦得很了，这一晚就又在湖滨的饭店里留了一宵宿。

一宵之内，西湖的景色完全变过了。在半夜里起了几阵西北风，吹得门窗房屋都有点儿摇动。接着便来了一天霏微的细雨，在不声不响的中间，这冷雨竟化成了小雪。早晨八点钟的光景，逸群披衣起来，就觉得室内的光线明亮得很，虽然有点冷得难耐，但比较起昨天的灰暗来，却舒爽得多了。将西面的玻璃窗推开一望，劈面就来了一阵冷风，吹得他不由自主地打了几个寒噤。向湖上的四围环视了一周，他竟忘掉了自己的病体，在窗前的寒风里呆立住了，这实在是一幅灵奇的中国水墨画景。

南北两高峰的斜面，各洒上了一层薄薄的淡粉，介在其中的湖面被印成了墨色。还有长堤上，小山头，枯树林中，和近处停泊在那里的湖船身上，都变得全白，在反映着低云来去的灰色的天空。湖塍上远远地在行走的几个早起的船家，只像是几点狭长的黑点，默默地在这一块纯白的背景上蠕动。而最足以使人感动的，却是弥散在这白茫茫打成一片的天地之间的那种沉默，这真是一种伟大而又神秘的沉默，非要在这样的时候和这样的地方是永也感觉不到的。

逸群呆立在窗前看了一回。又想起了今天的马上要搬进病院去的事情，嘴角上就微微地露出了一痕自己取笑自己的苦笑。

“这总不是天公送我进病院去的服色罢？”因为他看到了雪，忽而想起了一段小说里说及金圣叹临刑那一日的传说。这一段传说里说，金圣叹当被绑赴刑场去的那一天，雪下得很大；他从狱里出来，看见了满街满巷的白雪，就随口念出了一首诗来说："天公丧父地丁忧，万户千门尽白头，明日太阳来作吊，家家檐下泪珠流。"病院和刑场，虽则意义全然相反，但是在这两所地方的间壁，都有一个冷酷的死在那里候着的一点，却是彼此一样的，从这一点上说来，逸群觉得他的联想，也算不得什么不合情理。

那位中年的茶房冻红了鼻尖寒缩着腰走进他的房里来的时候，逸群还是呆呆鹄立在窗口，在凝望着窗外的雪景。

"陈先生，早呵，打算今天就进松木场的肺病院去么？"茶房叫着说。

逸群回过身来只对他点了点头，却没有回答他一句话，一面看见了这茶房说话的时候从口里吐出来的白气，和面盆里水蒸气的上升，他自己倒同初次感得似的才觉着了这早晨的寒冷，皮肤上忽而起了一层鸡栗，随手他就把开着的那扇房门关上了。

在房间里梳洗收拾了一下，付过了宿账，又吃了一点点心，等黄包车夫上楼来替他搬取皮箧的时候，时间已经不早了。坐在车上，沿湖滨向北的被拉过去，逸群的两耳，也感到了几阵犀利的北风。雪是早已不下了，可是太阳还没有破云出现，风也并不算大，但在户外走着总觉得有刀也似的尖风刺上身来，这正是江南雪后，阴冻不开的天气，逸群默默坐在车上，眼看着周围的雪中山水，却想起了有一次和诒孙在这样的小雪之中，两人坐汽车上颐和园去的事情。把头摇了几摇，微微的叹了一口气，他的满腔怀忆，只缩成了柳耆卿的半截清词，在他的哑喉咙里轻轻念了出来：

一场寂寞凭谁诉！

算前言，总轻负。

早知恁地难拚，悔不当初留住。

其奈风流端正外，更别有，系人心处。

一日不思量，也攒眉千度。[①]

七

松木场在古杭州城的钱塘门外，去湖滨约有二三里地的间隔。远引着苕溪之水的一道城河，绕松木场而西去，驾上扁舟，就可以从此地去西溪，去留下，去余杭等名胜之区。在往昔汽车道未辟之前，这松木场原是一个很繁盛的驿站码头，现在可日渐衰落了。松木场之南，是有无数青山在起伏的一块棋盘高地，正南面的主峰，是顽石冲天的保俶塔山——宝石山，西去是葛岭，栖霞岭，仙姑，灵隐诸山，游龙宛转，群峰西向，直接上北高峰的岭脊，为西湖北面的一道屏障。宝石山后，小岗石壁，更是数不胜数。在这些小山之上，仰承葛岭宝石山的高岗，俯视松木场古荡等处的平地，有许多结构精奇的洋楼小筑，散点在那里，这就是由一位英国宣教师募款来华，经营建造的广济医院的隔离病院。

陈逸群坐在黄包车上，由石塔儿头折向北去，车轮顺着坂道，在直冲下去的中间，一阵寒风，吹进了他的本没有预防着的口腔鼻孔。冷风触动了肺管，他竟曷吓曷吓地咳了起来，喉头一痒，用手卷去一接，在白韧的痰里，果然有几丝血痕混入了。这一阵咳，咳得他眼睛里都出了眼泪。浑茫地向手卷上看了一眼，他闭上眼睛，就把身体靠倒在洋车背上，一边在他的脑里又乱杂地起起波涛来了。

① 出自柳永《昼夜乐·洞房记得初相遇》。

“这一个前兆，真有点可怕。漫天的雪白，痰里的微红，难道我真要葬在这西湖的边上了不成？……唉，人谁能够不死，死的迟早，又有什么相干，我岂是个贪生怕死的小丈夫！……可是，可是，像我这样的死去，造物也未免有点浪费，我到今日非但事业还一点儿也没有做成，就是连生的享乐，生的真正的意味都还没有尝到过。……啊，回想当时从军出发的那一腔热忱，那一种理想，现在到了生死之际量衡起来，却都只等于幻薄的云烟了！……本来也就是这样的，我们要改革社会，改革制度，岂不是也为了‘生’么？岂不是也为了想增进自我及大众的生的福裕么？‘生’之不存，‘革’将焉用？……罢了罢了，啊啊，这些事情还去想它作甚？我还是先求生罢，然后再来求生之享乐……”

许多自相冲突的乱杂的思想，正在脑里统结起来的时候，他的那乘车子，也已经到了松木场肺病院山下的门口了。车夫停住了车，他才睁开眼来，向大门一望，原来是一座两面连接着蜿蜒的女墙的很雅致的门楼。从虚掩在那里的格子门里望去，一层高似一层是一堆高低连亘的矮矮的山岗。在这中间，这儿一座那儿一点的许多红的绿的灰色的建筑物，映着了满山的淡雪和半透明的天空在向他点头俯视。他下车来静立了一会，看了一看这四周的景物，一种和平沉静的空气，已经把他的昏乱的头脑镇抚得清新舒适了。向门房告知了来意，叫车夫背着皮箧在后面跟着，他就和一位领导者慢慢地走上了山去，去向住在这分院内的主治医生，探问他所应住的病室之类。这分院内的主治医生，也是一位年青的医士，对逸群一看，也表示了相当的敬意。不多一忽，办完了种种手续，他就跟着一位十四五岁的练习护士，走上西面半山中的一间特等病室里去住下了。

这病室是一间中西折合的用红砖造就的洋房，里面包含着的病房数目并不见多，但这时候似乎因为年关逼近的缘故，住在那里的患者竟一个也没有。所以逸群在东面朝南的那间一号室里安顿住下，护士与看护下男退出去后，只觉得前后左右只充满了一层沁人心脾的静寂。一个人躺睡在床上，他觉得仿佛是连玻璃窗外的淡雪在湖里融解的声音都听得出来的样子。因为太静寂了，他张着眼向头上及四面的白壁看看，在无意中却感到了一种莫名其妙的恐怖，觉得仿佛在这些粉白的墙壁背后，默默地埋伏着有些怪物，在那里守视着他的动静的样子。

将近中午的时候，主治医生来看了他一次，在他的胸前背后听了一阵，医生就安慰他说：

“这病是并不要紧的，只教能安心静养就对了。今天热度太高，等明后天体热稍退之后，我就可以来替你打针，光止止血是很容易的，不过我们要从根本的治疗上着想，所以你且安息一下，先放宽你的心来。”

主治医生来诊视过后不多一忽，先前领他来的那位护士送药来了。这一位眉目清秀的少年护士，对逸群仿佛也抱有十分的好感似的，他料理逸群把药服后，又在床前的一张沙发上坐下了。

“陈先生，你一个人睡在床上，觉得太寂寞么？”他说。

“嗳，寂寞得很。你有空的时间没有？有空请你时常来谈谈，好陪陪我。”

一边说着逸群就把半闭的眼睛张了开来，对少年注视了一下。看到了这少年的红红的双颊，墨样的瞳神，和正在微笑的那一双弯曲的细眼，他似乎把服药后正在嘴里感到的那一种苦味忘记了。这一张可爱的小小的面形，他觉得是很亲很熟的样子，可是究竟是在什么地方看见过的呢，他却想不起来了。看了这少年的无邪的微笑，他也马上受了他的感染，脸上露出了一脸孤寂的笑容来。

“你叫什么名字？”他笑着问他。

“名字叫作志道，可是他们都叫我小李的。”

“你姓李么？”

“是的。”

“那么我也就叫你小李，行不行？”

“可以的，陈先生，你觉得饿了没有？”

“饿倒不饿，可是刚服过药，嘴里是怪难受的，有什么牛奶之类，我倒很想要一杯喝。”

“好，我就去叫看护下男为你去煮好了来。”这少年护士出去之后，房里头又全被沉默占领了去。这一回逸群可不感到恐怖了，因为他在脑里有了一种思索的材料，就是这位少年仿佛是在什么地方看见过的那一个问题。想了半天，然而脸上红了一红，眼睛里放出了一阵害臊的微光，他却把这护士的容貌想出来了，原来中学时代的他的一位好友，是和这小李的面形一样的。

八

小雪之余，接着就是几天冬晴的好天气，日轮绕大地回走了几圈，包围在松木场一带的空气，又被烘得暖和和同小春天一样。逸群在进病院后的第八天上完全退了热，痰里的血丝也已止住，近来假着一支手杖的力，他已经能够走出房来向回廊上及屋外面去散步了。病院生活的单调，也因过惯了而反觉得舒适，一种极沉静的心境，一种从来也没有感到过的寂灭的心境，徐徐地征服了他的焦躁，在帮扶他走向日就痊快的坦道上去，他自己也觉得仿佛已经变成了一位遁世的修道士的样子。

早晨一睁开眼，东窗外及前室的回廊上就有嫩红洁静的阳光在那里候他，铃儿一按，看护他的下男就会进来替他倒水起茶，梳洗之后，慢慢的走上南面的回廊，走来走去走一二遍，脚力乏了，就可以在太阳光里，安乐椅上坐躺下去。前面是葛岭的高丘和宝石山的石垒；初阳台上，这时候已经晒满了暖和的朝日，宝石山后的开凿石块的地方，也已经有早起的工人在那里作工了。澄清的空气里，会有丁丁笃笃的石斧之声传来，脚下面在这病院的山地与葛岭山中间的幽谷里间或有一二个采樵的小孩子过去，此外就是寂静的长空，寂静的日脚，他坐在椅上，连自己的呼吸都可以听得清清楚楚。不多一忽，欢乐轻松的小李的脚步声便会从后面进出的通用门里响近前来，替他量过热度，换过药水，谈一阵闲天，就是吃早餐的时刻了。早餐过后，在回廊上走一二遍，他可以动也不动地在那张安乐椅上坐躺到中午。吃完午饭，量过热度，服过药，便上床去试两三小时的午睡；午睡醒来，日脚总已西斜，前前后后的山色又变了样子，他若有兴，也可以扶杖走出病室，向病院界内的山道上去试一回小步；若觉得无力，便仍在那张安乐椅上坐下，慢慢的守着那铜盘似的红日的西沉。晚饭之后，在回廊上灰暗的空气里坐着，看看东面松木场镇上的人家的灯火，数数苍空里摇闪着的明星，也很可以过一二个钟头的极闲适极快活的时间，不到八点钟就上床去睡了。

这就是逸群每日在病院里过着的周而复始的生活。因为外面的生活方式这样的单调刻板化了，所以他的对外界的应付观察的注意全部，就转向了内。在日暖风和的午后，在澄明清寂的午前，沉埋在回廊上的安乐椅里他看山景看得倦了，总要寻根究底的解剖起自家过去的生活意思来。

“自己的一生，实在是一出毫无意义的悲剧，而这悲剧的酿成，实在也只可以说是时代造出来的恶戏。自己终竟是一个畸形时代的畸形儿，再加上以这恶劣环境的腐蚀，那些更加不可收拾了。第一不对的，是既作了中国人，而偏又去受了些不彻底的欧洲世纪末的教育。将新酒盛入了旧皮囊，结果就是新旧两者的同归于尽。世纪末的思想家说——你先要发见你自己，自己发见了以后，就应该忠实地守住着这自我，彻底地主张下去，扩充下去。环境若要来阻挠你，你就应该直冲上前，同他拼一个你死我活，All or Nothing[①]！不能妥协，不能含糊，这才是人的生活。——可是到了这中国的社会里，你这唯一的自我发见者，就不得不到处碰壁了。你若真有勇气，真有比拿破仑更坚忍的毅力，那么英雄或者真能造得成时势也说不定，可是对受过三千年传统礼教的系缚，遵守着尧舜禹汤文武周公孔子一脉相传的狡诈的中庸哲学的中国人，怕要十个或二十个的拿破仑打成在一起才可以说话。我总算发见了一个自以为的自我了，我也总算将这自我主张扩充过了，我并且也可以算冲上前去，与障碍物拼过死活了，但是所得到的结果是什么？……大约就是在这太阳光里的这半日的静坐罢？……啊啊，空，空，空，人生万事，终究是一个空！”

想来想去，想到了最后的结论，他觉得还是这一个虚无最可靠些。尤其是前天的早晨，正当坐在这回廊上享太阳的时候，他看见东面的三等病室里有两三个人抬出了一个用棉被遮盖好的人体来，走向了山下的一间柴棚似的小屋；午饭前小李来替他量过热度诊过脉搏后，在无意中对他说：

“又是一个患者 dead[②] 了，他昨天晚上还吃两碗饭哩！”这一句在小李是一点儿也不关紧要，于谈笑之间说出来的戏言，倒更证实了他每次所下的那个断案。

“唉，空，空，空，人生万事终究是一个空！”

---

① 英文：孤注一掷。
② 英文：死亡、去世。

这一天午后，他坐在回廊上，也同每次一样的正想到了这一个结论的时候，忽而听见小李在后边门外喊着说：

“梅先生来了！”

接着他就匆匆跑进了逸群的病室，很急速地把他的房间收拾得整整洁洁。原来这梅先生就是广济医院的主宰者，自己住在城里，当天气晴快的午后，他每坐着汽车跑到这分院里来看他的患者的。

不多一会，一位须发全白的老人，果然走到逸群的病室里来了。他老先生也是一位机会与时代偶尔产下来的幸运儿，以传教行医，消磨了半生的岁月，现在是已经在这半开化的浙江省境内，建造起了他的理想的王国，很安稳快乐地在过度他的暮年余日了。一走进房，他就笑着问逸群说：

“陈先生，身体可好？今天觉得怎么样？”逸群感谢了一番他垂问的盛意，就立起身来走入了起坐室里请他去坐。他在书桌上看见了几册逸群于暇时在翻读的红羊皮面的洋书，就同发见了奇迹似的向逸群问说：

“陈先生，你到过外国的么？”

“嗳，在奥克司福特[①]住了五年，后来就在欧洲南部旅行了两年的光景。”

听了逸群的这一个学历，他就立刻将那种应付蛮地的小孩子似的态度改过，把他的那个直挺挺有五尺多高的身体向沙发上坐了下去。寻问了一回逸群的身世和回国后任事的履历，又谈了些疾病疗养上的极普通的闲天，他就很满足似的立起身来告辞了。临行的时候，握住了逸群的手，他又很谦虚地招请他说：

“前面葛岭山上，我也有几间房屋起在那里，几时有空的时候，

① 应为牛津 Oxford 的音译。

我要来请你过去吃茶去。像这一个样子下去，那不消多少时候，你的身体就完全可以复原的，让我们预备着你退院的时候的祝贺大会罢！”

说着他又回顾了一眼立在廊下恭候着他的那位主治医生，三人就合起来大笑了一阵。

逸群自从受了这一回院主的过访以后，他的履历就传遍了这一区山上的隔离病院，上上下下的人大家都晓得这陈先生是一位北洋道台[①]的公子，他是到过外国，当过大学堂的教师，做过官的。于是在这山上的几处隔离病室里住着的练习护士们，拿了英文读本文法书来问字求教的人，也渐渐地多了起来；听他们谈谈，逸群对这病院里的情形内幕也一天一天地熟悉起来了。

九

关于这病院的内幕消息里面，有一件最挑动逸群的兴味的，是山顶最高处的那间妇女肺病疗养处清气院的创立事件。这清气院地方最高，眺望得也最广，虽然是面南的，但在东西的回廊上及二层楼的窗里远看出去，看得见杭州半城的迷离的烟火，松木场的全部的人家，和横躺在松木场与古荡之间的几千亩旷野；秦亭山的横空一线，由那里望过去，更近在指顾之间，山头圣帝庙的白墙头当承受着朝阳熏染的时候，看起来真像是一架西洋的古画。这风景如此之美的清气院，却完全是由一位杭州的女慈善家出资创立的，听他们说，她为造这一间清气院，至少总也花去了万把两的银子。

有一天午后，天气仍旧是那么的晴快，逸群午睡醒来，很想走

① 一种官位。根据清代的官阶制度：道员（道台）是省（巡抚、总督）与府（知府）之间的地方长官。

上山顶，到这一间清气院的附近去看看北面旷野里的风景，正好小李也因送药到他那里来了，他们两人就慢慢地走出了病室，走上了那条曲折斜通山顶的小道。太阳已经西斜到和地面成一只锐角的光景，松木场的人家瓦上，有几处已经有炊烟在钻起来了。两人在一处空亭里立了一会，看了些在后面山下野道上走路的乡民和远处横躺着的许多洁净的干田，就走入了一条侧路，走向了清气院的门前。一到了清气院的门口，小李就很急速的抽出了他那只被逸群捏住的手，三脚两步的跨上了这女病室的台阶，走入了有许多青年妇女围立在那里的那间楼下的大厅。逸群在半路上立定了脚，朝这一群妇女围立着的中心处一看，也不知不觉的呆住了。靠近桌子立在这些妇女们的中间，手里拿着了许多衣料罐头食物之类，在分送给大家的那一位女主人公，原来就是那一天他在西泠印社里看见过的那个不知去向的黑衣少妇。她对黑的颜色，似乎是特别喜欢的样子，今天穿的仍旧是一件黑色天鹅绒的长褂。

小李从人丛中挤了进去，向她恭恭敬敬的行了一个鞠躬礼，向一位中老的看护妇长也打了一个招呼，似乎很轻很轻的说了几句什么话，就把目光掉转，回头来向外面立在夕阳影里的逸群看了一眼。那位黑衣少妇，也和小李一道的把目光注向了外面，同时围立在那里的许多妇女也都掉转了头，看向了逸群的身上，他倒一霎时不由自主的害起羞来了，一转瞬间竟把他那张苍白的脸涨得通红。正在进退维谷，想举起脚步来走开的时候，那位少妇却拉了小李的手走出到了大厅外的回廊上面，和他微笑着点了点头说：

"是陈先生么？我已经听见梅先生说起过了，等一会我就来看你，那间病室里我从前也住过的。"

不知所措的逸群只觉得听到了一段异常柔和异常谐合的音乐，头脑昏得利害，耳根烧得火热，她说的究竟是几句什么话，和自己对她究竟回答了几句什么等，全都记不起了。伏倒了头从小道上一个人慢慢走回病室来的中间，在他的眼前摇映着的只是一双冷光四射同漆皮似的黑晶晶发亮的眼睛，与从这眼睛里放出来的一痕同水也似的微波。他一个人像这样的昏乱地走了不久，后面小李又跑着追上来了。小李的面色，也因兴奋之故涨得红红。一面拉住了逸群的手走着，一面他就同急流似的说出了一大堆话来。

“她就是那位大慈善家康太太呀！每年冬天过年的时候，她总要来施舍一次的，不但对男女老幼的贫苦患者，就是对我们也都有得分到的。她家里很有钱，在上海杭州开着十几家银行哩。我不是同你说过了么？清气院就是由她一个人出资捐造的，她自家也曾患过肺病来着，住的就是你现在住的那一间房，所以她对肺痨病者是特别的有同情，特别的肯帮助的。每年她在我们这里捐助的药钱和分送的东西，合算起来怕也得要几千块钱一年哩。在葛岭山上她还有一间很好的庄子在那里，陈先生，几时我同你去玩去，从这里的后门走出，过栖霞岭走上去是很近的。她说她还要上你这边来看你哩。我们快回去把房间收拾收拾，叫下男去烧好茶来等着罢。陈先生，我们快走，快走，快走回去！”

被他这么一催，逸群倒也自然而然的放快了脚步。回到了病室，把散乱的东西收拾了一下，叫下男预备好了一点茶水，他就在沙发上坐下，在那里细细地咀嚼起那天和她初次见面时候的事迹来了。小李看了逸群的沉默的样子，看了他那种呆呆地似在沉思的神气，却觉得有点奇怪起来，所以也把自己的兴奋状态压了下去，镇静地问他说：

“陈先生，你又在那里想什么了？她怕就要来了呢！”

逸群听了这小孩的一种似在责备他的口气，倒不觉微微地笑破了脸。对小李看了一眼，他就有点羞缩似的问她说：

“小李，你晓得这一位康太太的男人，是干什么的？”

“说起康承裕这三个字，杭州还有哪一个不知道他是一位银行老板呢！”

“你看见他过的么？”

“怎么会不看见过啊。”

“他多大年纪了？”

“那我可不晓得。”

“有胡须么？”

“嘴上是有几根的，可是并不多。”

“是穿洋服的么？”

“有时候也穿，尤其是当他从上海回来的时候。”

“噢，那么我倒也看见过他了。”

“嗳，你怎么会看见他呢？”

“我是在西湖上遇见他的。”

两人坐在沙发上这样的谈了半天，那位康太太却终究没有到来。小李倒等得心急起来了，就立起了脚跳了出去，说是打算上麻疯院及主治医室等处去探问她的究竟是走上了什么地方去的。

十

松木场广济分院的房屋，统共有一二十栋。山下进门是一座小小的门房，上山北进，朝东南是一所麻疯院兼礼拜堂的大楼。沿小路向西，是主治医师与护士们的寄宿所。再向西，是一间灰色的洋房，系安置猩红热、虎列剌等患者的隔离病室。直北是厨房，及看护下男等寄宿之所。再向西南，是一所普通的肺病男子居住的三等病房。向西偏北的半山腰里，有一间红砖面南的小筑，就是当时陈逸群在那里养病的特等病室。再西是一所建筑得很精致很宽敞的别庄式的住屋，系梅院长来松木场时所用的休息之处。另外还有几间小筑，杂介在这些房屋的中间。西面直上，当山顶最高的一层，就是那间为女肺病患者所建的清气院了。全山的地面约有二百余亩，外面环以一道矮矮的女墙，宛然是一区与外界隔绝的小共和国。

逸群一个人在那间山腰病室的起坐室里守候着康夫人的来谒，时间已经挨得很久了，小李走出去后，他更觉得时间过去的悠长，正候得有些不耐烦起来的时候，小李的那双轻脚却又从后面门里跳跑了进来。还没有跑到逸群的那间病室门口，他右手擎着了一只银壳手表，就高声叫着说：

"陈先生，你瞧你瞧，这是康太太给我的！"笑红了脸，急喘着气，走到了逸群的身边，他的左手又拿出了一张名片来。名片上面印着康叶秋心的一行小号宋字，在名片的背后，用自来水笔纤细地写着说：

"今天因为还要上麻疯院去分送东西，怕时间太晚，不能来拜访了。明天下午三时，请你和小李同来舍间喝茶，我们可以来细谈谈病中的感想。"

小李把名片交给逸群看后，脸上满堆着欢笑，还在一心玩弄那只手表。等逸群问他康太太另外还有什么话没有的时候，他才举起头来对逸群说：

"康太太请你明天去喝茶，教我陪了你同去，她已经向主治医生为我请好假了。她说今天因为还要上麻疯院去，怕是来不成的。"

"康太太的家里，你喜欢去么？"

"为什么不喜欢呢？那儿景致又好，吃的东西又多，还有留声机器听。"

"那么明天你就非去不可，我可是有点怕，怕走多了路。"

“怕走多了路？从后门出去是很近的，并且路也好走，并不是山路。康太太明天在候着你的，你不去可不行哪。”

“好，到了明天再说罢。”

这时候太阳已经在清气院的西边隐没了下去，天上四周只充满了一圈日暮的红霞，晚风凉冷，吹上了逸群的兴奋得微红的两颊，病室里的景象也灰颓萧索起来了。听逸群止住了口，小李骤然举起头来向四边一看，也觉着了时候的不早，重订了一遍明天一定同去的口约，他就又拔起双脚，轻轻快快的跳了出去。

被剩落在孤独与暮色里的逸群，一个人在病室里为沉默所包围住的逸群，静听着小李的脚步声幽幽地幽幽地远了下去，消逝了下去，最初的一瞬间他忽而感到了一种内心的冲动，想马上赶出去和小李一道的上麻疯院去探视一回，可是天色晚了，即使老了脸皮走到了麻疯院里，她也未必会还在那里的。况且还有明朝的约会，明朝岂不是可以舒舒服服的上她那里去接近着她和她去谈谈笑笑了么？但是但是，到明朝的午后为止，中间还间着一个钟漏绵绵的长夜，还间着一个时间悠久的清晨，这二十几个钟头将如何的度过去呢？啊啊，那一双深沉无底的眼睛，那一对盈盈似水的瞳神！你这一个踏破铁鞋也无觅处的黑衣女影，今天却会这样偶然的闯到这枯干清秘得同僧院似的病院里来，真想不到，真想不到。一个人在黑沉沉的沙发上坐着，像这样的想想这里，想想那里，一直的想了下去，他正同热病患者似的在开着了眼睛做梦。门外面无声无臭地逼近前来的夜色，天空里一层一层渐渐地浅淡下去的空明，和四围山野里一点一滴地在幽息下去的群动，他都忘记了。直到朝东南的两面玻璃窗里有灼烁的星光和远远的灯火投映进来的时候，他才感到了自己身边的现实世界而在黑暗里睁开了两眼。像在好梦醒后还有点流连不舍似的，他在黑暗里清醒转来以后，还是兀兀地坐着不动，不想去开亮电灯来照散他的幻梦。在这柔和甘美与周围的静悄悄的夜阴很相称的回忆里沉浸得不久，后面的门呀的一响，回廊上却有几声笨重的脚步声到了。

“陈先生，陈先生，你怎么电灯都还没有点上？”

与这几句话同时走进他的病室里来的，是送晚饭来的看护下男。在这松木场的广济分院的别一个天地里，又是一天单调和平的日子过去了。

十一

十二月二十四日的晓阴，在松木场的山坳里破亮了。空阔的东天，和海湾相接之处，孕怀着一团赭色。微风不起，充塞在天地之间的那层乳样的烟岚，迟迟地，迟迟地，沉淀了下去。大气一澄清，黝苍的天际，便透露出了晴冬特有的它那种晨装毕后的娇羞的脸色，深蓝无底的黛眉青，胭脂浴后的红薇晕，更还有几缕，微明细散，薄得同蝉翼似的粉条云。

觅恨寻愁，在一尺来厚的钢丝软垫上辗转了半夜的陈逸群，这时候也从期待和焦躁的乱梦里醒过来了。一睁开眼，他就感到了一种晴天侵早所给与我们的快感。举头向粉刷得洁白的四壁望了一周，又从床头玻璃窗的窗帷缝里，看取了一线室外的快晴的烟景，他的还没有十分恢复平时清醒状态的脑里，也就记起了昨夜来的记忆——在不意之中忽而遇到的那一位黑衣的神女，她含着微笑走出到回廊上来招呼他的风情，同音乐似的柔和谐整的她的声气，他自己的那种窘急羞臊得同小学生似的心状，在暮色苍然的病室里鹄候她来访的几刻钟中间的焦急，听说她不来了以后的那一种失望和衷心感到的淡淡的哀愁，随后又是半夜的不眠和从失眠的境里产生出来的种种离奇的幻想——这许许多多昨夜来的记忆，很快很快的同电影场面似的又在他的刚醒过来的脑里重新排演了一回。因为这前后的情节，实在来得太变幻奇突，而他自己的感情起伏，也实在来得波浪太大了，所以回想起来，他几乎疑信自己还在那里做梦。这一切的一切，都还不免是梦里的悲欢。然而伸出手向枕头边上一摸，一张凉阴阴的长方小片，却触着了他的手指，拿将起来一看，正面还是黑黑的康叶秋心的四个宋字，反面仍旧是几行纤丽的约他于今天午后去茶叙的传言。

“还好还好，这一次的这一位黑衣神女，倒还不是梦里的昙花！”

这样的在脑里一转，他的精神也就抖擞起来了，四肢伸了一伸，又纵身往上一跳，他那瘦长的病后的躯体，便从鸭绒被里起立到了病室的当中。按铃叫了一声看护下男，换上衣服，匆匆梳洗了一下，他拿起立在屋角的那支白藤手杖，便很轻快地从病室走上了回廊，从回廊走出到了晴光四溢的大空的底下。

这时候太阳已经升高了；薄薄的晨霜，早已化成了万千的水滴，把山中的泥路，湿润得酥软可人。带点辛辣味的尖寒空气，刺激着他的露出在衣外的面部手部，皮肤上起了一种恰到好处的紧缩感觉；溲溜溜一股阴凉的清气，直从他的额头脑顶，贯穿了他的全身。他从低处的山道渐渐地走上山去，朝阳所照射着的地域因而也渐在他的周围扩大了开来，而他的心神全部，也觉得一步一步慢慢地在镇静下去。到了一处耸立在一个小峰之上的茅亭里立定，放眼向山后北面的旷野瞭望了几分钟，他的在一夜之中为爱欲情愁所搅乱得那么不安的心灵思虑，竟也自然而然地化入了本来无物的菩提妙境，他的欲念，他的小我，都被这清新纯洁的田园朝景吞没下去了。

面对着了这大自然的无私的怀抱，肩背上满披着了行程刚开始的健全的阳光，呼吸了几口深呼吸后，他的恢复了平时的冷静的头脑，却使他取得了一种对自己的纯客观的批评的态度。

以自己的经历来论，风花雪月，离合悲欢，也着实经过了不少了。即以对女性的经验来讲罢，远的姑且不论，单讲近的，回国之后在北京游散着的几年之中，除诒孙之外，新的旧的，已婚的未婚的，美的智的，高贵的温柔的女性，也不知曾经接触过了几多，可是自己却从没有颠倒昏乱，完全忘却过自己，何以这一回的与这一个漠不相关的女性，偶尔在歧路上的匆匆的一遇，便会发生出这许多幻想来的呢？难道是自己的病的结果么？然而据主治医生之所说，则不久之后，就可以完全恢复健康，安然出院去了。难道是这康叶秋心的财富在诱惑着自己么？可是自己父祖的遗产还未荡尽，虽然称不得巨富，但也尽可以养活自己的一生而有余；并且自己所有的教养，决不会使自己的心性堕落到这一个地步的。那么大约是她的美丽罢，大约是她的肉体的美在挑拨引诱着自己罢？然而这康夫人之美，却又并不是这一类玩弄男子，挑引肉感的妖妇式的美，况且对于这一层自己是曾经受过试验，觉得很有把握的。

对自己的心理的批评分析，到了这里，他却漫然地想起了从欧洲回国的途中的一段浪漫史来。不自觉地再举目向远近四周的田园清景望了一望，他的对于这一段Episode[①]的回忆，尤其是觉得生动而活现了，因为那时候的背景，是热烈浓艳的地中海里的炎夏三伏夜，而眼前的景致，却是和平清静的故国的晴冬。

---

① 英文：经历，插曲。

十二

正当那只法国定期船将到苏彝士河口 Port Said[①] 的前夜，在回国的途上的陈逸群和许多其他的乘客，却在船上逢迎了法国革命纪念的那一天七月四日。自从马赛出发以来，就招呼认识的那位同船的美国少女，对逸群的态度表情，简直是旁若无人，宛然像从小就习熟的样子。有时候倒弄得饱受着英国的保守的绅士式的教育的陈逸群，反不得不故意寻出口实来避掉她的大胆的袭击。

她的父母本来是德国北部的犹太系的移民，五六十年前跟了他们的祖父移住到蜜士西毕河[②]上流去开垦的时候，那一块北美的沃地，还是森林密聚，人烟稀少的，冷僻到不可思议的地方。而现在却不同了，水陆的交通，文明的利器，都市的美观，农村的建设，无一处不在夸示着它的殷富了。因而贝葛曼（Bergman）的一家，也就成了米西根地方的豪富。然而巨富之家，族种不繁，似乎是天公裁断定的制度，是以由贝葛曼两代的辛苦经营而积下来的几千万财产，只有这一个今年才二十一岁的如花少女冶妮（Jennie）来继承相续。雄心勃勃的她的父亲爱杜华（Eduar）·贝葛曼自己，近年来也感到了老之将至了，将所有的事业都交给了可托的管理人后，他自己就带了妻儿，走上了世界漫游的旅途。他们三人的这一回的和陈逸群的同船，原是因为已经看厌了欧洲各大都会的颓废文明的结果，想上埃及内部，非洲蛮地去寻点新奇，冒点小险的。

冶妮·贝葛曼，今年二十一岁了。不长不短的她的肥艳的身上，处处都密生着由野外运动与自由教育而得来的结实的肌肉。长圆形的面部，红白相间到恰好的地步，而使她的处女美尤其发挥到

① 即苏伊士运河塞得港。

② 即密西西比河。

极致的，却是那一双瞳神蓝得像海洋似的大眼，与两条线纹弯曲得很的红润的樱唇。本来就把全身的曲线透露得无微不至的欧罗巴的女装，更因为是炎夏半裸的单衣的缘故，她穿在身上的服饰，简直可以把她的肉色都映照得出来。而更是风情别样，不得不教人恼杀的，是在她那顶银丝夏帽下偷逃出来的几圈条顿民族[①]所特有的，金发的丝儿，因为当她举起手来整发的时候，在嫩红的腋下与肉乳的峰旁，时时可以看得出来的，也就是与此同样的几缕浅软的金毛。

大约是因为从小就生长在富庶的环境里的结果罢，到了这一个年龄，按理也应该是稍知稼穑，博通世故的时候了，可是她却还同在大学学窗下的女青年一样，除了寻欢作乐，学媚趋时而外，仿佛是社会的礼义，世间的生活，和她都绝不相干的样子。

在微风邀醉的餐室外面的回廊阴处，举起两手枕抱了头，深深地斜躺上安乐的摇椅，朦胧地远视着地中海里的白日青天，大约映写到她的脑里来的风物人群，总还是那些由好莱坞特的明星等所模制出来的东方众香之国，和又年青又勇敢，又多情又美貌的印度皇子，或老大帝国的最富华最伟大的贝勒与亲王。所以也曾饱受过欧洲近代的教育，面貌也并不十分丑陋，行动举止却又非常娴雅的陈逸群的出现，大约是正适合了她的妖幻的梦境，满足了她的浪漫的嗜好。故而自从马赛出发以来，短短的几日地中海里的行程，竟成了她的演习幻梦里的操练的疆场，而生来就有点胆怯，体格也不十分强健的陈逸群，倒变作了文王囿内，在被追逐的小兔麋鹿了。

太阳在船尾西北的地中海里沉没了下去，深蓝的海面和浅碧的

---

① 条顿人（Teutones）是古代日耳曼人中的一个分支，公元前 4 世纪时大致分布在易北河下游的沿海地带，后来逐步和日耳曼其他部落融合。后世常以条顿人泛指日耳曼人及其后裔，或是直接以此称呼德国人。

天空，同时都烘染上了一层银红的彩色。从东南面吹上船来的微风阵阵，暗暗地都带着些海水的辛咸，和热带地方特有的那一种莫名其妙的浓香酽味，船上的七月四日，又这样的慢慢地晚了。

这一天，冶妮从点心时候起，就拖住了逸群不肯放他走开，直到两人在船栏边看完了落日，她的暴露在外面的臂上胸上微有点感到了凉意，船上头庆祝法国革命纪念的夜宴将就开始的时候，她和他坚约定了今晚的跳舞，眼角唇边满含着了招引他来吮吸的微笑，低徊踌躇，又紧握了一回长时不放的手，才匆匆地分头别去，各回到了自己的舱室里去梳洗更衣，预备赴宴。

在灯光灿烂，肉色衣香交混着的聚餐室里，冶妮当然是坐在逸群的上手，于欢呼健啖之余，他们俩也不晓得干尽了几多杯的葡萄香槟。冷红茶，米果，冰淇淋过后，就是小息的时间了。休息二十分钟之后，跳舞的音乐马上就要开始的。

当小息的中间，逸群也因为多喝了几杯酒的原因，被冶妮的眼角一挑，竟不由自主，大着胆跟她走出了众人还在狂欢大笑的聚餐兼跳舞的厅室，到了清凉洁白的一处离餐室稍远的前甲板的回廊角里。

是旧历的初八九的晚上的样子，半弓将满的新月，正悬挂在船楼西南面的黝苍的天际。轮机仍在继续着前行，不断的海风摇拂在他们的微红的脸上，穿巴黎最新式的、上半身差不多是全裸的夜会服的冶妮，走在他的前面，肩上背上满受了月光的斜照。由他的醉眼看去，她的整个的身体，竟变作了凡尔赛皇宫园里的白石的人儿。他慢慢地走着看着，到后来终于立住了脚，不再前进了。在他的心里真恨不能把这一个在前面蠕动，正满含着烂熟的青春的肉体，生生地吞下肚去。冶妮似乎也自觉到了她在月光下的自己的裸体的魔力了，回头来向他微微地一笑，又很妖媚地点了点头。这一刹那贯流在逸群的血脉里的冷静的血液都被她煽热了，同醉汉似的踉跄向前冲了几步，当他还没有立定的时候，一个柔软得同无骨动物似的微温的肉体就倒进了他的怀里。冶妮向后一靠，她的肥突的后部便紧贴上了他的腹下，一阵浓亵得难耐的奥兔贡特制的百和香味红濛地喷进了他的鼻空，麻醉了他的神志。注目向自己的鼻下一看，他只看见了一张密闭着眼睛，嘴唇抽动，向后倒粘在他颊下的冶妮的脸。

"冶——妮——……我的可爱——的冶——妮——……"

紧抱住了她的腰部，这样很细很细地拖长叫了一声，他就觉得两条微带着酒气的，同火也似的热烈的嘴唇往上一耸竟吸上他的嘴边来了。

在月光底下，在海浪高头，保住了这样的一个姿势，吸着吻着，他们俩不晓得踊立了多少时候，忽而朦胧地幽远地 Orchestra[①] 的乐音就波渡过来了。冶妮突然狠命地钩舌吸了他一口，旋转了身子，捏住了他的右手，张大了眼盯视住他的两眼，就开始移动了起来，逸群也便顺势对抱住了她的腰围和她半走半跳地走回到了跳舞的厅里。

这一晚的酣歌醉舞，一直闹到了午前两三点钟的样子。贝葛曼老夫妇早已回到了自己的舱室里去睡了，而冶妮当跳到了舞兴阑珊的夜半，又引诱着逸群出来，重到了月落星繁，人影全空的那一角回栏的曲处。她献尽了万种的媚态，一定要逸群于明朝也和他们一道，同在 Port Said 上陆，也和他们同上埃及内部去旅行。她一定要逸群答应她永远地和她在一处作她的伴侣。但这时候，逸群的酒意，也已经有七八分醒了，当他靠贴住冶妮的呼吸起伏得很急的胸

① 英文：管弦乐队。

腰，在听取她娓娓地劝诱他降伏的细语的中间，终于想起了千疮百孔，还终不能和欧美列强处于对等地位的祖国；他又想起了亨利·詹姆斯也曾经描写过的那一种最喜玩弄男子，而行为性格却完全不能捉摸的美国的妇人型。

第二天船到了埠头，他虽则也曾送他们上了岸，和他们一起在岸上的大旅馆里吃了一次丰盛的大晚餐，两人之间可终没有突破那最后的一道防线。晚餐之后，她和他同来到了埠头月下，重送她上船去的时候，虽则也各感到了一重隐隐的伤感，虽则也曾交换了几次热烈的拥抱与深吻，但到后来却也终只坚约了后会，高尚纯洁地在岸边各分了手。

她是一个弱女子[1]

一

她的名字叫郑秀岳。上课之前点名的时候，一叫到这三个字，全班女同学的眼光，总要不约而同的会聚到她那张蛋圆粉腻的脸上去停留一刻，有几个坐在她下面的同学，每会因这注视而忘记了回答一声“到！”男教员中间的年轻的，每叫到这名字，也会不能自已地将眼睛从点名簿上偷偷举起，向她那双红润的嘴唇，黑漆的眼睛，和高整的鼻梁，试一个急速贪恋的鹰掠。虽然身上穿的，大家都是一样的校服，但那套腰把紧紧的蓝布衫儿，褶皱一定的短黑裙子，和她这张粉脸，这双肉手，这两条圆而且长的白袜腿脚，似乎特别的相称，特别的合式。

全班同学的年龄，本来就上下不到几岁的，可是操起体操来，她所站的地位总在一排之中第五六个人的样子。在她右手的几个，也有瘦而且长，比她高半个头的；也有肿胖魁伟，像大寺院门前的金刚下世的；站在她左手以下的人，形状更是畸畸怪怪，变态百出了，有几个又矮又老的同学，看起来简直是像欧洲神话里化身出来的妖怪婆婆。

---

① 本篇于一九三二年四月由上海湖风书局出版，扉页上有作者题辞：“谨以此书，献给我最亲爱，最尊敬的映霞。一九三二年三月　达夫上。”

暑假后第二学期开始的时候，郑秀岳的座位变过了。入学考试列在第七名的她，在暑假大考里居然考到了第一。

这一年的夏天特别的热，到了开学后的阳历九月，残暑还在蒸人。开校后第二个礼拜六的下午，郑秀岳换了衣服，夹了一包书籍之类的小包站立在校门口的树荫下探望，似乎想在许多来往喧嚷着的同学，车子，行人的杂乱堆里，找出她家里来接她回去的包车来。

许多同学都嘻嘻哈哈的回去了，门前搁在那里等候的车辆也少下去了，而她家里的那乘新漆的钢弓包车依旧还没有来。头上面猛烈的阳光在穿过了树荫施威，周围前后对几个有些认得的同学少不得又要招呼谈几句话，家里的车子寻着等着可终于见不到踪影，郑秀岳当失望之后，脸上的汗珠自然地也增加了起来，纱衫的腋下竟淋淋地湿透了两个圈儿。略把眉头皱了一皱，她正想回身再走进校门去和门房谈话的时候，从门里头却忽而叫出了一声清脆的唤声来：

“郑秀岳，你何以还没有走？”

举起头来，向门里的黑荫中一望，郑秀岳马上就看出了一张清丽长方，瘦削可爱的和她在讲堂上是同座的冯世芬的脸。

“我们家里的车子还没有来啦。”

“让我送你回去，我们一道坐好啦。你们的家住在哪里的？”

“梅花碑后头，你们的呢？”

“那顶好得咧，我们住在太平坊巷里头。”

郑秀岳踌躇迟疑了一会，可终被冯世芬的好意的劝招说服了。

本来她俩，就是在同班中最被注意的两个。入学试验是冯世芬考的第一，这次暑假考后，她却落了一名，考到了第二。两人的平均分数，相去只有一点三五的差异，所以由郑秀岳猜来，想冯世芬心里总未免有点不平的意气含蓄在那里。因此她俩在这学期之初，虽则课堂上的坐席，膳厅里的食桌，宿舍的床位，自修室的位置都在一道，但相处十余日间，郑秀岳对她终不敢有十分过于亲密的表示。而冯世芬哩，本来就是一个理性发达，天性良善的非交际家。对于郑秀岳，她虽则并没有什么敌意怀着，可也不想急急的和她缔结深交。但这一次的同车回去，却把她两人中间的本来也就没有什么的这一层隔膜穿破了。

当她们两人正挽了手同坐上车去的中间，门房间里，却还有一位二年级的金刚，长得又高又大的李文卿立在那里偷看她们。她的脸上，满洒着一层红黑色的雀斑，面部之大，可以比得过平常的长得很魁梧的中年男子。她做校服的时候，裁缝店总要她出加倍的钱，因为尺寸太大，材料手工，都要加得多。说起话来，她那副又洪又亮的沙喉咙，就似乎是徐千岁在唱《二进宫》。但她家里却很有钱，狮子鼻上架在那里的她那副金边眼镜，便是同班中有些破落小资产阶级的女孩儿的艳羡的目标。初进学校的时候，她的两手，各戴着三四个又粗又大的金戒指在那里的，后来被舍监说了，她才咕哝着"那有什么，不戴就不戴好啦"的泄气话从手上除了下来。她很用功，但所看的书，都是些《二度梅》《十美图》之类的旧式小说。最新的也不过看到了鸳鸯蝴蝶式的什么什么姻缘。她有一件长处，就是用钱的毫无吝惜，与对同学的广泛的结交。

她立在门房间里，呆呆的看郑秀岳和冯世芬坐上了车，看她们的车子在太阳光里离开了河沿，才同男子似的自言自语地咂了一咂舌说：

"啐，这一对小东西倒好玩儿！"

她脸上同猛犬似的露出了一脸狞笑，老门房看了她这一副神气，也觉得好笑了起来，就嘲弄似的对她说笑话说：

"李文卿，你为啥勿同她们来往来往？"

李文卿听了，在雀斑中间居然也涨起了一阵红潮，就同壮汉似的呵呵哈哈的放声大笑了几声，随后拔起脚跟，便雄赳赳地大踏步走回到校里面的宿舍中去了。

二

梅花碑西首的谢家巷里，建立有一排朝南三开间，前后都有一方园地的新式住屋。这中间的第四家黑墙门上，钉着一块泉唐郑的铜牌，便是郑秀岳的老父郑去非的隐居之处。

郑去非的年纪已将近五十了，自前妻生了一个儿子，不久就因产后伤风死去之后，一直独身不娶，过了将近十年。可是出世之后，辗转变迁，他的差使却不曾脱过，最初在福建做了两任知县，卸任回来，闲居不上半载，他的一位好友，忽在革命前两年，就了江苏的显职，于是他也马上被邀了入幕。在幕中住了一年，他又因老友的荐挽，居然得着了一个扬州知府的肥缺。本来是优柔不断的好好先生的他，为几个幕中同事所包围，居然也破了十年来的独身之戒，在接任之前，就娶了一位扬州的少女，为他的掌印夫人。结婚之后，不满十个月，郑秀岳就生下来了。当她还不满周岁的时候，她的异母共父，在上海学校里念书的那位哥哥，忽在暑假考试之前染了霍乱，不到几日竟病殁了在上海的一家病院之中。

郑去非于痛子之余，中年的心里也就起了一种消极的念头。民国成立，扬州撤任之后，他不想再去折腰媚上了，所以便带了他的娇妻幼女，搬回到了杭州的旧籍泉唐。本来也是科举出身的他，墨守着祖上的宗风，从不敢稍有点违异，因之罢仕归来，一点俸余的积贮，也仅够得他父女三人的平平的生活。

政潮起伏，军阀横行，中国在内乱外患不断之中时间一年年的过去，郑秀岳居然长成得秀媚可人，已经在杭州的这有名的女学校里，考列在一级之首了。

冯世芬的车子，送她到了门口，郑秀岳拉住了冯世芬的手，一定要她走下车来，一同进去吃点点心。

郑家的母亲，见了自己的女儿和女儿的同学来家，自然是欢喜得非常，但开头的第一句，郑秀岳的母亲，却告诉她女儿说："车夫今天染了痧气，午饭后就回了家。最初我们打电话打不通，等到打通的时候，门房说你们已经坐了冯家的包车，一道出校了。"

冯世芬伶伶俐俐地和郑家伯父伯母应对了一番，就被郑秀岳邀请到了东厢房的她的卧室。两人在卧房里说说笑笑，吃吃点心，不知不觉，竟梦也似的过了两三个钟头。直到长长的午后，日脚也已经斜西的时候，冯世芬坚约了郑秀岳于下礼拜六，也必须到她家里去玩一次，才匆匆地登车别去。

太平坊巷里的冯氏，原也是杭州的世家。但是几代下来，又经了一次辛亥的革命，冯家在任现职的显官，已经没有了。尤其是冯世芬的那一房里，除了冯世芬当大，另外还有两个弟弟之外，财产既是不多，而她的父亲又当两年前的壮岁，客死了在汉阳的任所。所以冯世芬和母亲的生活的清苦，也正和郑秀岳她们差仿不多。尤其是杭州人的那一种外强中干，虚张门面的封建遗泽，到处是鞭挞杭州固有的旧家，而使他们做了新兴资产阶级的被征服者被压迫者还不敢反抗。

冯世芬到了家里，受了她母亲的微微几声何以回来得这样迟的责备之后，就告诉母亲说：

"今天我到一位同学郑秀岳家里去耍子了两个钟头，所以回来迟了一点，我觉得她们家里，要比我们这里响亮得多。"

"芬呀，人总是不知足的。万事都还该安分守己才好。假使你爸爸不死的话，那我们又何必搬回到这间老屋里来住哩？在汉阳江上那间洋房里住住，岂不比哪一家都要响亮？万般皆由命，还有什么话语说哩！”

在这样说话的中间，她的那双泪盈盈的大眼，早就转视到了起坐室正中悬挂在那里的那幅遗像的高头。冯世芬听了她母亲的这一番沉痛之言，也早把今天午后从新交游处得来的一腔喜悦，压抑了下去。两人沉默了一会，她才开始说：

“娘娘，你不要误会，我并不在羡慕人家，这一点气骨，大约你总也晓得我的。不过你老这样三不是地便要想起爸爸来这毛病，却有点不大对，过去的事情还去说它作什么！难道我们姊弟三人，就一辈子不会长大成人了么？”

“唉，你们总要有点志气，不堕家声才好啊？”

这一段深沉的对话，忽被外间厅上的两个小孩的脚步跑声打断了。他们还没有走进厅旁侧门之先，叫唤声却先传进了屋里。

“娘娘，今天车子作啥不来接我们？”

“娘娘，今天车子作啥不来接我们？”

跟着这唤声跑进来的，却是两个看起来年纪也差仿不多，面貌也几乎是一样的十二三岁的顽皮孩子。他们的相貌都是清秀长方，像他们的姊姊。而鼻腰深处，张大着的那一双大眼，一望就可以知道这三人，都便是那位深沉端丽的中年寡妇所生下来的姊弟行。

两孩子把书包放上桌子之后，就同时跑上了他们姊姊的身边，一个人拉着了一只手，昂起头笑着对她说：

“大姊姊，今天有没有东西买来？”

“前礼拜六那么的奶油饼干有没有带来？”

被两个什么也不晓得的天使似的幼儿这么一闹，刚才笼在起坐室里的一片愁云，也渐渐地开散了。冯夫人带着苦笑，伸手向袋里摸出了几个铜元，就半嗔半喜地骂着两个小孩说：

“你们不要闹了。喏，拿了铜板去买点心去。”

三

秋渐渐的深了，郑秀岳和冯世芬的交谊，也同园里的果实坂里的干草一样，追随着时季而到了成熟的黄金时代。上课，吃饭，自修的时候，两人当然不必说是在一道的。就是睡眠散步的时候，她们也一刻儿都舍不得分开。宿舍里的床位，两人本来是中间隔着一条走路，面对面对着的。可是她们还以为这一条走路，便是银河，深怨着每夜舍监来查宿舍过后，不容易马上就跨渡过来。所以郑秀岳就想了一个法子，和一位睡在她床背后和她的床背贴背的同学，讲通了关节，教冯世芬和这位同学对换了床位。于是白天挂起帐子，俨然是两张背贴背的床铺，可是晚上帐门一塞紧，她们俩就把床背后的帐子撩起，很自由地可以爬来爬去。

每礼拜六的晚上，则不是郑秀岳到冯家，便是冯世芬到郑家去过夜。又因为郑秀岳的一刻都抛离不得冯世芬之故，有几次她们俩简直到了礼拜六也不愿意回去。

人虽然是很温柔，但情却是很热烈的郑秀岳，只教有五分钟不在冯世芬的边上，就觉得自己是一个被全世界所遗弃的人，心里头会感到一种说不出的空洞之感，简直苦得要哭出来的样子。但两人在一道的时候，不问是在课堂上或在床上，不问有人看见没有看见，她们也只不过是互相看看，互相捏捏手，或互相摸摸而已，别的行为，却是想也不曾想到的。

同学中间的一种秘密消息，虽则传到她们耳朵里来的也很多很多，譬如李文卿的如何的最爱和人同铺，如何的临睡时一定要把上下衣裤脱得精光，更有一包如何如何的莫名其妙的东西带在身边之类的消息，她们听到的原也很多，但是她们却始终没有懂得这些事情究竟是什么意义。

将近考年假考的有一天晴寒的早晨，郑秀岳因为前几天和冯世芬同用了几天功，温了些课，身体觉得疲倦得很。起床钟打过之后，冯世芬屡次催她起来，她却只睡着斜向着了冯世芬动也不动一动。忽儿一阵腰酸，一阵腹痛，她觉得要上厕所去了，就恳求冯世芬再在床上等她一歇，等她解了溲回来之后，再一同下去洗面上课。过了很长很长的一段时间，她却脸色变得灰白，眼睛放着急迫的光，满面惊惶地跑回到床上来了。到了去床还有十步距离的地方，她就尖了喉咙急叫着说：

“冯世芬！冯世芬！不好了！不好了！”

跑到了床边，她就又急急的说：

“冯世芬，我解了溲之后，用毛纸揩揩，竟揩出了满纸的血，不少的血！”

冯世芬起初倒也被她骇了一跳，以为出了什么大事情了，但等听到了最后的一句，就哈哈哈哈的笑了起来。因为冯世芬比郑秀岳大两岁，而郑秀岳则这时候还刚满十四，她来报名投考的时候，却是瞒了年纪才及格的。

郑秀岳成了一个完全的女子了，这一年年假考考毕之后，刚回到家里还没有住上十日的样子，她又有了第二次的经验。

她的容貌也越长得丰满起来了，本来就粉腻洁白的皮肤上，新发生了一种光泽，看起来就像是用绒布擦熟的白玉。从前做的几件束胸小背心，一件都用不着了，胸部腰围，竟大了将近一寸的尺寸。从来是不大用心在装修服饰上的她，这一回年假回来，竟向她的老父敲做了不少的衣裳，买了不少的化妆杂品。

天气晴暖的日子，和冯世芬上湖边去闲步，或湖里去划船的时候，现在她所注意的，只是些同时在游湖的富家子女的衣装样式和材料等事情。本来对家庭毫无不满的她，现在却在心里深深地感觉起清贫的难耐来了。

究竟是冯世芬比她大两岁年纪，渐渐地看到了她的这一种变化，每遇着机会，便会给以很诚恳很彻底的教诫。譬如有一次她们俩正在三潭印月吃茶的时候，忽而从前面埠头的一只大船上，走下来了一群大约是军阀的家室之类的人。其中有一位类似荡妇的年轻太太，穿的是一件仿佛由真金线织成的很鲜艳的袍子。袍子前后各绣着两朵白色的大牡丹，日光底下远看起来，简直是一堆光耀眩人的花。紧跟在她后面的一位年纪也很轻的马弁臂上，还搭着一件长毛乌绒面子乌云豹皮里子的斗篷在那里。郑秀岳于目送了她们一程之后，就不能自已地微叹着说：

"一样的是做人，要做得她那样才算是不枉过了一生！"

冯世芬接着就讲了两个钟头的话给她听。说，做人要自己做的，浊富不如清贫，军阀资本家土豪劣绅的钱都是背了天良剥削来的。衣饰服装的美不算是伟大的美，我们必须要造成人格的美和品性的美来才算伟大。清贫不算倒霉，积着许多造孽钱来夸示人家的人才是最无耻的东西；虚荣心是顶无聊的一种心理，女子的堕落阶级的第一段便是这虚荣心，有了虚荣心就会生嫉妒心了。这两种坏心思是由女子的看轻自己不谋独立专想依赖他人而生的卑劣心理，有了这种心思，一个人就永没有满足快乐的日子了。钱财是人所造的，人而不驾驭钱财反被钱财所驾驭，那还算得是人么？

冯世芬说到了后来，几乎兴奋得要出眼泪，因为她自己心里也十分明白，她实在也是受着资本家土豪的深刻压迫的一个穷苦女孩儿。

四

郑秀岳冯世芬升入了二年级之后，座位仍没有分开，这一回却是冯世芬的第一，郑秀岳的第二。

春期开课后还不满一个月的时候，杭州的女子中等学校要联合起来开一个演说竞赛会。在联合大会未开之前，各学校都在预选代表，练习演说。郑秀岳她们学校里的代表举出了两个来，一个是三年级的李文卿，一个是二年级的冯世芬。但是联合大会里出席的代表是只限定一校一个的。所以在联合大会未开以前的一天礼拜六的晚上，她们代表俩先在本校里试了一次演说的比赛。题目是《富与美》，评判员是校里的两位国文教员。这中间的一位，姓李名得中，是前清的秀才，湖北人，担任的是讲解古文诗词之类的功课，年纪已有四十多了。李先生虽则年纪很大，但头脑却很会变通，可以说是旧时代中的新人物。所以他的讲古文并不拘泥于一格，像放大的缠足姑娘走路般的白话文，他是也去选读，而他自己也会写写的。其他的一位，姓张名康，是专教白话文新文学的先生，年纪还不十分大，他自己每在对学生说只有廿几岁，可是客观地观察他起来，大约比廿几岁总还要老练一点。张先生是北方人，天才焕发，以才子自居。在北京混了几年，并不曾经过学堂，而写起文章来，却总娓娓动人。他的一位在北京大学毕业而在当教员的宗兄有一年在北京死了，于是他就顶替了他的宗兄，开始教起书来。

那一晚的演说《富与美》，系由李文卿作正而冯世芬作反的讲法的。李文卿用了她那一副沙喉咙和与男子一样的姿势动作在讲台上讲了一个钟头。内容的大意，不过是说：“世界上最好的事情是富，富的反对面穷，便是最大的罪恶。人富了，就可以买到许多东西，吃也吃得好，穿也穿得好，还可以以金钱去买许多许多别的不能以金钱换算的事物。那些什么名誉，人格，自尊，清节等等，都是空的，不过是穷人用来聊以自娱的名目。还有天才，学问等等也是空的，不过是穷措大在那里吓人的傲语。会刮地皮积巨富的人，才是实际的天才，会乱钻乱剥，从无论什么里头都去弄出钱来等事情，才是实际的学问。什么叫孝悌忠信礼义廉耻，要顾到这些的时候，那你早就饿杀了。有了钱就可以美，无论怎么样的美人都买得到。只教有钱，那身上家里，就都可以装饰得很美丽。所以无钱就是不能够有美，就是不美。”

这是李文卿的演说的内容大意，冯世芬的反对演说，大抵是她时常对郑秀岳说的那些主义。她说要免除贫，必先打倒富。财产是强盗的劫物，资本要为公才有意义。对于美，她主张人格美劳动美自然美悲壮美等，无论如何总要比肉体美装饰美技巧美更加伟大。

演说的内容，虽是冯世芬的来得合理，但是李文卿的沙喉咙和男子似的姿势动作，却博得了大众的欢迎。尤其是她从许多旧小说里读来的一串一串的成语，如“闭月羞花之貌，沉鱼落雁之容”之类的口吻，插满在她的那篇演说词里，所以更博得了一般修辞狂的同学和李得中先生的赞赏。但等两人的演说完后，由评判员来取决判断的当儿，那两位评判员中间，却惹起了一场极大的争论。

李得中先生先站起来说李文卿的姿势喉音极好，到联合大会里去出席，一定能够夺得锦标，所以本校的代表应决定是李文卿。他对锦标两个字，说得尤其起劲，翻翻覆覆地竟说了三次。而张康先生的意见却正和李先生的相反，他说冯世芬的思想不错。后来你一言我一语的说了许多时候，形势倒成了他们两人的辩论大会了。

到了最后，张先生甚至说李先生姓李，李文卿也姓李，所以你在帮她。对此李先生也不示弱，就说张先生是乱党，所以才赞成冯世芬那些犯上作乱的意见。张先生气起来了，就索性说，昨天李文卿送你的那十听使馆牌，大约就是你赞成她的意见的主要原因罢。李先生听了也涨红了脸回答他说，你每日每日写给冯世芬的信，是不是就是你赞成冯世芬的由来。

两人先本是和平地说的，后来喉音各放大了，最后并且敲台拍桌，几乎要在讲台上打起来的样子。

台下在听讲的全校学生，都看得怕起来了，紧张得连咳嗽都不敢咳一声。后来当他们两位先生的热烈的争论偶尔停止片时的中间，大家都只听见了那盏悬挂在讲堂厅上的汽油灯的此此的响声。这一种暴风雨前的片时沉默，更在台下的二百来人中间造成了一种恐怖心理，正当大家的恐怖达到极点的时候，冯世芬却不忙不迫的从座位里站立了起来说：

“李先生，张先生，我因为自己的身体不好，不能作长时间的辩论，所以去出席大会当代表的光荣，我自己情愿放弃。我并且也赞成李先生的意见，要李文卿同学一定去夺得锦标，来增我们母校之光。同学们若赞成我的提议的，请一致起立，先向李代表，李先生，张先生表示敬意。”

冯世芬的声量虽则不洪，但清脆透彻的这短短的几句发言，竟引起了全体同学的无限的同情。平时和李文卿要好，或曾经受过李文卿的金钱及赠物的大部分的同学，当然是可以不必说，即毫无成见的少数中立的同学也立时应声站立了起来。其中只两三个和李文卿同班的同学，却是满面呈现着怒容，仍兀然的留在原位里不肯起立。这可并不是因为她们不赞成冯世芬之提议，而在表示反对。她们不过在怨李文卿的弃旧恋新，最近终把她们一个个都丢开了而在另寻新恋，因此所以想借这机会来报报她们的私仇。

五

到底是年长者的李得中先生的眼光不错，李文卿在女子中等学校联合演说竞赛会里，果然得了最优胜的金质奖章。于是李文卿就一跃而成了全校的英雄。从前大家只以滑稽的态度或防卫的态度对她的，现在有几个顽固的同学，也将这种轻视她的心情减少了。而尤其使大家觉得她这个人的可爱的，是她对于这次胜利之后的那种小孩儿似的得意快活的神情。

一块双角子那么大的金奖章，她又花了许多钱拿到金子店里去镶了一个边，装了些东西上去，于是从早晨到晚上她便把它挂在校服的胸前，远看起来，仿佛是露出在外面的一只奶奶头。头几天把这块金牌挂上的时候，她连在上课的时候，也尽在伏倒了头看她自己的胸部。同学中间的狡滑一点的人，识破了她的这脾气，老在利用着她，因为你若想她花几个钱来请请客，那你只教跑上她身边去，拉住着她，要她把这块金牌给你看个仔细，她就会笑开了那张鳖鱼大嘴，挺直身子，张大胸部，很得意地让你去看。你假装仔细看后，再加上以几句赞美的话，那你要她请吃什么她就把什么都买给你了。后来有一个人，每天要这样的去看她的金牌好几次，她也觉得有点奇怪了，就很认真地说：

“怎么啦，你会这样看不厌的？”

这看的人见了她那一种又得意又认真的态度表情，便不觉哈哈哈哈的大笑了起来。捧腹大笑了一阵之后，才把这要看的原因说出来给她听。她听了也有点发气了，从这事情以后她请客就少请了许多。

与这请客是出于同样的动机的，就是她对于冯世芬的特别的好意。她想她自己的这一次的成功，虽完全系出于李得中先生的帮忙，但冯世芬的放弃代表资格，也是她这次胜利的直接原因。所以她于演说竞赛完后的当日，就去亨得利买了一只金壳镶钻石的瑞士手表，于晚饭之后，在操场上寻着了冯世芬和郑秀岳，诚诚恳恳地拿了出来，一定要给冯世芬留着做个纪念。冯世芬先惊奇了一下，尽立住了脚张大了眼，莫名其妙地对她看了半晌。靠在冯世芬的左手，同小鸟似的躲缩在冯世芬的腋上的郑秀岳也骇倒了，心里在跳，脸上涨出了两圈红霱。因为虽在同一学校住了一年多，但因不同班之故，她们和李文卿还绝对不曾开过口交过谈。况且关于李文卿又有那一种风说，凡是和她同睡过几天的人，总没有一个人不为同学所轻视的。而李文卿又是个没有常性的人，持了她的金钱的富裕和身体的强大，今天到东，明天到西，尽在校内校外，结交男女好友。所以她们这一回受了她突如其来的这种袭击，就有半晌不能够开口说话，郑秀岳并且还全身发起抖来了。

冯世芬于惊定之后，才急促的对李文卿说：

"李文卿，我和你本来就没有交情。并且那代表资格，是我自己情愿放弃的，与你无关，这种无为的赠答，我断不能收受。"

斩钉截铁的说出了这几句话，冯世芬便拖了郑秀岳又向前走了，李文卿也追了上去，一边跟，一边她仍在懊恼似的大声的说：

"冯世芬，我是一点恶意也没有的，请你收着罢，我是一点恶意也没有的。"

这样的被跟了半天，冯世芬却头也不回一回，话也不答一句。并且那时候太阳早已下山，薄暮的天色，也沉沉晚了。冯世芬在操场里走了半圈，就和郑秀岳一道走回到了自修室里，而跟在后面的李文卿，也不知于什么时候走掉了。

郑秀岳她们在电灯底下刚把明天的功课预备了一半的时候，一个西斋的老斋夫，忽而走进了她们的自修室里，手里捏了一封信和一只黑皮小方盒，说是三年级的李文卿教送来的。

冯世芬因为几刻钟前在操场上所感到的余愤未除，所以一刻也不迟疑地对老斋夫说：

“你全部带回去好了，只说我不在自修室里，寻我不着就对。”

老斋夫惊异地对冯世芬的严不可犯的脸色看了一下，然后又迟疑胆怯地说：

“李文卿说：一定要我放在这里的。”

这时候郑秀岳心里，早在觉得冯世芬的行为太过分了，所以就温和地在旁劝冯世芬说：

“冯世芬，且让他放在这里，看它一看如何？若要还她，明天教女佣人送回去，也还不迟呀。”

冯世芬却不以为然，一定要斋夫马上带了回去，但郑秀岳好奇心重，从斋夫手里早把那黑皮小方盒接了过来，在光着眼打开来细看。老斋夫把信向桌上一搁，马上就想走了，冯世芬又叫他回来说：

“等一等，你把它带了回去！”

郑秀岳看了那只精致的手表，却爱惜得不忍释手，所以眼看着盒子里的手表，一边又对冯世芬说：

“索性把她那封信，也打开来看它一看，明天写封回信教佣人和手表一道送回，岂不好吗？”

老斋夫在旁边听了，点了点头，笑着说：

“这才不错，这才可以教我去回报李文卿。”

郑秀岳把表盒搁下，伸手就去拿那封信看，冯世芬到此，也没有什么主意了，就只能教老斋夫先去，并且说，明朝当差这儿的佣人，再把信和表一道送上。

六

世芬同学大姊妆次

桃红柳绿，鸟语花香，芳草缤纷，落英满地，一日不见，如三秋矣，一秋不见，如三百年也，际此春光明媚之时，恭维吾姊起居迪吉，为欣为颂。敬启者，兹因吾在演说大会中夺得锦标，殊为侥幸，然饮水思源，不可谓非吾姊之所赐。是以买得铜壶，为姊计漏，万望勿却笑纳，留作纪念。吾之此出，诚无恶意，不过欲与吾姊结不解之缘，订百年之好，并非即欲双宿双飞，效鱼水之欢也。肃此问候，聊表寸衷。

妹李文卿鞠躬

郑秀岳读了这一封信后，虽则还不十分懂得什么叫作鱼水之欢，但心里却佩服得了不得，从头到尾，竟细读了两遍，因为她平日接到的信，都是几句白话，读起来总觉得不大顺口。就是有几次有几位先生私私塞在她手里的信条，也没有像这一封信样的富于辞藻。她自己虽则还没有写过一封信给任何人，但她们的学校里的同学和先生们，在杭州是以擅于写信出名的。同学好友中的私信往来，当然是可以不必说，就是年纪已经过了四十，光秃着头，戴着黑边大眼镜，肥胖矮小的李得中先生，时常也还在那里私私写信给他所爱的学生们。还有瘦弱长身，脸色很黄，头发极长，在课堂上，居然严冷可畏，下了课堂，在房间里接待学生的时候，又每长吁短叹，老在诉说身世的悲凉，家庭的不幸的张康先生，当然也是常在写信的。可是他们的信，和这封李文卿的信拿来一比，觉得这文言的信读起来要有趣得多。

她读完信后，心里尽这样在想着，所以居然伏倒了头，一动也不动的静默了许多时。在旁边坐着的冯世芬，静候了她一歇，看她连一点儿动静都没有了，就用手向她肩头上去拍了一下，问她说：

“你在这里呆想什么？”

郑秀岳倒脸上红了一红，一边将写得流利豁达大约是换过好几张信纸才写成的那张粉红布纹笺递给了冯世芬，一边却笑着说：

“冯世芬，你看，她这封信写得真好！”

冯世芬举起手来，把她的捏着信笺的手一推。又朝转了头，看向书本上去，说：

“这些东西，去看它作什么！”

“但是你看一看，写得真好哩。我信虽则接到得很多，可是同这封信那么写得好的，却还从没有看见过。”

冯世芬听了她这句话之后，倒也像惊了一头似的把头朝了转来问她说：

“喔，你接到的信，都在拆看的么？”

她又红了一红脸，轻轻回答说：

“不看它们又有什么办法呢？”

冯世芬朝她看了一眼，微微地笑着，回身就把书桌下面的小抽斗一抽，杂乱地抓出了一大堆信来丢向了她的桌上。

“你要看，我这里还有许多在这儿。”

这一回倒是郑秀岳吃起惊来了。她平时总以为只有她，全校中只有她一个人，是在接着这些奇怪的信的，所以有几次很想对冯世芬说出来，但终于没有勇气。而冯世芬哩，平常同她谈的，都是些课本的事情，和社会上的情势，关于这些私行污事，却半点也不曾提及过。故而她和冯世芬虽则情逾骨肉地要好了半年多，但晓得冯世芬的也在接收这些秘密信件，这倒还是第一次。惊定之后，她伸手向桌上乱堆在那里的红绿小信件拨了几拨，才发见了这些信件，都还是原封不动地封固在那里，发信者有些是教员，有些是同学，还有些是她所不知道的人，不过其中的一大部分，却是曾经也写信给她自己的。

“冯世芬，这些信你既不拆看，为什么不去烧掉？”

“烧掉它们作什么，重要的信，我才去烧哩。”

“重要的信，你倒反去烧？什么是重要的信？是不是文章写得很好的信？”

“倒也不一定，我对于文章是一向不大注意的。你说李文卿的这封信写得很好，让我看，她究竟做了一篇怎么的大文章。”

郑秀岳这一回就又把刚才的那张粉红笺重新递给了她，一边却静静地在注意着她的读信时候的脸色。冯世芬读了一行，就笑起来了，读完了信，更乐得什么似的笑说：

“啊啊，她这文章，实在是写得太好了。”

“冯世芬，这文章难道还不好么？那么要怎么样的文章才算好？”

冯世芬举目向电灯凝视了一下，明明似在思索什么的样子，她的脸上的表情，从严肃的而改到了决意的。把头一摇，她就伸手到了她的夹袄里层的内衣袋里摸索了一回，取出了一个对折好的狭长白信封后，她就递给郑秀岳说：

“这才是我所说的重要的信！”

郑秀岳接来打开一看，信封上写的是几行外国字。两个邮票，也是一红一绿的外国邮票。信封下面角上头才有用钢笔写的几个中国字，“中国杭州太平坊巷冯宅冯世芬收”。

七

世芬小同志：

别来三载，通信也通了不少了，这一封信，大约是我在欧洲发的最后一封，因为三天之后，我将绕道西伯利亚，重返中国。

你的去年年底发出的信，是在瑞士收到的。你的思想，果然进步了，真不负我二年来通信启发之劳，等我返杭州后，当更为你介绍几个朋友，好把你造成一个能担负改造社会的重任的人才。中国的目前最大压迫，是在各国帝国主义的侵略，封建余孽，军阀集团，洋商买办，都是帝国主义者的忠实代理人。他们再和内地的土豪、劣绅一勾结，那民众自然没有翻身的日子了。可是民众已在觉悟，大革命的开始，为期当不在远。广州已在开始进行工作，我回杭州小住数日，亦将南下，去参加建设革命基础。

不过中国的军阀实在根蒂深强，打倒一个，怕又要新生两个。现在党内正在对此事设法防止，因为革命军阀实在比旧式军阀还可怕万倍。

我此行同伴友人很多，在墨斯哥[1]将停留一月，最迟总于阳历五月底可抵上海。请你好好的用功，好好的保养身体，预备我来和你再见时，可以在你脸上看到两圈鲜红的苹果似的皮层。

你的小舅舅陈应环　二月末日在柏林

① 即莫斯科。

郑秀岳读完了这一封信，也呆起来了，虽则信中的意义，她不能完全懂得，但一种力量，在逼上她的柔和犹惑的心来。她视而不见地对电灯在呆视着，但她的脑里仿佛是朦胧地看出了一个巨人，放了比李文卿更洪亮更有力的声音在对她说话："你们要自觉，你们要革命，你们要去吃苦牺牲！"因为这些都是平时冯世芬和她常说的言语，而冯世芬的这些见解，当然是从这一封信的主人公那里得来的。

旁边的冯世芬把这信交出之后，又静静儿的去看书去了，等她看完了一节，重新掉过头来向郑秀岳回望时，只看见她将信放在桌上，而人还在对了电灯发呆。

"郑秀岳，你说怎么样？"

郑秀岳被她一喊，才同梦里醒来似的眨了几眨眼睛，很严肃地又对冯世芬看了一歇说：

"冯世芬，你真好，有这么一个小舅舅常在和你通信。他是你娘娘的亲兄弟么？多大的年纪？"

"是我娘娘的堂小兄弟，今年二十六岁了。"

"他从前是在什么地方读书的？"

"在上海的同济。"

"是学文学的么？"

"学的是工科。"

"他同你通信通了这么长久，你为什么不同我说？"

"半年来我岂不是常在同你说的么？"

"好啦，你却从没有说过。"

"我同你说的话，都是他教我的呀，我不过没有把信给你看，没有把他的姓名籍贯告诉你知道，不过这些却是一点儿关系也没有的私事，要说他作什么。重要的、有意义的话，我差不多都同你说了。”

在这样对谈的中间，就寝时候已经到了。钟声一响，自修室里就又杂乱了起来。冯世芬把信件分别收起，将那封她小舅舅的信仍复藏入了内衣的袋里。其他的许多信件和那张粉红信笺及小方盒一个，一并被塞入了那个书桌下面的抽斗里面。郑秀岳于整好桌上的书本之后，便问她说：

“那手表呢？”

“已经塞在小抽斗里了。”

“那可不对，人家要来偷的呢！”

“偷去了也好，横竖明朝要送去还她的。我真不愿意手触着这些土豪的赐物。”

“你老这样的看它不起，买买恐怕要十多块钱哩！”

“那么，你为我带去藏在那里罢，等明朝再送去还她。”

这一天晚上，冯世芬虽则早已睡着了，但睡在边上的郑秀岳，却终于睡不安稳。她想想冯世芬的舅舅，想想那替冯世芬收藏在床头的手表和李文卿，觉得都可以羡慕。一个是那样纯粹高洁的人格者，连和他通通信的冯世芬，都被他感化到这么个程度。一个是那样的有钱，连十几块钱的手表，都会漠然地送给他人。她想来想去，想到了后来，愈加睡不着了，就索性从被里伸出了一只手来，轻轻地打开了表盒，拿起了那只手表。拿了手表之后，她捏弄了一回，又将手缩回被里，在黑暗中摸索着，把这小表系上了左手的手臂。

“啊啊，假使这表是送给我的话，那我要如何的感谢她呀！”

她心里在想，想到了她假如有了这一个表时，将如何的快活。譬如上西湖去坐船的时候，可以如何的和船家讲钟头说价钱，还有在上课的时候看看下课钟就快打了，又可以得到几多的安慰！心里头被这些假想的愉快一掀动，她的神经也就弛缓了下去，眼睛也就自然而然地合拢来了。

八

早晨醒来的时候，冯世芬忽而在朦胧未醒的郑秀岳手上发见了那一只手表。这一天又是阴闷微雨的一天养花天气，冯世芬觉得悲凉极了，对郑秀岳又不知说了多少的教诫她的话。说到最后，冯世芬哭了，郑秀岳也出了眼泪，所以一起来后，郑秀岳就自告奋勇，说她可以把这表去送回原主，以表明她的心迹。

但是见了李文卿，说了几句冯世芬教她应该说的话后，李文卿却痴痴地瞟了她一眼，她脸红了，就俯下了头，不再说话。李文卿马上伸手来拉住了她的手，轻轻地说：

“冯世芬若果真不识抬举，那我也不必一定要送她这只手表。但是向来我有一个脾气，就是送出了的东西，决不愿意重拿回来，既然如此，那就请你将这表收下，作为我送你的纪念品。可是不可使冯世芬知道，因为她是一定要来干涉这事情的。”

郑秀岳俯伏了头，涨红了脸，听了李文卿的这一番话，心里又喜又惊，正不知道如何回答她的好。李文卿看了她这一种样子，倒觉得好笑起来了，就一边把摆在桌上的那黑皮小方盒，向她的袋里一塞，一边紧捏了一把她的那只肥手，又俯下头去，在她耳边轻轻地说：

“快上课了，你马上去罢！以后的事情，我们可以写信。”

她说了又用力把她向门外一推，郑秀岳几乎跌倒在门外的石砌阶沿之上。

郑秀岳于踉跄立定脚跟之后，心里还是犹疑不决。想从此把这只表受了回去，可又觉得对不起冯世芬的那一种高洁的心情；想把手表毅然还她呢，又觉得实在是抛弃不得。正当左右为难，去留未决的这当儿，时间却把这事情来解决了，上课的钟，已从前面大厅外当当当地响了过来。郑秀岳还立在阶沿上踌躇的时候，李文卿却早拿了课本，从她身边走过，走出圆洞门外，到课堂上去上课去了。当大踏步走近她身边的时候，她还在她耳边说了一句“以后我们通信罢！”

郑秀岳见李文卿已去，不得已就只好急跑回到自修室里，但冯世芬的人和她的课本都已经不在了。她急忙把手表从盒子里拿了出来，藏入了贴身的短衫袋内，把空盒子塞入了抽斗底里，再把课本一拿，便三脚两步地赶上了课堂。向座位里坐定，先生在点名的中间，冯世芬就轻轻地向她说：

“那表呢？”

她迟疑了一会，也轻轻地回答说：

“已经还了她了。”

从此之后，李文卿就日日有秘密的信来给郑秀岳，郑秀岳于读了她的那些桃红柳绿的文雅信后，心里也有点动起来了，但因为冯世芬时刻在旁，所以回信却一次也没有写过。

这一次的演说大会，虽则为郑秀岳和李文卿造成了一个订交的机会，但是同时在校里，也造成了两个不共戴天的仇敌，就是李得中先生和张康先生。

李得中先生老在课堂上骂张康先生，说他是在借了新文学的名义而行公妻主义，说他是个色鬼，说他是在装作颓废派的才子而在博女人的同情，说他的文凭是假的，因为真正在北大毕业者是他的一位宗兄，最后还说他在北方家乡蓄着有几个老婆，儿女已经有一大群了。

张康先生也在课堂上且辩明且骂李得中先生说：

“我是真正在北大毕业的，我年纪还只有二十几岁，哪里会有几个老婆呢？儿女是只有一男一女的两个，何尝有一大群？那李得中先生才奇怪哩，某月某日的深夜我在某旅馆里看见他和李文卿走进了第三十六号房间。他做的白话文，实在是不通，我想白话文都写不通的人，又哪儿会懂文言文呢？他的所以从来不写一句文言文，不做一句文言诗者，实在是因为他自己知道了自己的短处在那里藏拙的缘故。我的先生某某，是当代的第一个文人，非但中国人都崇拜他，就是外国人也都在崇拜他，我往年常到他家里去玩的时候，看看他书架上堆在那里的，尽是些线装的旧书，而他却是专门做白话文的人。现在我们看看李得中这老朽怎么样？在他书架上除了几部《东莱博议》《古文观止》《古唐诗合解》《古文笔法百篇》《写信必读》《金瓶梅》之外，还有什么？”

像这样的你攻击我，我攻击你的在日日攻击之中，时间却已经不理会他们的仇怨和攻击，早就向前跑了。

有一天五月将尽的闷热的礼拜二的午后，冯世芬忽而于退课之后向郑秀岳说：

“我今天要回家去，打算于明天坐了早车到上海去接我那舅舅。前礼拜回家去的时候，从北京打来的电报已经到了，说是他准可于明天下午到上海的北站。”

郑秀岳听到了这一个消息，心里头又悲酸又惊异难过的状态，真不知道要如何说出来才对。她一想到从明天起的个人的独宿独步，独往独来，真觉得是以后再也不能做人的样子。虽则冯世芬在安慰她说过三五天就回来的，虽则她自己也知道天下无不散的筵席，但是这目下一时的孤独，将如何度过去呢？她把冯世芬再留一刻再留一刻地足足留了两个多钟头，到了校里将吃晚饭的时候，才揩着眼泪，送她出了校门。但当冯世芬将坐上家里来接，已经等了两个多钟头的包车的时候，她仍复赶了上去，一把拖住了呜咽着说：

“冯世芬，冯——世——芬——你，你，你可不可以不去的？”

九

郑秀岳所最恐惧的孤独的时间终于开始了，第一天在课堂上，在自修室，在操场膳室，好像是在做梦的样子。一个不提防，她就要向边上“冯世芬！”的一声叫喊出来。但注意一看，看到了冯世芬的那个空席，心里就马上会起绞榨，头上也像有什么东西罩压住似的会昏转过去。当然，在年假期内的她，接连几天不见到冯世芬的日子也有，可是那时候她周围有父母，有家庭，有一个新的环境包围在那里，虽则因为冯世芬不在旁边，有时也不免要感到一点寂寞，但决不是孤苦零丁，同现在那么的寂寞刺骨的。况且冯世芬的住宅，又近在咫尺，她若要见她，一坐上车，不消十分钟，马上就可以见到。不过现在是不同了，在这同一的环境之下，在这同一的轨道之中，忽而像剪刀似的失去了半片，忽而不见了半年来片刻不离的冯世芬，教她如何能够过得惯呢？所以礼拜三的晚上，她在床上整整的哭了半夜方才睡去。

礼拜四的日间，她的孤居独处，已经有点自觉意识了，所以白天上的一日课，还不见得有什么比头一天更难受之处。到了晚上，却又有一件事情发生了，便是李文卿的知道了冯世芬的不在，硬要搬过来和她睡在一道。

吃过晚饭，她在自修室刚坐下的时候，李文卿就教那老斋夫送了许多罐头食物及其他的食品之类的东西过来，另外的一张粉红笺上，于许多桃红柳绿的句子之外，又是一段什么鱼水之欢，同衾之爱的文章。信笺的末尾，大约是防郑秀岳看不懂她的来意之故，又附了一行白话文和一首她自己所注明的“情”诗在那里。

秀岳吾爱！

今晚上吾一定要来和吾爱睡觉。

* * *

附情诗一首

桃红柳绿好春天，吾与卿卿一枕眠，

吾欲将身化棉被，天天盖在你胸前。

诗句的旁边，并且又用红墨水连圈了两排密圈在那里，看起来实在也很鲜艳。

郑秀岳接到了这许多东西和这一封信，心里又动乱起来了，教老斋夫暂时等在那里，她拿出了几张习字纸来，想写一封回信过去回复了她。可是这一种秘密的信，她从来还没有写过，生怕文章写得不好，要被李文卿笑，一张一张地写坏了两张之后，她想索性不写信了，“由它去罢，看她怎么样”。可是若不写信去复绝她的话，那她一定要以为是默认了她的提议，今晚上又难免要闹出事来的。不过若毅然决然地去复绝她呢，则现在还藏在箱子底下，不敢拿出来用的那只手表，又将如何的处置？一阵心乱，她就顾不得什么了，提起了笔，就写了“你来罢！”的三个字在纸上。把纸折好，站起来想交给候在门外的斋夫带去的时候，她又突然间注意到了冯世芬的那个空座。

“不行的，不行的，太对不起冯世芬了。”

脑里这样的一转，她便同新得了勇气的斗士一样，重回到了座里。把手里捏着的那一张纸，团成了一个纸团，她就急速地大着胆写了下面那样的一条回信。

文卿同学姊：

来函读悉，我和你宿舍不同，断不能让你过来同宿！万一出了事情，我只有告知舍监的一法，那时候倒反大家都要弄得没趣。食物一包，原璧奉还，等冯世芬来校后，我将和她一道来谢你的好意。匆此奉复。

妹郑秀岳敬上

那老斋夫似乎是和李文卿特别的要好，一包食品，他一定不肯再带回去，说是李文卿要骂他的，推让了好久，郑秀岳也没有办法，只得由他去了。

因为有了这一场事情，郑秀岳一直到就寝的时候为止，心里头还平静不下来。等她在薄棉被里睡好，熄灯钟打过之后，她忽听见后面冯世芬床里，出了一种息索的响声。她本想大声叫喊起来的，但怕左右前后的同学将传为笑柄，所以只空咯了两声，以表明她的还没有睡着。停了一忽，这息索的响声，愈来愈近了，在被外头并且感到了一个物体，同时一种很奇怪的简直闻了要窒死人的烂葱气味，从黑暗中传到了她的鼻端。她是再也忍不住了，便只好轻轻地问说：

“哪一个？”

紧贴近在她的枕头旁边，便来了一声沙喉咙的回答说：

“是我！”

她急起来了，便接连地责骂了起来说：

“你作什么，你来作什么？我要叫起来了，我同你去看舍监去！”

突然间一只很粗的大手盖到了她的嘴上，一边那沙喉咙就轻轻地说：

“你不要叫，反正叫起来的时候，你也没有面子的。到了这时候，我回也回不去了，你让我在被外头睡一晚罢！”

听了这一段话，郑秀岳也不响了。那沙喉咙便又继续说：

“我冷得很，冯世芬的被藏在什么地方的，我在她床上摸遍了，却终于摸不着。”

郑秀岳还是不响，约莫总过了五分钟的样子，沙喉咙忽然又转了哀告似的声气说：

“我的衣裤是全都脱下了的，这是从小的习惯，请你告诉我罢，冯世芬的被是藏在什么地方的，我冷得很。”

又过了一两分钟，郑秀岳才简洁地说了一句“在脚后头”。本来脚后头的这一条被，是她自己的，因为昨天想冯世芬想得心切，她一个人怎么也睡不着，所以半夜起来，把自己的被折叠好了，睡入了冯世芬的被里。但到了此刻，她也不能把这些细节拘守着了，并且她若要起来换一条被的话，那李文卿也未见得会不动手动脚，那一个赤条条的身体，如何能够去和它接触呢？

李文卿摸索了半天，才把郑秀岳的薄被拿来铺在里床，睡了进去。闻得要头晕的那阵烂葱怪味，却忽而减轻了许多。停了一回，这怪气味又重起来了，同时那只大手又摸进了她的被里，在解她的小衫的纽扣。她又急起来了，用尽了力量，以两手紧紧捉住了那只大手，就又叫着说：

“你作什么？你作什么？我要叫起来了。”

“好好，你不要叫，我不作什么。我请你拿一只手到被外头来，让我来捏捏？”

郑秀岳没有法子，就以一只本来在捉住着那只大手的手随它伸出了被外。李文卿捉住了这只肥嫩娇小的手，突然间把它拖进了自己的被内。一拖进被，她就把这只手牢牢捏住当作了机器，向她自己的身上乱摸了一阵。郑秀岳的指头却触摸着了一层同沙皮似的皮肤，两只很松很宽向下倒垂的奶奶，腋下的几根短毛，在这短毛里凝结在那里的一块粘液。渐摸渐深，等到李文卿要拖她的这只手上腹部下去的时候，她却拼死命的挣扎了起来，马上想抽回她的这只手臂上已经被李文卿捏得有点酸痛了的右手。她虽用力挣扎了一阵，但终于挣扎不脱，李文卿到此也知道了她的意思了，就停住了不再往下摸，一边便以另外的一只空着的手拿了一个凉阴阴的戒指，套上了郑秀岳的那只手的中指。戒指套上之后，李文卿的手放松了，郑秀岳就把自己的手缩了回去，但当她的这只手拿过被头的时候，她的鼻里又闻着了一阵更猛烈更难闻的异臭。

郑秀岳的手缩回了被里，重将被头塞好的时候，李文卿便轻轻的朝她说：

“乖宝，那只戒指，是我老早就想送给你的，你也切莫要把冯世芬晓得。”

十

早晨天一亮，大约总只有五点多钟的光景，郑秀岳就从床上爬了起来。向里床一看，李文卿的脸朝了天，狮子鼻一掀一张，同男人似的呼吸出很大的鼾声，还在那里熟睡。

把帐子放了一放下，鞋袜穿了一穿好，她就匆匆忙忙的走下了楼，去洗脸去。因为这时候还在打起床钟之先，在挑脸水的斋夫倒奇怪起来了，问了一声“你怎么这样的早？”便急忙去挑热水去了。郑秀岳先倒了一杯冷水，拿了牙刷想刷牙齿，但低头一看，在右手的中指上忽看见了一个背上有一块方形的印戒。拿起手来一看，又是一阵触鼻的烂葱气味，而印戒上的篆文，却是“百年好合”的四个小字。她先用冷水洗了一洗手，把戒指也除下来用冷水淋了一淋，就擦干了藏入了内衣的袋里。

这一天的功课，她简直一句也没有听到，在课堂上，在自修室，她的心里头只有几个思想，在那里混战。

——冯世芬何不早点来？

——这戒指真可爱，但被冯世芬知道了不晓得又将如何的被她教诫！

——李文卿人虽则很粗，但实在真肯花钱！

——今晚上她倘若是再来，将怎么办呢？

这许多思想杂乱不断地扰乱了她一天，到了傍晚，将吃晚饭的时候，她却终于上舍监那里去告了一天假，雇了一乘车子回家去了。

在家里住了两天，到了礼拜天的午后，她于上学校之先，先到了太平坊巷里去问冯世芬究竟回来了没有？她娘回报她说：

“已经回来了。可是今天和她舅舅一道上西湖去玩去了，等她回来的时候，就叫她上谢家巷去可好？”

郑秀岳听到了这消息，心里就宽慰了一半。但一想到从前冯世芬去游西湖，总少不了她，她去游西湖，也决少不得冯世芬的，现在她可竟丢下了自己和她舅舅一道去玩了。在回来的路上，她愈想愈恨，愈觉得冯世芬的可恶。“我索性还是同李文卿去要好罢，冯世芬真可恶，真可恶！我总有一天要报她的仇！”一路上自怨自恼，恨到了几乎要出眼泪。等她将走到自家的门口的时候，她心里已经有绝大的决心决下了。“我马上就回校去，冯世芬这种人我还去等她作什么，我宁愿被人家笑骂，我宁愿去和李文卿要好的。”

可是等她一走进门，她的娘就从客厅上迎了出来叫着说：

“秀！冯世芬在你房里等得好久了，你一出去她就来的。”

一口气跑到了东厢房里，看见了冯世芬的那一张清丽的笑脸，她一扑就扑到了冯世芬的怀里。两手紧紧抱住了冯世芬的身体，她什么也不顾地便很悲切很伤心地哭了出来。起初是幽幽地，后来竟断断续续地放大了声音。

冯世芬两手抚着了她的头，也一句话都不说，由她在那里哭泣，等她哭了有十分钟的样子，胸中的郁愤大约总有点哭出了的时候，冯世芬才抱了她起来，扶她到床上去坐好，更拿出手帕来把脸上的眼泪揩了揩干净。这时候郑秀岳倒在泪眼之下微笑起来了，冯世芬才慢慢地问她说：

“怎么了？有谁欺侮你了么？”听到了这一句话，她的刚才止住的眼泪，又接连不断地落了下来，把头一冲，重复又倒到了冯世芬的怀里。冯世芬又等了一忽，等她的泣声低了一点的时候，便又轻轻地慰抚她说：

“不要再哭了，有什么事情请说出来。有谁欺侮了你不成？”

听了这几句柔和的慰抚话后，她才把头举了起来。将一双泪盈的眼睛注视着冯世芬的脸部，摇了几摇头，表示她并没有什么，并没有谁欺侮她的意思。但一边在她的心里，却起了绝大的后悔，后悔着刚才的那一种想头的卑劣。“冯世芬究竟是冯世芬，李文卿哪里能比得上她万分之一呢？不该不该，真不应该，我马上就回到校里把她的那个表那个戒指送还她去，我何以会下流到了这步田地？”

一个钟头之后，她两人就又同平时一样地双双回到了校里。一场小别，倒反增进了她们两人的情爱。这一天晚上，冯世芬仍照常在她的里床睡下，但刚睡好的时候，冯世芬却把鼻子吸了几吸，同郑秀岳说：

“怎么啦，我们的床上怎么会有这一种狐腋的臭味？”

郑秀岳听她不懂，便问她什么叫作狐腋，等冯世芬把这种病的症状气息说明之后，她倒笑了起来，突然间把自己的头捱了过去，在冯世芬的脸上深深地深深地吻了半天。她和冯世芬两人交好了将近一年，同床隔被地睡了这些个日子，这举动总算是第一次的最淫污的行为，而她们两人心里却谁也不感到一点什么别的激刺，只觉得这不过是一种不能以言语形容的最亲爱的表示而已。

十一

又到了快考暑假考的时候了。学校里的情形虽则没有什么大的变动，但冯世芬的近来的样子，却有点变异起来了。

自从上海回来之后，她对郑秀岳的亲爱之情，虽仍旧没有变过，上课读书的日程，虽仍旧在那里照行，但有时候竟会痴痴呆呆地，目视着空中呆坐到半个钟头以上。有时候她居然也有故意避掉了郑秀岳，一个人到操场上去散步，或一个人到空寂无人的讲堂上去坐在那里的。自然对于大考功课的预备，近来也竟忽略了。有好几晚，她并且老早就到了寝室，在黑暗中摸上了床，一声不响地去睡在被里。更有一天晴暖的午后，她草草吃完午饭，就说有点头痛，去向舍监那里告了假，回家去了半天，但到晚上回来的时候，郑秀岳看见她的两眼肿得红红的，似乎是哭过了一阵的样子。

正当这一天冯世芬不在的午后三点钟的时候，门房走进了校内，四处在找李文卿，说她父亲在会客室里等着要会她。李文卿自从在演说大会得了胜利以后，本来就是全校闻名的一位英雄，而且身体又高又大，无论在操场或在自修室里总可以一寻就见的，而这一天午后竟累门房在校内各处寻了半天终于没有见到。门房寻李文卿虽则没有寻到，但因为他见人就问的关系上，这李文卿的爸爸来校的消息，却早已传遍了全校。有几个曾经和李文卿睡过要好的同学，又在夸示人地详细说述他——李文卿的爸爸——的历史和李文卿的家庭关系。说他——李文卿的爸爸——本来是在徐州乡下一个开宿店兼营农业的人。忽而一天寄居在他店里的一位木客暴卒了，他为这客人衣棺收殓之后，更为他起了一座很好的坟庄。后来他就一年一年的买起田来，居然富倾了敌国。他乡下的破落户，于田地产业被他买占了去以后，总觉得气他不过，便造他的谣言，说他的财产是从谋财害命得来的东西。他有一个姊姊，从小就被卖在杭州乡下的一家农家充使婢的，后来这家的主妇死了，他姊姊就升作了主妇，现在也已经有五十开外的年纪了。他老人家发了财后，便不时来杭州看他的姊姊。他看看杭州地方，宜于安居，又因本地方人对他的仇恨太深，所以于十年前就卖去了他在徐州所有的产业，迁徙到杭州他姊姊的乡下来住下。他的夫人，早就死了，以后就一直没有娶过，儿女只有李文卿一个，因此她虽则到了这么大的年纪，暑假年假回家去，总还是和她爸爸同睡在一铺。杭州的乡下人，对这一件事情，早也动了公愤了，可是因为他的姊姊为人实在不错，又兼以乡下人所抱的全是各人自扫门前雪的宗旨，所以大家都不过在背后骂骂他是猪狗畜生，而公开的却还没有下过共同的驱逐令。

这些历史，这些消息，也很快的传遍了全校，所以会客室的门口和玻璃窗前头，竟来一班去一班地哄聚拢了许许多多的好奇的学生。长长胖胖，身体很强壮，嘴边有两条鼠须的这位李文卿的父亲的面貌，同李文卿简直是一色也无两样。不过他脸上的一脸横肉，比李文卿更红黑一点，而两只老鼠眼似的肉里小眼，因为没有眼镜戴在那里的缘故，看起来更觉得荒淫一点而已。

李文卿的父亲在会客室里被人家看了半天，门房才带了李文卿出来会她的父亲。这时候老门房的脸上满漾着了一脸好笑的笑容，而李文卿的急得灰黑的脸上却罩满了一脸不可抑遏的怒气。有几个淘气的同学看见老门房从会客室里出来，就拉住了他，问他有什么好笑。门房就以一手掩住了嘴，又痴的笑了一声。等同学再挤近前去问他的时候，他才轻轻地说："我在厕所里才找到了李文卿。她这几天水果吃得多了，在下痢疾，我看了她那副眉头簇紧的样子，实在真真好笑不过。"

一边在会客室里面，大家却只听见李文卿放大了喉咙在骂她的父亲说：

"我叫你不要上学校里来，不要上学校里来，怎么今天忽而又来了哩？在旅馆里不好打电话来的么？你且看看外面的那些同学看，大约你是故意来倒倒我的霉的罢？我今天旅馆里是不去了，由你一个人去。"

大声的说完了这几句话，她一转身就跑出了会客室，又跑上了上厕所去的那一条路。

到了晚上，郑秀岳和冯世芬睡下之后，郑秀岳将白天的这一段事情详详细细的重述给冯世芬听了，冯世芬也一点儿笑容都没有，只摇了摇头，叹了口气说：

"唉！这些人家的无聊的事情，去管它作什么？"

十二

暑假到了，许多同学又各归各的分散了。郑秀岳回到了家里，似乎在路上中了一点暑气，竟吐泻了一夜，睡了三日，这中间冯世芬绝没有来过。到了第五天的下午，父母亲准她出门去了，她换了一身衣服，梳理了一下头，想等太阳斜一点的时候，就上太平坊巷去看看冯世芬，去问问她为什么这么长久不来的。可是，长长的午后，等等，等等，太阳总不容易下去，而她父亲坐了出去的那一乘包车也总不回来，听得五点钟敲后，她却不耐烦起来了，立起身来，就向大门外走。她刚走到了大门口边，却来了一个邮差，望见信封上的遒劲秀逸的字迹，她一看就晓得是冯世芬写来给她的信。"难道她也病了么？为什么人不来而来信？"她一边猜测着，一边就站立了下来在拆信。

最亲爱的秀岳：

这封信到你手里的时候，大约我总已不在杭州，不同你在呼吸一块地方的空气了。我也哪里忍心别你？因此我不敢来和你面别。秀岳，这短短的一年，这和你在一道的短短的一年，回想起来，实在是有点依依难舍！

秀岳，我的自五月以来的胸中的苦闷，你可知道？人虽则是有理智，但是也有感情的。我现在已经犯下了一宗决不为宗法社会所容的罪了，尤其是在封建思想最深，眼光最狭小的杭州。但是社会是前进的，恋爱是神圣的，我们有我们的主张，我们也要争我们的权利。

我与舅舅，明朝一早就要出发，去自己开拓我们的路去。

在旧社会不倒，中国固有的思想未解放之前，我们是决不再回杭州来了。

秀岳，在将和自幼生长着的血地永别之前的这几个钟头，你可猜得出我心里绞割的情形?

母亲是安闲地睡在房里，弟弟们是无邪地在那里打鼾。我今天晚上晚饭吃不下的时候，母亲还问我“可要粥吃?”

我在书房里整理书籍，到了十点多钟未睡，母亲还叫我“好睡了，书籍明朝不好整理的么?”啊啊，这一个明朝，她又哪里晓得明朝我将飘泊至于何处呢?

秀岳，我的去所，我的行止，请你切不要去打听。你若将来能不忘你旧日的好友，请你常来看看我的年老的娘，常来看看我的年幼的弟弟!

啊啊，恨只恨我“母老，家贫，弟幼”。

写到了此地，我眼睛模糊了，我搁下了笔，私私地偷进了我娘的房。她的脸上的表情，实在是崇高得很!她的饱受过忧患的洗礼的脸色，实在是比圣母的还要圣洁。啊啊，只有这一刻了，只有这一刻了，我的最爱最敬重的母亲!那两个小弟弟哩，似乎还在做踢球的好梦，他们在笑，他们在微微地笑。

秀岳，我别无所念，我就只丢不了，只丢不了这三个人，这三个世界上再好也没有的人!

我，我去之后，千万,千万，请你要常来看看她们，和她们出去玩玩。

秀岳，亲爱的秀岳，从此永别了，以后你千万要来的哩!

另外还有一包书，本来是舅舅带来给我念的，我包好了摆在这里，用以转赠给你，因为我们去的地方，这一种册籍是很多的。

秀岳，深望你读了之后，能够马上觉悟，深望你要堕落的时候，能够想想到我！

人生苦短，而工作苦多，永别了，秀岳，等杭州的苏维埃政府成立之后，再来和你相见。这也许是在五年之后，这也许要费十年的工，但是，但是，我的老母，她，她怕是今生不能及身见到的了。

秀岳，秀岳，我们各自珍重，各自珍重吧！

冯世芬含泪之书　七月十九日午前三时

郑秀岳读了这一封信后，就在大门口她立在那儿的地方“啊”的一声哭了出来。她娘和佣人等赶出来的时候，她已经哭倒在地上，坐在那里背靠上了墙壁。等女佣人等把她抬到了床上，她的头发也已经散了。悲悲切切的哭了一阵，又拿信近她的泪眼边去看看，她的热泪，更加涌如骤雨。又痛哭了半天，她才决然地立了起来，把头发拴了一拴，带着不能成声的泪音，哄哄地对坐在她床前的娘说：

“恩娘！我要去，我，我要去看看，看看冯世芬的母亲！”

十三

郑秀岳勉强支持着她已经哭损了的身体，和红肿的眼睛，坐了车到太平坊巷冯世芬的家里的时候，太阳光已经只隐现在几处高墙头上了。

一走进大厅的旁门，大约是心理关系罢，她只感到了一阵阴戚戚的阴气。冯家的起坐室里，一点儿响动也没有，静寂得同在坟墓中间一样。她低声叫了一声“陈妈！”那头发已有点灰白的冯家老佣人才轻轻地从起坐室走了出来。她问她：

“太太呢？小少爷们呢？”

陈妈也蹙紧了愁眉，将嘴向冯母卧房的方向一指，然后又走近前来，附耳低声的说：

“大小姐到上海去的事情，你晓得了没有？太太今天睡了一天，饭也没有吃过，两位小少爷在那里陪她。你快进去，大小姐，你去劝劝我们太太。”

郑秀岳横过了起坐室，踏进了旁间后厢房的门，就颤声叫了一声“伯母！”

冯世芬的娘和衣朝里床睡在那里，两个小孩，一个已经手靠了床前的那张方桌假睡着了，只有一个大一点的，脸上露呈着满脸的被惊愕所压倒的表情，光着大眼，两脚挂落，默坐在他弟弟的旁边一张靠背椅上。

郑秀岳进了这一间已经有点阴黑起来的房，更看了这一种周围的情形，叫了一声伯母之后，早已不能说第二句话了。便只能静走上了两孩子之旁，以一只手抚上了那大孩子的头。她听见床里漏出了几声啜泣吸鼻涕的声音，又看见那老体抽动了几动，似在那里和悲哀搏斗，想竭力装出一种镇静的态度来的样子。等了一歇歇，冯世芬的娘旋转了身，斜坐了起来。郑秀岳在黝黑不明的晚天光线之中，只见她的那张老脸，于泪迹斑斓之外，还在勉强装作比哭更觉难堪的苦笑。

郑秀岳看她起来了，就急忙走了过去，也在床沿上一道坐下，可是急切间总想不出一句适当的话来安慰着这一位已经受苦受得不少了的寡母。

倒是冯夫人先开了口，头一句就问：

“芬的事情，你可晓得？”

在话声里可以听得出来，这一句话真费了她千钧的力气。

“是的，我就是为这事情而来的，她……她昨晚上写给了我一封信。”

反而是郑秀岳先作了一种混浊的断续的泪声。

“对这事情，我也不想多说，但是她既然要走，何不好好的走，何不预先同我说一说明白。应环的人品，我也晓得的，芬的性格，我也很知道，不过……不过……这……这事情偏出在杭州的……杭州的我们家里，教我……教我如何的去见人呢？”

冯母到了这里，似乎是忍不住了，才又啜吸了一下鼻涕。郑秀岳脸上的两条冷泪，也在慢慢地流下来，可是最不容易过的头道难关现在已经过去了，到此她倒觉得重新获得了一腔谈话的勇气。

“伯母，世芬的人，是决不会做错事情的，我想他们这一回的出去，也决不会发生什么危险。不过一时被剩落在杭州的我们，要感到一点寂寞，倒是真的。”

“这倒我也相信，芬从小就是一个心高气硬的孩子，就是应环，也并不是轻佻浮薄的人。不过，不过亲戚朋友知道了的时候，教我如何做人呢？”

“伯母，已成的事情，也是没法子的。说到旁人的冷眼，那也顾虑不得许多。昨天世芬的信上也在说，他们是决不再回到杭州来了，本来杭州这一个地方，实在也真太闭塞不过。”

“我倒也情愿他们不再回来见我的面，因为我是从小就晓得他们的，无论如何，总可以原谅他们，可是杭州人的专喜欢中伤人的一般的嘴，却真是有点可怕。”

说到了这里，那支手假睡在桌上的孩子，醒转来了。用小手擦了一擦眼睛，他却向郑秀岳问说：

“我们的大姐姐呢？”

郑秀岳当紧张之余，得了这突如其来的一个挡驾的帮手，心上也觉松了不少。回过头来，对这小天使微笑了一眼，她就对他说：

“大姐姐到上海去读书去了，等不了几天，我也要去的，你想不想去？”

他张大了两只大眼，呆视着她，只对她把头点了几下。坐在他边上的哥哥，这时候也忽而向他母亲说话了：

“娘娘！那一包书呢？”

冯母到这时候，方才想起来似的接着说：

“不错，不错，芬还有一包书留在这里给你。珍儿，你上那边书房里去拿了过来。”

大一点的孩子一珍跑出去把书拿了来后，郑秀岳就把她刚才接到的那封信的内容详细说了一说。她劝冯母，总须想得开些，以后世芬不在，她当常常过来陪伴伯母。若有什么事情，用得着她做的，伯母可尽吩咐，她当尽她的能力，来代替世芬。两位小弟弟的将来的读书升学，她若在杭州，她的同学及先生也很多很多，托托人家，也并不是一件难事。说了一阵，天已经完全的黑下来了。冯母留她在那里吃晚饭，她说家里怕要着急，就告辞走了出来。

回到了家里，上东厢房的房里去把冯世芬留赠给她的那包书打开一看，里面却是些她从没有听见过的《共产主义 ABC》《革命妇女》《洛查卢森堡书简集》之类的封面印得很有刺激性的书籍。她正想翻开那本《革命妇女》来看的时候，佣人却进来请她吃晚饭了。

十四

这一个暑假里，因为好朋友冯世芬走了，郑秀岳在家里得多读了一点书。冯世芬送给她的那一包书，对她虽则口味不大合，她虽还不能全部了解，但中国人的为什么要这样的受苦，我们受苦者应该怎样去解放自己，以及天下的大势如何，社会的情形如何等，却朦胧地也有了一点认识。

此外则经过了一个暑假的蒸催，她的身体也完全发育到了极致。身材也长高了，言语举止，思想嗜好，已经全部变成了一个烂熟的少女的身心了。

到了暑假将毕，学校也将就开学的一两星期之前，冯世芬的出走的消息，似乎已经传了开去，她竟并不期待着的接到了好几封信。有的是同学中的好事者来探听消息的，有的是来吊慰她的失去好友的，更有的是借题发挥，不过欲因这事情而来发表她们的意见的。可是在这许多封信的中间，有两封出乎她的意想之外，批评眼光完全和她平时所想她们的不同的信，最惹起了她的注意。

一封是李文卿从乡下寄来的。她对于冯世芬的这一次的恋爱，竟赞叹得五体投地。虽则又是桃红柳绿的一大篇，但她的大意是说，恋爱就是性交，性交就是恋爱，所以恋爱应该不择对象，不分畛域的。世间所非难的什么血族通奸，什么长幼聚麀之类，都是不通之谈，既然要恋爱了，则不管对方的是猫是狗，是父是子，一道玩玩，又有什么不可以呢？末后便又是一套一日三秋，一秋三百年，和何日再可以来和卿同衾共被，合成串吕之类的四六骈文。

其他的一封是她们的教员张康先生从西湖上一个寺里寄来的信。他的信写得很哀伤，他说冯世芬走了，他犹如失去了一颗领路的明星。他说他虽则对冯世芬并没有什么异想，但半年来他一日一封写给她的信，却是他平生所写过的最得意的文章。他又说这一种血族通奸，实在是最不道德的事情。末了他说他的这一颗寂寞的心，今后是无处寄托了，他很希望她有空的时候，能够上里湖他寄寓在那里的那个寺里去玩。

郑秀岳向来是接到了信概不答复的，但现在一则因假中无事，写写信也是一种消遣，二则因这两个人，虽则批评的观点不同，但对冯世芬都抱有好意，却是一样。还有一层意识下的莫名其妙的渴念，失去了冯世芬后的一种异常的孤凄，当然也是一个主要的动机，所以对于这两封信，她竟破例地各作了一个长长的答复。回信去后，李文卿则过了两日，马上又来信了，信里头又附了许多白话不像白话，文言不像文言的情诗。张康先生则多过了一日，也来了信。此后总很规则地李文卿二日一封，张康先生三日一封，都有信来。

到了学校开学的前一日，李文卿突然差旅馆里的佣人，送了一匹白纺绸来给郑秀岳，中午并且还要邀她上西湖边上钱塘秀色酒家去吃午饭。郑秀岳因为这一个暑假期中，冯世芬不在杭州，好久不出去玩了，得了这一个机会，自然也很想出去走走。所以将近中午的时候，就告知了父母，坐了家里的车，一直到了湖滨钱塘秀色酒家的楼上。

到了那里，李文卿还没有来，坐等了二十分钟的样子，她在楼上的栏边才看见了两乘车子跑到了门口息下。坐在前头车里的是怒容满面的李文卿，后面的一乘，当然是她的爸爸。

李文卿上楼来看见了她，一开口就大声骂她的父亲说：

“我叫他不要来不要来，他偏要跟了同来，我气起来想索性不出来吃饭了，但因为怕你在这里等一个空，所以才勉强出来的。”

吃过中饭之后，她们本来是想去落湖的，但因为李文卿的爸爸也要同去，所以李文卿又气了起来，直接就走回了旅馆。郑秀岳的归路，是要走过他们的旅馆的，故而三人到了旅馆门口，郑秀岳就跟他们进去坐了一坐。他们所开的是一间头等单房间，虽则地方不大，只有一张铜床，但开窗一望，西湖的山色就在面前，风景是真好不过，郑秀岳坐坐谈谈，在那里竟过了个把钟头。李文卿的父亲，当这中间，早就鼾声大作，张着嘴，流着口沫，在床上睡着了。

开学之后，因为天气还热，同学来得不多，所以开课又展延了一个星期。李文卿于开学的当日就搬进了宿舍，郑秀岳则迟了两日才搬进去。在未开课之先，学校里的管束，本来是不十分严的，所以李文卿则说父亲又来了，须请假外宿，而郑秀岳则说还要回家去住几日，两人就于午饭毕后，带了一只手提皮箧，一道走了出来。

她们先上西湖去玩了半日，又上钱塘秀色酒家去吃了晚饭，两人就一同去到了那郑秀岳也曾去过的旅馆里开了一个房间。这旅馆的账房茶房，对李文卿是很熟的样子，她一进门，就李太太李太太的招呼得特别起劲。

这一天的天气，也真闷热，晚上像要下阵头雨的样子，所以李文卿一进了房，就把她的那件白香云纱大衫脱下了。大约是因为她身体太肥胖的缘故，生来似乎是格外的怕热，她在大衫底下，非但不穿一件汗衫，连小背心都没有得穿在那里的。所以大衫一脱，她的上半身就成了一个黑油光光的裸体了。她在电灯底下，走来走去，两只奶头紫黑色的下垂皮奶，向左向右的摇动得很厉害。倒是郑秀岳看得有点难为情起来了，就含着微笑对她说：

“你为什么这样怕热，小衫不好拿一件出来穿穿的？”

“穿它做什么？横竖是要睡了。”

“你这样赤了膊走来走去的走，倒不怕茶房看见？”

“这里的茶房是被我们做下规矩的，不喊他们他们不敢进来。”

“那么玻璃窗上的影子呢？”

“影子么，把电灯灭黑了就对。”

拍的一响，她就伸手把电灯灭黑了。但这一晚似乎是有十一二的上弦月色的晚上，电灯灭黑，窗外头还看得出朦胧的西湖夜景来。

郑秀岳尽坐在窗边，在看窗外的夜景，而李文卿却早把一条短短的纱裤也脱了下来，上床去躺上了。

“还不来睡么？坐在那里干什么？”

李文卿很不耐烦地催了她好几次，郑秀岳才把身上的一条黑裙子脱下，和衣睡上了床去。李文卿也要她脱得精光，和她自己一样，但郑秀岳怎样也不肯依她。两人争执了半天，郑秀岳终于让步到了上身赤膊，裤带解去的程度，但下面的一条裤子，她怎么也不肯脱去。

这一天晚上，蒸闷得实在异常，李文卿于争执了一场之后，似乎有些疲倦了，早就呼呼地张着嘴熟睡了过去，而郑秀岳则翻来覆去，有好半日合不上眼。

到了后半夜在睡梦里，她忽而在腿中间感着了一种异样的刺痛，朦胧地正想用手去摸，而两只手却已被李文卿捏住了。当睡下的时候李文卿本睡在里床，她却向外床打侧睡在那里的，不知什么时候，李文卿早已经爬到了她的外面，和她对面的形成了一个合掌的形状了。

她因为下部的刺痛实在有些熬忍不住了，双手既被捏住，没有办法，就只好将身体往后一缩，而李文卿的厚重的上半只方肩，却乘了这势头向她的肩头拚命的推了一下，结果她底下的痛楚更加了一层，而自己的身体倒成了一个仰卧的姿势，全身合在她上面的李文卿却轻轻地断续地乖肉小宝的叫了起来。

十五

学校开课以后，日常的生活，就又恢复了常态。生性温柔，满身都是热情，没有一刻少得来一个依附之人的郑秀岳，于冯世芬去后，总算得着了一个李文卿补足了她的缺陷。从前同学们中间广在流传的那些关于李文卿的风说，一件一件她都晓得了无微不至，尤其是那一包长长的莫名其妙的东西，现在是差不多每晚都寄藏在她的枕下了。

她的对李文卿的热爱，比对冯世芬的更来得激烈，因为冯世芬不过给了她些学问上的帮助和精神上的启发，而李文卿却于金钱物质上的赠与之外，又领她入了一个肉体的现实的乐园。

但是见异思迁的李文卿，和她要好了两个多月，似乎另外又有了新的友人。到了秋高气爽的十月底边，她竟不再上郑秀岳这儿来过夜了；那一包据她说是当她入学的那一年由她父亲到上海去花了好几十块钱买来的东西，当然也被她收了回去。

郑秀岳于悲啼哀泣之余，心里头就只在打算将如何的去争夺她回来，或万一再争夺不到的时候，将如何的给她一个报复。

最初当然是一封写得很悲愤的绝交书，这一封信去后，李文卿果然又来和她睡了一个礼拜。但一礼拜之后，李文卿又不来了。她就费了种种苦心，去侦查出了李文卿的新的友人。

李文卿的新友人叫史丽娟，年纪比李文卿还要大两三岁，是今年新进来的一年级生。史丽娟的幼小的历史，大家都不大明白，所晓得者，只是她从济良所里被一位上海的小军阀领出来以后的情形。这小军阀于领她出济良所后，就在上海为她租了一间亭子间住着，但是后来因为被他的另外的几位夫人知道了，吵闹不过，所以只说和她断绝了关系，就秘密送她进了一个上海的女校。在这女校里住满了三年，那军阀暗地里也时常和她往来，可是在最后将毕业的那一年，这秘密突然因那位女校长上军阀公馆里去捐款之故，而破露出来了。于是费了许多周折，她才来杭州改进了这个女校。

她面部虽则扁平，但脸形却是长方。皮色虽也很白，但是一种病的灰白色。身材高矮适中，瘦到恰好的程度。口嘴之大，在无论哪一个女校里，都找不出一个可以和她比拟的人来。一双眼角有点斜挂落的眼睛，灵活得非常，当她水汪汪地用眼梢斜视你一瞥的时候，无论什么人也要被她迷倒，而她哩，也最爱使用这一种是她的特长的眼色。

郑秀岳于侦查出了这史丽娟便是李文卿的新的朋友之后，就天天只在设法如何的给她一个报复。

有一天寒风凄冷，似将下秋雨的傍晚，晚饭过后在操场上散步的人极少极少。而在这极少数的人中间，郑秀岳却突然遇着了李文卿和史丽娟两个在那里携手同行。自从李文卿和她生疏以来，将近一个月了，但她的看见李文卿和史丽娟的同在一道，这却还是第一次。

当她远远地看见了她两个人的时候，她们还没有觉察得她也在操场，尽在俯着了头，且谈且往前走。所以她眼睛里放出了火花，在一株树叶已将黄落的大树背后躲过，跟在她们后面走了一段，她们还是在高谈阔论。等她们走到了操场的转弯角上，又回身转回来时，郑秀岳却将身体一扑，劈面的冲了过去，先拉住史丽娟的胸襟，向她脸上用指爪挖了几把，然后就回转身来，又拖住了正在预备逃走的李文卿大闹了一场。她在和李文卿大闹的中间，一面已见惯了这些醋波场面的史丽娟，却早忍了一点痛，急忙逃回到自修室里去了。

且哭且骂且哀求，她和李文卿两个，在空洞黑暗，寒风凛冽的操场上纠缠到了就寝的时候，方才回去。这一晚总算是她的胜利，李文卿又到她那里去住宿了一夜。

但是她的报复政策终于是失败了，自从这一晚以后，李文卿和史丽娟的关系，反而加速度地又增进了数步。

她的计策尽了，精力也不继了，自怨自艾，到了失望消沉到极点的时候，才忽然又想起了冯世芬对她所讲的话来：

“肉体的美是不可靠的，要人格的美才能永久，才是伟大！”

她于无可奈何之中，就重新决定了改变方向，想以后将她的全部精神贯注到解放人类，改造社会的事业上去。

可是这些空洞的理想，终于不是实际有血有肉的东西。第一她的肉体就不许她从此就走上了这条狭而且长的栈道；第二她的感情，她的后悔，她的怨愤，也终不肯从此就放过了那个本来就为全校所轻视，而她自己卒因为意志薄弱之故，终于闯入了她的陷阱的李文卿。

因这种种的关系，因这复杂的心情，她于那最后的报复计划失败之后，就又试行了一个最下最下的报复下策。她有一晚竟和那一个在校中被大家所认为的李文卿的情人李得中先生上旅馆去宿了一宵。

李得中先生究竟太老了，而他家里的师母，又是一个全校闻名的夜叉精。所以无论如何，这李得中先生终究是不能填满她的那一种热情奔放，一刻也少不得一个寄托之人的欲望的。

到了年假考也将近前来，而李文卿也马上就快毕业离开学校的时候，她于百计俱穷之后，不得已就只能投归了那个本来是冯世芬的崇拜者的张康先生，总算在他的身上暂时寻出了一个依托的地方。

十六

郑秀岳升入三年级的一年，李文卿已经毕业离校了。冯世芬既失了踪，李文卿又离了校，在这一年中她转转地只想寻一个可以寄托身心，可以把她的全部热情投入去燃烧的熔炉而终不可得。

经过了过去半年来的情波爱浪的打击，她的心虽已成了一个百孔千疮，鲜红滴沥的蜂窝，但是经验却教了她如何的观察人心，如何的支配异性。她的热情不敢外露了，她的意志，也有几分确立了。所以对于张康先生，在学校放假期中，她虽则也时和他去住住旅馆，游游山水，但在感情上，在行动上，她却得到了绝对的支配权。在无论哪一点，她总处处在表示着，这爱是她所施与的，你对方的爱她并不在要来，就是完全没有也可以，所以你该认明她仍旧是她自身的主人。

正当她在这一次的恋爱争斗之中，确实把握着了这胜制的驾驭权的时候，暑假过后，不知从何处传来了一个消息，说李文卿于学校毕业之后，在西湖上和本来是她住的那西斋的老斋夫的一个小儿子同住在那里。这老斋夫的儿子，从前是在金沙港的蚕桑学校里当小使的，年纪还不满十八岁，相貌长得嫩白像一个女人，郑秀岳也曾于礼拜日他来访他老父的时候看见过几次。她听到了这一个消息，心里却又起了一种异样的感触，因为将她自己目下的恋爱来比比李文卿的这恋爱，则显见得她要比李文卿差得多，所以在异性的恋爱上，她又觉得大大的失败了。

自从她得到了这李文卿的恋爱消息以后，她对张康先生的态度，又变了一变。本来她就只打算在他的身上寻出一个暂时的避难之所的，现在却觉得连这仍旧是不安全不满足的避难之所也是不必要了。

她和张先生的这若即若离的关系，正将隔断，而她的学校生活也将完毕的这一年冬天，中国政治上起了一个绝大的变化，真是古来所未有过的变化。

旧式军阀之互相火并，这时候已经到了最后的一个阶段了。奉天胡子匪军占领南京不久，就被孙传芳的贩卖鸦片，虏掠奸淫，杀人放火，无恶不作的闽海匪军驱逐走了。

孙传芳占据东南五省不上几月，广州革命政府的北伐军队，受了第三国际的领导和工农大众的扶持，着着进逼。已攻下了武汉，攻下了福建，迫近江浙的境界来了。革命军到处，百姓箪食壶浆，欢迎唯恐不及。于是旧军阀的残部，在放弃地盘之先，就不得不露他们的最后毒牙，来向无辜的农工百姓，试一次致命的噬咬，来一次绝命的杀人放火，虏掠奸淫。可怜杭州的许多女校，这时候同时都受了这些孙传芳部下匪军的包围，数千女生也同时都成了被征服地的人身供物。其中未成年的不幸的少女，因被轮奸而毙命者，不知多少。幸而郑秀岳所遇到的，是一个匪军的下级军官，所以过了一夜，第二天就得从后门逃出，逃回了家。

这前后，杭州城里的资产阶级，早已逃避得十室九空。郑秀岳于逃回家后，马上就和她的父母在成千成万的难民之中，夺路赶到了杭州城站。但她们所乘的这次火车已经是自杭开沪的最后一班火车，自此以后，沪杭路上的客车，就一时中断了。

郑秀岳父女三人，仓皇逃到了上海，先在旅馆里住了几天，后来就在沪西租定了一家姓戴的上流人家的楼下统厢房，作了久住之计。

这人家的住宅，是一个两楼两底的弄堂房子，房东是银行里的一位行员，房客于郑秀岳她们一家之外，前楼上还有一位独身的在一家书馆里当编辑的人住在那里。

听那家房东用在那里的一位绍兴的半老女佣人之所说，则这位吴先生，真是上海滩上少有的一位规矩人，年纪已经有二十五岁了，但绝没有一位女朋友和他往来，晚上，也没有一天在外面过过夜。在这前楼住了两年了，而过年过节，房东太太邀他下楼来吃饭的时候，还是怕羞怕耻的，同一位乡下姑娘一样。

还有他的房租，也从没有迟纳过一天，对底下人如她自己和房东的黄包车夫之类的赏与，总按时按节，给得很丰厚的。

郑秀岳听了这多言的半老妇的这许多关于前楼的住客的赞词，心里早已经起了一种好奇的心思了，只想看看这一位正人君子，究竟是怎么样的一个人才。可是早晨她起来的时候，他总已经出去到书馆里去办事了，晚上他回来的时候，总一进门就走上楼去的，所以自从那一天礼拜天的下午，她们搬进去后，虽和他同一个屋顶之下住了六七天，她可终于没有见他一面的机会。

直到了第二个礼拜天的下午——那一天的天气，晴暖得同小春天一样——吃过饭后，郑秀岳听见前楼上的一排朝南的玻璃窗开了，有一位男子的操宁波口音的声音，在和那半老女佣人的金妈说话，叫她把竹竿搁在那里，衣服由他自己来晒。停了一会，她从她的住室的厢房窗里，才在前楼窗外看见了一张清秀温和的脸来。皮肤很白，鼻子也高得很，眼睛比寻常的人似乎要大一点，脸形是长方的。郑秀岳看见了他伏出了半身在窗外天井里晒骆驼绒袍子，哔叽夹衫之类的面形之后，心里倒忽然惊了一头，觉得这相貌是很熟很熟。又过细寻思了一下，她就微微地笑起来了，原来他的面形五官，是和冯世芬的有许多共同之点的。

十七

一九二七——中华民国十六——年的年头和一九二六年的年尾，沪杭一带充满了风声鹤唳的白色恐怖的空气。在党的铁律指导下的国民革命军，各地都受了工农老百姓的暗助，已经越过了仙霞岭，一步一步的逼近杭州来了。

阳历元旦以后，国民革命军第二十九路军，真如破竹般地直到了杭州，浙江已经成了一个遍地红旗的区域了。这时候淞沪的一隅，还在旧军阀孙传芳的残部的手中，但是一夕数惊，旧军阀早已经感到了他们的末日的将至了。

处身于这一种政治大变革的危急之中，托庇在外国帝国主义旗帜下的一般上海的大小资产阶级，和洋商买办之类，还悠悠地在送灶谢年，预备过他们的旧历的除夕和旧历的元旦。

醉生梦死，服务于上海的一家大金融资本家的银行里的郑秀岳他们的房东，到了旧历的除夕夜半，也在客厅上摆下了一桌盛大的筵席，在招请他的房客全体去吃年夜饭，这一天系一九二七年二月一日，天气阴晴，是晚来欲雪的样子。

郑秀岳她们的一家，在炉火熔熔，电光灼灼的席面上坐定的时候，楼上的那一位吴先生，还不肯下来。等面团身胖，嗓音洪亮的那一位房东向楼上大喊了几声之后，他才慢慢地走落了楼。房东替他和郑去非及郑秀岳介绍的时候，他只低下了头，涨红了脸，说了几句什么也听不出来的低声的话。这房东本来是和他同乡，身体魁伟，面色红艳，说了一句话，总容易惹人家哄笑。在他介绍的时候说：

“这一位吴先生，是我们的同乡，在我们这里住了两年了，叫吴一粟，系在某某书馆编妇女杂志的。郑小姐，你倒很可以和他做做朋友，因为他的脾气像是一位小姐。你看他的脸涨得多么红？我们内人有几次去调戏他的时候，他简直会哭出来。”

房东太太却佯嗔假怒地骂起她的男人来了：

“你不要胡说，今朝是大年夜头，噢！你看吴先生已经被你弄得难为情极了。”一场笑语，说得大家都呵呵大笑了起来。

郑秀岳在吃饭的时候，冷静地看了他好几眼，而他却只低下了头，一句话也不说，尽在吃饭。酒，他是不喝的。郑去非和房主人的戴次山正在浅斟低酌的中间，他却早已把碗筷搁下，吃完了饭，默坐在那里了。

这一天晚上，郑去非于喝了几杯酒后，居然兴致大发，自家说了一阵过去的经历以后，便和房东戴次山谈论起时局来。末后注意到了吴一粟的沉默无言，低头危坐在那里，他就又把话牵了回来，详细地问及了吴一粟的身世。

但他问三句，吴一粟顶多只答一句，倒还是房主人的戴次山代他回答得多些。

他和戴次山虽是宁波的大同乡，然而本来也是不认识的。戴次山于两年前同这回一样，于登报招寻同住者的时候，因为他的资格身分很合，所以才应许他搬进来同住。他的父母早故了，财产是没有的，到宁波的四中毕业为止，一切学费之类，都由他的一位叔父也系在某书馆里当编辑的吴卓人负责的。现在吴卓人上山东去做女师校长去了，所以他只剩了一个人，在上海。那妇女杂志，本来是由吴卓人主编的。但他于中学毕业之后，因为无力再进大学，便由吴卓人的尽力，进了这某书馆而充作校对，过了二年，升了一级，就算升作了小编辑而去帮助他的叔父，从事于编辑妇女杂志。两年前他叔父去做校长去了，所以这妇女杂志现在名义上虽则仍说是吴卓人主编，但实际上则只有他在那里主持。

这便是郑去非向他盘问，而大半系由戴次山替他代答的吴一粟的身世。

郑秀岳听到了吴卓人这名字，心里倒动了一动。因为这名字，是她和冯世芬要好的时候，常在杂志上看熟的名字。妇女杂志，在她们学校里订阅的人也是很多。听到了这些，她心里倒后悔起来了，因为自从冯世芬走后，这一年多中间，她只在为情事而颠倒，书也少读了，杂志也不看了，所以对于中国文化界和妇女界的事情，她简直什么也不知道了。当她父亲在和吴一粟说话的中间，她静静儿的注视着他那腼腆不敢抬头的脸，心里倒也下了一个向上的决心。

“我以后就多读一点书罢！多识一点时务罢！有这样的同居者近在咫尺，这一个机会倒不可错过，或者也许比进大学还强得多哩。”

当她正是混混然心里在那么想着的时候，她父亲和戴次山的谈话，却忽而转向了她的身上。

“小女过了年也十七岁了，虽说已在女校毕了业，但真还是一个什么也不知的小孩子。以后的升学问题之类，正要戴先生和吴先生指教才对哩。”

听到了这一句话，吴一粟才举了举头，很快很快地向她看了一眼。今晚上郑秀岳已经注意了他这么的半晚了，但他的看她，这却还是第一次。

这一顿年夜饭，直到了午前一点多钟方才散席。散席后吴一粟马上上楼去了，而郑秀岳的父母，和戴次山的夫妇却又于饭后打了四圈牌。在打牌闲话的中间，郑秀岳本来是坐在她母亲的边上看打牌的，但因为房东主人，于不经意中说起了替她做媒的话，她倒也觉得有些害起羞来了，便走回了厢房前面的她的那间卧房。

十八

二月十九，国民革命军已沿了沪杭铁路向东推进，到了临平。以后长驱直入，马上就有将淞沪一带的残余军阀肃清的可能。上海的劳苦群众，于是团结起来了，虽则在军阀孙传芳的大刀队下死了不少的斗士和男女学生，然而杀不尽的中国无产阶级，终于在千重万重的压迫之下，结合了起来。口号是要求英美帝国主义驻兵退出上海，打倒军阀，收回租界，打倒一切帝国主义，凡这种种目的条件若不做到，则总罢工也一日不停止。工人们下了坚定的决心，想以自己的血来洗清中国数十年来的积污。

军阀们恐慌起来了，帝国主义者们也恐慌起来了，于是杀人也越杀越多，华租各界的戒严也越戒得紧。手忙脚乱，屁滚尿流，军阀和帝国主义的丑态，这时候真尽量地暴露了出来。洋场十里，霎时间变作了一个被恐怖所压倒的死灭的都会。

上海的劳苦群众既忍受了这重大的牺牲，罢了工在静候着民众自己的革命军队的到来，但军队中的已在渐露狐尾的新军阀们，却偏是迟迟其行，等等还是不到，等等还是不来。悲壮的第一次总罢工，于是终被工贼所破坏，死在军阀及帝国主义者的刀下的许多无名义士，就只能饮恨于黄泉，在地下悲声痛哭，变作了不平的厉鬼。

但是革命的洪潮，是无论如何总不肯倒流的，又过了一个月的光景，三月二十一日，革命的士兵的一小部分终于打到了龙华，上海的工农群众，七十万人，就又来了一次惊天动地的大罢工总暴动。

闸北，南市，吴淞一带的工农，或拿起镰刀斧头，或用了手枪刺刀，于二十日晚间，各拼着命，分头向孙传芳的残余军队冲去。

放火的放火，肉搏的肉搏，苦战到了二十二日的晚间，革命的民众，终于胜利了，闽海匪军真正地被杀得片甲不留。

这一天的傍晚，沪西大华纱厂里的一队女工，五十余人，手上各缠着红布，也乘夜阴冲到了曹家渡附近的警察分驻所中。

其中的一个，长方的脸，大黑的眼，生得清秀灵活，不像是幼年女工出身的样子。但到了警察所前，向门口的岗警一把抱住，首先缴这军阀部下的警察的械的，却是这看起来真像是弱不胜衣的她。拿了枪杆，大家一齐闯入了警察的住室，向玻璃窗，桌椅门壁，乱刺乱打了一阵，她可终于被刺刀刺伤了右肩，倒地躺下了。

这样的混战了二三十分钟，女工中间死了一个，伤了十二个，几个警察，终因众寡不敌，分头逃了开去。等男工的纠察队到来，将死伤的女同志等各抬回到了各人的寓所，安置停妥之后，那右肩被刺刀刺伤，因流血过多而昏晕了过去的女工，才在她住的一间亭子间的床上睁开了她的两只大眼。

坐在她的脚后，在灰暗的电灯底下守视着她的一位幼年男工，看见她的头动了一动，马上就站了起来，走到了她的头边。

"啊，世芬阿姊，你醒了么？好好，我马上就倒点开水给你喝。"

她头摇了一摇，表示她并不要水喝。然后喉头又格格地响了一阵，脸上微现出了一点苦痛的表情。努力把嘴张了一张，她终于微微地开始说话了：

"阿六！我们有没有得到胜利？"

"大胜，大胜，闸北的兵队，都被我们打倒，现在从曹家渡起，一直到吴淞近边，都在我们总工会的义勇军和纠察队的手里了。"

这时候在她的痛苦的脸上，却露出了一脸眉头皱紧的微笑。这样地苦笑着，把头点了几点，她才转眼看到了她的肩上。

一件青布棉袄，已经被血水浸湿了半件，被解开了右边，还垫在她的手下，右肩肩锁骨边，直连到腋下，全被一大块棉花，用纱布扎裹在那里，纱布上及在纱布外看得出的棉花上，黑的血迹也印透了不少，流血似乎还没有全部止住的样子。一条灰黑的棉被，盖在她的伤处及胸部以下，仍旧还穿着棉袄的左手，是搁在被上的。

她向自己的身上看了一遍之后，脸上又露出了一种诉苦的表情。幼年工阿六这时候又问了她一声说：

“你要不要水喝？”

她忍着痛点了点头，阿六就把那张白木桌子上的热水壶打开，倒了一杯开水递到了她的嘴边。

她将身体动了一动，似乎想坐起来的样子，但啊唷的叫了一声，马上就又躺下了。阿六即刻以一只左手按上了她的左肩，急急地说：

“你不要动，你不要动，就在我手里喝好了，你不要动。”

她一口一口的把开水喝了半杯，哼哼地吐了一口气，就摇着头说：

“不要喝了。”

阿六离开了她的床边，在重把茶杯放回白木桌子上去的中间，她移头看向了对面和她的床对着的那张板铺之上。

只在这张空铺上看出了一条红花布的褥子和许多散乱着的衣服的时候，她却急起来了。

“阿六！阿金呢？”

“嗯，嗯，阿金么？阿金么？她……她……”

“她怎么样了？”

“她，她在那里……”

“在什么地方？”

“在，工厂里。”

“在厂里干什么？”

“在厂里，睡在那里。”

“为什么不回来睡？”

“她，她也……”

“伤了么？”

“嗯，嗯……”

这时候阿六的脸上却突然地滚下了两颗大泪来。

“阿六，阿六，她，她死了么？”

阿六呜咽着，点了点头，同时以他的那只污黑肿裂的右手擦上了眼睛。

冯世芬咬紧了一口牙齿，张着眼对头上的石灰壁注视了一忽，随即把眼睛闭了拢去。她的两眼角上也向耳根流下了两条冷冰冰的眼泪水来，这时候窗外面的天色，已经有些白起来了。

十九

当冯世芬右肩受了伤，呻吟在亭子间里养病的中间，一样的在上海沪西，相去也没有几里路的间隔，但两人彼此都不曾知道的郑秀岳，却得到了一个和吴一粟接近的机会。

革命军攻入上海，闸北南市，各发生了战事以后，神经麻木的租界上的住民，也有点心里不安起来了，于是乎新闻纸就骤加了销路。

本来郑秀岳他们订的是一份新闻报，房东戴次山订的是申报，前楼吴一粟订的却是替党宣传的民国日报。郑去非闲居无事，每天就只好多看几种报来慰遣他的不安的心里。所以他于自己订的一份报外，更不得不向房东及吴一粟去借阅其他的两种。起初这每日借报还报的使命，是托房东用在那里的金妈去的，因为郑秀岳他们自己并没有佣人，饭是吃的包饭。房东主人虽则因为没有小孩，家事简单，但是金妈的一双手，却要做三姓人家的事情，所以忙碌的上半天，和要烧夜饭的傍晚，当然有来不转身的时节，结果，这每日借报还报的差使，就非由郑秀岳去办不可了。

郑秀岳起初，也不过于傍晚吴一粟回来的时候上楼去还还而已，决不进到他的住室里去的。但后来到了礼拜天，则早晨去借报的事情也有了，所以渐渐由门口而走到了他的房里。吴一粟本来是一个最细心、最顾忌人家的不便的人，知道了郑去非的这看报嗜好之后，平时他要上书馆去，总每日自己把报带下楼来，先交给金妈转交的。但礼拜日他并不上书馆去，若再同平时一样，把报特地送下楼来，则怕人家未免要笑他的过于殷勤。因为不是礼拜日，他要锁门出去，随身把报带下楼来，却是一件极便极平常的事情。可是每逢礼拜日，他是整天的在家的。若再同样的把报特地送下楼来，则无论如何总觉得有点可笑。

所以后来到了礼拜天，郑秀岳也常常到他的房里去向他借报去了。一个礼拜，两个礼拜的过去，她居然也于去还报的时候和他立着攀谈几句了，最后就进到了在他的写字台旁坐下来谈一会的程度。

吴一粟的那间朝南的前楼，光线异常的亮。房里头的陈设虽则十分简单，但晴冬的早晨，房里晒满太阳的时候，看起来却也觉得非常舒适。一张洋木黄漆的床，摆在进房门的右手的墙边，上面铺得整整齐齐，总老有一条洁白印花的被单盖在那里的。西面靠墙，是一排麻栗书橱，共有三个，玻璃门里，尽排列着些洋装金字的红绿的洋书。东面墙边，靠墙摆着一张长方的红木半桌，边上排着两张藤心的大椅。靠窗横摆的是一张大号的写字台，写字台的两面，各摆有藤皮的靠背椅子一张。东面墙上挂着两张西洋名画复制版的镜框，西面却是一堂短屏，写的是一首《春江花月夜》。

当郑秀岳和冯世芬要好的时候，她是尊重学问，尊重人格，尊重各种知识的。但是自从和李文卿认识以后，她又觉得李文卿的见解不错，世界上最好最珍贵的就是金钱。现在换了环境，逃难到了上海，无端和这一位吴一粟相遇之后，她的心想又有点变动了，觉得冯世芬所说的话终究是不错的。所以她于借报还报之余，又问他借了两卷过去一年间的妇女杂志去看。

在这妇女杂志的论说栏、感想栏、创作栏里，名家的著作原也很多，但她首先翻开来看的，却是吴一粟自己做的或译的东西。

吴一粟的文笔很流利，论说，研究，则做得谨慎周到，像他的为人。从许多他所译著的东西的内容看来，他却是一个女性崇拜的理想主义者。他讴歌恋爱，主张以理想的爱和精神的爱来减轻肉欲。他崇拜母性，但以人格感化，和儿童教育为母性的重要天职。至于爱的道德，结婚问题，及女子职业问题等，则以抄译西洋作者的东西较多，大致还系爱伦凯、白倍儿、萧百纳等的传述者，介绍到了美国林西的伴侣结婚的时候，他却加上了一句按语说："此种主张，必须在女子教育发达到了极点的社会中，才能实行。若女子教育，只在一个半开化的阶段，而男子的道德堕落，社会的风纪不振的时候，则此种主张反容易为后者所恶用。"由此类推，他的对于红色的恋，对于苏俄的结婚的主张，也不难猜度了，故而在那两卷过去一年的妇女杂志之中，关于苏俄的女性及妇女生活的介绍，却只有短短的一两篇。

郑秀岳读了，最感到趣味的，是他的一篇歌颂情死的文章。他以情死为爱的极致，他说殉情的圣人比殉教的还要崇高伟大。于举了中外古今的许多例证之后，他结末就造了一句金言说："热情奔放的青年男女哟，我们于恋爱之先，不可不先有一颗敢于情死之心，我们于恋爱之后，尤不可不常存着一种无论何时都可以情死之念。”

郑秀岳被他的文章感动了，读到了一篇他吊希腊的海洛和来安玳的文字的时候，自然而然地竟涌出来了两行清泪。当她读这一篇文字的那天晚上，似乎是旧历十三四夜的样子，读完之后，她竟兴奋得睡不着觉。将书本收起，电灯灭黑以后，她仍复痴痴呆呆地回到了窗口她那张桌子的旁边静坐了下去。皎洁的月光从窗里射了进来。她探头向天上一看，又看见了一角明蓝无底的夜色天。前楼上他的那张书桌上的电灯，也还红红地点着在那里。她仿佛看见了一湾春水绿波的海来斯滂脱的大海，她自己仿佛是成了那个多情多恨的爱弗洛提脱的女司祭，而楼上在书桌上大约是还在写稿子的那个清丽的吴郎，仿佛就是和她隔着一重海峡的来安玳。

二十

新军阀的羊皮下的狼身，终于全部显露出来了。革命告了一个段落之后，革命军阀就不要民众，不要革命的工农兵了。

一九二七年四月十一日的夜半，革命军阀竟派了大军，在闸北南市等处，包围住了总工会的纠察队营部屠杀起来。赤手空拳的上海劳工大众，以用了那样重大的牺牲去向孙传芳残部手里夺来的破旧的枪械，抵抗了一昼夜，结果当然是枪械的全部被夺，和纠察队的全部灭亡。

那时候冯世芬的右肩的伤处，还没有完全收口。但一听到了这军部派人来包围纠察队总部的消息，她就连晚冒雨赤足，从沪西走到了闸北。但是纠察队总部的外围，革命军阀的军队，前后左右竟包围了三匝。她走走这条路也不通，走走那条路也不通，终于在暗夜雨里徘徊绕走了三四个钟头。天亮之后，却有一条虬江路北的路通了，但走了一段，又被兵士阻止了去路。

到了第二天早晨，南北市纠察队的军械全部被缴去了，纠察队员也全部被杀戮了，冯世芬赶到了闸北商务印书馆的东方图书馆外，仍旧还不能够进去。含着眼泪，鼓着勇气，谈判争论了半天，她才得了一个守门的兵士的许可，走进了尸身积叠的那间临时充作总工会纠察队本部的东方图书馆内。找来找去的又找了许多时候，在图书馆楼下大厅的角落里，她终于寻出了一个鲜血淋漓的陈应环的尸体。因为他是跟广州军出发北伐，在革命军到沪之先的三个月前，从武汉被派来上海参加组织总罢工大暴动的，而她自己却一向就留在上海，没有去到广州。

中国的革命运动，从此又转了方向了。南京新军阀政府成立以后，第一件重要工作，就是向各帝国主义的投降和对苏俄的绝交。冯世芬也因被政府的走狗压迫不过，从沪西的大华纱厂，转到了沪东的新开起来的一家厂家。

正当这个中国政治回复了昔日的旧观，军阀党棍贪官污吏土豪劣绅联结了帝国主义者和买办地主来压迫中国民众的大把戏新开幕的时候，郑秀岳和吴一粟的恋爱也成熟了。

一向是迟疑不决的郑秀岳，这一回却很勇敢地对吴一粟表白了她的倾倒之情。她的一刻也离不得爱，一刻也少不得一个依托之人的心，于半年多的久渴之后，又重新燃烧了起来，比从前更猛烈地，更强烈地放起火花来了。

那一天是在阳历五月初头的一天很晴爽的礼拜天。吃过午饭，郑秀岳的父母本想和她上先施公司去购买物品的，但她却饰辞谢绝了。送她父母出门之后，她就又向窗边坐下，翻开那两卷已经看过了好几次的妇女杂志来看。偶尔一回两回，从书本上举起眼看看天井外的碧落，半弯同海也似的晴空，又像在招引她出去，上空旷的地方去翱翔。对书枯坐了半个多钟头，她又把眼睛举起，在遥望晴空的时候，于前楼上本来是开在那里的窗门口，她忽而看出了一个也是在依栏呆立，举头望远的吴一粟的半身儿。她坐在那儿的地方的两扇玻璃窗，是关上的，所以她在窗里，可以看得见楼上吴一粟的上半身，而从吴一粟的楼上哩，因为有反光的玻璃遮在那里的缘故，虽则低头下视，也看不见她的。

痴痴地同失了神似的昂着头向吴一粟看了几分钟后，她的心弦，忽而被挑动了。立起身来，换上了一件新制的夹袍，把头面向镜子里照了一回，她就拿起了那两卷装订得很厚的妇女杂志合本，轻轻地走出了厢房，走上楼梯。

这时候房东夫妇，似在楼上统厢房的房里睡午觉，金妈在厨房间里缝补衣服，而那房东的包车夫又上街去买东西去了，所以全屋子里清静得声响毫无。

她走到了前楼门口，看见吴一粟的房门，开了三五寸宽的一条门缝，斜斜地半掩在那里。轻轻开进了门，向前走了一步，“吴先生！”的低低叫了一声，还在窗门口呆立着的吴一粟马上旋转了身来。吴一粟看见了她，脸色立时涨红了，她也立住了脚，面孔红了一红。

“吴先生，你站在窗门口作什么？”

她放着微笑，开口就发了这一句问。

“你不在用功么？我进来，该不会耽误你的工夫罢？”

“哪里！哪里！我刚才看书看得倦了，呆站在这儿看天。”

说出了这一句话后，他的脸又加红了一层。

“这两卷杂志，我都读过了，谢谢你。”

说着她就走近了书桌，把那两大卷书放向了桌上。吴一粟这时候已经有点自在起来了，向她看了一眼，就也微笑着移动了一移动藤椅，请她在桌子对面的那张椅子上坐下，他自己也马上在桌子这面坐了下去。

“这杂志你觉得怎么样？”

这样问着，他又举眼看入了她的眼睛。

“好极了，我尤其是喜欢读你的东西。那篇吊海洛和来安玳的文章，我反复地读了好几遍。”

听了她这一句话后，他的刚褪色的脸上又涨起了两面红晕。

“请不要取笑，那一篇还是在前两年做的，后来因为稿子不够，才登了进去，真是幼稚得很的东西。”

“但我却最喜欢读，还有你的另外的著作译稿，我也通通读了，对于你的那一种高远的理想，我真佩服得很。”

说到了这里，她脸上的笑容没有了，却换上了一脸很率真很纯粹的表情。

吴一粟对她呆了一呆，就接着勉强装了一脸掩藏羞耻的笑，开闭着眼睛，俯下了头，低声的回答说：

“理想，各人总有一个的。”

又举起了头，把眼睛开闭了几次，迟疑了一会，他才羞缩地笑着问说：

“蜜司郑，你的理想呢？”

“我的完全同你的一样，你的意见，我是全部都赞成的。”

又红了红脸，俯下了头，他便轻轻地说：

“我的是一种空想，不过是一种空的理想。”

“为什么说是空的呢？我觉得是实在的，是真的，吴先生，吴先生，你……”说到了这里，她的声调，带起热情的颤音来了，一双在注视着吴一粟的眼睛里，也放出了同琥珀似的光。

“吴先生，你……不要以为妇女中间，没有一个同你抱着一样的理想的人。我……我真觉得这理想是不错的，是对的，完全是对的。”

吴一粟俯首静默了一会，举起头来向郑秀岳脸上很快很快的掠视了一过，便掉头看向了窗外的晴空，只自言自语地说：

“今天的天气，实在是好得很。”

郑秀岳也掉头看向了窗外，停了一会，就很坚决地招诱他说：

“吴先生，你想不想上外面去走走？”

吴一粟迟疑着不敢答应。郑秀岳看破了他的意思了，就说她的父母都不在家里，她想先出去，到里外面的马路角上去立在那里等他。一边说着一边她就立起身来走下了楼去。

二十一

晴和的下午的几次礼拜天的出去散步，郑秀岳和吴一粟中间的爱情，差不多已经确立定了。吴一粟的那一种羞缩怕见人的态度，只有对郑秀岳一个人稍稍改变了些。虽则他和她在散步的时候，所谈的都是些关于学问，关于女子在社会上的地位等空洞的东西，虽则两人中间，谁也没有说过一句“我爱你”的话，但两人中间的感情了解，却是各在心里知道得十分明白。

郑秀岳的父母，房东夫妇，甚而至于佣人金妈，对于她和他的情爱，也都已经公认了，觉得这一对男女，若配成夫妇的话，是最好也没有的喜事，所以遇到机会，只在替他们两人拉拢。

七月底边，郑秀岳的失学问题，到了不得不解决的时候了。郑去非在报上看见了一个吴淞的大学在招收男女学生，所以择了一天礼拜天，就托吴一粟陪了他的女儿上吴淞去看看那学校，问问投考入学的各种规程。他自己是老了，并且对于新的教育，也不懂什么，是以选择学校及投考入学各事，都要拜托吴一粟去为他代劳。

那一天是太阳晒得很热的晴热的初伏天，吴一粟早晨陪她坐火车到吴淞的时候，已将中午了。坐黄包车到了那大学的门口，吴一粟还在对车夫付钱的中间，郑秀岳却在校门内的门房间外，冲见了一年多不见的李文卿。她的身体态度，还是那一种女豪杰的样子，不过脸上的颜色，似乎比从前更黑了一点，嘴里新镶了一副极黄极触目的金牙齿。她拖住了郑秀岳，就替站在她边上的一位也镶着满口金牙不过二十光景的瘦弱的青年介绍说：

“这一位是顾竹生，系在安定中学毕业的。我们已经同住了好几个月了，下半年想同他来进这一个大学。”

郑秀岳看了一眼这瘦弱的青年，心里正在想起那老斋夫的儿子，吴一粟却走了上来。大家介绍过后，四人就一道走进了大学的园内，去寻事务所去。顾竹生和吴一粟走上了前头，李文卿因在和郑秀岳谈着天，所以脚步就走得很慢。李文卿说，她和顾是昨天从杭州来的，住在上海四马路的一家旅馆里，打算于考后，再一道回去，郑秀岳看看前面的两个人走得远了，就向李文卿问起了那老斋夫的儿子。李文卿大笑了起来说：

“那个不中用的死鬼，还去提起他作什么？他在去年九月里，早就染了弱症死掉了。可恶的那老斋夫，他于那小儿子死后，向我敲了一笔很大的竹杠，说是我把他的儿子弄杀的。”

说完后又哈哈哈哈的大笑了一阵。

等李文卿和郑秀岳走到那学校的洋楼旁门口的时候，顾竹生和吴一粟却已从里面走了出来，手里各捏了一筒大学的章程。顾竹生见了李文卿，就放着他的那种同小猫叫似的声气说：

"今天事务员不在，学校里详细的情形问不出来，只要了几份章程。"

李文卿要郑秀岳他们也一道和他们回上海去，上他们的旅馆里去玩，但一向就怕见人的吴一粟却向郑秀岳丢了一个眼色，所以四人就在校门口分散了。李文卿和顾竹生坐上了黄包车，而郑秀岳他们却慢慢地在两旁小吃店很多的野路上向车站一步一步的走去。

因为怕再遇见刚才别去的李文卿他们，所以吴一粟和郑秀岳走得特别的慢。但走到了离车站不远的一个转弯角上，西面自上海开来的火车却已经到了站了。他们在树荫下站立了一会，看这火车又重复向西的开了出去，就重新放开了平常速度的脚步，走上海滨旅馆去吃饭去。

这时候黄黄的海水，在太阳光底下吐气发光，一只进口的轮船，远远地从烟突里放出了一大卷烟雾。对面远处，是崇明的一缕长堤，看起来仿佛是梦里的烟景。从小就住在杭州，并未接触过海天空阔的大景过的郑秀岳，坐在海风飘拂的这旅馆的回廊阴处，吃吃看看，更和吴一粟笑笑谈谈，就觉得她周围的什么都没有了，只有她和吴一粟两人，只有她和他，像亚当夏娃一样，现在坐在绿树深沉的伊甸园里过着无邪的原始的日子。

那一天的海滨旅馆，实在另外也没有旁的客，所以他们坐着谈着，竟捱到了两点多钟才喝完咖啡，立起身来，雇车到了炮台东面的长堤之上。

是在这炮台东面的绝无一个人的长堤上，郑秀岳被这四周的风景迷醉了，当吴一粟正在教她向石条上坐下去息息的时候，她的身体突然间倒入了他的怀里。

"吴先生，我们就结婚，好不好？我不想再读书了。"

走在她后面的吴一粟，伸手抱住了她那站立不定的身体，听到了这一句话，却呆起来了。因为他和她虽则老在一道，老在谈许多许多的话，心里头原在互相爱着，但是关于结婚的事情，他却从来也没有想到过。第一他是一个孤儿，觉得世界上断没有一个人肯来和他结婚的；第二他的现在的七十元一月的薪水，只够他一个人的衣食，要想养活另外一个人，是断断办不到的，况且郑秀岳又是一位世家的闺女，他怎么配得上她呢？因此他听到了郑秀岳的这一句话，却呆了起来，默默的抱着她和她的眼睛注视了一忽，在脑里头杂乱迅速地把他自己的身世，和同郑秀岳谈过的许多话的内容回想了一下，他终于流出来了两滴眼泪，这时候郑秀岳的眼睛也水汪汪地湿起来了。四只泪眼，又默默对视了一会，他才慢慢的开始说：

“蜜司郑，你当真是这样的在爱我么？”

这是他对她说到爱字的第一次，头靠在他手臂上的郑秀岳点了点头。

“蜜司郑，我是不值得你的爱的，我虽则抱有一种很空很大的理想，我虽则并没有对任何人讲过恋爱，但我晓得，我自己的心是污秽的。真正高尚的人，就不会，不会犯那种自辱的，自辱的手淫了……”

说到了这里，他的眼泪更是骤雨似的连续滴落了下来。听了他这话，郑秀岳也呜呜咽咽的哭起来了，因为她也想起了从前，想起了她自家的已经污秽得不堪的身体。

二十二

两人的眼泪，却把两人的污秽洗清了。郑秀岳虽则没有把她的过去，说给他听，但她自己相信，她那一颗后悔的心，已经是纯洁无辜，可以和他的相对而并列。他也觉得过去的事情，既经忏悔，以后就须看他自己的意志坚定不坚定，再来重做新人，再来恢复他儿时的纯洁，也并不是一回难事。

这一年的秋天，吴卓人因公到上海来的时候，吴一粟和郑秀岳就正式的由戴次山做媒，由两家家长作主，定下了婚约。郑秀岳的升学读书的问题，当然就搁下来了，因为吴卓人于回山东去之先，曾对郑去非说过，明年春天，极迟也出不了夏天，他就想来为他侄子办好这一件婚事。

订婚之后的两人间的爱情，更是浓密了。郑秀岳每晚差不多总要在吴一粟的房里坐到十点钟才肯下来。礼拜天则一日一晚，两人都在一处。吴一粟的包饭，现在和郑家包在一处了，每天的晚饭，大家总是在一道吃的。

本来是起来得很迟的郑秀岳，订婚之后，也养成了早起的习惯了，吴一粟上书馆去，她每去总要送他上电车，看到电车看不见的时候，才肯回来。每天下午，总算定了他将回来的时刻，老早就在电车站边上，立在那里等他了。

吴一粟虽则胆子仍是很小，但被郑秀岳几次一挑诱，居然也能够见面就拥抱，见面就亲嘴了。晚上两人对坐在那里的时候，吴一粟虽在做稿子译东西的中间，也少不得要五分钟一抱，十分钟一吻地搁下了笔从座位里站起来。

一边郑秀岳也真似乎仍复回到了她的处女时代去的样子，凡吴一粟的身体，声音，呼吸，气味等她总觉得是摸不厌听不厌闻不厌的快乐之泉。白天他不在那里的将近十个钟头的时间，她总觉得如同失去了一点什么似的坐立都是不安，有时候真觉得难耐的时候，她竟会一个人开进他的门去，去睡在他的被里，近来吴一粟房门上的那个弹簧锁的锁钥，已经交给了郑秀岳收藏在那里了。

可是相爱虽则相爱到了这一个程度，但吴一粟因为想贯彻他的理想，而郑秀岳因为尊重他的理想之故，两人之间，决不曾犯有一点猥亵的事情。

像这样的既定而未婚的蜜样的生活，过了半年多，到了第二年的五月，吴卓人果然到上海来为他的侄儿草草办成了婚事。

本来是应该喜欢的新婚当夜，上床之后，两人谈谈，谈谈，谈到后来，吴一粟又发着抖哭了出来。他一边在替纯洁的郑秀岳伤悼，以后将失去她处女的尊严，受他的蹂躏，一边他也在伤悼自家，将失去童贞，破坏理想，而变成一个寻常的无聊的有家室的男子。

结婚之后，两人间的情爱，当然又加进了一层，吴一粟上书馆去的时刻，一天天的捱迟了。又兼以节季刚进了渐欲困人的首夏，他在书馆办公的中间，一天之内呵欠不知要打多少。

晚上的他的工作时间，自然也缩短了，大抵总不上十点，就上了床。这样地自夏历秋，经过了冬天，到了婚后第二年的春暮，吴一粟竟得着了一种梦遗的病症。

仍复住在楼下厢房里的郑去非老夫妇，到了这一年的春天，因为女儿也已经嫁了，时势也太平了，住在百物昂贵的上海，也没有什么意思，正在打算搬回杭州去过他们的余生。忽听见了爱婿的这一种暗病，就决定带他们的女儿上杭州去住几时，可以使吴一粟一个人在上海清心节欲，调养调养。

起初郑秀岳执意不肯离开吴一粟，后来经她父母劝了好久，并且又告诉了她以君子爱人以德的大义，她才答应。

吴一粟送她们父女三人去杭州之后，每天总要给郑秀岳一封报告起居的信。郑秀岳于初去的时候，也是一天一封，或竟有一天两封的来信的，但过了十几天，信渐渐地少了，减到了两天一封，三天一封的样子。住满了一个月后，因为天气渐热之故，她的信竟要隔五天才来一次了。吴一粟因为晓得她在杭州的同学，教员，及来往的朋友很多，所以对于她的懒得写信，倒也非常能够原谅，可是等到暑假过后的九月初头，她竟有一礼拜没有信来。到这时候，他心里也有点气起来了，于那一天早晨，发出了一封微露怨意的快信之后，等到晚上回家，仍没有见到她的来信，他就急急的上电报局去发了一个病急速回的电报。

实际上的病状，也的确并不会因夫妇的分居而减轻，近来晚上，若服药服得少一点，每有失眠不睡的时候。

打电报的那天晚上，是礼拜六，第二天礼拜日的早晨十点多钟，他就去北火车站等她。头班早车到了，但他在月台上寻觅了半天，终于见不到她的踪影。不得已上近处菜馆去吃了一点点心，等第二班特别快车到的时候，他终于接到了她，和一位同她同来的秃头矮胖的老人。她替他们介绍过后，这李先生就自顾自的上旅馆去了，她和他就坐了黄包车，回到了他们已经住了很久的戴宅旧寓。

一走上楼，两人把自杭州带来的行李食物等摆了一摆好，吴一粟就略带了一点非难似的口吻向她说：

“你近来为什么信写得这样的少？”

她站住了脚，面上表似着惊惧，恐怕他要重加责备似的对他凝视了半晌，眼睛眨了几眨，却一句话也不说扑落落滚下了一串大泪来。

吴一粟见了她这副神气，心里倒觉得痛起来了，抢上了一步，把她的头颈抱住，就轻轻地慰抚小孩似的对她说：

“宝，你不要哭，我并不是在责备你，我并不是在责备你，噢，你不要哭！”

同时他也将他自己的已在流泪的右颊贴上了她的左颊。

二十三

晚上上床躺下，她才将她发信少发的原因说了一个明白。起初他们父女三人，是住在旅馆里的，在旅馆住了十几天，才去找寻房屋。一个月之后，终于找到了适当的房子搬了进去。这中间买东买西，添置器具，日日的忙，又哪有空功夫坐下来写信呢？到了最近，她却伤了一次风，头痛发热，睡了一个礼拜，昨天刚好，而他的电报却到了。既说明了理由，一场误解，也就此冰释了，吴一粟更觉到了他自己的做得过火，所以落后倒反向她赔了几个不是。

入秋以后，吴一粟的梦遗病治好了，而神经衰弱，却只是有增无已。过了年假，春夏之交，失眠更是厉害，白天头昏脑痛，事情也老要办错。他所编的那妇女杂志，一期一期的精采少了下去，书馆里对他，也有些轻视起来了。

这样的一直拖捱过去，又拖过了一年，到了年底，书馆里送了他四个月的薪水，请他停了职务。

病只在一天一天的增重起来，而赖以谋生的职业，又一旦失去。他的心境当然是恶劣到了万分，因此脾气也变坏了。本来是柔和得同小羊一样的他，失业以后，日日在家，和郑秀岳终日相对，动不动就要发生冲突。郑秀岳伤心极了，总以为吴一粟对她，变了初心。每想起订婚后的那半年多生活的时候，她就要流下泪来。

这中间并且又因为经济的窘迫，生活也节缩到了无可再省的地步。失业后闲居了三月，又是春风和暖的节季了，人家都在添置春衣，及时行乐，而郑秀岳他们，却因积贮将完之故，正在打算另寻一间便宜一点的亭子间而搬家。

正是这样在跑来跑去找寻房子的中间，有一天傍晚，郑秀岳忽在电车上遇见了五六年来没有消息的冯世芬。

冯世芬老了，清丽长方的脸上，细看起来，竟有了几条极细的皱纹。她穿在那里的一件青细布的短衫，和一条黑布的夹裤，使她的年龄更要加添十岁。

郑秀岳起初在三等拖车里坐上的时候，竟没有注意到她。等将到日升楼前，两人都快下电车去的当儿，冯世芬却从座位里立起，走到了就坐在门边郑秀岳的身边。将一只手按上了郑秀岳的肩头，冯世芬对她亲亲热热地叫了一声之后，郑秀岳方才惊跳了起来。

两人下了电车，在先施公司的檐下立定，就各将各的近状报告了个仔细。

冯世芬说，她现在在沪东的一个厂里做夜工，就住在去提篮桥不远的地方。今天她是上周家桥去看了朋友回来的，现在正在打算回去。

郑秀岳将过去的事情简略说了一说，就告诉了她以吴一粟的近状。说他近来如何如何的虐待她，现在因为失业失眠的结果，天天晚上非喝酒不行了，她现在出来就是为他来买酒的。末了便说了他们正在想寻一间便宜一点的亭子间搬家的事情，问冯世芬在沪东有没有适当的房子出租。

冯世芬听了这些话后，低头想了一想，就说：

“有的有的，就在我住的近边。便宜是便宜极了，可只是龌龊一点，并且还是一间前楼，每月租金只要八块。你明朝午后就来罢，我在提篮桥电车站头等你们，和你们一道去看。那间房子里从前住的是我们那里的一个人很好的工头，他前天搬走了，大约是总还没有租出的。我今晚上回去，就可以替你先去说一说看。”

她们约好了时间，和相会的地点，两人就分开了。郑秀岳买了酒一个人在走回家去的电车上，又想起了不少的事情。

她想起了在学校里和冯世芬在一道的时节的情形，想起了冯世芬出走以后的她的感情的往来起伏，更想起了她对冯世芬的母亲，实在太对不起了，自从冯世芬走后，除在那一年暑假中只去了一两次外，以后就绝迹的没有去过。

想到最后，她又转到了目下的自己的身上，吴一粟的近来对她的冷淡，对她的虐待，她越想越气，越想越觉得不能甘心。正想得将要流下眼泪来的时候，电车却已经到了她的不得不下去的站头上了。

这一天晚上，吃过晚饭之后，在电灯底下，她一边缝着吴一粟的小衫，一边就告诉了他以冯世芬出走的全部的事情。将那一年冯世芬的事情说完之后，她就又加上去说：

“冯世芬她舅舅的性格，是始终不会改变的。现在她虽则不曾告诉我他的近状怎样，但推想起来，他的对她，总一定还是和当初一样。可是一粟，你呢？你何以近来会变得这样的呢？经济的压迫，我是不怕的，但你当初对我那样热烈的爱，现在终于冷淡到了如此，这却真真使我伤心。”

吴一粟默默地听到了这里，也觉得有辩解的必要了，所以就柔声的对她说：

“秀，那是你的误解。我对你的爱，也何尝有一点变更？可是第一，你要想想我的身体，病到了这样，再要一色无二的维持初恋时候那样的热烈，是断不可能的。这并不是爱的冷落，乃是爱的进化。我现在对你更爱得深刻了，所以不必拥抱，不必吻香，不必一定要抱住了睡觉，才可以表示我对你的爱。你的心思，我也晓得，你的怨我近来虐待你，我也承认。不过，秀，你也该设身处地的为我想想。失业到了现在，病又老是不肯断根，将来的出路希望，一点儿也没有。处身在这一种状态之下，我又哪能够和你日日寻欢作乐，像初恋当时呢？”

郑秀岳听了这一段话，仔细想想，倒也觉得不错。但等到吴一粟上床去躺下，她一个人因为小衫的袖口还有一只没有缝好，仍坐在那里缝下去的中间，心思一转，把几年前的情形，和现在的一比，则又觉得吴一粟的待她不好了。

“从前是他睡的时候，总要叫我去和他一道睡下的，现在却一点儿也不顾到我，竟自顾自的去躺下了。这负心的薄情郎，我将如何的给他一个报复呢？”

她这样的想想，气气，哭哭，这一晚竟到了十二点过，方才叹了口气，解衣上床去在吴一粟的身旁睡下。吴一粟身体虽则早已躺在床上，但双眼是不闭拢的。听到了她的暗泣和叹气的声音，心神愈是不快，愈是不能安眠了。再想到了她的思想的这样幼稚，对于爱的解释的这样简单，自然在心里也着实起了一点反感，所以明明知道她的流泪的原因和叹气的理由在什么地方，他可终只朝着里床作了熟睡，而闭口不肯说出一句可以慰抚她的话来。但在他的心里，他却始终是在哀怜她，痛爱她的，尤其是当他想到了这几月失业以后的她的节俭辛苦的生活的时候。

二十四

差不多将到和冯世芬约定的时间前一个钟头的时候，郑秀岳和吴一粟，从戴家的他们寓里走了出来，屋外头依旧是淡云笼日的一天养花的天气。

两人的心里，既已发生了暗礁，一路在电车上，当然是没有什么话说的。郑秀岳并且在想未婚前的半年多中间，和他出来散步的时候，是如何的温情婉转，与现在的这现状一比，真是如何的不同？总之境随心转，现在郑秀岳对于无论什么琐碎的事情行动，片言只语，总觉得和从前相反了，因之触目伤怀，看来看去，世界上竟没有一点可以使她那一颗热烈的片时也少不得男子的心感到满足。她只觉得空虚，只觉得在感到饥渴。

电车到了提篮桥，他们俩还没有下车之先，冯世芬却先看到了他们在电车里，就从马路旁行人道上急走了过来。郑秀岳替他和冯世芬介绍了一回，三人并着在走的中间，冯世芬开口就说：

“那一间前楼还在那里，我昨晚上已经去替你们说好了，今朝只须去看一看，付他们钱就对。”

说到了这里，她就向吴一粟看了一眼，凛然的转了话头对他说：

“吴先生，你的失业，原也是一件恨事，可是你对郑秀岳为什么要这样的虐待呢？同居了好几年，难道她的性情你还不晓得么？她是一刻也少不得一个旁人的慰抚热爱的。你待她这样的冷淡，教她那一颗狂热的心，去付托何人呢？”

本来就不会对人说话，而胆子又是很小的吴一粟，听了这一片非难，就只是红了脸，低着头，在那里苦笑。冯世芬看了他这一副和善忠厚难以为情的样子，心里倒也觉得说的话太过分了，所以转了一转头，就向走在她边上的郑秀岳说：

“我们对男子，也不可过于苛刻。我们是有我们的独立人格的，假如万事都要依赖男子，连自己的情感都要仰求男子来扶持培养，那也未免太看得起男子太看不起自己了。秀岳，以后我劝你先把你自己的情感解放出来，琐碎的小事情不要去想它，把你的全部精神去用在大的远的事情之上。金钱的浪费，原是对社会的罪恶，但是情感的浪费，却是对人类的罪恶。”

这样在谈话的中间，她们三人却已经到了目的地了。

这一块地方，虽说是沪东，但还是在虹口的东北部，附近的翻砂厂，机织厂，和各种小工场很多，显然是一个工人的区域。

他们去看的房子，是一间很旧的一楼一底的房子。由郑秀岳他们看来，虽觉得是破旧不洁的住宅，但在附近的各种歪斜的小平屋内的住民眼里，却已经是上等的住所了。

走上楼去一看，里面却和外观相反，地板墙壁，都还觉得干净，而开间之大，比起现在他们住的那一间来，也小不了许多。八块钱一月的租金，实在是很便宜，比到现在她们的那间久住的寓房，房价要少十块。吴一粟毫无异议，就劝郑秀岳把它定落，可是迟疑不决，多心多虑的郑秀岳，又寻根掘底的向房东问了许多话，才把一个月的房金交了出来。

一切都说停妥，约好于明朝午后搬过来后，冯世芬就又陪他们走到了路上。在慢慢走路的中间，她却不好意思地对郑秀岳说：

“我住的地方，离这儿并不十分远。可是那地方既小又龌龊，所以不好请你们去，我昨天的不肯告诉你们门牌地点，原因也就在此，以后你们搬来住下，还是常由我来看你们罢！”

走到了原来下电车的地方，看他们坐进了车，她就马上向东北的回去了。

离开了他们住熟的那间戴宅的寓居，在新租的这间房子里安排住下，诸事告了一个段落的时候，他们手头所余的钱，只有五十几块了。郑秀岳迁到了这一个新的而又不大高尚的环境里后，心里头又多了一层怨愤。因为她的父母也曾住过，恋爱与结婚的记忆，随处都是的那一间旧寓，现在却从她的身体的周围剥夺去了。而饥饿就逼在目前的现在的经济状况，更不得不使她想起就要寒心。

勉强的过了一个多月，把吴一粟的医药费及两人的生活费开销了下来，连搬过来的时候还在手头的五十几块钱都用得一个也没有剩余。郑秀岳不得已就只好拿出她的手饰来去押入当铺。

当她从当铺里回来，看见了吴一粟的依旧是愁眉不展，毫无喜色的颜面的时候，她心里头却又疾风骤雨似的起了一种莫名其妙的憎恶之情。

“我牺牲到了这一个地步，你也应该对我表示一点感激之情才对吓。那些首饰除了父母给我的东西之外，还有李文卿送我的手表和戒指在里头哩。看你的那一副脸嘴，倒仿佛是我应该去弄了钱来养你的样子。”

她嘴里虽然不说，但心里却在那样怨恨的中间，如电光闪发般的，她忽而想起了李文卿，想起了李得中和张康的两位先生。

她心意决定了，对吴一粟也完全绝望了，所以那一天晚上，于吴一粟上床之后，她一个人在电灯下，竟写了三封同样的热烈地去求爱求助的信。

过了几天，两位先生的复信都来了，她物质上虽然仍在感到缺乏，但精神上却舒适了许多，因为已经是久渴了的她的那颗求爱的心，到此总算得到了一点露润。

又过了一个星期的样子，李文卿的回信也来了，信中间并且还附上了一张五块钱的汇票。她的信虽则仍旧是那一套桃红柳绿的文章，但一种怜悯之情，同富家翁对寒号饥泣的乞儿所表示的一种怜悯之情，却是很可以看得出来的，现在的郑秀岳，连对于这一种怜悯，都觉得不是侮辱了。

她的来信说，她早已在那个大学毕了业，现在又上杭州去教书了，所以郑秀岳的那一封信，转了好几个地方才接到。顾竹生在入大学后的翌年，就和她分开了，现在和她同住的，却是从前大学里的一位庶务先生。这庶务先生自去年起也失了业，所以现在她却和郑秀岳一样，反在养活男人。这一种没出息的男子，她也已经有点觉得讨厌起来了。目下她在教书的这学校的校长，对她似乎很有意思，等她和校长再有进一步的交情之后，她当为郑秀岳设法，也可以上这学校里去教书。她对郑秀岳的贫困，虽也很同情，可是因为她自家也要养活一个寄生虫在她的身边，所以不能有多大的帮助，不过见贫不救，富者之耻，故而寄上大洋五元，请郑秀岳好为吴一粟去买点药料之类的东西。

二十五

郑秀岳她们的生活愈来愈窘，到了六月初头，他们连几件棉夹的衣类都典当尽了。迫不得已最怕羞最不愿求人的吴一粟，只好写信去向他的叔父求救，而郑秀岳也只能坐火车上杭州去向她的父母去乞借一点。

她在杭州，虽也会到了李得中先生和李文卿，但张康先生却因为率领学生上外埠去旅行去了，没有见到。

在杭州住了一礼拜回来，物质上得了一点小康，她和吴一粟居然也恢复了些旧日的情爱。这中间吴卓人也有信来了，于附寄了几十元钱来之外，他更劝吴一粟于暑假之后也上山东去教一点书。

失业之苦，已经尝透了的吴一粟，看见了前途的这一道光明，自然是喜欢得比登天还要快活。因而他的病也减轻了许多，而郑秀岳在要求的那一种火样的热爱，他有时候竟也能够做到了几分。

但是等到一个比较得快乐的暑假过完，吴一粟正在计划上山东他叔父那里去的时候，一刻也少不得男人的郑秀岳又提出了抗议。她主张若要去的话，必须两人同去，否则还不如在上海找点事情做做的好。况且吴一粟近来身体已经养得差不多快复原了，就是做点零碎的稿子卖卖，每月也可以得到几十块钱。神经衰弱之后，变得意志异常薄弱的吴一粟，听了她这番话，觉得也很有道理。又加以他的本性素来是怕见生人，不善应酬的，即使到了山东，也未见得一定弄得好。正这样迟疑打算的中间，他的去山东的时机就白白地失掉了。

九月以后，吴一粟虽则也做了一点零碎的稿子去换了些钱，但卖文所得，一个多月积计起来，也不过二十多元，两人的开销，当然是入不敷出的。于是他们的生活困苦，就又回复到了暑假以前的那一个状态。

在暑假以前，他们还有两个靠山可以靠一靠的。但到了这时候，吴一粟的叔父的那一条路自然的断了，而杭州郑秀岳的父母，又本来是很清苦的，要郑去非每月汇钱来养活女儿女婿，也觉得十分为难。

九月十八，日本帝国主义的军队和中国军阀相勾结，打进了东三省。中国市场于既受了世界经济恐慌的余波之后，又直面着了这一个政治危机，大江南北的金融界，商业界，就完全停止了运行。

到了这一个时期，吴一粟连十块五块卖一点零碎稿子的地方也不容易找到了。弄得山穷水尽，倒是在厂里做着夜工，有时候于傍晚上工去之前偶尔来看看他们的冯世芬，却一元两元地接济了他们不少。

十二月初旬的一天阴寒的下午，吴一粟拿了一篇翻译的文章，上东上西的去探问了许多地方，才换得了十二块钱，于上灯的时候，欢天喜地的走了回来。但一进后门，房东的一位女主人，就把楼上房门的锁钥交给他说：

“师母上外面去了，说是她的一位先生在旅馆里等她去会会，晚饭大约是不来吃的，你一个人先吃好了，不要等她。”

吴一粟听了，心里倒也很高兴，以为又有希望来了。既是她的先生会她，大约总一定有什么教书的地方替她谋好了来通知她的，因为前几个月里，她曾向杭州发了许多的信，在托她的先生同学，为她自己和吴一粟谋一个小学教员之类的糊口的地方。

吴一粟在这一天晚上，因为心境又宽了一宽，所以吃晚饭的时候，竟独斟独酌的饮了半斤多酒。酒一下喉，身上也加了一点热度，向床上和衣一倒，他就自然而然的睡着了。一睡醒来，他听见楼下房东的钟，正堂堂的敲了十点。但向四面一看，空洞的一间房里，郑秀岳还没有回来。他心里倒有些急起来了，平时日里她出去半日的时候原也很多，但在晚间，则无论如何，十点以前，总一定回来的。他先向桌上及抽斗里寻了一遍，看有没有字条留下，或者知道了她的去所，他也可以去接她。可是寻来寻去，寻了半天，终于寻不到一点她的字迹。又等了半点多钟，他想想没有法子，只好自家先上床去睡下再说。把衣服一脱，在摆向床前的那一张藤椅子上去的中间，他却忽然在这藤椅的低洼的座里，看出了一团白色的纸团儿来。

急忙的把这纸团捡起，拿了向电灯底下去摊开一看，原来是一张三马路新惠中旅社的请客单子，上面写着郑秀岳的名字和他们现在的住址，下面的署名者是张康，房间的号数是二百三十三号。他高兴极了，因为张康先生的名字，他也曾听见她提起过的。这一回张先生既然来了，他大约总是为她或他自己的教书地方介绍好了无疑。

重复把衣服穿好，灭黑了电灯，锁上了房门，他欢天喜地的走下了楼来。房主人问他，这么迟了还要上什么地方去？他就又把锁钥交出，说是去接她回来的，万一她先回来了的话，那请把这锁钥交给她就行。

他寻到了旅社里的那一号房间的门口，百叶腰门里的那扇厚重的门却正半开在那里。先在腰门上敲了几下，推将进去一看，他只见郑秀岳披散了头发，倒睡在床前的地毯之上。身上穿的，上身只是一件纽扣全部解散的内衣，胸乳是露出在外面的，下身的衬裤，也只有一只腿还穿在裤脚之内，其他的一只腿还精赤着裹在从床上拖下地来的半条被内。她脸上浸满了一脸的眼泪，右嘴角上流了一条鲜红的血。

他真惊呆极了，惊奇得连话都不能够说出一句来。张大了眼睛呆立在那里总约莫有了三分钟的光景，他的背后白打的腰门一响，忽而走进了一个人来。朝转头去一看，他看见了一位四十光景的瘦长的男子，上身只穿了一件短薄的棉袄，两手还在腰间棉袄下系缚裤子，看起样子，他定是刚上外面去小解了来的。他的面色胀得很青，上面是蓬蓬的一头长发，两只眼睛在放异样的光，颜面上的筋肉和嘴口是表示着兴奋到了极点，在不断地抽动。这男子一进来，房里头立时就充满了一股杀气。他瞠目看了一看吴一粟，就放了满含怒气的大声说：

“你是这娼妇的男人么？我今天替你解决了她。”

说着他将吴一粟狠命一推，又赶到了床前伏下身去一把头发将她拖了起来。这时候郑秀岳却大哭起来了。吴一粟也就赶过去，将那男子抱住，拆散了他的拖住头发的一只右手。他一边在那里拆劝，一边却含了泪声乱嚷着说：

“饶了她吧，饶了她吧，她是一个弱女子，经不起你这么乱打的。”

费尽了平生的气力，将这男子拖开，推在沙发上坐下之后，他才问他，这究竟是怎么一回事。

他鼻孔里尽吐着深深的长长的怒气，一边向棉袄袋里一摸，就摸出了一封已经是团得很绉的信来向吴一粟的脸上一掷说：

“你自己去看罢！”

吴一粟弯身向地上拣起了那一封信，手发着抖，摊将开来一看，却是李得中先生寄给郑秀岳的一封很长很长的情书。

二十六

秀岳吾爱：

今天同时收到你的两封信，充满了异样的情绪，我不知将如何来开口吐出我心上欲说的话。这重重伤痕的梦啊，怎么如今又燃烧得这般厉害？直把我套入人生的谜里，我挣扎不出来。尤其是我的心被惊动了，“何来余情，重忆旧时人？这般深。”这变态而矛盾的心理状况，我揭不穿。我全被打入深思中，我用尽了脑力。我有这一点小聪明，我未曾用过一点力量来挽回你的心，可是现在的你，由来信中的证明，你是确实的余烬复燃了，重来温暖旧时的人。可是我依然是那末的一个我，已曾被遗忘过的人，又凭什么资格来引你赎回过去的爱。我虽一直不能忘情，但机警的性格指示我，叫我莫呆。故自十八年的夏季，在去沪车上和你一度把晤后，我清醒了许多，那印象种的深，到今天还留在。你该记得罢？那时我是为了要见你之切，才同你去沪的，那时的你，你倒再去想一下。你给我的机会是什么，你说？我只感得空虚，我没有勇气再在上海住下去，我只好偷偷的走，那淡漠，我永印上了心。好，我唯有收起心肠。这是你造成我这么来做，便此数年隔膜，我完全沉默了。不过那潜藏的暗潮仍然时起汹涌，不让它流露就是了，只是个人知道。不料这作孽的未了缘，于今年六月会相逢于狭路，再搅乱了内部的平静。但那时你啊，你是复原了热情，我虽在存着一个解不透的谜，但我的爱的火焰，禁不住日臻茨茨。而今更来了这意料不到的你的心曲，我迷糊了，我不知怎样处置自己，我只好叫唤苍天！秀岳，我亦还爱你，怎好！

我打算马上到上海来和你重温旧梦。这信夜十时写起，已写到十二点半，总觉得情绪太复杂了，不知如何整理。写写，又需要长时的深思，思而再写，我是太兴奋了，故没心的整整写上二个半钟头。祝你愉快！

李得中　十一月八日十二时半

吴一粟在读信的中间，郑秀岳尽在地上躺着，呜呜咽咽地在哭。读完了这一封长信之后，他的眼睛里也有点热起来了，所以一句话也说不出来，只向地上在哭的她和沙发上坐着在吐气的他往复看了几眼，似在发问的样子。

大约是坐在沙发上的那男子，看得他可怜起来了罢，他于鼻孔里吐了一口长气之后，才慢慢地大声对吴一粟说：

“你大约是吴一粟先生罢，我是张康。郑秀岳这娼妇在学生时代，就和我发生过关系的。后来听说嫁了你了，所以一直还没有和她有过往来。但今年的五月以后，她又常常写起很热烈的信来了，我又哪里知道这娼妇同时也在和那老朽来往的呢？就是我这一回的到上海来，也是为了这娼妇的迫切的哀求而来的呀。哪里晓得睡到半夜，那老朽的这一封污浊不通的信，竟被我在她的内衣袋里发见了，你说可气不可气？”说到了这里，他又深深地吐了一口气。回转头去，更狠狠地向她毒视了一眼，他又叫着说：

“郑秀岳，你这娼妇，你真骗得我好！”

说着他又捏紧拳头，站起来想去打她去了，吴一粟只得再嚷着

“饶了她，饶了她，她是一个弱女子！”而把他按住坐了下去。

郑秀岳还在地上呜咽着，张康仍在沙发上发气，吴一粟也一句别的话都说不出来。立着，沉默着，对电灯呆视了几分钟后，他举手擦了一擦眼泪，似含羞地吞吞吐吐地对张康说：

“张先生，你也不用生气了，根本总是我不好，我，我，我自失业以来，竟不能够，不能够把她养活。……”

又沉默了几分钟，他掀了一掀鼻涕，就走近了郑秀岳的身边，毫无元气似的轻轻的说：

“秀，你起来罢，把衣服裤子穿一穿好，让我们回去！”

听了他这句话后，她的哭声却放大来了，哭一声，啜一啜气，哭一声，啜一啜气，一边哭着，一边她就断断续续地说：

“今天……今天……我……我是不回去了……我……我情愿被他……被他打杀了……打杀了……在这里……”

张康听了她这一句话，又大声的叫了起来说：

“你这娼妇，总有一天要被人打杀！我今天不解决你，这样下去，总有一个人来解决你的。”

看他的势头，似乎又要站起来打了，吴一粟又只能跑上他身边去赔罪解劝，只好千不是，万不是的说了许多责备自己的话。

他把张康劝平了下去，一面又向郑秀岳解劝了半天，才从地上扶了她起来。拿了一块手巾，把她脸上的血和眼泪揩了一揩，更寻着了挂在镜衣橱里的她那件袍子替她披上，棉裤棉袄替她拿齐之后，她自己就动手穿缚起衬衣衬裤来了。等他默默地扶着了她，走出那间二百三十三号的房间的时候，旅馆壁上挂在那里的一个圆钟，短针却已经绕过了Ⅲ字的记号。

二十七

一九三二年一月二十九日的侵晨，虹口一带，起了不断的枪声，闸北方面，火光烟焰，遮满了天空。

飞机掷弹的声音，机关枪仆仆仆仆扫射的声音，街巷间悲啼号泣的声音，杂聚在一处，似在奏第二次世界大战的前奏序曲。这中间，有一队穿海军绀色的制服的巡逻队，带了几个相貌狰狞的日本浪人，在微明的空气里，竟用枪托斧头，打进了吴一粟和郑秀岳寄寓在那里的那一间屋里。

楼上楼下，翻箱倒箧的搜索了半小时后，郑秀岳就在被里被他们拉了出来，拖下了楼，拉向了那小队驻扎在那里的附近的一间空屋之中。吴一粟叫着喊着，跟他们和被拉着的郑秀岳走了一段，终于被一位水兵旋转身来，用枪托向他的脑门上狠命的猛击了一下。他一边还在喊着“饶了她，饶了她，她是一个弱女子！”但一边却同醉了似的向地上坐了下去，倒了下去。

两天之后，法界的一个战区难民收容所里，墙角边却坐着一位瘦得不堪，额上还有一块干血凝结在那里的中年疯狂难民，白天晚上，尽在对了墙壁上空喊：

“饶了她！饶了她！她是一个弱女子！”

又过了几天，一位清秀瘦弱的女工，同几位很像是她的同志的人，却在离郑秀岳他们那里不远的一间贴近日本海军陆战队曾驻扎过的营房间壁的空屋里找认尸体。在五六个都是一样的赤身露体，血肉淋漓的青年妇女尸体之中，那女工却认出了双目和嘴，都还张着，下体青肿得特别厉害，胸前的一只右奶已被割去了的郑秀岳的尸身。

她于寻出了这因被轮奸而毙命的旧同学之后，就很有经验似的教同志们在那里守着而自己马上便出去弄了一口薄薄的施材来为她收殓。

把她自己身上穿在那里的棉袄棉裤上的青布罩衫裤脱了下来，亲自替那精赤的尸体穿得好好，和几位同志，把尸身抬入了棺中，正要把那薄薄的棺盖钉上去的时候，她却又跑上了那尸体的头边，亲亲热热地叫了几声说：

“郑秀岳！……郑秀岳……你总算也照你的样子，贯彻了你那软弱的一生。”又注目呆看了一忽，她的清秀长方意志坚决的脸上，却也有两滴眼泪流下来了。

冯世芬的收殓被惨杀的遗体，计算起来，五年之中，这却是她的第二次的经验。

后叙

《她是一个弱女子》的题材，我在一九二七年（见《日记九种》第五十一页一月十日的日记）就想好了，可是以后辗转流离，终于没有功夫把它写出。这一回日本帝国主义的军队来侵，我于逃难之余，倒得了十日的空闲，所以就在这十日内，猫猫虎虎地试写了一个大概。写好之后，过细一看，觉得失败的地方很多，但在这杀人的经济压迫之下，也不能够再来重行改削或另起炉灶了，所以就交给了书铺，教他们去出版。

书中的人物和事实，不消说完全是虚拟的，请读者万不要去空费脑筋，妄思证对。

写到了如今的小说，其间也有十几年的历史了，我觉得比这一次写这篇小说时的心境更恶劣的时候，还不曾有过。因此这一篇小说，大约也将变作我作品之中的最恶劣的一篇。

一九三二年三月达夫记

马缨花开的时候 ①

约莫到了夜半，觉得怎么也睡不着觉，于起来小便之后，放下玻璃溺器，就顺便走上了向南开着的窗口。把窗帷牵了一牵，低身钻了进去，上半身就像是三明治里的火腿，被夹在玻璃窗与窗帷的中间。

窗外面是二十边的还不十分大缺的下弦月夜，园里的树梢上，隙地上，白色线样的柏油步道上，都洒满了银粉似的月光，在和半透明的黑影互相掩映。周围只是沉寂、清幽，正像是梦里的世界。首夏的节季，按理是应该有点热了，但从毛绒睡衣的织缝眼里侵袭进来的室中空气，尖淋淋还有些儿凉冷的春意。

这儿是法国天主教会所办的慈善医院的特等病房楼，当今天早晨进院来的时候，那个粗暴的青年法国医生，糊糊涂涂的谛听了一遍之后，一直到晚上，还没有回话。只傍晚的时候，那位戴白帽子的牧母来了一次。问她这病究竟是什么病？她也只微笑摇着头，说要问过主任医生，才能知道。

而现在却已经是深沉的午夜了，这些吃慈善饭的人，实在也太没有良心，太不负责任，太没有对众生的同类爱。幸而这病，还是轻的，假若是重病呢？这么的一搁，搁起十几个钟头，难道起死回生的耶稣奇迹，果真的还能在现代的二十世纪里再出来的么？

---

① 本篇原载于一九三二年八月一日《现代》第一卷第四期。

心里头这样在恨着急着，我以前额部抵住了凉阴阴的玻璃窗面，双眼尽在向窗外花园内的朦胧月色，和暗淡花阴，作无心的观赏。立了几分钟，怨了几分钟，在心里学着罗兰夫人的那句名句，叫着哭着：

"慈善呀慈善！在你这令名之下，真不知害死了多少无为的牺牲者，养肥了多少卑劣的圣贤人！"

直等怨恨到了极点的时候，忽而抬起头来一看，在微明的远处，在一堆树影的高头，金光一闪，突然间却看出了一个金色的十字架来。

"啊吓不对，圣母马利亚在显灵了！"

心里这样一转，自然而然地毛发也竖起了尖端。再仔细一望，那个金色十字架，还在月光里闪烁着，动也不动一动。注视了一会，我也有点怕起来了，就逃也似的将目光移向了别处。可是到了这逃避之所的一堆黑树荫中逗留得不久，在这黑沉沉的背景里，又突然显出了许多上尖卜阔的白茫茫同心儿一样，比蜡烛稍短的不吉利的白色物体来。一朵两朵，七朵八朵，一眼望去，虽不十分多，但也并不少，这大约总是开残未谢的木兰花罢，为想自己宽一宽自己的心，这样以最善的方法解释着这一种白色的幻影，我就把身体一缩，退回自己床上来了。

进院后第二天的午前十点多钟，那位含着神秘的微笑的牧母又静静儿同游水似的来到了我的床边。

"医生说你害的是黄疸病，应该食淡才行。"

柔和地这样的说着，她又伸出手来为我诊脉。她以一只手捏住了我的臂，擎起另外一只手，在看她自己臂上的表。我一言不发，只是张大了眼在打量她的全身上下的奇异的线和色。

头上是由七八根直线和斜角线叠成的一顶雪也似的麻纱白帽子，白影下就是一张肉色微红的柔嫩得同米粉似的脸。因为是睡在那里的缘故，我所看得出来的，只是半张同《神曲》封面画上，印在那里的谭戴[1]似的鼻梁很高的侧面形。而那只瞳人很大很黑的眼睛哩，却又同在做梦似的向下斜俯着的。足以打破这沉沉的梦影，和静静的周围的两种刺激，便是她生在眼睑上眼睛上的那些很长很黑，虽不十分粗，但却也一根一根地明细分视得出来的眼睫毛和八字眉，与唧唧唧唧，只在她那只肥白的手臂上静走着的表针声。她静寂地俯着头，按着我的臂，有时候也眨着眼睛，胸口头很细很细的一低一高地吐着气，真不知道听了我几多时的脉，忽而将身体一侧，又微笑着正向着我显示起全面来了，面形是一张中突而长圆的鹅蛋脸。

“你的脉并不快，大约养几天，总马上会好的。”

她的富有着抑扬风韵的话，却是纯粹的北京音。

“是会好的么？不会死的么？”

“啐，您说哪儿的话？”

似乎是嫌我说得太粗暴了，嫣然地一笑，她就立刻静肃敏捷地走转了身，走出了房。而那个“啐，你说哪儿的话？”的余音，却同大钟鸣后，不肯立时静息般的尽在我的脑里耳里轰轰地跑着绕圈儿的马。

医生隔日一来，而苦里带咸的药，一天却要吞服四遍，但足与这些恨事相抵而有余的，倒是那牧母的静肃的降临，有几天她来的次数，竟会比服药的次数多一两回。像这样单调无聊的修道院似的病囚生活，不消说是谁也会感到厌腻的，我于住了一礼拜医院之

---

① 即《神曲》作者但丁（1265—1321）。

后，率性连医生也不愿他来，药也不想再服了，可是那牧母的诊脉哩，我却只希望她从早晨起就来替我诊视，一直到夜，不要离开。

起初她来的时候，只不过是含着微笑，量量热度，诊诊我的脉，和说几句不得不说的话而已。但后来有一天在我的枕头底下被她搜出了一册泥而宋版的Baudelaire①的小册子后，她和我说的话也多了起来，在我床边逗留着的时间也一次一次的长起来了。

她告诉了我 Soeurs de charité（白帽子会）②的系统和义务，她也告诉了我罗曼加多力克教的教义总纲领（Catéchisme③）。她说她的哥哥曾经去罗马朝见过教皇，她说她的信心坚定是在十五年前的十四岁的时候。而她的所最对我表示同情的一点，似乎是因为我的老家的远处在北京，“一个人单身病倒了在这举目无亲的上海，哪能够不感到异样的孤凄与寂寞呢？”尤其是觉得合巧的，两人在谈话的中间，竟发见了两人的老家，都偏处在西城，相去不上二三百步路远，在两家的院子里，是都可以听得见北堂的晨钟暮鼓的。为有这种种的关系，我入院后经过了一礼拜的时候，觉得忌淡也没有什么苦处了，因为每次的膳事，她总叫厨子特别的为我留心，布丁上的奶油也特别的加得多，有几次并且为了医院内的定食不合我的胃口，她竟爱把她自己的几盆我可以吃的菜蔬，差男护士菲列浦一盆一盆的递送过来，来和我的交换。

像这样的在病院里住了半个多月，虽则医生的粗暴顽迷，仍旧改不过来，药味的酸咸带苦，仍旧是格格难吃，但小便中的绛黄色，却也渐渐地褪去，而柔软无力的两只脚，也能够走得动一里以

---

① 波德莱尔（1821—1867）。

② 法语，直译为“慈善姐妹会”。

③ 法语，意为“基督教的教义”。

上的路了。

又加以时节逼近了中夏，日长的午后，火热的太阳偏西一点，在房间里闷坐不住，当晚祷之前，她也常肯来和我向楼下的花园里去散一回小步。两人从庭前走出，沿了葡萄架的甬道走过木兰花丛，穿入菩提树林，到前面的假山石旁，有金色十字架竖着的圣母像的石坛圈里，总要在长椅上，坐到晚祷的时候，才走回来。

这舒徐闲适的半小时的晚步，起初不过是隔两日一次或隔日一次的，后来竟成了习惯，变得日日非去走不行了。这在我当然是一种无上的慰藉，可以打破打破一整天的单调生活，而终日忙碌的她似乎也在对这漫步，感受着无穷的兴趣。

又经过了一星期的光景，天气更加热起来了。园里的各种花木，都已经开落得干干净净，只有墙角上的一丛灌木，大约是蔷薇罢，还剩着几朵红白的残花，在那里妆点着景色。去盛夏想也已不远，而我也在打算退出这医药费昂贵的慈善医院，转回到北京去过夏去。可是心里虽则在这么的打算，但一则究竟病还没有痊愈，而二则对于这周围的花木，对于这半月余的生活情趣，也觉得有点依依难舍，所以一天一天的捱捱，又过了几天无聊的病囚日子。

有一天午后，正当前两天的大雨之余，天气爽朗晴和得特别可爱，我在病室里踱来踱去，心里头感觉得异样的焦闷。大约在铁笼子里徘徊着的新被擒获的狮子，或可以想象得出我此时的心境来，因为那一天从早晨起，一直到将近晚祷的这时候止，一整日中，牧母还不曾来过。

晚步的时间过去了，电灯点上了，直到送晚餐来的时候，菲列浦才从他的那件白衣袋里，摸出了一封信来，这不消说是牧母托他转交的信。

信里说，她今天上中央会堂去避静去了，休息些时，她将要离开上海，被调到香港的病院中去服务。若来面别，难免得不动伤感，所以相见不如不见。末后再三叮嘱着，教我好好的保养，静想想经传上的圣人的生活。若我能因这次的染病，而归依上帝，浴圣母的慈恩，那她的喜悦就没有比此更大的了。

我读了这一封信后，夜饭当然是一瓢也没有下咽。在电灯下呆坐了数十分钟，站将起来向窗外面一看，明蓝的天空里，却早已经升上了一个银盆似的月亮。大约不是十五六，也该是十三四的晚上了。

我在窗前又呆立了一会，旋转身就披上了一件新制的法兰绒的长衫，拿起了手杖，慢慢地，慢慢地，走下了楼梯，走出了楼门，走上了那条我们两人日日在晚祷时候走熟了的葡萄甬道。一程一程的走去，月光就在我的身上印出了许多树枝和叠石的影画。到了那圣母像的石坛之内，我在那张两人坐熟了的长椅子上，不知独坐了多少时候。忽而来了一阵微风，我偶然间却闻着了一种极清幽，极淡漠的似花又似叶的朦胧的香气。稍稍移了一移搁在支着手杖的两只手背上的头部，向右肩瞟了一眼，在我自己的衣服上，却又看出了一排非常纤匀的对称树叶的叶影，和几朵花蕊细长花瓣稀薄的花影来。

“啊啊！马缨花开了！”

毫不自觉的从嘴里轻轻念出了这一句独语之后，我就从长椅子上站起了身来，走回了病舍。

一九三二年六月

东梓关[1]

一夜北风，院子里的松泥地上，已结成了一层短短的霜柱，积水缸里，也有几丝冰骨凝成了。从长年漂泊的倦旅归来，昨晚上总算在他儿时起居惯的屋栋底下，享受了一夜安眠的文朴，从楼上起身下来，踏出客堂门，上院子里去一看，陡然间却感到了一身寒冷。

"这一区江滨的水国，究竟要比半海洋性的上海冷些。"

瞪目呆看着晴空里的阳光，正在这样凝想着的时候，从厨下刚走出到客堂里来的他那年老的娘，却忽而大声地警告他说：

"朴，一侵早起来，就站到院子里去干什么？今天可冷得很哩！快进来，别遭了凉！"

文朴听了她这仍旧是同二十几年前一样的告诫小孩子似的口吻，心里头便突然间起了一种极微细的感触，这正是有些甜苦的感触。眼角上虽渐渐带着了潮热，但面上却不能自已地流露出了一脸微笑，他只好回转身来，文不对题的对他娘说：

"娘！我今天去就是，上东梓关徐竹园先生那里去看一看来就是，省得您老人家那么的为我担心。"

"自然啦，他的治吐血病是最灵也没有的，包管你服几帖药就

① 本篇原载于一九三二年十一月一日《现代》第二卷第一期，发表时有作者附注如下："这一篇短篇，是《烟影》(《寒灰集》)、《纸币的跳跃》(《薇蕨集》)两篇的续篇。"

能痊愈。那两张钞票，你总收藏好了吧？要是不够的话，我这里还有。”

“哪里会得不够呢。我自己也还有着，您放心好了，我吃过早饭，就上轮船局去。”

“早班轮船怕没有这么早，你先进来吃点点心，回头等早午饭烧好，吃了再去，也还来得及哩。你脸洗过了没有？”

洗了一洗手脸，吃了一碗开水冲蛋，上各处儿时走惯的地方去走了一圈回来，文朴的娘已经摆好了四碗蔬菜，在等他吃早午饭了。短促的冬日，在白天的时候也实在短不过，文朴满以为还是早晨的此刻，可是一坐下来吃饭，太阳却早已经晒到了那间朝南的客室的桌前，看起来大约总也约莫有了十点多钟的样子了。早班轮船是早晨七点从杭州开来的，到埠总在十一点左右，所以文朴的这一顿早午饭，自然是不能吃得十分从容。倒是在上座和他对酌的他那年老的娘，看他吃得太快了，就又宽慰他说：

“吃得这么快干什么？早班轮赶不着，晚班的总赶得上的，当心别噎隔起来！”依旧是同二十几年前对小孩子说话似的那一种口吻。

刚吃完饭，擦了擦脸，文朴想站起来走了，他娘却又对他叮嘱着说：

“我们和徐竹园先生，也是世交，用不着客气的。你虽则不认得他，可是到了那里，今天你就可以服一帖药，就在徐先生的春和堂里配好，托徐先生家里的人代你煎煎就对。……”

“好，好，我晓得的。娘，您慢用吧，我要走了。”

正在这个时候，轮船报到的汽笛声，也远远地从江面上传了过来。

这小县城的码头上，居然也挤满了许多上落的行旅客商和自乡下来上城市购办日用品的农民，在从码头挤上船去的一段浮桥上，文朴也遇见了许多儿时熟见的乡人的脸。汽笛重叫了一声，轮船离埠开行之后，文朴对着渐渐退向后去的故乡的一排城市人家，反吐了一口如释重负似的深长的气。因为在外面漂泊惯了，他对于小时候在那儿生长，在旅途中又常在想念着的老巢，倒在感到一种莫名其妙的压迫。一时重复身入了舟车逆旅的中间，反觉得是回到了熟习的故乡来的样子。更况且这时候包围在他坐的那只小轮船的左右前后的，尽是些蓝碧的天，澄明的水，和两岸的青山红树，江心的暖日和风；放眼向四周一望，他觉得自己譬如是一只在山野里飞游惯了的鸟，又从狭窄的笼里飞出，飞回到大自然的怀抱里来了。

东梓关在富春江的东岸，钱塘江到富阳而一折，自此以上，为富春江，已经将东西的江流变成了南北的向道。轮船在途中停了一二处，就到了东梓关的埠头。东梓关虽则去县城只有三四十里路程，但文朴因自小就在外面漂流，所以只在极幼小的时候因上祖坟来过一次之外，自有确实的记忆以后却从还没有到过这一个在他们的故乡也是很有名的村镇。

江上太阳西斜了，轮船在一条石砌的码头上靠了岸，文朴跟着几个似乎是东梓关附近土著的农民上岸之后，第一就问他们，徐竹园先生是住在哪里的。

“徐竹园先生吗？就是那间南面的大房子！”

一个和他一道上岸来的农民在岸边站住了，用了他那只苍老曲屈的手指，向南指点了一下。

文朴以手遮着日光，举头向南一看，只看出了几家疏疏落落的人家，和许多树叶脱尽的树木来。因稻已经收割尽了，空地里草场上，只堆着一堆一堆的干稻草在那里反射阳光。一处离埠头不远的池塘里，游泳着几只家畜的鸭，时而一声两声的在叫着。池塘边上水浅的地方，还浸着一只水牛，在水面上擎起了它那个两角峥嵘的牛头，和一双黑沉沉的大眼，静静儿的在守视着从轮船上走下来的三五个行旅之人。村子里的小路很多，有些是石砌的，有些是黄泥的，只有一条石板砌成的大道，曲折横穿在村里的人家和那池塘的中间，这大约是官道了。文朴跟着了那个刚才教过他以徐先生的住宅的农夫，就朝南顺着了这一条大道走向前去。

东梓关的全村，大约也有百数家人家，但那些乡下的居民似乎个个都很熟识似的。文朴跟了农夫走不上百数步路，却听他把自那里来为办什么事去的历史述说了一二十次，因为在路上遇见他的人，个个都以同样的话问他一句，而他总也一边前进，一边以同样的话回答他们，直到走上了一处有四五条大小的叉路交接的地方，他的去路似乎和文朴的不同了，高声一喊，他便喊住了一位在一条小路上慢慢向前行走的中老农夫，自己先说了一遍自何处来为办什么事而去的历史，然后才将文朴交托了他，托他领到徐先生的宅里，他自己就顺着大道，向前走了。

徐竹园先生的住宅，果然是近邻中所少见的最大的一所，但墙壁梁栋，也都已旧了，推想起来，大约总也是洪杨战后所筑的旧宅无疑。文朴到了徐家屋里，由那中老农夫进去告诉了一声，等了一会，就走出来了一位面貌清秀，穿长衫作学生装束的青年。听取了文朴的自己介绍和来意以后，他就很客气地领他进了一间光线不十分充足的厢房。这时候的时刻虽则已进了午后，可是门外面的晴冬的空气，干燥得分外鲜明，平面的太阳光线，也还照耀得辉光四溢，而一被领进到了这一间分明是书室兼卧房的厢房的中间，文朴觉得好像已经是寒天日暮的样子了。厢房的三壁，各摆满了许多册籍图画，一面靠壁的床上陈设着有一个长方的紫檀烟托，和一盏小小的油灯。文朴走到了床铺的旁边，躺在床上刚将一筒烟抽完的徐竹园先生也站起来了。

“是朴先生么？久仰久仰。令堂太太的身体近来怎么样？请躺下去歇歇吧，轮船里坐得不疲乏么？彼此都不必客气，就请躺下去歇歇，我们可以慢慢的谈天。”

竹园先生总约莫有五十岁左右了，清癯的面貌，雅洁的谈吐，绝不像是一个未见世面的乡下先生。文朴和他夹着烟盘躺下去后，一边在看他烧装捏吸，一边也在他停烧不吸的中间，听取了许多关于他自己当壮年期里所以要去学医的由来。

东梓关的徐家，本来是世代著名的望族，在前清嘉道之际，徐家的一位豪富，也曾在北京任过显职，嗣后就一直没有脱过科甲，竹园先生自己年纪轻的时候，也曾做过救世拯民的大梦，可是正当壮年时期，大约是因为用功过了度，在不知不觉的中间，竟尔染上了吐血的宿疾，于是大梦也醒了，意志也灰颓了，翻然悔悟，改变方针，就于求医采药之余，一味的看看医书，试试药性，像这样的生活，到如今已经过了二十多年了。

“就是这一口烟……”

徐竹园先生继续着说：

“就是这一口烟，也是那时候吸上的。病后上的瘾，真是不容易戒绝，所以我劝你，要根本的治疗，还是非用药石不行。”

世事看来，原是塞翁之马，徐竹园先生因染了疾病，才绝意于仕进，略有余闲，也替人家看看病，自己读读书，经管经管祖上的遗产；每年收入，薄有盈余，就在村里开了一家半施半卖的春和堂药铺。二十年来，大局尽变，徐家其他的各房，都因为宦途艰险，起落无常之故，现在已大半中落了，可是徐竹园先生的一房，男婚女嫁，还在保持着旧日的兴隆，他的长子，已生下了孙儿，三代见面了。

文朴静躺在烟铺的一旁，一边在听着徐竹园先生的述怀，一边也暗自在那里下这样的结论；忽而前番引领他进来的那位青年，手里拿了一盏煤油灯走进了房来，并且报告着说：

“晚饭已经摆上了！”

徐竹园先生从床上立了起来，整整衣冠，陪文朴走上厅去的中间，文朴才感到了乡下生活的悠闲，不知不觉，在烟盘边一躺，却已经有三四个钟头飞驰过去了。丰盛的一餐夜饭吃完之后，自然的就又走回到了烟铺。竹园先生的兴致愈好了，饭后的几筒烟一抽，谈话就转到了书版掌故的一方面去。因为文朴也是喜欢收藏一点古书骨董之类的旧货的，所以一谈到了这一方面，他的精神，也自然而然地振作了一下。

竹园先生便取出了许多收藏的砖砚，明版的书籍，和傅青主[①]手写的道情卷册来给文朴鉴赏，文朴也将十几年来在外面所见过的许多珍彝古器的大概说给了徐先生听。听到了欧战期间巴黎博物院里保藏古物的苦心的时候，竹园先生竟以很新的见解，发表了一段反对战争的高论。为证明战争的祸患无穷，与只有和平的老百姓受害独烈的实际起见，他最后又说到了这东梓关地方的命名的出处。

东梓关本来是叫作“东指关”的，吴越行军，到此暂驻，顺流直下，东去就是富阳山嘴，是一个天然的关险，是以行人到此，无不东望指关，因而有了这一个名字。但到了明末，倭寇来侵，江浙沿海一带，处处都遭了蹂躏，这儿一隅，虽然处在内地，可是烽烟遍野，自然也民不安居。忽而有一天晚上，大兵过境，将此地土著的一位农民强拉了去。他本来是一个独子，父母都已经去世了，只剩下两位弱妹，全要凭他的力田所入，来养活三人的。哥哥被拉了

---

① 傅山（1607—1684），字青竹，改字青主，明末清初的思想家、书法家、医学家。

去后的两位弱妹，当然是没有生路了，于是只有朝着东方她们哥哥被拉去的方向，举手狂叫，痛哭悲号，来减轻她们的忧愁与恐怖。这样的哭了一日一夜，眼睛里哭出血来了，突然间天上就起了狂风，将她们的哭声送到了她们哥哥的耳里。她们哥哥这时候正被铁链锁着，在军营里服牛马似的苦役。大风吹了一日一夜，他流着眼泪，远听她们的哭声也听了一日一夜。直到第三天的天将亮的时候，他拖着铁链，爬到了富春江下游的钱塘江岸，纵身一跳，竟于狂风大雨之中跳到了正在涨潮的大江心里。同时他的两位弱妹，也因为哭了二日二夜，眼睛里的血也流完了之故，于天将亮的时候在"东指关"的江边，跳到水里去了。第三天天晴风息，"东指关"的住民早晨起来一看，附近地方的树头，竟因大风之故，尽曲向了东方，当时这里所植的都是梓树，所以以后，地名就变作了东梓关。过了几天，潮退了下去，在东梓关西面的江心里，忽然现出了两大块岩石来。在这两大块岩石旁边，他们兄妹三人的尸体却颜色如生地静躺在那里，但是三人的眼睛，都是哭得红肿不堪的。

"那两大块岩石，现在还在那里，可惜天晚了，不能陪你去看……"

徐竹园先生慢慢地说：

"我们东梓关人，以后就把这一堆岩石称作了'姊妹山'，现在岁时伏腊，也还有人去顶礼膜拜哩！战争的毒祸，你说厉害不厉害？"

将这一大篇故事述完之后，竹园先生就又大口的抽了两口烟，咕的喝了一口浓茶。点上一支雪茄，放到嘴里衔上了，他就坐了起来对文朴说：

"现在让我来替你诊脉吧！看你的脸色，你那病还并没有什么不得了的。"

伏倒了头，屏绝住气息，他轻一下重一下的替文朴按了约莫有三十分钟的脉，又郑重地看了一看文朴的脸色和舌苔，他却好像已经得到了把握似的欢笑了起来：

“不要紧，不要紧，你这病还轻得很呢！我替你开两个药方，一个现在暂时替你止血，一个你以后可以常服的。”

说了这几句话后，他又凝神展气地向洋灯注视了好几分钟，然后伸手磨墨，预备写下那两张药方来了。

这时候时间似乎已经到了夜半，沉沉的四壁之内，文朴只听见竹园先生磨墨的声音响得很厉害。时而窗外面的风声一动，也听得见一丝一丝远处的犬吠之声，但四面却似乎早已经是睡尽了。文朴一个人坐在竹园先生的背后，在这深夜的沉寂里静静的守视着他这种聚精会神的神气，和一边咳嗽一边伸纸吮笔的风情，心里头却自然而然的起了一种畏敬的念头。

“啊啊，这的确是名医的风度！”

文朴在心里想：

“这的确是名医的样子，我的病大约是有救药了。”

竹园先生把两个药方开好了，搁下了笔，他又重将药方仔细检点了一遍。文朴立起来走向了桌前，接过药方，就躬身道了个谢，旋转身又和竹园先生躺下在烟盘的两旁。竹园先生又抽了几口之后，厅上似乎起了一点响动，接着就有人送点心进来了，是热烘烘的一壶酒，四碟菜，两碗面。文朴因为食欲不佳，所以只喝了一杯酒就搁下了筷，在陪着竹园先生进用饮食的当中，他却忍不住地打了两个呵欠。竹园先生看见了，向房外叫了一声，白天的那位青年就走了进来，执着灯陪文朴进了一间小小的客房。

文朴睡不上几个钟头，窗外面已经有早起的农人起来了，一睡醒后，他第二觉是很不容易睡着的，撩起帐子来一看，窗外面似乎依旧是干燥的晴天。他张开眼想了一想，就匆匆地披衣着袜，起身走出了卧床。徐家的上下，除打洗脸水来的佣人之外，当然是全家还在高卧。文朴问佣人要了一副纸笔，向竹园先生留下了一张打扰告罪的字条，便从徐家走了出来。因为下水的早班轮船，是于八点前后经过东梓关埠头的，他就想乘了这班早班，重回到他老母的身边去，在徐家服药久住，究竟觉得有点不便。

屋外面的空气着实有点尖寒的难受，可是静躺在晴冬的朝日之下的这东梓关的村景，却给与了文朴以不能忘记的印象。

一家一家的瓦上，都盖上了薄薄的晨霜。枯树枝头，也有几处似金刚石般地在反射着刚离地平线不远的朝阳光线。村道上来往的人，并不见多，但四散着的人家烟突里，却已都在放出同天的颜色一样的炊烟来了。隔江的山影，因为日光还没有正射着的缘故，浓黑得可怕，但朝南的一面旷地里，却已经洒满了金黄的日色和长长的树影之类。文朴走到了江边，埠头还不见有一个候船的人在等着，向一位刚自江里挑了一担水起来的工人问了一声，知道轮船的到来，总还有一个钟头的光景。

文朴呆呆地在埠头立了几分钟，举头便向徐竹园先生的那所高大的房屋一望，看见他们的朝东的一道白墙头上，也已经晒上了太阳了。

“大约像他老先生那样舒徐浑厚的人物，现在总也不多了罢？这竹园先生，也许是旧时代的这种人物的最后一个典型！”

心里这样的想着，他脑里忽而想起了昨晚上所谈的一宵闲话。

“像这一种夜谈的情景，却也是不可多得的。龚定庵所说的‘小屏红烛话冬心[①]’，趣味哪里有这样的悠闲隽永。”

“小屏——红烛——话——冬心！”“小屏——红烛——话——

① 出自龚自珍《己亥杂诗》（其二百五十）。

冬心！”茫然在口里这样轻轻念了几句，他的面前，却忽而又闪出了一个年纪很轻的挑水的人来。那少年对他望了几眼，他倒觉得有点难为情起来了，踏上了一步，就只好借点因头来遮盖遮盖自己的那一种独立微吟的蠢相。

“小弟弟，要看姊妹山，应该是怎么样的走的？”

“只教沿着岸边，朝上直跑上去就对。”

“谢谢你！”

文朴说了这一句谢词，沿江在走向姊妹山去的中间，那少年还呆立在埠头的朝阳里，在默视着这位疯不像疯，痴不像痴的清瘦的中年人的背影。

一九三二年九月

迟桂花[1]

××兄：

突然间接着我这一封信，你或者会惊异起来，或者你简直会想不出这发信的翁某是什么人。但仔细一想，你也不在做官，而你的境遇，也未见得比我的好几多倍，所以将我忘了的这一回事，或者是还不至于的。因为这除非是要贵人或境遇很好的人才做得出来的事情。前两礼拜为了采办结婚的衣服家具之类，才下山去。有好久不上城里去了，偶尔去城里一看，真是像丁令威的化鹤归来，触眼新奇，宛如隔世重生的人。在一家书铺门口走过，一抬头就看见了几册关于你的传记评论之类的书。再踏进去一问，才知道你的著作竟积成了八九册之多了。将所有的你的和关于你的书全买将回来一读，仿佛是又接见了十余年不见的你那副音容笑语的样子。我忍不住了，一遍两遍的尽在翻读，愈读愈想和你通一次信，见一次面。但因这许多年数的不看报，不识世务，不亲笔砚的缘故，终于下了好几次决心，而仍不敢把这心愿来实现。现在好了，关于我的一切结婚的事情的准备，也已经料理到了十之七八，而我那年老的娘，又在打算着于明天一侵早就进城去，早就上床去躺下

① 本篇原载于一九三二年十二月一日《现代》月刊第二卷第二期，有作者附注如下："读者注意！这小说中的人物事迹，当然都是虚拟的，请大家不要误会。"

了。我那可怜的寡妹，也因为白天操劳过了度，这时候似乎也已经坠入了梦乡，所以我可以静静儿的来练这久未写作的笔，实现我这已经怀念了有半个多月的心愿了。

提笔写将下来，到了这里，我真不知将如何的从头写起。和你相别以后，不通闻问的年数，隔得这么的多，读了你的著作以后，心里头触起的感觉情绪，又这么的复杂；现在当这一刻的中间，汹涌盘旋在我脑里想和你谈谈的话，的确，不止像一部二十四史那么的繁而且乱，简直是同将要爆发的火山内层那么的热而且烈，急遽寻不出一个头来。

我们自从房州海岸别来，到现在总也约莫有十多年光景了罢！我还记得那一天晴冬的早晨，你一个人立在寒风里送我上车回东京去的情形。你那篇《南迁》的主人公，写的是不是我？我自从那一年后，竟为这胸腔的恶病所压倒，与你再见一次面和通一封信的机会也没有，就此回国了。学校当然是中途退了学，连生存的希望都没有了的时候，哪里还顾得到将来的立身处世？哪里还顾得到身外的学艺修能？到这时候为止的我的少年豪气，我的绝大雄心，是你所晓得的。同级同乡的同学，只有你和我往来得最亲密。在同一公寓里同住得最长久的，也只有你一个人；时常劝我少用些功，多保养身体，预备将来为国家为人类致大用的，也就是你。每于风和日朗的晴天，拉我上多摩川上井之头公园及武藏野等近郊去散步闲游的，除你以外，更没有别的人了。那几年高等学校时代的愉快的生活，我现在只教一闭上眼，还历历透视得出来。看了你的许多初期的作品，这记忆更加新鲜了。我的所以愈读你的作品，愈想和你通一次信者，原因也就在这些过去的往事的追怀。这些都是你和我两人所共有的过去，我写也没有写得你那么好，就是不写你总也还记得的，所以我不想再说。我打算详详细细向你来作一个报告的，就是从那年冬天回故乡以后的十几年光景的山居养病的生活情形。

那一年冬天咯了血，和你一道上房州去避寒，在不意之中，又遇见了那个肺病少女——是真砂子罢？连她的名字我都忘了——无端惹起了那一场害人害己的恋爱事件。你送我回东京之后，住了一个多礼拜，我就回国来了。我们的老家在离城市有二十来里地的翁家山上，你是晓得的。回家住下，我自己对我的病，倒也没什么惊奇骇异的地方，可是我痰里的血丝，脸上的苍白，和身体的瘦削，却把我那已经守了好几年寡的老母急坏了，因为我那短命的父亲，也是患这同样的病而死去的。于是她就四处的去求神拜佛，采药求医，急得连粗茶淡饭都无心食用，头上的白发，也似乎一天一天的加多起来了。我哩！恋爱已经失败了，学业也已辍了，对于此生，原已没有多大的野心，所以就落得去由她摆布，积极地虽尽不得孝，便消极地尽了我的顺。初回家的一年中间，我简直门外也不出一步，各色各样的奇形的草药，和各色各样的异味的单方，差不多都尝了一个遍。但是怪得很，连我自己都满以为没有希望的这致命的病症，一到了回国后所经过的第二个春天，竟似乎有神助似的忽然减轻了，夜热也不再发，盗汗也居然止住，痰里的血丝早就没有了。我的娘的喜欢，当然是不必说，就是在家里替我煮药缝衣，代我操作一切的我那位妹妹，也同春天的天气一样，时时展开了她的愁眉，露出了她那副特有的真真是讨人欢喜的笑容。到了初夏，我药也已经不服，有兴致的时候，居然也能够和她们一道上山前山后去采采茶，摘摘菜，帮她们去服一点小小的劳役了。是在这一年的——回家后第三年的——秋天，在我们家里，同时候发生了两件似喜而又可悲，说悲却也可喜的悲喜剧。第一，就是我那妹妹的出嫁，第二，就是我定在城里的那家婚约的解除。妹妹那年十九岁了，男家是只隔一支山岭的一家乡下的富家。他们来说亲的时候，原是因为我们祖上是世代读书的，总算是和诗礼人家攀婚的意思。定亲已经定过了四五年了，起初我娘却嫌妹妹年纪太小，不肯马上准他们来迎娶，后来就因为我的病，一搁就又搁起了两三年。到了这一回，我的病总算已经恢复，而妹妹却早到了该结婚的年龄了。男家来一说，我娘也就应允了他们，也算完了她自己的一件心事。至于我的这家亲事呢，却是我父亲在死的前一年为我定下的，女家是城里的一家相当有名的旧家。那时候我的年纪虽还很小，而我们家里的不动产却着实还有一点可观。并且我又是一个长子，将来家里要培植我读书处世是无疑的，所以那一家旧家居然也应允了我的婚事。以现在的眼光看来，这门亲事，当然是我们去竭力高攀的，因为杭州人家的习俗，是吃粥的人家的女儿，非要去嫁吃饭的人家不可的。还有乡下姑娘，嫁往城里，倒是常事，城里的千金小姐，却不大会下嫁到乡下来的，所以当时的这个婚约，起初在根本上就有点儿不对。后来经我父亲的一死，我们家里，丧葬费用，就用去了不少。嗣后年复一年，母子三人，只吃着家里的死饭。亲族戚属，少不得又要对我们孤儿寡妇，时时加以一点剥削。母亲又忠厚无用，在出卖田地山场的时候，也不晓得市价的高低，大抵是任凭族人在从中勾搭。就因这种种关系的结果，到我考取了官费，上日本去留学的那一年，我们这一家世代读书的翁家山上的旧家，已经只剩得一点仅能维持衣食的住屋山场和几块荒田了。当我初次出国的时候，承蒙他们不弃，我那未来的亲家，还送了我些赆仪路费。后来于寒假暑假回国的期间，也曾央原媒来催过完姻。可是接着就是我那致命的病症的发生，与我的学校的中辍，于是两三年中，他们和我们的中间，便自然而然的断绝了交往。到了这一年的晚秋，当我那妹妹嫁后不久的时候，女家忽而又央了原媒来对母亲说："你们的大少爷，有病在身，婚娶的事情，当然是不大相宜的，而他家的小姐，也已经下了绝大的决心，立志终身不嫁了，所以这一个婚约还是解除了的好。"说着就打开包裹，将我们传红时候交去的金玉如意，红绿帖子等，拿了出来，退还了母亲。我那忠厚老实的娘，人虽则无用，但面子却是死要的，一听了媒人的这一番说话，目瞪口僵，立时就滚下了几颗眼泪来。幸亏我在旁边，做好做歹的对娘劝慰了好久，她才含着眼泪，将女家的回礼及八字全帖等检出，交还了原媒。媒人去后，她又上山后我父亲的坟边去大哭了一场。直到傍晚，我和同族邻人等一道去拉她回来，她在路上，还流着满脸的眼泪鼻涕，在很伤心地呜咽。这一出赖婚的怪剧，在我只有高兴，本来是并没有什么大不了的，可是由头脑很旧的她看来，却似乎是翁家世代的颜面家声都被他们剥尽了。自此以后，一直下来，将近十年，我和她母子二人，就日日的寡言少笑，相对茕茕，直到前年的冬天，我那妹夫死去，寡妹回来为止，两人所过的，都是些在炼狱里似的沉闷的日子。

说起我那寡妹，她真也是前世不修。人虽则很长大，身体虽则很强壮，但她的天性，却永远是一个天真活泼的小孩子。嫁过去那一年，来回郎的时候，她还是笑嘻嘻地如同上城里去了一趟回来了的样子，但双满月之后，到年下边回来的时候，从来不晓得悲泣的她，竟对我母亲掉起眼泪来了。她们夫家的公公虽则还好，但婆婆的繁言吝啬，小姑的刻薄尖酸和男人的放荡凶暴，使她一天到晚过不到一刻安闲自在的生活。工作操劳本系是她在家里的时候所惯习的，倒并不以为苦，所最难受的，却是多用一支火柴，也要受婆婆责备的那一种俭约到不可思议的生活状态。还有两位小姑，左一句尖话，右一句毒语，仿佛从前我娘的不准他们早来迎娶，致使她们的哥哥染上了游荡的恶习，在外面养起了女人这一件事情，完全是我妹妹的罪恶。结婚之后，新郎的恶习，仍旧改不过来，反而是在城里他那旧情人家里过的日子多，在新房里过的日子少。这一笔账，当然又要写在我妹妹的身上。婆婆说她不会侍奉男人，小姑们说她不会劝，不会骗。有时候公公看得难受，替她申辩一声，婆婆就尖着喉咙，要骂上公公的脸去："你这老东西！脸要不要，脸要不要，你这扒灰老！"因我那妹夫，过的是这一种不自然的生活，所以前年夏天，就染了急病死掉了，于是我那妹妹又多了一个克夫的罪名。妹妹年轻守寡，公公少不得总要对她客气一点，婆婆在这里就算抓住了扒灰的证据，三日一场吵，五日一场闹，还是小事，有几次在半夜里，两老夫妇还会大哭大骂的喧闹起来。我妹妹于有一回被骂被逼得特别厉害的争吵之后，就很坚决地搬回到了家里来住了。自从她回来之后，我娘非但得到了一个很大的帮手，就是我们家里的沉闷的空气，也缓和了许多。

这就是和你别后，十几年来，我在家里所过的生活的大概。平时非但不上城里去走走，当风雪盈途的冬季，我和我娘简直有好几个月不出门外的时候。我妹妹回来之后，生活又约略变过了。多年不做的焙茶事业，去年也竟出产了一二百斤。我的身体，经了十几年的静养，似乎也有一点把握了。从今年起，我并且在山上的晏公祠里参加入了一个训蒙的小学，居然也做了一位小学教师。但人生是动不得的，稍稍一动，就如滚石下山，变化便要连接不断的簇生出来。我因为在教教书，而家里头又勉强地干起了一点事业，今年夏季居然又有人来同我议婚了。新娘是近邻乡村里的一位老处女，今年二十七岁，家里虽称不得富有，可也是小康之家。这位新娘，因为从小就读了些书，曾在城里进过学堂，相貌也还过得去——好几年前，我曾经在一处市场上看见过她一眼的——故而高不凑，低不就，等闲便度过了她的锦样的青春。我在教书的学校里的那位名誉校长——也是我们的同族——本来和她是旧亲，所以这位校长，就在中间做了个传红线的冰人。我独居已经惯了，并且身体也不见得分外强健，若一结婚，难保得旧病的不会复发，故而对这门亲事当初是断然拒绝了的。可是我那年老的母亲，却仍是雄心未死，还在想我结一头亲，生下几个玉树芝兰来，好重振重振我们的这已经坠落了很久的家声，于是这亲事就又同当年生病的时候服草药一样，勉强地被压上我的身上来了。我哩，本来也已经入了中年了，百事原都看得很穿，又加以这十几年的疏散和无为，觉得在这世上任你什么也没甚大不了的事情，落得随随便便的过去，横竖是来日也无多了，只教我母亲喜欢的话，那就是我稍稍牺牲一点意见也使得。于是这婚议，就在很短的时间里，成熟得妥妥帖帖，现在连迎娶的日期也已经拣好了，是旧历九月十二。

是因为这一次的结婚，我才进城里去买东西，才发见了多年不见的你这老友的存在，所以结婚之日，我想请你来我这里吃喜酒，大家来谈谈过去的事情。你的生活，从你的日记和著作中看来，本来也是同云游的僧道一样的。让出一点工夫来，上这一区僻静的乡间来住几日，或者也是你所喜欢的事情。你来，你一定来，我们又可以回顾回顾一去而不复返的少年时代。

我娘的房间里，有起响动来了，大约天总就快亮了罢。这一封信，整整地费了我一夜的时间和心血。通宵不睡，是我回国以后十几年来不曾有过的经验，你单只看取了我的这一点热忱，我想你也不好意思不来。

啊，鸡在叫了，我不想再写下去了，还是让我们见面之后再来谈罢！

一九三二年九月　翁则生上

刚在北平住了个把月，重回到上海的翌日，和我进出的一家书铺里，就送了这一封挂号加邮托转交的厚信来。我接到了这信，捏在手里，起初还以为是一位我认识的作家，寄了稿子来托我代售的。但翻转信背一看，却是杭州翁家山的翁某某所发，我立时就想起了那位好学不倦，面容妩媚，多年不相闻问的旧同学老翁。他的名字叫翁矩，则生是他的小名。人生得短小娟秀，皮色也很白净，因而看起来总觉得比他的实际年龄要小五六岁。在我们的一班里，算他的年纪最小，操体操的时候，总是他立在最后的，但实际上他也只不过比我小了两岁。那一年寒假之后，和他同去房州避寒，他的左肺尖，已经被结核菌损蚀得很厉害了。住不上几天，一位也住在那近边养肺病的日本少女，很热烈地和他要好了起来，结果是那位肺病少女的因兴奋而病剧，他也就同失了舵的野船似的迁回到了中国。以后一直十多年，我虽则在大学里毕了业，但关于他的消息，却一向还不曾听见有人说起过。拆开了这封长信，上书室去坐下，从头至尾细细读完之后，我呆视着远处，茫茫然如失了神的样子，脑子里也触起了许多感慨与回思。我远远的看出了他的那种柔和的笑容，听见了他的沉静而又清澈的声气。直到天将暗下去的时候，我一动也不动，还坐在那里呆想，而楼下的家人却来催吃晚饭了。在吃晚饭的中间，我就和家里的人谈起了这位老同学，将那封长信的内容约略说了一遍。家里的人，就劝我落得上杭州去旅行一趟，像这样的秋高气爽的时节，白白地消磨在煤烟灰土很深的上海，实在有点可惜，有此机会，落得去吃吃他的喜酒。

第二天仍旧是一天晴和爽朗的好天气，午后二点钟的时候，我已经到了杭州城站，在雇车上翁家山去了。但这一天，似乎是上海各洋行与机关的放假的日子，从上海来杭州旅行的人，特别的多。城站前面停在那里候客的黄包车，都被火车上下来的旅客雇走了，不得已，我就只好上一家附近的酒店去吃午饭。在吃酒的当中，问了问堂倌以去翁家山的路径，他便很详细地指示我说：

"你只教坐黄包车到旗下的陈列所，搭公共汽车到四眼井下来走上去好了。你又没有行李，天气又这么的好，坐黄包车直去是不上算的。"

得到了这一个指教，我就从容起来了，慢慢的喝完了半斤酒，吃了两大碗饭，从酒店出来，使坐车到了旗下。恰好是三点前后的光景，湖六段的汽车刚载满了客人，要开出去。我到了四眼井下车，从山下稻田中间的一条石板路走进满觉陇去的时候，太阳已经平西到了三五十度斜角度的样子，是牛羊下来，行人归舍的时刻了。在满觉陇的狭路中间，果然遇见了许多中学校的远足归来的男女学生的队伍。上水乐洞口去坐下喝了一碗清茶，又拉住了一位农夫，问了声翁则生的名字，他就晓得得很详细似的告诉我说：

"是山上第二排的朝南的一家，他们那间楼房顶高，你一上去就可以看得见的。则生要讨新娘子了，这几天他们正在忙着收拾。这时候则生怕还在晏公祠的学堂里哩。”

谢过了他的好意，付过了茶钱，我就顺着上烟霞洞去的石级，一步一步的走上了山去。渐走渐高，人声人影是没有了，在将暮的晴天之下，我只看见了许多树影。在半山亭里立住歇了一歇，回头向东南一望，看得见的，只是些青葱的山和如云的树，在这些绿树丛中又是些这儿几点，那儿一簇的屋瓦与白墙。

“啊啊，怪不得他的病会得好起来了，原来翁家山是在这样的一个好地方。”

烟霞洞我儿时也曾来过的，但当这样晴爽的秋天，于这一个西下夕阳东上月的时刻，独立在山中的空亭里，来仔细赏玩景色的机会，却还不曾有过。我看见了东天的已经满过半弓的月亮，心里正在羡慕翁则生他们老家的处地的幽深，而从背后又吹来了一阵微风，里面竟含满着一种说不出的撩人的桂花香气。

“啊……”

我又惊异了起来：

“原来这儿到这时候还有桂花？我在以桂花著名的满觉陇里，倒不曾看到，反而在这一块冷僻的山里面来闻吸浓香，这可真也是奇事了。”

这样的一个人独自在心中惊异着，闻吸着，赏玩着，我不知在那空亭里立了多少时候，突然从脚下树丛深处，却幽幽的有晚钟声传过来了，东嗡，东嗡地这钟声实在真来得缓慢而凄清。我听得耐不住了，拔起脚跟，一口气就走上了山顶，走到了那个山下农夫曾经教过我的烟霞洞西面翁则生家的近旁。约莫离他家还有半箭路远的时候，我一面喘着气，一面就放大了喉咙向门里面叫了起来：

“喂，老翁！老翁！则生！翁则生！”

听见了我的呼声，从两扇关在那里的腰门里开出来答应的却不是被我所唤的翁则生自己，而是我从来也没有见过面的，比翁则生略高三五分的样子，身体强健，两颊微红，看起来约莫有二十四五的一位女性。

她开出了门，一眼看见了我，就立住脚惊疑似的略呆了一呆。同时我看见她脸上却涨起了一层红晕，一双大眼睛眨了几眨，深深地吞了一口气。她似乎已经镇静下去了，便很腼腆地对我一笑。在这一脸柔和的笑容里，我立时就看到了翁则生的面相与神气，当然她是则生的妹妹无疑了，走上了一步，我就也笑着问她说：

“则生不在家么？你是他的妹妹不是？”

听了我这一句问话，她脸上又红了一红，柔和地笑着，半俯了头，她方才轻轻地回答我说：

“是的，大哥还没有回家，你大约是上海来的客人罢？吃中饭的时候，大哥还在说哩！”

这沉静清澈的声气，也和翁则生的一色而没有两样。

“是的，我是从上海来的。”

我接着说：

“我因为想使则生惊骇一下，所以电报也不打一个来通知，接到他的信后，马上就动身来了。不过你们大哥的好日也太逼近了，实在可也没有写一封信来通知的时间余裕。”

“你请进来罢，坐坐吃碗茶，我马上去叫了他来，怕他听到了你来，真要惊喜得像疯了一样哩。”

走上台阶，我还没有进门，从客堂后面的侧门里，却走出了一位头发雪白，面貌清癯，大约有六十内外的老太太来。她的柔和的笑容，也是和她的女儿儿子的笑容一色一样的。似乎已经听见了我们在门口所交换过的谈话了，她一开口就对我说：

“是郁先生么？为什么不写一封快信来通知？则生中上还在说，说你若要来，他打算进城上车站去接你去的。请坐，请坐，晏公祠只有十几步路，让我去叫他来罢，怕他真要高兴得像什么似的哩。”说完了，她就朝向了女儿，吩咐她上厨下去烧碗茶来。她自己却踏着很平稳的脚步，走出大门，下台阶去通知则生去了。

“你们老太太倒还轻健得很。”

“是的，她老人家倒还好。你请坐罢，我马上起了茶来。”

她上厨下去起茶的中间，我一个人，在客堂里倒得了一个细细观察周围的机会。则生他们的住屋，是一间三开间而有后轩后厢房的楼房。前面阶沿外走落台阶，是一块可以造厅造厢楼的大空地。走过这块数丈见方的空地，再下两级台阶，便是村道了。越村道而下，再低数尺，又是一排人家的房子。但这一排房子，因为都是平屋，所以挡不杀翁则生他们家里的眺望。立在翁则生家的空地里，前山后山的山景，是依旧历历可见的。屋前屋后，一段一段的山坡上，都长着些不大知名的杂树，三株两株夹在这些杂树中间，树叶短狭，叶与细枝之间，满撒着锯末似的黄点的，却是木犀花树。前一刻在半山空亭里闻到的香气，源头原来就系出在这一块地方的。太阳似乎已下了山，澄明的光里，已经看不见日轮的金箭，而山脚下的树梢头，也早有一带晚烟笼上了。山上的空气，真静得可怜，老远老远的山脚下的村里，小儿在呼唤的声音，也清晰地听得出来。我在空地里立了一会，背着手又踱回到了翁家的客厅，向四壁挂在那里的书画一看，却使我想起了翁则生信里所说的事实。琳琅满目，挂在那里的东西，果然是件件精致，不像是乡下人家的俗恶的客厅。尤其使我看得有趣的，是陈豪写的一堂《归去来辞》的屏条，墨色的鲜艳，字迹的秀腴，有点像董香光而更觉得柔媚。翁家的世代书香，只须上这客厅里来一看就可以知道了。我立在那里看字画还没有看得周全，忽而背后门外老远的就飞来了几声叫声：

“老郁！老郁！你来得真快！”

翁则生从小学校里跑回来了，平时总很沉静的他，这时候似乎也感到了一点兴奋。一走进客堂，他握住了我的两手，尽在喘气，有好几秒钟说不出话来。等落在后面的他娘走到的时候，三人才各放声大笑了起来。这时候他妹妹也已经将茶烧好，在一个朱漆盘里放着三碗搬出来摆上桌子来了。

“你看，则生这小孩，他一听见我说你到了，就同猴子似的跳回来了。”他娘笑着对我说。

“老翁！说你生病生病，我看你倒仍旧不见得衰老得怎么样，两人比较起来，怕还是我老得多哩？”

我笑说着，将脸朝向了他的妹妹，去征她的同意。她笑着不说话，只在守视着我们的欢喜笑乐的样子。则生把头一扭，向他娘指了一指，就接着对我说：

“因为我们的娘在这里，所以我不敢老下去吓。并且媳妇儿也还不曾娶到，一老就得做老光棍了，那还了得！”

经他这么一说，四个人重又大笑起来了，他娘的老眼里几乎笑出了眼泪。则生笑了一会，就重新想起了似的替他妹妹介绍说：

“这是我的妹妹，她的事情，你大约是晓得的罢？我在那信里是写得很详细的。”

“我们可不必你来介绍了，我上这儿来，头一个见到的就是她。”

“噢，你们倒是有缘啊！莲，你猜这位郁先生的年纪，比我大呢，还是比我小？”

他妹妹听了这一句话，面色又涨红了，正在嗫嚅困惑的中间，她娘却止住了笑，问我说：

“郁先生，大约是和则生上下年纪罢？”

“那里的话，我要比他大得多哩。”

“娘，你看还是我老呢，还是他老？”

则生又把这问题转向了他的母亲。他娘仔细看了我一眼，就对他笑骂般的说：

“自然是郁先生来得老成稳重，谁更像你那样的不脱小孩子脾气呢！”

说着，她就走近了桌边，举起茶碗来请我喝茶。我接过来喝了一口，在茶里又闻到了一种实在是令人欲醉的桂花香气。掀开了茶碗盖，我俯首向碗里一看，果然在绿莹莹的茶水里散点着有一粒一粒的金黄的花瓣。则生以为我在看茶叶，自己拿起了一碗喝了一口，他就对我说：

“这茶叶是我们自己制的，你说怎么样？”

“我并不在看茶叶，我只觉这触鼻的桂花香气，实在可爱得很。”

“桂花吗？这茶叶里的还是第一次开的早桂，现在在开的迟桂花，才有味哩！因为开得迟，所以日子也经得久。”

“是的是的，我一路上走来，在以桂花著名的满觉陇里，倒闻不着桂花的香气。看看两旁的树上，都只剩了一簇一簇的淡绿的桂花托子了，可是到了这里，却同做梦似的，所闻吸的尽是这种浓艳的气味。老翁，你大约是已经闻惯了，不觉得什么罢？我……我……”

说到了这里，我自家也忍不住笑了起来。则生尽管在追问我，“你怎么样？你怎么样？”到了最后，我也只好说了：

“我，我闻了，似乎要起性欲冲动的样子。”

则生听了，马上就大笑了起来，他的娘和妹妹虽则并没有明确地了解我们的说话的内容，但也晓得我们是在说笑话，母女俩便含着微笑，上厨下去预备晚饭去了。

我们两人在客厅上谈谈笑笑，竟忘记了点灯，一道银样的月光，从门里洒进来。则生看见了月亮，就站起来想去拿煤油灯，我却止住了他，说：

“在月光底下清谈，岂不是很好么？你还记不记得起，那一年在井之头公园里的一夜游行？”

所谓那一年者，就是翁则生患肺病的那一年秋天。他因为用功过度，变成了神经衰弱症。有一天，他课也不去上，竟独自一个在公寓里发了一天的疯。到了傍晚，他饭也不吃，从公寓里跑出去了。我接到了公寓主人的注意，下学回来，就远远的在守视着他，看他走出了公寓，就也追踪着他，远远地跟他一道到了井之头公园。从东京到井之头公园去的高架电车，本来是有前后的两乘，所以在电车上，我和他并不遇着。直到下车出车站之后，我假装无意中和他冲见了似的同他招呼了。他红着双颊，问我这时候上这野外来干什么，我说是来看月亮的，记得那一晚正是和这天一样地有月亮的晚上。两人笑了一笑，就一道的在井之头公园的树林里走到了夜半方才回来。后来听他的自白，他是在那一天晚上想到井之头公园去自杀的，但因为遇见了我，谈了半夜，胸中的烦闷，有一半消散了，所以就同我一道又转了回来。“无限胸中烦闷事，一宵清话又成空！”他自白的时候，还念出了这两句诗来，借作解嘲。以后他就因伤风而发生了肺炎，肺炎愈后，就一直的为结核菌所压倒了。

谈了许多怀旧话后，话头一转，我就提到了他的这一回的喜事。

“这一回的喜事么？我在那信里也曾和你说过。”

谈话的内容，一从空想追怀转向了现实，他的声气就低了下去，又回复了他旧日的沉静的态度。

“在我是无可无不可的，对这事情最起劲的，倒是我的那位年老的娘。这一回的一切准备麻烦，都是她老人家在替我忙的。这半个月中间，她差不多日日跑城里。现在是已经弄得完完全全，什么都预备好了，明朝一日，就要来搭灯彩，下午是女家送嫁妆来，后天就是正日。可是老郁，有一件事情，我觉得很难受，就是莲儿——这是我妹妹的小名——近来，似乎是很不高兴的样子，她话虽则不说，但因为她是很天真的缘故，所以在态度上表情上处处我都看得出来。你是初同她见面，所以并不觉得什么，平时她着实要活泼哩，简直活泼得同现代的那些时髦女郎一样，不过她的活泼是天性的纯真，而那些现代女郎，却是学来的时髦。……按说哩，这心绪的恶劣，也是应该的，她虽则是一个纯真的小孩子，但人非木石，究竟总有一点感情，看到了我们这里的婚事热闹，无论如何，总免不得要想起她自己的身世凄凉的。并且还有一个最重要的动机，仿佛是她在觉得自己今后的寄身无处。这儿虽是娘家，但她却是已经出过嫁的女儿了，哥哥讨了嫂嫂，她还有什么权利再寄食在娘家呢？所以我当这婚事在谈起的当初，就一次两次的对她说过了，不管她怎样，她总是我的妹妹，除非她要再嫁，则没有话说，要是不然的话，那她是一辈子有和我同居，和我对分财产的权利的，请她千万不要自己感到难过。这一层意思，她原也明白，我的性情，她是晓得的，可是不晓得怎么，她近来似乎总有点不大安闲的样子。你来得正好，顺便也可以劝劝她。并且明天发嫁妆结灯彩之类的事情，怕她看了又要想到自己的身世，我想明朝一早就叫她陪你出去玩去，省得她在家里一个人在暗中受苦。”

“那好极了，我明天就陪她出去玩一天回来。”

“那可不对，假使是你陪她出去玩的话，那是形迹更露，愈加要使她难堪了。非要装作是你要她去作陪不行。仿佛是你想出去玩，但我却没有工夫陪你，所以只好勉强请她和你一道出去。要这样，她才安逸。”

“好，好，就这么办，明天我要她陪我去逛五云山去。”

正谈到了这里，他的那位老母从客室后面的那扇侧门里走出来了，看到了我们坐在微明灰暗的客室里谈天，她又笑了起来说：

“十几年不见的一段总账，你们难道想在这几刻工夫里算它清来么？有什么话谈得那么起劲，连灯都忘了点一点？则生，你这孩子真像是疯了，快立起来，把那盏保险灯点上。”

说着她又跑回到了厨下，去拿了一盒火柴出来。则生爬上桌子，在点那盏悬在客室正中的保险灯的时候，她就问我吃晚饭之先，要不要喝酒。则生一边在点灯，一边就从肩背上叫他娘说：

“娘，你以为他也是肺痨病鬼么？郁先生是以喝酒出名的。”

“那么你快下来去开坛去罢，今天挑来的那两坛酒，不晓得好不好，请郁先生尝尝看。”

他娘听了他的话后，就也昂起了头，一面在看他点灯，一面在催他下来去开酒去。

“幸而是酒，请郁先生先尝一尝新，倒还不要紧，要是新娘子，那可使不得。”

他笑说着从桌子上跳了下来，他娘眼睛望着了我，嘴唇却朝着了他啐了一声说：

“你看这孩子，说话老是这样不正经的！”

“因为他要做新郎官了，所以在高兴。”

我也笑着对他娘说了一声，旋转身就一个人踱出了门外，想看一看这翁家山的秋夜的月明，屋内且让他们母子俩去开酒去。

月光下的翁家山，又不相同了。从树枝里筛下来的千条万条的银线，像是电影里的白天的外景。不知躲在什么地方的许多秋虫的鸣唱，骤听之下，满以为在下急雨。白天的热度，日落之后，忽然收敛了，于是草木很多的这深山顶上，就也起了一层白茫茫的透明雾障。山上电灯线似乎还没有接上，远近一家一家看得见的几点煤油灯光，仿佛是大海湾里的渔灯野火。一种空山秋夜的沉默的感觉，处处在高压着人，使人肃然会起一种畏敬之思。我独立在庭前的月光亮里看不上几分钟，心里就有点寒竦竦的怕了起来，回身再走回客室，酒菜杯筷，都已热气蒸腾的摆好在那里候客了。

四个人当吃晚饭的中间，则生又说了许多笑话。因为在前回听取了一番他所告诉我的衷情之后，我于举酒杯的瞬间，偷眼向他妹妹望望，觉得在她的柔和的笑脸上，的确似乎是有一种说不出的悲寂的表情流露在那里的样子。这一餐晚饭，吃尽了许多时间，我因为白天走路走得不少，而谈话之后又感到了一点兴奋，肚子有点饿了，所以酒和菜，竟吃得比平时要多一倍。到了最后将快吃完的当儿，我就向则生提出说：

"老翁，五云山我倒还没有去玩过，明天你可不可以陪我一道去玩一趟？"

则生仍复以他的那种滑稽的口吻回答我说：

"到了结婚的前一日，新郎官哪里走得开呢，还是改天再去罢。等新娘子来了之后，让新郎新娘抬了你去烧香，也还不迟。"

我却仍复主张着说，明天非去不行。则生就说：

"那么替你去叫一顶轿子来，你坐了轿子去，横竖是明天轿夫会来的。"

"不行不行，游山玩水，我是喜欢走的。"

"你认得路么？"

“你们这一种乡下的僻路，我哪里会认得呢？”

“那就怎么办呢？……”

则生抓着头皮，脸上露出了一脸为难的神气。停了一二分钟，他就举目向他的妹妹说：

“莲！你怎么样！你是一位女豪杰，走路又能走，地理又熟悉，你替我陪了郁先生去怎么样？”

他妹妹也笑了起来，举起眼睛来向她娘看了一眼。接着她娘就说：

“好的，莲，还是你陪了郁先生去罢，明天你大哥是走不开的。”

我一看她脸上的表情，似乎已经有了答应的意思了，所以又追问了她一声说：

“五云山可着实不近哩，你走得动的么？回头走到半路，要我来背，那可办不到。”

她听了这话，就真同从心坎里笑出来的一样笑着说：

“别说是五云山，就是老东岳，我们也一天要往返两次哩。”

从她的红红的双颊，挺突的胸脯，和肥圆的肩臂看来，这句话也决不是她夸的大口。吃完晚饭，又谈了一阵闲天，我们因为明天各有忙碌的操作在前，所以一早就分头到房里去睡了。

山中的清晓，又是一种特别的情景。我因为昨天夜里多喝了一点酒，上床去一睡，就同大石头掉下海里似的，一直就酣睡到了天明。窗外面吱吱唧唧的鸟声喧噪得厉害，我满以为还是夜半，月明将野鸟惊醒了，但睁开眼掀开帐子来一望，窗内窗外已饱浸着晴天爽朗的清晨光线，窗子上面的一角，却已经有一缕朝阳的红箭射到了。急忙滚出了被窝，穿起衣服，跑下楼去一看，他们母子三人，也已梳洗得妥妥服服，说是已经在做了个把钟头的事情之后。平常他们总是于五点钟前后起床的。这一种日出而作，日入而息的山中住民的生活秩序，又使我对他们感到了无穷的敬意。四人一道吃过了早餐，我和则生的妹妹，就整了一整行装，预备出发。临行之际，他娘又叫我等一下子，她很迅速地跑上楼上去取了一支黑漆手杖下来，说，这是则生生病的时候用过的，走山路的时候，用它来撑扶撑扶，气力要省得多。我谢过了她的好意，就让则生的妹妹上前带路，走出了他们的大门。

早晨的空气，实在澄鲜得可爱。太阳已经升高了，但它的领域，还只限于屋檐，树梢，山顶等突出的地方。山路两旁的细草上，露水还没有干，而一味清凉触鼻的绿色草气，和入在桂花香味之中，闻了好像是宿梦也能摇醒的样子。起初还在翁家山村内走着，则生的妹妹，对村中的同性，三步一招呼，五步一立谈的应接得忙不暇给。走尽了这村子的最后一家，沿了入谷的一条石板路走上下山面的时候，遇见的人也没有了，前面的眺望，也转换了一个样子。朝我们去的方向看去，原又是冈峦的起伏和别墅的纵横，但稍一住脚，掉头向东面一望，一片同呵了一口气的镜子似的湖光，却躺在眼下了。远远从两山之间的谷顶望去，并且还看得出一角城里的人家，隐约藏躲在尚未消尽的湖雾当中。

我们的路先朝西北，后又向西南，先下了山坡，后又上了山背，因为今天有一天的时间，可以供我们消磨，所以一离了村境，我就走得特别的慢。每这里看看，那里看看的看个不住。若看见了一件稍可注意的东西，那不管它是风景里的一点一堆，一山一水，或植物界的一草一木与动物界的一鸟一虫，我总要拉住了她，寻根究底的问得它仔仔细细。说也奇怪，小时候只在村里的小学校里念过四年书的她——这是她自己对我说的——对于我所问的东西，却没有一样不晓得的。关于湖上的山水古迹，庙宇楼台哩，那还不要去管它，大约是生长在西湖附近的人，个个都能够说出一个大概来的，所以她的知道得那么详细，倒还在情理之中，但我觉得最奇怪的，却是她的关于这西湖附近的区域之内的种种动植物的知识。无论是如何小的一只鸟，一个虫，一株草，一棵树，她非但各能把它们的名字叫出来，并且连几时孵化，几时他迁，几时鸣叫，几时脱壳，或几时开花，几时结实，花的颜色如何，果的味道如何等，都说得非常有趣而详尽，使我觉得仿佛是在读一部活的桦候脱的《赛儿鹏自然史》（G.White's *Natural History and Antiquities of Selborne*）[①]。而桦候脱的书，却决没有叙述得她那么朴质自然而富于刺激，因为听听她那种舒徐清澈的语气，看看她那一双天生成像饱使过耐吻胭脂棒般的红唇，更加上以她所特有的那一脸微笑，在知识分子之外还不得不添一种情的成分上去，于书的趣味之上更要兼一层人的风韵在里头。我们慢慢的谈着天，走着路，不上一个钟头的光景，我竟恍恍惚惚，像又回复了青春时代似的完全为她迷倒了。

她的身体，也真发育得太完全，穿的虽是一件乡下裁缝做的不大合式的大绸夹袍，但在我的前面一步一步的走去，非但她的肥突的后部，紧密的腰部，和斜圆的胫部的曲线，看得要簇生异想，就是她的两只圆而且软的肩膊，多看一歇，也要使我贪鄙起来。立在她的前面和她讲话哩，则那一双水汪汪的大眼，那一个隆正的尖鼻，那一张红白相间的椭圆嫩脸，和因走路走得气急，一呼一吸涨落得特别快的那个高突的胸脯，又要使我恼杀。还有她那一头不曾剪去的黑发哩，梳的虽然是一个自在的懒髻，但一映到了她那个圆而且白的额上，和短而且腴的颈际，看起来，又格外的动人。总之，我在昨天晚上，不曾在她身上发见的康健和自然的美点，今

① 吉尔伯特·怀特（1720—1793）著的《塞尔伯恩博物志》。

天因这一回的游山，完全被我观察到了。此外我又在她的谈话之中，证实了翁则生也和我曾经讲到过的她的生性的活泼与天真。譬如我问她今年几岁了？她说，二十八岁。我说这真看不出，我起初还以为你只有二十三四岁，她说，女人不生产是不大会老的。我又问她，对于则生这一回的结婚，你有点什么感触？她说，另外也没有什么，不过以后长住在娘家，似乎有点对不起大哥和大嫂。像这一类的纯粹真率的谈话，我另外还听取了许多许多，她的朴素的天性，真真如翁则生之所说，是一个永久的小孩子的天性。

爬上了龙井狮子峰下的一处平坦的山顶，我于听了一段她所讲的如何栽培茶叶，如何摘取焙烘，与那时候的山家生活的如何紧张而有趣的故事之后，便在路旁的一块大岩石上坐下了。遥对着在晴天下太阳光里躺着的杭州城市，和近水遥山，我的双眼只凝视着苍空的一角，有半晌不曾说话。一边在我的脑里，却只在回想着德国的一位名延生（Jensen）的作家所著的一部小说《野紫薇爱立喀》（*Die Braune Erika*）。这小说后来又有一位英国的作家哈特生（Hudson）摹仿了，写了一部《绿阴》（*Green Mansions*）。两部小说里所描写的，都是一个极可爱的生长在原野里的天真的女性，而女主人公的结果，后来都是不大好的。我沉默着痴想了好久，她却从我背后用了她那只肥软的右手很自然地搭上了我的肩膀。

"你一声也不响的在那里想什么？"

我就伸上手去把她的那只肥手捏住了，一边就扭转了头微笑着看入了她的那双大眼，因为她是坐在我的背后的。我捏住了她的手又默默对她注视了一分钟，但她的眼里脸上却丝毫也没有羞惧兴奋的痕迹出现，她的微笑，还依旧同平时一点儿也没有什么的笑容一样。看了我这一种奇怪的形状，她过了一歇，反又很自然的问我说：

“你究竟在那里想什么？”

倒是我被她问得难为情起来了，立时觉得两颊就潮热了起来。先放开了那只被我捏住在那儿的她的手，然后干咳了两声，最后我就鼓动了勇气，发了一声同被绞出来似的答语：

“我……我在这儿想你！”

“是在想我的将来如何的和他们同住么？”

她的这句反问，又是非常的率真而自然，满以为我是在为她设想的样子。我只好沉默着把头点了几点，而眼睛里却酸溜溜的觉得有点热起来了。

“啊，我自己倒并没有想得什么伤心，为什么，你，你却反而为我流起眼泪来了呢？”

她像吃了一惊似的立了起来问我，同时我也立起来了，且在将身体起立的行动当中，乘机拭去了我的眼泪。我的心地开朗了，欲情也净化了，重复向南慢慢走上岭去的时候，我就把刚才我所想的心事，尽情告诉了她。我将那两部小说的内容讲给了她听，我将我自己的邪心说了出来，我对于我刚才所触动的那一种自己的心情，更下了一个严正的批判，末后，便这样的对她说：

“对于一个洁白得同白纸似的天真小孩，而加以玷污，是不可赦免的罪恶。我刚才的一念邪心，几乎要使我犯下这个大罪了。幸亏是你的那颗纯洁的心，那颗同高山上的深雪似的心，却救我出了这一个险。不过我虽则犯罪的形迹没有，但我的心，却是已经犯过罪的。所以你要罚我的话，就是处我以死刑，我也毫无悔恨。你若以为我是那样卑鄙，而将来永没有改善的希望的话，那今天晚上回去之后，向你大哥母亲，将我的这一种行为宣布了也可以。不过你若以为这是我的一时糊涂，将来是永也不会再犯的话，那请你相信我的誓言，以后请你当我作你大哥一样那么的看待，你若有急有难，有不了的事情，我总情愿以死来代替着你。”

当我在对她作这些忏悔的时候，两人起初是慢慢在走的，后来又在路旁坐下了。说到了最后的一节，倒是她反同小孩子似的发着抖，捏住了我的两手，倒入了我的怀里，呜呜咽咽的哭了起来。我等她哭了一阵之后，就拿出了一块手帕来替她揩干了眼泪，将我的嘴唇轻轻地搁到了她的头上。两人偎抱着沉默了好久，我又把头俯了下去，问她，我所说的这段话的意思，究竟明白了没有。她眼看着了地上，把头点了几点。我又追问了她一声：

“那么你承认我以后做你的哥哥了不是？”

她又俯视着把头点了几点，我撒开了双手，又伸出去把她的头捧了起来，使她的脸正对着了我。对我凝视了一会，她的那双泪珠还没有收尽的水汪汪的眼睛，却笑起来了。我乘势把她一拉，就同她搀着手并立了起来。

“好，我们是已经决定了，我们将永久地结作最亲爱最纯洁的兄妹。时候已经不早了，让我们快一点走，赶上五云山去吃午饭去。”

我这样说着，搀着她向前一走，她也恢复了早晨刚出发的时候的元气，和我并排着走向了前面。

两人沉默着向前走了几十步之后，我侧眼向她一看，同奇迹似的忽而在她的脸上看出了一层一点儿忧虑也没有的满含着未来的希望和信任的圣洁的光耀来。这一种光耀，却是我在这一刻以前的她的脸上从没有看见过的。我愈看愈觉得对她生起敬爱的心思来了，所以不知不觉，在走路的当中竟接连着看了她好几眼。本来只是笑嘻嘻地在注视着前面太阳光里的五云山的白墙头的她，因为我的脚步的迟乱，似乎也感觉到了我的注意力的分散了，将头一侧，她的双眼，却和我的视线接成了两条轨道。她又笑起来了，同时也放慢了脚步。再向我看了一眼，她才腼腆地开始问我说：

“那我以后叫你什么呢？”

“你叫则生叫什么，就叫我也叫什么好了。”

“那么——大哥！”

大哥的两字，是很急速的紧连着叫出来的，听到了我的一声高声的“啊！”的应声之后，她就涨红了脸，撒开了手，大笑着跑上前面去了。一面跑，一面她又回转头来，“大哥！”“大哥！”的接连叫了我好几声。等我一面叫她别跑，一面我自己也跑着追上了她背后的时候，我们的去路已经变成了一条很窄的石岭，而五云山的山顶，看过去也似乎是很近了。仍复了平时的脚步，两人分着前后，在那条窄岭上缓步的当中，我才觉得真真是成了她的哥哥的样子，满含着了慈爱，很正经地吩咐她说：

“走得小心，这一条岭多么险啊！”

走到了五云山的财神殿里，太阳刚当正午，庙里的人已经在那里吃中饭了。我们因为在太阳底下的半天行路，口已经干渴得像旱天的树木一样，所以一进客堂去坐下，就教他们先起茶来，然后再开饭给我们吃。洗了一个手脸，喝了两三碗清茶，静坐了十几分钟，两人的疲劳兴奋，都已平复了过去，这时候饥饿却抬起头来了，于是就又催他们快点开饭。这一餐只我和她两人对食的五云山上的中餐，对于我正敌得过英国诗人所幻想着的亚力山大王的高宴。若讲到心境的满足，和谐，与食欲的高潮亢进，那恐怕亚力山大王还远不及当时的我。

吃过午饭，管庙的和尚又领我们上前后左右去走了一圈。这五云山，实在是高，立在庙中阁上，开窗向东北一望，湖上的群山，都像是青色的土堆了。本来西湖的山水的妙处，就在于它的比舞台上的布景又真实伟大一点，而比各处的名山大川又同盆景似的整齐渺小一点这地方。而五云山的气概，却又完全不同了。以其山之高与境的僻，一般脚力不健的游人是不会到的，就在这一点上，五云山已略备着名山的资格了，更何况前面远处，蜿蜒盘曲在青山绿野之间的，是一条历史上也着实有名的钱塘江水呢？所以若把西湖的山水，比作一只锁在铁笼子里的白熊来看，那这五云山峰与钱塘江水，便是一只深山的野鹿。笼里的白熊，是只能满足满足胆怯无力者的冒险雄心的；至于深山的野鹿，虽没有高原的狮虎那么雄壮，但一股自由奔放之情，却可以从它那里摄取得来。

我们在五云山的南面又看了一会钱塘江上的帆影与青山，就想动身上我们的归路了，可是举起头来一望，太阳还在中天，只西偏了没有几分。从此地回去，路上若没有耽搁，是不消两个钟头就能到翁家山上的；本来是打算出来把一天光阴消磨过去的我们，回去得这样的早，岂不是辜负了这大好的时间了么？所以走到了五云山西南角的一条狭路边上的时候，我就又立了下来，拉着了她的手亲亲热热地问了她一声：

“莲，你还走得动走不动？”

“起码三十里路总还可以走的。”

她说这句话的神气，是富有着自信和决断，一点也不带些夸张卖弄的风情，真真是自然到了极点，所以使我看了不得不伸上手去，向她的下巴底下拨了一拨。她怕痒；缩着头颈笑起来了，我也笑开了大口，对她说：

“让我们索性上云栖去罢！这一条是去云栖的便道，大约走下去，总也没有多少路的，你若是走不动的话，我可以背你。”

两人笑着说着，似乎只转瞬之间，已经把那条狭窄的下山便道走尽了大半了。山下面尽是些绿玻璃似的翠竹，西斜的太阳晒到了这条坞里，一种又清新又寂静的淡绿色的光同清水一样，满浸在这附近的空气里在流动。我们到了云栖寺里坐下，刚喝完了一碗茶，忽而前面的大殿上，有嘈杂的人声起来了，接着就走进了两位穿着分外宽大的黑布和尚衣的老僧来。知客僧便指着他们夸耀似的对我们说：

“这两位高僧，是我们方丈的师兄，年纪都快八十岁了，是从城里某公馆里回来的。”

城里的某巨公，的确是一位佞佛的先锋，他的名字，我本系也听见过的，但我以为同和尚来谈这些俗天，也不大相称，所以就把话头扯了开去，问和尚大殿上的嘈杂的人声，是为什么而起的。知客僧轻鄙似的笑了一笑说：

“还不是城里的轿夫在敲酒钱？轿钱是公馆里付了来的，这些穷人心实在太凶。”

这一个伶俐世俗的知客僧的说话，我实在听得有点厌起来了，所以就要求他说：

“你领我们上寺前寺后去走走罢？”

我们看过了“御碑”及许多石刻之后，穿出大殿，那几个轿夫还在咕噜着没有起身。我一半也觉得走路走得太多了，一半也想给那个知客僧以一点颜色看看，所以就走了上去对轿夫说：

“我给你们两块钱一个人，你们抬我们两人回翁家山去好不好？”

轿夫们喜欢极了，同打过吗啡针后的鸦片嗜好者一样，立时将态度一变，变得有说有笑了。

知客僧又陪我们到了寺外的修竹丛中，我看了竹上的或刻或写在那里的名字诗句之类，心里倒有点奇怪起来，就问他这是什么意思。于是他也同轿夫他们一样，笑迷迷地对我说了一大串话。我听了他的解释，倒也觉得非常有趣，所以也就拿出了五圆纸币，递给了他，说：

“我们也来买两枝竹放放生罢！”

说着我就向立在我旁边的她看了一眼，她却正同小孩子得到了新玩意儿还不敢去抚摸的一样，微笑着靠近了我的身边轻轻地问我：

"两枝竹上，写什么名字好？"

"当然是一枝上写你的，一枝上写我的。"

她笑着摇摇头说：

"不好，不好，写名字也不好，两个人分开了写也不好。"

"那么写什么呢？"

"只教把今天的事情写上去就对。"

我静立着想了一会，恰好那知客僧向寺里去拿的油墨和笔也已经拿到了。我拣取了两株并排着的大竹，提起笔来，就各写上了"郁翁兄妹放生之竹"的八个字。将年月日写完之后，我搁下了笔，回头来问她这八个字怎么样，她真像是心花怒放似的笑着，不说话而尽在点头。在绿竹之下的这一种她的无邪的憨态，又使我深深地，深深地受到了一个感动。

坐上轿子，向西向南的在竹荫之下走了六七里坂道，出梵村，到闸口西首，从九溪口折入九溪十八涧的山坳，登杨梅岭，到南高峰下的翁家山的时候，太阳已经悬在北高峰与天竺山的两峰之间了。他们的屋里，早已挂上了满堂的灯彩，上面的一对红灯，也已经点尽了一半的样子。嫁妆似乎已经在新房里摆好，客厅上看热闹的人，也早已散了。我们轿子一到，则生和他的娘，就笑着迎了出来，我付过轿钱，一踱进门槛，他娘就问我说：

"早晨拿出去的那支手杖呢？"

我被她一问，方才想起，便只笑着摇摇头对她慢声的说：

"那一支手杖么——做了我的祭礼了。"

"做了你的祭礼？什么祭礼？"则生惊疑似的问我。

"我们在狮子峰下，拜过天地，我已经和你妹妹结成了兄妹了。

那一支手杖，大约是忘记在那块大岩石的旁边的。”

正在这个时候，先下轿而上楼去换了衣服下来的他的妹妹，也嬉笑着，走到了我们的旁边。则生听了我的话后，就也笑着对他的妹妹说：

“莲，你们真好！我们倒还没有拜堂，而你和老郁，却已经在狮子峰拜过天地了，并且还把我的一支手杖忘掉，作了你们的祭礼。娘！你说这事情应怎么罚罚他们？”

经他这一说，说得大家都笑了起来，我也情愿自己认罚，就认定后日馔房[①]，算作是我一个人的东道。

这一晚翁家请了媒人，及四五个近族的人来吃酒，我和新郎官，在下面奉陪。做媒人的那位中老乡绅，身体虽则并不十分肥胖，但相貌态度，却也是很富裕的样子。我和他两人干杯，竟干满了十八九杯。因酒有点微醉，而日里的路，也走得很多，所以这一晚睡得比前一晚还要沉熟。

九月十二的那一天结婚正日，大家整整忙了一天。婚礼虽系新旧合参的仪式，但因两家都不喜欢铺张，所以百事也还比较简单。午后五时，新娘轿到，行过礼后，那位好好先生的媒人硬要拖我出来，代表来宾，说几句话。我推辞不得，就先把我和则生在日本念书时候的交情说了一说，末了我就想起了则生同我说的迟桂花的好处，因而就抄了他的一段话来恭祝他们：

“则生前天对我说，桂花开得愈迟愈好，因为开得迟，所以经得日子久。现在两位的结婚，比较起平常的结婚年龄来，似乎是觉得大一点了，但结婚结得迟，日子也一定经得久。明年迟桂花开的时候，我一定还要上翁家山来。我预先在这儿计算，大约明年来的时

① 旧俗结婚前后宴请新婚夫妇，称为馔房。

候，在这两株迟桂花的中间，总已经有一株早桂花发出来了。我们大家且等着，等到明年这个时候，再一同来吃他们的早桂的喜酒。”

说完之后，大家就坐拢来吃喜酒。猜猜拳，闹闹房，一直闹到了半夜，各人方才散去。当这一日的中间，我时时刻刻在注意着偷看则生的妹妹的脸色，可是则生所说而我也曾看到过的那一种悲寂的表情，在这一日当中却终日没有在她的脸上流露过一丝痕迹。这一日，她笑的时候，真是乐得难耐似的完全是很自然的样子。因了她的这一种心情的反射的结果，我当然可以不必说，就是则生和他的母亲，在这一日里，也似乎是愉快到了极点。

因为两家都喜欢简单成事的缘故，所以三朝回郎等繁缛的礼节，都在十三那一天白天行完了，晚上馔房，总算是我的东道。则生虽则很希望我在他家里多住几日，可以和他及他的妹妹谈谈笑笑，但我一则因为还有一篇稿子没有做成，想另外上一个更僻静点的地方去做文章，二则我觉得我这一次吃喜酒的目的也已经达到了，所以在馔房的翌日，就离开翁家山去乘早上的特别快车赶回上海。

送我到车站的，是翁则生和他的妹妹两个人。等开车的信号钟将打，而火车的机关头上在吐白烟的时候，我又从车窗里伸出了两手，一只捏着了则生，一只捏着了他的妹妹，很重很重的捏了一回。汽笛鸣后，火车微动了，他们兄妹俩又随车前走了许多步，我也俯出了头，叫他们说：

“则生！莲！再见，再见！但愿得我们都是迟桂花！”

火车开出了老远老远，月台上送客的人都回去了，我还看见他们兄妹俩直立在东面月台篷外的太阳光里，在向我挥手。

一九三二年十月在杭州写

碧浪湖的秋夜[①]

一

雍正十三年的夏天，中国全国，各地都蒸热得非常。北京城里的冰窖营业者大家全发了财，甚至于雍正皇帝，都因炎暑之故而染了重病。

可是因为夏天的干热，势头太猛了的结果，几阵秋雨一下，秋凉也似乎来得特别的早。到了七月底边，早晚当日出之前与日没之后的几刻时间，大家非要穿夹袄不能过去了。

偏处在杭城北隅，赁屋于南湖近旁，只和他那年老的娘两口儿在守着清贫生活的厉鹗[②]，入秋以后，也同得了重生似的又开始了他的读书考订的学究生活。当这一年夏天的二三个月中间，他非但因中暑而害了些小病，就是在精神上也感到了许多从来也没有经验过的不快。素来以凶悍著名的他的夫人蒋氏，在端午节边前几日又因嫌他的贫穷没出息，老在三言两语的怨嗟毒骂；到了端午节的那一天中午，他和他娘正在上供祭祖的时候，本来就同疯了似的歌哭无常的她，又在厢房里哭着骂了起来。他娘走近了她的身边，向她劝

① 本篇原载于一九三三年一月一日《东方杂志》第三十卷第一号。

② 厉鹗（1692—1752），字太鸿，又字雄飞，号樊榭、南湖花隐等，钱塘（今浙江杭州）人，清代著名诗人、学者。

慰了几句，她倒反而是相骂寻着了对头人似的和这年老的娘大闹了起来，结果只落得厉鹗去向他娘跪泣求饶，而那悍妇蒋氏就一路上号哭着大骂着奔回到了娘家。她娘家本系是在东城脚下，开着一家小铺子的；家里很积着有几个钱，原系厉鹗小的时候，由厉老太太作主，为他定下来的亲，这几年来，一则因为厉鄂的贫穷多病，二则又因为自己的老没有生育，她的没有教养的暴戾的性情，越变得蛮横悍泼了。

那一天晴爽的清秋的下午，厉鹗在东厢房他的书室里刚看完了两卷宋人的笔记，正想立起身来，上坐在后轩补缀衣服的他娘身边去和她谈谈，忽而他却听见了一个男子的脚步声，从后园的旁门里走了进来。

“老太太，你在补衣服么？”

“唉，福生，你说话说得轻些，雄飞在那儿看书。你们的账，我过几天就会来付的。”

他的娘轻轻地在止住着他，禁他放大声音，免得厉鹗听见了要心里难受的。这被叫作福生的男子，却是后街上米铺子里的一位掌柜，厉家欠这米铺子的账，已积欠了着实不少，而这福生的前来催索，今天也不是第一次了。米店里因厉家本是孝廉公的府上，而这位老太太和孝廉公自己，平日又是非常谨慎慈和的人，所以每次前来讨账，总是和颜悦色地说一声就走的。福生从后园的旁门里重新走了出去之后，正想立起身来上后轩去和他娘攀谈的厉鹗，却呆举着头，心里又忧郁了起来。呆呆地默坐了一会，拿起烟袋来装上了一筒烟，嘴里啊啊的叹了一声，轻轻念着“东边日出西边雨，南阮风流北阮贫”，他就立起来踏上了后轩，去敲火石点烟吸了。一边敲着火石，一边他就对他娘说：

“娘，我的穷，实在也真穷得可以，倒难怪蒋氏的每次去催她，她总不肯回来……”

敲好火石，点烟吸上之后，他又接着对他娘说：

“娘，今晚上你把我那件锦绸绵袍子拿出去换几个钱来，让我出门去一趟，去弄它一笔大款子进来，好预备过年……”

说着，吸着烟，他又在后轩里徘徊着踱了几圈。举头向后园树梢的残阳影子看了一眼，他突然站立住脚，同想起了什么似的，回头看向了他的娘，又问说：

“娘，我的那件夹袍，还在里头么？”

“唉，还在里头。”

他的娘却只俯着头，手里仍缝着针线，眼也不举一举，轻轻地回答了他一声。又踌躇莫决地踱了一圈，走上他娘的身边来立住了脚，他才有点羞缩似的微笑着，俯首对她说：

“娘，那件夹的要用了，你替我想个法子去赎了出来，让我带了去。”

他娘也抬起头来了，同样地微笑着对他说：

“你放心罢，我自然会替你去赎的，你打算几时走？”

“就坐明天的夜航船去，先还是到湖州去看看。”

母子俩正亲亲热热地，在这样谈议着的时候，太阳已渐渐地渐渐地落下了山去。静静儿在厨下打瞌睡的那位厉家的老佣人李妈，也拖着一只不十分健旺的跛脚，上后园的井边去淘夜饭米去了。

二

从杭州去湖州，要出北关门，到新关的船埠头去趁夜航船的。沿运河的四十五里塘下去，至安溪奉口，入德清界，再从余不溪中，向北直航，到湖州的南城安定门外霅溪埠头为止，路虽则只有一百数十余里，但在航船上却不得不过一夜和半天，要坐十几个时辰才能到达。

为儿子预备行装，忙了一个上午的厉老太太，吃过中饭，又在后轩坐下了，在替她儿子补两双破袜。向来是勤劳健旺的这位老太太，究竟是年纪大了，近来也感觉到了自己的衰老。头上的满头白发，倒还不过是表面的征象，这一二年来，一双眼睛的老花，却使她深深地感到了年齿的迟暮，并且同时也感到了许多不便。譬如将线穿进针孔里去的这一件细事，现在也非要戴上眼镜，试穿六七八次，才办得了了。她绵密周到地将两双袜子补完之后，又把儿子的衣箱重理了一理，看看前面院子里的太阳，也已经斜得很西，总约莫是过了未刻的样子，但吃过中饭就拿了些银子出去剃头的厉鹗，到这时候却还没有回来。

“雄飞这孩子，不知又上哪里去了？”

斜举起老眼，一面看着院子里的阳光角度，一面她就自言自语地这样轻轻说了一声。走回转身到了后轩，她向厨下高声叫了李妈，命她先烧起饭来，等大少爷回来，吃了就马上可以起身。因为虽然坐的是轿子，比步行要快些，但从她们那里，赶出北关，却也有十多里地的路程，并且北关门是一到酉刻，就要下锁的。

等饭也烧好，四碗蔬菜刚摆上桌子的时候，久候不归的厉鹗，却头也不剃，笑嘻嘻地捧了一部旧书回来了。一到后轩，见了他娘，他就欢天喜地的叫着说：

“娘，我又在书铺里看到了这部珍宝，所以连剃头的钱都省了下来买了它。有这一部书在路上作伴，要比一个书童或女眷好得多哩！”

说着他连坐也不坐下来，就立着翻开了在看。他娘皱着眉头，看了看他的瘦长的身体和清癯的面貌，以及这一副呆痴的神气，也不觉笑开了她那张牙齿已经掉落了的小嘴。一面笑着摇着头，一面她就微微带着非难似的催促他说：

“快吃饭罢！轿子就要来了哩，快吃完了好动身，时候已经不早了。看你这副样子，头也不剃一个，真像是刚从病床上起来的神气。”

匆匆吃完了饭，向老母佣人叮嘱了一番，上轿出门，赶到北关门外，坐在轿子里看着刚才买来的那部宋人小集的厉鹗，已经觉得书上面的字迹，有点黑暗模糊，看不大清楚了。又向北前进了数里，到得新关码头走下轿来的时候，前后左右，早就照满了星星的灯火，航船埠头特有的那种人声嘈杂的混乱景象，却使他也起了一种飘泊天涯的感触。航船里的舟子，是认识这位杭城的名士樊榭先生的，今年春间，他还坐过这一只船，从湖州转回杭州来，当时上埠头来送他的，全是些湖州有名的殷富乡绅，像南城的奚家、吴家，竹溪的沈家各位先生，都在那里。所以舟子从灰暗的夜空气里，一看见这位清癯瘦削的厉先生下了轿子，就从后舱里抢上了岸。

“樊榭先生，上湖州去么？我们真有缘，又遇着了我的班头。……前一月我上竹溪去，沈家的几位少爷还在问起你先生哩。他问我近来船到杭州有没有跑进城去，可听到什么关于厉先生的消息……他似乎是知道了你在害病，知道了……知道了……曷亨，曷亨……知道了你们家里的事情……”

舟子这样的讲着，一面早将行李搬入了中舱，扶厉鹗到后舱高一段的地方去坐下了。面上满装着微笑，对舟子只在点头表示着谢意的他，听了舟子的这一番话，心里头又深深地经验到了那种在端午节前后所感到过的不快。

“原来那泼妇的这种不孝不敬，不淑不贞的行径，早已恶声四布了！”

心里头老是这样的在回想着，这一晚他静听听橹声的咿呀，躺睡在黑暗的舱中被里，直到了三更过后，方才睡熟。

第二天从恶梦里醒了转来，满以为自己还睡在那间破书堆满的东厢房里，正在擦着眼睛打呵欠的时候，舟子却笑嘻嘻地进舱来报告着说：

“樊榭先生，醒了么？昨天后半夜起了东南风，今天船特别到得早，这时候还没有到午刻哩。我已经上岸去通知过奚家了，他们的轿子也跟我来了在埠头上等着你。”

三

一听见厉鹗到了湖州，他的许多旧友，就马上聚了拢来。那一天晚上，便在南城奚家的鲍氏溪楼，开了一个盛大的宴会。来会的人，除府学教官及归安乌程两县的县学老师之外，还有吴家的老丈，竹溪沈家的弟兄叔侄五六人。他们做做诗，说说笑话，互相问问各旧友的消息，一场欢宴直吃到三更光景，方才约定了以后的游叙日程，分头散去。

厉鄂上吴家去住住，到府学的尊经阁东面桂花厅去宿宿，上岘山道场山下菰城等地方去登登高，又摇着小艇，去浮玉山衡山漾后庄漾等泽国去看看秋柳残荷，接连就同在梦里似的畅游了好几天。天气也日日的晴和得可爱，桂花厅前后的金银早桂，都暗暗的放出微香来了，而傍晚的一钩新月，也同画中的风景似的，每隐约低悬在蓝苍的树梢碧落之西；处身入了这一个清幽的环境之内，而日日相见的又尽是些风雅豪爽的死生朋友，所以他在湖州住不上几日，就早把这三个月以来的懊恼郁闷的忧怀涤净了。

有一天晚上，白天刚和沈氏兄弟去游了菁山常照寺回来，在沈家城里的那间大宅第的西花厅上吃晚饭。吃过晚饭，将烟和茶及果实等都搬到了花园的茅亭里面，厉鹗和沈六就坐了下来，一边吸烟谈天，一边在赏那晴空里的将快圆了的月亮。

“太鸿兄，月亮就快圆了，独在异乡为异客，你可有花好月圆的感触？”

这是沈家最富有的一房里大排行第六的幼牧，含着一脸藏有什么阴谋在心似的微笑，向厉鹗发的问话。厉鹗静吸着烟，举头呆对着月亮，静默了好一会，方才像在和月亮谈天似的轻轻独语着说：

“唉！人非木石，感触哪里会没有？……可是已经到了中年以后了，万事也只好不了了之。……”

又吸了几口烟后，重复继续着说：

“春月原不能使我大喜，但这秋月倒的确要令人悲哀起来！……”

幼牧就放声笑了起来说：

“我想施一点法术在你的身上，把这秋月变成一个春月，你以为怎么样？”

“那只有神仙，才办得到。”

“你若是不信的话，那我同你去游湖去，未到中秋先赏月，古人原也曾试过，这不秉烛的夜游，的确是能够化悲为喜的。”

正说到了这里，幼牧的堂兄绎旃，却笑嘻嘻地闯入了茅亭，对两个坐在那里吸烟的人喝了一声说：

“这样好的月明之夜，尽坐在茅亭里吞云吐雾，算怎么一回事？去，去，我们去游湖去。船已经预备好了，我并且还预备了一点酒菜在那里，让我们喝醉了酒，去打开西塞寺的门来。”

不多一会，三人坐着的一只竹篷轩敞的游船，已在碧浪湖的月光波影里荡漾了。十三夜的皎洁的月亮，正行到了浮玉塔的南面，南岸妙喜山衡山一带的树木山峰，都像是雪夜的景致，望过去溟濛幽远，在白茫茫的屏障上，时时有一点一簇的黑影，和一丝一缕的银箭闪现出来。西面道场山的尖塔，因为船在摇动的缘故，看起来绝似一个醉了酒的巨人，在万道的波光和一天的月色里，踉跄舞蹈，招引着人。湖面上的寂静，使三人的笑语声，得到了分外的回响。间或笑语停时，则一支柔橹的清音，和湖鱼跃水的响声，听了又会使人生出远离尘世的逸想来。渐摇渐远，船到了去浮玉塔不远的地方，回头一望，南门外的几点灯火，和一排城市人家，却倒印在碧波心里，似乎是海上的仙山。西北的弁山，东北的孺岭，高虽则高，但因为远了，从月光里遥望过去，只剩了极淡极淡的蔚蓝的一刷，正好做这一幅碧浪湖头秋月夜游图的崇高的背景。

三人说说看看，喝喝酒，在不知不觉的中间，船已经摇过了浮玉山旁，渐渐和西南的金盖山西塞山接近起来了，这时候月亮也向西斜偏了一点，船舱里船篷上满洒上了一层霜也似的月华。厉鹗当喝了几杯酒的微醉之后，又因为说话说得多了，精神便自然而然的兴奋了起来。以一只手捏住了烟袋，一只手轻轻敲击着船舷，他默对着船外面的月色山光，尽在想今天游常照寺的事情。默坐了一会，他的诗兴来了。轻轻念着哼着，不多一刻，他竟想成了一首游常照寺的诗。

“绎旃，幼牧，我有一首诗做好了，船里头纸笔有没有带来？”

“这倒忘了。”

绎旃搔着头回答了一声。也是静默着在向舱外瞭望的幼牧，却掉转了头来说：

“船已经到了西塞山前了，让我们上岸去，上西塞山庄去写出来罢？”

四

这西塞山庄，就在西塞寺下，本来是幼牧的外婆家城里朱氏的别业，背山面湖，隔着湖心的浮玉山，遥遥与吴兴的城市相对，风景清幽绝俗，是碧浪湖南岸的一个胜地。

在城里的南街上，去沈家的第宅不远，另外还住着有一家朱家的同族的人。这一家朱家，虽则和幼牧的外婆家是五服以内的同宗，但家势倾颓，近来只剩了一个年将五十的穷秀才在那里支撑门户了。这一位穷秀才虽则也曾娶过夫人，但一向却没有生育，所以就将他兄弟的一个女儿满娘，于小的时候，抱了过来，抚为己女。后来满娘的亲生父母兄弟姊妹都死掉了，满娘自然把这一位伯父伯母，当作了她的亲生的爷娘，而这一对朱氏老夫妇也喜欢得她比亲生的女儿还要溺爱。去年的冬天，满娘的老伯母患了肺痨病死了，满娘虽则还是一个十六岁的孩子，但她的悲哀伤感，比她的老伯父还要沉痛数倍。从此之后，她的行动心境，就完全变过了。本来是一个肥白愉快，天真活泼的小孩子的她，经过了这一个打击，在几个月中间，就变成了一个静默端庄，深沉和蔼的少妇。对于老伯父的起居饮食的用意，和一家的调度，当然要她去一手承办，就是伯母的丧葬杂务，以及亲串中间的礼仪往还，她也件件做得周周到到，无论如何，总叫人家看不出她是一个十六七岁的女孩子来。

她的心境行动一变之后，自然而然，她的装饰外貌，也就随之而变了。本来是打着一条长辫的她的满头黑发，因为伯母死了，无人为她梳掠，现在却只能自己以白头绳来梳成了一个盘髻。肥嫩红润的双颊，本来是走起路来，老在颤动的，但近来却因操劳过度，悲痛煎心之故，于瘦减了几分之外，还加上了一层透明苍白的不健康的颜色。高划在她的那双亮晶晶的双层皮大眼睛之上的两条细长的眉毛，本来是一天到晚总畅展着在表示微笑的，现在可常常有紧锁起来的时候了。还有在高鼻下安整地排列在那里的那两条嘴唇，现在也包紧的时候多，曲笑的时候少了。全部的面貌，本来是肥白圆形的，现在一瘦，却略带点长形起来了。从前摆动着小脚跑来跑去，她并不晓得穿着裙子的，现在因服孝之故，把一条白布裙穿上了，远看起来，觉得她的本来也就发育得很完整的身体，又高了几分。

虽则是很远了，但幼牧和她，却仍是中表。又因居处的相近，和那位老秀才的和蔼可亲的缘故，幼牧平时，也常上他们家里去坐坐，和这孤独的老娘舅小表妹等谈些闲天，所以他的朋友的这位杭州名士厉樊榭先生，他们父女原也曾看见过听到过的。

今年夏天，正当厉鹗母子，在受蒋氏的威胁的时候，消息传到了湖州，幼牧也曾将这事情，于不意之中，向他们父女俩说了一阵。说到了厉老太太的如何慈和明达，厉鹗的如何清高纯洁，而苍天无眼，却偏使他既无子嗣，又逢悍妇的地方，他们父女俩，竟呜呜咽咽的哭了起来。因为老秀才也想起了自己的年高无子，而满娘却从慈和明达的厉老太太身上想到了她的已故的伯母。

这一回当厉鹗的来游之日，幼牧一见了他的衰瘦的容颜和消沉的意态，就想起了他的家庭，因而也想到了满娘。自从那一晚在鲍氏溪楼会宴之后，幼牧就定下了为满娘撮合的决心。他乘机先于朱秀才不在的中间，婉转向满娘露了一点口风，想看看她的意向如何。聪慧的满娘，一得到了幼牧的讽示，早就明白了，立时便涨红了脸，俯下了头，一点儿可否的表示也没有。幼牧因她的不坚决拒绝的结果，觉得这事情在她本人，是没有什么的了，所以以后便一次一次的向朱老娘舅费了许多的唇舌。起初朱老秀才，一定不肯答应，直到后来幼牧提出了两条条件之后，他方才不再坚持下去了。

以己度人，他觉得为无后者续续嗣，也是一种功德，而樊榭先生的人格天才，也不是可和寻常一例的人相比的；更何况幼牧所担保的两条条件，一，结亲之后，两人仍复住在湖州，二，他老自己的养老归山等问题，全由幼牧来替他负责料理，又是很合情理的事情。

幼牧于这几日中间，暗暗里真不知费尽了几多的心血。朱家答应之后，接着就是办妆奁，行聘礼等杂事的麻烦了。到了八月十二，差不多的事情，都已经筹划得停停当当了，可是平日每清介自守，毫末不肯以一己之事而累及他人的厉鹗，却还是一个问题。幼牧对此，当然是也有几分把握的，因为一，厉鹗并不是一位口是心非的假道学；二，他万一不愿意的话，那在湖州的他的旧友多人，都是幼牧的帮手，就是用了强制手段，也可以办得下去的。幼牧对此事的把握是虽然有几分的，可是到了最后，万一这当事的主人公，假若有点异议，那也是美中不足的恨事，所以这十三夜的月下游湖，也是幼牧和绎旃预先商定了的暗中的计划。先一日幼牧已经择定了西塞山庄，为满娘的发奁发轿的地方，父女两人，早已从南街迁过去住在那里了。今天白天的去游常照寺，本来也是想顺路引厉鹗上西塞山庄去吃晚饭的，但因为事情太急，厨子预备不及，所以又坐轿转回了城里。但刚在吃晚饭的时候，从西塞山庄又来了传信的人，说一切已经准备好了，于是他们就决定了这月夜的游湖。

五

月亮恰斜到了好处，酒又喝得有点微醉，诗兴也正浓的厉鹗，一到西塞山庄的延秋阁上，幼牧就为他介绍了他的老娘舅和表妹。厉鹗在红灯影里，突然间见了这淡装素服的满娘，却也同小孩子似的害起了羞来。先和朱秀才谈了一阵，后来也同先生问学生似的，亲亲热热的问了满娘的年纪，问她可曾读书，可有兄弟姊妹。幼牧在旁边听着倒有点急起来了，只怕事情要拆穿，所以一把拖了厉鹗，就上挹翠楼上跑，说：

"先去写诗去，谈天落后好谈的。"

这挹翠楼是西塞山庄里风景最好的地方。上了这楼，向西北开窗望去，不但碧浪湖中的一山一水，历历尽在目前，就是弁山的远岫，和全市的人家，也是若近若远，有招之即来的气势。厉鹗在楼上写好了诗，幼牧就教厨子摆上酒菜，撤去灯烛，向西北开窗，再看月亮。这时候大约总在二更之后的戌亥之交，月光刚刚正对着楼面。灯烛撤后，这四面凭空的挹翠楼中，照得通明彻透，似乎是浸在水里的样子。

厉鹗喝喝酒，看看四面的山色湖光，更唱唱自己刚才写好的那首诗，一时竟忘记了是身在人间了。幼牧更琅琅背诵起了厉鹗自己也满觉得是得意的他的游仙诗来。当背诵到了"只恐无端赚刘阮，洞门不许种桃花"的两句的时候，幼牧却走了过去，拉住了厉鹗的手坐下问他说：

"刚才在延秋阁上我种的那株桃花怎么样？"

厉鹗大笑了起来说：

"罪过罪过，那并不是桃花，雅静素洁，倒大有罗浮仙子的风韵，若系桃花，当然也是白桃花之类的上品。"

"那么你究竟愿不愿意做西塞山前的刘阮呢？"

"真是笑话，沈郎已恨蓬山远，这不是你的意思么？"

"那么我再背一句你的游仙诗来问你，'明朝相访向蓬莱'，何如？"

说到了这里，幼牧就在谈话之中除去了谐谑的语调，缓慢地深沉地说出了他这几日来所费的苦心，和在湖州的旧友一同对他所抱有的热意与真诚。厉鹗起初听了，还以为是幼牧有意在取笑作乐，但一层一层，一件一件的听到后来，他的酒醉得微红的脸上，竟渐渐的变了颜色，末了却亮晶晶地流起眼泪来了。幼牧于说完了满娘的身世，及这一回的计划筹备之后，别的更没有什么话说了，便也沉默了下去，看向了窗外。三人在楼上的月光里默默的坐了好一会，西塞寺里的夜半的钟声，却隐隐的响过来了，厉鹗就同梦里醒转来似的，立起了身，走入了幼牧绎旃二人的中间，以两手拍着他们的肩背，很诚挚地说：

"好，我就承受了你们的盛意，后天上鲍氏溪楼去迎娶这位新人。可是，可是……唉……"

说到了这里，他的喉咙又哽咽住成了泪声，幼牧绎旃不让他说完，就扶着他同拖也似的拉他下了楼，三人重复登舟摇回到了城里。

八月十五，天上半点云影星光都看不出来，一轮满月，照彻了碧浪湖的山腰水畔。南城的鲍氏溪楼上，点得灯烛辉煌，坐满了吴兴阖群的衣冠文士。到了后半夜，大家正在兴高采烈，计议着如何的限韵分题，如何的闹房赌酒的中间，幼牧却大笑着，匆匆从楼下跑了上来，拿着一张红笺，向大家报告着说：

"题和韵都有了，是新贵人出在这里的，这是他的原作，只教各人和他一首就对。可是闹房的这一件事情，今天却很为难。因为新人夫妇，早就唱曲吹箫，逃向西陵去了。不过大家要明白，这樊榭先生，是一位孝子，他只怕不告而取，要得罪厉太夫人，所以才急急的回去，大约不上几日，仍旧要回湖州来的，让我们到那时候，再闹几天新房，也还不迟。"

说完之后，大家都笑骂了起来，说幼牧是个奸细，放走了这一对新人。其实呢，这的确也是幼牧的诡计，因为满娘厉鹗，两人都喜欢清静的，若在新婚的初夜，就被闹一晚，也未免太使他们吃亏了，所以他就暗中雇就了一只大船，封了二百金婚仪，悄悄在月下送他们回了杭州。

由幼牧拿上楼来，许多座客在那里争先传观的那首厉鹗的诗，却是一首五古：

中秋月夜吴兴城南鲍氏溪楼作

银云洗鸥波，月出玉湖口。
照此楼下溪，交影卧槐柳。
圆辉动上下，素气浮左右。
坐迟月入楼，寂寂人定后。
裴徊委枕簟，窈窕穿户牖。
言念婵媛子，牵萝凝伫久。
纳用沈郎钱，笑沽乌氏酒。
白蘋张佳期，彤管劳掺手。
乘月下汀州，遥山半衔斗。
明当渡江时，复别溪中叟。

六

悼亡姬十二首（并序）

乾隆七年壬戌正月钱塘厉鹗作

姬人朱氏，乌程人，姿性明秀，生十有七年矣，雍正乙卯，予薄游吴兴，竹溪沈徵士幼牧为予作缘，以中秋之夕，舟迎于碧浪湖口，同载而归，予取净名居士女字之日月上。姬人针管之外，喜近笔砚，影拓书格，略有楷法，从予授唐人绝句二百余首，背诵皆上口，颇识其意。每当幽忧无俚，命姬人缓声循讽，未尝不如吹竹弹丝之悦耳也。余素善病，姬人事予甚谨。辛酉初秋，忽婴危疾，为庸医所误，沉绵半载，至壬戌正月三日，泊然而化，年仅二十有四，竟无子。悲逝者之不作，伤老境之无悰，爰写长谣，以摅幽恨。

无端风信到梅边，谁道蛾媚不复全。
双桨来时人似玉，一奁空去月如烟。
第三自比青溪妹，最小相逢白石仙。
十二碧阑重倚遍，那堪肠断数华年。

门外鸥波色染蓝，旧家曾记住城南。
客游落托思寻藕，生小缠绵学养蚕。
失母可怜心耿耿，背人初见发鬖鬖。
而今好事成弹指，犹剩莲花插戴簪。

怅怅无言卧小窗，又经春雪扑寒釭。
定情顾兔秋三五，破梦天鸡泪一双。
重问杨枝非昔伴，漫歌桃叶不成腔。
妄缘了却俱如幻，居士前身合姓庞。

东风重哭秀英君，寂寞空房响不闻。
梵夹呼名翻满字，新诗和恨写回文。
虚将后夜笼鸳被，留得前春簇蝶裙。

犹是踏青湖畔路，殡宫[①]芳草对斜曛。

病来倚枕坐秋宵，听彻江城漏点遥。
薄命已知因药误，残妆不惜带愁描。
闷凭盲女弹词话，危托尼姑祝梦妖。
几度气丝先诀绝，泪痕兼雨洗芭蕉。

一场短梦七年过，往事分明触绪多。
搦管自称诗弟子，散花相伴病维摩。
半屏凉影颓低髻，幽径春风曳薄罗。
今日书堂觅行迹，不禁双鬓为伊皤。

零落遗香委暗尘，更参绣佛忏前因。
永安钱小空宜子，续命丝长不系人。
再世韦郎嗟已老，重寻杜牧奈何春。
故家姊妹应肠断，齐向州前泣白蘋。

郎主年年耐薄游，片帆望尽海西头。
将归预想迎门笑，欲别俄成满镜愁。
消渴频烦供茗碗，怕寒重与理熏篝。
春来憔悴看如此，一卧枫根尚忆否？

何限伤心付阿灰，人间天上两难猜。
形非通替无由睹，泪少方诸寄不来。
嫩萼忽闻摧猛雨，春酥忍说化黄埃。

① 姬人权厝西湖之南。——原诗注。

重三下九嬉游处，无复蟾钩印碧苔。

除夕家筵已暗惊，春醪谁分不同倾。
衔悲忍死留三日，爱洁耽香了一生。
难忘年华柑尚剖[1]，瞥过石火药空擎。
只余陆展星星发，费尽愁霜染得成。

约略流光事事同，去年天气落梅风。
思乘荻港扁舟返，肯信妆楼一夕空。
吴语似来窗眼里，楚魂无定雨声中。
此生只有兰衾梦，其奈春寒梦不通。

旧隐南湖渌水旁，稳双栖处转思量。
收灯门巷忺微雨，汲井帘栊泥早凉。
故扇也应尘漠漠，遗钿何在月苍苍。
当时见惯惊鸿影，才隔重泉便渺茫。

一九三二年十月在杭州写

① 姬人殁之前一夕，索予擘温柑，尚食其半。——原诗注。

瓢儿和尚[①]

为咸淳、淳祐《临安志》,《梦粱录》,《南宋古迹考》等陈朽得不堪的旧籍迷住了心窍，那时候，我日日只背了几册书，一支铅笔，半斤面包，在杭州凤凰山，云居山，万松岭，江干的一带采访寻觅，想制出一张较为完整的南宋大内图来，借以消遣消遣我那时的正在病着无聊的空闲岁月。有时候，为了这些旧书中的一言半语，有些蹊跷，我竟有远上四乡，留下，以及余杭等处去察看的事情。

生际了这一个大家都在忙着争权夺利，以人吃人的二十世纪的中国盛世，何以那时候只有我一个人会那么的闲空的呢？这原也有一个可笑得很的理由在那里的。一九二七年的革命成功以后，国共分家，于是本来就系大家一样的黄种中国人中间，却硬的被涂上了许多颜色，而在这些种种不同的颜色里的最不利的一种，却叫作红，或叫作赤。因而近朱者，便都是乱党，不白的，自然也尽成了叛逆，不管你怎么样的一个勤苦的老百姓，只须加上你以莫须有的三字罪名，就可以夷你到十七八族之远。我当时所享受的那种被迫上身来的悠闲清福，来源也就在这里了，理由是因为我所参加的一个文学团体的杂志上，时常要议论国事，毁谤朝廷。

禁令下后，几个月中间，我本混迹在上海的洋人治下，是冒充

① 本篇原载于一九三三年一月十日《新中华》创刊号。

着有钱的资产阶级的。但因为在不意之中，受到了一次实在是奇怪到不可思议的袭击之后，觉得洋大人的保护，也有点不可靠了，因而翻了一个筋斗，就逃到了这山明水秀的杭州城里，日日只翻弄些古书旧籍，扮作了一个既有资产，又有余闲的百分之百的封建遗民。追思凭吊南宋的故宫，在元朝似乎也是一宗可致杀身的大罪，可是在革命成功的当日，却可以当作避去嫌疑的护身神咒看了。所以我当时的访古探幽，想制出一张较为完整的南宋大内图来的副作用，一大半也可以说是在这 Camouflage① 的造成。

有一天风和日朗的秋晴的午后，我和前几日一样的在江干鬼混。先在临江的茶馆里吃了一壶茶后，打开带在身边的几册书来一看，知道山川坛就近在咫尺了，再溯上去，就是凤凰山南腋的梵天寺胜果寺等寺院。付过茶钱，向茶馆里的人问了路径，我就从八卦田西南的田塍路上，走向了东北。这一日的天气，实在好不过，已经是阴历的重阳节后了，但在太阳底下背着太阳走着，觉得一件薄薄的衬绒袍子都还嫌太热。我在田塍野路上穿来穿去走了半天，又向山坡低处立着憩息，向东向南的和书对看了半天，但所谓山川坛的那一块遗址，终于指点不出来。同贪鄙的老人，见了财帛，不忍走开的一样，我在那一段荒田蔓草的中间，徘徊往复，寻到了将晚，才毅然舍去，走上了梵天塔院。但到得山寺门前，正想走进去看看寺里的灵鳗金井和舍利佛身，而冷僻的这古寺山门，却早已关得紧紧的了，不得已就只好摩挲了一回门前的石塔，重复走上山来。正走到了东面山坞中间的路上，恰巧有几个挑柴下来的农夫和我遇着了，我一面侧身让路，一面也顺便问了他们一声："胜果寺是在什么地方的？去此地远不远了？"走在末后的一位将近五十的中老农夫听了我的问话，却歇下了柴担指示给我说：

① 英文：伪装。

“喏，那面山上的石壁排着的地方，就是胜果寺吓！走上去只有一点点儿路。你是不是去看瓢儿和尚的？”

我含糊答应了一声之后，就反问他：“瓢儿和尚是怎么样的一个人？”

“说起瓢儿和尚，是这四山的居民，没有一个不晓得的。他来这里静修，已经有好几年了。人又来得和气，一天到晚，只在看经念佛。看见我们这些人去，总是施茶给水，对我们笑笑，只说一句两句慰问我们的话，别的事情是不说的。因为他时常背了两个大木瓢到山下来挑水，又因为他下巴中间有一个很深的刀伤疤，笑起来的时候老同卖瓢儿——这是杭州人的俗话，当小孩子扁嘴欲哭的时候的神气，就叫作卖瓢儿——的样子一样，所以大家就自然而然的称他作瓢儿和尚了。”

说着，这中老农夫却也笑了起来。我谢过他的对我说明的好意，和他说了一声“坐坐会”，就顺了那条山路，又向北的走上了山去。

这时候太阳已经被左手的一翼凤凰山的支脉遮住了，山谷里只弥漫着一味日暮的萧条。山草差不多是将枯尽了，看上去只有黄苍苍的一层褐色。沿路的几株散点在那里的树木，树叶也已经凋落到恰好的样子。半谷里有一小村，也不过是三五家竹篱茅舍的人家，并且柴门早就关上了，从弯曲的小小的烟突里面，时时在吐出一丝一丝的并不热闹的烟雾来。这小村子后面的一带桃林，当然只是些光干儿的矮树。沿山路旁边，顺谷而下，本有一条溪径在那里的，但这也只是虚有其名罢了，大约自三春雨润的时候过后，直到那时总还不曾有过沧浪的溪水流过，因为溪里的乱石上的青苔，大半都被太阳晒得焦黄了。看起来觉得还有一点生气的，是山后面盖在那里的一片碧落，太阳似乎还没有完全下去，天边贴近地面之处，倒还在呈现着一圈淡淡的红霞。当我走上了胜果寺的废墟的坡下的时候，连这一圈天边的红晕，都看不出来了，散乱在我的周围的，只是些僧塔，残磉，菜圃，竹园，与许多高高下下的狭路和山坡。我走上了坡去，在乱石和枯树的当中，总算看见了三四间破陋得不堪的庵院。西面山腰里，面朝着东首歪立在那里的，是一排三间宽的小屋，倒还整齐一点，可是两扇寺门，也已经关上了，里面寂静灰黑，连一点儿灯光人影都看不出来。朝东缘山腰又走了三五十步，在那排屏风似的石壁下面，才有一个茅篷，门朝南向着谷外的大江半开在那里。

我走到茅篷门口，往里面探头一看，觉得室内的光线还明亮得很，几乎同屋外的没有什么差别。正在想得奇怪，又仔细向里面深处一望，才知道这光线是从后面的屋檐下射进来的，因为这茅篷的后面，墙已经倒坏了。中间是一个临空的佛座，西面是一张破床，东首靠泥墙有一扇小门，可以通到东首墙外的一间小室里去的。在离这小门不远的靠墙一张半桌边上，却坐着一位和尚，背朝着了大门，在那里看经。

我走到了他那茅篷的门外立住，在那里向里面探看的这事情，和尚是明明知道的，但他非但头也不朝转来看我一下，就连身子都不动一动。我静立着守视了他一回，心里倒有点怕起来了，所以就干咳了一声，是想使他知道门外有人在的意思。听了我的咳声，他终于慢慢的把头朝过来了，先是含了同哭也似的一脸微笑，正是卖瓢儿似的一脸微笑，然后忽而同惊骇了一头的样子，张着眼呆了一分钟后，表情就又复原了，微笑着只对我点了点头，身子马上又朝了转去，去看他的经了。

我因为在山下已经听见过那樵夫所说的关于这瓢儿和尚的奇特的行径了，所以这时候心里倒也并不觉得奇怪，但只有一点，却使我不能自已地起了一种好奇的心思。据那中老农夫之所说，则平时他对过路的人，都是非常和气，每要施茶给水的，何以今天独见了我，就会那么的不客气的呢？难道因为我是穿长袍的有产知识阶级，所以他故意在表示不屑与周旋的么？或者还是他在看的那一本经，实在是有意思得很，故而把他的全部精神都占据了去的缘故呢？从他的不知道有人到门外的那一种失心状态看来，倒还是第二个猜度来得准一点，他一定是将全部精神用到了他所看的那部经里去了无疑。既是这样，我倒也不愿意轻轻的过去，倒要去看一看清楚，能使他那样地入迷的，究竟是一部什么经。我心里头这样决定了主意以后，就也顾不得他人的愿意不愿意了，举起两脚，便走进门去，走上了他的身边，他仍旧是一动也不动地伏倒了头在看经。我向桌上摊开在那里的经文页缝里一看，知道是一部《楞严义疏》。楞严是大乘的宝典，这瓢儿和尚能耽读此书，真也颇不容易，于是继第一个好奇心而起的第二个好奇心就又来了，我倒很想和他谈谈，好向他请教请教。

“师父，请问府上是什么地方？”

我开口就这样的问了他一声。他的头只从经上举起了一半，又光着两眼，同惊骇似的向我看了一眼，随后又微笑起来了，轻轻地像在逃遁似的回答我说：

“出家人是没有原籍的。”

到了这里，却是我惊骇起来了，惊骇得连底下的谈话都不能继续下去。因为把那下巴上的很深的刀伤疤隐藏过后的他那上半脸的面容，和那虽则是很轻，但中气却很足的一个湖南口音，却同霹雳似的告诉了我以这瓢儿和尚的前身，这不是我留学时代的那个情敌的秦国柱是谁呢？我呆住了，睁大了眼睛，屏住了气息，对他盯视了好几分钟。他当然也晓得是被我看破了，就很从容的含着微笑，从那张板椅上立了起来。一边向我伸出了一只手，一边他就从容不迫的说：

“老朋友，你现在该认识我了罢？我当你走上山来的时候，老远就瞥见你了，心里正在疑惑。直到你到得门外咳了一声之后，才认清楚，的确是你，但又不好开口，因为不知道你对我的感情，经过了这十多年的时日，仍能够复原不能？……”

听了他这一段话，看了他那一副完全成了一个山僧似的神气，又想起了刚才那樵夫所告诉我的瓢儿和尚的这一个称号，我于一番惊骇之后，把注意力一松，神经弛放了一下，就只觉得一股非常好笑的冲动，冲上了心来。所以捏住了他的手，只“秦国柱！秦……国……柱”的叫了几声，以后竟哈哈哈哈的笑出了眼泪，有好久好久说不出一句有意思的话来。

我大笑了一阵，他立着微笑了一阵，两人才撇开手，回复了平时的状态。心境平复以后，我的性急的故态又露出来了，就同流星似的接连着问了他许多问题：“姜桂英呢？你什么时候上这儿来的？做和尚做得几年了？听说你在当旅长，为什么又不干了呢？”一类的话，我不等他的回答，就急说了一大串。他只是笑着从从容容的让我坐下了，然后慢慢的说：

“这些事情让我慢慢的告诉你，你且坐下，我们先去烧点茶来喝。”

他缓慢地走上了西面角上的一个炉子边上，在折柴起火的中间，我又不耐烦起来了，就从板椅上立起，追了过去。他蹲下身体，在专心致志地生火炉，我立上了他背后，就又追问了他以前一刻未曾回答我的诸问题。

“我们的那位同乡的佳人姜桂英究竟怎么样了呢？”

第一问我就固执着又问起了这一个那时候为我们所争夺的惹祸

的苹果。

姜桂英虽则是我的同乡，但当时和她来往的却尽是些外省的留学生，因此我们有几个同学，有一次竟对她下了一个公开的警告，说她品行不端，若再这样下去，我们要联名向政府去告发，取消她的官费。这一个警告，当然是由我去挑拨出来的妒嫉的变形，而在这警告上署名的，当然也都是几个同我一样的想尝尝这块禁脔的青春鳏汉。而出乎大家的意料之外，这个警告发出后不多几日，她竟和下一学期就要在士官学校毕业的我们的朋友秦国柱订婚了。得到了这一个消息之后，我的失意懊丧，正和杜葛纳夫[①]在一个零余者的日记里所写的那个主人公一样，有好几个礼拜没有上学校里去上课。后来回国之后，每在报上看见秦国柱的战功，如九年的打安福系，十一年的打奉天，以及十四年的汀泗桥之战等，我对着新闻记事，还在暗暗地痛恨。而这一个恋爱成功者的瓢儿和尚，却只是背朝着了我，带着笑声在舒徐自在的回答我说：

"佳人么？你那同乡的佳人么？已经……已经属了沙吒利[②]了。……哈哈……哈……这些老远老远的事情，你还问起它作什么？难道你还想来对我报三世之仇么？"

听起他的口吻来，仿佛完全是在说和他绝不相干的第三者的事情的样子。我问来问去的问了半天，关于姜桂英却终于问不出一点眉目来，所以没有办法，就只能推进到以后的几个问题上去了，他一边用蒲扇扇着炉子，一边便慢慢的回答我说：

"到了杭州来也有好几年了……做和尚是自从十四年的那一场战役以后做起的……当旅长真没有做和尚这样的自在……"

等他一壶水烧开，吞吞吐吐地把我的几句问话约略模糊的回答

① 即屠格涅夫。

② 指霸占他人妻室或强娶民妇的权贵。

了一番之后，破茅篷里，却完全成了夜的世界了。但从半开的门口，没有窗门的窗口，以及泥墙板壁的破缝缺口里，却一例的射进了许多同水也似的月亮光来，照得这一间破屋，晶莹透彻，像在梦里头做梦一样。

走回到了东墙壁下，泡上了两碗很清很酽的茶后，他就从那扇小门里走了进去，歇了一歇，他又从那间小室里拿了一罐小块的白而且糯的糕走出来了。拿了几块给我，他自己也拿了一块嚼着对我说：

“这是我自己用葛粉做的干粮，你且尝尝看，比起奶油饼干来何如？”

我放了一块在嘴里，嚼了几嚼，鼻子里满闻到了一阵同安息香似的清香。再喝了一口茶，将糕粉吞下去以后，嘴里头的那一股香味，还仍旧横溢在那里。

“这香味真好，是什么东西合在里头的？会香得这样的清而且久。”

我喝着茶问他。

“那是一种青藤，产在衡山脚下的。我们乡下很多，每年夏天，我总托人去带一批来晒干藏在这里，慢慢的用着，你若要，我可以送你一点。”

两人吃了一阵，又谈了一阵，我起身要走了，他就又走进了那间小室，一只手拿了一包青藤的干末，一只手拿了几张白纸出来。替我将书本铅笔之类，先包了一包，然后又把那包干末搁在上面，用绳子捆作了一捆。

我走出到了他那破茅蓬的门口，正立住了脚，朝南在看江干的灯火，和月光底下的钱塘江水，以及西兴的山影的时候，送我出来，在我背后立着的他，却轻轻的告诉我说：

“这地方的风景真好，我觉得西湖全景，决没有一处及得上这里，可惜我在此住不久了，他们似乎有人在外面募捐，要重新造起胜果寺来。或者明天，或者后天，我就要被他们驱逐下山，也都说不定。大约我们以后，总没有在此地再看月亮的机会了罢。今晚上你可以多看一下子去。”

说着，他便高声笑了起来，我也就笑着回答他说：

“这总算也是一段‘西湖佳话’，是不是？我虽则不是宋之问，而你倒真有点像骆宾王哩！……哈哈……哈哈！”

一九三二年十二月

迟　暮[1]

厌倦了频年的飘泊，并且又当日本帝国主义军队的来侵与世界经济恐慌最高潮的当口，觉得不死不生地羁栖在大都会里作穷苦的文士生活，也没有一点意义，林旭就在一天春雨潇潇的早晨，带了他的妻儿迁上比较安静的杭州城里去永住了。

杭州本来是林旭他们的本土本乡，饮食起居的日用之类，究竟要比上海便宜得多。林旭在表面上虽则在说，对于都市生活，真觉得厌倦极了，只想上一处清静点的地方去读读书，写写东西，但其实，这一次的迁居的主要动机，还是因为经济上的压迫。

“算了算了，人生原不过是这么回事。苦苦的寄生在这大都会里，要受邻居们的那些闲气，倒还不如回到老家去住它几天大房子的合算！”

林旭在一天睡不着觉的恼人的晚上，这样的轻轻地说了一串并不是在对人讲的独白，而睡在他的身边似乎也还没有合眼的他的夫人，却马上很起劲地回答他说：

“我倒也是这样的在想，就是不回乡下的老家，上杭州去租一间大一点的房子住住，租钱究竟要比这里便宜些。”

这一个偶然在蚊帐之内的夫妻会议的决议案，居然于半月之后被实地执行了。将几件并不值钱的零星行李与两个小孩子搬进车厢

[1] 本篇原载于一九三三年七月一日《文学》月刊创刊号。

之后，林旭把关在那里的车窗放了下来，对着烟雾和春雨拌在一道的像灰浆一样的上海空中，如释重负似的深长地吐了一口郁气。立在窗口，拿出手帕来擦擦额上的汗，回转头来，对两个淘气的小孩发了几声叱咤的命令，他又凝视住窗外的雨脚在作独语说：

“车到站的时候，要希望它不落雨才好！”这一个老是像只在对自己说话的独语习惯，也是林旭近来的一种脾气；有时候在街上独步，或一个人深夜在书案前看书的当中，他也会高声地说出一句半句的话，或发出一声绝望悲愤的叫喊来。他的家人对他这脾气，近来也看惯了，所以即使听见了他的独白，看见了他的脸上的险恶的表情，也到了会泰然不去理他的程度。

因为是落雨天，所以车厢里空得很。火车开出之后，林旭一个人走上了离女人小孩们略远的一个空座去坐下，先翻开了一册打算上杭州去译的书看了几页。后来又屈着手指头计算了些此番搬家的用费之类，更看看窗外的雨景而打了几个呵欠，不知不觉就昏昏沉沉地在座位前的小桌上靠住睡着了。

火车准时到了杭州城站，雨还在凄凄地落着。一靠月台，他的夫人就向车窗外干娘大哥二弟地招呼了一阵；原来他们的亲戚朋友，接到了他们将迁居来杭的消息，和火车到站的时刻，早就在那里等着了。林旭走下了月台，向几位亲戚带来的小孩子等一看，第一就感到了一种辨认不清的困惑。几年前头，他上杭州来看他们的时候，有几个小的他不曾看见，有几个与他是居于叔侄的辈次的小孩，也还是不懂人事的顽童，而现在他们竟长得要和他一样地高，穿着了学校的制服，帮他提行李，抱小孩，俨然是已经成年的中坚国民了。走出了月台栅门，等汽车来搬行李的当中，他约大家上待车室里去坐了一下，喝了口茶，吸了支烟后，他镇静地向他的长一辈的亲戚们仔细一打量，心里头也暗暗地吃了一惊。他觉得他们的脸色，他们的姿势，在这仅仅的几年之中，竟变得非常之衰老了。

“啊啊，这一个人生，这一个时间的铁门关，谁能够逃得过去？谁能够逃得过去呢？”

分坐入了几辆汽车，他向两旁在往后退的依旧同几年前一样的衰落的杭州城市看看，心里忽而起了一种莫名其妙的灰冷的感觉，在他的口上，险些儿又滚出了这一串独白。

在杭州住下的第二天，新居的电灯，接上了火。林旭吃过了夜饭，踏进一间白天刚布置好的书斋，去打开夜饭前送到的上海报纸来看，初看了第一面的大字广告，还并不觉得什么，跟着日军侵入的政治新闻，因为只看了些题目，倒也还可以，后来看到了三面的社会新闻，读入了记事的第一则，就觉得字迹模糊得很。叫家人来换上了一个五十支烛的电灯球，继续再把社会记事看下去，而字迹的模糊，还同没有换灯球的时候一样。他把眼睛擦了几擦，歪头一想，才晓得自己的眼睛花了，一副新近配好的老眼镜，在移家的纷乱之中，不知摆入了什么地方，到现在还没有寻着。放下报纸，灭去电灯，踏回寝室去就寝的路上，他又轻轻地独语着说：

“明天一早就非去配一副眼镜来不可！非去配不行！”

搬家之后，约莫将一礼拜了，有一天久雨初晴的午后，林旭在中饭时饱啖了一盘杭州著名的醋溜鲩鱼，醉醺醺地正躺在书斋里的藤椅上拥鼻微吟。

“冷雨埋春四月初……归来……饱食故乡鱼……范雎……书术成奇辱……王霸妻儿……爱索居……伤乱久嫌……文字狱……偷安……新学武陵渔……商量柴米分排定……缓向湖塍试鹿车……[1]”

翻来覆去，吟成了这五十六字，刚在想韵脚和平仄的协与不协，门铃一响，他的已经长到六岁的儿子却跑进来说：“有客人

① 全诗为郁达夫的《迁杭有感》。

来了！”

跑上客厅去一看，他起初呆了一呆，一时竟认不出这客人是谁。听了客人叫他的声音，又听了一句“你总以为我还在广东吧？”的开场白之后，他就“啊！”的叫了一声，抢上去握住了客人的手，只在“仲子！仲子！”的叫客人的名字，有半晌说不出话来。

诗人黄仲子当十几年前刚出第一册诗集的时候，林旭在上海原是和他很熟的朋友。当时因为有人毁谤林旭，说他是一位变态性欲者之故，年纪很轻的黄仲子，对他还同小姑娘似的表示了许多羞缩的神情。以后一别十余年，他们有时原也在车窗马背，客舍驿亭里见过几次面，有时也各寄赠着一些自著的作品之类，通过许多次信，但到了这一个安静的故乡来一见，林旭真是掉入了梦里去的样子。

“仲子，你广东是几时回来的？”

“回来得已经有一年光景了，时代实在进展得太快，我们都落伍了，你也老得多了呢，林旭！”

“那当然！仲子，我看你的额上，也已经有了几条皱纹了呢！真是年年岁岁花相似，岁岁年年人不同啦！你近来还做诗么？”

“柴米油盐都筹谋不了，哪里还有工夫做诗哩！你有几个小孩子了？”

“两个半，因为还有一个，怕就快要出来，所以只好算半个，你呢？”

“也是三个！性欲的净化，the sublimation of sexual instinct 的必要，虽则时时感到，可是实际上却终于不行。”

“哈哈，哈哈，你也做了山喀夫人的信徒了么？节育这一件事情可真不容易，好！让我们慢慢地来研究吧！”

“上海的文坛怎么样？你为什么要搬到这一个死都里来住呢？”

"还不是为了生活！我们是同你刚才说过的一样，都落伍了。无论如何，在这一个暴风雨将次到来的大时代里，我们所能尽的力量，结局总是微薄得很。新起的他们，原也很在努力，但实力总觉得还差一点。像我这样，虽自己明晓得自己的软弱无能，可在有些时候，也还想替他们去服一点点的推进之务，不过心有余而力不足，近来老觉得似乎将要变成他们的障碍物的样子，所以就毅然决然地退出了这文笔的战场。仲子，你以为我这计划怎么样？"

"当然是很好，我们虽则都还未老，但早已先衰了，第一就得来休养休养，虽然或将从此一直的没落下去也说不定。"

"祝夫人呢？近来怎么样？"

"她么？不是刚才同你说过，已经成了三个孩子的母亲了，除开走上了千古不易的母性的轨道之外，还有什么？"

"还有金女士呢，金丽女士呢？我听说她也已经回国了，是在杭州教书吧？"

"她也在这里，并且因为在一张报上看见了你的来此地永住，还很想和你见见。明天午后有没有空？我们去约她游一趟湖，你以为怎么样？"

"好，好得很，我明天午后一定上湖滨去等你们。"

林旭和黄仲子这样约定了明日去游湖，两个人又谈了些闲天，就匆匆地分开了手。是在这一天的晚上，林旭于躺下床去之后，就又问了问他的夫人：

"黄仲子明天约我去游湖，你愿不愿意去？"

"挺着了这么一个大肚子，谁还愿意去出丑哩！"

"听说金丽也一道去的，你们不都是老同学么？为什么不去见见谈谈？"

"等我做了产之后，再去请她们吧！"

原来林旭的夫人汪宝琴和黄仲子的夫人祝荫楠以及金丽，都是杭州女学校里的先后的同学，而同级的金丽和祝荫楠，还是同一个县里出身的小同乡。当诗人黄仲子在向祝女士通信求爱的时候，比祝低一级的汪宝琴她们的班里，很流传着有些风说，似乎说诗人黄仲子对祝的级友金丽，一时也曾经感到过不能自已的深情。但结果，黄祝俩终于结成了美满的良缘，而金女士也于学校毕业之后，上法国去继续读了几年书。不久之前，金女士刚自法国学成了回来，仍在杭州的一个大学里教书。林旭有一天偶尔在报上的教育栏里看到了这消息，对他夫人说了，他夫人也就向他说出了那一件旧事。后来他又听她说，金女士，因为抱着高远的理想，一直到现在为止还是一个独身的处女；因此他对她也触生了一点浅淡的好奇心。平时对于女性绝不注意的林旭，这一回见了黄仲子而竟问起了金丽，想来总也是这一种意识下的丽比多[①]在那里起作用。

到了和黄仲子约定的时间前半个钟头的光景，林旭便从新寓出来，慢慢地踱到了湖滨。这一天的天气，原也晴暖得宜人，但香市早过，浴佛节也于前两天过去了，故而湖上的游人，也并不多。日光淡淡地晒在湖滨的树枝上，远山上，以及许多空船的白篷子上。当这一个继三春而至的热烈的首夏晴天，照理来讲，湖上的景色，当然是分外的妍丽浓艳的，但不晓怎么，林旭一个人在湖滨踱着，看看近旁，看看远处，只觉得是萧条落寞，同在荒凉的冬日，独自在一个废墟的城边漫步时的情景一样。

先在体育场附近的堤上走了一圈，等慢慢走到了二码头的树下的时候，他觉得脚力也没有了，所以就向一条长木椅上坐了下去。将头靠上了椅背，眼睛半开半闭地茫然对西面的山影不知呆看了几多时，忽而在他的近旁路上，有许多蹀躞着的小孩脚步声听见

① 即力比多（libido）。

了，回转头来向北一看，他第一眼就看出了一个身材比那一群小孩大人都稍高一点的女性的上半身。接着就看见了黄仲子，看见了黄仲子的夫人和她的三个小孩。同时黄仲子也走上了他的面前，在说话了。

“你等得很久了么？我们因为去约密斯金，绕远了路。”

说着，他就照例的替林旭和金丽介绍了一下，金女士的青春的丰润期，虽则已经过去，但从她的紧张的肌肉和羞涩的表情上看去，究竟还有点少年的风韵留在那里。林旭一面露着微笑应答着话，一面更抛眼向仲子的夫人一看，觉得她的头发也枯燥了，颜面也瘦落了，谈话的语气也散漫了，时时只在照顾着三个孩子，生怕他们在路上发生了什么意外。

“是的，仲子的话说得不错，她是已经走上了母性的轨道了！”

这样私私在心里转着念头，他又掉头向仲子一看，觉得从前是那么热情汹涌的这位抒情诗人，现在也戴上了近视眼镜，穿上了半旧的黄黑色西装，本来是矮胖的身体，更觉得矮了胖了一点，彬彬有礼，默默随人，似乎也已经变成了一位走上了轨道的父亲。

林旭因为多走了一点路，身体微感到了些疲乏，所以对于游湖，并没有积极的兴趣。金女士也说今晚上有朋友结婚，要去帮忙，怕是不能在湖里滞留到夜。黄仲子夫妇俩，有三个小孩要招呼，落船上岸，处处都有不便，所以落不落湖，也是随便的。林旭感到了这些，并且觉得金女士也已经会见，好奇心也早已满足了，故而就提议说：

“我们还是上西园去吃点点心吧！湖上清冷得很，玩也没有什么好玩。”

大家赞成了这提议，上西园三楼去坐落，在吃点心的中间，林旭向四周清淡的座上看看，忽而想起了一幕西班牙伊罢纳兹著的小说《洪流》的电影里的场面。

“仲子，前几年，有一个外国影片，伊罢纳兹的《洪流》，曾经到过中国，你有没有去看？”

林旭不经意地将这一句话问出口后，心里倒觉得有点太冒失了，所以不等黄仲子的回答，就接着又将话岔了开去：

“近来中国的电影，似乎也很进步，不过无论如何，我觉得总没有外国影片那么的高尚。”

这样的勉强遮掩了过去以后，林旭再偷眼望了一望金丽，她似乎还没有听见这一段谈话，只在呆呆地了望着窗外的外景。

又无情无绪的谈了些杂天，给小孩子们吃了些甜点心之类，西南角上的一块浮云，渐渐的升起，把太阳盖住了。付过了茶点杂账，等他们大小七人走下楼来，各在三岔路口雇车回寓的时候，时候虽则还是很早，但湖上的天光，竟阴森森黑暗得有点儿像是日暮的样子。

一九三三年五月二十日

唯命论者 ①

在 ×× 市立第十七小学教书的李德君先生，今天又满怀了不快，从家里闷闷地走上了学校；原因是当他在吃泡饭的时候，汤水太热，舌头上烫起了一个泡。而“福无双至，祸不单行”的两句老话，却是他最佩服的定命哲学。

出胡同，转了一个弯，正走到了河沿边上的时候，河边大树上刚要飞走的一只老鸦，又呱呱呱的向他叫了两三声。一边走着，一边张了怒目，正在瞋视着这只老鸦的去向，初出屋顶的太阳光线，又无端射进了他的眼睛。双眼一感到眩惑，脚步乱了，拍搭一钩，铺路的乱石，又攀住了他那双头上早已开了大口的旧皮鞋脚。

“晦气晦气！真真是祸不单行！”

嘴里呸呸地向地上唾出了两口唾沫，心里这样转着，他想马上跑回家去，寻出他那位也是小学教员出身，虽则是去年年底刚满二十六岁，但已经生下了六个小孩，衰老得像六十二岁的老太太似的夫人来，大闹一场，问她为什么泡饭要烧得那么的热。可是时间来不及了，八点半就要上课的，头次预备钟已经在打起来了；铛铛铛铛的钟声，只在晴空里缭绕，又轻松又快活，好像在嘲笑李德君先生的不幸。

急忙赶到了休息室里，把头上压在那里的那顶黄色旧黑呢帽一

① 本篇原载于一九三五年三月十五日《新小说》第一卷第二期。

除，他的秃顶的头上放出了一层蒸笼馒头似的热气；三脚两步抢上课堂，亮光光的馒头上，热气已经结成了珠汗了。

“诸位小朋友，唉喝，唉喝，诸位小朋友……今天……今天读的，是一只小鸟的故事……”

正讲到这一个题目，坐在第二排末尾的那个最顽皮的小孩，却举起了手来。

“李先生！我要撒鸟！”

李先生气起来了，放下了书本，就张大了眼，大声对这小孩喝着说：

“刚上着课，就要撒鸟？不准去！”

小孩也急起来了，又叫说：

“李先生，我要撒出来了！”

李先生低头想了一想，结果没有法子，终究还只好让他出课堂去。

午前三个钟头的课上完之后，李先生的嘴颚骨感到了酸痛，亮晶晶的光头上似乎也消去了一层亮光。手里夹着了一大堆要改的日记簿，曲着背，低着头，走回家来吃中饭的时候，他的第五位公子正因为撒出了大便在换衣服；夫人烧饭，自然也为此而挨迟了钟点。

不得已，李德君先生只好饿着肚皮，先去改学生的卷子。一卷，二卷，三卷，四卷，改到后来，他也气起来了，拿起了边上的一张白纸，就顺笔的写了下去：

我李德君，系出陇西，家传柱下；少年进学，早称才气无双，老去依人，岂竟前程有限？每周所入，养一妻数子尚堪虞，此日所遭，竟五角六张之更甚。冯唐易老，李广难封，虽曰人事，讵非天命？视彼轻佻劣子，坐拥多金，樗栎庸材，高驰驷马，则名教模楷，自只能呜咽作五知先生传矣。况复三成四折，一欠再延，枵腹从公，低眉渡世，若再稽迟十日之薪，势将索我于枯鱼之肆，呜呼痛哉！亦唯命耳。

写完了这一篇唯命论后，读了一遍，想想前两月的薪水，还没有发下，而明天四块半钱的房租，却不得不付了，心里自然同麻绳初卷似的绞榨了起来，于是卷子也改不下去了。

"吃饭，还是吃饭罢！……"心里想着就叫出了口来，"喂！饭有没有烧好？……你，你，你近来，老是像没头苍蝇似的，什么都弄不好。譬如今天早晨的泡饭罢，就烧得太烫，而这中饭哩，又烧得这么的迟。"

他对夫人的态度，每次总是这样的；在心里，他简直要一把拖起来打她一顿，可是潜意识里的"她也真可怜，嫁了我这一个年龄比她大一倍的老秀才，过的真不是人的生活。一家八口，穷得连雇一个使用人的钱都没有。还是忍耐些罢！"等想头，终于使他压住了气，只虎头蛇尾地说几句埋怨的话了事。但有时候，他说一句，她倒要回复他到两句三句之多，结果还是他先住了嘴，这就是他的所谓和夫人的大闹。在学校的同事之间，他的地位，也只和在家庭里的一样。轻薄的少年同事，卑污的当局人等，都不把他当作人看。他心里虽则如火如荼地在气在恼，但结果只唉喝唉喝的空咳几声，就算出了气。他在这小学里勤劳了二十年了，眼见得同事的及学生之中的狡猾者，一个一个都钻入了社会，攫取了富贵，而他自己的一点点薄俸，反而一年一年的减少了下去。幸亏二十几年前的那一张师范讲习所的证书在帮他的忙，所以每次校长更换的时候，他还保留了那个三十八元六角的位置，否则恐怕早连烫舌尖的泡饭，都要向施粥厂去乞取了。

因为肚子的饿和下午怕赶不着去上课的心里的急，使他想起了几十年来的生涯大事。十六岁的那一年进学，总算是一件喜事，十余年前的和现在这一位夫人初次结婚，总算也是一件喜事。此外则想来想去，终于没有一件称心的事情。现在老了，脸上虽则还没有养起须子，但眉毛中间的直纹和眼角鼻下的斜皱，分明证实了孔子说他的“四十五十而无闻焉”的一生。本来是不高不胖的身体，近来更曲了背瘦了肉，那一套七八年前做的粗呢中山装，挂在身上，像是一面不吃风的风帆。黄而且黑的那一张脸，自己在镜子里看起来，也像是一个老婆婆。左右的几个盘牙掉了以后，颧骨愈显得高，颧下的两个深窝愈陷得黑了。少年的痕迹，若还有一点残留在他的脸上的话，那只可以举出他的长眉下的一双棱形的眼睛来，就是这一双眼睛，近来也只变成了撞墙的急狗似的阴狠而可怕，那一种飒爽的英气，早就消失了。

“唉喝，唉喝！饭究竟怎么样了？”

可是奇怪得很，今天他这样的接二连三地催了几声，他的夫人却并无恼怒的回话。不但她并不恼怒，一只手抱了一个周岁的小孩，一只手拿菜和饭给他。她的脸上，并且还满含了一脸神秘的微笑。他摸了几下秃头，一边吃饭，一边在那里猜，猜她今天有了什么喜事。“大约是她的娘要从乡下来吧？”但她的来，每次总是突如其来的，从来也没有预先使她女婿女儿知道过一次。“或者是又有了孕了么？”不对不对，这并不是喜事。默默地吃完了饭，猜了许多次的哑谜，觉得都不很像，结果他也忍不住了，就开了口：“喂！你在那里笑什么？”

“你三点钟回来的时候，我再同你说。”

李先生的下午的授课，显见得露出了慌张。等三点的下课钟打后，他又夹了一大堆草簿回到屋里的时候，他的脸上也满含了一种微笑。这一回是轮到他的夫人来猜谜了，但她可聪明得很，一猜就猜中了他的喜事，“前两月的薪水发下来了”。从破中山装的袋里，将几张旧钞票拿出来交给他夫人的瞬间，他夫人也将她的隐藏了一个多月的秘密告诉了他。前回她娘上城里来买东西，曾在店头给了她手里抱着的小儿子一块钱。她下了绝大的决心，将这一块钱去买了一张航空券，今天就是这航空券开奖的日子。

唯命论者的李先生，到此也有点动摇起来了，因而他所确信的哲学，也因果颠倒了一下，仿佛是变成了“祸无双至，福不单行”的样子；今天既发了薪水，这奖券当然是也可以中得的。很满足地吃过了早夜饭，他嘴里念着一四零三二零，一四零三二零的号码，就匆匆走到了大街的一家卖奖券的店头。在灯烛辉煌，红纸金字的招牌挂得满满的这一家店门口，他走来走去先走了好几遍。因为从来也没有买过什么奖券，他心里实在有点害怕，怕上这店里去碰一个钉子。最后，鼓起了绝大的勇气，把眼睛眨了几眨，唉喝唉喝的空咳了几声，他才上柜前幽幽地问了一声：“今天开奖的号码，有没有晓得？”店里的一位年轻的伙计，估量了他一眼，似乎看了他的神气有点觉得好笑的样子，只微笑着摇了一摇头。他微微感到了一点失望，底下当然是不敢问下去了，不得已就离开了店，但心里却在打算再上另一家去试问一下。

低着头，转了几个弯，正走入市里顶热闹的那条大街的时候，他在左手的一家单间门面的店门口，忽而看见了一块红牌上用白水粉写着的号码，“一四零三二零”。他啊的一声叫了起来，更张了大眼，向电灯光下，重新看了一遍。这家店明明是一家卖奖券的店；红牌上的水粉还没有干，这号码一定是今天开奖的上海电话里来的号码。一四零三二零，一四零三二零，决没有错。他浑身发起抖来了，脸上立时变成了苍白。“这五万块钱！啊啊，这五万块钱！”他呆立在街上，不知立了几分钟，忽而又有三五个人走拢来看了。有一个说：

“一四零三二零，这次的头奖不知落在什么地方？”另一个说：

“底下的几个小奖，我不知有没有买着？”

听了这几句话，他抖得更是厉害，简直是站也站不稳，走也走不动的样子。不得已，只能叫一乘黄包车坐回家来，这虽是他二三年来仅有的一次奢侈的破例，但不要紧，头奖已经中了。坐在车上，发抖还是不止，有几次抖得凶，险些儿身体都抖出到了车外。血气回复了一点常态，他头脑里又忽而感到了一阵烘烘然的胀热，车的周围的世界，两旁的灯火，都像在跳跃舞蹈，四面的人的眼睛，似乎全在盯视住他，而他们的嘴里，又仿佛各在嗡嗡地叫说：“李德君中了头奖了！李德君中了头奖了！”车到了门口，跳下踏脚板后，双脚一软，他先朝大门覆跌了下去。

“喂！喂！快点出来，快点出来！”

这样的颤声叫着他的夫人，他自己却爬起又跌倒爬起又跌倒地爬不起身来。等夫人抱着小孩，把车钱付了，他才慢慢从地上爬起，走到了室内，而那顶黄色的旧黑呢帽，却翻朝了天，被忘记在马路的黑暗的中间。

“中了！中了！一四零三二零！”

抖着说着，说了半天，他才说出了这几句不完全的话。他的发抖软脚之病，立时就传染给了他的夫人，手里抱着的小孩，哗哗的从地上哭起来了。

两人对抖着，呆视着，歇了半天，还是李先生先苏醒了转来。他说：

“喂！你那张奖券呢？让我看，号码究竟是不是一四零三二零。”

经他这么一说，夫人也醒了；抱着小孩，她就上床头去取出了那张狭狭的五颜六色的纸来。两人争夺了一下，拿近上煤油灯下去一照，仍旧是不错，是几个红的一四零三二零的阿喇伯字。于是夫人先开口说：

“这一回可好了，你久想重做过的那一套中山装好去做了。”

李先生接着也说：

“五万元！岂止一套中山装，你也可以去雇一个佣人来，买一件外面有皮的大衣。”

“还有小孩子们的衣服！”

“我们还要办一个平民小学哩！”

“娘娘她们，当然也要给她们一半。”

“一半太多，要给她们二万五千元干什么。”

“那一块钱，岂不是娘娘的么？”

“但是买总是你买的。”

“还有我的另外的穷亲戚也不少，就算一家给一千元罢，起码也有二十几家。”

“那么剩下来岂不只五千元了么？”

“五千元还不够么？”

“唉喝！唉喝！”

李先生的干咳，大抵是不满或不得已的心状的表示。两人沉默了下去，各怀着了不服。终于夫人硬不过李先生，等许久之后，又开始说了。

“这钱上哪里去拿呢？”

“上上海去拿，我明天就辞了职上上海去拿。”

“上海我也要去的。”

“你去干什么？”

“你可以去难道我不可以去？”

两人又反了目，又沉默了下去。煤油灯疵的响了一声，灯光暗下去了，灯里的煤油点到了九分之九。等了不久，灯完全黑了，而窗外面的亮光，也从破壁缝里透漏了进来。

三天之后，各奖券店里，都来了对号单，这一次开彩的结果，头奖没有售出，特奖是一四六三二六号，阿喇伯字的六字与零字原也很像。

市立第十七小学门前的河里，在这一天的晚上，于上海车到后不久，有一个矮矮的人投入了河。第二天早晨，校役起来扫地的时候，发见了秃头的李先生的尸体，他的手里捏着的还是一四零三二零的那一条奖券。

其后一两个月中间，这一条河沿上夜里就断绝了行人，说是晚上过路的人，老见有一位矮矮的穿旧中山装的秃头老先生，会唉喝唉喝地出来兜售奖券。这或许是同打花会的人一样，在利用了李先生的死，而谋生财的大道。

一九三五年二月

出　奔①

一、避难

金华江曲折西来，衢江游龙似的北下，两条江水会合的洲边，数千年来，就是一个闾阎扑地，商贾云屯的交通要市。居民约近万家，桅樯终年林立，有水有山，并且还富于财源；虽只弹丸似的一区小市，但从军事上，政治上说来，在一九二七年的前后，要取浙江，这兰溪县倒也是钱塘江上游不得不先夺取的第一军事要港。

国民革命军东出东江，传檄而定福建，东路北伐先锋队将迫近一夫当关，万夫莫敌的仙霞岭下的时候，一九二六年的余日剩已无多，在军阀蹂躏下的东浙农民，也有点蠢蠢思动起来了。

每次社会发生变动的关头，普遍流行在各地乡村小市的事状经过，大约总是一例的。最初是军队的过境，其次是不知出处的种种谣传的流行，又其次是风信旗一样的那些得风气之先的富户的迁徙。这些富户的迁徙程序，小节虽或有点出入，但大致总也是刻板式的；省城及大都市的首富，迁往洋场，小都市的次富，迁往省城或大都市，乡下的土豪，自然也要迁往附近的小都市，去避一时的风雨。

当董玉林雇了一只小船，将箱笼细软装满了中舱，带着他的已

① 本篇原载于一九三五年十一月一日《文学》第五卷第五号。

经有半头白发的老妻，和他所最爱，已经在省城进了一年师范学校的长女婉珍，及十三岁的末子大发，与养婢爱娥等悄悄离开土著的董村，扬帆北去，上那两江合流的兰溪县城去避难的时候，迟明的冬日，已经挂上了树梢，满地的浓霜，早在那里放水晶似的闪光了。船将离岸的一刻，董玉林以棉袍长袖擦着额上的急汗，还絮絮叨叨，向立在岸上送他们出发替他们留守的长工，嘱咐了许多催款，索利，收取花息的琐事；他随船摆动着身体，向东面看看朝阳，看看两岸的自己所有的田地山场，只在惋惜，只在微叹。等船行了好一段，已经看不见董村附近的树林田地了之后，他方才默默的屈身爬入了舱里。

董玉林家的财产，已经堆积了两代了。他的父亲董长子自太平军里逃回来的时候，大家都说他是发了一笔横财来的；那时候非但董玉林还没有生，就是董玉林的母亲，也还在邻村的一家破落人家充作蓬头赤足的使婢。蔓延十余省，持续近二十年的洪杨战争后的中国农村，元气虽则丧了一点，但一则因人口不繁，二则因地方还富，恢复恢复，倒也并不十分艰难。董长子以他一身十八岁的膂力，和数年刻苦的经营，当董玉林生下地来的那一年，已经在董村西头盖起了一座三开间的草屋，垦熟了附近三十多亩地的沙田了。那时候况且田赋又轻，生活费用又少，终董长子的勤俭的一生之所积，除田地房屋等不动产不计外，董玉林于董长子死后，还袭受了床头土下埋藏起来的一酒瓮雪白的大花边。

董玉林的身体虽则没有他父亲那么高，可是团团的一脸横肉，四方的一个肩背，一双同老鼠眼似的小眼睛，以及朝天的那个狮子鼻，和鼻下的一张大嘴，两撇鼠须，看起来简直是董长子的只低了半寸的活化身。他不但继承了董长子的外貌，并且同时也继承了董长子的鄙吝刻苦的习性。当他十九岁的时候，董长子于垂死之前，替他娶了离开董村将近百里地的上塘村那一位贤媳妇后，董长子在临终的床上，口眼闭得紧紧贴贴，死脸上并且还呈露了一脸笑容；因为这一位玉林媳妇的刮削刻薄的才能，虽则年纪轻轻，倒反远出在老狡的公公之上。据村里的传说，说董长子的那一瓮埋藏，先还不肯说出，直等断气之后，又为此活转来了一次，才轻轻地对他的媳妇说的。

董长子死后，董玉林夫妇的治世工作开始了。第一着，董玉林就减低了家里那位老长工的年俸，本来是每年制钱八千文的工资，减到了七千。沙地里种植的农作物，除每年依旧的杂粮之外，更添上了些白菜和萝卜的野蔬，于是那一位长工，在交冬以后，便又加了一门挑担上市集去卖野蔬的日课。

董玉林有一天上县城去卖玉蜀黍[①]回来，在西门外的旧货铺里忽而发见了一张还不十分破漏的旧网。他以极低廉的价格买了回来，加了一番补缀，每天晚上，就又可以上江边去捕捉鱼虾了；所以在长工的野蔬担头，有时候便会有他老婆所养的鸡子生下来的鸡蛋和鱼虾之类混在一道。

照董村的习惯，农忙的夏日，每日须吃四次，较清闲的冬日，每日也要吃三次粥饭的，董长子死后，董玉林以节省为名，把夏日四次的饮食改成了三次，冬日的三餐缩成了两次或两次半；所谓半餐者，就是不动炉火，将剩下来的粥饭胡乱吃一点充饥的意思。

董长子死后的第二年，董村附近一带于五月水灾之余，入秋又成了旱荒。村内外的居民卖儿鬻女，这一年的冬天，大家都过不来年。玉林夫妇外面虽也装作愁眉苦眼，不能终日的样子，但心里却在私私地打算，打算着如何的趁此机会，来最有效力地运用他们父亲遗下来的那一瓮私藏。

---

① 玉米的别称。

最初先由玉林嫂去尝试，拿了几块大洋，向尚有田产积下的人家去放年终的急款。言明两月之后，本利加倍偿还，若付不出现钱的时候，动用器具，土地使用权，小女儿的人身之类，都可以作抵，临时估价定夺。经过了这一年放款的结果，董玉林夫妇又发现了一条很迅速的积财大道了；从此以后，不但是每年的年终董玉林家门口成了近村农民的集会之所，就是当青黄不接，过五月节八月节的时候，也成了那批忠厚老实家里还有一点薄产的中小农的血肉的市场。因为口干喝盐卤，重利盘剥的恶毒，谁不晓得，但急难来时，没有当铺，没有信用小借款通融的乡下的农民，除走这一条极路外，更还有什么另外的法子？

猢狲手里的果子，有时候也会漏缝，可是董家的高利放款，却总是万无一失，本利都捞得回来的。只须举几个小例出来，我们就可以见到董玉林夫妇讨债放债的本领。原来董村西北角土地庙里一向是住有一位六十来岁的老尼姑，平常老在村里卖卖纸糊锭子之类，看去很像有一点积贮的样子。她忽而伤了风病倒了，玉林嫂以为这无根无蒂的老尼死后，一笔私藏，或可以想法子去横领了来，所以闲下来的时候，就常上土地庙去看她的病，有时候也带点一钱不值的礼物过去。后来这老尼的病愈来愈重了，同时村里有几位和她认识的吃素老婆婆，就劝她拿点私藏出来去抓几剂药服服，但她却一口咬定没有余钱可以去求医服药。有一次正在争执之际，恰巧玉林嫂也上庵里看老尼姑的病了，听了大家的话，玉林嫂竟毫不迟疑，从布裾袋里掏出了两块钱来说：“老师父何必这样的装穷？你舍不得花钱，我先替你代垫了吧！”说着，就把这两块钱交给了一位吃素老婆婆去替老尼请医买药。大家于齐声赞颂玉林嫂的大度之余，就分头去替老尼服务去了。可是事不凑巧，老尼服了几剂药，又捱了半个多月之后，终于断了气死了。玉林嫂听到了这个消息，就丢下了正在烧的饭锅，一直的跑到了庙里，先将老尼的尸身床边搜索了好大半天，然后又在地下壁间破桌底里，发掘了个到底，搜寻到了傍晚，眼见得老尼有私藏的风说是假的了，她就气忿忿的守在庙里，不肯走开。第二天早晨，村里的有志者一角二角的捐集起了几块钱，买就了一具薄薄的棺材来收殓老尼的时候，玉林嫂乘众人不备的当中，一把抢了棺材盖子就走。众人追上去问她是何道理，她就说老尼还欠她两块钱未还，这棺材盖是要拿去抵账的。于是再由群人集议，只好再是一角二角的凑集起来，合成了两块钱的小洋去向玉林嫂赎回这具棺材盖子。但是收殓的时候，玉林嫂又来了，她说两块钱的利子还没还，硬自将老尼身上的一件破棉袄剥去了充当半个月的利息，结果，老尼只穿了一件破旧的小衫，被葬入了地下。

还有一个小例，是下村阿德老头的一出悲喜剧。阿德老头一生不曾结过婚；年轻的时候，只帮人种地看牛，赚几个微细的工资，有时也曾上邻村去当过长工。他半生节衣缩食，一共省下了二三十块钱来买了两亩沙地，在董玉林的沙田之旁。现在年纪大了，做不动粗工了，所以只好在自己的沙地里搭起了一架草舍，在那里等待着死。因为坐吃山空，几个零钱吃完了，故而在那一年的八月半向董玉林去借了一块大洋来过节。到了这一年的年终，董玉林就上阿德的草舍里去坐索欠款的本利，硬要阿德两亩沙地写卖给他，阿德于百般哀告之后，董玉林还是不肯答应，所以气急起来，只好含着老泪奔向了江边说：“玉林呀玉林，你这样的逼我，我只好跳到江里去寻死了！”董玉林拿起一枝竹竿，追将上来，拼命的向阿德后面一推，竟把这老头挤入到了水里。一边更伸长了竹竿，一步一步的将阿德推往深处，一边竖起眉毛，咬紧牙齿，又狠狠的说：“你这老不死，欠了我的钱不还，还要来寻死寻活么？我索性送了你这条狗命！”末了，阿德倒也有点怕起来了，只好大声哀求着说：“请你救救我的命吧！我写给你就是，写给你就是！”这一出喜剧，哄动了远近的村民都跑了过来旁看热闹。结果，董玉林只找出了十几块钱，便收买了阿德老头的那两亩想作丧葬本用的沙地。

董玉林夫妇对于放款积财既如此的精明辣手，而自奉也十分的俭约；譬如吃烟吧，本来就是一件不必要的奢侈。但两人在长夜的油灯光下，当计算着他们的出入账目时，手空不过，自然也要弄一支烟管来咬咬。单吸烟叶，价目终于太贵，于是他们就想出了一个方法，将艾叶蓬蒿及其他的杂草之类，晒干了和入在烟叶之内。火柴买一盒来之后，也必先施一番选择，把杆子粗的火柴拣选出来，用刀劈作两分三分，好使一盒火柴收作一盒半或两盒的效用。

董家的财产自然愈积愈多了，附近的沙田山地以及耕牛器具之类，半用强买半用欺压的手段，收集得比董长子的时代增加到了三四倍的样子。但是不能用金钱买，也不能用暴力得的儿子女儿，在他们结婚后七年之中，却生一个死一个的死去了五个之多。同村同姓的闲人等，当冬天农事之暇，坐上香火炉前去烤榾柮火，谈东邻西舍的闲天的时候，每嗤笑着说：“这一对鬼夫妻，吮吸了我们的血肉还不够，连自己的骨肉都吮吸到肚里去了；我们且张大着眼睛看吧！看他们那一分恶财，让谁来享受！”这一种田地被他们剥夺去了以后的村人的毒语，董玉林夫妇原也是常有得听到；而两夫妇在半夜里于打算盘上流水账上得疲倦的时候，也常常要突地沉默着回过头来看看自家的影子，觉得身边总还缺少一点什么。于是玉林嫂发心了，要想去拜拜菩萨，求求子嗣；董玉林也想到了，觉得只有菩萨可以使他们的心愿满足实现。

但是他们上远处去烧香拜佛，也不是毫无打算地出去的。第一，总得先预备半年，积贮了许多本地的土货，好教一船装去，到有灵验的庙宇所在地去卖。第二，船总雇的是回头便船，价钱可以比旁人的贱到三分之二；并且杀到了这一个最低船价之后，有时候还要由他们自己去兜集几个同行者来，再向这些同行者收集些搭船的船钞。所以别人家去烧香拜佛，总是去花一笔钱在佛门弟子身上的，独有董玉林夫妇的烧香拜佛，却往往要赚出一笔整款来，再去加增他们的放重利的资本。并且他们的自奉的俭约，有时候也往往会施行到菩萨的头上。譬如某大名刹的某某菩萨，要制一件绣袍的时候，这事情，总是由大善士董玉林夫妇去为头写捐的回数多。假使一件绣袍要大洋五十元的话，他们总要去写集起七十元的总款，才兹去作。而做绣袍的店里，也对董大善士特别的肯将就，肯客气，倘使别人去定，要五十元一件的绣袍，由董大善士去定，总可以让到三十五元或竟至三十元左右。因为董大善士市面很熟悉，价格都知道，这倒还不算稀奇，最取巧的，是董大善士能以半价去买到外面是与原定上货一样好看的次货来充材料，而材料的尺寸又要比原定的尺寸短小一点，虽然庙祝在替菩萨穿上身去的时候要多费一点力，但董大善士的旅费，饮食费，交际费，却总可以包括在内了。

董大善士更因为老发起这一种工程浩大的善举之故，所以四乡结识的富绅地主也特别的多。这些富绅地主，到了每年的冬天，拿出钱来施米施衣，米票钱票，总要交一大把给董大善士，托他们夫妇在就近的乡间去酌量施散。故而每年冬天非但董玉林夫妇的近亲戚属，以及自家家里的长工短工，都能受到董大善士的恩惠，就是董大善士养在家里的猪羊鸡犬，吃的也都是由米票向米店去换来的糠糜。至于棉衣呢，有时候也会钻到他们夫妇的被里去变了胎，有时候也会上他们自己雇的短工的人家去，变作了来年农忙时候的一工两工的工资的预付。

最有名的董氏夫妇的一件善举，是在那一年村里有瘟疫之后的施材。董玉林向城里的善堂去领了一笔款来之后，就雇工动手作了十几具棺木，寄放在董氏的家庙里待施。木头都是近村山上不费钱去砍来的松木，而棺材匠也是临时充数，只吃饭不拿钱的邻村的木匠。凡须用这一批棺木的人，多要出一点手续费，而棺木的受用者还有一个必须是矮子的条件，因为这一批施材作得特别的短小，长一点的尸身放下去，要把双脚折短来的缘故。

董玉林夫妇既积了财，又行了善，更敬了神，菩萨自然也不得不保佑他们了。所以自从他们现在的那位大小姐婉珍生下地来以后，竟一帆风顺毫无病痛的被他们养大到了成人；其后过不上几年，并且还又添上了一位可以继家传后的儿子大发。

二、暴风雨时代

太阳升高了一段，将寒江两岸的一幅冬晴水国图，点染得分外的鲜明，分外的清瘦，颜色虽则已经不如晚秋似的红润了，但江南的冬景，在黄苍里，总仍旧还带些黛色的浓青。尤其是那些苍老的树枝，有些围绕着飞鸟，有些披堆着稻草，以晴空作了背景，在船窗里时现时露地低昂着，使两礼拜前才从杭州回来的婉珍忽而想起了这一次寒假回籍，曾在路上同行过一天一夜的那位在上海读书的衢州大学生。

船行的缓慢，途上的无聊，幸亏在江头轮船上遇着了这一位活泼健谈的青年，终于使她在一日一夜之中认识了目前中国在帝国主义下奄奄待毙的现状，和社会状态必须经过一番大变革的理由。婉珍也已经十八岁了，虽则这大学生所用的名词还有许多不能了解，但他的热情，他的射人的两眼，和因说话过多而兴奋的他那两颊的潮红，却使婉珍感到了这一位有希望有学问的青年的话，句句是真的。在轮船上舱里和他同吃了两次饭，又同在东关的一家小旅馆里分居寄了一宵宿，第二天在兰溪的埠头，和他分手的时候，婉珍不晓怎么的心里却感到了一种极淡的悲哀，仿佛是在晓风残月的杨柳岸边，离别了一位今生不能再见的长征的壮士。

回到了乡里，见到了老父老母，和还不曾脱离顽皮习气的弟弟，旅途上的这一片余痕，早就被拂拭尽了；直到后来，听到了那些风声鹤唳的传说，见到了举室仓皇的不安状态，当正在打算避难出发的前几日，婉珍才又隐隐地想起了这一位青年。

“要是他在我们左右的话，那些纪律毫无的北方军队，谁敢来动我们一动？社会的改革，现状的打破，这些话真是如何有力量的话！而上船下船，入旅舍时的他那一种殷勤扶助的态度，更是多么足以令人起敬的举动！”

当她整理箱笼，会萃物件的当中，稍有一点空下来的时候，脑里就会起这样的转念；现在到了这一条两岸是江村水驿的路上，她这想头，同温旧书的人一样想得更加确凿有致了。到了最后，她还想到了一张在杭州照相馆的橱窗里看见过的照片：一个青春少女，披了长纱，手里捏着一束鲜花，站在一位风度翩翩，穿上西装的少年的身旁。

董婉珍的相貌，在同班中也不算坏。面部的轮廓，大致像她的爸爸董玉林，但董家世相的那一个朝天狮子鼻，却和她母亲玉林嫂的鹰嘴鼻调和了一下，因而婉珍的全面部就化成了一个很平稳的中人之相，不引人特别的注意，可也不讨人的厌。不过女孩子的年龄，终竟是美的判断的第一要件；十八岁的血肉，装上了这一副董家世袭的稍为长大的骨格，虽则皮色不甚细白，衣饰也只平常——是一件短袄，一条黑裙的学校制服——可那一种强壮少女特有的撩人之处，毕竟是不能掩没的自然的巧制，也就是对异性的吸引力蒸发的洪炉。那一天午后，在斜阳里，董家的这只避难船到兰溪西城外埠头靠岸的时候，董婉珍的一身健美，就成了江边乱昏昏的那些闲杂人等的注目的中心。

董玉林在县城里租下的，是西南一条小巷里的一间很旧的楼屋。楼上三间，楼下三间，间数虽则不少，租金每月却还不到十元；但由董玉林夫妇看来，这房租似乎已经是贵到了极顶了，故而草草住定之后，他们就在打算出租，将楼底下的三间招进一家出得起租金的中产人家来分房同住。几天之内，一家一家，同他们一样从近村逃避出来的人家，来看房屋的人，原也已经有过好几次了，但都因为董玉林夫妇的租价要得太贵，不能定夺。在这中间，外面的风声，却一天紧似一天，市面几乎成了中歇的状态。终于在一天寒云凄冷的晚上，前线的军队都退回来了，南城西城外的两条水埠，全驻满了杂七杂八，装载军队人夫的兵船。

董玉林刚捧上吃夜饭的饭碗，忽听见一阵喇叭声从城外吹了过来，慌得他发着抖，连忙去关闭大门。这一晚他们五个人不敢上楼去宿，只在楼下的地板上铺上临时的地铺，提心吊胆地过了一夜。第二天早晨，使婢爱娥，悄悄开了后门，打算上横街的那家豆腐店去买一点豆腐来助餐的，出去了好半天，终于青着脸仍复拿着空碗跑回来了；后门一闩上，她也发着抖，拉着玉林嫂，低低的在耳边说：

“外面不得了了，昨晚在西门外南门外都发生了奸抢的事情。街上要拉夫，船埠头要封船；长街上没有一个行人，也没有一家开门的店家。豆腐店的老头，在排门小窗里看见了我，就马上叫我进去，说——你这姑娘，真好大的胆子！——接着就告诉了我一大篇的骇杀人的话，说在兰溪也要打仗呢！”

董玉林一家五口，有一顿没一顿的饿着肚皮，在地铺上捱躺了两日三夜，忽听见门外头有起脚步声来了。午前十点钟的光景，于听见了一阵爆竹声后，并且还来了一个人敲着门，叫说：

“开开门来吧！孙传芳的土匪军已经赶走了，国民革命军今天早晨进了城，我们要上大云山下去开市民大会，欢迎他们。”

董玉林开了半边门，探头出去看了一眼，看见那位说话的，是一位本地的青年，手里拿了一面青天白日满地红的旗子，青灰的短衣服上，还吊上了一两根皮带。他看出了董玉林的发抖惊骇的弱点，就又站住了脚，将革命军是百姓的军队，决不会扰乱百姓的事情，又仔细说了一遍。在说的中间，婉珍阿发都走出来了，立上了他们父亲的背后。婉珍听了这青年的一大串话后，马上就想起了那位同船的大学生，“原来他们的话，都是一样的！”这一位青年，说了一阵之后，又上邻家去敲门劝告去了。直到后来，他们才兹晓得，他就是本城西区的一位负责宣传员。

革命高潮时的紧张生活开始了，兰溪县里同样地成立了党部，改变了上下的组织，举发了许多土劣的恶行，没收了不少的逆产。董婉珍在一次革命军士慰劳游艺会的会场里，真出乎她的意料之外，忽然遇见了一位本地出身的杭州学校里她同班的同学。这一位同学，在学校的时候，本来就以演说擅长著名的，现在居然在本城的党部所属的妇女协会里做了执行委员了。

她们俩匆匆立谈了一会，各问了地址，那位女同志就忙着去照料会场的事务去了；那一天晚上，董婉珍回到了家里，就将这一件事情告诉了她的父母，末了并且还加一句说：

“她在很恳切地劝我入党，要我也上妇女协会或党部去服务去。”

董玉林自党军入城之后，看了许多红绿的标语，听了几次党人的演说，又目击了许多当地的豪富的被囚被罚，心里早就有点在恨也有点在怕，怕这一只革命党的铁手，要抓到他自己的头上来；现在听到了自己的爱女的这一句入党的话，心里头自然就涌起了一股无名的怒火。

“你也要去作革命党去了么？哼，人家的钱财，又不是偷来抢来的，那些没出息的小子，真是胡闹，什么叫作逆产？什么叫作没收？他们才是敲竹杠的人！”

董玉林对婉珍，一向是不露一脸怒容，不说一句重话的，并且自从她上省城去进了学校以来，更加是加重了对她的敬爱之心了。这一晚在灯下竟高声骂出了这几句话来，骇得他的老妻，一时也没有了主意。三人静对着沉默了好一晌，聪明刻薄的玉林嫂，才想出了一串缓冲的劝慰之语：

“时势是不同了，城里头变得如此，我们乡下，也难保得不就有什么事情发生。让婉珍到她的朋友那里去走走，多认识几个人，也是一件好事，你也不必发急，只须叫她自己谨慎一点就对了。”

她究竟是董玉林的共艰苦的妻子，话一涉及到了利害，董玉林仔细一想，觉得她的意见倒也不错。这一场家庭里的小小的风波，总算也很顺当地就此结了局。

三、混沌

董婉珍终于进了党，上县党部的宣传股里去服务去了，促成她的这急速的入党的理由，是董村农民协会的一个决议案。他们要没收董玉林家全部的财产，禁止他们一家的重行回到村里来盘剥。地方农民协会的决议案，是要经过县党部的批准才能执行的，董玉林一听到了这一个消息，马上就催促他自己的女儿，去向县党部里活动，结果，在这决议案还没有呈上来之先，董婉珍就作了县党部宣传股的女股员。

宣传股股长钱时英，正满二十五岁，是从广州跟党军出发，特别留在这军事初定的兰溪县里，指导党务的一位干练的党员；故乡是湖南，生长在安徽，是芜湖一个师范学校的毕业生，二年前就去广东投效，系党政训练所第一批受满训练出来的老同志。

他的身材并不高大，但是一身结实的骨肉，使看他一眼的人，能感受到一种坚实，稳固，沉静的印象，和对于一块安固的磐石所受的印象一样。脸形本来是长方的，但因为肉长得很丰富，所以略带一点圆形。近视眼镜后的一双细眼，黑瞳人虽则不大，但经他盯住了看一眼后，仿佛人的心肝也能被透视得出来的样子。他说话平常是少说的，可是到了紧要的关头，总是一语可以破的，什么天大的问题，也很容易地为他轻轻地道破，解决，处置得妥妥服服。他的笑容，虽则常常使人看见，可是他的笑脸，却与一般人的诈笑不同，真像是心花怒放时的微笑，能够使四周围的黑暗，一时都变为光明。

董婉珍在他对面的一张桌上办公，初进去的时候，心里每有点胆小，见了他简直是要头昏脑胀，连坐立都有点儿不安。可是后来在拟写标语，抄录案件上犯了几次很可笑的错误，经他微笑着订正之后，她觉得这一位被同志们敬畏得像神道似的股长，却也是很容易亲近的人物。

这一年江南的冬天，特别的和暖，入春以后，反下了一次并不小的春雪。正在下雪的这一天午后，是星期六，钱股长于五点钟去出席了全县代表大会回来的时候，脸上显然的露出了一脸犹豫的神情。他将皮箧拿起放下了好几次，又侧目向婉珍看了几眼，仿佛有什么要紧的话要对她说的样子，但后来终于看看手表，拿起皮箧来走了。走到了门口，重新又回了转来，微笑着对婉珍说：

“董同志，明天星期日放假，你可不可以同我上横山去看雪景？中午要在县政府里聚餐，大约到三点钟左右，请你上西城外船埠头去等我。”

婉珍涨红了脸，低下了头，只轻轻答应了一声；忽而眼睛又放着异样的光，微笑着，举起头来，对钱时英瞥了一眼。钱时英的目光和她的遇着的时候，倒是他惊异起来了，马上收了笑容，作了一种疑问的样子，迟疑了一二秒钟，他就下了决心，走出了办公室。这时候办公室里的同事们已经走得空空，天色也黑沉沉的暗下去了，只剩一段雪片的余光，在那里照耀着婉珍的微红的双颊，和水汪汪的两眼。

董婉珍于走回家来的路上，心脏跳突得厉害；一面想着钱时英的那一种坚实老练的风度，一面又回味着刚才的那一脸微笑和明日的约会，她在路上几乎有点忍耐不住，想叫出来告诉大家的样子。果然，这样茫然地想着走着，她把回家去的路线都走错了，该向西的转弯角头，她却走向了东。从这一条狭巷，一直向东走去，是可以走上党部办事人员的共同宿舍里去的，钱时英的宿所，就在那里。她想索性将错就错，马上就上宿舍去找钱时英出来，到什么地方去过它一晚，岂不要比捱等到明天，倒还好些。但是又不对，住在那里的人是很多的，万一被人家知道了，岂不使钱时英为难，想到了这里，飞上她脸来的雪片，带起刺激性来了，凉阴阴的一阵逆风，和几点冰冷的雪水，使她的思想又恢复了常轨，将身体一转，她才走上了回家去的正路。

漫漫的一夜，和迟迟的半天，董婉珍守候在家里真觉得如初入监狱的囚犯。翻来覆去，在床上乱想了一个通宵，天有点微明的时候，她就披上衣服，从被里坐了起来。但从窗隙里漏进来的亮光，还不是天明的曙色，却是积雪的清辉。她睡也再睡不着了，索性穿好衣服，走下床来拈旺了灯，她想下楼去梳洗头面，可是爱娥还没有起床，水是冰冻着的，没有法子，她只好顺手向书架上抽了一本书，乱翻着页数，心里定下第几行和第几字的数目来测验运气。先翻了四次，是“恒”“也”“有”“终”的四个字，猜详了半天，她可终于猜不出这四个字的意思，但楼底下却有起动静来了，当然是爱娥在那里烧水煮早餐。接着又翻了三次，得到了“则”“利”“之”的三个字，她心里才宽了起来，因为有一个“利”字在那里，至少今天的事情，总是吉的。

下楼去洗了手脸，将头梳了一梳，早餐吃后，妇女协会的那位同学跑来看她了，她心里一乐，喜欢得像得了新玩具的小孩。因为她的入党，她的去宣传股服务，都是由这位女同学介绍的。昨天股长既和她有了密约，今天这位原介绍人又来看她，中间一定是有些因果在那里的。她款待着她，沥尽了自己所有的好意。不过从这一位女同学的行动上，言语上看来，似乎总是心中夹着了一件事情，要想说又有点说不出来的样子。她愈猜愈觉得有吻合的意思了，因而也老阻止住她，不使她说出，打算于下午去同钱股长密会之后，再教她来向父母正式的提议谈判。终于坐了一个多钟头，这位女同学告辞走了。她的心里，又添了一层盼望着下午三点钟早点到来的急意。

催促着爱娥提早时间烧了午饭，饭后又换衣服，照镜子地修饰了一阵，两点钟还没有敲，她就穿上了那件新作的灰色长袍，走上了西城外的码头。天放晴了，道路上虽则泥泞没膝，但那一弯天盖，却直蓝得迷人。先在江边如醉如痴的往返走了二三十分钟，向一位来兜生意的老船夫说好了上横山去的船价，她就走下了船，打算坐在船里去等钱股长的到来。但心里终觉得放心不下，生怕他到了江边，又要找她不到，于是手又撩起长袍，踏上了岸，像这样的在泥泞道上的太阳光里上上落落，来来去去，更捱了半个多钟头，正交三点钟的光景，她老远就看见钱时英微笑着来了；今天他和往日不同，穿的却是一件黑呢棉袍。从这非制服的服色上一看，她又感到了满心的喜悦，猜测了他今天的所以要不穿制服的深意。

两人下船之后，钱时英尽是默默地含着微笑，在看两岸斜阳里的雪景。董婉珍满张着希望的双眼，在一眼一眼地贪看他的那一种潇洒的态度。船到了中流，钱时英把眼睛一转，视线和她的交叉了，他立时就变成了一种郑重的脸色，眼睛盯视着她，呆了一呆，他先叫了一声“董同志！”婉珍双颊一红，满身就呈露出了羞媚，仿佛是感触到了电气。同时她自己也觉着心在乱跳，肌肉在微微的抖动。他叫一声之后，又嗫嚅着，慢慢地说：

“董同志！我们从事，从事革命的人，做这些事情，本来，本来是不应该的……”

听了他这一句话，她的羞媚之态，显露得更加浓厚了，眼睛里充满了水润的晶光，气也急喘得像一个重负下的苦力，嘴唇微微地颤动着，一层紧张的气势，使她全身更抖得厉害。

“不过，这，这一件事情，究竟叫我怎么办哩？昨天，昨天的全县代表大会里，董村的代表，将一件决议案提出了，本来我还不晓得是关于你们的事情，后来经大会派给了我去审查，呈文里也有你的名字，你父亲的许多霸占，强夺，高利放款，借公济私的劣迹说得确确实实，并且还指出了你们父女的匿居县城，蒙混党部的事实。我，我因为在办公室里，不好来同你说，所以今天特为约你出来，想和你来谈一谈。”

董婉珍于情绪紧张到了极顶之际，忽而受到了这一个打击，一种极大的失望和极切的悲哀，使她失去了理性，失去了意志，不等钱时英的那篇话说完，就同冰山倒了似的将身体倒到了钱时英的怀里，不顾羞耻，不能自制，只呜呜地抽咽着大哭了起来。

钱时英究竟也是一个血管里有热血在流的青年男子，身触着了这一堆温软的肉体，又目击着她这一种绝望的悲伤，怜悯与欲情，混合成了一处，终于使他的冷静的头脑，也把平衡失去了；两手紧抱住了她的上半身，含糊地说着：“你不要这样子，你不要这样子！”不知不觉竟渐渐把自己的头低了下去，贴上了她的火热的脸。到了两人互相抱着，嘴唇与嘴唇吸合了一次之后，钱时英才同受了雷震似的醒了转来，一种冷冰冰的后悔，和自责之念，使他跳立了起来，满含着盛怒与怨恨，唉的长叹了一声，反同木鸡似的呆住了。本来他的约她出来，完全是为了公事，丝毫也没有邪念的；他想先叫她自己辞了职，然后再温和地将她父亲的田产发还一部分给原来的所有人。这事情，他昨天也已经同她的那位介绍人说过了，想叫她的那位同学，先劝慰她一下，叫她不要因此而失望，工作可以慢慢地再找过的，而他的这些深谋远虑，这腔体恤之情，现在却只变成了一种污浊的私情了。以事情的结果来评断，等于他是乘人之危，因而强占了他人的妻女。这在平常的道义上，尚且说不过去，何况是身膺革命重任的党员呢？但是事情已经作错了，系铃解铃，责任终须自己去负的，一不做，二不休，索性还是和她结合了之后，慢慢的再图补救吧！钱时英想到了这里，一时眼前也觉得看到了一条黯淡的光明。他再将一只手搭上了她的还在伏着的肩背，柔和地叫她坐起来掠一掠头发，整一整衣服的时候，船却已经到横山的脚下，她的泪脸上早就泛映着一层媚笑了。

四、寒潮

大雪后的横山一角，比平日更添了许多的妩媚。船靠岸这面沿江的那条小径，雪已经融化了大半了，但在道旁的隙地上，泥壁茅檐的草舍上，枯树枝上，都还铺盖着一阵残雪的晶皮。太阳打了斜，东首变成了山阴，半江江水，压印得紫里带黑，活像是水墨画成的中国画幅。钱时英搀扶着董婉珍，爬上了横山庙的石级，向兰溪市上的人家纵眺了一回，两人胸中各感到了一种不同的喜悦。

半城烟户，参差的屋瓦上，都还留有着几分未化的春雪；而环绕在这些市廛船只的高头，渺渺茫茫，照得人头脑一清的，却是那一弓蓝得同靛草花似的苍穹；更还有高戴着白帽的远近诸山，与突立在山岭水畔的那两支高塔，和回流在兰溪县城东西南三面的江水凑合在一道，很明晰地点出了这幅再丰华也没有的江南的雪景。

在董婉珍方面呢，觉得这一天大雪，是她得和钱股长结合的媒介；漫天匝地的白色，便是预示着他们能够白头到老的好兆头。父母的急难，自己的将来，现在的地位，都因钱时英的这一次俯首而解决了。在钱时英的一面呢，以为这发育健全的董婉珍，实在有点可怜，身体是那么结实，普通知识也相当具备的，所缺乏的，就是没有训练，只须有一个人能够好好的指导她，扶助她，那这一种女青年，正是革命前途所需要的人才。而在这一种正心诚意的思想的阴面，他的枯燥的宿舍生活，他的二十五岁的男性的渴求，当然也在那里发生牵引。

面前是这样的一片大自然的烟景，身旁又是那么纯洁热烈的一颗少女求爱的心，钱时英看看周围，看看董婉珍的那一种完全只顾目前的快乐，并无半点将来的忧虑的幼稚状态，自然把刚才船里所感到的那层懊恨之情，一笔勾了。

两人凭着石栏，向兰溪市上，这里那里的指点了一阵，忽而将目光一转，变成了一个对看的局势。董婉珍羞红了脸，虽在笑着侧转了头，但眼睛斜处，片刻不离的，仍是对钱时英的全身的打量，和他的面部的谛视。钱时英只微笑着默默地在细看她的上下，仿佛她和他还是初次见面的样子。第二次四目遇合的时候，钱时英觉得非说话不可了，就笑着问她：

“你还有勇气再爬上山顶上去么？”

“你若要去，我便什么地方也跟了你去。”

“好吧，让我们来比比脚力看。”

先上庙里向守庙的一位老道问明了上兰阴寺去的路径，他们就从侧面的一条斜坡山路走上了山。斜坡上的雪，经午前的太阳一晒，差不多融化净了，但看去似乎不大粘湿的黄泥窄路，走起来却真不容易。董婉珍经过了两次滑跌，随后终于将弹簧似的身体，靠上了钱时英的怀里，慢慢地谈着走着，走上那座三角形的横山东顶的时候，他们的谈话，也恰巧谈到了他们两人的以后的大计。

“今天的我们的这一个秘密，只能暂时不公布出来。第一总得先把那条董村的决议案办了才行，徇私舞弊，不是我们革命的人所应作的事情。你们家里的田产之类，确有霸占的证据的，当然要发还一部分给原有的人，还有一层，他们既经指控了你们父女的蒙蔽党部，你自然要自动辞职，暂时避去嫌疑，等我们把这一件案子办了之后，再来服务不迟……我的今天的约你出来，本意就为了此。可是，可是，现在成了这样的一个结局，事情倒反而弄僵了；我打算将这儿的党务划出了一个规划之后，就和你离开此地，免得受人家的指谪。你今天回去，请你先把这一层意思对你两老说一说明白，等案件办了之后，我们再来提议婚事……”

董婉珍听了他这一番劝告，心里却微微地感到了一点失望。明天假使马上就辞了职，那以后见面的机会不就少了么！父母的事情，财产的发落，原是重大的，可是和那些青年男子在一道厮混的那种气氛，早出晚归，从街上走过，受人侧目注意的那种私心的满足，还有最觉得不可缺的一件大事，就是这一位看去如磐石似的钱股长的爱抚，她现在正在想恣意饱受的当儿，若一辞了职，都向哪里去求，哪里去得呢！

钱时英看到了她的略带忧郁的表情，心里当然也猜出了她的意思，所以又只能补充着说：

“作事情要顾虑着将来的，仅贪爱一时的安逸，没入于一时的忘我，把将来的大事搁置在一边，是最不革命的行为。你已经不是小孩子了，这一层总该看得穿。”

一次强烈的拥抱，一个火热的深吻，终于驱散了董婉珍脸上的愁云。他们走到了兰阴寺前，看到了衢江江上的斜阳，西面田野里的积雪，和远近的树林村落上的炊烟，晓得这一天，日子已经垂暮，是不得不下山回去的时候了。两人更依偎着，微笑着，贪看了一忽华美到绝顶的兰阴山下大雪初晴的江村暮景，就从西头的那条山腰大道，跑下了山来。

从横山回头的这一天晚上，却轮着钱时英睡不着觉了，和昨天晚上的董婉珍一样，他想起了在广州的时候，和他同时受训练的那位女同志黄烈。他和她虽然没有什么恋情爱意，但互相认识了一年多，经过了几次共同的患难，才知道两人的思想，行动以及将来的志愿，都是一样的。看到了董婉珍之后，再回想起黄烈来，更觉得一个是有独立人格的女同志，一个是只具有着生理机构的异性，离开了现实的那一重欲情的关，把头脑冷静下来一比较，一思索，他在白天曾经感到过的那层后悔，又渐渐地渐渐地昂起了头来。

婚姻，终究是一生所免不了的事情；可惜在广州时的生活气氛太紧张了，所以他对黄烈，终于只维持了一种同志之爱，没有把这爱发展开去的机会。但当她要跟了北伐军向湖南出发的前几天，他在有一次饯别的夜宴之后，送她回宿舍去的路上，曾听出了她的说话的声音的异样，她说：

“钱同志！我们从事于革命的人，本来是不应该有这些临行惜别的感情的，可是不晓怎么，这几天来，频频受了你们诸位留在广州的同志的饯送，我倒反而变得感情脆弱起来了，昨晚上我就失眠了半夜。你有没有什么可以使我振作的信条，言语，或者竟能充作互勉互励的戒律之类？”

现在在回忆里，重想起了这一晚的情景，他倒觉得历历地反听到了她的微颤着的尾音。可惜当时他也正在计划着跟东路军出发，没有想到其他的事情的余裕，只说了一句那时候谁也在说的豪语：“大家振作起精神，等我们会师武汉吧！”终于只热烈地握了一回手，就在宿舍门口的夜阴里和她分开了。以后过了几天，他只在车站上送她们出发的时候，于乱杂的人丛中见了她一次面。

一个男子滥于爱人，原是这人的不幸；然而老受人爱，而自己没有十分的准备，也是一件麻烦的事情。现在到了这一个既被人爱，而又不得不接受的关头，他觉得更加为难了；对于董婉珍的这件事情，究竟将如何的应付呢？要逃，当然也还逃得掉；同志中间，对于恋爱，抱积极的儿戏观念，并且身在实行的男女，原也很多，不过他的思想，他的毅力，却还没有前进到这一个地步；而同时董婉珍，也决不是这一种恋爱的对手人。她实在还是幼稚得很的一个初到人生路上来学习冒险的人，将来的变好变坏，或者成人成兽，全要看她这第一次的经验的反应如何，才能够决定。

“也罢！还是忍一点牺牲的痛吧！将一个可与为善，可与为恶的庸人，造成一个能为社会服务致用的斗士，也是革命者所应尽的义务；既然第一脚跨出了之后，第二脚自然也只得连带着伸展出去。更何况前面的去路，也还不一定是陷人的泥水深潭哩。”

想来想去，想到了最后，还是只有这一条出路。翻身侧向了里床，他正想凝神定气，安睡一忽的时候，大云山脚下的民众养在那里的雄鸡，早在作第一次催晓的长啼了。

五、药酒杯

经过了乡区党部的一次查复，董玉林的这一起案子，却出乎众人的意料之外，很顺当的解决了。原因是为了那些被霸占的原有业主，像阿德老头之类，都已经死亡，而有些农民，却因在乡无业可守，早就只身流浪到了外埠，谁也查不出他们的下落来。至于重利盘剥的一件呢，已被剥削者，手中没有证据，也没有作中的证人，事过勿论，还欠在那里的几户，大抵全系小额，生怕以后有急有难再去向董玉林商借的不易，也不肯出来为难，只听说利息可以全免，就喜欢得不得了；所以由党部判定的结果，只将董玉林的田产，割出了几十亩来，充作董村公立小学的学产，总算藉此以赎取了那个决议案的末一款，永远不准他们重回老乡的禁令。

健忘与多事的社会，经过了一个多月，大家早就把这件事情忘记了；于是辞职慰留，准请假一月的董婉珍，仍复上党部去服务；

急公好议，兴学捐财的董善士，反成了县城社会的知名之士；宣传股长钱时英这时候也公然在董家作了席上的珍客，钱股长与董女士的革命不忘恋爱，恋爱不忘革命的精神，更附带着成了一般士绅的美谈。

和煦的春风，吹到了这江岸的县城，市外田里的菜花紫云英正开得热闹的时候，钱董两人的婚议也经过了正式的手续，成熟到披露的时节了。

当结婚披露的那一天晚上，董家楼下的三间空屋，除去偏东的那间新房之外，竟挂满了许多画轴对联，摆上了十桌喜酒，挤紧了一县的党政要人。先由证婚人的县长致了祝词，复由介绍人的那位妇女协会执行委员报告了一次经过，当轮到主婚人的董玉林出来讲话的时候，他就公正廉明，陈述了他过去的经历，现在的怀抱，和未来的决心。他说，自小就是一个革命者；他所关心的，是地方上的金融的调节，和善举的勇为。总理的遗教，他是每饭不忘，知行共勉的。有水旱灾的时候，也曾散了多少多少的财，有瘟疫的年头，他也施了多少多少的财，而本地的劣绅因妒生忌，因忌作恶，致有前一次的决议。他现在是抱定宗旨，要站在三民主义的旗帜下奋斗革命的。中国的命脉，是在农工，他将来就打算拼他这一条老命，回到农村去服务，为无力的佃农工人而牺牲。本来是只在村塾里读过三年书的这一位革命急就家，在这一天晚上，竟把钱时英和董婉珍教他的许多不顺口的名词说得头头是道，致使有几个自上塘村和董村附近赶来吃喜酒的乡亲，大家都吐出了惊异的舌头私下在说：“县城真是不得不住，玉林只在这里耽搁不上半年，就晓得在县长面前说这许多乡下人所听不懂的话了！”

中宵客散，新夫妇正在新床上坐下的当儿，这一位成了当晚的大英雄的岳父就踏进了新房来问今后的他们俩的打算：房饭钱每月拟出多少；婉珍的薪水，可不可以提高一点，仍复归他们两老去收用；迟早他总是要回董村去的，那里的党部，可不可以由他去包办；此外的枝节问题还有许多，弄得正在打算将筋骨松动一下的钱时英，几乎茫茫然失去了知觉。到底还是晓得父母的性质的董婉珍来得乖巧一点，看到了新郎的那一副难以应付的形容，就用了全力，将父亲提出的种种难题，下了一个快刀斩乱麻的解决方法，她说："今天迟了，爸爸！你也该去歇息了；有什么话，明天再谈不好么？"

结婚之后的董婉珍，处处都流露了她的这一种自父祖遗传下来的小节的伶俐，她知道如何地去以最贱的价格，买许多好看耐用的衣料什物来装饰她自己的身体，她也知道如何地去用她所有的媚态，来笼络那些同事中的有势力的人。在新婚的情阵里，钱时英半因宠爱，半因省事，对于她的这些小孩子似的卖弄聪明，以及操权越级的举动，反同溺爱儿女的父母一样，时时透露了些嘉奖的默认；于是董婉珍的在家庭的习惯，在社会的声势，以及由这些反射而来的骄纵的气概，与夫愚妄的自信，便很急速的养成，进步，终至于确立成了她的第二的天性。

她的第一件的成功，是他们俩的收入的支配；除付过了过分的房饭钱，使两老喜欢得兴高采烈，开销了一切所必须的应酬衣饰费用，使钱时英生活过得安安稳稳之外，第一月在她手里就多出了一笔整款；这是钱时英自任事以来，从来也不曾有过的经验。她的第二件的成功，是虐使佣人的巧妙；新做了主妇，她觉得不雇一个佣人，有些对父母不起，与邻舍人家的观瞻有关了。所以虽则没有必要，她也上就近乡下去招来了一个佣妇。对这一个乡下佣妇的训练，她真彻骨的显出了她父祖所遗给她的天才。譬如早晨吧，在天还未亮，她自己起来大小便的时候，就要使了大喉咙，叫这佣妇起来了；晚上则宁愿多费一点灯油，以朋友当婚礼送给他们的一个闹钟作了标准，非要到十二点闹打的时候，不准这佣妇去上床睡觉。后来因这闹钟闹得厉害，致吵醒了他们夫妇的酣睡，她于大骂了一顿佣妇的愚蠢之外，还牺牲了一块洋纱手帕作了包在这钟盖上的包皮。在日里他们不在家的时候哩，她总要找些很费事而不容易作好的事情，如米面里挑选沙石秕子，地板上拭除灰土泥痕之类的工作给她，使她不能有一分钟的空；若在家哩，则她自己身上有一点痒，或肚里忽而想到什么，就要佣妇自动的前来服役。一步不到，或稍有迟疑，她便宁愿请假在家，长时间的骂这愚蠢而不是父母养的乡下妇人，使她到了地狱，也没有个容身之处。

作外面的应酬哩，她却比钱时英活泼能干得多；对于上面或同等的人，到处总是她去结交，她去奉承的；但对于下级或无智的乡愚之类哩，她却又是破口便骂，一点儿也忍耐不得的股长夫人了。

所以结婚不上两月，董婉珍的贤夫人的令名，竟传遍了远近，倾倒了全县。在这中间，钱时英反而向公共会场不大去抛头露面，在行动上言语上很显明的露示了极端慎重和沉默的态度；而一回到了私人的寓所，他和贤夫人也难得有什么话讲，只俯倒了头，添了许多往返函电的草拟，以及有些莫名其妙的文字的撰述。

终于党政中枢的裂痕暴露了，在武汉，在省会，以及江西两广等处，都显示了动摇，兴起了大狱；本来早就被同志们讪笑作因结婚而消磨了革命壮志的钱时英，也于此时突然地向党部里辞去了一切的职务。

这一天的午后，当董婉珍正上北区妇女协会分会去开了指导会回来，很得意地从长街上去上自己家去的时候，兜头却冲见了脸色异常难看，从外面走来的钱时英。一看见了他的这一副青紫抑郁的表情，她就晓得一定有什么意外发生了，敛住了笑容，吊起了眉头，她把嘴角一张，便问他要上什么地方去。

“你来得正巧，我有话对你讲，让我们回去吧！”

听了他这几句吞吞吐吐的答辞，她今天在妇女分会场里得来的一腔热意与欢情，早就被他驱散了一半了，更那里还经得起末尾又加上了半句他的很轻很轻的“我，我现在已经辞去了……”的结语呢！

她惊异极了，先张大了两眼，朝他一看，发了一声回音机似的反问：

“你已经辞去了职？”

看到了他的失神似的表情，只是沉默着在走向前去，她才由惊异而变了愤怒，由愤怒而转了冷淡，更由冷淡而化作了轻视，自己也沉默着走了一段，她才轻轻地独语着说：

“哼，也好罢，你只教能够有钱维持你自己的生活就对！”

在这一句独语里，他听出了她对他所有的一切轻蔑，憎恶，歹意与侮辱。说了这一句独语之后，却是她只板着冷淡的面孔，同失神似的尽在往前走着，而不得已仰起了头仿佛在看天思索似的。他那双近视眼，反一眼一眼的带着疑惧的色彩向她偷视起来了。

两人沉默着走到了家里，更沉默着吃过了晚饭，一直到上床为止，还不开口说一句话。那个一向同猪狗似的被女主人骂惯的佣妇，觉察到了这一层险恶的空气，慌得手脚都发抖了，结果于将洋灯移放上那面闹钟前去的时候，扑搭地一声竟打破了那盏洋灯上的已经用白纸补过的灯罩。低气压下的雷雨发作了，女主人果然用了绝叫的声音，最刻毒地喝骂了出来。

“×妈！ ×妈！ ×妈！你想放火么？像你这一种没有能力的东西，还要活在那里干什么？你去死去，去死！我的霉都被你倒尽了！我，我，教我以后还有什么颜面去见人？……”

话语双关，句句带刺，像这样的指东骂西，她竟把她的裂帛似的喉咙，骂到了嘶哑，方才住口。在楼上的她的父母弟弟，早就听惯了这一种她的家教的，自然是不想出来干涉；晚饭之后，他们似乎很沉酣地已经掉入了睡乡。钱时英死抑住心头的怒火，在她的高声喝骂之下，只偷偷地向丹田换了几次长气。十二点的钟闹了一阵，那佣妇幽手幽脚地摸上床去睡后，他听见这一位贤夫人的呼吸，很均匀地调节了下去；并且兴奋之后的疲倦，使她的鼾声也比平时高了一段，钱时英到这时才放声叹了一口气，向头上搔耙了许多回。

同坟墓里似的沉默，满罩住了这所西南城小巷里的楼屋。等那一位佣妇的鼾声，也微微的传到了钱时英的耳畔的时候，他才轻轻地立起了身，穿上了便服，摸向了他往日在那里使用的写字台的旁边，先将桌上以及抽屉里的信件稿册，向地下堆作了一堆，更把刚才被佣妇敲破灯罩的洋灯里的煤油，倒向了地下，他用稿纸捻成了几个长长的煤头纸结，擦洋火把它们点着了，黑暗里忽而亮了一亮，马上又被他的口息所吹灭，只在那一大堆纸堆的中间，留剩了几点煤头纸的星火似的微光。天井外的大门闩，轻轻响动了一下，他的那个磐石似的身体，便在乌灰灰的街灯影里跑向了东，跑出了城，终于不见了。

大约隔了一个多礼拜的样子，上海四马路的一家小旅馆里，当傍晚来了一个体格很结实，戴着近视眼镜，年纪二十五六岁，身材并不高大，口操安徽音，有点像学生似的旅客。他一到旅馆，将房间开定之后，就命茶房上报馆去买了这礼拜所出的旧报纸来翻读；当他看到了地方通信栏里的一项记载兰溪火灾，全家惨毙的通讯的时候，他的脸上却露出一脸真像是心花怒放似的微笑。

郁达夫小说创作年表

银灰色的死	1920 年
沉沦	1921 年 5 月 9 日
胃病	1921 年 6 月 14 日
南迁	1921 年 7 月 27 日
茫茫夜	1922 年 2 月
怀乡病者	1922 年 4 月 28 日（农历四月初二）
空虚	1922 年 7 月
血泪	1922 年 8 月 4 日
春潮	（未完）
采石矶	1922 年 11 月 20 日
茑萝行	1923 年 4 月 6 日
青烟	1923 年 6 月 23 日（农历五月初十）
春风沉醉的晚上	1923 年 7 月 15 日
还乡记	1923 年 7 月 30 日
秋河	1923 年 8 月 16 日（农历七月初五）
还乡后记	1923 年 8 月 19 日
落日	1923 年 9 月 10 日
离散之前	1923 年 9 月
人妖	（未完）
薄奠	1924 年 8 月 14 日
秋柳	1922 年 7 月初稿，1924 年 10 月改作

十一月初三	1924 年 11 月 29 日（农历生日）
寒宵	1925 年 5 月 17 日
街灯	1925 年 5 月 19 日
烟影	1926 年 3 月 16 日
过去	1927 年 1 月 10 日
清冷的午后	1927 年 1 月 18 日
微雪的早晨	1927 年 7 月 16 日
祈愿	1927 年 8 月 13 日
迷羊	1927 年 12 月 19 日
二诗人	1928 年 3 月 5 日
逃走	1928 年 9 月
在寒风里	1929 年 1 月
纸币的跳跃	1930 年 7 月
没落	（未完）
杨梅烧酒	1930 年 8 月
十三夜	1930 年 10 月 1 日
蜃楼	（未完）
她是一个弱女子	1932 年 3 月
马缨花开的时候	1932 年 6 月
东梓关	1932 年 9 月
迟桂花	1932 年 10 月
碧浪湖的秋夜	1932 年 10 月
瓢儿和尚	1932 年 12 月
迟暮	1933 年 5 月 20 日
唯命论者	1935 年 2 月
出奔	1935 年 11 月 1 日